Geheime rekening

CHRISTOPHER REICH
GEHEIME REKENING

1998 – De Boekerij – Amsterdam

Oorspronkelijke titel: Numbered Account (Delacorte Press)
Vertaling: Hans Kooijman
Omslagontwerp: Studio Eric Wondergem bNO
Foto omslag: © Arsis

Deze roman is een werk van fictie. Namen, personages, plaatsen en gebeurtenissen zijn ofwel het product van de verbeelding van de auteur, ofwel fictief gebruikt. Enige gelijkenis met werkelijke gebeurtenissen of bestaande personen berust geheel op toeval.

ISBN 90-225-2366-7

© 1998 by Christopher Reich
© 1998 voor de Nederlandse taal: De Boekerij bv, Amsterdam

Niets uit deze uitgave mag worden verveelvoudigd en/of openbaar gemaakt, door middel van druk, fotokopie, microfilm of op welke andere wijze ook, zonder voorafgaande schriftelijke toestemming van de uitgever.

Voor Sue

gisteren, vandaag en morgen

PROLOOG

LICHTEN. PRACHTIGE LICHTEN.
Martin Becker bleef even staan voordat hij de trap van de bank afliep en genoot van de zee van glinsterende parels. De hele Bahnhofstrasse was versierd met talrijke snoeren van gele lampjes die als warme elektrische regen uit de hemel leken te vallen. Hij keek op zijn horloge en constateerde met ontzetting dat hij nog maar twintig minuten had voordat de laatste trein van die avond naar de bergen zou vertrekken.

Hij moest nog één boodschap doen. Hij zou zich moeten haasten.

Met zijn koffertje tegen zich aan geklemd, voegde Becker zich in de dichte mensenstroom. Zijn tred was energiek en zelfs voor de efficiënte employés die, evenals hij, Zürich hun thuis noemden, snel. Hij bleef twee keer staan om over zijn schouder te kijken. Hij was er zeker van dat hij niet werd gevolgd, maar hij kon het toch niet laten. Het was een reflex die eerder voortkwam uit schuldgevoel dan uit het besef dat er een reële dreiging bestond. Hij zag niets.

Het was hem gelukt en nu was hij vrij.

Becker bereikte de zilverkleurige deuren van Cartier toen de bedrijfsleidster de zaak al aan het sluiten was. Ze fronste goedgehumeurd haar wenkbrauwen terwijl ze de deur opende en hem de zaak binnenleidde. Weer een te hard werkende bankier die de genegenheid van zijn vrouw kocht. Becker haastte zich naar de toonbank. Hij had zijn kwitantie al in zijn hand en pakte het elegant verpakte doosje aan. De aanschaf van de diamanten broche was een extravagant gebaar. Een symbool van zijn intense liefde en een glinsterend aandenken aan de dag waarop hij had besloten de stem van zijn hart te volgen.

Becker liet het doosje in zijn zak glijden en liep de zaak uit. Het was inmiddels licht gaan sneeuwen. Hij stak de Bahnhofstrasse over en liep langs de Chanel-boetiek en Bally, twee van de talloze aan de luxe gewijde altaren van de stad. De straat was vol met mensen die, net als hij, op het laatste moment nog inkopen deden: goedgeklede mannen en vrouwen die zich met cadeaus voor hun dierbaren naar huis spoedden. Hij probeerde zich de uitdrukking op het gezicht van zijn vrouw voor te stellen als ze de broche uitpakte. Ze zou mompelen dat dit veel te duur was en dat ze het geld beter hadden kunnen sparen voor de studie van de kinderen. Hij zou haar lachend omhelzen en zeggen dat ze zich geen zorgen moest maken. Pas dan zou ze de broche opspelden. Maar vroeg of laat zou ze de reden willen weten en zou hij het haar moeten vertellen. Maar hoe zou hij haar kunnen vertellen hoe groot zijn verraad was?

Hij overdacht dit probleem toen hij een hand op zijn onderrug voelde en een krachtige duw kreeg. Hij liep struikelend en half door zijn knieën zakkend een paar passen naar voren en wist op het laatste moment met zijn uitgestrekte hand een straatlantaarn vast te grijpen. Precies op dat moment schoot er een tram op een afstand van niet meer dan een halve meter langs hem.

Becker zoog zijn longen vol koude lucht, draaide zich pijlsnel om en keek in het rond om de schuldige te vinden. Een aantrekkelijke vrouw die hem vanuit de tegenovergestelde richting passeerde, glimlachte tegen hem en een man van middelbare leeftijd die een loden jas en een bijpassende hoed droeg, knikte meelevend naar hem terwijl hij langs hem liep.

Hij betastte de zak waarin het cadeau voor zijn vrouw zat en voelde aan de bobbel dat het er nog was. Hij keek naar het trottoir en daarna naar zijn schoenen met leren zolen. Hij haalde gemakkelijker adem. De sneeuw. Het ijs. Hij was uitgegleden. Niemand had geprobeerd hem voor de tram te duwen. Maar waarom voelde hij dan de druk van een handpalm op zijn onderrug nagloeien?

Becker keek naar de stroom voetgangers die hem tegemoetkwam en speurde verwoed de gezichten af zonder te weten naar wie of wat hij zocht. Hij wist alleen dat een stem diep binnen in hem tegen hem schreeuwde dat hij gevolgd werd. Na een minuut liep hij door.

Terwijl hij verder liep, verzekerde hij zichzelf dat niemand zijn diefstal ontdekt kon hebben. In ieder geval nog niet. Hij had tenslotte alle mogelijke maatregelen genomen om ontdekking te voorkomen. Hij had de toegangscode en de computer van zijn chef gebruikt. Er zou geen ongeautoriseerd verzoek geregistreerd zijn. Bovendien had hij de rustigste dag van het jaar, de dag vóór Kerstmis, uitgekozen. Hij was urenlang alleen geweest. Niemand had hem de bestanden in het kantoor van zijn chef zien printen. Dat was uitgesloten!

Becker klemde zijn koffertje onder zijn arm en verlengde zijn pas. Veertig meter voor hem uit naderde de tram de halte en minderde snelheid. Een drom mensen drong zich, verlangend om in te stappen, naar voren. Hij begon op een holletje te lopen en daarna te rennen. Hij had er geen idee van waar zijn gevoel van wanhoop vandaan kwam, maar hij wist wel dat hij eraan moest gehoorzamen. Hij overbrugde de afstand snel en door de laatste meters te sprinten, bereikte hij de halte precies op het moment dat de tram knarsend tot stilstand kwam.

De deuren gingen sissend open en verscheidene passagiers stapten uit. Hij drong zich tussen de drom mensen in en was blij dat hij de druk van de lichamen tegen zich aan voelde. Stap voor stap naderde hij de tram. Zijn hartslag werd rustiger en zijn ademhaling gelijkmatiger. Zijn bezorgdheid was voor niets geweest. Hij zou de laatste trein naar de bergen halen. Tegen tienen zou hij in Davos zijn en daar zou hij de volgende week blijven, veilig in de schoot van zijn gezin.

De dringende mensen stapten een voor een in en al snel zou het zijn beurt zijn. Hij zette zijn voet op de metalen trede, leunde naar voren en greep de ijzeren leuning vast. Plotseling voelde hij een krachtige hand op zijn schouder die hem tegenhield. Hij verzette zich en probeerde zich aan de leuning de tram binnen te trekken. Een andere hand greep zijn haar vast en rukte zijn hoofd naar achteren. De koele muis van een hand gleed over zijn hals. Hij opende zijn mond om te protesteren, maar er kwam geen geluid. Het bloed spoot uit zijn keel en kleurde de kleding van de mensen om hem heen rood. Een vrouw begon te gillen en toen nog een. Hij strompelde achteruit terwijl hij met zijn ene hand naar zijn kapotte keel tastte. Zijn benen werden gevoelloos en hij viel op zijn knieën. Hij voelde een hand op de zijne die het koffertje aan zijn greep ontrukte. Hij zag een zilverkleurige flits en voelde dat iets zijn buik openreet, langs een rib schraapte en vervolgens werd teruggetrokken. Al het gevoel verdween uit zijn handen; het koffertje viel op de grond en hij zakte in elkaar.

Martin Becker bleef roerloos op het trottoir liggen. Hij zag alles als door een waas en kon geen lucht krijgen. Hij voelde het warme bloed over zijn wang stromen. Het koffertje lag een halve meter verder op zijn kant. Hij wilde het wanhopig graag pakken, maar zijn arm weigerde dienst.

Toen zag hij hem. De keurige man in de loden jas die vlak achter hem had gelopen toen hij gestruikeld was. De moordenaar boog zich over hem heen en pakte het koffertje op. Een ogenblik keken ze elkaar aan. De man glimlachte en rende toen weg.

Blijf staan, schreeuwde hij geluidloos, maar hij wist dat het te laat was. Hij draaide zijn hoofd om en staarde omhoog. De lichten waren heel mooi. Prachtig zelfs.

HET WAS DE KOUDSTE WINTER SINDS MENSENHEUGENIS. VOOR HET eerst sinds 1962 dreigde het Meer van Zürich helemaal te bevriezen. Er kleefde al een rand blauw ijs aan de oevers en verder weg dreef een doorzichtige korst op het water. De statige raderboten die Zürich en zijn welvarende omgeving regelmatig bezochten, hadden hun toevlucht gezocht in hun winterhaven in Kirchberg. In de havens rondom het meer brandden de stormlampen met een rode kleur die aangaf dat de weersomstandigheden gevaarlijk waren.

In andere jaren zouden de aanhoudende extreem lage temperaturen en eindeloze sneeuwval aanleiding zijn geweest voor levendige discussie en menige krantencolumn zou zijn gewijd aan een nauwkeurige berekening van de economische winsten en verliezen voor het land. De landbouw en de veeteelt hadden verliezen geleden doordat duizenden koeien in laaggelegen schuren waren doodgevroren, maar de vele skioorden in de Alpen hadden winst gemaakt en dat werd tijd ook na de achtereenvolgende winters waarin er te weinig sneeuw was gevallen. En voor de kostbare grondwaterspiegel van het land was het weer ook gunstig omdat deskundigen herstel van de waterhoudende grondlaag voorzagen nadat deze een decennium lang was uitgeput.

Maar niet dit jaar. Op de eerste maandag van januari werd er op de voorpagina van de *Neue Zürcher Zeitung*, de *Tages-Anzeiger* en zelfs van het altijd platvloerse *Zürcher Tageblatt* geen melding gemaakt van het strenge winterweer. Het land worstelde met iets veel zeldzamers dan een strenge winter, het maakte een morele crisis door.

Het was niet moeilijk er uitingsvormen van te vinden en toen Nicholas Neumann op de Paradeplatz uit tram 13 stapte, merkte hij een van de duidelijkste ervan onmiddellijk op. Vijftig meter voor hem uit, aan de oostkant van de Bahnhofstrasse, stond een groep mannen en vrouwen voor het saaie, vier verdiepingen tellende gebouw van de Verenigde Zwitserse Bank, zijn bestemming. De meesten van hen hielden borden op die Nick, zelfs op deze afstand, kon lezen: RUIM DE ZWITSERSE WITWASBANKEN OP. DRUGGELD IS BLOEDGELD. HITLERS BANKIERS.

Het afgelopen jaar was er een aantal gênante onthullingen over de banken van het land gedaan. Medeplichtigheid aan de wapenhandel met het Derde Rijk, het vasthouden van gelden die aan overlevenden van Hitlers concentratiekampen toebehoorden en het verborgen houden van illegaal verkregen geld dat door de Zuid-Amerikaanse drugkartels in deposito was gegeven. Het publiek had er nota van genomen en nu moesten de verantwoordelijke personen gedwongen worden rekenschap af te leggen.

Nick deelde de zelfbeschuldigende stemming in het land niet en hij was er evenmin zeker van dat de banken van het land de enige schuldigen waren, maar verder ging zijn interesse niet. Zijn aandacht was die ochtend geconcentreerd op een privé-kwestie die hem al zo lang hij zich kon herinneren, kwelde.

Nick bewoog zich gemakkelijk tussen de drom mensen door. Hij was een breedgeschouderde en zwaargebouwde, maar lenige man van bijna een meter vijfentachtig. Zijn loop was zelfverzekerd en doelgericht en, al liep hij dan een beetje mank, statig. Zijn gezicht had een ernstige uitdrukking en hij had steil, zwart stekelhaar. Zijn neus was geprononceerd en wees op een duidelijk Europese afkomst. Zijn kin was eerder stevig dan koppig, maar het waren zijn ogen die de aandacht van de mensen trokken. Ze waren lichtblauw en werden omringd door een netwerk van fijne rimpeltjes die je bij iemand van zijn leeftijd niet zou verwachten. Ze boden een heimelijke uitdaging. Zijn verloofde had eens tegen hem gezegd dat ze de ogen van een andere man waren, van iemand die ouder en vermoeider was dan een achtentwintigjarige hoorde te zijn. Iemand die ze niet langer kende. Ze had hem de volgende dag verlaten.

Nick legde de korte afstand naar de bank in minder dan vijf minuten af. Sneeuwvlokken werden donker op zijn trenchcoat, maar hij besteedde er geen aandacht aan. Terwijl hij zich tussen de demonstranten door drong, hield hij zijn blik strak op de dubbele draaideuren boven aan de brede granieten trap gericht.

De Verenigde Zwitserse Bank.

Veertig jaar geleden was zijn vader hier in dienst getreden. Hij was op zijn zestiende als loopjongen begonnen en was op zijn vijfentwintigste portefeuillemanager en op zijn drieëndertigste onderdirecteur. Alexander Neumanns carrière liep gesmeerd. Onderdirecteur. Lid van de raad van bestuur. Alles was mogelijk en alles werd van hem verwacht.

Nick keek op zijn horloge, beklom de trap en liep de hal van de bank binnen. Ergens in de buurt sloeg een kerkklok negen uur. Hij liep door de marmeren hal naar een lessenaar waarop in gouden reliëfletters RECEPTIE stond.

'Ik heb een afspraak met meneer Cerruti,' zei hij tegen de portier. 'Ik begin hier vandaag te werken.'

'Mag ik uw papieren en uw legitimatie?' vroeg de portier, een oudere man die er in zijn marineblauwe jas met gevlochten zilveren epauletten prachtig uitzag.

De portier bekeek ze en gaf ze aan hem terug. 'Ik zal doorgeven dat u er bent. Gaat u daar maar even zitten, alstublieft.' Hij gebaarde naar een groepje leren stoelen.

Maar Nick bleef liever staan. Hij liep langzaam door de grote hal en keek naar de elegant geklede cliënten die op hun favoriete kassiers wachtten en naar de grijsharige functionarissen die zich over de glanzende vloer haastten. Hij hoorde flarden van gedempte gesprekken en gefluister over zaken die met behulp van de computer werden afgehandeld. Zijn gedachten dwaalden af naar de vlucht uit New York, twee nachten geleden, en daarna nog verder terug, naar Cambridge, Quantico en Californië. Hij was al jarenlang hiernaartoe op weg, zelfs zonder het te weten.

Een telefoon achter de lessenaar van de portier begon te zoemen en even later werd Nick door de hal naar een rij ouderwetse liften gebracht. De portier liep met perfect afgemeten stappen voor hem uit. 'Eerste verdieping,' zei hij bruusk. 'Er wacht daar iemand op u.'

Nick bedankte hem en stapte de lift binnen. De lift was klein en had kastanjebruine vloerbedekking, een houten lambrizering en een glanzende koperen leuning. Hij ving onmiddellijk een mengeling van vertrouwde geuren op: verschaalde sigarenrook, de doordringende geur van goedgepoetste schoenen en het duidelijkst van allemaal, tegelijkertijd zoet en antiseptisch, de prikkelende geur van Kölnischwasser, de favoriete eau de cologne van zijn vader. Hij liet de deur dichtvallen en drukte op het knopje.

'Marco Cerruti is ziek. Hij is geveld door god mag weten wat voor virus of bacil,' zei een lange functionaris van tegen de veertig met zandkleurig haar die op de overloop van de eerste verdieping op Nick wachtte. 'Waarschijnlijk komt het door het slechte water in dat deel van de wereld – het Midden-Oosten bedoel ik. De Vruchtbare Halve Maan, dat is ons territorium. Geloof het of niet, maar wij *bankiers* hebben die naam niet bedacht.'

Nick stapte de lift uit, toverde de vereiste glimlach op zijn gezicht en stelde zich voor.

'Natuurlijk bent u Neumann. Op wie zou ik anders staan te wachten?' De man met het zandkleurige haar schudde hem krachtig de hand. 'Ik heet Peter Sprecher. Laat u niet door het accent bedriegen. Ik ben even Zwitsers als Wilhelm Tell. Ik heb in Engeland op school gezeten.' Hij trok aan de manchet van zijn dure overhemd en knipoogde. 'Cerruti is net terug van zijn kerstreis. Ik noem het zijn jaarlijkse kruistocht.

Caïro, Riaad, Dubai en daarna naar onbekende bestemming. Ik denk dat het niet volgens plan is verlopen. Ik heb gehoord dat hij minstens een week uitgeschakeld is. Het slechte nieuws is dat je je met mij tevreden moet stellen.'

Nick luisterde naar de waterval van informatie en probeerde alles in zich op te nemen. 'En het goede nieuws?'

Maar Peter Sprecher was in een smalle gang verdwenen. 'Het goede nieuws is dat er een berg werk klaarligt,' riep hij over zijn schouder, 'we zijn op het ogenblik een beetje onderbezet, dus we gooien je direct het diepe in.'

'Het diepe in?'

Sprecher bleef voor een gesloten deur aan de linkerkant van de gang staan. 'Cliënten, vriend. We moeten onze argeloze klanten iemands knappe gezicht laten zien. Je ziet eruit als een eerlijke vent. Je hebt al je eigen tanden toch nog, hè? Dan moet je ze kunnen bedriegen.'

'*Vandaag?*' vroeg Nick, in verwarring.

'Nee, niet vandaag,' antwoordde Sprecher grijnzend. 'De bank geeft over het algemeen graag een korte opleiding. Je kunt op minstens een maand rekenen om het klappen van de zweep te leren kennen.' Hij opende de deur, liep de kleine vergaderkamer binnen, gooide de manillaenvelop die hij bij zich had op de tafel en liet zich in een van de leren stoelen zakken. 'Ga zitten,' zei hij.

Nick trok een stoel naar achteren en ging tegenover zijn nieuwe baas aan de tafel zitten. *Je bent binnen,* hield Nick zichzelf op de vermanende toon die zijn vader altijd gebruikte, voor. *Houd je mond dicht en je ogen open. Word een van hen.*

Peter Sprecher haalde een bundeltje papieren uit de envelop. 'Je leven in vier zinnen met enkele regelafstand. Hier staat dat je uit Los Angeles komt.'

'Ik ben daar opgegroeid, maar ik noem het al een hele tijd niet meer mijn stad.'

'Ah, het moderne Gomorra. Ik houd van die stad.' Sprecher schudde een Marlboro uit zijn pakje en bood die Nick aan, maar deze bedankte. 'Ik dacht al dat je geen roker bent. Je ziet er verdomme fit genoeg uit om een marathon te lopen. Zal ik je eens een goede raad geven? Doe kalm aan, jongen. Je bent in Zwitserland. Rustig aan, dan breekt het lijntje niet, dat is ons motto. Onthoud dat goed.'

'Dat zal ik doen.'

'Leugenaar,' zei Sprecher lachend. 'Ik zie dat je daar niet voor in de wieg gelegd bent. Je zit veel te rechtop, maar dat is Cerruti's probleem, niet het mijne.' Hij liet zijn hoofd zakken en pafte aan zijn sigaret terwijl hij de papieren van de nieuwe werknemer bestudeerde. 'Marine, hè? Officier. Dat verklaart het.'

'Vier jaar,' zei Nick. Hij deed zijn best om nonchalanter te gaan zitten. Hij probeerde een schouder te ontspannen en zelfs een beetje in te zakken. Het was niet gemakkelijk.

'Wat heb je daar gedaan?'

'Infanterie. Ik had de leiding over een verkenningspeloton. De helft van de tijd oefenden we en de andere helft dreven we op de Grote Oceaan rond en wachtten tot er een crisis zou uitbreken zodat we onze training in praktijk konden brengen. Dat is nooit nodig geweest.' Dat was de officiële lezing van de compagnie en hij had moeten zweren zich eraan te houden.

'Arme kerel,' zei Sprecher ongeïnteresseerd. Hij nam een diepe trek van zijn sigaret en tikte toen met zijn vinger op een regel die hem interesseerde. 'Hier staat dat je in New York hebt gewerkt. Vier maanden maar. Wat is er gebeurd?'

Nick hield zijn antwoord kort. Hij wist dat je het beste in de buurt van de waarheid kon blijven als je loog. 'Het was niet wat ik ervan had verwacht. Ik voelde me daar niet thuis, niet op het werk en niet in de stad.'

'Dus besloot je je geluk in het buitenland te beproeven?'

'Ik heb mijn hele leven in de Verenigde Staten gewoond. Op een dag realiseerde ik me dat ik aan iets nieuws toe was. Toen ik dat besluit eenmaal had genomen, ben ik zo snel mogelijk vertrokken.'

'Ik wou dat ik het lef had om zoiets te doen. Helaas is het voor mij te laat.' Sprecher blies een wolk rook naar het plafond, keek Nick nog even nieuwsgierig aan en schoof de papieren terug in de envelop. 'Ben je hier al eerder geweest?'

'In de bank?'

'*In Zwitserland.* Je hebt Zwitserse familie, hè? Het is moeilijk om op een andere manier aan een Zwitsers paspoort te komen.'

'Het is al lang geleden,' zei Nick, die zijn antwoord opzettelijk vaag hield. Zeventien jaar om precies te zijn. Hij was elf geweest toen zijn vader hem naar ditzelfde gebouw had meegenomen. Het was een gezelligheidsbezoek geweest en de grote Alex Neumann stak zijn hoofd om de deur van de kantoren van zijn voormalige collega's en wisselde een paar woorden met hen voordat hij de kleine Nicholas voorstelde alsof de jongen een exotische trofee uit een ver land was. 'Het paspoort komt van mijn vaders kant van de familie. We spraken samen thuis Zwitsers-Duits.'

'O ja? Wat merkwaardig.' Sprecher drukte zijn sigaret uit en schoof zijn stoel met een diepe zucht dichter naar de tafel toe zodat hij recht tegenover Nick kwam te zitten. 'Genoeg gebabbeld. Welkom bij de Verenigde Zwitserse Bank, meneer Neumann. U bent toegewezen aan *Finanzielle Kundenberatung, Abteilung 4.* Financieel Cliëntenbeheer Afdeling 4. Onze kleine groep heeft te maken met privé-personen uit het Midden-Oosten en Zuid-Europa, vooral Italië, Griekenland en Turkije. Op het ogenblik beheren we ongeveer zevenhonderd rekeningen waarop in totaal meer dan twee miljard Amerikaanse dollar aan activa staat. Uiteindelijk is dat toch de enige valuta die iets waard is.'

De meesten van onze cliënten hebben een coderekening bij de bank. U ziet hun naam misschien ergens met potlood in hun dossier staan. Let wel, met potlood. Ze zijn dus weg te gommen. Ze dienen officieel anoniem te blijven. We bewaren geen permanente gegevens over hun identiteit in het kantoor. Die informatie wordt in de DZ – *Dokumentationzentrale* – bewaard. Stalag 17 noemen we die afdeling.' Sprecher zwaaide met een lange vinger naar Nick. 'Verscheidene van onze belangrijkere cliënten zijn alleen bekend bij de topmensen van onze bank. Houd dat zo. Mocht je van plan zijn ze persoonlijk te leren kennen, dan kun je dat maar beter nu direct uit je hoofd zetten. Begrepen?'

'Begrepen,' zei Nick. Het dienstmeisje gaat niet met de gasten om.

'De gang van zaken is als volgt. Een cliënt belt en geeft je zijn rekeningnummer; waarschijnlijk omdat hij zijn kassaldo of de waarde van de aandelen in zijn portefeuille wil weten. Voordat je informatie verstrekt, moet je zijn of haar identiteit vaststellen. Al onze cliënten hebben een codewoord waarmee ze zich identificeren. Vraag daarnaar. Misschien kun je ook nog naar hun geboortedatum vragen. Dat geeft ze een veilig gevoel. Maar verder gaat je nieuwsgierigheid niet. Als een cliënt vijftigduizend Duitse marken per week naar een rekening in Palermo wil overmaken, zeg je: *"Prego, signore. Con piacere."* Als een cliënt maandelijks telegrafisch geld wil overmaken naar twaalf onbekenden die bij twaalf verschillende banken in Washington D.C. een rekening hebben zeg je: "Natuurlijk, meneer. Met genoegen." Waar het geld van onze cliënten vandaan komt en wat ze ermee willen doen, is helemaal hun zaak.'

Nick hield het spottende commentaar dat in hem opkwam vóór zich en probeerde alle informatie die hem werd toegeworpen op een rijtje te zetten.

Sprecher stond op en liep naar het raam dat op de Bahnhofstrasse uitkeek. 'Hoor je de trommels?' vroeg hij terwijl hij zijn hoofd schuin hield en naar de demonstranten keek die voor de bank paradeerden. 'Nee? Kom dan eens even hier en kijk naar beneden.'

Nick stond op, ging naast Sprecher staan en keek naar de groep van vijftien tot twintig demonstranten.

'De barbaren staan aan de poort,' zei Sprecher. 'De inboorlingen worden ongeduldig.'

'Er is in het verleden al vaker grotere openheid over hun activiteiten van de banken geëist,' zei Nick. 'Het onderzoek naar bezittingen die aan cliënten toebehoorden die in de Tweede Wereldoorlog zijn gedood, is daarvan het gevolg geweest. De banken hebben dat probleem opgelost.'

'Door de goudreserves van het land te gebruiken om een fonds voor de overlevenden op te richten. Dat heeft ons zeven miljard franc gekost! En toch hebben we pogingen om rechtstreeks toegang tot onze archieven te krijgen, weten te verijdelen. Het verleden is *verboten.*' Sprecher keek op zijn horloge en maakte een wegwerpend gebaar naar de demonstranten. 'We moeten nu, meer dan ooit, onze mond houden en doen wat ons gezegd wordt. Maar ik heb nu genoeg van je tijd in beslag genomen. Ga nu maar naar doctor Schon van de personeelsafdeling om een identiteitskaart te laten maken, een handboek te halen en alle andere leuke dingen te regelen die onze geliefde instelling tot zo'n heerlijke plaats om te werken maken. Regels, meneer Neumann. Regels.'

Regels, herhaalde hij bij zichzelf. Dit woord zorgde ervoor dat hij in gedachten terugging naar de officiersopleiding. De stemmen waren hier zachter en de kazerne was mooier, maar al met al was het hetzelfde. Een nieuwe organisatie en nieuwe regels, maar ook hier was er geen speelruimte.

'Nog één ding,' zei Sprecher. 'Doctor Schon kan een beetje kortaangebonden zijn. Ze heeft het niet echt op Amerikanen begrepen. Hoe minder je zegt, hoe beter.'

Wolfgang Kaiser keek door het raam op de derde verdieping neer op de vochtige hoofden van de demonstranten die zich voor zijn bank hadden verzameld. Hij werkte al veertig jaar bij de VZB, waarvan de laatste zeventien jaar als directeur en voorzitter van de raad van bestuur. In die tijd was er maar één andere demonstratie op de trap van de bank geweest – een protest tegen investeringen van de bank in Zuid-Afrika. Hij had de apartheid even sterk afgekeurd als iedereen, maar de politiek speelde nu eenmaal geen rol bij een zakelijke beslissing. Over het algemeen waren Afrikaners verdomd goede cliënten. Ze betaalden hun leningen op tijd terug en hielden een redelijk bedrag in deposito. God wist dat ze bijna omkwamen in de goudstaven.

Kaiser trok even aan de uiteinden van zijn snor en liep van het raam vandaan. Hij was een indrukwekkende man, al was hij maar van middelmatige lengte. In zijn marineblauwe kamgaren maatkostuum zag hij eruit als een echte aristocraat, maar zijn brede schouders, gespierde rug en stevige benen getuigden van een eenvoudige afkomst. En hij had nog een ander aandenken aan zijn weinig verheven komaf: zijn linkerarm die bij zijn geboorte door de verlostang van een al te enthousiaste, dronken vroedvrouw was beschadigd, was dun en slap.

Kaiser liep om zijn bureau heen en staarde naar de telefoon. Hij wachtte op een telefoontje, op een korte boodschap die het verleden in het heden zou brengen. Op het bericht dat de cirkel zich had gesloten.

De telefoon op zijn bureau begon te zoemen en hij stortte zich erop. 'Kaiser.'

'*Guten Morgen, Herr Direktor.* Met Brunner.'

'En?'

'De jongeman is gearriveerd,' zei de portier. 'Hij kwam precies om negen uur binnen.'

'En hoe zag hij eruit?' Kaiser had in de loop van de jaren foto's van hem gezien en nog onlangs had hij een videoband van zijn sollicitatiegesprek bekeken. Toch kon hij zich niet bedwingen het te vragen. 'Lijkt hij op zijn vader?'

'Misschien is hij een paar pond zwaarder, maar verder is hij zijn evenbeeld. Ik heb hem naar meneer Sprecher gestuurd.'

'Ja, dat heb ik gehoord. Dank je, Hugo.'

Kaiser legde de hoorn op de haak en ging achter zijn bureau zitten. Zijn mondhoeken gingen in een flauwe glimlach omhoog. 'Welkom in Zwitserland, Nicholas Alexander Neumann,' fluisterde hij. 'Het is lang geleden sinds we elkaar voor het laatst hebben gezien. Heel lang.'

HET KANTOOR VAN HET HOOFD PERSONEELSZAKEN VAN DE FINANCIËLE afdeling was aan de andere kant van de begane grond. Nick bleef voor een open deur staan en klopte twee keer voordat hij naar binnen ging. Een slanke vrouw zat gebogen over een rommelig bureau een verzameling witte vellen papier te ordenen. Ze streek een lok haar uit haar gezicht, stond op en staarde de bezoeker aan.

'Kan ik u helpen?' vroeg ze.

'Ik kom voor doctor Schon,' zei Nick. 'Ik ben hier vanochtend met werken begonnen en...'

'Mag ik uw naam alstublieft. Er beginnen vandaag zes nieuwe employés. De eerste maandag van de maand.'

Haar strenge stem zorgde ervoor dat hij zin kreeg zijn schouders te rechten, te salueren en zijn naam, rang en nummer te blaffen. Hij vertelde haar wie hij was en, Sprechers opmerking over zijn houding indachtig, probeerde hij niet al te rechtop te staan.

'Hmmm,' zei ze, plotseling geïnteresseerd. 'Onze Amerikaan. Komt u binnen, alstublieft.' De vrouw strekte haar nek uit en nam hem niet al te discreet op. Kennelijk tevredengesteld vroeg ze met een vriendelijker stem of hij een goede vlucht had gehad.

'Niet slecht,' zei Nick terwijl hij haar taxerende blik beantwoordde. 'Het wordt na een paar uur een beetje krap, maar in elk geval ging alles gesmeerd.'

Ze was een kop kleiner dan hij en had intelligente bruine ogen en dik blond haar dat schuin over haar voorhoofd viel. Haar gracieus geheven kin en scherpe neus gaven haar een air van gewichtigheid. Ze vroeg of hij even wilde wachten en liep door een open deur een aangrenzend kantoor in.

Nick had vroeger een vrouw als zij gekend. Zelfverzekerd, assertief en een beetje te professioneel. Een vrouw die zich verliet op een perfecte lichaamsverzorging om de zorgeloze vergissingen van de natuur te corrigeren. Hij was zelfs bijna met haar getrouwd.

'Komt u alstublieft binnen, meneer Neumann.'

Hij herkende de strenge stem. Achter een breed bureau stond de vrouw met de intelligente bruine ogen. Ze had haar blonde haar achter haar oren gestopt en een grote bril met een hoornen montuur rustte op haar neus.

'Het spijt me,' zei Nick welgemeend. 'Ik realiseerde me niet...' Hij bleef in zijn verklaring steken.

'Sylvia Schon,' zei ze. Ze stond op en stak hem over het bureau haar hand toe. 'Het is me een genoegen u te ontmoeten. Het komt niet vaak voor dat de voorzitter van de raad van bestuur iemand aanbeveelt die pas afgestudeerd is.'

'Hij was een vriend van mijn vader. Ze werkten samen.' Nick schudde zijn hoofd alsof hij de relatie wilde bagatelliseren. 'Het was lang geleden.'

'Dat heb ik begrepen, maar de bank vergeet zijn mensen niet. We dragen loyaliteit hier hoog in het vaandel.' Ze gebaarde hem dat hij kon gaan zitten en toen hij dat had gedaan, liet ze zich in haar stoel zakken. 'Ik hoop dat u er geen bezwaar tegen hebt dat ik u een paar vragen stel. Ik ben er trots op dat ik iedereen ken die op onze afdeling werkt. Gewoonlijk staan we erop verscheidene sollicitatiegesprekken met iemand te hebben voordat we iemand een baan aanbieden.'

'Ik stel het op prijs dat er in mijn geval een uitzondering is gemaakt. In feite heb ik in New York met doctor Ott een gesprek gehad.'

'Ik veronderstel dat dat nogal oppervlakkig was.'

'Doctor Ott en ik hebben heel wat onderwerpen besproken. Als u me vraagt of hij het me gemakkelijk heeft gemaakt, is het antwoord nee.' Nick had de klank van professionele jaloezie in haar stem opgemerkt. Het zat haar dwars dat Kaiser haar niet geraadpleegd had voordat hij Nick de baan had aangeboden.

Sylvia Schon trok een wenkbrauw op. Ze had natuurlijk gelijk. Zijn sollicitatiegesprek met de vice-voorzitter van de raad van bestuur van de bank was niets meer geweest dan een uitgebreide kletspartij. Ott was een kleine, dikke, gladde man die hem voortdurend verontschuldigend op de arm klopte en Nick had de indruk dat hij opdracht had gekregen een zo rooskleurig mogelijk beeld van het leven in Zürich en een carrière bij de Verenigde Zwitserse Bank te schilderen.

'Veertien maanden,' zei ze. 'Langer heeft geen enkele van onze Amerikaanse rekruten het uitgehouden. Jullie komen over voor een vakantie in Europa, gaan een beetje skiën en de bezienswaardigheden bekijken en een jaar later zijn jullie vertrokken op weg naar graziger weiden.'

'Als dat problemen heeft opgeleverd, waarom voert u de sollicitatiegesprekken dan niet zelf?' vroeg hij vriendelijk, als tegenwicht van haar strijdlustige toon. 'Ik ben ervan overtuigd dat u de zwakkere kandidaten wel zou kunnen uitselecteren.'

Doctor Schon kneep haar ogen halfdicht alsof ze niet zeker wist of hij een wijsneus of een bijzonder opmerkzaam iemand was. 'Een interessante vraag. Stelt u hem gerust aan doctor Ott als u hem de volgende keer spreekt. Het voeren van sollicitatiegesprekken met buitenlandse kandidaten is zijn afdeling. Laten we ons nu maar op u concentreren. Onze vluchteling uit Wall Street. Ik kan me niet voorstellen dat een firma als Morgan Stanley vaak een van zijn beste rekruten na slechts vier maanden kwijtraakt.'

'Ik ben tot de conclusie gekomen dat ik mijn leven niet in New York wilde slijten. Ik heb nooit de gelegenheid gehad in het buitenland te werken. Toen mijn besluit eenmaal vaststond, realiseerde ik me dat ik maar beter zo snel mogelijk kon vertrekken.'

'Dus u hebt zomaar ontslag genomen?' Ze knipte met haar vingers.

Nick begon haar agressieve toon irritant te vinden. 'Ik heb eerst met Herr Kaiser gesproken. Hij heeft, nadat ik in juni afgestudeerd was, contact met me opgenomen en zei dat hij graag wilde dat ik bij de bank kwam werken.'

'U hebt niet overwogen ergens anders te gaan werken. In Londen? Hongkong? Tokio? Ik ben er zeker van dat u andere bedrijven hebt moeten teleurstellen toen Morgan Stanley u een baan aanbood. Wat heeft u naar Zürich gebracht?'

'Ik wil me graag in bankzaken van particuliere cliënten specialiseren en Zürich is daarvoor de aangewezen stad. Geen enkele bank heeft een betere reputatie dan de VZB.'

'Dus onze reputatie heeft u naar ons toe gebracht?'

Nick glimlachte. 'Ja, precies.'

Leugenaar, zei de stem vanuit een donker hoekje van zijn ziel. *Je zou hier nog naartoe gekomen zijn als de bank onder de stront begraven en de laatste spade net gebroken was.*

'Denk eraan dat de dingen hier langzaam gaan. Verwacht niet dat u snel in de raad van bestuur zult komen. We zijn niet zo'n uitgesproken meritocratie als waaraan jullie Amerikanen gewend zijn.'

'Minimaal veertien maanden,' zei Nick. 'Dan zal ik me net een beetje thuis voelen en weten hoe het hier toegaat.'

Ik blijf. Veertien maanden of veertien jaar. Zo lang als nodig is om erachter te komen waarom mijn vader in de vestibule van het huis van een goede vriend werd vermoord.

Sylvia Schon schoof haar stoel dichter naar het bureau en bestudeerde enkele documenten die erop lagen. De spanning van een eerste ontmoeting verdween en ten slotte keek ze glimlachend op. 'Ik heb begrepen dat u meneer Sprecher al hebt ontmoet? Is alles naar wens gegaan?'

Nick zei ja.

'Hij heeft u vast en zeker verteld dat we op de afdeling een beetje onderbezet zijn.'

'Hij zei dat meneer Cerruti ziek was en dat hij volgende week terug zal zijn.'

'Dat hopen we. Heeft hij nog iets anders gezegd?'

Nick keek haar aandachtig aan. Ze glimlachte niet meer. Waarom deed ze zo omzichtig? 'Nee, alleen dat Cerruti op zijn zakenreis een virus had opgelopen.'

Doctor Schon zette haar bril af en kneep in de rug van haar neus. 'Het spijt me dat ik dit op uw eerste werkdag ter sprake moet brengen, maar het lijkt me het beste dat u het nu te horen krijgt. Ik veronderstel dat u niet weet wat er met meneer Becker is gebeurd. Hij werkte ook voor FKB4. Hij heeft zeven jaar bij de bank gewerkt. Hij is op kerstavond, niet ver hiervandaan, vermoord. Doodgestoken. We zijn er allemaal nog erg door van streek. Het is een vreselijke tragedie.'

'Was hij de man die in de Bahnhofstrasse is vermoord?' Nick herinnerde zich de naam niet, maar wel de feiten die hij tijdens de vlucht in een artikel in een Zwitserse krant had gelezen. De politie had nog geen verdachte, maar in het artikel had duidelijk gestaan dat roof het motief voor de moord was. Op de een of andere manier was het de VZB gelukt zijn naam uit de krant te houden.

'Ja, het is afschuwelijk. Zoals ik al zei, we zijn nog steeds in een shocktoestand.'

'Ik vind het heel erg,' fluisterde Nick.

'Ik moet me eigenlijk verontschuldigen. Niemand verdient het om op zijn eerste werkdag zulk verschrikkelijk nieuws te horen.' Doctor Schon stond op en liep om haar bureau heen. Het was het teken dat het gesprek voorbij was. Ze forceerde een glimlach. 'Ik hoop dat meneer Sprecher niet te veel van zijn slechte gewoonten op u overdraagt. U zult maar een paar dagen bij hem zijn. Intussen moeten er verscheidene andere zaken geregeld worden. We hebben een paar foto's van u en natuurlijk uw vingerafdrukken nodig. Die kunt u in de gang, drie deuren naar rechts, laten afnemen. En dan moet ik u ook nog een exemplaar van het handboek van de bank geven.' Ze liep rakelings langs hem heen naar een kast die tegen de linkermuur stond. Ze opende een lade, pakte er een blauw boek uit en overhandigde hem dat.

'Moet ik hierbeneden wachten tot de identiteitskaart klaar is?'

'Ik denk niet dat dat nodig is,' baste een sonore mannenstem.

Nick hief zijn hoofd op en keek recht in het stralende gezicht van Wolfgang Kaiser. Hij deed een stap achteruit, al wist hij niet of het van

21

verrassing of ontzag was. Een ogenblik zweeg hij. Kaiser was de grijze eminentie van zijn familie die hen ergens vanachter de horizon altijd ongezien in de gaten had gehouden. Na al die tijd wist Nick niet hoe hij hem moest begroeten. Als de man die zijn vaders begrafenisdienst had bijgewoond en daarna het lichaam naar Zwitserland had begeleid om het daar te laten begraven. Als de verre weldoener die in de loop van de jaren op vreemde momenten opdook en hem gelukwensen had gestuurd toen hij zijn middelbareschooldiploma had behaald en was afgestudeerd en, naar Nick vermoedde, cheques had gestuurd als zijn moeder zich financieel in de nesten had gewerkt. Of als de gevierde icoon van de internationale zakenwereld, over wie talloze kranten- en tijdschriftartikelen waren verschenen en die talrijke keren voor de televisie was geïnterviewd. Het bekendste gezicht van het establishment van het Zwitserse bankwezen.

Kaiser loste Nicks dilemma ogenblikkelijk op. Hij sloeg zijn rechterarm om zijn schouders, drukte hem in een stevige omhelzing tegen zijn borst en fluisterde in zijn oor dat het zo lang geleden was en dat hij zo veel op zijn vader leek. Ten slotte liet hij hem los, maar niet voordat hij hem stevig op de wang had gekust.

'Op de begrafenis van je vader heb je tegen me gezegd dat je eens zou terugkomen om zijn plaats in te nemen. Weet je dat nog?'

'Nee,' zei Nick, in verlegenheid gebracht. Hij zag dat Sylvia Schon met een vreemd glimlachje om haar lippen naar hem staarde. Heel even had hij het gevoel dat ze hem niet als een nieuwe werknemer, maar als een tegenstander zag.

'Natuurlijk niet,' zei Kaiser. 'Hoe oud was je toen helemaal? Tien, elf jaar. Nog maar een kind. Maar ik heb het onthouden. Ik heb het *altijd* onthouden. En nu ben je hier.'

Nick greep zijn uitgestrekte hand vast die de zijne als een bankschroef omklemde. 'Bedankt dat u een plaats voor me hebt gevonden. Ik realiseer me dat het op erg korte termijn was.'

'Onzin. Als ik iemand een aanbod doe, dan stáát dat. Ik ben blij dat we je bij onze Amerikaanse collega's hebben kunnen weglokken.' Kaiser liet zijn hand los. 'Is doctor Schon bezig je aan de tand te voelen? We hebben in je sollicitatiebrief gelezen dat je ons dialect spreekt. Dat gaf me een beter gevoel over het kleine duwtje in de rug dat ik je gegeven heb. *Sprechen Sie gerne Schweizer-deutsch?'*

'*Natürlich,*' antwoordde Nick. '*Leider han-i fascht nie Möglichkeit dazu, weisch?*' Kaisers geanimeerde gezicht betrok even en toen Nick doctor Schon aankeek, zag hij dat haar mondhoeken in een flauw glimlachje omhooggingen. Kaiser ging over op het Engels. 'Geef het een paar weken de tijd, dan komt het allemaal weer terug. Ott heeft me verteld dat je wat research naar de Zwitserse banken hebt gedaan. Hij was ervan onder de indruk.'

'Mijn scriptie,' zei Nick, blij dat hij weer vaste grond onder de voeten had. 'Een korte verhandeling over de groeiende rol van de Zwitserse banken bij de internationale aandelenmarkt.'

'Is dat zo? Onthoud dat we in de allereerste plaats een Zwitserse bank zijn. We hebben onze gemeenschap en ons land meer dan honderdvijfentwintig jaar gediend. Voordat er een verenigd Duitsland bestond, was ons hoofdkantoor al op deze plek gevestigd. Voordat het Suezkanaal klaar was en zelfs voordat er een tunnel door de Alpen was gebouwd, waren wij al in bedrijf. De wereld is sindsdien ingrijpend veranderd en we zijn nog steeds in bedrijf. Continuïteit, Nicholas. Daar staan we voor.'

Nick zei dat hij het begreep.

'We hebben je bij FKB4 ondergebracht. Dat is een van onze belangrijkere afdelingen. Je zult een heleboel geld onder je beheer hebben. Ik hoop dat Cerruti snel terug is. Hij heeft onder je vader gewerkt en was er enthousiast over dat je bij ons in dienst komt. Tot dan doe je wat Sprecher zegt.' Hij schudde hem weer de hand en Nick had het gevoel dat hij hem voorlopig niet meer zou zien.

'Je zult het hier zelf moeten doen,' zei Kaiser. 'Je hebt het zelf in de hand of je carrière maakt. Als je hard werkt, zal het je lukken. En onthoud wat we hier altijd zeggen: "De bank gaat vóór ons allemaal."'

Kaiser liep het kantoor uit.

Nick draaide zich naar doctor Schon om. 'Eén vraag nog. Wat heb ik precies tegen hem gezegd?'

Ze stond in een nonchalante houding met haar armen over haar borst gevouwen. 'O, het was niet zozeer wat u zei, maar hoe u het zei. U sprak de voorzitter van de raad van bestuur van de op drie na grootste bank van Zwitserland aan alsof hij uw drinkmaatje was. Hij was een beetje verbaasd, dat is alles. Ik denk niet dat hem zoiets vaak overkomt. Maar ik zou zijn raad opvolgen en de taal een beetje ophalen. Uw beheersing ervan is niet helemaal wat we verwachtten.'

Nick was zich bewust van de kritiek die in haar woorden doorklonk en hij schaamde zich ervoor dat hij tekortgeschoten was. Hij kon zichzelf wel voor zijn kop slaan omdat hij Kaiser beledigd had. Hij vroeg doctor Schon wat hij moest doen om de identiteitskaart te krijgen.

'Het duurt maar een paar minuten. Net lang genoeg om alle inkt van uw vingertoppen te wassen.' Ze strekte zich uit en stak hem haar hand toe. Haar toon was nu losser en zelfs vriendelijk. 'U zult aan hooggespannen verwachtingen moeten beantwoorden. Er zijn heel wat mensen die erin geïnteresseerd zijn hoe u het hier doet. Wat mij betreft, ik hoop alleen dat u hier een poosje zult blijven.'

'Dank u. Dat waardeer ik.'

'Begrijp me niet verkeerd, meneer Neumann. Ik heb me ten doel gesteld ervoor te zorgen dat de financiële afdeling het laagste personeelsverloop van de bank zal hebben. Niet meer en niet minder. Noem het maar mijn goede voornemen voor het nieuwe jaar.'

Nick keek haar strak aan. 'Ik zal u niet teleurstellen. Ik blijf wel plakken.'

Ze schudde hem krachtig de hand. 'Ik bel u over een paar dagen wel om te informeren hoe het gaat.'

Nadat hij foto's had laten maken en zijn vingerafdrukken had laten afnemen, liep Nick terug naar de lift. Hij drukte op het knopje en terwijl hij op de lift wachtte, keek hij om zich heen. Tegenover de gang waaruit hij zojuist was gekomen, waren een paar glazen deuren. LOGISTIK UND ADMINISTRATION, was er met grote blokletters op ooghoogte op geschilderd. Het verbaasde Nick dat hij de deuren niet eerder had opgemerkt. Ze kwamen hem vreemd bekend voor. Hij liep van de lift vandaan, stak de overloop over en zette zijn vingers tegen de melkachtig witte ruiten. Hij had deze deuren echt eerder gezien. Hij was erdoor naar binnen gegaan, herinnerde hij zich, omdat zijn vader in kamer 103 een oude vriend wilde bezoeken.

Nick keek op zijn horloge. Hij werd niet op een bepaalde tijd terugverwacht en Sprecher leek hem niet iemand die snel moeilijk zou doen. Waarom zou hij niet even een kijkje in kamer 103 nemen? Hij betwijfelde of dezelfde man er nog werkte, maar die kamer was zijn enige referentiepunt. Hij nam een besluit, duwde de deur open en liep een lange gang in. Om de vijf stappen passeerde hij een kantoor. Toen hij zag dat er op de laatste deur aan zijn linkerkant echt nummer 103 stond, slaakte hij een zucht van verlichting. De letters 'DZ' waren onder het nummer gedrukt. *Dokumentationszentrale.* Het archief van de bank.

Een bekende stem verstoorde zijn gedachten.

'Wat doe jij hier in godsnaam?' vroeg Peter Sprecher.

Nick haalde diep adem en probeerde zich te ontspannen. 'Ik moet ergens een verkeerde afslag hebben genomen. Ik begon me er al zorgen over te maken dat ik verdwaald was.'

'Als ik had geweten dat je zo'n postduiveninstinct had, zou ik je deze stapel papieren hebben meegegeven.' Sprecher wees met zijn kin naar de papieren onder zijn arm. 'Portefeuilles van cliënten die voor de versnipperaar zijn bestemd. Loop maar door. Het is het eerste kantoor aan de linkerkant om de hoek.'

Peter Sprecher leidde Nick terug naar de eerste verdieping en vergezelde hem naar een rij kantoren ver in een binnengang. 'Dit is je nieuwe thuis,' zei Sprecher. 'We noemen het de Broeikas.'

Aan weerskanten van een ruime middengang was een rij kantoren die door glazen wanden van elkaar gescheiden waren. Nick liet zijn blik kritisch over de beige vloerbedekking, het smakeloze meubilair en het blauwgrijze behang dwalen. De kantoren hadden geen enkel raam dat uitzicht op de buitenwereld bood.

Sprecher legde een hand op Nicks schouder. 'Het is niet bepaald de mooiste plek, maar hij beantwoordt aan zijn doel.'

'En dat is?'

'Privacy. Stilzwijgen. Vertrouwelijkheid. Onze heilige eed.'

Hij stak een sigaret op en liep langzaam door de middengang terwijl hij over zijn schouder tegen Nick praatte. 'De meeste cliënten van FKB4 hebben ons het discretionaire beheer over hun geld gegeven. We mogen er naar goeddunken mee spelen. Weet je wat van het beheer van discretionaire rekeningen?'

'Cliënten die er de voorkeur aan geven dat hun rekening discretionair beheerd worden, dragen de volledige verantwoordelijkheid voor de investering van hun kapitaal aan de bank over. De bank investeert het geld aan de hand van een risicoprofiellijst die door de cliënt wordt verstrekt. Daarop geeft de cliënt zijn voorkeur voor aandelen, obligaties en edelmetalen aan en vermeldt op welk soort investeringen hij het niet begrepen heeft.'

'Heel goed,' zei Sprecher. 'Heb je hier soms al eerder gewerkt of hebben ze je dat allemaal op Harvard geleerd? Ik wil er nog aan toevoegen dat het geld van de cliënt wordt geïnvesteerd volgens strenge richtlijnen die door de investeringscommissie van de bank zijn opgesteld. Hoewel onze functieomschrijving portefeuillemanager is, hebben we al in geen negentien jaar zelfstandig een portefeuille samengesteld. Wat we doen, is beheer voeren. En dat doen we beter dan wie ook op Gods aarde. Gesnopen?'

'Voor honderd procent,' zei Nick.

Ze passeerden een leeg kantoor en Sprecher zei: 'Dat was het kantoor van meneer Becker. Ik neem aan dat doctor Schon je heeft verteld wat er is gebeurd.'

'Was hij een goede vriend van u?'

'Vrij goed. Hij is twee jaar geleden bij FKB4 komen werken. Vreselijk om zo aan je eind te komen en dan nog wel op kerstavond. In ieder geval krijg jij zijn kantoor als je opleidingsperiode achter de rug is. Ik hoop dat je dat niet erg vindt.'

'Helemaal niet,' zei Nick.

Sprecher bereikte het laatste kantoor aan de linkerkant van de gang. Het was groter dan de andere en Nick zag dat er een tweede bureau in gezet was. Sprecher slenterde door de open deur naar binnen en ging achter het grootste bureau zitten. 'Welkom in mijn paleis. Twaalf jaar in dezelfde functie en dit is het resultaat. Ga zitten. Dat is jouw plaats tot je het klappen van de zweep kent.'

De telefoon begon te rinkelen en Sprecher nam op. 'Met Sprecher.' Hij richtte zijn blik op Nick, bedekte de hoorn met zijn hand en liet hem zakken. 'Wil je zo vriendelijk zijn even een kop koffie voor me te halen? Daar achterin.' Hij gebaarde vaag naar de open gang. 'Als je het niet kunt vinden, moet je het maar aan iemand vragen.'

Nick liep het kantoor uit. Het was nu niet precies waarom hij zijn baan had opgezegd en zesduizend kilometer over de Atlantische Oceaan was gevlogen, maar wat kon hem het schelen? Bij iedere baan moest je wel eens vervelende klusjes doen. Toen hij halverwege de gang was, realiseerde hij zich dat hij vergeten was te vragen hoe Sprecher zijn koffie dronk. Hij liep haastig terug en stak zijn hoofd om de deur van het kantoor van zijn chef.

Sprecher zat met zijn hoofd op zijn hand gesteund en staarde naar de vloer. 'Dat heb ik je toch al gezegd, Georg. Het kost je vijftigduizend meer wil ik bij jullie komen werken. Ik ga hier niet weg voor een stuiver minder. Noem het maar een risicotoeslag. Jullie zijn nieuw in dit soort zaken. Voor die prijs heb je een koopje aan me.'

Nick klopte op de glazen wand en Sprechers hoofd schoot met een ruk omhoog. 'Wat is er?'

'Hoe wilt u uw koffie? Zwart? Met suiker?'

Sprecher hield de hoorn van zijn oor vandaan en Nick wist dat hij probeerde te bepalen hoeveel hij had gehoord. 'Ik bel je later terug, George. Ik moet nu weg.' Hij legde de hoorn op de haak en wees toen naar de stoel vóór zijn bureau. 'Ga zitten.'

Nick deed wat hem was gezegd.

Sprecher trommelde een paar seconden met zijn vingers op zijn bureau. 'Ben je een van die kerels die altijd op plaatsen opduiken waar ze niet horen te zijn? Eerst zwerf je op de begane grond rond en blijf je als een verdwaalde puppy voor DZ hangen en nu kom je hier terug en steekt je neus in mijn zaken.'

'Ik heb niets gehoord.'

'Je hebt genoeg gehoord en dat weet ik.' Sprecher wreef met een hand over zijn nek en blies vermoeid zijn adem uit. 'Het punt is dat we de komende tijd moeten samenwerken, ouwe jongen. Ik vertrouw jou en jij vertrouwt mij. Begrijp je hoe het werkt? Er is geen ruimte om elkaar te verklikken.'

'Ik begrijp het,' zei Nick.

Sprecher gooide zijn hoofd in zijn nek en lachte. 'Je bent niet slecht voor een yank. Helemaal niet slecht. Maak nu maar dat je wegkomt en haal die koffie voor me. Zwart en met twee klontjes.'

HET TELEFOONTJE KWAM DIE MIDDAG OM DRIE UUR BINNEN, PRECIES zoals Peter Sprecher had gezegd. Het was een van de grootste vissen van hun afdeling; Marco Cerruti's belangrijkste cliënt. Het was een man die alleen bekend was onder zijn rekeningnummer en zijn bijnaam: de Pasja. Hij belde altijd op maandag en donderdag precies om drie uur en hij sloeg nooit een keer over. Hij was punctueler dan God en de Zwitsers zelf.

De telefoon ging een tweede keer over.

Peter Sprecher legde een vinger op zijn lippen. 'Wees stil en luister,' beval hij. 'Je opleiding begint nu officieel.' Hij nam de hoorn van de haak.

'Verenigde Zwitserse Bank, goedemiddag.' Hij zweeg en zijn schouders verstrakten. 'Meneer Cerruti is er op het ogenblik niet.'

Er viel weer een stilte en Sprecher vertrok zijn gezicht. 'Het spijt me, meneer, maar ik mag u de reden van zijn afwezigheid niet vertellen. Ja, meneer, ik zal me graag als employé van de VZB legitimeren, maar eerst heb ik uw rekeningnummer nodig.'

Hij schreef een nummer op een leeg strookje papier. 'Ik bevestig dat uw rekeningnummer 549.617 RR is.' Hij toetste een stortvloed van nummers en commando's op zijn pc in. 'En uw codewoord?'

Uit zijn strakke glimlachje bleek dat het antwoord hem tevredenstelde. 'Waarmee kan ik u vandaag helpen? Mijn naam is *Pe-ter Spre-cher.*' Hij sprak langzaam en duidelijk. 'Ik ben de assistent van meneer Cerruti.' Hij fronste zijn voorhoofd. *'Mijn bankreferentie?'* Ja, meneer. Mijn referentie is S-P-C.' Weer een stilte. 'Meneer Cerruti is ziek. Hij zal volgende week zeker terug zijn. Wilt u dat ik hem een boodschap doorgeef?'

Sprechers pen vloog over het papier. 'Ja, ik zal het hem zeggen. Waarmee kunnen we u verder van dienst zijn?'

Hij luisterde en voerde een commando in zijn computer in en even later gaf hij de informatie aan zijn cliënt door. 'Het saldo van uw rekening is zesentwintig miljoen dollar.'

Nick herhaalde het bedrag in stilte. *Zesentwintig miljoen dollar. Niet slecht, meneertje.* Hij had zo lang hij zich kon herinneren krap bij kas gezeten. Op de middelbare school had hij zijn eigen zakgeld verdiend door in hamburgertenten te werken en tijdens zijn studie had hij in zijn onderhoud voorzien met beurzen en door achter de bar te werken – zelfs al was hij daarvoor twee jaar te jong. Uiteindelijk had hij bij het Korps goed verdiend, maar omdat hij zijn moeder maandelijks driehonderd dollar stuurde, had hij maar net genoeg over om een klein appartement buiten de basis te kunnen huren, in een tweedehands pick-up te rijden en in het weekend een paar *sixpacks* te drinken. Hij probeerde zich voor te stellen hoe het zou zijn om zesentwintig miljoen dollar op zijn rekening te hebben, maar het lukte hem niet.

Spreker luisterde aandachtig naar de Pasja. Zonder enige aankondiging begon hij plotseling allerlei bewegingen uit te voeren. Hij klemde de telefoon onder zijn kin en reed zijn stoel naar achteren, naar de kast. Zijn ellebogen schoten naar voren en naar achteren en hij vloekte zachtjes. Ten slotte haalde hij een oranje dossier tevoorschijn, dat hij op zijn bureau legde. Hij liet zijn hoofd zakken, zocht gehaast in de tweede lade van zijn bureau en haalde er een muntgroen formulier uit waarop OVERBOEKING VAN FONDSEN stond. 'Ik bevestig dat u het volledige bedrag dat momenteel op uw rekening staat, zesentwintig miljoen dollar, wilt overmaken naar de banken die op matrix drie zijn vermeld. Het geld zal beslist vóór het eind van de werkdag telegrafisch overgemaakt worden. Ja, meneer, ik ben me ervan bewust dat u mijn bankreferentie hebt. Maakt u zich geen zorgen. Dank u, meneer. Tot de volgende keer, meneer.'

Spreker legde de hoorn met een zucht op de haak. 'De Pasja heeft gesproken. Zijn wil geschiede.'

'Hij lijkt me een veeleisende cliënt.'

'Veeleisend? Eerder dictatoriaal. Weet je wat zijn boodschap voor Cerruti was? "Maar weer gauw aan het werk, beste kerel."' Zijn gezicht betrok. 'Het is niet zozeer zijn manier van optreden die me verontrust, als wel zijn stem. IJskoud. Dit is een cliënt wiens orders we tot in de puntjes uitvoeren.' Spreker draaide zijn stoel om en trok zijn vinger over de dossiers die in de open la zichtbaar waren. 'De dossiers worden in numerieke volgorde opgeborgen. Geen namen, weet je nog wel? Erin staan de exacte instructies voor telegrafische overboeking. De Pasja gebruikt deze rekening uitsluitend als een tijdelijk tussenstation. Het geld wordt om tien of elf uur 's ochtends telegrafisch overgemaakt; hij belt om drie uur om te controleren of het er is en geeft ons opdracht het voor vijven over te boeken.'

'Heeft hij hier geen geld in deposito?'

'Cerruti heeft me wel eens in mijn oor gefluisterd dat hij meer dan tweehonderd miljoen op de bank heeft staan – in aandelen en in contanten. Ik heb me er wezenloos naar gezocht, maar Cerberus geeft geen

spatje informatie prijs, hè, schat?' Sprecher klopte op de grijze monitor.
'Oom Peter heeft geen toestemming om dat soort informatie op te vragen.'

'*Cerberus?*' vroeg Nick.

'Ons informatiesysteem. Elke werknemer heeft alleen toegang tot die rekeningen die hij voor de uitvoering van zijn taak moet kunnen inzien. Ik heb inzage in de rekeningen bij FKB4, maar niet in andere. De Pasja mag dan tweehonderd miljoen dollar weggezet hebben, maar er is ergens iemand' – Sprecher prikte met zijn duim naar het plafond om de derde verdieping aan te duiden waar de topfunctionarissen van de bank hun kantoor hadden – 'die niet wil dat ik daarnaar kijk.'

'Maakt de Pasja altijd zulke grote bedragen over?' Nicks nieuwsgierigheid was geprikkeld door de kans, hoe klein ook, dat hij eens een dergelijk telefoontje zou moeten beantwoorden.

'Twee keer per week dezelfde instructies. De bedragen variëren, maar ze zijn nooit kleiner dan tien miljoen dollar. Het hoogste bedrag dat ik in achttien maanden heb moeten overmaken, was drieëndertig miljoen dollar. Schuif je stoel bij, dan zullen we zijn rekening samen eens bekijken. De Pasja heeft zeven matrices opgesteld waarop de bedragen die we moeten overmaken en de instellingen waar ze naartoe gaan, gespecificeerd zijn. Kijk maar eens naar matrix drie.' Sprecher schoof het oranje dossier dichter naar Nick toe en sloeg het open.

Nick liep met zijn vinger langs de lijst met banken: Kreditanstalt in Wenen, de Bank van Luxemburg, de Kommerzbank in Frankfurt en de Norske Bank in Oslo. Naast de naam van elke bank stond het nummer van een coderekening. 'Hij is beslist bereisd.'

'Het geld in ieder geval. De Pasja kiest elke keer dat hij belt een andere matrix en nooit in numerieke volgorde. Maar zijn instructies zijn altijd hetzelfde. Geef het saldo van de rekening op en maak het hele bedrag over naar tussen de tweeëntwintig en drieëndertig financiële instellingen over de hele wereld.'

'Ik vermoed dat ik maar niet moet vragen wie hij is en waarom hij zijn geld door een doolhof van banken laat overboeken.'

'Dat heb je goed gezien. Zorg ervoor dat je geen slechte gewoonten ontwikkelt. Het laatste wat we nodig hebben, is een tweede...' Sprecher blies zijn adem uit. 'Vergeet het maar.'

'Wat?' Nick beet een seconde te laat op zijn tong.

'Niets,' zei Sprecher kortaf. 'Doe maar gewoon wat je wordt gezegd en onthoud één ding goed. We zijn bankiers, geen politiemannen.'

'Wij gehoorzamen alleen maar blindelings,' zei Nick spottend. Hij bedoelde het als een grapje, maar in dit kantoor klonken de woorden maar al te serieus.

Sprecher klopte hem op de schouder. 'Je leert echt snel.'

'Laten we het hopen.' *Houd je ogen open en je mond dicht*, hield de strenge stem van zijn vader hem voor. *Word een van hen.*

Sprecher richtte zijn aandacht weer op het overboekingsformulier.

29

Toen hij klaar was, zei hij: 'De Pasja eist onze onmiddellijke en onverdeelde aandacht. Daarom brengen we het formulier zelf naar de afdeling Betalingsverkeer om het aan Pietro, de bediende die verantwoordelijk is voor internationale overboekingen, af te geven. Als de Pasja "Spoed" zegt, dan bedoelt hij ook spoed.'

Na het werk nodigde Peter Sprecher Nick uit een biertje met hem te gaan drinken in het James Joyce-café, een kroeg die populair was bij bankiers en functionarissen uit de verzekeringsbranche en die het eigendom was van een van de grootste concurrenten van de VZB, de machtige Unie Bank van Zwitserland. Het donkere café had een laag plafond, werd verlicht door nepgaslampen en was versierd met koperen armaturen. De muren hingen vol schilderijen van Zürich rondom de eeuwwisseling.

Sprecher ging met Nick in een box in een hoek zitten en nadat hij een heel glas bier naar binnen had gegoten, begon hij over de twaalf jaar die hij bij de bank werkte, te praten. Hij was er begonnen toen hij net van de universiteit kwam, ongeveer zoals Nick nu. Zijn eerste werk was een positie op de handelsafdeling geweest en hij had er vanaf de eerste dag een hekel aan gehad. Elke handelaar was verantwoordelijk voor de winsten en verliezen in het investerings'boek' dat hij beheerde. Het kon gaan om de koers van de Zwitserse franc tegenover de Amerikaanse dollar, contracten voor varkensbuiken uit Iowa of Zuid-Afrikaanse platina-*futures*. Daarvoor was hij niet geschikt, bekende hij opgewekt. Bankzaken van particulieren was zijn terrein. Je succes werd dan bepaald door je vermogen de cliënt te manipuleren en de bank kreeg het voor zijn kiezen als er onverstandige investeringsadviezen werden gegeven.

'Het geheim van dit werk,' beweerde hij, 'is nauwkeurig te bepalen wie je belangrijke cliënten zijn. De grote vissen. Als je voor hen goed zorgt, valt al het andere op zijn plaats.'

Nick stapte na zijn derde biertje op met het excuus dat hij nog een jetlag had van zijn vlucht van vrijdagnacht. Hij verliet het café en liep de korte afstand van de Bahnhofstrasse naar de Paradeplatz. Het was pas kwart over zeven, maar toch was het al stil op straat. Terwijl hij op de tram wachtte, had hij het gevoel dat hij een avondklok ontdook en hij huiverde in zijn te dunne overjas, die hij strak om zich heen getrokken had.

Nog maar een maand geleden was hij een gerespecteerd lid van de herfstselectie van Morgan Stanley's rekruten voor een staffunctie geweest. Een van de dertig mannen en vrouwen die uit tweeduizend kandidaten waren geselecteerd. En hij was niet zomaar een lid van deze groep, maar een van de prominentste, want hij had mogen kiezen tussen de functie van assistent van de chef van de aandelenhandel en die van jongste lid van het team voor internationale fusies en aankopen. Het waren allebei prachtige banen waarvoor zijn mederekruten een moord gepleegd zouden hebben.

Op woensdag 20 november werd Nick op zijn werk gebeld door zijn tante Evelyn uit Missouri. Hij wist onmiddellijk wat ze hem te vertellen had. Zijn moeder was dood, zei ze. Een hartaanval. Hij luisterde naar haar terwijl ze de aftakeling van zijn moeder in geuren en kleuren beschreef. Eindelijk kreeg hij te horen wanneer de begrafenis was en hij hing op.

Hij had het nieuws stoïcijns in ontvangst genomen en zijn best gedaan om de juiste mate van geschoktheid en verdriet te tonen. Als hij al iets voelde, was het dat er een loden last van zijn schouders was gevallen. Zijn moeder was achtenvijftig jaar en alcoholiste. Hij had haar zes jaar geleden voor het laatst gesproken. In een korte periode waarin ze van de drank af was, had ze hem goedgehumeurd opgebeld om hem te vertellen dat ze uit Californië naar haar geboortestad Hannibal in Missouri was verhuisd. Het was een nieuw begin, zei ze. *Het zoveelste.* Nick was de volgende dag naar St. Louis gevlogen, had een auto gehuurd en was de honderdvijftig kilometer stroomopwaarts naar Hannibal gereden.

De dag na de begrafenis reed Nick in de stad naar een opslagruimte die zijn moeder had gevuld met herinneringen aan haar verleden. Doos na doos vol souvenirs aan een alledaags, mislukt leven. Een gebarsten porseleinen vaas die hij herkende als het huwelijksgeschenk van zijn grootmoeder aan zijn ouders; een manillaenvelop die was volgestopt met rapporten van de lagere school en een doos vol platenalbums waaronder juweeltjes als *Burl Ives' Christmas Favorites, Dean Martin Loves Somebody* en *Von Karajan Conducts Beethoven* – de krasserige soundtrack van zijn vroege jeugd.

Aan het eind van de dag stuitte Nick op twee stevige, met bruin isolatieband dichtgeplakte kartonnen dozen met het opschrift 'A. Neumann. VZB--L.A.' Ze bevatten zijn vaders persoonlijke bezittingen die een paar dagen na zijn dood uit zijn kantoor in Los Angeles waren gehaald: een paar presse-papiers, een Rolodex, een kalender met foto's van het Zwitserse landschap en twee kalfsleren agenda's van de jaren 1978 en 1979. De helft van de bladzijden van de agenda's waren gebobbeld en modderig bruin geworden door overstromingen van de Mississippi waardoor de uit golfplaten opgetrokken schuur grotendeels onder water was komen te staan. Maar de andere helft was onbeschadigd en het handschrift met de grote lussen van zijn vader was bijna twintig jaar later nog goed leesbaar.

Nick opende er een en keek hem snel door. Eén kwikzilverachtig moment leefde zijn vader weer en zat Nick in de studeerkamer beneden bij hem op zijn schoot terwijl de open haard brandde en de novemberregen tegen de ramen kletterde. Nick had gehuild, zoals hij zo vaak deed als hij zijn ouders ruzie hoorde maken en zijn vader had hem apart genomen om hem te troosten. Hij voelde zijn sterke armen om zich heen. Hij legde zijn hoofd op zijn vaders borst en hoorde dat zijn hart te snel klopte. Zijn vader drukte hem stijf tegen zich aan en streelde zijn haar. 'Nicholas,' zei hij bijna op een fluistertoon, 'beloof me dat je me je hele leven zult blijven herinneren.'

Nick bleef roerloos in de vochtige schuur staan. De woorden echoden in zijn oren en nog een seconde langer leek het alsof hij in die koude blauwe ogen keek.

Eens was die herinnering een belangrijk bestanddeel van zijn dagelijks leven geweest. Na zijn vaders dood had hij die woorden een jaar lang in zijn hoofd herhaald, uur na uur en dag na dag, om te proberen er een diepere betekenis in te ontdekken. Hij was tot de conclusie gekomen dat zijn vader hem om hulp had gevraagd. Hij had hem op de een of andere manier in de steek gelaten en was er daarom verantwoordelijk voor dat hij was vermoord. Ergens in zijn tienerjaren was de herinnering vervaagd en was hij het voorval vergeten, maar hij had zichzelf nooit helemaal van zijn schuld aan zijn vaders dood vrijgepleit. En zijn vader had zich terecht zorgen gemaakt. Hij kon hem zich nauwelijks herinneren.

Tijdens de terugvlucht naar New York bestudeerde Nick de agenda's en las ze allebei door van het begin tot het eind. Eerst nam hij snel de dagelijkse inschrijvingen door en daarna begon hij, gealarmeerd, zijn tempo te verlagen en elke bladzijde zorgvuldig te lezen. Hij vond verwijzingen naar een gladde cliënt door wie zijn vader was bedreigd en met wie hij desondanks verplicht werd zaken te doen, en naar een schimmig lokaal bedrijf dat de aandacht van het hoofdkantoor in Zürich al had getrokken. Wat Nick nog het interessantste vond, was dat zijn vader, één maand voor zijn dood, het telefoonnummer en het adres van het kantoor van de FBI in Los Angeles had genoteerd. Apart van elkaar gezien leken de notities op kleine zorgen te duiden, maar bij elkaar genomen eisten ze een verklaring. En als hij ze tegen de achtergrond van de onopgeloste moord op zijn vader en zijn eigen levendige herinneringen plaatste, ontstaken ze een vuur van twijfel waarvan de vlammen vaag omlijnde schaduwen op de handel en wandel van de Verenigde Zwitserse Bank en zijn cliënten wierpen.

Nick ging de volgende dag weer aan het werk. Zijn opleidingsrooster eiste dat hij van acht tot twaalf klassikaal onderricht volgde. Toen de eerste les een uur aan de gang was, begon zijn aandacht te verslappen. Hij liet zijn blik in het auditorium ronddwalen en nam zijn mederekruten op. Net zoals hij waren ze afgestudeerd aan de beste business schools van Amerika. Net zoals hij droegen ze dure merkkostuums en glimmend gepoetste leren schoenen. Ze beschouwden zichzelf als uitverkorenen en dat waren ze ook. Financiële centurionen voor het nieuwe millennium.

Die middag ging hij terug naar de *trading floor*. Hij nam zijn plaats in naast Jennings Maitland, de obligatiegoeroe van het bedrijf en een schaamteloze nagelbijter. 'Ga zitten en luister,' was Maitlands dagelijkse begroeting. Nick deed wat hem was gezegd en ging de volgende uren op in de activiteit op de vloer. Hij lette goed op terwijl Maitland met zijn cliënten sprak en hield de open posities van de handelaar nauwkeurig bij. Hij sloeg zelfs geestdriftig zijn geheven open hand tegen die van zijn baas toen deze tien miljoen obligaties aan de New York Housing Authority had verkocht. Maar inwendig walgde hij en hij kon wel overgeven.

Vijf dagen eerder zou Nick bij Maitlands grote klapper hebben gegloeid van trots, alsof zijn eigen aanwezigheid op de een of andere onverklaarbare wijze medeverantwoordelijk was voor de verkoop. Vandaag bekeek hij de handel met een heel andere blik.

Hij stond op om zich uit te rekken en keek om zich heen. Rijen computermonitors in drie lagen boven elkaar die de lengte van een footballveld leken te hebben, strekten zich in alle richtingen uit. Een week geleden zou hij nog van die aanblik genoten hebben en het als een modern slagveld hebben beschouwd. Nu leek het hem eerder een technologisch mijnenveld en hij wilde er het liefst zo ver mogelijk bij vandaan zijn. Tijdens de lange wandeling naar huis hield Nick zichzelf voor dat zijn desillusie maar tijdelijk was en dat hij morgen weer zin in zijn werk zou hebben. Maar vijf minuten nadat hij zijn appartement was binnengegaan, zat hij aan zijn bureau geplakt de agenda's van zijn vader door te ploegen en hij wist dat hij zichzelf bedroog. De wereld, of in elk geval zijn kijk erop, was veranderd.

Nick ging de volgende dag en de dag daarna gewoon naar zijn werk. Het lukte hem enthousiasme te veinzen, tijdens de lessen op te letten en te lachen wanneer dat verwacht werd, maar in zijn hoofd nam een ander plan vorm aan. Hij zou ontslag nemen, naar Zwitserland vliegen en de baan die Wolfgang Kaiser hem aangeboden had, accepteren.

Vrijdagavond vertelde hij het nieuws aan zijn verloofde, Anna Fontaine. Ze was een donkerharig meisje uit de deftigste buurt van Boston dat bijna afgestudeerd was aan Harvard. Ze had een oneerbiedig gevoel voor humor en de vriendelijkste ogen die hij ooit had gezien. Hij had haar een maand nadat hij met zijn studie was begonnen, ontmoet en een maand later gingen ze met elkaar naar bed. Voordat hij naar Manhattan verhuisde, had hij haar ten huwelijk gevraagd en ze had zonder een moment te aarzelen ja gezegd.

Anna luisterde zonder iets te zeggen terwijl hij haar vertelde dat hij naar Zwitserland moest om uit te zoeken waarbij zijn vader betrokken was geweest in de tijd voordat hij werd vermoord. Hij wist niet hoe lang hij zou wegblijven – een maand, een jaar, misschien langer – hij wist alleen dat hij het leven van zijn vader een einde moest geven. Hij liet haar de agenda's lezen en toen ze klaar was, vroeg hij haar met hem mee te gaan.

Ze zei nee en daarna legde ze hem uit waarom hij ook niet kon gaan.

Ten eerste was er zijn baan. Daarvoor had hij zijn hele leven gezwoegd. Niemand liet een plek bij Morgan Stanley lopen. En hoe moet het met mijn familie? had ze gevraagd terwijl haar sierlijke vingers zich met de zijne verstrengelden. Haar vader was Nick als een eigen zoon gaan beschouwen. Haar moeder kon geen dag voorbij laten gaan zonder haar te vragen hoe het met hem ging en over zijn laatste successen te kirren. Ze zouden er kapot van zijn. 'Je hoort bij ons, Nick. Je kunt niet zomaar weggaan.'

Maar Nick kon niet bij een andere familie horen voordat het mysterie van zijn eigen familie was opgelost.

'En hoe zit het dan met jou en mij?' vroeg ze ten slotte. Ze herinnerde hem aan alle dingen die ze tegen elkaar hadden gezegd: dat ze samen oud zouden worden, dat ze echt van elkaar hielden, dat ze voor altijd vrienden en minnaars zouden blijven en dat ze in elkaars armen zouden sterven.

Maar dat was voordat zijn moeder was gestorven en voordat hij de agenda's had gevonden.

Anna kon het niet begrijpen. Ze maakte hun verloving een week later uit en sindsdien had hij haar niet meer gesproken.

Er stond een scherpe wind die zijn haar in de war blies en zijn ogen deed tranen. Hij had zijn baan opgegeven en was zijn verloofde, de enige vrouw van wie hij ooit echt had gehouden, kwijtgeraakt. Hij had zijn hele wereld de rug toegekeerd om een fantoom dat bijna twintig jaar verborgen was geweest, na te jagen. En waarvoor?

Op dit moment drongen de consequenties van zijn besluit pas volledig tot hem door en het leek alsof hij een stomp in zijn maag kreeg.

Tram 13 stopte op de Paradeplatz en de metalen wielen piepten toen hij remde. Nick stapte in. Hij had de hele wagon voor zichzelf en ging op een plaats halverwege zitten. Hij drukte zijn wang tegen het raam en hield zijn blik op de sombere grijze gebouwen aan weerszijden van de Stockerstrasse gericht. Zürich was geen vriendelijke stad. Hij was hier een vreemdeling en dat kon hij maar beter goed onthouden. Het geschud en geraas van de tram, de lege wagon, de onbekende omgeving, dit alles versterkte zijn onzekerheid en zijn eenzaamheid alleen maar. Wat had hem bezield om zoveel op te geven, om deze sprong in het duister te wagen?

Al snel minderde de tram vaart en Nick hoorde de barse stem van de conducteur zijn halte aankondigen. *Utobrücke*. Hij stapte uit; zijn zorgen hadden zich tot een stekelige bal samengevoegd en hun toevlucht in een holte diep in zijn maag gezocht. Hij herkende het gevoel.

Het was het gevoel dat hij had gehad toen hij op zijn dertiende naar zijn eerste middelbareschoolbal ging; de angst die voortkwam uit de wetenschap dat je, als je eenmaal het auditorium was binnengegaan, hoe dan ook een meisje ten dans moest vragen en maar moest hopen dat je niet geweigerd zou worden.

Het was het gevoel dat hij had gehad op de dag waarop hij zich voor de officiersopleiding in Quantico, Virginia, aanmeldde. Op een bepaald moment moesten alle rekruten zich in de grote zaal verzamelen. Het papierwerk zat erop en het medisch onderzoek was achter de rug. Het werd plotseling erg stil. Iedereen in de zaal wist dat aan de andere kant van de stalen branddeuren tien fanatieke instructeurs op hen wachtten en dat hij over drie maanden tweede luitenant in het Korps Mariniers van de Verenigde Staten zou zijn of als een mislukkeling met een paar dollar in zijn zak ergens op een straathoek zou staan en de schande nooit meer zou kunnen uitwissen.

Nick zag de tram in het duister verdwijnen. Hij ademde de zuivere lucht in en ontspande zich, al was het maar een beetje. Zo lang hij zich kon herinneren, had hij zichzelf beloofd dat hij zich uit de modder waarin hij was gegooid, omhoog zou trekken. Hij had gezworen het geboorterecht waarvoor zijn vader zo hard had moeten werken om het hem te kunnen geven, terug te winnen.

Zeventien jaar lang was dit zijn leidmotief geweest en op deze winteravond, met een nieuwe uitdaging vóór zich, zag hij hem duidelijker dan ooit.

EEN WEEK LATER WAS MARCO CERRUTI NOG STEEDS NIET OP ZIJN WERK verschenen en er werd verder geen woord over zijn gezondheidstoestand gezegd. Ze ontvingen alleen een onheilspellend memo van Sylvia Schon waarin stond dat er geen persoonlijke telefoongesprekken met hem gevoerd mochten worden en dat Peter Sprecher alle verantwoordelijkheden van zijn chef zou overnemen, met inbegrip van het bijwonen van de tweewekelijkse vergadering over het plaatsen van investeringen waarvan hij net was teruggekomen.

Sinds negen uur die ochtend hadden zowel degenen die bij de vergadering aanwezig waren als alle andere employés van de bank het maar over één ding gehad: de schokkende bekendmaking dat de Adler Bank, een duidelijke concurrent waarvan het hoofdkantoor zich maar vijftig meter verderop in de Bahnhofstrasse bevond, op de open markt vijf procent van de aandelen van de VZB had gekocht.

De Verenigde Zwitserse Bank werd bedreigd.

Nick las een financieel bulletin van Reuter dat op het scherm flikkerde hardop voor: 'Klaus König, voorzitter van de raad van bestuur van de Adler Bank, maakte vandaag bekend dat hij een aandeel van vijf procent in de Verenigde Zwitserse Bank heeft gekocht. König verwees naar de "schandelijk lage kapitaalopbrengst" van de VZB en zwoer dat hij de macht in de raad van bestuur ervan zou overnemen om de bank te dwingen lucratievere activiteiten te ondernemen. De kosten van de transactie bedragen meer dan tweehonderd miljoen Zwitserse franc. De koers van de VZB-aandelen is ten gevolge van de intensieve handel erin met tien procent gestegen.'

'"Schandelijk lage kapitaalopbrengst",' zei Sprecher verontwaardigd, terwijl hij met zijn vuist op het bureau sloeg. 'Ben ik nou gek of hebben we vorig jaar een recordjaar gehad waarin de nettowinst met eenentwintig procent is gestegen?'

Nick keek over zijn schouder. 'König zei niet dat er iets mis was met onze winst, maar met onze kapitaalopbrengst. We gebruiken ons geld niet agressief genoeg.'

'We zijn een conservatieve Zwitserse bank,' barstte Sprecher uit. 'We horen niet agressief te zijn. König denkt zeker dat hij in Amerika is. Een ongewenste poging tot overname in Zwitserland. Dat is nog nooit gebeurd. Is hij soms volslagen krankzinnig geworden?'

'Er bestaat geen wet tegen vijandige overnames,' zei Nick, die van zijn rol als advocaat van de duivel genoot. 'Wat ik wil weten, is waar hij het geld vandaan haalt. Hij heeft vier of vijf miljard franc nodig om zijn doel te bereiken. De Adler Bank heeft zoveel geld niet.'

'König heeft maar drieëndertig procent van de aandelen van VZB nodig om drie zetels in de raad van bestuur te krijgen. In dit land is dat een blokkerend aandeel. Alle besluiten van de raad van bestuur moeten met een tweederde meerderheid worden genomen. Je kent König niet. Hij zal zijn zetels gebruiken om een opstand teweeg te brengen. Hij zal ervoor zorgen dat iedereen een stijve krijgt door over de fantastische groei van de Adler Bank op te scheppen.'

'Dat zal niet al te moeilijk zijn. De winst van de Adler Bank is sinds de oprichting met een procent of veertig per jaar gestegen. Vorig jaar heeft Königs bank een nettowinst van meer dan driehonderd miljoen franc gemaakt. Dat is indrukwekkend veel geld.'

Sprecher keek Nick onderzoekend aan. 'Ben je soms een wandelende financiële encyclopedie?'

Nick haalde bescheiden zijn schouders op. 'Mijn scriptie ging over het Zwitserse bankwezen. De Adler Bank is hier een nieuw verschijnsel. Handel is hun belangrijkste activiteit. Ze gebruiken hun eigen kapitaal om met aandelen, obligaties en opties te speculeren; alles waarvan de prijs kan stijgen of dalen.'

'Dan ligt het voor de hand dat König de VZB wil hebben. Hij brandt van verlangen om in het bankieren voor particulieren te stappen. Hij heeft vroeger hier gewerkt, wist je dat? Jaren geleden. Het is een gokker en een heel uitgekookte ook. "De bank dwingen lucratievere activiteiten te ondernemen." Ik begrijp precies wat hij daarmee bedoelt. König wil onze activa in handen krijgen zodat de Adler Bank meer geld tot haar beschikking heeft om te speculeren.'

Nick bestudeerde het plafond alsof hij een ingewikkelde berekening maakte. 'Strategisch gezien is het een goede zet van hem, maar het zal niet gemakkelijk gaan. Geen enkele Zwitserse bank zal een aanval op een andere Zwitserse bank financieren. König zou particuliere investeerders moeten aantrekken waardoor hij minder in de melk te brokken krijgt. Ik zou me nog maar geen zorgen maken. Hij heeft nog maar vijf procent van onze aandelen. Hij kan alleen wat harder schreeuwen op de algemene aandeelhoudersvergadering.'

Een sarcastische stem zei spottend vanuit de deuropening: 'De toekomst van de bank bepaald door twee van de knapste koppen die er werken. Heel geruststellend.' Armin Schweitzer, de chef van de afdeling Naleving Wetten en Regels kwam binnen en bleef voor Nicks bureau staan. 'Wel wel, onze nieuwste aanwinst. De zoveelste Amerikaan. Ze komen en gaan elk jaar, als een zware griep. Heb je je retourvlucht al geboekt?' Hij was een breedgeschouderde, kogelvormige man van zestig jaar, wiens zware gestalte omhuld was door een grijsflanellen kostuum. Hij had kalme donkere ogen en een strakke, gepijnigde mond.

'Ik ben van plan lang in Zürich te blijven,' zei Nick.

Schweitzer wees met een stompe vinger naar Peter Sprecher. 'Ik heb nieuws over je geachte superieur. Ik wil je graag even onder vier ogen spreken.'

Sprecher stond op en volgde Schweitzer het kantoor uit.

Vijf minuten later kwam hij alleen terug. 'Het ging over Cerruti,' zei hij tegen Nick. 'Hij blijft tot nader bericht weg. Een zenuwinstorting. Ze willen dat we het werk met de huidige bezetting voortzetten. Cerruti wordt niet vervangen. Het eerste effect van de bekendmaking van de brave König: kostenbeheersing.' Sprecher ging achter zijn bureau zitten en zocht naar zijn kalmeringsmiddel, het rood-met-witte pakje Marlboro's. 'Jezus, eerst Becker en nu Cerruti.'

En wanneer ga *jij* hier weg? vroeg Nick in gedachten.

Sprecher stak een sigaret op en wees naar zijn collega. 'Is er een reden waarom Schweitzer je niet zou mogen? Ik bedoel behalve dat je een brutale Amerikaan bent?'

Nick lachte ongemakkelijk. De vraag beviel hem niet. 'Nee.'

'Heb je hem ooit eerder ontmoet?'

'Nee,' herhaalde Nick, nu luider. 'Waarom?'

'Hij zei dat hij wil dat ik je scherp in de gaten houd. Hij meende het.'

Nick vroeg zich af of Kaiser Schweitzer die instructies had gegeven.

Zijn telefoon ging. Nick nam onmiddellijk op, blij dat het telefoontje voorkwam dat hij een denigrerende opmerking over de chef Naleving Wetten en Regels van de bank zou maken. 'Neumann,' zei hij.

'Goedemorgen, met Sylvia Schon.'

'Goedemorgen, doctor Schon. Hoe gaat het met u?'

'Goed, dank u.' Ze zei het koeltjes, maar toen kreeg haar stem een vriendelijker klank. 'Uw Zwitsers-Duits wordt al beter.'

Hij had geoefend door elke avond een uur hardop te lezen en gesprekken met zichzelf te voeren.

'En hoe gaat het met uw werk?' vroeg ze. 'Werkt meneer Sprecher u goed in?'

Nick keek naar de stapel portefeuilles die op zijn bureau lag. Het was zijn taak ervoor te zorgen dat de investeringen erin overeenkwamen met de specificaties die door de commissie voor het plaatsen van investeringen waren opgesteld. 'Ja, ik heb hier volop werk te doen. Meneer Sprecher houdt me flink bezig.'

Sprecher grinnikte.

'Wat een naar nieuws over meneer Cerruti, hè? Ik neem aan dat u het gehoord hebt.'

'Armin Schweitzer heeft ons op de hoogte gebracht.'

'Onder deze omstandigheden wilde ik een afspraak met u maken om er zeker van te zijn dat uw inwerkperiode goed verloopt. Ik houd u aan uw belofte, veertien maanden.' Nick hoorde de glimlach in haar stem. 'Ik stel voor dat we ergens gaan eten, dat is wat informeler. Laten we zeggen op 6 februari bij Emilio's.'

'Op 6 februari bij Emilio's,' herhaalde Nick. Hij vroeg haar even te wachten en raadpleegde een onzichtbare kalender. 'Dat is uitstekend.'

'Zeven uur dan. Daarvóór wil ik u in mijn kantoor spreken. We moeten een paar punten met betrekking tot de geheimhoudingseisen van de bank bespreken. Denkt u dat meneer Sprecher u morgenochtend om tien uur even kan missen?'

Nick keek Sprecher aan die met een scheve grijns op zijn gezicht terugstaarde. 'Ja, ik denk wel dat meneer Sprecher het morgenochtend een paar minuten zonder me af kan.'

'Heel goed. Dan zie ik u morgen.'

Nick legde de hoorn op de haak en vroeg aan Sprecher: 'Wat is er?'

Sprecher grinnikte. 'Emilio's, hè?'

'Het is routine. Ze wil er zeker van zijn dat ik me niet te veel zorgen over Cerruti maak.'

'Routine is de kantine, Nick. Op de tweede verdieping aan het eind van de linkergang. Wiener schnitzel en chocoladepudding. Doctor Schon heeft iets anders voor je in gedachten. Je denkt toch zeker niet dat ze niet weet dat onze verheven directeur interesse voor je heeft? Ze wil er zeker van zijn dat je lekker eten krijgt en je op je gemak voelt. Ze kan het zich niet permitteren je kwijt te raken.'

Nick schudde ongelovig lachend zijn hoofd, pakte zijn agenda en noteerde haar naam. Zijn afspraak met Sylvia Schon – zijn *bespreking* met haar – was het eerste dat hij erin schreef. Hij keek op en zag dat Sprecher een brief op zijn computer aan het tikken was. De rotzak had nog steeds een grijns op zijn gezicht. *Ze heeft iets anders voor je in gedachten,* had hij gezegd.

Wat had Sprecher precies bedoeld? Nick dwaalde in zijn fantasie naar beneden, naar de begane grond, waar hij stiekem doctor Schons gezellige kantoor binnenliep. Hij zag haar ijverig achter haar rommelige bureau werken. Haar bril was in haar haar omhooggeschoven en haar blouse was een stukje verder losgeknoopt dan helemaal gepast was...

Alsof hij zijn gedachten kon lezen, zei Sprecher: 'Kijk goed uit, Nick. Ze zijn slimmer dan wij, weet je.'

Nick keek geschrokken op. 'Wie?'

Sprecher knipoogde. 'Vrouwen.'

Nick wendde zijn blik af, maar hij wist niet of het uit schuldgevoel of verlegenheid was. Het overduidelijke seksuele karakter van zijn dagdroom verbaasde hem. Twee maanden geleden was hij bereid geweest zich voor de rest van zijn leven aan een andere vrouw te binden. Een vrouw van wie hij meer had gehouden, die hij meer had gerespecteerd en op wie hij zich meer had verlaten dan hij mogelijk had geacht. Een deel van hem weigerde nog steeds te geloven dat Anna Fontaine uit zijn leven verdwenen was. Maar zoals zijn dagdroom duidelijk maakte, had een ander deel van hem zich erbij neergelegd en verlangde ernaar verder te gaan. Eén ding was echter volkomen duidelijk. Een relatie met Sylvia Schon was niet het juiste startpunt.

Nu hij een week bij de bank werkte, hadden zijn dagen een vast patroon gekregen. Hij stond elke ochtend om zes uur op, dwong zichzelf vijftien seconden onder een ijskoude douche te gaan staan – een gewoonte die hij van het Korps had overgehouden –, verliet zijn eenkamerappartement om 6.50 uur, nam de tram van 7.01 uur en kwam om op zijn laatst om 7.30 uur op kantoor. Gewoonlijk was hij er als een van de eersten. Zijn ochtendwerk bestond onveranderlijk uit het verzamelen van een aantal portefeuilles van cliënten om te kijken of ze aandelen die het slecht deden of obligaties die op het punt stonden te verlopen, bevatten. Als hij ze vond schreef hij verkoopaanbevelingen uit die Sprecher altijd goedkeurde.

'Denk eraan, vriend,' zei Sprecher graag, 'opbrengst is van het grootste belang. Er moet commissie geproduceerd worden. Dat is de enige echte *maatstaf* voor onze ijver.'

Maar Nicks activiteiten beperkten zich niet tot het werk dat Sprecher hem opdroeg. Iedere dag vond hij tijd om onderzoek van een persoonlijker aard te doen. Zijn onofficiële werkzaamheden die inhielden dat hij manieren zocht om in het verleden van de bank te graven om te zien wat hij over het werk van zijn vader aan de weet kon komen. Zijn eerste excursie ondernam hij op de woensdag nadat hij was aangekomen. Hij ging naar de WIDO –*Wirtschaftsdokumentation* – de onderzoeksbibliotheek van de bank en ploegde daar oude jaarverslagen en documenten door die intern werden uitgegeven voordat de bank in 1980 een open N.V. werd. In verscheidene ervan werd de naam van zijn vader genoemd, maar hij vond niets wat enig licht op diens dagelijkse werkzaamheden kon werpen.

Twee keer ging Nick terug naar de *Dokumentationzentrale*. Hij sloop langs de deur en droomde van de papieren die hij binnen zou aantreffen. Hij raakte ervan overtuigd dat, als de moord op zijn vader op de een of andere manier met diens werk voor de bank verband hield, de enige aanwijzingen daar gevonden zouden kunnen worden.

Die middag om drie uur kwam het telefoontje binnen, net als de vorige maandag en donderdag. Nick probeerde te raden welk geldbedrag de Pasja die dag zou overboeken. Afgelopen donderdag had de Pasja zestien miljoen dollar van zijn rekening overgemaakt naar de banken die op matrix vijf vermeld waren. Minder dan de zesentwintig miljoen die hij de maandag daarvoor had overgemaakt, maar toch nog een godsvermogen.

Nick vond het vreemd, en bovendien inefficiënt, dat ze moesten wachten tot de Pasja belde voordat ze het saldo van rekening 549.617 RR mochten controleren. De regels verboden het de rekeningen van de cliënten zomaar te bekijken. Waarom gaf de Pasja de bank niet gewoon een staande opdracht om al het geld dat op de rekening was verzameld, iedere maandag en donderdag over te boeken?

'Zevenentwintig miljoen vierhonderdduizend dollar,' zei Peter Sprecher tegen de Pasja. 'Met spoed over te maken volgens matrix zeven.' Hij sprak met de ongeïnteresseerde monotone stem van iemand die door zijn werk blasé was geworden, zoals hij het noemde.

Nick overhandigde hem het oranje dossier dat hij bij matrix zeven had geopend en las in stilte de naam van de banken die erop vermeld waren: in totaal dertig internationaal gerespecteerde financiële instellingen.

Toen Nick later wegliep om het overboekingsformulier naar Pietro van Betalingsverkeer te brengen, dacht hij aan de zeven bladzijden met instructies voor de telegrafische overboekingen in het dossier van de Pasja en aan de honderden banken die erin genoemd werden. Was er één bank op de wereld waarbij de Pasja *geen* rekening had?

De volgende ochtend stond Nick precies om tien uur voor de deur van doctor Schons kantoor. Hij klopte één keer en ze antwoordde onmiddellijk. 'Komt u binnen, meneer Neumann. Gaat u zitten. Over een paar weken zult u voor het eerst de cliënten van de bank te zien krijgen. U zult hen helpen met het beoordelen van de status van hun portefeuille en met administratieve zaken. Hoogstwaarschijnlijk zult u hun enige contactpersoon bij de bank zijn. Ons menselijke gezicht. Ik weet zeker dat meneer Sprecher u heeft verteld hoe u zich in dat soort situaties dient te gedragen. Het is mijn taak me ervan te verzekeren dat u zich bewust bent van uw plicht tot geheimhouding.'

De tweede dag dat hij bij de bank werkte, had Peter Sprecher hem een kopie van de wetgeving van het land met betrekking tot het bankgeheim gegeven. *Das Bankgeheimnis.* Hij had de tekst moeten lezen en daarna een papier moeten tekenen waarin hij verklaarde dat hij de bepalingen had begrepen en ermee instemde.

'Moet ik nog andere papieren ondertekenen?' vroeg Nick.

'Nee, ik wilde alleen een paar algemene regels met u doornemen om te voorkomen dat u slechte gewoonten ontwikkelt.'

Sylvia Schon vouwde haar handen ineen en legde ze vóór zich op het bureau. 'U mag de zaken van uw cliënten alleen met uw directe superieur bespreken,' zei ze, 'en dan alleen binnen de muren van dit gebouw. Er zijn geen uitzonderingen. Bespreek nooit bankzaken of zaken die uw cliënten betreffen over een privé-telefoon en neem nooit vertrouwelijke documenten mee naar huis. En dan nog iets...'

Nick schoof op zijn stoel heen en weer en liet zijn blik door haar kantoor dwalen. Hij zocht naar iets persoonlijks, naar iets wat hem een idee zou geven van wie ze echt was, maar hij zag nergens foto's of souvenirs. Ze was een en al zakelijkheid.

'... en het is niet verstandig persoonlijke aantekeningen te maken op de papieren waarmee u werkt. U weet maar nooit wie ze onder ogen krijgt.'

Nick richtte zijn aandacht weer op haar. Na een paar minuten kreeg hij zin om dingen te zeggen als: 'Horen, zien en zwijgen' en 'Ssst, de muren hebben oren'.

Sylvia Schon stond plotseling op en liep om haar bureau heen. 'Vindt u dit amusant, meneer Neumann? Ik moet zeggen dat dit een typisch Amerikaanse reactie is die voortkomt uit jullie nonchalante houding ten opzichte van autoriteit. Waar zijn regels tenslotte anders voor dan om te worden overtreden? Bekijken jullie de zaken niet zó?'

Nick ging stijf rechtop zitten. Haar felheid verbaasde hem. 'Nee, helemaal niet.'

Sylvia Schon ging vlak bij hem op de hoek van haar bureau zitten. 'Vorig jaar is een bankier bij een van onze concurrenten *in de gevangenis gezet* wegens schending van het bankgeheim.'

'Wat heeft hij dan gedaan?'

'Niet veel, maar het bleek genoeg te zijn. Het is in Basel traditie om tijdens vastenavond, de avond van het carnaval vóór het begin van de grote vasten, alle stadslichten uit te doen tot drie uur 's nachts. In die tijd komen de vastenavondvierders op straat bijeen om lol te maken. En wanneer de lichten worden aangedaan, bestrooien de *Städter*, de mensen die in de stad wonen, de feestvierders met confetti.'

Nick bleef haar strak aankijken.

'Eén bankier had oude uitdraaien van de portefeuilles van zijn cliënten mee naar huis genomen – uiteraard had hij ze eerst in de papierversnipperaar gestopt – om ze als confetti te gebruiken. Om drie uur in de ochtend gooide hij die versnipperde papieren uit het raam en bestrooide de straat met vertrouwelijke informatie over cliënten. De volgende morgen vonden straatvegers de versnipperde uitdraaien en overhandigden ze aan de politie die verscheidene rekeningnummers wist te ontcijferen.'

'Bedoelt u dat ze die man arresteerden omdat hij versnipperde uitdraaien van portefeuilles als confetti had gebruikt?' Hij herinnerde zich het verhaal van de wevers van tapijten in Isfahan in Iran die, vlak na de val van de sjah, met veel moeite de duizenden documenten die door het personeel van de Amerikaanse ambassade in Teheran versnipperd waren, aan elkaar gepast hadden. Maar dat was een fundamentalistische islamitische revolutie geweest.

Ze bolde haar wangen en blies de lucht uit. 'Dat was een groot schandaal. Het feit dat de papieren onleesbaar waren, is van ondergeschikt belang. Het ging om het idee dat een goed opgeleide bankier het vertrouwen van zijn cliënten schond. De man kreeg zes maanden gevangenisstraf en raakte zijn baan bij de bank kwijt.'

'Zes maanden,' herhaalde Nick ernstig. In een land waarin belastingontduiking niet als een misdrijf werd vervolgd, was zes maanden voor het uit het raam gooien van versnipperde papieren een zware straf.

'We nemen onze wetten en onze tradities serieus en dat moet u ook doen.'

'Ik ben me bewust van het belang van geheimhouding. Het spijt me als ik de indruk heb gewekt dat ik ongeduldig werd, maar de regels die u noemde, leken me voor iemand die zijn gezonde verstand gebruikt, zo volkomen logisch.'

'Bravo, meneer Neumann. Dat zíjn ze ook.' Doctor Schon liep terug naar haar stoel en ging zitten. 'Dat is alles, meneer Neumann,' zei ze koeltjes. 'Het is tijd om weer aan het werk te gaan.'

OP EEN SNEEUWACHTIGE VRIJDAGAVOND, DRIE WEKEN NADAT HIJ BIJ DE Verenigde Zwitserse Bank was begonnen, was Nick door de achterafsteegjes van de oude binnenstad van Zürich op weg naar een afspraak met Peter Sprecher. Sprecher had hem die middag om vier uur gebeld, een paar uur nadat hij was gaan lunchen en niet meer op kantoor was teruggekomen. 'Zorg dat je precies om zeven uur in de Keller Stubli bent,' had hij gezegd. 'Op de hoek van de Hirschgasse en de Niederdorfstrasse. Het oude uithangbord is helemaal kapot. Je kunt het niet missen.'

De Hirschgasse was een smalle steeg waarvan het schots en scheve metselwerk zich vanaf de Limmat ongeveer honderd meter heuvelopwaarts kronkelde naar de Niederdorfstrasse, die voor voetgangers de belangrijkste doorgangsweg van de oude binnenstad was. Er brandden maar een paar lichten in cafés en restaurants boven aan de steeg. Uit de pokdalige muur van een gebouw ontsproot een verbogen smeedijzeren uithangbord waaraan afgebrokkeld bladgoud hing als mos aan een wilg. Onder het bord was een houten deur met een klopper in de vorm van een ring en een ijzeren tralievenster. Op een met patina bedekte plaquette stonden de woorden NUNC EST BIBENDUM. Nick vertaalde de Latijnse woorden voor zichzelf en glimlachte. 'Nu is het tijd om te drinken.' Echt een zaak voor Sprecher.

Nick opende de zware deur en trad een donkere, met hout gelambrizeerde kroeg binnen die naar verschaalde rook en gemorst bier rook.

'Ik ben blij dat je er bent,' schreeuwde Peter van het andere eind van de vurenhouten bar.

Nick antwoordde pas toen hij bij de bar was aangekomen. 'Ik moest mijn hele agenda omgooien,' zei hij wrang. Hij had geen enkele vriend in de stad en Peter wist dat. 'Ik heb je vanmiddag gemist.'

Sprecher spreidde zijn armen. 'Een zeer belangrijke bespreking. Een sollicitatiegesprek. Ik heb zelfs een aanbod gekregen.' Hij dronk het glas bier dat vóór hem stond leeg en bestelde twee nieuwe. Toen de drankjes waren gebracht, nam Nick een grote slok en zette zijn glas neer. 'Ik ben er klaar voor.'

'De Adler Bank,' zei Sprecher. 'Ze beginnen met een afdeling Bankieren voor Particulieren op te zetten. Ze hebben vers bloed nodig. Op de een of andere manier hebben ze mij gevonden. Ze bieden me een salarisverhoging van dertig procent, een gegarandeerde bonus van vijftien procent en over twee jaar aandelenopties.'

Nick kon zijn verbazing niet verbergen. 'Na twaalf jaar bij de VZB ga je voor de Adler Bank werken? Vorige week noemde je Klaus König nog een gokker en een schoft. Je bent aan de beurt om later dit jaar tot plaatsvervangend onderdirecteur te worden benoemd. De Adler Bank? Dat kun je toch niet menen?'

'Zeker wel. Mijn besluit staat vast. Als je wilt, doe ik een goed woordje voor je. Waarom zouden we een goed team opbreken?'

'Bedankt voor het aanbod, maar ik pas.'

Nick vond het moeilijk datgene wat zijn collega had gedaan als iets anders dan verraad te zien. Toen vroeg hij zich af: Aan wat? Aan wie? Aan de bank? Aan *hemzelf?* En omdat hij heel goed wist dat hij het antwoord had gevonden, verweet hij zichzelf zijn egoïstische gedachten. Sprecher had in de korte tijd dat ze elkaar kenden de rol van de oneerbiedige grote broer aangenomen en zijn gemakkelijke manier van praten en cynische kijk op de wereld waren een welkom tegengif tegen de rigide bureaucratie van de bank.

'Dus je laat de Pasja aan mij over?' vroeg Nick. Hij herinnerde zich dat Sylvia Schon hem had gezegd dat de geheimhouding over zaken van de cliënten te allen tijde gold en hij realiseerde zich dat hij daarmee even slordig omsprong als ze had verwacht. De zoveelste Amerikaan.

'De Pasja!' Sprecher zette zijn bierglas met een klap op de bar. 'Zijn geld is zo heet dat hij het niet langer dan een uur op dezelfde plaats durft te laten uit angst dat het door de strijkplank van zijn moeder heen zal branden.'

'Wees er maar niet zo zeker van dat hij iets verkeerds doet,' antwoordde Nick peinzend. 'Regelmatige stortingen van klanten die hun schulden betalen, snelle betaling van leveranciers. Het zouden gewoon allerlei zakelijke transacties kunnen zijn en nog allemaal legaal ook.'

'Leveranciers in elk godvergeten land op de aardbol?' Sprecher wuifde dit idee met beide handen weg. 'Zwart, wit, grijs, in deze wereld is alles legaal tot je gesnapt wordt. Begrijp me niet verkeerd, Nick, ik vel geen oordeel over onze vriend, maar als zakenman ben ik geïnteresseerd in wat hij precies doet. Plundert hij de schatkist van de VN? Is hij de een of andere ordinaire dictator die zijn wekelijks deel van het weduwe- en wezenfonds overhevelt? Misschien verkoopt hij wel coke aan de Russen. Ik herinner me dat we een paar maanden geleden een flink pak geld naar Kazachstan hebben overgemaakt. Dat is nu niet direct een alledaagse zakelijke bestemming.'

'Ik geef toe dat zijn transacties interessant zijn, maar daarom zijn ze nog niet illegaal.'

'Je hebt gesproken als een echte Zwitserse bankier. "De Pasja,"' zei Sprecher op een toon alsof hij een krantenkop voorlas, 'is een "interessante" cliënt die "interessante" overboekingen van "interessante" bedragen doet. Je zult het nog ver brengen, meneer Neumann.'

'Heb je me niet verteld dat het ons eigenlijk niet aangaat wat hij doet? Dat we onze neus niet in de zaken van onze cliënten moeten steken? We zijn bankiers, geen politiemensen.'

'Dat klopt, ja. Je zou denken dat ik dat onderhand wel geleerd heb.'

'Wat bedoel je daarmee?'

Sprecher stak een sigaret op voordat hij antwoordde. 'Laat ik zeggen dat het niet alleen het geld is waarom ik bij de bank wegga. Je vriend Peter heeft een zekere neiging tot zelfbehoud. Cerruti heeft nu een zenuwinzinking en komt misschien nooit meer terug. Martin Becker is gewoon dood. Overlevingsinstinct zouden jullie het bij de Mariniers noemen.'

'Wat er met ze is gebeurd, had toch niets met hun werk te maken?' Nick aarzelde een ogenblik. 'Of wel?'

'Natuurlijk niet,' zei Sprecher ernstig. 'Cerruti is altijd al een zenuwpees geweest en Becker heeft gewoon heel veel pech gehad. Ik haal me maar wat in mijn hoofd. Of misschien heb ik gewoon een biertje te veel op.' Hij stootte Nick met zijn elleboog aan. 'Zal ik je in ieder geval een goede raad geven?'

Nick boog zich dichter naar hem toe. 'Ja, welke dan?'

'Bemoei je nergens mee als ik weg ben. Ik zie soms die blik in je ogen. Je bent hier nu een maand en elke ochtend kom je binnen alsof het je eerste dag is. Je bent ergens mee bezig. Je kunt oom Peter niet bedotten.'

Nick keek Sprecher aan alsof deze iets belachelijks had gezegd. 'Geloof het of niet, maar het bevalt me hier. Ik ben nergens mee bezig.'

Sprecher haalde berustend zijn schouders op. 'Als jij het zegt. Doe gewoon wat je opgedragen wordt en zorg ervoor dat Schweitzer je met rust laat. Ken je het verhaal over hem?' Hij sperde zijn ogen in gespeeld afgrijzen wijd open. 'De Londense Ladykiller.'

'Nee, dat ken ik niet.' En nu hij net over Cerruti en Becker had nagedacht, wist hij niet zeker of hij het wel wilde horen.

'Schweitzer heeft zijn reputatie bij de bank gevestigd met de handel in euro-obligaties aan het eind van de jaren zeventig,' zei Sprecher. 'Eurodollars, euro-olie, euro-yen – het waren gouden tijden. Iedereen verdiende een vermogen. Op een mooie lentemiddag arriveerde Schweitzer een beetje laat in zijn suite in het Savoy Hotel. De raad van bestuur had die permanent voor hem gereserveerd. Hij had ze ervan overtuigd dat hij een sjieke omgeving nodig had om zijn cliënten te ontvangen. Het kantoor was te klein en te druk. Dus Armin loopt naar binnen en treft daar zijn nieuwste maîtresse, een brutale jonge meid uit

Cincinnati in Ohio, en zijn vrouw aan die elkaar als wilde katten in de haren vlogen.'

Nick vond dat het allemaal als een slechte soap klonk. 'En wat gebeurde er toen?'

Sprecher bestelde nog een biertje en vervolgde: 'Wat er daarna gebeurde, is nog steeds onduidelijk. Volgens de officiële lezing van de bank haalde de brave Frau Schweitzer, moeder van twee dochters en al vijftien jaar de echtgenote van een notoire rokkenjager, een revolver uit haar tasje en schoot Armins maîtresse dood. Eén kogel door het hart. Ontzet door wat ze had gedaan, drukte ze de revolver tegen haar hoofd en schoot een kogel door haar rechterslaap. Ze was op slag dood. Haar dierbare echtgenoot werd onmiddellijk naar het hoofdkantoor in Zürich overgeplaatst waar hij een relatief belangrijke functie kreeg, al bewoog hij zich daarbij duidelijk meer op de achtergrond. Naleving van wetten en regels.'

'En de onofficiële lezing?' vroeg Nick.

'De onofficiële lezing vond zijn pleitbezorger in Yogi Bauer, die ten tijde van die tragische gebeurtenis Schweitzers plaatsvervanger was. Hij is al een tijdje met pensioen, maar je kunt hem met grote regelmaat in enkele van de minder sjieke kroegen van Zürich aantreffen waarvan de Gottfried Keller Stubli er een is. Hij woont hier bijna.'

Sprecher keek over zijn linkerschouder en floot luid. 'Hé Yogi,' riep hij terwijl hij zijn volle glas bier boven zijn hoofd hief. 'Op Frau Schweitzer!'

Een zwartharige man die over een tafel in de donkerste hoek van het café gebogen zat, hief eveneens zijn glas. 'Proost!'

'Proost,' antwoordde Sprecher voordat hij een grote slok van zijn bier nam. 'Yogi is de onofficiële historicus van de bank. Hij voorziet in zijn onderhoud door ons op verhalen over het illustere verleden van de bank te vergasten.'

'In hoeverre is dit verhaal waar?' vroeg Nick.

'Zoek het maar op in de kranten; 19 april 1978. Het was hier groot nieuws. Het punt is dat je bij Schweitzer uit de buurt moet blijven. Yogi beweert dat de Amerikaanse maîtresse Schweitzers vrouw had gebeld om haar te vertellen dat Schweitzer wilde scheiden om met haar te kunnen trouwen. Sindsdien is Armin nooit meer een grote fan van de Stars en Stripes geweest.'

Nick probeerde te glimlachen, maar het lukte hem niet. Dat hij deelgenoot was gemaakt van Sprechers vage verdenkingen, had zijn beeld van de bank veranderd. Becker vermoord, Cerruti een zenuwpees die niet tegen zijn taak bestand was en nu bleek Schweitzer een maniak te zijn die met revolvers rondliep.

Plotseling kwam er bij Nick een herinnering boven aan zijn ouders die aan het bekvechten waren. Het was een van de talloze ruzies geweest die de sfeer in het huis in de winter vóór de moord op zijn vader verpestten. Hij hoorde de indrukwekkende bariton van zijn vader door de gangen en over de trap waarop hij in zijn pyjama zat te luisteren, weergalmen.

'Hij heeft me geen keus gelaten, Vivien. Hoe vaak moet ik je nog zeggen dat het niets met mijn aanzien te maken heeft? Ik zou de vloeren nog dweilen als Zürich me daartoe opdracht gaf.'

'Maar je weet niet eens of die man een schurk is. Dat heb je me zelf verteld. Je vermoedt het alleen maar. Alsjeblieft, Alex, blijf je hier niet tegen verzetten. Maak het jezelf niet zo moeilijk. Doe gewoon wat je gezegd wordt.'

'Ik werk niet met hem samen. De bank mag dan zaken met misdadigers willen doen, maar ik niet.'

Wat voor misdadigers had zijn vader bedoeld?

'Daarom zeg ik je dat je je nergens mee moet bemoeien,' zei Sprecher. 'Als je doet wat je gezegd wordt, laat Schweitzer je wel met rust. Als de geruchten dat we met de autoriteiten gaan samenwerken waar zijn, zal het zijn taak worden alle portefeuillemanagers scherp te controleren. Dat hoort nu eenmaal bij het werk van de afdeling Naleving.'

Nick ging kaarsrecht op zijn kruk zitten. 'Waar heb je het over? Welke geruchten?'

'Het is nog niet officieel,' zei Sprecher zacht. 'We horen het dinsdagochtend wel, maar er is tegenwoordig te veel verzet tegen de manier waarop we opereren. De banken zijn tot de conclusie gekomen dat ze beter vrijwillig kunnen meewerken dan dat ze zich aan dwingende maatregelen moeten onderwerpen. Ik weet het naadje van de kous er niet van, maar we zullen, in elk geval een tijdje, de autoriteiten helpen enige informatie over onze cliënten te verzamelen. De federale officier van justitie zal het bewijsmateriaal dat hem wordt overlegd, bestuderen en beslissen welke coderekeningen de autoriteiten gerechtigd zijn te onderzoeken.'

'Jezus Christus, dat klinkt als een heksenjacht.'

'Inderdaad,' beaamde Sprecher. 'Ze zoeken onder elke steen naar de volgende Pablo Escobar.'

Nick ving de blik van zijn vriend op en wist dat ze allebei hetzelfde dachten. *Of naar de Pasja.* 'Moge God de bank die hem verborgen houdt, genadig zijn,' zei hij.

'En de man die hem aangeeft ook.' Sprecher stak twee vingers naar de barkeeper op. *'Noch zwei Bier, bitte.'*

Nick staarde in zijn lege glas, maar hij dacht niet aan bier.

DE VOLGENDE DINSDAGOCHTEND OM HALFNEGEN WERD ER OP DE DERDE verdieping een vergadering voor de portefeuillemanagers gehouden. Het onderwerp ervan was de reactie van de bank op de steeds dringender eisen dat hij formeel zou samenwerken met de Drug Enforcement Administration van de Verenigde Staten, de DEA, en andere, vergelijkbare internationale opsporingsdiensten.

De directiekamer was enorm groot. Nick liep plechtig over een kastanjebruin pluchen tapijt waarvan de randen waren ingelegd met de symbolen van de zesentwintig kantons van Zwitserland. In het midden van het tapijt, onder een reusachtige mahoniehouten vergadertafel, lag het embleem van de Verenigde Zwitserse Bank: een zwarte Habsburgse adelaar die op een mosterdkleurig veld met zijn brede vleugels uitgespreid en met drie sleutels in zijn klauwen naar rechts klom. Op een wapperend goudkleurig lint dat de adelaar in zijn uitstekende snavel had, stond het motto van de bank: *Pecuniat Honorarum Felicitatis*. Geld is van harte welkom.

Nick stond met Peter in de verste hoek van de kamer, vlak bij een raam dat over de Bahnhofstrasse uitkeek. Hij verplaatste zijn blik naar de deur en kreeg Sylvia Schon, die net binnenkwam, in het oog. Haar haar was streng achterovergekamd en in een strakke knot samengebonden. Ze leek kleiner dan hij zich haar herinnerde, maar toch maakte ze allerminst een kwetsbare indruk in deze zee van mannelijke functionarissen. Ze liep glimlachend door de kamer terwijl ze haar collega's groette, handen schudde en hier en daar een paar gefluisterde woorden wisselde.

Plotseling werd het stil in de directiekamer. Wolfgang Kaiser kwam binnen en schreed naar een stoel die recht onder een portret van de stichter van de bank, Alfred Escher-Wyss, stond. Kaiser ging niet zitten, maar bleef, met één hand op de tafel geleund, staan. Zijn blik speurde de kamer af als die van een generaal die, vóór een gevaarlijke operatie, zijn troepen inspecteert.

Nick staarde aandachtig naar hem. Hij herinnerde zich de eerste keer dat hij Kaiser had ontmoet. Het was tijdens de laatste reis van zijn vader naar Zwitserland, nu zeventien jaar geleden. Hij was toen doodsbang voor hem geweest. De bulderende stem, de spectaculaire snor. Nu hij hem hier zag, omringd door zijn medewerkers, was hij trots op de band die zijn familie met hem had en vereerd omdat Kaiser hem een baan bij de bank had aangeboden.

Drie mannen volgden Kaiser de kamer in. Rudolf Ott, de algemeen onderdirecteur, Martin Maeder, de onderdirecteur die de leiding had over de sector Bankzaken van Particulieren, en ten slotte, vlak achter hen, maar door een wereld van hen gescheiden, een lange, broodmagere onbekende man die een versleten aktetas tegen zich aan geklemd hield. Hij droeg een marineblauw kostuum waarvan de stijve revers uitschreeuwden dat hij een Amerikaan was en bruine cowboylaarzen die zo glimmend gepoetst waren dat ze een bewonderend gefluit aan de hardste legerinstructeur ontlokt zouden hebben.

Ott verklaarde de vergadering voor geopend. Hij droeg een bril met een metalen montuur en had de defensieve houding van iemand die eraan gewend is belachelijk gemaakt te worden. 'Als de vertegenwoordiger van deze bank bij de Associatie van Zwitserse banken,' begon Ott, wiens Baselse accent zijn stem een nasaal timbre gaf, 'heb ik de afgelopen dagen collega's in Genève, Bern en Lugano gesproken. Onze gesprekken hadden betrekking op maatregelen die met het oog op de huidige, ongunstige ontwikkelingen genomen moeten worden om te voorkomen dat er federale wetgeving wordt uitgevaardigd die ons zal dwingen zowel aan de federale officier van justitie als aan een commissie van afgevaardigden van internationale opsporingsdiensten bepaalde vertrouwelijke informatie over cliënten te overleggen. Hoewel de geheimhouding die we onze gewaardeerde cliënten wensen te garanderen van het grootste belang blijft voor de filosofie achter het Zwitserse bankwezen, hebben we *vrijwillig* het besluit genomen aan de eisen van onze federale overheid, de wensen van onze staatsburgers en de verzoeken van internationale autoriteiten tegemoet te komen. We moeten onze plaats aan de tafel van de moderne, geïndustrialiseerde westerse landen innemen en helpen de individuen en bedrijven die van onze diensten gebruikmaken om hun misdadige praktijken over de wereld te verspreiden, op te sporen en onschadelijk te maken.'

Ott zweeg even om zijn keel te schrapen en gebaarde toen naar de slungelige Amerikaan. 'De DEA heeft ons een lijst verschaft met transacties die ze als "verdacht" beschouwt en die waarschijnlijk verband houden met criminele activiteiten, in het bijzonder het witwassen van geld dat uit de verkoop van drugs afkomstig is. Dan wil ik u nu voorstellen aan de heer Sterling Thorne, die u meer bijzonderheden zal geven over onze voorgenomen samenwerking.'

Sterling Thorne leek zich niet bijzonder veel zorgen te maken, dacht

Nick. Zijn onhandelbare bruine haar was een beetje te lang; hij had spleetjes van ogen, wangen die in zijn puberteit een verloren strijd tegen acne hadden gevoerd en een kleine, zwakke mond, maar met zijn kaak zou hij een blok steen kunnen breken.

Het was stil in de kamer. Niemand zei iets. Het was alsof hun eigen integriteit en niet die van hun cliënten deze ochtend in twijfel werd getrokken, dacht Nick. En in zekere zin was dat natuurlijk ook zo.

'Mijn naam is Sterling Stanton Thorne,' begon de bezoeker, 'en ik ben al drieëntwintig jaar agent van de DEA. Onlangs hebben de hoge pieten in Washington D.C. me met de leiding van onze activiteiten in Europa belast en daarom sta ik vandaag voor u om u om uw medewerking te vragen in de strijd tegen de internationale drughandel.'

Nick herkende het type. Thorne liep tegen de vijftig en had zijn hele leven in de wetshandhaving gewerkt; een ambtenaar die zich voordeed als een moderne Elliott Ness.

'In 1997 is meer dan vijfhonderd miljard dollar aan drugs uitgegeven,' zei Thorne. 'Heroïne, cocaïne, marihuana, de hele mikmak. Vijfhonderd miljard dollar. Van dat bedrag is ruwweg een vijfde deel, honderd miljard dollar, in de zakken van de drugbaronnen van de wereld terechtgekomen. Ergens onderweg verdwijnt een groot deel van dat geld in een zwart gat. Door geen enkel individu, geen enkele instelling en geen enkel land is gerapporteerd dat ze het ontvangen hebben. Het houdt gewoon op te bestaan als het op weg is naar de *narcotrafficantes*.

Banken over de hele wereld – waaronder een flink aantal in de Verenigde Staten, dat geef ik grif toe – helpen dit geld wit te wassen, te recyclen en weer in omloop te brengen. Valse facturen, papieren bedrijven, ongerapporteerde stortingen op coderekeningen. Er wordt om de andere dag een nieuwe manier gevonden om geld te witten.'

Nick luisterde aandachtig en hoorde een vaag plattelandsaccent. Als Thorne een cowboyhoed had gedragen, dacht Nick, zou hij die nu op zijn hoofd omhoogschuiven en zijn kin een klein stukje naar voren steken om ons te laten weten dat hij nu echt ernstig werd.

Thorne stak zijn kin naar voren en zei: 'We zijn niet geïnteresseerd in de gemiddelde cliënt van deze geweldige bank. Vijfennegentig procent van uw cliënten zijn nette burgers die zich aan de wet houden. Vier procent van hen zijn kleine belastingontduikers, mensen die steekpenningen hebben aangenomen, kleinere wapenhandelaren en drugdealers die op straat werken. Wij gaan achter dat ene procent aan. Na al die jaren hebben we toestemming om op olifantenjacht te gaan en we gaan achter de solitaire mannetjes aan. Zij zijn namelijk door jullie, de Zwitserse "jachtopzieners", op een bepaald moment gelabeld, dus zelfs als jullie niet toegeven dat jullie hun naam kennen, weten jullie in elk geval hun nummer.' Hij grijnsde zonder humor. 'Wanneer we u eenmaal de naam of het nummer van een van die solitaire mannetjes hebben gegeven – en ik herinner u eraan dat *we toestemming hebben gekregen om erop te jagen* –

moet u meewerken.' Thorne zakte door een knie en wees naar zijn gehoor. 'Als u er zelfs maar aan denkt een van mijn solitaire mannetjes te beschermen, dan geef ik u mijn woord dat ik u zal weten te vinden en u met alle mogelijkheden die de wet biedt, te grazen zal nemen.'

Nick merkte op dat een aardig deel van de aanwezigen rode wangen had gekregen.

'Let u nu alstublieft goed op, heren,' vervolgde Thorne. 'Dit is het belangrijkste deel. Als een van deze *misdadigers* die we zoeken grote sommen geld stort en daarmee bedoel ik bedragen groter dan vijfhonderdduizend Amerikaanse dollars of het equivalent in Zwitserse francs, Duitse marken of welke andere valuta ook, moet u me onmiddellijk bellen om het me te laten weten. Als een van deze misdadigers telegrafisch bedragen van meer dan tien miljoen dollar of een equivalent ervan overmaakt en van dat bedrag binnen vierentwintig uur meer dan vijftig procent naar één, tien of honderd banken laat overboeken, moet u me daarvan meteen op de hoogte brengen. Iemand die zijn geld op één plaats bewaart, is een verstandige investeerder, maar iemand die het dag en nacht verkast, is het aan het witwassen – en zo iemand zal ik te grazen nemen.'

Thorne haalde zijn schouders op. 'Zoals ik al zei, de regels voor de jacht zijn streng. Maar ik reken erop dat u me uw volledige medewerking geeft. We proberen deze overeenkomst uit als een gentlemen's agreement. Voorlopig.' Thorne pakte zijn aktetas op, schudde Kaiser en Maeder de hand en liep de directiekamer uit.

Opgeruimd staat netjes, dacht Nick. Hij vertrok zijn gezicht. Hij had zijn eigen redenen om de man niet te mogen.

Heel even leek er een soort collectieve verwarring te ontstaan waarbij niemand wist of hij nu moest vertrekken of blijven. Maar zolang Kaiser en Maeder bleven, verliet niemand de kamer.

Uiteindelijk haalde Kaiser diep adem en stond op. 'We hopen allemaal dat onze samenwerking met de internationale autoriteiten zowel kort als weinig schokkend zal zijn.

We hebben het niet nodig geld te verdienen aan illegale en immorele handel en dat zullen we ook nooit nodig hebben. Gaat u nu alstublieft allemaal weer aan het werk in het vertrouwen dat meneer Thorne op zijn solitaire mannetjes kan jagen wat hij wil, maar dat hij binnen de muren van de Verenigde Zwitserse Bank nooit zal vinden wat hij zoekt.'

Na die woorden marcheerde Kaiser de kamer uit met Maeder en Ott in zijn kielzog als twee uit hun krachten gegroeide acolieten. De verzamelde bankiers liepen nog een paar minuten door elkaar heen, te gechoqueerd om veel te zeggen. Nick manoeuvreerde zich door hun gelederen heen naar de hoge deur. De woorden van Wolfgang Kaiser bleven maar in zijn hoofd weerklinken ... *dat meneer Thorne op zijn solitaire mannetjes kan jagen wat hij wil, maar dat hij binnen de muren van de Verenigde Zwitserse Bank nooit zal vinden wat hij zoekt.*

Was dat een weergave van de feiten of riep hij hen ermee te wapen?

'DE VOORWAARDEN VAN ONZE CAPITULATIE,' ZEI PETER SPRECHER DE VOLgende dag, terwijl hij een exemplaar van een memorandum met de titel *Interne Controlelijst Rekeningen* op zijn bureau gooide.

'Wij zijn in elk geval veilig,' zei Nick, nadat hij zijn eigen exemplaar van het memorandum had bestudeerd. 'Geen van de rekeningen op deze lijst valt onder FKB4.'

'Ik maak me geen zorgen om *ons*,' zei Sprecher. 'Het gaat me om de bank. Om de hele vervloekte branche.'

De lijst was eerder die ochtend persoonlijk bezorgd door een opgewekte Armin Schweitzer. Ondanks de bezielde wijze waarop Kaiser de goede naam van zijn cliënten had verdedigd, bleken er toch vier coderekeningen van cliënten van de bank op de lijst te staan.

'"Elke transactie die ten behoeve van een van de bovenstaande rekeningen wordt uitgevoerd, dient onmiddellijk aan Naleving te worden gemeld",' las Nick hardop voor. Sprecher cirkelde om Nicks bureau heen als een havik die een prooi bespeurt. 'Sinds 1933 zijn we erin geslaagd de integriteit van onze banken te bewaren. Gisteren nog was het standpunt van onze bank ten opzichte van onderzoek naar de identiteit van een cliënt en naar wat er met zijn rekening gebeurde, onwrikbaar. Een bakstenen muur. Zonder een officieel federaal bevelschrift dat door de president was ondertekend, werd er geen spatje informatie, hoe onbelangrijk ook, aan derden verstrekt.'

'Het is nu juist die onbuigzaamheid die tot de huidige situatie heeft geleid,' wierp Nick tegen.

'Integendeel,' schreeuwde Sprecher. 'Door onze onbuigzaamheid hebben we de reputatie kunnen opbouwen dat we de beste bankiers voor particulieren ter wereld zijn.' Hij prikte met een vinger in Nicks richting. 'Vergeet dat niet, Neumann.'

Nick hief zijn handen boven zijn hoofd. Hij schepte er geen genoegen in Sterling Thornes standpunt te verdedigen.

'In elk geval zal het heel gauw jouw probleem zijn,' zei Sprecher die plotseling veel zachter praatte. 'Ik vertrek hier over tien dagen.'

'Tien dagen? Hoe zit het dan met je opzegtermijn? Je moet hier op zijn minst tot 1 april blijven.'

Sprecher haalde zijn schouders op. 'Noem het maar een scheiding op zijn Amerikaans. Ik ben hier tot volgende week woensdag. Donderdag en vrijdag ben ik ziek. Gewoon een aanval van duizeligheid of een lichte griep. Als iemand je ernaar vraagt, mag je zelf kiezen. Onder ons gezegd ben ik dan in Königs bank. Een tweedaags seminar voor nieuwe werknemers. Ik begin de maandag daarop.'

'Jezus Christus, Peter, doe me een lol.' Nick keek Sprecher recht aan. 'En als...'

'De Pasja? Dat gebeurt niet. Ik bedoel, hoeveel cliënten heeft de bank niet? En hij is volgens jou trouwens gewoon een succesvolle internationale zakenman. Maar mocht zo'n situatie zich ooit voordoen, dan zou het verstandig zijn niet overijld te handelen en eerst de consequenties te overwegen.'

'Consequenties?' vroeg Nick, alsof hij het woord nog nooit gehoord had.

'Voor de bank. *Voor jezelf.*' Terwijl Sprecher met grote stappen het kantoor uit liep, zei hij: 'Ik moet naar de kleermaker. Nieuwe baan, nieuwe kostuums. Ik ben om elf uur terug. Je staat er vanmorgen alleen voor. Als er nieuwe cliënten mochten komen, belt Hugo je van beneden. Zorg goed voor ze.'

Acht dagen later kwam Nick Neumann, nu dankzij een onofficiële promotie portefeuillemanager, om vijf over zeven bij zijn bureau aan. Het was nog donker in de Broeikas, evenals in de meeste andere kantoren aan weerszijden van de wandelgang die bochtig door het midden van de eerste verdieping liep. Hij deed de plafondlichten aan, liep naar de personeelspantry, hing zijn vochtige jas op en legde daarna een plastic zak met een schoon overhemd boven op de kapstok. Het schone overhemd was voor zijn eetafspraak van die avond met Sylvia Schon in Emilio's Restaurant. Sprechers opmerking dat ze plannen met hem had, was hem al die tijd bijgebleven. Hij verheugde zich meer op het etentje dan hij zichzelf wilde toegeven.

Nick zette een kop hete thee en pakte toen de vetvrij papieren zak met zijn ontbijt uit zijn zak: een *pain au chocolat*, vers uit de oven van Sprungli. Met het kopje thee in zijn hand liep hij terug naar zijn bureau om de financiële bijlage van de *Neue Zürcher Zeitung* te bestuderen. De Zwitserse aandelenindex was met zeventien punten gestegen tot 4975.43. De waarde van de VZB-aandelen waren met vijf francs gestegen tot 338 franc en de handel was intensief. Klaus König spekte zijn strijdkas voor de algemene aandeelhoudersvergadering die over vier weken gehouden zou worden. Nick besloot het dagelijkse koersverloop sinds Königs bekendmaking na te kijken.

Hij liet zijn identificatiekaartje in Cerberus' gleuf glijden, toetste een reeks commando's in en een stortvloed van gele woorden stroomde over de linkerkant van het scherm terwijl Cerberus zijn zelfdiagnose uitvoerde. Even later zei een bruuske stem: *'Willkommen'* en het scherm kreeg een dofgrijze kleur. Nick voerde zijn driecijferige identificatiecode in en er verscheen een dagelijks overzicht van de koers en het aantal verhandelde aandelen van de VZB van de afgelopen dertig dagen op het scherm.

De prijs van de VZB-aandelen was sinds Königs bekendmaking met achttien procent gestegen en het aantal verhandelde aandelen was bijna verdubbeld. Het aandeel was beslist in trek. Toch was een koersstijging van achttien procent, gezien de intensieve dagelijkse handel, klein en daaruit bleek dat het als onwaarschijnlijk werd beschouwd dat König zijn belofte zou waarmaken. De stijging werd veroorzaakt door het vertrouwen van de beurs dat de VZB slagvaardig zou optreden om de achterblijvende kapitaalopbrengst en daardoor de winst te verhogen, hetzij door kostenbesparing of door een agressievere handel.

Nick riep 'Reuters Nieuws' op en tikte het symbool van de VZB in om te kijken of er de vorige avond nog berichten over Königs strooptocht waren binnengekomen. Het scherm begon te knipperen, maar voordat hij de eerste woorden kon lezen, werd er een stevige hand op zijn schouder gelegd en hij ging met een ruk rechtop zitten.

'Guten Morgen, Herr Neumann,' zei Armin Schweitzer. 'Hoe gaat het vandaag met onze Amerikaan?' Hij sprak het woord Amerikaan uit alsof hij in een zure citroen beet. 'Controleert u de voortdurende val van de Amerikaanse dollar of kijkt u alleen even naar de uiterst belangrijke basketbaluitslagen?'

Nick draaide zijn stoel om en zag de versleten brogues en de korte witte sokken van de man.

Schweitzer zwaaide met een stapeltje papieren. 'Ik heb hier de nieuwste bevelschriften van de Amerikaanse Gestapo. Zijn dat vrienden van u?'

'Nauwelijks,' zei Nick, net iets luider dan hij wilde. Schweitzer maakte hem nerveus. Hij straalde labiliteit uit.

'Weet u dat zeker?' vroeg Schweitzer.

'Ik vind het even vervelend als wie ook dat er inbreuk wordt gemaakt op de geheimhouding van onze bank. We zouden ons met alle mogelijke middelen tegen deze verzoeken om vertrouwelijke informatie moeten verzetten.' Inwendig huiverde Nick. Een groot deel van hem geloofde zijn eigen woorden echt.

'"Onze bank",' meneer Neumann? Zes weken van de boot en nu al mede-eigenaar. Tjonge, ze leren je in Amerika wel om ambitieus te zijn.' Schweitzer grijnsde en boog zich naar Nick vooraf. Zijn adem was bitter van de koffie van die ochtend. 'Helaas lijkt het erop dat uw Amerikaanse vrienden ons geen andere keus hebben gelaten dan met hen samen te werken, maar het is een grote troost om te weten dat u de goede instelling hebt. Misschien zult u eens de kans krijgen om uw ongetwijfeld oprechte loyaliteit te bewijzen. Geef intussen uw ogen goed de kost. Wie weet staat de naam van een van uw cliënten op deze lijst.'

Nick ving een sprankje hoop in Schweitzers stem op. Tot dusver waren er geen problemen geweest met de vier rekeningen die op de oorspronkelijke lijst stonden; geen stortingen of overboekingen die aan Sterling Thornes strenge criteria beantwoordden. Nick pakte de bijgewerkte controlelijst aan en legde hem, zonder ernaar te kijken, op zijn bureau. 'Ik zal mijn ogen openhouden,' zei hij.

'Ik verwacht niet anders,' zei Schweitzer over zijn schouder, terwijl hij de Broeikas uitliep. *'Schönen Tag, noch.'*

Nick keek hem na en pakte daarna de bijgewerkte lijst op. Er stonden nu zes rekeningen op. De vier van de vorige week en twee nieuwe. Coderekeningen 411.968 OF en 549.617 RR.

Nick staarde naar het laatste nummer.

549.617 RR.

Hij kende het uit zijn hoofd. 'De Pasja,' fluisterde hij.

Afgelopen maandag had Nick gevraagd of hij mocht meeluisteren als hun roemruchte cliënt belde.

De stem van de Pasja was diep en ruw, herinnerde Nick zich, en klonk alsof een lege kartonnen doos over grint werd gesleept. Veeleisend, maar niet boos. Terwijl hij naar de stem luisterde, had hij een huivering onder aan zijn ruggengraat gevoeld en nu hij aan zijn volle bureau zat en naar de Interne Controlelijst staarde, voelde hij hetzelfde merkwaardige getintel.

Over zeven uur zou de houder van rekening 549.617 RR bellen. Hij zou informeren naar het saldo van zijn rekening en daarna opdracht geven om dit bedrag naar meer dan twintig banken over de hele wereld over te boeken. Als Nick het geld zou overmaken, zou hij de Pasja aan de DEA uitleveren en als hij de overboeking zou uitstellen, zou de Pasja aan de greep ervan ontsnappen – voorlopig althans.

Nick ging in gedachten terug naar Peter Sprechers wilde beschuldigingen in de Keller Stubli. *De Pasja: dief, smokkelaar, verduisteraar.* Waarom had hij niet voor de volledigheid 'moordenaar' aan het rijtje toegevoegd? Vier weken geleden had Nick de reputatie van de Pasja, en daarmee ook die van de bank, verdedigd.

'De Pasja,' mompelde hij. 'Een internationale misdadiger.' Waarom niet?

Nick proefde het woord op zijn tong. *De Pasja..* Hij vormde zich een beeld van een langzaam ronddraaiende fan aan het plafond die wolken blauwe sigarettenrook uiteendreef, een palm waarvan de bladeren langs een geblindeerd raam streken en een vuurrode fez met een gouden kwastje. *De Pasja.*

De telefoon ging.

'Met Neumann.'

'Met Hugo Brunner, de hoofdportier. Er is een belangrijke cliënt gearriveerd die geen afspraak heeft. Hij wil een nieuwe rekening voor zijn kleinzoon openen. Uw naam staat vermeld als dienstdoend functionaris. Wilt u alstublieft onmiddellijk naar Salon Vier komen?'

'Een belangrijke cliënt?' Dit baarde Nick zorgen en hij wilde hem op iemand anders afschuiven. 'Moet zijn vaste portefeuillemanager dat niet afhandelen?'

'Hij is nog niet in het gebouw. U moet direct komen. Salon Vier.'

'Wie is de cliënt? Ik moet zijn dossier meebrengen.'

'Eberhard Senn, graaf Languenjoux.' Nick kon de portier bijna horen tandenknarsen. 'Hij bezit zes procent van de aandelen van de bank. Haast u.'

Nick vergat de controlelijst helemaal. Senn was de grootste particuliere aandeelhouder van de bank. 'Ik werk hier pas. Er moet toch iemand zijn die beter gekwalificeerd is om met meneer Senn... eh, de graaf, te spreken?'

Brunner sprak langzaam en zijn dringende toon duldde geen uitvluchten. 'Het is twintig minuten vóór acht. Er is verder niemand. U bent de dienstdoende functionaris. En nu opschieten. Salon Vier.'

'MIJN GROOTVADER WAS EEN GOEDE VRIEND VAN KONING LEOPOLD VAN België,' bulderde Eberhard Senn, graaf Languenjoux. Hij was een kwieke man van tachtig die een keurig Prince de Galles-kostuum en een vrolijke rode vlinderdas droeg. 'Herinnert u zich de Kongo nog, meneer Neumann? De Belgen hebben dat hele vervloekte land gestolen. Dat gaat tegenwoordig heel wat moeilijker. Neem die tiran Saddam Hoessein nu. Die probeerde dat piepkleine buurlandje te stelen en heeft een paar draaien om zijn oren gekregen.'

'Volledig verslagen,' vertaalde Hubert, de kleinzoon van de graaf, een blonde jongen van twintig jaar die verdronk in een driedelige marineblauwe krijtstreep. 'Grootvader bedoelt dat Hoessein een vernietigende nederlaag heeft geleden.'

'Ah, ja,' zei Nick knikkend.

Nadat hij door Hugo Brunner was gebeld, was hij de gang door gerend om Senns dossier bij de secretaresse van zijn officiële portefeuillemanager te halen. In de twee minuten die hij nodig had om de begane grond te bereiken en Salon Vier te vinden, had hij het dossier van de cliënt snel doorgekeken.

'Maar niet helemaal tot ons nadeel, hè, Hubert?' vervolgde de graaf. 'De idioten zijn al hun wapentuig kwijtgeraakt. Tanks, machinegeweren, mortieren. Alles. Weg. Het is een goudmijn voor ons. Het geheim is Jordanië. Je hebt een sterke zakenpartner in Jordanië nodig om de wapens het land binnen te kunnen krijgen.'

'Natuurlijk,' beaamde Nick. Senn zweeg even en Nick begon zich er zorgen over te maken dat van *hem* werd gevraagd de naam van zo'n partner te noemen.

'De Belgen hebben geen klap uitgevoerd sinds ze de Kongo hebben veroverd,' zei Senn. 'Ik hoop nog steeds dat ze het land weer terugpakken. Dat zou het land goeddoen.'

Nick en Hubert glimlachten, allebei gebonden door een andere plicht.

'En zo heeft mijn grootvader zijn titel gekregen.'

'Door Leopold te helpen de Kongo te veroveren?' vroeg Nick aarzelend.

'Natuurlijk niet.' De graaf schaterde het uit. 'Hij importeerde Europese vrouwen om het vervloekte land leefbaar te maken. Leopolds maîtresses wilden er zelfs niet bij in de buurt komen. Iemand moest voor de genoegens van de koning zorgen.'

Het doel van het bezoek van de graaf was de handtekeningen op zijn rekeningen te veranderen. Zijn zoon, Robert, was onlangs overleden. Nick herinnerde zich dat hij er een paar regels over in de krant had gelezen. *Robert Senn, 48, directeur van Senn Industries, een Zwitserse fabriek van lichte vuurwapens, spuitbussen en luchtverversingssystemen, is om het leven gekomen toen het vliegtuig waarin hij reisde, een* Gulfstream IV *van Senn Industries, kort nadat het van het vliegveld van Grozny in Tsjetsjenië, was opgestegen, neerstortte.* Nick opende zijn leren map en legde twee blanco handtekeningenkaartjes op het bureau. 'Als u zo vriendelijk wilt zijn hier onderaan te tekenen, dan zijn de rekeningen aan het eind van de dag op Hubert overgedragen.'

De graaf staarde naar de kaartjes en keek toen op naar de jonge bankier die tegenover hem zat. 'Robert wilde nooit in Zwitserland blijven. Hij reisde liever. Italië, Zuid-Amerika, het Verre Oosten. Overal waar hij naartoe ging, verkocht hij onze producten. De legers van meer dan dertig landen en gebieden hebben pistolen en machinegeweren van Senn Industries. Wist u dat, meneer Neumann?' Het gerimpelde gezicht van de graaf betrok en hij leunde naar voren alsof hij diep nadacht over één laatste vraag. Zijn ogen werden vochtig en een traan rolde over zijn wang. 'Waarom verveelde hij zich zo vreselijk, mijn Robert? Waarom verveelde hij zich zo?'

Hubert pakte de hand van zijn grootvader vast en klopte er zachtjes op. 'Alles komt in orde, grootvader.'

Nick hield zijn blik op het glanzende oppervlak van het bureau gericht.

'Natuurlijk komt alles in orde,' brulde de graaf. 'De Senns zijn net als deze bank: solide en onvernietigbaar. Heb ik u verteld dat we al meer dan honderd jaar cliënt van de VZB zijn, Neumann? Vergeet dat niet. De mensen verlaten zich op deze bank. Op de traditie. Op vertrouwen. Daarvan is niet genoeg meer over op de wereld.'

Eberhard Senn ondertekende de twee kaartjes en schoof ze door naar zijn kleinzoon. Hubert bevrijdde zijn elleboog uit de mouw van zijn colbert en ondertekende de kaartjes eveneens.

Nick pakte de kaartjes op, bedankte de heren voor hun komst en stond op om hen naar de deur te brengen. Senn schudde hem krachtig de hand. 'Vertrouwen, meneer Neumann. Als je ouder wordt, is dat het enige wat echt van belang is. Er is tegenwoordig veel te weinig vertrouwen op de wereld.'

Nick begeleidde Senn en diens kleinzoon naar de uitgang en nam afscheid. Terwijl hij terugliep door de hal dacht hij na over de graaf en over wat deze had gezegd. Eberhard Senn was een schaamteloze wapenhandelaar, een man wiens gehele familievermogen was vergaard met moreel dubieuze handel en juist hij had de mond vol over vertrouwen en over de integriteit van de Verenigde Zwitserse Bank, waarop hij zich volledig kon verlaten.

Nicks gedachten keerden snel terug naar het vel papier dat op zijn bureau lag: de Interne Controlelijst. Hoe zat het met alle andere cliënten die hun vertrouwen in de bank hadden gesteld? vroeg hij zich af. Waren ook zij niet afhankelijk van de garantie van geheimhouding van de bank? In een land waar absolute geheimhouding het wezenskenmerk van een bank was, betekende vertrouwen alles. Wolfgang Kaiser zou beslist geen bezwaar maken tegen een dergelijk sentiment. Wat had hij ook alweer tegen de verzamelde bankiers gezegd na Sterling Thornes toespraak? '... *meneer Thorne kan op zijn solitaire mannetjes jagen wat hij wil, maar hij zal binnen de muren van de Verenigde Zwitserse Bank nooit vinden wat hij zoekt.*'

Waarom zou Thorne hen niet vinden? Omdat ze niet bestonden of omdat Kaiser alles zou doen wat in zijn vermogen lag om te voorkomen dat ze ontdekt zouden worden?

Nick stapte de lift in en drukte op het knopje voor zijn verdieping. Het rekeningnummer van de Pasja stond op de Interne Controlelijst van de bank. Hij hoorde Peter Sprechers stem weer die zei: '*Denk aan de consequenties. Voor de bank en voor jezelf.*'

Het zou voor de bank ongunstige gevolgen hebben als de Pasja als een door de DEA gezochte misdadiger werd ontmaskerd. Een onderzoek zou, onafhankelijk van de uitkomst, een smet werpen op het gekoesterde imago van de VZB. Met het oog op Klaus Königs aankondiging dat de concurrerende Adler Bank van plan was om nog vóór de algemene aandeelhoudersvergadering die over een paar weken gehouden zou worden, een groot deel van de aandelen van de VZB in handen te krijgen, kon de VZB zich onder geen beding zelfs maar de suggestie van een schandaal veroorloven.

En Nicks carrière evenmin.

Hij kon nauwelijks een promotie verwachten voor het uitleveren van de Pasja, zelfs als hij, technisch gezien, in overeenstemming met de richtlijnen van de bank handelde. Als hij de Pasja zou aangeven, kon hij er eerder op rekenen dat hij op een zijspoor werd gezet en een prachtige functie in het beheer van kantoorbenodigdheden toegewezen kreeg. Hij moest nog maar zien hoe ver hij dan met zijn onderzoek zou komen.

De Zwitsers plaatsten de informant niet op een voetstuk. Acht jaar geleden had de regering de wetten zodanig gewijzigd dat elke bankier onwettige transacties waarvan hij tijdens zijn werkuren getuige was geweest, mocht melden. Slechts een stuk of tien van hen hadden het ook gedaan: de grote meerderheid van de honderdzeventigduizend bankemployés had er de voorkeur aan gegeven een comfortabel stilzwijgen te bewaren.

Dergelijke cijfers spraken boekdelen over de houding van het Zwitserse volk, maar hadden niets te maken met de redenen die bij Nick een neiging tot moedwillige ongehoorzaamheid wekten. Die redenen konden gevonden worden op de bladzijden van de kalfsleren agenda's van zijn vader. De agenda's hadden Nick een reden gegeven om te denken dat de 'Val' niet door een willekeurige gewelddaad was veroorzaakt. De bewoordingen waren kort – *De rotzak heeft me bedreigd! Ik moet doen wat hij wil. De man is een doortrapte schurk* – en ze illustreerden niet alleen de misère van zijn vader, maar ook die van hemzelf, want Nick kon niet over de dood van zijn vader nadenken zonder over de consequenties ervan op zijn eigen leven te piekeren. Het gereis van stad naar stad. Elke zeven maanden een nieuwe school – tien in zes jaar, als je ze wilde tellen.

De Interne Controlelijst was dus zijn kans. Een loper waarmee hij de onverlichte gangen van de bank kon openen. De vraag was hoe hij hem moest gebruiken.

De lift schokte tussen de verdiepingen en Nick richtte zijn gedachten op een andere kwestie. *En Thorne dan?* vroeg een kruisvaardersstem die hij allang doodgewaand had. *Hoe zat het met diens missie om de belangrijkste figuren in de internationale drughandel te arresteren?*

Thorne kan doodvallen, antwoordde hij zichzelf.

Nick kwam om vijf minuten voor drie terug bij zijn bureau. Het leek onnatuurlijk stil in het kantoor. Hij had vijf minuten om te beslissen hoe hij het probleem van de Pasja, wiens ware identiteit onbekend was en die nu met de wetten van minstens één westers land in botsing dreigde te komen, zou aanpakken.

Nick tikte met zijn pen op de Interne Controlelijst. Hij had het grootste deel van de dag zijn werk verwaarloosd. Om zijn gedachten te verzetten, of misschien om zich beter te concentreren, haalde hij de twee formulieren voor wijziging van rekeninginformatie die hij die ochtend had ingevuld, tevoorschijn en begon de noodzakelijke toevoegingen erop te noteren. Hij keek op de klok: 14.59 uur. En toen was het zover... 15.00 uur. Hij trok de bovenste lade van zijn bureau open, haalde er een groen overboekingsformulier en een zwarte pen uit, legde ze boven op Schweitzers lijst voor zich neer en begon te tellen. Eén... twee... drie. Hij kon het samengeperste licht bijna door de vezeloptische kabels voelen pulseren. Vier... vijf... zes.

De telefoon ging. Nick staarde naar het knipperende lampje, pakte de hoorn van de haak en drukte hem stevig tegen zijn oor. 'Met de Verenigde Zwitserse Bank, met Neumann. Goedemiddag.'

NICK LEUNDE ACHTEROVER IN ZIJN STOEL EN HERHAALDE: 'MET DE VERenigde Zwitserse Bank, met Neumann. Waarmee kan ik u van dienst zijn?'

Er klonk een kort gesis over de lijn.

'Goedemiddag. Is daar iemand?' Een angstig gevoel verspreidde zich in zijn onderbuik en steeg onbelemmerd omhoog in zijn keel.

'Komt u alstublieft naar mijn koninkrijk in de woestijn,' zei een ruwe stem. 'De genoegens van Allah wachtten op u. Ik heb gehoord dat u een knappe, viriele jongeman bent. We hebben veel mooie vrouwen van wie sommigen heel jong zijn. Maar voor u heb ik iets bijzonders in petto, iets wat oneindig veel prettiger is.'

'Pardon?' zei Nick.

'De genoegens van de woestijn zijn zonder tal,' vervolgde de stem. 'Maar voor u, mijn jonge vriend, heb ik mijn dierbare Fatima gereserveerd. Zo'n zachtheid hebt u nog nooit ervaren. Als het dons van duizend peluws. En lief... ah, Fatima is een vriendelijk en liefdevol beest. De koningin van al mijn kamelen.' De stem begaf het. 'U mag haar zo vaak neuken als u wilt,' flapte Peter Sprecher eruit voordat hij in lachen uitbarstte. 'Houd ik je soms van iets belangrijkers af, Nick?'

'Rotzak! Hiervoor zul je boeten!'

Sprecher lachte nog harder.

'Heeft König soms niet genoeg voor je te doen? Of ben je al aandelen voor hem aan het kopen? Gaat hij een bod op de hele bank doen?'

'Sorry, vriend, dat kan ik je niet vertellen, maar als ik een gokker was, zou ik er rekening mee houden.'

'Altijd vol positief nieuws...' Nick stokte midden in de zin. Een ander lampje van zijn telefoon begon te knipperen. 'Ik moet ophangen. Onze vriend is aan de lijn. Tussen haakjes, zijn nummer staat op Schweitzers controlelijst.' Hij ving het begin van een luide uitroep op voordat hij het knipperende knopje indrukte.

'Met de Verenigde Zwitserse Bank, met Neumann. Goedemiddag.'

'Mag ik meneer Sprecher alstublieft van u?' Hij was het.

'U spreekt met Neumann. Helaas is meneer Sprecher vandaag niet aanwezig, maar ik ben zijn assistent. Kan ik u helpen, meneer?'

'Wat is uw bankreferentie?' vroeg de knarsende stem.

'Ik wil u met alle plezier informatie geven waarmee ik me als medewerker van de bank legitimeer, maar eerst heb ik uw naam of uw rekeningnummer nodig, meneer.'

De verbinding leek een ogenblik weg te vallen en Nick hoorde alleen een heel zacht gezoem. Toen was de stem er weer.

'Uitstekend. Mijn rekeningnummer is...' Hij sprak de cijfers langzaam en goed geärticuleerd uit.'

'Dank u. Dan wil ik nu graag uw codewoord voor deze rekening hebben.'

'Paleis Ciragan,' zei cliënt 549.617 RR.

Nick glimlachte voor zich uit. Paleis Ciragan in Istanboel was in de negentiende eeuw het domicilie van de laatste Turkse viziers. Marco Cerruti had duidelijk naar de nationaliteit van zijn cliënt verwezen toen hij hem de Pasja doopte.

'Ik bevestig, Paleis Ciragan, meneer,' zei Nick. 'Mijn bankreferentie is NXM en mijn achternaam is Neumann.' Hij spelde zijn naam en vroeg toen of zijn cliënt het had verstaan. Er viel een lange stilte die alleen door het ritmische geklok van een vloeistof werd onderbroken.

'Luid en duidelijk, meneer Neumann,' zei de Pasja. 'Kunnen we dan nu ter zake komen? Vertelt u me alstublieft wat het saldo van mijn rekening 549.617 RR is.'

Nick voerde het rekeningnummer, gevolgd door de gecodeerde instructie AB30A, in Cerberus in om het saldo van de rekening op te vragen. Hij sperde zijn ogen wijd open. 'Er staat zevenenveertig miljoen Amerikaanse dollar op uw rekening.'

'Zevenenveertig miljoen,' herhaalde de Pasja langzaam. Als het hem enig genoegen verschafte te horen dat er zo'n astronomisch bedrag op zijn rekening stond, verraadde zijn barse stem het niet. 'U hebt toch al mijn overboekingsinstructies, meneer Neumann? Kijkt u alstublieft naar overboekingsmatrix zes.'

Nick pakte het papier uit het dossier op zijn bureau. Op matrix zes stonden gespecificeerde instructies om een bepaald bedrag, vandaag het leuke sommetje van zevenenveertig miljoen Amerikaanse dollar, naar banken in Oostenrijk, Duitsland, Noorwegen, Singapore, Hongkong en de Kaaiman Eilanden over te maken.

'Matrix zes specificeert de overdracht van het hele bedrag naar in totaal tweeëntwintig banken,' zei Nick.

'Dat klopt, meneer Neumann,' zei de Pasja. 'U lijkt te aarzelen. Is er een probleem?'

'Nee, meneer,' zei Nick. 'Alles is in orde.' Uit zijn ooghoek zag hij de controlelijst onder het dossier van de Pasja uitsteken. 'Maar ik wil graag de namen van de desbetreffende banken met u doornemen om er zeker van te zijn dat ze voor honderd procent kloppen.' Hij begon met de eerste bank van de lijst. 'Deutsche Bank, hoofdkantoor in Frankfurt.'

'Correct.'

'Südwest Landesbank, München.'

'Correct.'

'Norske Bank, Oslo,' dreunde Nick op terwijl hij op het ongeduldige gebrom wachtte dat de naam zou bevestigen. 'Kreditanstalt van Oostenrijk, Wenen...' Zijn blik dwaalde rond in het kantoor. Een citaat dat hij tijdens een eindeloze tocht over de Grote Oceaan uit zijn hoofd had geleerd, schoot hem te binnen. *Eenzaamheid is de enige smeltkroes waarin het karakter van een man gevormd kan worden.* Hij was vergeten wie deze woorden had geschreven, maar op dat moment begreep hij de betekenis ervan volkomen.

'Bank Negara, vestiging in Hongkong. Bank Sanwa, Singapore...' Nick ging door met het opdreunen van de namen van de banken. Tot zijn verrassing drong de herinnering aan Sterling Thornes korte toespraak zich plotseling aan hem op. *Olifantenjacht, solitaire mannetjes, jachtopzieners.* De woorden wekten een bijna fysieke afkeer bij hem. Hij had al eerder iemand van Thornes slag ontmoet. Jack Keely van de CIA, evenals Thorne een overijverige hoeder van de heilige regels en voorschriften van de Amerikaanse overheid en ook iemand die anderen dolgraag voor zijn karretje wilde spannen. Nick was vrijwillig naar voren gestapt en had de prijs voor zijn naïeve streven naar glorie betaald. Eens maar nooit meer, had hij gezworen toen de zaak eenmaal achter de rug was. Niet voor Keely en niet voor iemand anders.

'Ik bevestig dat er in totaal tweeëntwintig banken zijn,' zei Nick ten slotte.

'Dank u, meneer Neumann. Zorg ervoor dat deze bedragen aan het eind van de werkdag overgemaakt zijn. Ik duld geen fouten.'

De Pasja verbrak de verbinding.

Nick legde de hoorn op de haak. Hij was nu op zichzelf aangewezen en een strenge stem herinnerde hem eraan dat hem dat juist beviel. Hij moest zelf een besluit nemen. Op de klok boven Sprechers bureau was het 15.06 uur. Hij schoof het overboekingsformulier dichter naar zich toe, noteerde de tijd van de opdracht en begon de noodzakelijke gegevens in te vullen. In de linkerbovenhoek schreef hij het rekeningnummer van zes cijfers en twee letters. In een rechthoekige ruimte eronder waarin de naam van de cliënt werd gevraagd, schreef hij 'N.B.', niet beschikbaar. Onder 'instructies voor telegrafische overboeking' schreef hij 'matrix zes (volgens instructies van cliënt)'. En in het kader dat met 'bedrag' werd aangeduid, schreef hij zevenenveertig gevolgd door zes nullen. Er moesten nog twee kaders ingevuld worden: bekrachtigingsdatum – de datum waarop de instructies uitgevoerd moesten worden – en 'initialen van verantwoordelijke employé'. Hij schreef zijn identificatie van drie letters in het ene kader en liet het andere open.

Nick reed zijn stoel van zijn bureau vandaan, trok de bovenste lade open en legde het overboekingsformulier helemaal achterin. Hij had besloten wat hij zou doen.

De volgende twee uur hield hij zich bezig met het controleren van rekeningen 220.000 AA tot en met 230.999 ZZ op obligaties die in de volgende dertig dagen zouden vervallen. Om 5.30 uur sloeg hij de laatste portefeuille dicht, stapelde ze in de kast achter hem op en deed hem op slot. Hij verzamelde de resterende papieren op zijn bureau, legde ze in een logische volgorde voordat hij ze in de tweede la van boven stopte en deed die ook op slot. Alle vertrouwelijke documenten waren nu veilig opgeborgen en zijn bureau was leeg.

Vlak voordat hij het kantoor verliet, opende Nick de bovenste la van zijn bureau en haalde het overboekingsformulier met het rekeningnummer van de Pasja en de instructies voor de telegrafische overboeking eruit. Hij bracht zijn pen naar het kader dat nog ingevuld moest worden, dat voor de bekrachtigingsdatum, en krabbelde de datum van de volgende dag erin. De krabbel was onleesbaar zodat hij er zeker van was dat er een vertraging van twee of drie uur zou optreden voordat Pietro van Betalingsverkeer hem zou bellen om te vragen wat er stond. Door de gebruikelijke vrijdagdrukte zou de betaling niet vóór maandagmorgen plaatsvinden. Tevreden liep hij door de gang naar de posthoek van de afdeling en pakte een interne bankenvelop. Hij adresseerde hem aan *Zahlungsverkehr Ausland* – Internationaal Betalingsverkeer – stopte het overboekingsformulier erin en maakte haar zorgvuldig dicht met een achtvormige paperclip. Hij wierp een laatste blik op de envelop en liet haar toen in de jutezak voor de interne post glijden.

Het was gebeurd.

Nick had moedwillig de duidelijke instructies van zijn superieuren genegeerd en zich niet aan de opdracht van een belangrijke westerse opsporingsdienst gehouden om een man te beschermen die hij nog nooit had ontmoet en een beleid te handhaven waarin hij niet geloofde. Nick deed de lichten van de Broeikas uit in de zekerheid dat hij de eerste stap had gezet op weg naar het donkere hart van de bank en de oplossing van de geheimen achter de dood van zijn vader.

ALI MEVLEVI KREEG ER NOOIT GENOEG VAN NAAR DE ZONSONDERGANG boven de Middellandse Zee te kijken. 's Zomers ging hij op een van de rotanstoelen op de veranda zitten en liet zijn gedachten de vrije loop, terwijl hij over het glinsterende water het vurige hemellichaam langzaam achter de horizon zag verdwijnen. In de winter, op avonden als deze, had hij maar een paar minuten om van de overgang van de dag naar de schemering en het donker te genieten. Een briesje blies over het terras en voerde de vage geur van eucalyptus- en cederbomen mee.

Door de donker wordende nevel kon Mevlevi de sloppenwijken, de wolkenkrabbers, de fabrieken en de snelwegen onderscheiden van een stad in het zuidoosten die aan de zee grensde en acht kilometer hiervandaan was. Er waren maar weinig wijken die geen schade hadden opgelopen en geen ervan was, nu al jaren nadat de echte gevechten waren opgehouden, volledig opgebouwd. Hij glimlachte terwijl hij probeerde de rookslierten te tellen die de avondlucht in dreven. Het was zijn manier om de langzame terugkeer naar de beschaving van de stad te meten. Zolang de inwoners ervan hun maaltijden boven open vuren bereidden, gehurkt in de ruïnes van platgebombardeerde zijstraten, zou hij zich veilig en op zijn gemak voelen. Hij hield bij veertien op omdat het tellen door het vallende duister bemoeilijkt werd.

De Parel van de Levant werd nog steeds belegerd, dat was zeker. Incompetentie en lethargie hadden de plaats van mortier- en geweervuur ingenomen. De watervoorziening was onregelmatig en er was maar zes uur per dag stroom beschikbaar. Drie militia's patrouilleerden door de straten en de stad werd door twee burgemeesters bestuurd. En daarom juichten de bewoners als trotse ouders dat hun stad herboren was. In zekere zin was een felicitatie wel op haar plaats, vond hij. Sinds de miljardair de teugels van de macht had gekocht, was het land in de eerste versnelling teruggeschakeld. Hotel St. Georges had zijn deuren weer geopend en een snelweg die de christelijke oostkant en de islamitische westkant van de stad met elkaar verbond, was bijna klaar. De vluchten uit grote Europese steden waren hervat en de bekende restaurants van de stad ging het voor de wind.

Ondernemingen van voldoende omvang waren er niet afkerig van de premier en zijn vrienden een adviseurshonorarium van vijf procent van hun bedrijfswinst te geven om zich ervan te verzekeren dat de welvaart zou voortduren. Toen de premier voor korte tijd was afgetreden en de waarde van de nationale valuta kelderde, werd er gefluisterd dat slechts een lichte stijging van zijn commissie – tot zeven procent – ervoor had gezorgd dat hij op zijn post terugkeerde. De premier was niet inhalig.

Beiroet. De stad was de hoer van de wereld en hij hield van haar.

Mevlevi keek toe terwijl de zon achter de horizon verdween. De zon, de zee, de sterren – niets wekte zoveel ontzag bij hem. Misschien was hij in een vorig leven zeeman geweest, een metgezel van de grootste van de islamitische avonturiers, Ibn Batutah. In dit leven was er echter een andere bestemming voor hem weggelegd. Als het werktuig van de profeet zou hij de herrijzenis van zijn volk leiden en het zijn rechtmatig eigendom teruggeven.

Daarvan was hij overtuigd.

Later zat Ali Mevlevi achter zijn houten bureau en bestudeerde een kaart van Zuid-Libanon en Israël. De kaart was maar een maand oud, maar hij was al zacht door het veelvuldige gebruik en de vouwen waren grijs door de talloze keren dat hij opgevouwen was. Zijn blik richtte zich op Beiroet en de heuvels ten noordoosten van de stad waar zijn eigen kamp was en verplaatste zich toen naar het zuiden, over de grens. Hij bestudeerde een tiental oriëntatiepunten, grote en kleinere steden, voordat hij zijn blik op een kleine stip in het bezette gebied op de West Bank concentreerde. Ariel. Een nederzetting van vijftienduizend orthodoxe joden. Kolonisten op land dat niet van hen was. Het stadje was in de woestijn uit het niets opgebouwd en had in een omtrek van vijftien kilometer geen buren. Hij trok een la van zijn bureau open en haalde er een klein kompas uit. Hij concentreerde het op de nederzetting en trok er een cirkel met een doorsnee van tweeëneenhalve centimeter omhoog. 'Ariel,' zei hij grimmig. Hij knikte. Zijn besluit stond vast.

Mevlevi vouwde de kaart zorgvuldig op, legde hem in een lade van zijn bureau, pakte de telefoon en draaide een toestelnummer van twee cijfers. Even later zei hij zacht: 'Kom direct naar mijn studeerkamer, Joseph. Breng de verrader en mijn pistool mee en laat Lina ook hier komen. Het zou zonde zijn als ze zoiets instructiefs zou missen.'

Het scherpe ritme van een militaire voetstap was in de verte hoorbaar en werd luider.

Mevlevi stond op en liep naar de deur van zijn studeerkamer.

'Zo, mijn vriend,' riep hij, luid genoeg om aan de andere kant van de grote hal te worden gehoord. 'Kom vlug. Ik wil graag het nieuws van de dag horen.'

Een in een schoon grijsbruin uniform geklede man liep energiek door de hal. Hij sprak pas toen hij op ruim een meter afstand van zijn meester in de houding bleef staan. 'Goedenavond, Al-Mevlevi,' zei Joseph, terwijl hij afgemeten salueerde. 'Ik ben dankbaar voor de gelegenheid om u van de activiteiten van deze dag op de hoogte te brengen.'

Mevlevi drukte de geüniformeerde man tegen zijn borst en kuste hem op beide wangen. 'Je bent mijn ogen en mijn oren. Je weet hoe ik je vertrouw. Begin maar, alsjeblieft.'

Joseph begon met zijn verslag en Ali Mevlevi luisterde aandachtig terwijl hij het hoofd van de interne beveiliging taxeerde. Hij bewonderde zijn formele houding met de strak naar achteren getrokken schouders die zo goed bij het strenge uiterlijk van de man paste: zijn zwarte, gemillimeterde haar, zijn donkere gezicht dat met een nog donkerder stoppelbaard was bedekt en zijn droevige ogen. De ogen van zijn volk.

Hij had Joseph in Mieh-Mieh gevonden, waar hij al zijn mannen vandaan had.

Joseph had de leiding gehad over de arbeidspool van het zuidelijk deel van het vluchtelingenkamp dat dertig kilometer ten zuidoosten van Beiroet lag, een bloedvlek op de noordelijke deurmat van Israël. Vijftien jaar na de joodse invasie was het kamp er nog steeds en het breidde zich zelfs uit. Duizenden Palestijnen verdrongen elkaar op de smalle weggetjes die het kamp doorkruisten en maakten dagelijks ruzie over de magere rantsoenen en de smerige onderkomens. Een baan waarbij de handen van een man onder de kloven kwamen te zitten en zijn rug krom werd, was het waardevolste goed van het kamp. Tien uur lang in de genadeloze zon platen beton hakken, bracht twee Amerikaanse dollar per dag op, genoeg om een brood, drie repen lamsvlees en twee sigaretten te kopen. Het opvullen van kraters die door talloze mortieren en autobommen waren geslagen, leverde het vorstelijke bedrag van vier dollar op en daarvoor moest twaalf uur achtereen onder bedreiging van vijandelijk vuur gewerkt worden. Er werden elke week twee mannen gedood tijdens het repareren van de wegen van de stad en tweehonderd mannen verdrongen elkaar om hun plaats in te nemen.

'Hebben onze gewaardeerde instructeurs zich aan hun trainingsplan kunnen houden?' vroeg Mevlevi toen Joseph klaar was met zijn overzicht. 'We kunnen het ons niet veroorloven nog meer dagen te verliezen.'

'Ja, Al-Mevlevi. Alle lessen die voor dag zevenenvijftig op het programma stonden, zijn gegeven. Sergeant Rodenko heeft de mannen vanochtend geïnstrueerd in het juiste gebruik van Katjoesja-raketten. 's Middags heeft luitenant Ivlov een les gegeven over doelwitselectie en het scherpstellen van lasergestuurde nabijheidsbuizen. De mannen begonnen zich al snel te vervelen. Ze voelen zich meer op hun gemak met hun kalasjnikovs. Ivlov heeft weer gevraagd of ons doelwit militair of civiel is.'

'O ja?' vroeg Mevlevi. Luitenant Boris Ivlov en sergeant Michail Rodenko waren twee maanden geleden samen met de uitrusting gearriveerd en het waren allebei uitgebluste veteranen van de Afghaanse oorlog. Ze waren instructeurs die bij een koppeltransactie hoorden die door Dimitri Martsjenko, voorheen generaal bij het leger van Kazachstan en nu directeur van de Opslagplaats voor Overtollige Wapens, een zogenaamde overheidsinstelling, was verzorgd. Een van de ondernemers van de nieuwe garde die na de koude oorlog was ontstaan. Zoals zoveel van de producten van zijn land, waren Martsjenko's instructeurs tweederangs. Er waren al twee trainingsdagen verloren gegaan doordat ze zich aan wodka half bewusteloos hadden gezopen en nu begonnen ze ook nog vragen te stellen.

'Je zult te zijner tijd horen wat je doelwit is,' zei Mevlevi op ijskoude toon. 'We zullen niet veel langer met losse flodders schieten, daarvan kun je zeker zijn.'

Joseph knikte eerbiedig.

'Ik aarzel om naar de laatste kwestie te informeren,' zei Mevlevi.

'Het is helaas waar. Weer een horzel die om ons hoofd cirkelt.'

'Het is zeven maanden geleden dat Mong ons overvallen heeft. Laat hij ons dan nooit met rust? Er is geen maand voorbijgegaan zonder dat er een verrader is ontmaskerd en geen week waarin we de veiligheidsmaatregelen niet hebben moeten verscherpen.' Mevlevi zuchtte. En geen nacht waarin de hoop op een ongestoorde nachtrust niet door de herinnering aan de aanval van de Aziaat de bodem in was geslagen.

Op een ochtend in juli was een groep soldaten, tijdens de stilte vóór zonsopgang, het terrein binnengedrongen. Vijftien man in totaal. Hun doel was Ali Mevlevi te vermoorden. Hun opdrachtgever was generaal Buddy Mong, lange tijd Mevlevi's meest vertrouwde zakenpartner en commandant van zo'n vijftienduizend man ongeregelde troepen die zich langs de grens van Thailand en Birma hadden geconcentreerd. Kennelijk had Mevlevi zich in zijn betrouwbaarheid vergist. Tot op de dag van vandaag wist hij niet wat de reden voor de aanval was geweest, dus was hij, volgens de verwrongen etiquette van de internationale drughandel, gewoon op dezelfde voet zaken met Mong blijven doen. Eerlijk gezegd kon hij het zich niet permitteren ermee op te houden. Niet nu.

Niet nu Khamsin op het punt stond vrucht te dragen.

'Laten we Allah danken dat we sterk genoeg zijn om ons tegen verdere aanvallen te beschermen,' zei Joseph.

'Allah zij dank.' Mevlevi kon zijn blik met moeite van het vreselijke, grillig gevormde litteken afhouden dat van Josephs rechteroog tot aan de onderkant van zijn kaak liep. Een aandenken aan Mongs moordenaars. Joseph was de enige van zijn adjudanten wiens loyaliteit niet in twijfel getrokken kon worden. Het litteken stond dat niet toe.

'We kunnen Mong noch zijn handlangers genade tonen. Breng de jonge Judas bij me.'

Joseph draaide zich op zijn hielen om, liep de kamer uit en maakte een lichte buiging voor Lina, die voor de deur wachtte.

'Lina,' beval Mevlevi. 'Kom erbij. Nu.'

Hij wilde dat zijn maîtresse getuige van de demonstratie van zijn gezag, hoe rauw ook, zou zijn. Het opvoedkundige effect van straf werd schromelijk onderschat. Hoewel hij zich, bij nader inzien, had vergist in het geval van een oude kennis, Cerruti de bankier, die hem op nieuwjaarsdag had bezocht. Mevlevi had het nodig geacht een onwelkome opwelling van onafhankelijkheid die de bankier recentelijk had vertoond, de kop in te drukken. Hij kon zo'n loopjongen niet toestaan dat hij zijn meester instructies gaf. De Zwitser had niet goed gereageerd op een korte shocktherapie, al was die nog zo weinig bedreigend geweest.

En nu waren er meer nieuwe ontwikkelingen aan het Zwitserse front. Hij lachte om het nieuws dat de banken van het land een geheime samenwerkingsovereenkomst met de DEA hadden gesloten. Die samenwerking zou niet meer dan een geringe zorg blijken te zijn, maar de zelfvoldaanheid waarmee de Amerikaanse autoriteiten de Zwitserse banken hadden ontmand, smeekte erom getart te worden. En dat zou hij ook doen. Hij zou ongezien, ongehinderd en ongedeerd voor de ogen van de vijand langslopen. De uitdaging stimuleerde hem.

Hij haalde diep adem om kalm te worden. Alles wat hij met zijn bezit in Zwitserland deed, moest met de grootst mogelijke voorzichtigheid gebeuren. De verre bergdemocratie was de sleutel tot zijn ambitieuze plan en moest de brandstof leveren waarop zijn legioenen zouden draaien.

De brandstof waarmee Khamsin ontstoken zou worden.

En vandaag was er een nieuwe contactpersoon bij de bank geweest en daarvoor moest hij, in elk geval gedeeltelijk, de verantwoordelijkheid accepteren. Hij kon een gegrinnik niet onderdrukken bij de herinnering aan Cerruti's gelaatsuitdrukking toen deze naar Suleimans Bassin werd gebracht. Eerst had de bankier niet willen geloven wat hij onder het wateroppervlak zag. Met zijn ogen knipperend als een waanzinnige had hij in het water gestaard en vervolgens had hij gekokhalsd en was flauwgevallen.

Mevlevi liep zijn halfdonkere kantoor binnen en keek naar de met de hand geschreven aantekeningen op zijn bureau. Hij pakte de telefoon en drukte een knopje in dat was geprogrammeerd met het privé-nummer van zijn partner in Zürich. Er werd opgenomen nadat de telefoon drie keer was overgegaan en een hese stem zei: 'Makdisi Handelmaatschappij.'

'Albert?'
'*Salaam Aleikum*. Hallo, mijn broeder. Wat kan ik voor je doen?'
'Een routinecontrole. Een employé van de Verenigde Zwitserse Bank. Hij heet Neumann. Zijn voornaam weet ik niet. Hij spreekt goed Engels. Hij zou een Amerikaan kunnen zijn.'
'Is het alleen maar routine?'
'Doe het heel onopvallend, alsjeblieft. Houd hem een paar dagen in de gaten. Onzichtbaar, snap je. Doorzoek zijn appartement. Zo nodig kunnen we hem een aanmoedigingspremie aanbieden, maar nu nog niet.'
'We beginnen vandaag. Bel me over een week.'

Mevlevi legde de hoorn op de haak en hoorde het getik van Lina's hakken toen ze binnenkwam. 'Het doet mijn ogen goed je te zien,' zei hij toen ze vlak bij hem stond.

'Ben je nog niet klaar met de zaken van vandaag?' vroeg Lina pruilend. Ze was een jonge vrouw van maar negentien jaar. Een schoonheid met ravenzwart haar, volle heupen en een weelderige boezem. 'Het is al haast zeven uur.'

Mevlevi glimlachte meelevend. 'Bijna, *chérie*. Ik moet nog een laatste kwestie afhandelen. Ik wil dat jij toekijkt.'

Lina vouwde haar armen over haar borst en zei uitdagend: 'Ik heb geen zin om te zien hoe jij uren aan de telefoon hangt.'

'Goed, dan hoef je je geen zorgen te maken.' Hij stond op en omhelsde zijn Libanese tijgerin. Ze liet haar rebelse houding varen en sloeg haar armen zuchtend om hem heen. Hij had haar drie maanden geleden gevonden in Little Maxim's, een zaak in een van de achterafstegen in de havenwijk van Beiroet. Een discreet gesprek met de eigenaar had hem op permanente basis van haar diensten voorzien. Ze bleef zes nachten per week bij hem en bracht de zevende bij haar moeder in Jounieh door. Ze was een christen uit een falangistenfamilie. Hij zou zich moeten schamen. Toch kon zelfs Allah zijn hart niet onder controle houden en haar lichaam bracht hem verrukkingen die hij nog nooit had gekend.

Joseph liep door de marmeren hal, kwam zijn studeerkamer binnen en wachtte. Kamal, een simpele jongen die pas twee maanden geleden als lid van Mevlevi's privé-veiligheidsdienst was gerekruteerd, stond met zijn hoofd slap voorover op zijn ingevallen borst, vóór hem. 'Hij is in uw studeerkamer aangetroffen terwijl hij uw privé-spullen doorzocht.'

'Breng hem bij me.'

Joseph leidde de tiener naar voren. 'Hij heeft de wil tot praten verloren.'

Eerder het vermogen, dacht Mevlevi.

'Hij staat bij Mong op de loonlijst,' zei Joseph. 'Dat heeft hij toegegeven.'

Mevlevi liep naar de bleke jongeman toe en tilde zijn kin met een gestrekte vinger op. 'Is het waar wat Joseph me vertelt? Werk je voor generaal Mong?'

Kamal knarsetandde, maar bracht geen geluid voort.

'Alleen de liefde van de Oneindige kan de scheur die je in het hart van de islam hebt getrokken, helen. Geef je aan zijn wil over. Als je Allah kent, zal het paradijs je ten deel vallen. Ben je gereed Zijn genade te aanvaarden?'

Knikte de jongen?

Mevlevi gebaarde Joseph dat hij de jongeman naar buiten moest brengen. De gevangene werd naar een ronde pilaar geleid waarachter de vage oplichtende contouren van Beiroet zichtbaar waren.

'Neem de houding voor een smeekbede tot Allah aan.'

De tiener knielde en keek uit over de vredige uitgestrektheid van de Middellandse Zee.

'Laten we de Ode aan Allah zeggen.'

Terwijl Mevlevi het oude gebed uitsprak, trok Joseph zich in het huis terug. Lina bleef stilzwijgend aan de zijde van haar meester. De laatste woorden van het gebed zweefden op het zwoele avondbriesje weg. Hij trok een pistool en legde de zilverkleurige loop tegen de nek van de verrader. Hij streek verscheidene seconden met het wapen door het donzige haar van de jongen, liet het toen zakken, richtte en schoot drie kogels in zijn rug.

De jongen viel met geopende, maar nietsziende ogen voorover en de verscheurde resten van zijn hart kleurden het witstenen terras.

'De straf voor verraders is de dood,' verkondigde Mevlevi. 'Dat zegt de profeet en ik zeg het hem na.'

NICK LIEP MET TWEE TREDEN TEGELIJK DE TRAP AF, BLIJ DAT HIJ UIT DE door tl-buizen verlichte Broeikas kon ontsnappen. Het had geleken of er aan de laatste twee uur geen eind zou komen. Hij had elk moment verwacht dat Armin Schweitzer de Broeikas zou binnenstormen om op hoge toon te vragen wat Nick met de overboeking van de Pasja had gedaan. Merkwaardig genoeg was Schweitzer nergens te bekennen geweest.

Nick had nog een uur voordat hij met Sylvia Schon zou gaan eten en hij besloot naar de kop van de Bahnhofstrasse te lopen, waar het Meer van Zürich smaller werd en in de Limmat uitmondde.

Volgens Sterling Thornes regels was de bank verplicht het bij de internationale autoriteiten te melden wanneer er op een rekening die op de interne controlelijst voorkwam een bedrag van meer dan tien miljoen dollar werd gestort en minstens de helft van dat bedrag binnen vierentwintig uur naar een andere financiële instelling werd overgemaakt. Hoewel de samenwerking op een gentlemen's agreement berustte, kon de VZB het zich slecht permitteren een vredesakkoord dat door de persoonlijke inzet van de president van de Zwitserse Bundesrat tot stand was gekomen, te schenden. Voor het geval de bank toch ideeën in die richting mocht hebben, had de DEA op de afdeling Betalingsverkeer van alle grote banken fulltime agenten neergezet.

Nicks besluit de overboeking van de fondsen van de Pasja met achtenveertig uur te vertragen, betekende dat de transactie niet als verdacht beschouwd kon worden. De Pasja zou aan de lange arm van de DEA ontkomen en daardoor zou de VZB een schandaal bespaard blijven.

Nick liep, met zijn handen diep in zijn jaszakken en zijn kin weggestopt in zijn sjaal, verder door de schemerige stegen. Hij passeerde een gaslantaarn die allang op stroom werkte en zag hoe zich een langgerekte schaduw vormde op de betonnen muur waarop de steeg uitkwam. Als hij hier rechtsaf sloeg, zou hij op de Augustinergasse uitkomen en als hij linksaf ging op de Bahnhofstrasse. Hij aarzelde, er niet zeker van welke kant hij uit moest, en sloeg toen linksaf. Hij begon in de kronkelige straat omhoog te lopen, maar vertraagde zijn snelheid toen hij een vreemde schaduw op de muur vóór hem zag verschijnen. Een man, vermoedde hij, met ronde schouders en een soort punthoed op zijn hoofd. Nick bleef staan om de verwrongen schaduw te zien groeien, maar deze stond abrupt stil, deinsde achteruit en verdween.

De steeg kronkelde naar rechts de heuvel op en hij passeerde een bakkerij, een juwelier en een boetiek die uit Scandinavië geïmporteerde donzen dekbedden verkocht. Toen hij langs de laatste etalage kwam, bleef hij staan om naar de prijs van een paar donskussens te kijken. Hij deed een stap naar achteren en boog zich naar voren terwijl hij zijn hand tegen de ruit zette om het licht van een straatlantaarn af te schermen. Het geluid van voetstappen dat hij even tevoren vlak achter zich had gehoord, hield op. Volgde iemand hem?

Nick rende terug. Na tien passen bleef hij staan en keek naar links en naar rechts. Niets te zien. Hij haalde hortend adem en zijn hart klopte sneller dan de lichte inspanning rechtvaardigde. Nick draaide zich om en liep weer omhoog, de straat in. Honderd meter verder bleef hij weer staan. Hij had niet zozeer iemand achter zich gehoord als wel gevoeld.

Hij wierp een snelle blik over zijn schouder in de zekerheid dat hij zijn achtervolger in het oog zou krijgen, maar weer was er niemand te zien. *Jezus, hij begon paranoïde te worden!*

Nick haastte zich de steeg door tot hij op de drukke Bahnhofstrasse uitkwam. Het was er stampvol met duizenden mensen die van hun werk bij de grote banken en verzekeringsmaatschappijen naar huis gingen. Er reden trams in beide richtingen en straatkooplui ventten met zakken warme kastanjes die in ijzeren ketels werden geroosterd. Hij baande zich, tegen de stroom mensen die in noordelijke richting over de beroemdste slagader van Zürich golfde in, een weg naar de Paradeplatz. Iemand die hem volgde, zou het in het drukke voetgangersverkeer nu heel wat moeilijker hebben.

Hij liep, met gebogen hoofd en met zijn schouders naar voren, verder. Om de paar passen keek hij even over zijn schouder om de menigte af te speuren. Er half van overtuigd dat hij de puntige hoed ergens tussen de deinende hoofden achter hem had gezien, stak hij over en versnelde zijn pas. Een paar meter voor hem uit ging de deur van een helder verlichte boetiek open. Hij zwenkte scherp naar links en ging naar binnen.

Nick was omringd door horloges. Glinsterende creaties van goud, roestvrij staal en diamanten. Hij was Bucherer's binnengelopen, waar het nu vol stond met vroege-avondklanten. Vóór hem zag hij een trap.

Op de eerste verdieping was het stiller. In het midden van de ruimte stonden vier vitrines in een vierkant. Nick deed alsof hij de inhoud ervan bestudeerde terwijl hij er langzaam omheen liep. Zijn blik schoot snel heen en weer tussen de horloges en de trap vóór hem. De meeste horloges kostten meer dan hij per jaar verdiende.

Toen Nick weer opkeek, zag hij een man met een getaande huid binnenkomen. Hij was groot en dik, had zwart krulhaar en keek in zijn richting. Nick glimlachte flauwtjes tegen hem, maar de man bekeek een horloge.

Nick bleef staan om een massief gouden polshorloge te bekijken. *Kom dichterbij,* dacht hij. *Als je net als ik een klant bent, blijf je lopen.* Hij hield zijn blik strak op het horloge gericht. Toen hij opkeek, was de man verdwenen.

'Ik zie dat *monsieur* geïnteresseerd is in de Piaget,' zei een beschaafde stem achter hem.

Nick draaide zich om en keek in een stralend glimlachend gezicht. 'Misschien een andere keer,' zei hij voordat hij naar de trap naar de begane grond liep.

Hij verliet de winkel en liep in zuidelijke richting naar het meer, waarbij hij dicht bij de deuren en etalageruiten bleef. Nick stelde zichzelf de vraag wie ter wereld hem nu zou willen volgen. Hij had geen idee.

Ontspan je, dacht hij.

Vóór hem verbreedde de Bahnhofstrasse zich. De gebouwen aan zijn rechterkant weken terug en er werd een groot open plein, de Paradeplatz, zichtbaar. Uit alle vier de hoeken van het plein arriveerden trams die om de kiosk en het kaartverkoopkantoortje heen reden. Direct rechts van hem was het hoofdkantoor van de Crédit Suisse, een neogotisch gebouw dat de trots op de beheersing van het detail van de Victoriaanse tijd weerspiegelde. Aan de overkant van het plein was de Zwitserse Bank Coöperatie, een meesterwerk van naoorlogse anonimiteit. Direct links van hem was Hotel Savoy Baur-en-Ville.

Nick stak de straat over en liep het plein op. Hij dook de hal van de Crédit Suisse binnen waar hij zich verstopte achter een dadelpalm in een pot. Goedgeklede excentriekelingen waren kennelijk geen zeldzaamheid in Zürich, want geen van de cliënten van de bank keurde hem een tweede blik waardig. Hij wachtte vijf minuten, liep de bank uit en stak recht over naar de Confiserie Sprungli.

Toen Nick de patisserie binnenliep, werd hij overweldigd door een opeenvolging van bedwelmende geuren waarvan de een nog verleidelijker was dan de andere. Een vleugje chocola, een snufje zure citroen en de wat zwaardere geur van verse slagroom. Hij liep naar de toonbank en bestelde een doos *luxembergerli*, een met meringue gevulde luchtige bonbon die niet groter was dan zijn duim. Hij betaalde en draaide zich om naar de deur. *Laat je overprikkelde fantasie hier bij de deur achter,* hield hij zichzelf voor.

Toen draaide Nick zich, om redenen die hij zelf niet begreep, om naar de patisserie. Bij de ingang aan de andere kant van de winkel stond een man van middelbare leeftijd met een olijfkleurige huid en een zouten-peperkleurig sikje die een cape van pied-de-poule en een hardgroene Tiroler hoed met een zandkleurige veer droeg.

De man staarde enkele seconden aandachtig in Nicks richting en zijn mondhoeken gingen in een onbeschaamde glimlach omhoog. Zijn blik vernauwde zich en toen liep hij haastig de winkel uit. De rotzak liet hem merken dat hij hem had gevolgd.

Nick bleef een seconde of vijf staan en rende toen naar buiten om de confrontatie met zijn achtervolger aan te gaan.

Het was op de Paradeplatz een drukte van jewelste. Nick drong zich gehaast tussen de drommen winkelende mensen, forenzen en toeristen door. Hij liep het plein twee keer rond en zocht overal naar de man. Hij moest weten waarom hij gevolgd werd.

Vijftien minuten later concludeerde hij dat verder zoeken zinloos was. Zijn achtervolger was verdwenen en tot overmaat van ramp had hij onder het zoeken de doos met bonbons laten vallen. Hij liep terug naar de Bahnhofstrasse en vervolgde zijn weg in zuidelijke richting naar het meer. Er waren nu minder mensen op straat en er waren nog maar weinig winkels open. Om de tien stappen keek hij over zijn schouder om te controleren of de man hem nog schaduwde. De straat was leeg en alleen het spoor van zijn eigen voetstappen in de poederachtige sneeuw volgde hem.

Nick hoorde het gegier van een automotor achter hem dichterbij komen. Dit deel van de Bahnhofstrasse was gereserveerd voor trams. Hij keek over zijn schouder en zag het laatste model van een Mercedes sedan. De auto was zwart en had rookglazen raampjes en een diplomatiek nummerbord. Hij leek uit de richting van de Paradeplatz te zijn gekomen. De auto stopte naast hem. Het raampje aan de passagierskant werd naar beneden gedraaid en een hoofd met onhandelbaar bruin haar werd naar buiten gestoken.

'Meneer Nicholas Neumann,' riep Sterling Thorne. 'U bent toch een Amerikaan?'

Nick deed een stap van de auto vandaan. Hij was wel populair vanavond. 'Ja, dat klopt. *Zwitser* en Amerikaan.'

'We willen u al een paar weken graag spreken. Wist u dat u de enige Amerikaan bent die bij de Verenigde Zwitserse Bank werkt?'

'Ik ken alle employés niet,' antwoordde Nick.

'Geloof me maar op mijn woord,' zei Thorne minzaam. 'U bent echt de enige.' Hij droeg een suède jasje waarvan hij de kraag opengeslagen had, zodat de lamswollen voering zichtbaar was. Hij had donkere kringen om zijn ogen en zijn ingevallen wangen zaten vol kleine littekens die zo groot waren als speldenprikken.

Nick boog zich naar voren om in de auto te kijken. Eén blik op Thorne was voldoende om zijn afkeer van agenten van de Amerikaanse overheid onmiddellijk weer te wekken. 'Wat kan ik voor u doen? Het sneeuwt en ik heb een eetafspraak. Vindt u het erg om direct terzake te komen?'

Thorne staarde recht voor zich uit en schudde zijn hoofd. 'Even geduld, Nick. Ik vind dat je hoort te luisteren naar wat een vertegenwoordiger van Uncle Sam te zeggen heeft. Als ik het me goed herinner, hebben we een paar jaar geleden je salaris betaald.'

'Goed dan, maar houd het kort.'

'We houden die bank van je al een tijdje in de gaten.'

'Ik dacht dat u alle banken in de gaten hield.'

'Dat is ook zo, maar die van jullie is mijn persoonlijke favoriet. Je collega's doen heel veel rare zaakjes, tenzij je het normaal vindt om een storting van een miljoen dollar in pakjes met van tevoren getelde biljetten van tien en twintig dollar te accepteren.'

Nick keek naar Thornes partner, een mollige man in een antracietgrijs kostuum. De man zweette.

'Wat heeft dit allemaal met mij te maken?' vroeg Nick. Alsof hij het antwoord niet wist.

'We hebben je oren en ogen nodig.'

'Echt waar?' Nick glimlachte geamuseerd.

'Als je met ons samenwerkt,' zei Thorne, 'zullen we je soepel behandelen als we dat kaartenhuis laten instorten. Ik zal een goed woordje voor je doen bij de federale officier van justitie en ervoor zorgen dat je hier met het volgende vliegtuig kunt vertrekken.'

'En als ik dat niet doe?'

'Dan zal ik gedwongen zijn je samen met de rest van je vriendjes in te rekenen.' Hij stak een arm uit het raampje en tikte Nick twee keer met de platte hand op de wang.

Nick bracht zijn gezicht dichter bij dat van de Amerikaanse agent. 'Probeert u me te bedreigen?'

Thorne snoof minachtend. 'Hoe kom je daar nu bij, luitenant Neumann? Ik herinner je alleen aan de eed die je hebt afgelegd toen je dienst nam. Dacht je soms dat je niet meer aan de eed die je hebt gezworen om de president te gehoorzamen en je land te verdedigen, gebonden was toen je je uniform uittrok? Nou, mooi niet.'

Nick voelde de woede in zich oplaaien en hij moest moeite doen om zich te beheersen. 'Als dat ooit nodig mocht zijn, beslis ik daar zelf over.'

'Ik geloof niet dat je me helemaal snapt. We hebben je door. We weten wat jij en je vriendjes in jullie schild voeren. Dit is geen verzoek. Dit is een staande order. Beschouw het maar als een bevel van de opperbevelhebber zelf. Je moet je ogen en oren openhouden en rapport uitbrengen wanneer je dat bevolen wordt. Die opzettelijk blinde klootzakken bij de VZB en elke andere rottige bank in deze stad helpen een heleboel gevaarlijke figuren met het witwassen van hun winst.'

'En u bent hier om ons tegen ze te beschermen?'

'Laten we het zo zeggen. Zonder jou, Neumann, zouden ze niet op een motorjacht van twintig meter voor de kust van Boca Raton sigaren zitten te roken, liggen te wippen en hun volgende grote klapper voorbereiden. Je bent even schuldig als zij.'

De beschuldiging maakte Nick razend.

'Laat me jou dan ook iets duidelijk maken, Thorne. Ten eerste heb ik mijn land vier jaar gediend. Ik draag de eed die ik heb afgelegd voor de rest van mijn leven elke dag met me mee in de vorm van een granaatscherf van vijf centimeter die achter wat er van mijn knie over is, zit. Ten tweede mag je van mij je gang gaan als je zo graag over de hele wereld achter boeven aan wilt jagen. Dat is je werk, maar als je ze niet kunt tegenhouden, moet je niet naar zondebokken gaan zoeken. Ik vat mijn werk serieus op en ik probeer het naar beste kunnen te doen. Het enige wat ik zie, zijn stapels papieren en mensen die geld storten en het verkassen. Er komen bij ons geen mensen die een miljoen dollar over de balie schuiven. Dat is een sprookje. En dan nog wat,' fluisterde hij. 'Het kan me geen ene moer schelen voor wie je werkt en als je me ooit nog een keer aanraakt, trek ik je magere donder uit die auto en stuiter je net zo lang door de straat tot alleen je riem, je laarzen en je klotepenning nog over zijn. Mijn been is daarvoor nog sterk genoeg.'

Nick wachtte niet op antwoord. Hij stapte achteruit van de auto vandaan en richtte zich op. Hij vertrok zijn gezicht van pijn toen zijn rechterknie een knappend geluid maakte en begon in de richting van het meer te lopen.

De zwarte Mercedes bleef naast hem rijden.

'Zürich is een kleine stad, Nick,' riep Thorne. 'Het is verbazingwekkend hoe vaak je je vrienden tegenkomt. Ik denk dat we elkaar nog wel zullen zien.'

Nick bleef voor zich uit kijken.

'Vraag meneer Kaiser maar eens naar Cerruti,' schreeuwde Thorne. 'Houd je ogen open, Nick. Je land heeft je nodig. *Semper fi!*'

NICK PAKTE DE LEUNING VAN DE KADE VAST EN TUURDE HET DONKER IN. Rode stormlampen flikkerden in de haven van Wollishofen en Kirchberg en aan de Goudkust bij de Zürichhorn en Küssnacht. *Semper fidelis.*

Het was drie jaar geleden dat Nick zijn ontslagpapieren had getekend. Drie jaar sinds hij Gunny Ortiga de hand had geschud en de kazerne uitgelopen was om aan een nieuw leven te beginnen. Een maand later was hij op zoek naar een appartement in Cambridge, Massachusetts, kocht hij boeken, pennen en papier en leefde hij in een heel andere wereld. Hij herinnerde zich de blikken die hij het eerste semester op de business school had getrokken. Er liepen niet al te veel studenten over het terrein van Harvard met een mariniersborstelkop. Vanaf de dag waarop hij met de officiersopleiding begon tot de dag waarop hij ermee klaar was, was hij toegewijd geweest. Trouw aan het Korps ging boven politiek en boven idealen en bleef voor altijd in je bloed zitten. Zelfs nu nog werd hij overstroomd door een ongewenste vloedgolf van herinneringen als hij iemand *Semper fi* hoorde roepen.

Nick staarde naar de sneeuw en de wolken boven het meer en vroeg zich af waarom Thorne juist nu contact met hem had gezocht. Wist Thorne dat de Pasja twee keer per week belde? Wist hij dat Nick de rekening van de Pasja beheerde? En zo niet waarom had hij Cerruti's naam dan genoemd? Of had hij alleen contact met hem gezocht omdat hij ook Amerikaan was?

Nick sloot zijn ogen, niet langer in staat de vloedgolf van herinneringen terug te dringen. *Altijd trouw.* Die woorden zouden voor altijd bij Johnny Burke horen. Ze zouden voor altijd bij een dampend moeras in een uithoek van een vergeten slagveld horen.

Eerste luitenant Nick Neumann van het Korps Mariniers van de VS zit in de controlekamer in het vooronder van het oorlogsschip de *Guam*. De kamer is klein, het is er heet en het ruikt er ranzig door het zweet van te veel zeelui. De *Guam*, die zevenentwintig jaar geleden bij de marinewerf van San Diego is besteld, vaart door het kalme water van de Suluzee voor de kust van Mindanao, het zuidelijkste eiland in de Filippijnse archipel.

'Wanneer wordt die klote-airconditioning op dit godvergeten schip eindelijk eens gerepareerd?' schreeuwt kolonel Sigurd 'Big Sig' Andersen in de zwarte telefoon. Buiten is de temperatuur aangenaam, achtentwintig graden, maar binnen de stalen romp van de *Guam* is de temperatuur in de afgelopen zevenentwintig uur niet onder de vijfendertig graden geweest.

'Ik geef jullie tot zes uur de tijd om dat ding te repareren, anders breekt er muiterij uit en ik zal er verdomme de leiding over nemen!' Andersen slaat de hoorn met een klap op de haak aan de muur. Hij is de commandant van de tweeduizend mariniers aan boord van het schip. Nick heeft een hogere officier nog nooit zo volledig zijn kalmte zien verliezen. Hij vraagt zich af of deze heftige uitbarsting is veroorzaakt door de hitte of door de aanwezigheid van een stiekeme 'burgeranalist' die in Hongkong, hun laatste aanloophaven, aan boord is gekomen en de laatste achttien uur in de radiokamer een tête-à-tête met onbekenden heeft.

Deze Jack Keely zit drie meter van Nick vandaan. Hij wacht tot hij kan beginnen met zijn briefing voor een clandestiene operatie waarover Nick de leiding zal krijgen. Een 'zwarte' operatie in het jargon van spionnen en hun gehoorzame plaatsvervangers.

Andersen laat zich in een versleten leunstoel ploffen en gebaart Keely dat hij met zijn briefing kan beginnen.

Keely is nerveus. Zijn gehoor bestaat uit maar zeven personen, maar toch wipt hij constant van zijn ene been op het andere. Hij mijdt oogcontact en staart naar een vast punt op de muur achter Nick en de andere mariniers. Tussen nerveuze halen aan zijn sigaret door, vertelt hij hun in grote lijnen wat hun opdracht inhoudt.

De Filippijn Arturo de la Cruz Enrile heeft zich tegen de regering in Manila uitgesproken en de gebruikelijke hervormingen geëist: eerlijke verkiezingen, herverdeling van het land en betere medische zorg. Enrile heeft in de zuidwesthoek van Mindanao een aanhang van tussen de vijfhonderd en de tweeduizend guerrillastrijders opgebouwd. Ze zijn bewapend met AK-47-geweren, RPG's en RPK's: wapentuig dat de Russen vijftien jaar geleden tijdens een vakantie hebben achtergelaten.

Maar Enrile is communist en hij is populair. Eigenlijk geen kwaaie vent, maar hij baart Manila zorgen. Het herstel begint eindelijk op gang te komen. Subic Bay en Olongapo zijn in opkomst; Japanse en Europese fabrieken schieten als paddestoelen uit de grond. De Filippijnen zijn uit de dood herrezen. Er is zelfs sprake van dat Subic Bay en Clark Airfield weer aan de Amerikanen verhuurd zullen worden, zegt Keely. En *dat* is waar het om gaat. De president wil alles doen om die marinebasis terug te krijgen. Een spiksplinternieuwe marine-installatie die hem op het defensiebudget van dit jaar vijfhonderd miljoen dollar zal besparen.

Keely zwijgt, veegt het zweet dat over zijn voorhoofd loopt weg en gaat verder met zijn briefing.

Het blijkt dat de onruststoker wordt beschermd door zijn oom, het hoofd van de politie in de Davao-provincie, die zonder zijn make-up de lokale krijgsheer is. De politiechef vindt het een mooie deal omdat Enrile en zijn mensen op zijn ananasplantage werken. De politiechef is kapitalist in hart en nieren. Toen de regering in Manila troepen stuurde om Enrile te arresteren, werden ze afgeslacht. Het kostte een heleboel mannen het leven om over het gezichtsverlies maar te zwijgen.

Keely wipt weer van de ene voet op de andere en grijnst alsof hij nu bij het goede gedeelte komt. 'Wij zijn hier,' zegt hij, 'om de situatie te saneren.'

Majoor Donald Conroy, bataljon S-2 (officier voor operaties) staat op en geeft een overzicht van de missie. Negen mariniers zullen op het strand van Mindanao worden afgezet, twintig kilometer ten noorden van de stad Zamboanga. Eerste luitenant Neumann zal acht man door de jungle langs de Azul naar een kleine boerderij leiden. Daar zullen ze hun posities innemen en verdere instructies afwachten. Nick zal tweede luitenant Johnny Burke uit Kentucky meenemen. Johnny is een scherpschutter die net van de hogere infanterieopleiding is gekomen. Ze noemen hem Quaalude omdat hij zijn pols tot onder de veertig kan laten dalen en tussen de hartslagen door kogels kan afvuren. Alleen een dode zou zijn lichaam stiller kunnen houden.

Nick en zijn mannen liggen, zes kilometer landinwaarts, in een met kiezel bezaaide geul. Driehonderd meter voor hen uit staat een houten boerderij in het midden van een open plek die omringd is door oerwoud. Kippen en een paar varkens scharrelen over het verwaarloosde erf rond.

Sinds ze om 2.45 uur aan land zijn gegaan, hebben de mariniers vijftien kilometer dwars door het oerwoud afgelegd waarbij ze de kronkelige Azul volgden die in feite niet meer is dan een stroom. Het is nu 7.00 uur. Nick en zijn mannen zijn uitgeput. Nick stemt af op hun operationele frequentie, toetst een dubbele klik in om hun positie te bevestigen en gebaart Ortiga, zijn Filippijnse artilleriesergeant dat hij naast hem moet komen liggen. Ortiga is klein, een meter vijfenzestig, en hij is moe van het geploeter door het dichte struikgewas. Hij laat zich naast Nick vallen. Naast Ortiga ligt Quaalude die onregelmatig ademt en lijkbleek is. Ortiga, een voormalig marinier, controleert Burkes pols. Zijn pols is honderdtien en zijn hart klopt onregelmatig. Hij is bevangen door de hitte en heeft zijn conditie aan boord van de *Guam* verloren. Het is uitgesloten dat Quaalude het schot kan afvuren.

Nick pakt de Winchester 30.06 mm van Burkes rug en zegt tegen Ortiga dat hij vloeistof in Burkes keel moet blijven gieten. Al kan Burke dan niet schieten, hij zal toch, zoals iedereen, de zware terugtocht moeten volbrengen.

Nicks walkietalkie begint geluiden te maken. Keely. Over vijftien minuten zal er een witte pick-up bij de boerderij aankomen. Arturo de la Cruz Enrile zal alleen zijn.

Boven de negen mariniers ontstaat leven in de overkapping van takken als de eerste zonnestralen de bovenste bladeren verwarmen. Een roodgesnavelde ara schreeuwt.

Nick brengt Burkes geweer omhoog. Het is lang en zwaar, minstens twee keer zo zwaar als de M-16 met granaatwerper waarmee Nick en zijn mannen bewapend zijn. In de kolf van het wapen heeft Burke 'KMVS' gekerfd en eronder 'De Eersten die Vechten'. Nick brengt het wapen aan zijn schouder en drukt zijn oog tegen de kijker, die zo sterk vergroot dat hij op het oor van een zeug die op het erf aan het wroeten is, kan instellen.

Het is een warme, rustige ochtend. Damp rijst op van de open plek en Nicks ogen branden. Door het zweet dat over zijn voorhoofd loopt, is de junglecamouflage waarmee zijn gezicht beschilderd is, gesmolten. Hij gebaart zijn mannen dat ze hun wapen op scherp moeten zetten. Er is niet gemeld dat er vijanden in deze sector zijn, maar het oerwoud heeft ogen. Burke voelt zich nu beter. Hij kotst in de droge kreek waarin ze liggen. Ortiga geeft hem meer water.

In de verte horen ze de terugslag van een motor. Nick kan, aan de andere kant van de open plek, de weg die naar de vervallen boerderij leidt, onderscheiden. Even later verschijnt een oude Ford-pick-up ronkend in zijn gezichtsveld. Misschien is hij wit, maar Nick ziet alleen roest en de grauwe kleur van verveloos metaal. Doordat het scherpe licht van de ochtendzon op de voorruit weerkaatst, kan hij niet zien of de chauffeur alleen is.

De pick-up stopt achter de boerderij.

Nick ziet niemand. Hij hoort een stem. Enrile schreeuwt iets. Hij verwacht dat er iemand is. Nick kan niet verstaan wat hij zegt. Is het Tagalog?

Enrile loopt langs de zijkant van de boerderij in Nicks richting. Door de kijker lijkt hij niet meer dan twee meter van hem vandaan te zijn. Hij draagt een schoon wit overhemd en zijn haar is nat en netjes naar achteren gekamd. Hij is gekleed om naar de kerk te gaan.

Jezus, hij is niet ouder dan ik, denkt Nick.

Enrile loopt zoekend over het erf en roept weer.

Een haan kraait.

Enrile beweegt zich schichtig. Hij loopt op zijn tenen en strekt zijn nek uit alsof hij een punt vlak onder de horizon probeert te zien. Hij kijkt achter zich. Hij is nerveus en gereed om te vluchten.

Nick sluit zijn hand om de kolf van zijn geweer. Een zweetdruppel loopt in zijn oog. Zijn hand beeft.

Enrile beschermt zijn ogen met zijn hand tegen het licht en kijkt recht in zijn richting.

Nick houdt zijn adem in en haalt langzaam de trekker over. Arturo de la Cruz Enrile tolt om zijn as. Een rode nevel stijgt op uit zijn nek. Nick voelt de terugstoot van het geweer en hoort een luide knal als van een kleine voetzoeker. Hij richtte op het hart.

Enrile ligt roerloos op de grond.

De mariniers blijven liggen en wachten af. De echo van de scherpe knal van het geweer zweeft de lucht in, even vluchtig als de stoom die van de rijstvelden opstijgt.

Ortiga speurt de open plek af. Hij staat op en rent naar Enrile toe om zich ervan te verzekeren dat hij dood is. Hij trekt zijn mes, brengt het hoog in de lucht en stoot het in Enriles borst.

Nick draaide zich abrupt op zijn hielen om en drukte zijn gezicht tegen de schouder van zijn jas.

Hij had op die ochtend een jongeman van het leven beroofd. Eén minuut had hij geloofd dat zijn daden juist waren, dat zijn verantwoordelijkheid als leider van het landingsteam van hem eiste dat hij in plaats van Burke het schot zou afvuren, dat het zijn taak was de opdrachten van zijn superieuren trouw uit te voeren en niet om eraan te twijfelen.

Eén minuut maar.

NICK STOND IN HET TOILET VAN EMILIO'S RESTAURANTE EN STAARDE IN de spiegel. Het is nu eenmaal gebeurd, hield hij zichzelf voor. Je kunt het verleden niet veranderen.

Hij draaide de kraan open, bespatte zijn gezicht, pakte een papieren handdoekje en droogde zijn gezicht en zijn haar af. Daarna leunde hij over de wasbak met zijn oor vlak naast de lopende kraan en luisterde naar het water dat op het glanzende porselein stroomde. Hij wist niet hoe lang hij in die houding bleef staan, misschien een minuut, misschien langer, maar na een tijdje werd zijn ademhaling normaal en zijn hartslag langzamer. Hij hief zijn hoofd en keek in de spiegel. Resten van het ruwe papier waren op sommige plaatsen blijven plakken en contrasteerden scherp met zijn verwarde zwarte haar. Hij plukte de schilfers een voor een weg. 'Goedenavond, doctor Schon,' repeteerde hij. 'Let u er maar niet op; het is gewoon een lichte aanval van roos. Ik heb dat vaak.' Toen hij zichzelf de vochtige stukjes papier uit zijn verwarde haar zag plukken, moest hij ondanks alles lachen en de spanning begon langzaam uit hem weg te vloeien.

Sylvia Schon keek ongelovig op haar horloge. 'Ben ik te laat?' vroeg ze.

Nick stond op en gaf haar een hand. 'Helemaal niet,' zei hij. 'Ik was hier een beetje vroeger. Ik wilde de sneeuw uit.'

'Weet je het zeker? We hadden toch om zeven uur afgesproken, hè?'

'Ja, dat klopt.' Hij voelde zich nu kalmer, niet in de laatste plaats dankzij de dubbele wodka die hij met een paar haastige slokken achterovergeslagen had. 'Nog bedankt voor de uitnodiging trouwens.'

Doctor Schon keek verbaasd. 'Nog manieren ook? Ik zie dat de directeur een gentleman heeft binnengehaald.' Ze liet zich naast hem in de box glijden en terwijl ze naar het lege longdrinkglas keek, zei ze tegen de gerant die bij hun tafel stond: 'Doet u mij maar hetzelfde als meneer Neumann.'

'*Ein doppelter Wodka, madame?*'

'Ja, en nog een voor mijn collega.' Tegen Nick zei ze: 'Het is na werktijd. Wat me zo aan Amerikanen bevalt is dat ze van een stevige borrel houden.' Ze richtte haar aandacht op de gesteven servetten op de tafel, vouwde er een uit en legde het op haar schoot.

Nick keek naar Sylvia Schon. Haar blonde haar waaierde uit over haar schouders en ze droeg een kastanjebruine blazer, die volgens hem van kasjmier moest zijn. Een blouse van chiffon was preuts tot vlak onder haar hals dichtgeknoopt, zodat nog net een parelsnoer zichtbaar was. Haar handen waren roomwit; ze had lange, gracieuze vingers en droeg geen ringen.

Sinds hij zes weken geleden bij de bank was gekomen, had hij haar alleen nog maar in een professionele sfeer meegemaakt en tijdens hun gesprekken had ze zich formeel opgesteld. Ze had hem instructies gegeven en was voorkomend en zelfs tot op zekere hoogte vriendelijk geweest, maar ze had er altijd op gelet een zekere afstand te bewaren.

Nu hij zag hoe ze zich ontspande, realiseerde Nick zich dat hij graag een andere kant van haar zou willen leren kennen. *Ze is iets anders met je van plan.*

Een ober met een snor bracht hun drankjes en overhandigde hun het menu, maar Sylvia Schon wuifde het weg. 'Als je bij Emilio's bent, moet je kip eten. Een kleine, met kruiden gebraden en met boter overgoten *Mistkratzerli*. Het is zalig.'

'Klinkt goed,' zei Nick. Hij had erge honger.

Ze deed in rad Spaans hun bestelling. *Dos pollos, dos ensaladas, vino de rioja y dos agua minerales.* Ze keek hem aan en zei: 'Ik voel me voor elke medewerker van de financiële afdeling persoonlijk verantwoordelijk. Het is mijn werk ervoor te zorgen dat u zich prettig voelt in uw functie en daarmee bedoel ik dat u de kans moet hebben u in uw beroep te ontplooien. Uw carrière is mijn zorg. We gaan er prat op dat we de talentvolste mensen aantrekken en ze ook bij ons weten te houden.'

'In elk geval voor minstens veertien maanden,' onderbrak hij haar.

'Minstens,' beaamde ze grijnzend. 'U hebt misschien gehoord dat ik over sommige van de Amerikaanse afgestudeerden die doctor Ott in het verleden heeft aangenomen niet tevreden ben, maar dat hoeft u zich niet persoonlijk aan te trekken. Ik blaf harder dan ik bijt.'

'Ik zal het onthouden,' zei Nick.

Het was een drukte van jewelste in Emilio's. Een hele optocht van obers in gesteven witte jasjes liep heen en weer van de keuken naar de tafels, en de banken langs de felrode muren zaten vol klanten die luid en uitbundig met elkaar praatten.

'Ik heb de kans gehad uw papieren in te kijken,' zei doctor Schon nadat ze een slokje wodka had genomen. 'U hebt een interessant leven gehad. Opgegroeid in Californië, bezoeken aan Zwitserland. Waarom bent u marinier geworden? Dat zijn harde jongens, hè?'

Nick haalde zijn schouders op. 'Het was een manier om geld bij elkaar te krijgen voor mijn studie. Ik had twee jaar een sportbeurs, maar toen ik niet zo snel bleek te zijn als de trainers verwachtten, raakte ik hem kwijt. Ik wilde onder geen enkele voorwaarde weer gaan kelneren. Dat had ik op de middelbare school al genoeg gedaan.'

'En hoe gaat het met uw werk hier?'

'Meneer Sprecher houdt me aan het werk,' zei hij. 'Hij zei dat we mazzel hebben dat dit de stille tijd van het jaar is.'

'Mijn bronnen vertellen me dat jullie afdeling het goed doet en vooral u schijnt uit te blinken in uw werk.'

'Is er al nieuws over meneer Cerruti?'

'Herr Kaiser denkt dat hij aan de beterende hand is. Wanneer hij helemaal hersteld is, krijgt hij misschien een rustiger functie bij een van onze dochterondernemingen. Waarschijnlijk bij de Arab Overseas Bank.'

Nick zag zijn kans schoon. 'Werkt u nauw met de directeur samen?'

'Ik? Goeie hemel, nee. U hebt er geen idee van hoe verbaasd ik was toen ik hem op die dag in mijn kantoor zag. Wat is precies zijn relatie met uw familie?'

Nick had zichzelf vaak dezelfde vraag gesteld. De contacten die Kaiser met hen onderhield, waren afwisselend beroepsmatig en vaderlijk. 'Ik had Herr Kaiser al sinds de begrafenis van mijn vader niet meer gezien,' zei hij. 'Hij onderhield periodiek contact met ons door middel van kaarten en telefoontjes, maar hij bezocht ons nooit.'

'De directeur houdt graag afstand,' zei doctor Schon. 'U bent de eerste employé die hij persoonlijk heeft aanbevolen sinds ik de personeelszaken van de financiële afdeling doe. Hoe hebt u dat voor elkaar gekregen?'

Hij schudde zijn hoofd. 'Hij heeft me gevraagd of ik de baan wilde hebben. Hij begon er vier jaar geleden voor het eerst over, toen ik op het punt stond bij de mariniers weg te gaan. Hij belde me zomaar opeens op en stelde voor dat ik aan de Harvard Business School zou gaan studeren. Hij zei dat hij de decaan voor me zou bellen. Een paar maanden voordat ik afstudeerde, belde hij me om te zeggen dat er een baan op me wachtte als ik zin had.' Nick toverde een quasi-boze uitdrukking op zijn gezicht. 'Hij zei er niet bij dat ik ervoor zou moeten solliciteren.'

Ze glimlachte om zijn grapje. 'Kennelijk is u dat goed afgegaan. Ik moet zeggen dat u precies lijkt op het gebruikelijke type dat doctor Ott hierheen weet te lokken. Een meter drieëntachtig, een verpletterende handdruk en lulpraatjes waarvan een politicus zou blozen. Behalve de lulpraatjes dan. Neem me niet kwalijk dat ik me zo uitdruk, meneer Neumann.'

Nick glimlachte. Hij hield ervan als een vrouw niet bang was een beetje grove taal te gebruiken.

Ze haalde haar schouders op. 'Wanneer zijn prachtjongens na tien maanden vertrekken wordt dat op mijn conto geschreven.'

'En daardoor hebt u een probleem met hem?'

Sylvia kneep haar ogen halfdicht alsof ze hem taxeerde op zijn vermogen een geheim te bewaren. 'We zijn nu toch eerlijk tegen elkaar, hè? Eigenlijk is het niets ernstigers dan een beetje professionele jaloezie. Het zal u vast vervelen.'

'Nee, nee, gaat uw gang.' Al zou ze het nu over de mathematische afleiding van de moderne portefeuilletheorie hebben, zou het hem nog niet vervelen, dacht Nick.

'Momenteel doe ik de rekrutering van employés voor de financiële afdelingen van onze Zwitserse vestigingen, maar de grootste groei van onze financiële afdelingen vindt overzee plaats. Er werken honderdvijftig mensen voor ons in Londen, veertig in Hongkong, vijfentwintig in Singapore en tweehonderd in New York. Het spectaculaire werk – bedrijfsfinanciering, fusies, aankopen en de handel in aandelen – vindt grotendeels plaats in de financiële hoofdsteden. Voor mij is de volgende stap omhoog op de ladder dat ik de mensen ga rekruteren die de topfuncties in onze buitenlandse vestigingen gaan bekleden. Ik zou graag de deal willen maken waarmee een vennoot bij Goldman Sachs naar de VZB gehaald wordt en ik zou het geweldig vinden om het hele Duitsemarkteam van Salomon Brothers weg te lokken. Ik zou naar New York moeten om te laten zien dat ik in staat ben topmensen te vinden en over te halen bij de VZB te komen werken.'

'Ik zou u er zó naartoe sturen. Uw Engels is perfect en zonder me denigrerend over doctor Ott te willen uitlaten, moet ik toch zeggen dat u een veel prettiger indruk maakt dan hij.'

Ze glimlachte. 'Ik waardeer het dat u zoveel vertrouwen in me hebt. Dank u.'

Op dat moment bracht de ober hun twee groene salades en een mandje vers brood. Hij zette ze op de tafel en kwam even later terug met een karaf rode wijn en twee flesjes San Pellegrino. Ze hadden hun salade amper op toen er twee sissendhete kippen werden gebracht.

Sylvia hief haar glas en bracht een toost uit: 'Namens de bank wil ik u zeggen dat we blij zijn dat u bij ons werkt. Moge uw carrière lang en succesvol zijn! *Prosit!*'

Nick keek haar aan en het verraste hem dat ze zijn blik even langer vasthield dan hij verwachtte. Hij wendde zijn blik af, maar keek haar een seconde later weer aan. Ze had haar glas neergezet en depte haar mondhoek met haar servet. Hij voelde zich plotseling sterk tot haar aangetrokken, waardoor hij zich ongemakkelijk voelde. Ze was zijn superieur. Ze was taboe. Hij kon trouwens toch niet aan een nieuwe relatie beginnen voordat hij met zijn gevoelens voor Anna in het reine was gekomen. Hij vroeg zich af of hij nog van haar hield. Natuurlijk deed hij dat. Of misschien alleen een deel van hem. Maar de tijd en de afstand hadden zijn liefde verzwakt en ze werd elke minuut dat hij in het gezelschap van Sylvia Schon was, zwakker.

Tijdens de koffie vroeg Sylvia: 'Kent u Roger Sutter? Hij is de manager van onze vestiging in Los Angeles. Al god mag weten hoe lang.'

'Vaag,' zei Nick. 'Hij heeft ons een paar keer thuis opgebeld nadat mijn vader was overleden. Ik ben al een tijdje niet meer in Los Angeles geweest. Mijn moeder is daar zes jaar geleden vertrokken. Ze is vorig jaar overleden, dus ik heb weinig reden om ernaartoe te gaan.'

Sylvia keek hem aan. 'Wat naar voor u. Ik heb mijn moeder verloren toen ik klein was; ik was pas negen jaar. Ze had kanker. Na haar dood bleef ik achter met mijn vader en mijn twee broertjes, Rolf en Erich, een tweeling. Daarom voel ik me waarschijnlijk zo op mijn gemak bij een bank waar allemaal mannen werken. Sommigen van hen vinden me misschien een beetje bazig, maar als je tegen twee broers en een rigide vader moet opboksen, leer je snel hoe je voor jezelf moet opkomen.' Ze nam een slokje koffie voordat ze een volgende vraag stelde. 'Vertel me eens waarom u echt naar Zwitserland bent gekomen. Niemand laat zomaar een baan bij een van de topfirma's van Wall Street schieten.'

'Toen mijn moeder was overleden, drong zich sterk het gevoel aan me op dat ik nergens wortels had. Ik voelde me plotseling vervreemd van de Verenigde Staten, vooral van New York.'

'Dus hebt u ontslag genomen en u bent naar Zwitserland gegaan?' Hij hoorde aan haar toon dat ze hem niet geloofde.

'Mijn vader is in Zürich opgegroeid. Vroeger kwamen we hier vaak. Na zijn dood hebben we het contact met onze familie hier verloren. Het idee om het allemaal te laten weggeven, stond me niet aan.'

Sylvia keek hem even aan en hij zag aan haar dat ze over zijn antwoord nadacht. 'Hadden jullie een sterke band?'

Nick haalde gemakkelijker adem, blij dat hij deze horde genomen had. 'Die vraag is na al die jaren moeilijk te beantwoorden. Hij was iemand van de oude stempel. Kinderen moet je zien, maar niet horen, weet je wel. Ik weet niet of ik ooit een echt sterke band met hem heb gehad. Hij dacht dat dat pas later zou komen, wanneer ik volwassen was.'

Sylvia bracht het kopje naar haar mond en vroeg: 'Hoe is uw vader precies gestorven?'

'Heeft Kaiser u dat nooit verteld?'

'Nee.'

Nu was het Nicks beurt om haar taxerend op te nemen. 'Dus we zijn eerlijk tegen elkaar, hè?'

Sylvia glimlachte flauwtjes en knikte.

'Hij is vermoord. Ik weet niet door wie. De politie heeft nooit iemand gearresteerd.'

Sylvia's hand trilde licht en ze morste een paar druppels koffie. 'Het spijt me dat ik je zo heb doorgezaagd,' zei ze afgemeten. 'Het zijn mijn zaken niet.'

Nick zag dat ze vond dat ze te ver gegaan was en dat ze zich schaam-

85

de. 'Het geeft niet. Ik vind het niet erg dat u het vraagt. Het is lang geleden.'

Ze namen allebei een slokje koffie en toen zei Sylvia dat ze hem ook iets te vertellen had. Ze schoof dichter naar hem toe en een ogenblik leek het of het kabaal om hen heen verstomde.

'Ik wil al de hele avond dolgraag die afschuwelijke stukjes papier uit uw haar halen. Ik durfde niet te vragen hoe ze erin zijn gekomen, maar toen realiseerde ik me dat u, vanwege de sneeuw, uw haar moest afdrogen. Kom, leun eens een beetje naar voren.'

Nick aarzelde een ogenblik en bestudeerde Sylvia terwijl ze op de bank verschoof zodat ze rechter tegenover hem zat. Ze keek hem met een onzekere uitdrukking op haar gezicht aan en fronste licht haar voorhoofd. Haar zachtbruine ogen keken nu niet zo uitdagend meer en ze trok haar neus een beetje op, alsof hij haar een vervelende vraag had gesteld. Toen glimlachte ze en Nick zag dat ze een spleetje tussen haar voortanden had. Door die glimlach herkende hij in haar het meisje dat was uitgegroeid tot deze vrouw die misschien te veel verantwoordelijkheid droeg.

Nick boog zijn hoofd naar haar toe. Terwijl ze de laatste stukjes papier uit zijn haar haalde, kon hij de krachtige aandrang om zijn armen om haar heen te slaan en haar lang en vurig te kussen bijna niet bedwingen.

In plaats daarvan streek hij over zijn haar. 'Zijn ze allemaal weg?'

'Ja,' zei ze. Toen voegde ze er op een gedempte, vertrouwelijke toon aan toe: 'Ik wil dat u me belooft dat u me zult bellen als u ooit iets nodig mocht hebben, meneer Neumann.'

Nick beloofde het.

Later die avond dacht hij lang na over haar laatste opmerking en de duizend-en-een dingen die ze ermee zou kunnen bedoelen. Maar op het moment dat ze de woorden uitsprak, kon hij maar één ding bedenken dat ze zou kunnen doen om hem gelukkig te maken en dat was dat ze hem bij zijn voornaam zou aanspreken.

DE DEA HAD ALS TIJDELIJK HOOFDKWARTIER IN ZÜRICH DE BEGANE grond van een onopvallend gebouw met drie verdiepingen uitgekozen. Nummer 58 in de Wildbachstrasse was een grimmig pand met bepleisterde muren en de openslaande ramen op elke verdieping waren de enige extravagantie waarop het kon bogen.

Sterling Thorne hield de telefoon dicht bij zijn oor en staarde bezorgd door het raam naar buiten. Het was vrijdagochtend kwart voor twaalf en de mist was nog niet opgetrokken.

'Ik heb je de eerste keer al gehoord, Argus,' zei Thorne, 'maar het antwoord beviel me niet. Zeg het nu nog eens. Heb je de overschrijving waarnaar je moest zoeken, gevonden?'

'We hebben helemaal niks,' zei Argus Skouras, een jonge veldagent. Hij was op de afdeling betalingsverkeer van de Verenigde Zwitserse Bank. 'Ik ben hier gisteren gebleven tot ze me er om halfzes uitschopten en ik ben vanochtend om kwart over zeven teruggekomen. Ik heb een stapel papieren doorzocht die dikker is dan de kont van een olifant. Helemaal niks.'

'Dat is onmogelijk,' zei Thorne. 'We hebben uit betrouwbare bron vernomen dat onze man gisteren een enorm geldbedrag ontvangen en overgeboekt heeft. Zevenenveertig miljoen dollar verdwijnen niet zomaar.'

'Wat moet ik daarop zeggen, chef? Als u me niet gelooft, moet u maar hiernaartoe komen, dan kunnen we het samen doen.'

'Ik geloof je wel, Argus. Geef me die slijmbal van een Schweitzer maar.'

Even later hoorde hij een barse stem in zijn oor. 'Goedemorgen, meneer Thorne,' zei Armin Schweitzer. 'Waarmee kunnen we u van dienst zijn?'

'Skouras heeft me verteld dat er op de rekeningnummers die we u woensdagochtend hebben gegeven geen activiteit heeft plaatsgevonden.'

'Dat klopt. Ik heb vanochtend bij meneer Skouras gezeten. We hebben een computeruitdraai bekeken waarop alle elektronische overschrijvingen staan die de bank, sinds de controlelijst vierentwintig uur geleden is bijgewerkt, heeft gedaan. Meneer Skouras was niet tevreden met het overzicht en wilde per se alle opdrachtformulieren zien. Omdat we meer dan drieduizend overschrijvingen per dag verwerken, heeft hij het heel druk gehad.'

'Daar wordt hij voor betaald,' zei Thorne droogjes.

'Als u even wilt wachten, dan zal ik de zes rekeningen op uw lijst nog een keer oproepen. Ons Cerberus-systeem liegt niet. Zoekt u naar iets speciaals? Het zou gemakkelijker zijn als ik het exacte bedrag wist, dan kan ik dat als referentie gebruiken.'

'Kijk gewoon alle rekeningen op uw lijst nog een keer na,' zei Thorne. 'U hoort het wel als we vinden wat we zoeken.'

'Staatsgeheimen?' grapte Schweitzer. 'Goed, ik zal alle zes de rekeningen opvragen. Dit duurt heel even. Ik zal u aan meneer Skouras teruggeven.'

Thorne tikte ongeduldig met zijn voet op de grond en fronste zijn wenkbrauwen toen hij door het raam zag dat het nog steeds slecht weer was.

'Chef, met Skouras. Meneer Schweitzer controleert nu de rekeningen. Ik kan bevestigen dat hij de juiste nummers ingetoetst heeft. We wachten nu op de uitdraai.'

De deur van Thornes kantoor zwaaide open en stuiterde met een klap terug van de muur. Thorne draaide zich om en staarde in het bezwete gezicht van een stevig gebouwde zwarte man die met gefronst voorhoofd in de deuropening stond.

'Thorne,' brieste de bezoeker, 'ik zal wachten tot je klaar bent met bellen, maar dan wil ik dat je me uitlegt wat er hier in jezusnaam aan de hand is.'

Thorne schudde zijn hoofd. 'Dominee Terry Strait. Wat een verrassing. Zondaars, valt op uw knieën en toont berouw! Hallo, Terry. Ben je hier om weer een operatie te verzieken of alleen om je ervan te vergewissen dat je heilige regels nageleefd worden?'

Strait wipte op de ballen van zijn voeten heen en weer terwijl Thorne hem gebaarde dat hij stil moest zijn.

'Meneer Thorne,' zei Schweitzer, 'het spijt me dat ik u moet teleurstellen, maar op de rekeningen op de lijst is niets gebeurd.'

'Er is niets bij- of afgeschreven?' Thorne krabde in zijn nek.

'Helemaal niets,' zei Schweitzer.

'Weet u dat zeker?' *Onmogelijk*, dacht hij, *Jester vergist zich nooit*.

'Wilt u suggereren dat we bij de VZB de waarheid niet vertellen?'

'Dat zou de eerste keer niet zijn, maar Skouras zit naast u, dus ik kan u er niet van beschuldigen dat u iets achterhoudt.'

'Stel uw geluk niet te veel op de proef, meneer Thorne,' zei Schweitzer. 'De bank doet zijn best u van dienst te zijn. U zou er tevreden mee moeten zijn dat u een van uw waakhonden in ons gebouw hebt kunnen neerzetten. Ik zal mijn secretaresse vragen of ze ervoor wil zorgen dat meneer Skouras een kopie van elke opdracht tot telegrafische overschrijving aan onze afdeling betalingsverkeer krijgt. Aarzelt u niet me te bellen als u nog meer vragen mocht hebben. Dan wens ik u verder een prettige dag.' Schweitzer hing op.

Thorne sloeg de hoorn met een klap op de haak en draaide zich naar zijn onaangekondigde bezoeker om.

Terry Strait keek Thorne woedend aan. 'Ik ben hier om ervoor te zorgen dat je je aan het plan dat we lang geleden hebben opgesteld, zult houden.'

Thorne sloeg zijn armen over elkaar en leunde tegen zijn bureau. 'Hoe kom je erbij dat ik dat niet zou doen?'

'Kom nou,' brulde Strait. 'Je hebt het in het verleden ook nooit gedaan en ik zie dat je het nu ook niet doet.' Hij haalde een vel papier uit de zak van zijn colbert, vouwde het open en hield het onder Thornes neus. *Interne Controlelijst* was in vette letters op het briefpapier van de VZB gedrukt. 'Wat is er hier verdomme gaande? Hoe is dit rekeningnummer op deze lijst terechtgekomen?'

Thorne pakte het papier aan, bestudeerde het even en gaf het toen aan Strait terug.

Strait hield de lijst in zijn hand alsof het papier een smerige stank verspreidde. 'Ik durf eigenlijk nauwelijks te vragen hoe nummer 549.617 RR op die controlelijst terechtgekomen is. Ik denk dat ik het niet wil weten.'

Thorne staarde uitdrukkingsloos voor zich uit met één mondhoek in een stille grijns omhooggetrokken. 'Ik vind het vervelend om het je te moeten zeggen, Terry, maar het is legitiem.'

Strait schudde zijn hoofd alsof hij zijn oren niet kon geloven. 'Waarom, Sterling? Waarom breng je de operatie in gevaar? Waarom wil je onze man het net uit jagen?'

'Wat?' riep Thorne ongelovig uit. 'Denk je dat we hier een net hebben uitgegooid? Als dat zo is, dan zit er een gat in dat zo groot is dat Moby Dick erdoorheen kan zwemmen, want dat heeft onze man de afgelopen achttien maanden gedaan.'

'Je moet Oosterse Bliksem de kans geven. Elke operatie heeft zijn eigen tijd nodig.'

'Nou, dan is aan de tijd voor deze operatie een eind gekomen. Oosterse Bliksem is mijn idee geweest. Ik heb het plan opgesteld en in werking gezet.' Thorne duwde zich af van zijn bureau en begon in de kamer heen en weer te lopen. 'Ik wil je even aan onze tactische doelen herinneren. Ten eerste: stop de aanvoer van heroïne naar Zuid-Europa. Ten tweede: dwing de man die ervoor verantwoordelijk is – en we weten allebei verdomd goed wie hij is – uit zijn schuilplaats in de bergen naar een westers land te komen waar we hem kunnen arresteren. En drie: leg beslag op de bezittingen van de klootzak, zodat we voldoende middelen hebben om onze droomvakantie hier in Zwitserland te kunnen betalen. Tenslotte moet elke operatie zichzelf tegenwoordig kunnen financieren. Klopt het tot dusver wat ik zeg?'

'Ja, Sterling, maar hoe zit het met...?'

'Houd dan je mond en laat me uitpraten.' Thorne wreef over zijn voorhoofd en bleef heen en weer lopen. 'Hoe lang is het geleden dat deze operatie het groene licht kreeg? Twintig maanden. Het heeft ons verdomme een jaar gekost om Jester daar te krijgen. En wat heeft het ons sindsdien opgeleverd? Hebben we de aanvoer van heroïne naar Zuid-Europa kunnen stoppen?'

'Dat is Jesters schuld,' protesteerde Strait. 'Je bron wordt verondersteld ons bijzonderheden over de zendingen van onze man te geven.'

'En dat heeft hij tot nu toe niet gedaan. Geef mij daarvan de schuld maar.'

'Het gaat er hier niet om wiens schuld het is, Sterling.'

Thorne wendde zich naar Terry Strait toe. 'Daar heb je gelijk in. Het gaat om resultaten. Ons eerste doel – het stoppen van de aanvoer van heroïne – kunnen we wel schudden. En wat het tweede doel betreft – de man uit zijn schuilplaats lokken – wil ik je dit vragen. Heeft die klootzak van een Mevlevi zelfs maar in onze richting gekeken?'

Strait zei niets, dus Thorne praatte door.

'In plaats van bang te worden, graaft de rotzak zich in voor de lange termijn. Hij versterkt zijn beveiliging en verdubbelt de omvang van zijn leger. Jezus, hij heeft voldoende vuurkracht om de West Bank te heroveren. Jester zegt dat hij iets groots op stapel heeft staan. Je hebt mijn rapporten gelezen.'

'Daardoor zijn we bang geworden. Je bent er meer in geïnteresseerd deze operatie uit te breiden dan het oorspronkelijke plan tot een succesvol einde te brengen. We hebben je informatie aan Langley doorgegeven. Laten ze het daar verder maar uitzoeken.'

Thorne keek, smekend om een goddelijke ingreep, naar het plafond. 'Zie het onder ogen, Terry. Het zal ons nooit lukken de man te dwingen naar een bevriende natie te gaan waar we hem kunnen arresteren. Dus blijven alleen doel nummer twee en drie over. Leg beslag op de bezittingen van de klootzak. Dat zal hem pijn doen. Begrijp je wat ik bedoel? Pak ze bij hun ballen, dan volgen hun hart en hun geest vanzelf. Dat is het enige wat we nog kunnen doen. De enige informatie die Jester ons heeft gegeven, heeft betrekking op de financiën van ons doelwit. Laten we daar gebruik van maken.'

Terry Strait stond doodstil. 'We hebben dit al eerder besproken,' zei hij zacht. 'Goed bewijsmateriaal moet eerst aan de Zwitserse federale justitie overlegd worden. Uit dat bewijsmateriaal moet blijken dat het doelwit bij de illegale handel in drugs betrokken is en ook nog...'

'Buiten gerede twijfel,' onderbrak Thorne hem.
'Buiten gerede twijfel,' beaamde Strait.
'En dat heb ik hem verdomme ook gegeven.'
'Dat heb je toch niet gedaan?' Straits ogen puilden uit. 'Die informatie is geheim.'
'En of ik het gedaan heb. We hebben satellietfoto's van Ali Mevlevi's kamp. De man heeft zijn privé-leger, godbetert.' Thorne sloeg zijn hand voor zijn mond alsof hij per ongeluk een geheim had onthuld. 'O, dat was ik vergeten. Dat is Langleys zorg. Dat zijn onze zaken niet.' Hij glimlachte sarcastisch. 'Geen probleem. Er is genoeg bewijsmateriaal voor iedereen. We hebben beëdigde verklaringen over zijn betrokkenheid bij heroïnehandel van zijn voormalige zakenpartners van wie er twee in de maximaal beveiligde gevangenis bij Colorado Springs zitten. En wat het mooiste is, de supercomputer van de DEA in San Diego heeft de elektronische overschrijvingen en stortingen waarvoor Mevlevi zijn rekening bij de VZB gebruikt, onderschept. We weten exact om welke bedragen het gaat. Dat alleen is al overtuigend bewijs voor het witwassen van geld. En als je die drie dingen bij elkaar optelt, is er geen speld meer tussen te krijgen. Zelfs dat mietje van een Franz Studer, die federale officier van justitie, kon er niet onderuit.'

'Je had het recht niet om die informatie zonder voorafgaande goedkeuring van de directeur te overleggen. Oosterse Bliksem moet zijn tijd krijgen. Orders van de directeur.'

Thorne griste het vel papier van de VZB uit Straits handen. 'Ik ben het volkomen beu om te wachten tot de boeven doorhebben dat we een haak in hun kieuwen hebben geslagen en zich loswurmen. Jester heeft ons alle informatie gegeven die we nodig hebben. Het is mijn operatie en ik bepaal hoe en wanneer we er een eind aan maken.' Hij verfrommelde de controlelijst en gooide de prop op de vloer. 'Of moeten we soms wachten tot die Mevlevi dat leger van hem gebruikt?'

Strait schudde heftig zijn hoofd. 'Wil je ophouden met die onzin over zijn leger? Operatie Oosterse Bliksem is opgezet om de man te arresteren die verantwoordelijk is voor de smokkel en de distributie van dertig procent van de heroïne op de wereld en daarbij een aanzienlijke hoeveelheid contrabande in beslag te nemen. We hebben niet al die moeite gedaan om de tegoeden op een dozijn onbelangrijke bankrekeningen te bevriezen die voor deze man niet meer dan een zakcentje zijn en evenmin om jou te laten zwelgen in fantasieën over het verhinderen van een gewapende actie van de een of andere krankzinnige uit het Midden-Oosten.'

'Heb je Jesters overzicht gelezen van het materiaal dat Mevlevi aan het verzamelen is? Hij heeft een paar dozijn tanks, een eskader Russische Hind-helikopters en god mag weten wat nog meer. We hebben geen schijn van kans deze vent in zijn kraag te grijpen. Je kunt net zo goed proberen Saddam Hoessein te arresteren. Wil je in ons werk succes hebben, dan moet je je tot het mogelijke beperken. Zijn bezittingen zijn het enige wat we nog hebben. Als je denkt dat een bedrag van ver boven de honderd miljoen dollar een habbekrats is, dan hebben we wel een heel verschillend beeld van de waarde van geld.' Thorne liep langs Strait en staarde uit het raam.

'Als je zijn tegoeden bevriest, dan is hij binnen één of misschien twee jaar weer op de been,' zei Strait. 'Deze operatie gaat om drugs, Sterling. We werken voor de DEA, niet voor de CIA, de NSA of Alcohol, Tabak en Vuurwapens. We kunnen Mevlevi *en* zijn drugs te pakken krijgen, maar dat vergt tijd en geduld.'

'Goed, vergeet de wapens maar. Door Ali Mevlevi's tegoeden te bevriezen, stoppen we de aanvoer van drugs nú. Niemand in Washington kan het een flikker schelen wat er volgend jaar gebeurt.'

'Maar mij kan het wel schelen. En de directeur ook.' Strait liep naar Thorne toe en prikte met een vinger in zijn schouder. 'Ik wil je aan een ander probleem herinneren. Door Studer ervan te overtuigen dat hij dat rekeningnummer op de controlelijst van de VZB moet zetten, heb je het leven van onze bron Jester in groot gevaar gebracht. Na wat er op kerstavond is gebeurd, had ik gedacht dat je wel wat voorzichtiger zou zijn geworden.'

Thorne greep Terry Straits wijsvinger met de snelheid van een mangoeste vast en boog hem genadeloos achterover. Hij had er geen behoefte aan om aan zijn verantwoordelijkheid voor zijn agenten herinnerd te worden. 'Zo is het wel genoeg. Ik heb je schijnheilige gelul lang genoeg aangehoord. Ik ga Mevlevi pakken op de enige manier die ik kan bedenken. Als je het geld tegenhoudt, houd je de man zelf tegen. Is dat duidelijk?'

Strait vertrok zijn gezicht. 'Als Mevlevi erachter komt dat we weten waarnaar we moeten zoeken, zit Jester diep in de stront.'

'Heb je me gehoord, dominee Terry? Ik heb je gevraagd of het duidelijk was?'

Thorne boog Straits vinger nog verder naar achteren. Strait slaakte een kreet en viel op één knie. 'Is het duidelijk, Terry?'

Strait knikte en Thorne liet de vinger los.

'Je bent een kleine potentaat,' schreeuwde Strait.

'Maar ik maak hier de dienst uit, dus let op je woorden.'

'Als het aan mij ligt, zal dat niet lang duren. De directeur heeft me hierheen gestuurd om een oogje op je te houden. Hij had het gevoel dat je lastig zou kunnen worden.' Voordat Thorne kon antwoorden, vervolgde Strait: 'In ieder geval zal ik je de komende weken gezelschap houden.'

'Ik heb al een schaduw,' zei Thorne.

'Dan heb je er nu twee. Je boft maar.' Strait liep naar de bank en liet zich op een van de bobbelige kussens zakken. 'Vertel me alsjeblieft dat er op die rekening niets is gebeurd.'

'Je hebt mazzel. En Mevlevi ook. Er is op die rekening niets gebeurd. Jester heeft maandenlang nauwkeurig verteld welke bedragen er op die rekening gestort en ervan afgeschreven zouden worden, maar precies op de dag waarop die rekening op de controlelijst komt, laat hij het afweten. Eerlijk gezegd vind ik dat nogal vreemd.'

'Oosterse Bliksem is onze prioriteit,' zei Strait. 'En Oosterse Bliksem gaat om drugs. Dat moet ik je van de directeur zeggen. *Is dat duidelijk?* Ik ben alleen hier om ervoor te zorgen dat je niet over de schreef gaat.'

Thorne wuifde vermoeid in Straits richting. 'Ga weg, Terry. Voorlopig is de operatie veilig.'

'Dat wilde ik horen,' zei Strait nadrukkelijk. 'Van nu af aan leg je elk idee dat je krijgt eerst aan mij voor. En zeg tegen Franz Studer dat hij dat vervloekte nummer van die lijst haalt.'

'Rot op, Terry.'

NICK NEUMANN ZAT IN EEN STIJVE LEREN FAUTEUIL EN LIET ZIJN OGEN wennen aan het flauwe licht in een kantoor op de Derde Verdieping van de Verenigde Zwitserse Bank. De ijzeren jaloezieën die in de muur waren ingebouwd als een middeleeuws valhek, waren helemaal dicht en één lamp zorgde voor de verlichting van de kamer.

Nick staarde naar onderdirecteur Martin Maeder, die de leiding had over de afdeling Particuliere Bankzaken van de VZB. Maeder zat aan de andere kant van de kamer met zijn blik strak op de twee vellen papier op zijn bureau gericht. Hij zat zo al tien minuten en had nog geen woord gezegd.

Nick bleef in een kaarsrechte houding zitten, vastbesloten geen nerveuze indruk te maken. Zijn schouderbladen raakten net de rugleuning van de stoel; zijn ellebogen rustten op de armleuningen en zijn handen lagen gevouwen in zijn schoot met de toppen van zijn duimen in een omgekeerde v-vorm tegen elkaar gedrukt.

Martin Maeder keek op van de documenten, schraapte zijn keel, leunde toen voorover en pakte een sigaret uit een zilveren beker. 'Zo, meneer Neumann,' zei hij in vlekkeloos Engels. 'Bevalt het u in Zwitserland?'

'Min of meer,' zei Nick, die zijn best deed op dezelfde ontspannen toon te spreken als Maeder. 'Hoewel ik moet zeggen dat het werk me beter bevalt dan het weer.'

Maeder pakte met beide handen een cilindervormige aansteker op en stak zijn sigaret aan. 'Laat ik het anders vragen. Zou u zeggen dat uw glas halfvol of halfleeg is geweest sinds u hier bent aangekomen?'

'Misschien kunt u me die vraag beter na deze bespreking stellen.'

'Misschien.' Maeder lachte en nam een diepe trek van zijn sigaret. 'Ben je een harde jongen, Neumann? Een echte militair?'

Nick antwoordde niet direct. Hij staarde Maeder aan. Het haar van de man was in een plakkerige slag achterovergekamd en hij had een krijtwitte gelaatskleur. Zijn donkere ogen waren gedeeltelijk verborgen achter een bril met dubbelfocusglazen die op het puntje van een wantrouwige neus balanceerde en zijn mond was constant in een grijns vertrokken. Door de grijns maakte Maeder op Nick de onontkoombare indruk dat hij een bedrieger was. Een goedverzorgde bedrieger, dat wel, maar toch een bedrieger.

'Korps Mariniers,' zei Nick.

'Ach, landmacht, mariniers, padvinders of wat ook. We hebben een woedende cliënt die dat geen donder kan schelen. Wat dacht je in vredesnaam dat je aan het doen was, Nick?'

Dat had Nick zichzelf ook afgevraagd. De hoop dat datgene wat hij ten behoeve van de Pasja had gedaan ook maar enigszins gewaardeerd zou worden, vervloog om 6.15 uur die ochtend toen Maeder hem wekte met een uitnodiging voor een informeel gesprek om 9.30 uur. Sindsdien had hij koortsachtig nagedacht. Hoe kon iemand er zo snel achter zijn gekomen dat hij het geld van de Pasja niet had overgeboekt? De Europese banken waarnaar hij de bedragen telegrafisch *had moeten* overmaken, zouden op zijn vroegst om tien uur vanochtend kunnen merken of het geld al dan niet was aangekomen. Maar het tijdverschil tussen het Verre Oosten en Zürich was zeven uur en Nick herinnerde zich dat er op de matrix ook twee banken in Singapore en een in Hongkong stonden. Als die nog vóór twaalf uur lokale tijd de bedragen op de rekening van de Pasja hadden gecrediteerd, zou de Pasja toch pas om vijf uur Zwitserse tijd kunnen merken dat het geld er niet was. Een uur voordat Maeder hem had gebeld. Hij voelde zich plotseling heel naïef.

'Vertel me eens wat de rente op zevenenveertig miljoen dollar per nacht is, Nick,' zei Maeder.

Nick haalde diep adem en keek naar het plafond. Dit soort snelle berekeningen was zijn specialiteit, dus besloot hij een kleine show voor Maeder op te voeren. 'Voor de cliënt tweeduizendvijfhonderdvijfenzeventig dollar, althans tegen de rentevoet van tweeënhalf procent van gisteren. Maar de bank zou het bedrag op zijn nachtelijke geldmarkt crediteren en daarmee in die nacht ongeveer vijfeneenhalf procent of zevenduizend en eh... tweeëntachtig dollar verdienen. Daardoor zou de bank een positieve opbrengst van ongeveer vijfenveertighonderd dollar hebben.'

'Helaas is onze cliënt niet geïnteresseerd in die paar duizend dollar aan rente waarmee we zijn rekening niet hebben gecrediteerd, maar het baart hem wel zorgen dat je zijn instructies om het over te boeken niet hebt opgevolgd. Het baart hem zorgen dat het geld zestien uur nadat hij jou, en ik citeer "bankreferentie NXM" opdracht heeft gegeven om dat bedrag telegrafisch over te maken, sorry, *met spoed* telegrafisch over te maken, nog in Zwitserland is. Kun je dat uitleggen?'

Nick knoopte zijn colbert los en ging een beetje gemakkelijker zitten. 'Ik heb, zoals gewoonlijk, een overboekingsformulier ingevuld met als tijd voor de transactie drie uur dertig vandaag en het per interne post naar de afdeling betalingsverkeer gestuurd. Als de vrijdagdrukte zo erg is als gewoonlijk moet het geld in de loop van maandagochtend overgemaakt worden.'

'Is dat zo? Weet je wie deze cliënt is?'

'Nee, meneer. De rekening is in 1985 door de Internationale Fiduciaire Trust in Zug geopend, vóór de huidige Formulier B-regeling die eist dat een rekeninghouder bewijs voor zijn identiteit overlegt. Natuurlijk behandelen we alle cliënten met evenveel respect, of we hun naam nu kennen of niet. Ze zijn allemaal even belangrijk.'

'Maar sommige zijn belangrijker dan andere, hè?' zei Maeder zacht.

Nick haalde zijn schouders op. 'Uiteraard.'

'Ik heb begrepen dat het gisteren op jouw afdeling bijzonder rustig was. Niemand in de buurt om te raadplegen. Sprecher ziek en Cerruti uit de circulatie.'

'Ja, het was heel rustig.'

'Vertel me eens, Nick, als een van je superieuren wél bij je was geweest, zou je hem dan geraadpleegd hebben? Of nog beter gezegd, als deze Pasja je eigen cliënt was, zou je dan hetzelfde hebben gedaan?' Maeder hield de Interne Controlelijst omhoog.

Nick keek zijn ondervrager recht aan. *Aarzel niet. Laat hun zien dat je een echte gelovige bent. Word een van hen.* 'Als er iemand anders bij was geweest, zou ik nooit met dit dilemma zijn geconfronteerd. Maar om uw vraag te beantwoorden, ja, ik zou hetzelfde hebben gedaan. Het is ons werk om de veiligheid van de investeringen van onze cliënten te waarborgen.'

'En hoe zit het dan met het uitvoeren van de opdrachten van de cliënten?'

'Het is ons werk om de opdrachten van onze cliënten trouw uit te voeren, maar in dit geval zou het uitvoeren van deze instructies het bezit van de cliënt in gevaar gebracht en ongewenste... aandacht op de bank gevestigd hebben. Ik voel me niet gekwalificeerd om beslissingen te nemen die zowel voor de cliënt als de bank schadelijke gevolgen gehad zouden hebben.'

'Maar u voelt u wel gekwalificeerd om niet te doen wat de bank van u vraagt en om de opdrachten van de grootste cliënt van uw afdeling te negeren. Opmerkelijk.' Maeder stond op en slenterde om zijn bureau heen. 'Ga naar huis. Ga niet terug naar uw kantoor. Spreek hier met niemand van uw afdeling over, ook niet met uw vriend Sprecher – waar hij ook mag zijn. Begrepen? Het hof zal maandag zijn oordeel uitspreken.' Hij sloeg Nick op de schouder. 'Nog één vraag. Vanwaar die drang om onze bank te beschermen?'

Nick stond op en dacht even na voordat hij antwoordde. Hij had altijd geweten dat het feit dat zijn vader hier had gewerkt hem een zekere legitimiteit verschafte. Hij was niet echt de kroonprins die de troon kwam opeisen, maar evenmin een rondzwervende contractarbeider.

'Mijn vader heeft hier meer dan vierentwintig jaar gewerkt,' zei hij. 'Hij heeft hier carrière gemaakt. Het zit onze familie in het bloed om loyaal aan deze bank te zijn.'

De klus was snel genoeg klaar. Hij had een sleutel gekregen en het kostte hem niet meer dan een halfuur om zo'n klein appartement te doorzoeken. Hij had gezien dat de man wegging en een kwartier gewacht tot hij te horen kreeg dat hij op een tram was gestapt die naar de Paradeplatz ging. Behalve dat hij bij de Verenigde Zwitserse Bank werkte en Amerikaan was, wist hij niets over hem.

Toen hij eenmaal binnen was, ging hij onmiddellijk aan de slag. Eerst maakte hij polaroidfoto's van het eenpersoonsbed en het nachttafeltje, de boekenplank, het bureau en de badkamer. Alles moest er precies hetzelfde uitzien als hij vertrokken was. Hij begon bij de deur en werkte met de klok mee de eenkamerflat af. De kast bood geen verrassingen. een paar pakken. En een paar stropdassen, en verscheidene witte overhemden die net uit de wasserij waren teruggekomen. Een paar spijkerbroeken en flanellen overhemden. Een parka, een paar nette schoenen en twee paar sportschoenen. De badkamer was klein, maar smetteloos schoon. De Amerikaan had maar weinig toiletartikelen – alleen de allernoodzakelijkste: een tandenborstel, tandpasta, scheerzeep, een ouderwets scheermes met twee scherpe kanten, een flesje Amerikaanse aftershave en twee kammen. Hij vond een plastic flesje met een medicijn: Percocet, een sterke pijnstiller. Het recept was voor tien tabletten en er zaten er nog acht in het flesje.

Hij liep achteruit de badkamer uit en ging verder met het doorzoeken van het appartement. Op het bureau lag een stapel jaarverslagen. De meeste waren van de Verenigde Zwitserse Bank, maar er waren er ook van de Adler Bank en Senn Industries. Hij opende de bovenste lade. Er lagen verscheidene pennen en een schrijfblok in. Hij trok de onderste lade open. Eindelijk iets wat erop duidde dat de man menselijk was. Een stapeltje met de hand geschreven brieven met een dik elastiek eromheen. Ze waren geadresseerd aan Nick Neumann. Hij trok er een uit het bundeltje en draaide hem om zodat hij kon zien wie de afzender was. Een zekere mevrouw Vivien Neumann uit Blythe in Californië. Hij overwoog hem te openen, maar toen hij zag dat het poststempel van tien jaar geleden was, stopte hij hem terug. Onder de brieven lagen twee blocnotes met een spiraalband. Hij pakte eerst het ene en toen het andere op. In vette hoofdletters stond op het kaft van het eerste *Operations Management* en op dat van het tweede *Advanced Financial Theory*. Hij opende er een en zag een wirwar van cijfers en vergelijkingen. Tevredengesteld legde hij ze precies zo terug als hij ze aangetroffen had en sloot de la.

Hij telde zevenendertig boeken op de boekenplank. Hij nam snel de titels door, pakte ze toen een voor een van de plank en bladerde ze snel door om te kijken of er misschien papieren in verborgen waren. Een paar foto's vielen uit een dikke paperback. Op de ene stond een groepje soldaten in volledig camouflagetenue. Hun gezicht was groen, bruin en zwart geschilderd en ze droegen een M-16-geweer aan een riem dwars over hun borst. Op de andere stonden een man en een vrouw voor een zwembad. De man had zwart haar en was lang en mager. De vrouw was een brunette en een beetje mollig, maar ze zag er toch niet slecht uit. Het was een oude foto; dat kon je aan de witte randen zien. Op de rug van de laatste twee boeken stond geen titel. Hij trok ze van de plank en zag dat het agenda's waren; een voor 1978 en een voor 1979. Hij bladerde ze door, maar zag alleen wat hij als routinematige inschrijvingen beschouwde. Hij keek naar woensdag 16 oktober 1979. Negen uur was omcirkeld en ernaast stond de naam Allen Soufi. Twee uur was ook omcirkeld en ernaast was 'Golfen' geschreven. Daar moest hij om lachen. Hij zette de agenda's op hun plaats terug.

Ten slotte liep hij naar de ladenkast vlak bij het bed. De bovenste la was gevuld met sokken en ondergoed en die eronder met T-shirts en een paar truien. Er was niets in de hoeken verborgen of aan de onderkant geplakt. In de onderste lade lagen nog een paar truien, een paar skihandschoenen en twee honkbalpetjes. Hij groef met zijn handen onder de petjes en voelde een zwaar leren voorwerp. Aha! Hij haalde er een goed geoliede holster onder vandaan en staarde er een paar seconden naar. In de holster zat een glanzend zwart Colt Commander-pistool met kaliber .45. Hij haalde het wapen uit de holster en zag dat het pistool geladen was en dat er een kogel in de kamer zat. Het stond op veilig. Hij richtte op een onzichtbare tegenstander, stopte het pistool terug in de holster en schoof het terug onder de petjes.

Op het nachttafeltje stond een glas water naast een paar tijdschriften. Hij betastte de matras en ging toen op de grond liggen om onder het bed te kijken. Niets. Het appartement was clean op het pistool na, maar dat was niets bijzonders. Iedereen die in het Zwitserse leger zat, had thuis een dienstrevolver en tenslotte had Al-Makdisi hem 'de marinier' genoemd.

Wolfgang Kaiser sloeg met zijn vlakke hand op de vergadertafel. 'Het zit in zijn bloed om loyaal te zijn. Hebben jullie dat gehoord?'

Rudolf Ott en Armin Schweitzer stonden naast hem. Ze richtten alle drie hun aandacht op een beige telefoon met een luidspreker.

'Ik wist het vanaf het begin,' zei Ott. 'Ik had het je al kunnen vertellen nadat ik, tijdens zijn sollicitatie, vijf minuten met hem gesproken had.' Schweitzer mompelde dat hij het ook had gehoord, maar uit zijn toon bleek dat hij er geen woord van geloofde.

Kaiser had reden tot tevredenheid. Hij had Nicholas Neumann al jaren in het oog gehouden. Toch had hij er, tot dit moment, geen idee van gehad hoe Neumann in werkelijkheid zou zijn. En daarmee bedoelde hij dat hij niet wist of hij al dan niet op zijn vader zou lijken. Nu had hij zijn antwoord en het deed hem enorm veel plezier.

De telefoon begon te kraken.

'Ik hoop dat jullie ons gesprek hebben kunnen volgen,' zei Martin Maeder. 'Ik had de ramen gesloten en de jaloezieën naar beneden gedaan. Het leek de graftombe van Ramses wel. We hebben die jongeman doodsbang gemaakt.'

'Hij klonk anders helemaal niet bang, Martin,' zei Armin Schweitzer. 'Zijn rekenkundige vermogen leed er in elk geval niet onder.'

'Je hebt gelijk,' zei Kaiser. 'Zijn vader was ook zo. Alex Neumann was een goeie vent. We mogen er verdomd blij mee zijn dat we zijn zoon hier hebben.'

'Hij is een van ons,' zei Maeder. 'Hij heeft in die stoel niet één keer heen en weer zitten schuiven. Het is een natuurtalent.'

'Het lijkt er wel op,' zei Kaiser. 'Dat was het, Martin. Bedankt.' Hij verbrak de verbinding en keek Ott en Schweitzer aan. 'Hij heeft het er goed afgebracht, vinden jullie ook niet?'

'Ik wil er toch voor waarschuwen dat we niet te veel waarde hechten aan wat Neumann heeft gedaan,' zei Schweitzer. 'Ik weet zeker dat hij meer uit angst dan uit loyaliteit aan de bank handelde.'

'Denk je?' vroeg Kaiser. 'Dat ben ik niet met je eens. Ik zou geen betere manier hebben kunnen bedenken om zijn karakter en zijn loyaliteit aan de bank te testen. Er is voor iemand die nog in zijn inwerkperiode zit, moed voor nodig om, zonder enige hulp, een dergelijke beslissing te nemen. Rudi, bel doctor Schon even. Vraag haar of ze met Neumanns dossier bij ons wil komen, *sofort!*'

Ott liep snel naar de telefoon.

Kaiser deed twee afgemeten stappen in Schweitzers richting zodat de beide mannen op armslengte van elkaar verwijderd waren. Zijn gezicht betrok. 'Ik zou me over jou zorgen moeten maken, Armin. Is het jouw taak niet om die controlelijst die meneer Studer en die Thorne ons hebben gegeven, in de gaten te houden? Van al onze coderekeningen zou deze je toch opgevallen moeten zijn.'

Schweitzer keek de voorzitter recht aan. 'Franz Studer heeft ons niet gewaarschuwd. Ik was woensdagavond, toen de lijst aan ons werd overlegd, onwel. Toen ik hem zag, was ik uiteraard geschokt.'

'Uiteraard,' zei Kaiser zonder overtuiging.

Rudolf Ott legde de hoorn op de haak. 'Ze komt direct met Neumanns dossier hiernaartoe.' Hij keek Schweitzer boos aan. 'Ik kan er maar niet over uit dat dit rekeningnummer juist op de lijst verschijnt terwijl Kaiser en ik in Londen waren en jij, Armin' – Ott wachtte even voordat hij het volgende woord uitsprak – '*onwel* was. Dat is toch wel heel erg toevallig.'

Schweitzer wipte op de ballen van zijn voeten naar voren en zijn gezicht liep rood aan. Hij keek Kaiser aan en zijn houding ontspande zich. 'Heb je nagetrokken of Franz Studer dat nummer niet per ongeluk op de lijst heeft laten komen?' vroeg hij.

'Als het rekeningnummer op de lijst staat, is dat zo omdat Studer het erop gezet heeft,' zei Kaiser kalm. 'Het is moeilijk te geloven, ook al heeft hij zich bij de Amerikanen aangesloten. In ieder geval weten we nu waar hij staat.' Hij ademde luid uit en realiseerde zich voor het eerst dat ze op een haar na aan een ramp waren ontkomen. 'We hebben verdomd veel geluk gehad.'

Ott hief zijn hand op. 'Dan heb ik nog een vervelende mededeling. Doctor Schon heeft me net verteld dat Peter Sprecher bij ons weggaat.'

'Niet nog een,' zei Kaiser. Hij hoefde niet te vragen waar Sprecher naartoe ging.

'Hij gaat bij de Adler Bank werken,' zei Ott.

'Nog een reden om Neumann niet te vertrouwen,' zei Schweitzer die plotseling weer moed vatte. 'Die twee zijn dikke vrienden. Ze zijn onafscheidelijk.'

'Ik denk dat we wel kunnen uitsluiten dat Neumann bij ons zal weggaan,' zei Kaiser. 'Hij heeft voor ons allemaal zijn nek uitgestoken. Dat heeft hij niet zonder reden gedaan.'

Hij liep langzaam over het kastanjebruine tapijt. 'Maar afgezien van meneer Neumanns motieven is het duidelijk dat we onze speciale rekeningen niet meer als voorheen kunnen beheren.'

Schweitzer reageerde onmiddellijk. 'Waarom laten we onze speciale rekeningen niet door leden van míjn staf beheren? We kunnen de opdrachten van onze cliënten perfect uitvoeren.'

Kaiser zei niets.

'Waarom laten we Neumann niet bij ons op de verdieping werken?' stelde Ott voor. 'Hij heeft flair getoond bij het omgaan met deze rekening en je hebt een nieuwe assistent nodig. Door Königs poging om ons op te kopen, wordt Feller veel te zwaar belast.'

'Neem me niet kwalijk, Herr Kaiser,' zei Schweitzer snel. 'Maar de gedachte om Neumann naar de Derde Verdieping te halen, is onverteerbaar. Geen weldenkend mens zou...'

'Geen weldenkend mens zou hebben toegestaan dat deze coderekening op onze interne controlelijst terechtkwam,' zei Ott. 'Die vervloekte Studer! Maar om je gerust te stellen, Armin, we kunnen meneer Neumann op de Derde Verdieping beter in het oog houden. Hij zou ideaal zijn om te helpen bij de contacten met onze Noord-Amerikaanse aandeelhouders. We hebben iemand met Engels als moedertaal nodig om onze weerlegging van de kritiek in de Amerikaanse pers op papier te zetten.'

Kaiser, met zijn hoofd een beetje schuin naar achteren, ging tussen de beide mannen in staan 'Goed dan,' zei hij. 'Het besluit is genomen. Ik wil dat hij maandagmorgen hier begint. We hebben nog maar vier weken vóór de algemene aandeelhoudersvergadering.'

Schweitzer beende naar de deur, maar toen hij er vlakbij was, verhief Kaiser zijn stem. 'En Armin...'

'*Jawohl*, Herr Kaiser?'

'Let voortaan beter op de lijsten die Franz Studer je geeft. Hij staat nu aan de andere kant. Is dat duidelijk?'

'*Jawohl*, Herr Kaiser.' Schweitzer knikte kort en liep de kamer uit.

Kaiser richtte zijn aandacht op dringender zaken en vroeg: 'Is het geld van onze vriend inmiddels overgemaakt?'

'Het gehele bedrag is vanochtend vroeg telegrafisch overgeschreven. Het overboekingsformulier waarover Neumann het had, is gevonden en verwijderd. Het heeft agent Skouras nooit bereikt.'

'Jezus, het gaat niet aan zo'n cliënt van streek te maken. De man heeft tweehonderd miljoen dollar in deposito en bezit één procent van onze aandelen.'

'Inderdaad, meneer, dat is heel onverstandig,' beaamde Ott.

'En hebben we de transactie via Medusa kunnen laten lopen?' Kaiser verwees naar het databeheersysteem dat pas twee dagen geleden operationeel was geworden.

'Ja, Herr Kaiser. De terminals van Sprecher en Neumann zijn aangepast om toegang tot Medusa te krijgen. Er zal geen spoor van de overboeking van onze cliënt te bespeuren zijn.'

'Net op tijd,' fluisterde Kaiser dankbaar. Hij was zich er al jaren van bewust dat de inlichtingendiensten van verscheidene westerse landen over technologie beschikten die ze in staat stelde hun belangrijkste databanken af te tappen. Overboekingen vanuit Zürich naar New York of van Hongkong naar Zürich waren gemakkelijk te onderscheppen. Medusa was een ultramodern gecodeerd systeem dat in staat was alle aftappogingen te bespeuren en het hoofd te bieden. Als Medusa volledig functioneerde, zou de VZB al zijn particuliere bankzaken op de ouderwetse manier kunnen afhandelen: *vertrouwelijk*.

Kaisers gedachten werden onderbroken doordat er krachtig op de eikenhouten deur werd geklopt.

'Goedemorgen, Herr Kaiser, Herr Doctor Ott,' zei Sylvia Schon. 'Ik heb meneer Neumanns dossier bij me.'

Ott liep energiek naar haar toe en strekte zijn hand met de palm naar boven uit. 'Geeft u mij het dossier maar. U kunt gaan.'

'Niet zo snel,' zei Kaiser. Hij liep de kamer door en strekte zijn hand uit. Hij was vergeten hoe aantrekkelijk ze was. 'Het is me een genoegen u te zien, doctor Schon.'

Ze keek Ott vragend aan, liep toen langs hem en overhandigde het dossier aan Kaiser.

'Hij is een van uw jongens. Hebt u al gehoord hoe hij het doet?'

'Niets dan lof van meneer Sprecher.'

'Gezien zijn besluit om bij de bank weg te gaan, weet ik niet wat ik daarvan moet denken. Wat vindt u van hem? Hebt u al de kans gehad hem beter te leren kennen?'

'Heel kort. We zijn gisteren uit eten geweest. Bij Emilio's.'

Kaiser trok een wenkbrauw op.

'Ik vond dat de bank ervoor moest zorgen dat hij zich welkom voelt.' Sylvia Schon wierp een snelle blik op Rudolf Ott.

'Ik hoef u niet te vertellen hoe u uw werk moet doen,' zei Kaiser. 'Neumann is een bijzonder geval. Ik was heel goed bevriend met zijn vader. Een prima man en een prima zoon. En wat vindt meneer Neumann van onze "voorgenomen samenwerking"? Hebt u al de kans gehad dat met hem te bespreken?'

'Hij zei dat hij het voor een bank onverstandig vond om met de autoriteiten samen te werken.' Sylvia Schon deed een stap naar voren. 'Heeft hij zich in de problemen gewerkt? Wilde u me daarom spreken?'

'Integendeel. Het lijkt erop dat hij er een neus voor heeft ons *uit* de problemen te houden. We zijn van plan hem naar de Derde Verdieping te halen. Ik heb nog een assistent nodig.'

Sylvia Schon hief haar hand. 'Meneer Neumann is hier nog geen twee maanden,' protesteerde ze. 'Hij zou misschien over een jaar voor een positie op de Derde Verdieping in aanmerking kunnen komen. Hij is nog maar net in dienst.'

Kaiser wist dat de promotie voor de vrouw een dolksteek in de rug moest zijn. Niemand was ambitieuzer dan zij en, eerlijk gezegd, werkte niemand zo hard. Ze was een geweldige aanwinst voor de bank. 'Ik begrijp uw bezorgdheid,' zei hij, 'maar de jongen heeft aan Harvard gestudeerd en Ott heeft me verteld dat zijn scriptie briljant is.'

Ott keek op zijn horloge. 'We worden in Salon Twee verwacht, Herr Kaiser. De Hausammanns.'

Kaiser stopte het dossier onder zijn linkerarm en schudde Sylvia de hand. Hij was vergeten hoe zacht de huid van een jonge vrouw kon zijn. 'Maandagochtend vroeg. Begrepen?'

'Natuurlijk. Ik zal meneer Neumann onmiddellijk op de hoogte brengen.'

Kaiser merkte op hoe terneergeslagen ze keek en nam abrupt een besluit. 'Ik wil dat u van nu af aan onze personeelswerving in de Verenigde Staten doet, doctor Schon. Gaat u er in de loop van de komende weken heen en zoek een paar sterren voor ons. U hebt getoond dat u de employés van uw afdeling uitstekend weet te begeleiden, hè, Ott?'

Maar Ott had het te druk met boos naar doctor Schon te staren om te antwoorden.

'Ik vroeg je of je het met me eens bent, Rudi?'

'Natuurlijk,' zei Ott en hij haastte zich naar de deur.

Kaiser ging dichter bij Sylvia Schon staan. 'Tussen haakjes,' zei hij, 'denkt u dat u hem beter zou kunnen leren kennen?'

'Pardon?'

'Neumann,' fluisterde Kaiser. 'Als het *dringend* nodig zou zijn?'

Sylvia Schon keek hem boos aan.

Kaiser wendde zijn blik af. Ja, misschien was hij te ver gegaan. Het was beter om niet te hard van stapel te lopen. Hij wilde Neumann hier nog lang houden. 'Vergeet dat ik het gevraagd heb,' zei hij. 'Maar nog één ding. U zei dat u het Neumann onmiddellijk zou vertellen... Ik heb liever dat u tot maandag wacht. Is dat duidelijk?' Hij wilde dat Nicholas in het weekend zou zweten. Hij hield er niet van dat zijn ondergeschikten belangrijke beslissingen namen zonder hem te raadplegen. Zelfs niet als ze juist bleken te zijn.

TOEN NICK DE KELLER STUBLI BINNENKWAM, WERD HIJ ONMIDDELLIJK omsloten door de naar sigarettenrook en verschaald bier ruikende, warme lucht. De kleine bar zat vol mannen en vrouwen die, dichter opeengepakt dan een bundeltje nieuwe honderdjes, wachtten tot er een tafeltje zou vrijkomen.

'Je bent laat,' blafte Peter Sprecher over het geraas heen. 'Over een kwartier moet ik weg. Nastassia wacht in Brasserie Lipp op me.'

'Nastassia?' vroeg Nick.

'Fogal,' zei Peter. Hij bedoelde de luxemanufacturenwinkel die twee deuren voorbij het kantoor van de VZB was. 'Die bloedmooie stoot achter de toonbank. Ik geef je vijftien minuten van *haar* kostbare lunchpauze.'

'Wat edelmoedig van je.'

'Het minste dat ik kan doen. Wat is er aan de hand?'

'De Pasja,' zei Nick. In de volgende tien minuten legde hij Peter uit waarom hij het besluit had genomen om de overboeking van de cliënt uit te stellen.

'Waarschijnlijk een verstandige zet,' zei Peter. 'Wat is het probleem?'

Nick leunde naar voren. 'Martin Maeder heeft me vanochtend om zes uur gebeld. Hij heeft me zijn kantoor binnengesleept en me te veel vragen gesteld over waarom ik het had gedaan. Gisteren was ik er zeker van dat ik een juiste beslissing had genomen, maar nu weet ik het niet zo net meer.'

Sprecher lachte luid. 'Het ergste dat je kunt verwachten, is dat je wordt overgeplaatst naar de afdeling Logistiek in Alstetten of de nieuwe vestiging in Letland.'

'Dit is niet grappig,' protesteerde Nick.

Sprecher rechtte zijn schouders. 'Luister goed, Nick. Je hebt geen geld verloren en je hebt een cliënt moeilijkheden bespaard. Daardoor heb je ervoor gezorgd dat de bank helemaal buiten schot blijft. Het zou me verbazen als je niet een onderscheiding kreeg voor betoonde moed onder vijandelijk vuur.'

Nick werd niet aangestoken door de vrolijke stemming van zijn vriend. Als hij ontslagen of zelfs naar een minder belangrijke post overgeplaatst zou worden, zou het heel erg moeilijk, zo niet onmogelijk, worden om een effectief onderzoek naar de dood van zijn vader in te stellen.

'En toen ik gisteren op weg was naar het meer,' vervolgde Nick, 'werd ik door agent Sterling Thorne staande gehouden. Hij vroeg me of ik iets "interessants" of iets "onwettigs" bij de bank had opgemerkt.'

Sprecher deed alsof hij geschokt was. 'Goeie hemel. En wat nog meer? Vroeg hij of je voor het Cali-kartel werkte? Zeg alsjeblieft dat je niet bekend hebt.' Hij stak een sigaret op. 'Ik durf te wedden dat hij niets specifieks over de Pasja gezegd heeft, klopt dat?'

'Hij begon wel over Cerruti.'

'O ja? En wat dan nog? Die clown probeerde mij twee weken geleden ook onder druk te zetten. Ik zei: *"Solly, ik niet spleken Engels."* Hij werd er verdomd pissig om.'

'Dat hij eerst naar jou toe kwam en daarna met mij probeerde te praten, moet betekenen dat hij achter de Pasja aan zit. Er staat geen enkele andere cliënt van onze afdeling op de controlelijst.'

'Ik hoop dat je hem hebt verteld dat hij kon doodvallen.'

'Zoiets, ja.'

Sprecher knikte. 'Maak je dan maar geen zorgen, maat. Proost.' Hij dronk zijn stenen bierkroes leeg, pakte zijn sigaretten van de bar en legde een tienfrancbiljet neer.

Nick legde zijn hand op Sprechers schouder en beduidde hem dat hij moest blijven zitten.

'Bedoel je dat er nog meer is?' Sprecher liet zich tegen de leuning van de bar zakken. 'Nastassia zal woedend op me zijn, dus schiet op.'

Nick aarzelde voordat hij de sprong waagde. 'Vraag jezelf eens af wat voor cliënt een onderdirecteur van de bank 's ochtends om zes uur uit zijn bed kan bellen. Wat voor cliënt volgt zijn geld van bank naar bank en gaat pas slapen als het is aangekomen? Wat voor cliënt heeft Maeders privé-nummer? Hij kan zelfs de directeur gebeld hebben.'

Sprecher schoot van zijn kruk omhoog en wees naar Nick. 'Alleen God heeft een directe verbinding met Kaiser. Onthoud dat.'

'Het nummer van de Pasja staat op de controlelijst. De DEA is in hem geïnteresseerd. Hij belt Maeder rechtstreeks op. Jezus, Peter, we hebben hier met een heel grote jongen te maken.'

'Dat heb je mooi gezegd, Nick. Ik ben het volkomen met je eens. De Pasja is ongetwijfeld een heel grote jongen. De bank heeft zoveel mogelijk heel grote jongens nodig. Dat is nu eenmaal ons vak, weet je nog wel?'

'Wie is hij?' vroeg Nick dringend. 'Hoe verklaar je wat er allemaal op die rekening gebeurt?'

'Was jij niet degene die hem onlangs verdedigde?'

'Ik was overrompeld door je vlaag van nieuwsgierigheid. Vandaag is het mijn beurt om de vragen te stellen.'

Sprecher schudde geërgerd zijn hoofd. 'Je stelt geen vragen,' zei hij. 'Je zoekt geen verklaringen. Je sluit je ogen en telt het geld. Je doet op een professionele manier je plicht; je incasseert je royale commissie en slaapt elke nacht als een roos.'

'Ik ben blij dat je ermee kunt leven.'

Sprecher rolde met zijn ogen en werd boos. 'Weer een Amerikaan die de wereld wil redden. Hoe komt het dat Zwitserland het enige land is dat heeft geleerd zich met zijn eigen zaken te bemoeien? Houd je er toch verdomme buiten!' Hij zuchtte luid. 'Luister, vriend, als je er zo graag achter wilt komen wie de Pasja is, hoef je alleen Marco Cerruti op te zoeken. Als ik me niet vergis, heeft hij onze Pasja, tijdens zijn laatste reis naar het Midden-Oosten, een beleefdheidsbezoek gebracht. Natuurlijk is hij daarna kierewiet geworden. Neem een goede raad van me aan en brand je vingers er niet aan.'

Nick kneep van frustratie zijn ogen halfdicht. 'Dus na al die jaren ervaring van je is je enige advies dat ik maar het beste mijn ogen kan sluiten en doen wat me gezegd wordt.'

'Precies.'

'Ik moet mijn ogen sluiten en regelrecht een catastrofe tegemoet-gaan?'

'Niet een catastrofe, beste jongen. Roem!'

NICK VERLIET DE KELDER STUBLI EN LIEP NAAR HET DICHTSTBIJZIJNDE postkantoor. Hij nestelde zich in een telefooncel en begon in de lokale telefoonboeken te zoeken. Zijn nieuwsgierigheid werd snel beloond. *Cerruti, M. Seestrasse 78, Thalwil. Bankier.* Zijn beroep stond achter de naam – weer een van de handige eigenaardigheden van dit land die Nick pas had ontdekt.

De Seestrasse was gemakkelijk te vinden. Cerruti woonde in een mooi bepleisterd flatgebouw aan de grote weg die parallel aan het meer liep.

Cerruti's naam was de bovenste van een rijtje van zes namen. Nick drukte op de bel naast de naam en wachtte. Er kwam geen reactie. Hij vroeg zich af of hij van tevoren had moeten bellen, maar concludeerde toen dat het een juiste beslissing was geweest om onaangekondigd te komen. Dit was geen officieel bezoek. Hij drukte weer op de bel en hoorde een slecht verstaanbare stem door het roostertje van de luidspreker.

'Wie is daar?'

Nick sprong naar de luidspreker toe. 'Neumann van de VZB.'

'Van de VZB?' vroeg de vervormde stem.

'Ja,' zei Nick en hij herhaalde zijn naam. Even later ging het slot met een zachte, metaalachtige klik open. Hij duwde tegen de glazen deur en ging de hal binnen, die sterk naar een ontsmettingsmiddel met dennengeur rook. Hij liep naar de lift, opende de deur en drukte op het bovenste knopje.

De lift schokte licht toen hij de bovenste verdieping bereikte. De deur zwaaide open en een kleine man die onberispelijk was gekleed in een double-breasted grijs kostuum met een verse anjer op de revers ervan geprikt, greep Nicks hand vast en leidde hem naar de huiskamer.

'Cerruti, *es freut mich*. Ik ben blij u te ontmoeten. Kom binnen, gaat u zitten.'

Nick liet zich door een smalle gang een ruime woonkamer binnenleiden en een stevige hand gaf hem een beleefd duwtje naar de bank.

'Gaat u alstublieft zitten. Goeie god, het werd tijd dat u kwam. Ik bel de bank al weken.'

Nick opende zijn mond om het hem uit te leggen.

'Verontschuldigt u zich maar niet,' zei Marco Cerruti. 'We weten allebei dat het van Herr Kaiser niet mag. Ik kan me voorstellen dat de bank in rep en roer is. König, die schobbejak. Ik geloof niet dat we elkaar al hebben ontmoet. Bent u nieuw op de Derde Verdieping?'

Dus dit was de mysterieuze Marco Cerruti. Hij was een opgewonden standje en Nick schatte hem halverwege de vijftig. Zijn stugge grijze haar was kortgeknipt en zijn ogen waren blauw noch grijs. Zijn bleke huid hing om zijn gezicht als slecht opgeplakt behang – op sommige plaatsen strak en op andere afzakkend.

'Ik werk niet op de Derde Verdieping,' zei Nick. 'Het spijt me als u me verkeerd begrepen hebt.'

Cerruti kwam dichter bij hem staan. 'Dat is vast mijn fout. U bent...?'

'Neumann. Nicholas Neumann. Ik werk op uw afdeling. FKB4. Ik ben, kort nadat u ziek werd, in dienst gekomen.'

Cerruti keek Nick vreemd aan. Hij zakte door zijn knieën en inspecteerde hem zoals een kunstcriticus een bijzonder buitenissig werk van Picasso of Braque zou bestuderen. Ten slotte legde hij zijn handen op Nicks schouders en keek hem recht aan. 'Ik weet niet hoe ik het gemist kan hebben toen u binnenkwam. Ik heb uw naam gehoord, maar hij drong gewoon niet tot me door. Ja, natuurlijk. Nicholas Neumann. Mijn god, wat lijkt u sterk op uw vader. Ik heb hem gekend. Ik heb vijf jaar onder hem gewerkt. De beste tijd van mijn leven. Blijft u even zitten, dan haal ik mijn papieren. We hebben zo veel met elkaar te bespreken. Kijk eens naar me. Ik ben zo fit als een hoentje en popel van ongeduld om te beginnen.' Hij draaide zich honderdtachtig graden om en snelde de kamer uit.

Nick bestudeerde zijn omgeving. Het appartement was met sombere kleuren ingericht in een stijl die hij antiek Zwitsers-gotisch zou noemen. Het meubilair was plomp en harkerig. Een raam liep over de hele lengte van het appartement en waar het niet door zware calicotgordijnen verduisterd werd, bood het een schitterend uitzicht op het Meer van Zürich.

Cerruti stormde, met twee aantekenboeken en een stapel dossiers in zijn armen, de kamer binnen. 'Hier is een lijst met cliënten die meneer Sprecher moet bellen. Drie of vier van hen hadden al een afspraak met me gemaakt voordat ik ziek werd. Ze zijn allemaal zeer aan me verknocht.'

Nick keek de namen snel door en zei toen: 'Peter gaat weg bij de VZB. Hij is door de Adler Bank aangenomen.'

'De Adler Bank? Die wordt onze ondergang nog.' Cerruti liet zich naast zijn bezoeker op de bank ploffen. 'Wat hebt u voor me meegebracht? Laat het me maar eens zien.' Nick opende zijn aktetas en haalde er een manillamap uit. 'Sjeik Abdul bin Ahmed al Aziz heeft me om de dag gebeld. U moet de groeten van hem hebben. Hij wil weten hoe het met u gaat en waar hij contact met u kan opnemen. Hij houdt vol dat alleen u zijn vragen naar tevredenheid kunt beantwoorden.'

Cerruti snoof en knipperde snel met zijn ogen.

'De sjeik,' vervolgde Nick, 'is vast van plan Duitse staatsfondsen te kopen. Hij zegt dat hij uit goede bron heeft vernomen dat Schneider, de minister van Financiën, elke dag het lombardtarief kan verlagen.'

Cerruti keek Nick onzeker aan. Hij slaakte een diepe zucht en lachte toen. 'Die beste ouwe Abdul. Hij is altijd verdomd slecht geweest in het interpreteren van economische gegevens. De inflatie in Duitsland stijgt, de werkloosheid is hoger dan tien procent en Abduls oom popelt om de olieprijzen te verhogen. De rente kan alleen maar omhooggaan!' Cerruti trok zijn colbertje recht. 'U moet tegen de sjeik zeggen dat hij subiet Duitse aandelen moet kopen. Hij moet alle Duitse obligaties die hij heeft van de hand doen en er Daimler-Benz, Veba en Hoechst voor in de plaats kopen. Dat dekt de belangrijkste industriële groepen en voorkomt dat hij alles verliest.' Hij klopte Nick zachtjes op zijn arm. 'Neumann? Hebt u van Kaiser nog iets over mijn terugkeer gehoord? Al is het maar parttime?'

Dus Cerruti wilde terugkomen. Nick vroeg zich af waarom Kaiser

107

hem wilde weghouden. 'Het spijt me. Ik heb geen contact met de Derde Verdieping.'

'Ja, ja.' Cerruti probeerde zonder succes zijn teleurstelling te verbergen. 'Nou ja, ik ben er zeker van dat de directeur me binnenkort zal bellen om me van zijn plannen op de hoogte te brengen. Zullen we dan maar doorgaan? Wie is de volgende?'

'Ik heb problemen met een andere cliënt. Ik vrees dat het een van onze coderekeningen is, dus ik weet zijn naam niet.' Nick zocht demonstratief tussen de papieren op zijn schoot. 'Hier heb ik het. Rekening 549.617 RR. U herkent het nummer vast wel.'

'Ja, ja, natuurlijk.' Cerruti schoof heen en weer op de bank. 'Kom terzake, jongeman. Wat is het probleem?'

'Het is niet echt een probleem, maar eerder een kans. Ik wil deze cliënt graag overhalen om meer van zijn geld bij ons te laten staan. In de laatste zes maanden heeft hij via ons meer dan tweehonderd miljoen dollar overgeboekt zonder er 's nachts ook maar een stuiver van te laten staan. Ik weet zeker dat we meer aan hem kunnen verdienen dan de simpele overboekingskosten.'

Cerruti sprong plotseling overeind. 'Blijf zitten, Neumann. Verroer je niet. Ik ben zo terug. Ik wil je iets heel leuks laten zien.'

Voordat Nick kon protesteren, was hij weg. Hij kwam een minuut later terug met een plakboek onder zijn arm. Hij drukte het in Nicks handen en opende het bij een leren boekenlegger. 'Herken je iemand?' vroeg hij.

Nick keek naar de kleurenfoto op de rechterbladzijde. Het was een foto van twaalfenhalve bij zeventienenhalve centimeter van Wolfgang Kaiser, Marco Cerruti, Alexander Neumann en een gezette, vrolijk ogende man met een bezweet voorhoofd. Een weelderig gevormde vrouw met blond haar en felroze lippenstift maakte een buiging voor hen. Ze was een stuk. Kaiser had haar ene hand vast en drukte er een vurige kus op. De vrolijke man liet zich niet onbetuigd en deed hetzelfde met haar andere hand. Een met de hand geschreven onderschrift luidde: 'Californië. Hier Komt Hij! December 1967'.

Nick staarde naar zijn vader. Alexander Neumann was lang en slank en zijn haar was even zwart als dat van Nick. Hij lachte. Een man die de wereld aan zijn voeten had.

'Het afscheidsfeest van je vader,' zei Cerruti. 'Voordat hij vertrok om de vestiging in Los Angeles te openen. We waren een mooi stel bij elkaar. Knappe snuiters, hè? De hele bank was op het feest. We werkten allemaal samen. Kaiser was onze afdelingschef.'

Nick bleef naar de foto kijken. Hij had maar weinig foto's van zijn vader gezien voordat deze naar Amerika vertrok; hoofdzakelijk zwartwitfoto's van een lange, strak kijkende tiener in een stemmig zondags kostuum. Het verbaasde hem dat zijn vader er op Cerruti's foto zo veel jonger uitzag dan in zijn herinnering. Deze Alex Neumann was gelukkig, echt gelukkig. In geen enkele herinnering die Nick aan zijn vader had, was hij zo opgewekt, zo uitbundig.

Cerruti sprong overeind. 'Kom, laten we wat drinken. Wat wil je hebben?'

Cerruti's enthousiasme monterde Nick op. 'Een biertje als u dat hebt.'

'Het spijt me. Ik drink nooit alcohol. Ik word er nerveus van. Is frisdrank ook goed?'

'Natuurlijk, prima.' Als deze man nerveus werd van alcohol, waarvan zou hij dan kalm worden? vroeg Nick zich af.

Cerruti verdween in de keuken en kwam even later terug met twee glazen waarvan hij er een aan Nick overhandigde.

'Op je vader,' toostte Cerruti.

Nick hief zijn glas en nam een slokje. 'Ik heb nooit geweten dat hij rechtstreeks onder Wolfgang Kaiser heeft gewerkt. Wat deed hij precies?'

'Je vader is jarenlang Kaisers rechterhand geweest. Portefeuillebeheer, natuurlijk. Heeft de directeur je dat nooit verteld?'

'Nee. Ik heb hem, sinds ik in Zwitserland ben aangekomen, maar een paar minuten gesproken. Zoals u al zei, hij heeft het de laatste tijd behoorlijk druk.'

'Je vader was een tijger. Er bestond heel veel rivaliteit tussen hen. Als je de bladzijde omdraait, zie je een brief van je vader die ik bewaard heb. Daarin kun je lezen wat ik bedoel. Het is een van zijn maandelijkse rapporten.'

Nick sloeg de bladzijde om en zag een verkreukeld memo dat door een doorzichtig vel plastic op zijn plaats werd gehouden. Het briefhoofd luidde: *Verenigde Zwitserse Bank. Vestiging Los Angeles. Alexander Neumann. Directeur.* Het memo was gericht aan Wolfgang Kaiser en er waren kopieën verstuurd naar Urs Knecht, Beat Frey en Klaus König. De datum was 17 juni 1968.

De tekst was weinig boeiend en viel eerder op door de nonchalante toon dan door belangrijk nieuws. Nicks vader schreef dat hij drie potentiële cliënten had bezocht, dat hij een deposito van 125.000 dollar van Walter Galahad, "een hoge ome bij MGM", had ontvangen en dat hij een secretaresse nodig had. Hij zei dat er niet van hem verwacht kon worden dat hij bankdocumenten stencilde en daarna bij Perino's ging lunchen terwijl de blauwe inkt nog op zijn handen zat. Hij was van plan de volgende week naar San Francisco te gaan. Voor Nick was het interessantste een P.S. dat *Vertrouwelijk* werd genoemd, ongetwijfeld een list om ervoor te zorgen dat zoveel mogelijk mensen het zouden lezen. *'Wolf, ben bereid het streefbedrag waarom we hebben gewed, te verdubbelen. Eén miljoen in deposito's in het eerste jaar is te gemakkelijk. Zeg niet dat ik niet sportief ben, Alex.*

Nick las het memo een tweede keer. Hij had het gevoel alsof zijn vader nog leefde. Alex Neumann zou volgende week naar San Francisco vliegen. Hij was vastbesloten een weddenschap met Wolfgang Kaiser te winnen. Een lunchafspraak bij Perino's. Hoe was het mogelijk dat hij al zeventien jaar dood was? Hij was getrouwd, had een kind en had zijn hele leven vóór zich.

Nick staarde als verlamd naar de woorden. Hij hoefde maar één blik op de foto te werpen en het memo één keer te lezen en hij stortte al bijna in. Het verbaasde hem dat hij na al die jaren nog zoveel pijn kon voelen. Hij sloot zijn ogen.

Hij is niet langer in Cerruti's kamer. Hij is een jongen. Het is avond. Hij huivert, terwijl het licht van een politiesirene een dozijn schimmige figuren met gele zuidwesters op hun hoofd verlicht. Zware regen geselt zijn schouders. Hij loopt naar de deur van een huis dat hij nog nooit heeft gezien. Waarom is zijn vader hier, terwijl het maar een paar kilometer van zijn eigen huis vandaan is? Voor zaken? Dat is het ongeloofwaardige excuus van zijn moeder. Of komt het omdat zijn ouders de laatste tijd onophoudelijk ruzie hebben? Zijn vader ligt achter de deur in zijn geelbruine pyjama. Tussen zijn uitgestrekte arm en zijn borst heeft zich een plasje bloed gevormd. 'De stakker is drie keer in zijn borst geschoten,' fluistert een politieman achter Nick.

Marco Cerruti legde een hand op Nicks schouder. 'Is alles in orde met je, Neumann?'

Nick schrok van de aanraking. 'Ja, hoor. Bedankt.' Hij tikte op het rapport. 'Doordat ik dit las, kwamen er wat oude herinneringen boven. Zou ik het mogen houden?'

'Niets zou me een groter genoegen doen.' Cerruti sloeg het plastic vel terug en haalde het memo voorzichtig uit het boek. 'Er zijn nog meer van deze memo's in het archief van de bank. We hebben van onze officiële correspondentie nog nooit iets weggegooid. Niet in honderdvijfentwintig jaar.'

'Waar kan ik ze vinden?'

'In de *Dokumentationzentrale*. Vraag het maar aan Karl. Hij kan alles vinden.'

'Ik ga uitzoeken wat er met mijn vader is gebeurd,' had Nick tegen Anna Fontaine gezegd. 'Ik wil erachter komen of hij een heilige of een zondaar was.'

Nick sloeg de foto van zijn vader en Wolfgang Kaiser weer op. 'Wie is de vrouw op de foto?'

Cerruti glimlachte alsof er een aangename herinnering bij hem werd gewekt. 'Je bedoelt dat je haar niet herkent? Dat is Rita Sutter. Destijds was ze gewoon een van de meisjes van de typekamer. Nu is ze de secretaresse van de directeur.'

'En de vierde man?'

'Dat is Klaus König. Hij staat nu aan het hoofd van de Adler Bank.'

Nick bekeek de foto nog wat beter. Het mollige mannetje dat Rita Sutters hand kuste, leek in niets op de voortvarende König die hij nu was. Maar het was dan ook dertig jaar geleden en König droeg nog niet de roodgestippelde vlinderdas die zijn handelsmerk was geworden. Nick vroeg zich af wie van de twee mannen die met elkaar om de aandacht van de secretaresse wedijverden, had gewonnen en of de ander daarom wrok koesterde.

'König is een paar jaar na je vader vertrokken,' zei Cerruti. 'Hij is naar Amerika gegaan. Hij heeft daar statistiek gestudeerd, geloof ik. Hij is tien jaar geleden teruggekomen. Hij heeft wat advieswerk in het Midden-Oosten gedaan. Klaus kennende waarschijnlijk voor de Dief van Bagdad. Hij is zeven jaar geleden voor zichzelf begonnen. Ik moet zeggen dat hij succes heeft gehad, al valt er op zijn methoden wel wat aan te merken. We hebben het in Zwitserland niet op terreur en intimidatie begrepen.'

'We noemen het in de Verenigde Staten verzet van de aandeelhouders,' zei Nick.

'Hoe je het ook noemt, het blijft piraterij!' Cerruti dronk zijn glas cola leeg en liep naar de deur. 'Als dat alles is wat je met me te bespreken hebt...'

'We waren nog niet klaar met onze laatste cliënt,' zei Nick. 'We moeten het echt over hem hebben.'

'Dat doe ik liever niet. Neem een goede raad van me aan en vergeet hem.'

Nick hield aan. 'De bedragen van zijn overboekingen zijn sinds u weg bent drastisch gestegen en er zijn ook andere ontwikkelingen. De bank werkt samen met de DEA.'

'Thorne?' mompelde Cerruti.

'Ja,' zei Nick. 'Sterling Thorne. Heeft hij met u gesproken?'

Cerruti omarmde zichzelf. 'Hoezo? Heeft hij het over me gehad?'

'Nee,' zei Nick. 'Thorne laat elke week een lijst circuleren met de rekeningnummers van personen die hij ervan verdenkt bij drughandel en witwaspraktijken betrokken te zijn. Deze week is de rekening van de Pasja op de lijst gekomen. Ik moet weten wie de Pasja is.'

'Wie de Pasja is, gaat je niet aan,' jammerde Cerruti.

'Waarom zit de DEA achter hem aan?'

'Heb je me niet verstaan? Dat gaat je niet aan.' Cerruti's arm beefde licht.

'Het valt onder mijn verantwoordelijkheid te weten wie deze cliënt is.'

'Doe wat je gezegd wordt, Neumann. Bemoei je niet met de Pasja. Laat dat aan meneer Maeder over, of nog beter, aan...'

'Aan wie?' vroeg Nick.

'Laat het aan Maeder over. Het is een wereld waar je helemaal buiten staat. Zorg dat het zo blijft.'

'U kent de Pasja,' drong Nick aan. Hij voelde zich roekeloos en onstuitbaar. 'U hebt hem in december bezocht. Hoe heet hij?'

'Vraag me alsjeblieft niets meer, Neumann. Ik ben helemaal van slag.' Wat als een lichte trilling van Cerruti's arm was begonnen, werd nu een onbeheersbare kramp die zijn hele lichaam deed schokken.

'Wat voor zaken doet de man?' vroeg Nick met klem. 'Waarom zitten de autoriteiten achter hem aan?'

'Dat weet ik niet en ik wil het ook niet weten.' Cerruti greep Nick bij zijn revers. 'Zeg me dat je niets hebt gedaan dat hem boos zou kunnen maken, Neumann.'

Nick pakte de kleine man bij zijn polsen vast en duwde hem zachtjes op de bank. Toen hij de uitdrukking van intense angst op Cerruti's gezicht zag, ebde zijn woede weg. 'Nee, niets,' zei hij.

Cerruti liet zijn revers los. 'Mooi. Daar ben ik blij om. Wat je ook doet, maak hem niet kwaad.'

Nick keek op hem neer. Hij realiseerde zich dat hij niets meer uit hem zou loskrijgen – althans nu niet. 'Ik laat mezelf wel uit. Bedankt voor het memo van mijn vader.'

'Nog één vraag, Neumann. Wat voor reden hebben ze je op kantoor voor mijn afwezigheid gegeven?'

'Martin Maeder heeft gezegd dat u een zenuwinzinking hebt gehad, maar er is ons gevraagd uw cliënten te vertellen dat u tijdens uw laatste reis hepatitis opgelopen hebt. O, dat vergat ik u nog te zeggen. Er is sprake van dat u bij een van de banken die bij ons aangesloten zijn, gaat werken. Misschien de Arab Bank.'

'De Arab Bank? God sta me bij.' Cerruti greep een van de kussens vast en kneep erin tot zijn knokkels wit werden.

Nick liet zich op één knie zakken en legde een hand op Cerruti's schouder. 'Weet u zeker dat alles met u in orde is? Zal ik een arts bellen? U ziet er niet goed uit.'

Cerruti duwde hem weg. 'Ga maar gewoon weg, Neumann. Er is niets met me aan de hand. Ik heb alleen wat rust nodig.'

Nick liep naar de deur.

'En nog wat, Neumann,' riep Cerruti hem zwakjes na. 'Als je de directeur spreekt, zeg hem dan dat ik zo fit als een hoentje ben en popel om weer te beginnen.'

19

LATER DIE AVOND STOND NICK VOOR EEN LELIJK GRIJSSTENEN FLATGEbouw, ver van het welvarende centrum van de stad. Op een velletje papier dat hij in zijn hand had, stond het adres: Eibenstrasse 18.

Zijn vader was in dit gebouw opgegroeid. Vanaf zijn geboorte tot zijn negentiende had Alexander Neumann hier met zijn moeder en grootmoeder in een rottig tweekamerappartement gewoond dat op een eeuwig in schaduw gehulde binnenplaats uitkeek. Nick had het appartement als kind bezocht. Alles was er donker en muf geweest. Voor de gesloten ramen hingen dikke gordijnen en het zware houten meubilair had een donkerkastanjebruine kleur. Op een kind dat gewend was op de glooiende gazons en zonovergoten straten van Zuid-Californië te spelen, maakten het appartement, de straat en de hele buurt waarin zijn vader was opgegroeid een nare, onvriendelijke indruk. Hij had het er vreselijk gevonden.

Nick staarde omhoog naar het vuile gebouw en herinnerde zich een dag waarop hij zijn vader had gehaat. Hij had toen gewenst dat de aarde zich zou openen en zijn vader zou opslokken tot in het brandende schimmenrijk dat ongetwijfeld zijn ware thuis was.

Een reisje naar Zwitserland in de zomer van Nicks tiende levensjaar. Een weekend in Arosa, een bergdorp dat op de helling van een uitgestrekte vallei genesteld ligt. Een bijeenkomst op zondagochtend van de plaatselijke afdeling van de Zwitserse Bergbeklimmersclub op een open plek die onder de stoïcijnse blik van een monsterlijke piek, de Tierfluh, ligt.

De groep van ongeveer twintig bergbeklimmers vertrekt bij zonsopgang. Het is een gevarieerd gezelschap. Nick is met zijn tien jaar de jongste en zijn zeventigjarige oudoom Erhard de oudste. Ze lopen door een veld met hoog gras langs een melkachtig meer dat zo glad is als een spiegel en waden dan door een klaterend beekje. Al snel komen ze in een bosje hoge pijnbomen waar het pad in een lichte helling omhoog begint te lopen. Hun hoofd is gebogen en hun ademhaling diep en regelmatig. Oom Erhard leidt de groep en Nick blijft in het midden. Hij is nerveus. Zullen ze echt proberen de steile top te bereiken?

Een uur nadat ze met de tocht zijn begonnen, stopt de groep bij een houten hut in het midden van een grazige weide. De deur van de hut wordt opengewrikt en iemand gaat naar binnen. Hij komt even later terug met een fles met een heldere vloeistof in de lucht geheven. Er klinkt gejuich op. Iedereen wordt uitgenodigd van de zelfgestookte *Pflümli* te genieten. Nick krijgt de fles ook aangereikt en hij drinkt een vingerhoedje van de pruimenlikeur. Zijn ogen tranen en zijn wangen worden rood, maar hij weigert te hoesten. Hij is er trots op dat hij met deze selecte groep mee mag en zweert dat hij niet zal laten merken dat hij moe is en steeds banger wordt.

Ze lopen verder en komen weer in een bos. Een uur later komt het pad uit op een met rotsstenen bezaaide vlakte en een poosje is het minder steil, maar de ondergrond is losser geworden en bij elke stap verbrokkelen er stenen onder hun voeten. De vegetatie verdwijnt langzaam. Het pad leidt omhoog langs de zijkant van de berg en dringt dieper door in de schaduwachtige pas die twee pieken met elkaar verbindt.

De rij klimmers raakt verspreid. Erhard blijft vooraan lopen. Hij draagt een leren rugzak en heeft een knoestige stok in zijn hand. Honderd meter achter hem loopt Alexander Neumann en Nick volgt zijn vader op een afstand van twintig passen. De klimmers passeren hem een voor een. Ze kloppen hem allemaal op zijn hoofd en zeggen iets bemoedigends tegen hem. Al snel is er niemand meer achter hem.

Voor hen uit doorkruist het pad een veld met zomersneeuw die zo wit is als taartglazuur. De helling wordt steiler en elke stap naar voren is een halve stap omhoog. Nick ademt oppervlakkig zodat hij te weinig zuurstof binnenkrijgt en hij voelt zich licht in het hoofd. Hij ziet zijn oudoom zó ver voor zich uit dat hij hem alleen aan zijn wandelstok herkent. Hij ziet zijn vader ook; een deinend hoofd boven een trui zo rood als de Zwitserse vlag.

Er gaan minuten voorbij die wel uren lijken. Het pad kronkelt zich omhoog. Nick laat zijn hoofd zakken en blijft doorlopen. Hij telt tot duizend. Toch is het eind niet in zicht. De sneeuw strekt zich mijlenver voor hem uit. Links, hoog boven hem, ziet hij de puntige rotsen die naar de top leiden. Met schrik ziet hij hoe groot de afstand is die hem van de anderen scheidt. Hij kan zijn oom niet meer zien en zijn vader is nog maar een rood stipje. Nick is alleen in een vallei van sneeuw. Met elke stap raakt hij verder van zijn vader en zijn oudoom gescheiden en met elke stap komt hij dichter bij de piek die hem wil doden. Ten slotte kan hij niet meer en blijft stilstaan. Hij is uitgeput en bang.

'Pa,' schreeuwt hij. 'Pa!' Maar zijn ijle stemgeluid lost op in de uitgestrekte ruimte. 'Help,' schreeuwt hij. 'Kom terug!' Maar niemand hoort hem en de klimmers verdwijnen een voor een om de ronding van de berg. Dan verdwijnt zijn vader ook.

In het begin is Nick verdoofd. Zijn ademhaling is rustiger geworden en zijn hartslag langzamer. Het constante geknerp van de sneeuw dat hij zo lang heeft gehoord, is opgehouden. Alles is stil, volkomen stil. En voor een kind dat in de stad is opgegroeid, is er niets zo angstaanjagend als dat eerste moment waarop hij de ijzige adem van de ongerepte natuur op zijn gezicht voelt en voor het eerst beseft dat hij alleen is.

Nick valt op zijn knieën. 'Pa!' schreeuwt hij.

Hij voelt dat zijn wangen gloeien en het lijkt of zijn keel wordt dichtgeknepen. De tranen wellen in zijn ogen op en hij begint te huilen. En terwijl de tranen over zijn wangen stromen, herinnert hij zich alle onrechtvaardigheden, alle kleine hardvochtigheden en alle oneerlijke straffen die hij ooit heeft ondergaan. Niemand houdt van me, zegt hij, naar adem happend. Zijn vader wil dat hij hier sterft en zijn moeder heeft hem waarschijnlijk geholpen bij het smeden van het plan.

Nick roept weer om zijn vader, maar er komt niemand. De helling vóór hem is even leeg als vijf minuten geleden. Al snel houdt hij op met huilen en snikken. Hij is alleen met de torenhoge berg, de snijdende wind en de boosaardige rotsen boven hem.

Nee, zweert hij, de rotsen en de berg zullen me niet doden. Niemand zal me doden. Hij herinnert zich de brandende smaak van de *Pflümli* en dat hij net als de volwassen mannen uit de fles mocht drinken. Hij herinnert zich dat de klimmers hem allemaal over zijn bol hebben geaaid terwijl ze hem passeerden. Maar het duidelijkst herinnert hij zich het effen vlak van de felrode trui van zijn vader die zich geen enkele keer heeft omgedraaid om te kijken hoe het met hem ging.

Ik moet doorgaan, houdt hij zichzelf voor. Ik kan hier niet blijven. De gedachte dat hij de top moet zien te bereiken vormt zich in zijn hoofd – hij weet dat hij deze keer geen keus heeft. 'Ik zál de top van de berg bereiken,' zegt hij tegen zichzelf. 'Vast en zeker.'

Nick laat zijn hoofd zakken en begint weer te lopen. Zijn blik beweegt zich van de ene holle voetafdruk naar de andere en hij vordert snel over het steile pad. Op het ritme van zijn bonkende hart houdt hij zichzelf voor dat hij het moet halen, dat hij niet mag stoppen. Dus klimt hij door. Hij weet niet hoe lang. Hij is volledig geconcentreerd op de voetafdrukken van de mannen die hem zijn voorgegaan. Hij weet dat zijn oudoom, zijn vader en alle anderen van hem verwachten dat hij de berg zal beklimmen

Een scherp gefluit doordringt zijn hermetisch afgesloten wereld. Gejoel, geschreeuw en aanmoedigende kreten. Nick kijkt op. De hele groep zit op een uitstekende vulkanische rots, maar een paar meter van hem vandaan. Ze juichen hem toe omdat hij is aangekomen. Ze staan op en applaudisseren. Hij hoort het gefluit weer en ziet dat zijn vader de helling af rent om hem te begroeten.

Hij heeft het gehaald. Het is hem gelukt.

Dan is Nick in de armen van zijn vader die hem in een liefdevolle omhelzing stijf tegen zich aan drukt. Eerst is hij boos. Hij heeft deze berg beklommen. Niemand heeft hem geholpen. Het is zijn overwinning. Hoe durft zijn vader hem als een kind te behandelen? Maar na een paar aarzelende momenten zwicht hij en slaat zijn armen om zijn vader heen. Ze houden elkaar lang omarmd. Alexander Neumann fluistert dat dit de eerste stap is geweest om een man te worden. Nick heeft het warm en het lijkt alsof de omhelzing hem verstikt. Dan begint hij om een onverklaarbare reden in de beschutting van de armen van zijn vader te huilen. Hij laat zijn tranen de vrije loop en omarmt zijn vader zo stijf als hij kan.

Nick zou zich die dag altijd blijven herinneren. Hij keek nog één keer op naar het flatgebouw waarin zijn vader had gewoond en wordt overspoeld door een gevoel van trots. Hij was naar Zwitserland gekomen om Alexander Neumann te leren kennen, om de waarheid te vinden over de bankier die op veertigjarige leeftijd was overleden.

Word een van hen, had de geest van zijn vader hem ingefluisterd. En dat had hij gedaan. Nu kon Nick Neumann alleen maar bidden dat datgene wat hij voor de Pasja, wie dat ook mocht zijn, had gedaan, zijn zoektocht niet in gevaar zou brengen.

ALI MEVLEVI TRAPTE HET GASPEDAAL VAN DE BENTLEY MULSANNE TURBO in en reed de rijbaan voor het tegemoetkomend verkeer op. Een naderend Volkswagen-busje dat zorgeloos op de middenstreep reed, schoot naar links, deed een wolk van stof op de berm van de snelweg opstuiven, kantelde en gleed van de aarden wal. Mevlevi claxonneerde luid en hield zijn voet op het gaspedaal gedrukt. 'Uit de weg,' schreeuwde hij.

De pick-up die hem koppig de weg had versperd, schoot naar de berm om hem te laten passeren. De oude rammelkast vervoerde een groep seizoenarbeiders en was veel te zwaar beladen. Toen hij eenmaal op de berm was, kwam hij sputterend tot stilstand. Er sprongen arbeiders uit de wagen die de passerende Bentley verwensingen toeriepen en obscene gebaren maakten.

Mevlevi's woede ebde weg toen hij de mannen in de late middagzon om de pick-up zag rondlopen. 'Armzalige sloebers,' zei hij. Onder welk ongelukkig gesternte waren ze geboren? In de tijd die ze op aarde doorbrachten werden ze vernederd, leden ze ontberingen en werd hun eens ontembare Arabische geest systematisch vermorzeld. Voor deze mannen zou hij zijn vermogen op het spel zetten. Voor deze mannen moest Khamsin slagen.

Mevlevi richtte zijn aandacht weer op het asfalt vóór hem, maar het duurde niet lang voordat zijn gedachten terugkeerden naar het dilemma dat op zijn hart drukte als een geslepen dolk. Een spion dacht hij. Er is een spion in mijn nabijheid.

Uren geleden had hij ontdekt dat de Verenigde Zwitserse Bank in strijd met zijn nauwkeurige instructies de zevenenveertig miljoen dollar niet had overgemaakt. Toen hij had gebeld om naar de reden van de vertraging te informeren, had hij te horen gekregen dat hij ternauwernood aan een groot gevaar was ontkomen. Er was hem echter niet uitgelegd door welke fout in de systemen van de bank zijn rekeningnummer op een door de DEA opgestelde controlelijst terechtgekomen was. Maar voorlopig was dat van ondergeschikt belang, want de autoriteiten hadden niet alleen de overboeking verwacht, maar ook het exacte bedrag geweten.

'Een spion,' zei Mevlevi tussen zijn opeengeklemde tanden door. 'Er heeft een spion over mijn schouder gegluurd.'

Normaal gesproken was hij dankbaar voor de feilloze efficiëntie van de Zwitsers. In geen enkel ander land werden instructies van de cliënten zo nauwkeurig uitgevoerd. De Fransen waren arrogant; de Chinezen onzorgvuldig en de Kaaiman Eilanders – wie zou dat stelletje zelfzuchtige financiële bloedzuigers vertrouwen? De Zwitsers waren beleefd, respectvol en nauwkeurig en volgden hun orders tot op de letter op. Daarom werd het feit dat hij aan een groot gevaar was ontkomen, bij nader inzien nog indrukwekkender, want juist doordat ze zijn duidelijk omschreven opdracht niet hadden uitgevoerd, had hij aan de greep van de internationale autoriteiten kunnen ontkomen. Hij stond in het krijt bij een Amerikaan, een marinier nog wel, wiens broeders het heilige land waarover hij nu reed met hun bloed bezoedelden.

Mevlevi kon de lach die diep vanuit zijn keel opwelde, niet bedwingen. De rechtschapen Amerikanen die de wereld onder hun toezicht wilden stellen om overal veiligheid en democratie te kunnen brengen, om een planeet te creëren die vrij was van dictators en drugs.

Mevlevi controleerde zijn snelheid en bleef op de Nationale Route 1 in zuidelijke richting naar Mieh-Mieh, naar Israël rijden. Aan zijn rechterkant verrezen dorre, witte alkaliheuveltjes uit de Middellandse Zee en rechts van hem rees het Shouf-gebergte steil omhoog. De bergen waren blauwachtig grijs en gevormd als de rugvinnen van een school haaien. Spoedig zouden hun hellingen grasgroen worden wanneer de loofbomen die erop groeiden, in bloei kwamen te staan.

Generaal Amos Ben-Ami had zijn troepen zestien jaar geleden bij Operatie Big Pine, de Israëlische invasie van Libanon, over deze weg geleid. De slechtgeorganiseerde Libanese militia's hadden maar weinig verzet geboden en de Syrische beroepssoldaten niet veel meer. Om de waarheid te zeggen had Haffez-al-Assad zijn commandanten bevel gegeven zich in de betrekkelijke veiligheid van de Bekavallei terug te trekken als de voorhoede van de Israëlische troepen Beiroet zou bereiken. Dus waren de Syriërs afwezig toen generaal Ben-Ami zijn troepen naar Beiroet leidde en de stad omsingelde. De PLO legde haar wapens neer en kreeg toestemming overzee naar kampen in Egypte en Saoedi-Arabië te vertrekken. Elf maanden later trok Israël zijn troepen uit Beiroet terug omdat het er de voorkeur aan gaf een veiligheidszone van vijfentwintig kilometer aan zijn noordgrens te vestigen en daarmee een buffer tussen zichzelf en het land van islamitische fanatici te creëren.

De Israëli's hadden zichzelf daarmee vijftien jaar verworven, dacht Ali Mevlevi, vijftien jaar van bezoedelde vrede. Maar hun vakantie zou spoedig ten einde komen. Over een paar weken zou een ander leger over een pad trekken dat evenwijdig aan de Nationale Route liep, deze keer naar het zuiden. Een geheim leger onder zijn leiding. Een guerrillastrijdmacht die onder de groen-met-witte vlag van de islam zou strijden. Net zoals de legendarische *khamsin*, de hevige wind die zonder aankondiging in de woestijn ontstond en vijftig dagen lang alles vernietigde wat op zijn pad kwam, zou hij ongezien verrijzen en de fiolen van zijn toorn over de vijand uitstorten.

Mevlevi opende een zilveren sigarettendoos die naast hem lag en haalde er een zwarte sigaret uit, een Turkse Sobranie. Een laatste band met zijn geboorteland Anatolië – het land waar de zon opgaat. En waar hij de bewoners armer, vuiler en hongeriger dan de vorige dag achterlaat als hij ondergaat, dacht hij verbitterd.

Hij nam een diepe haal van zijn sigaret, vulde zijn longen met de bittere rook en voelde hoe de sterke nicotine hem opkikkerde. Vóór zich zag hij de ruige heuvels en zoutvlakten van Cappadocië. Hij stelde zich voor hoe zijn vader aan het hoofd van de ruwhouten tafel zat die eens het woongedeelte van het huis had gedomineerd, maar nu dienstdeed als werkbank, huwelijksbed en bij zeldzame gelegenheden als dis voor een feestmaal. Zijn vader zou zijn hoge, rode fez dragen die hem zo dierbaar was en zijn oudere broer Salim ook. Ze waren allebei derwisjen, mystici.

Mevlevi herinnerde zich hoe ze, met hoge stem zingend, rondwervelden en -draaiden en hoe de zoom van hun rok verder omhooggolfde als hun eredienst gepassioneerder werd. Hij zag voor zich hoe ze hun hoofd in hun nek wierpen en hun mond zich opende terwijl ze de profeet aanriepen. Hij hoorde hoe hun koortsachtige stemmen de andere derwisjen opzweepten tot een toestand van extatische eenwording met de profeet.

Jarenlang had zijn vader hem gesmeekt naar huis te komen. 'Je bent een rijk man,' had hij gezegd. 'Wend je hart naar Allah. Deel in de liefde van je familie.' Jarenlang had Mevlevi om het idee moeten lachen. Zijn hart had zich van Allah's liefde afgekeerd. Toch had de Almachtige hem niet verlaten. Op een dag had zijn vader hem een brief geschreven waarin hij beweerde dat de profeet hem had bevolen zijn tweede zoon terug te brengen in de schoot van de islam. In de brief had een kort vers gestaan en de woorden ervan hadden Mevlevi's ziel die hij allang dood waande, doorboord.

Kom, kom, wie u ook bent,
Zwerver, afgodendienaar, aanbidder van vuur,
Kom, al hebt u uw geloften al duizendmaal gebroken,
Onze karavaan is er niet een van wanhoop.

Mevlevi had lang over de woorden nagedacht. Hij was zo rijk als Croesus, maar wat had dat hem opgeleverd? De wanhoop, de zorgen en de stuurloosheid waarover in het heilige vers werd gesproken.

Zijn wantrouwen jegens zijn medemensen werd met de dag groter. De mens was een verdorven schepsel dat zelden in staat was zijn lagere hartstochten te beheersen en zich alleen druk maakte om het verwerven van geld, macht en status. Iedere keer dat Ali Mevlevi zichzelf in de spiegel bekeek, zag hij een koning tussen dergelijke verachtelijke schepsels en dat maakte hem ziek.

Alleen zijn identiteit als moslim zou hem vertroosting kunnen schenken.

Als hij zich het moment van zijn bewustwording voor de geest haalde, werd Ali Mevlevi vervuld van een diepe liefde voor de Almachtige en een even diepe minachting voor zijn eigen wereldse ambities. Ten goede waarvan kon hij zijn rijkdom aanwenden? Ten goede van de islam. Ter meerdere glorie van Mohammed. Om de verwezenlijking van het ideaal van zijn volk dichter bij te brengen.

Nu hij op het punt stond zijn vader en zijn broers te bewijzen dat hij in staat was Allah met meer glorie te overladen dan zij met hun rondwervelingen en mystieke gezangen, had Mevlevi een spion ontdekt, een vijand van Gods wil die alles waarvoor hij al die jaren had gewerkt, dreigde te vernietigen. Een vijand van Khamsin.

Mevlevi herinnerde zichzelf eraan dat zijn onderzoek zich moest concentreren op degenen die toegang hadden tot de exacte details van zijn transacties. Het kon niet iemand in Zürich zijn. Cerruti, Sprecher noch Neumann kon hebben geweten wat het bedrag van de overboeking zou worden, maar het stond vast dat het bedrag van tevoren bekend was. Zijn contactpersonen in Zürich waren daarover heel duidelijk geweest. Een zekere Sterling Thorne van de DEA had gezocht naar een overboeking van zevenenveertig miljoen dollar.

De spion moest daarom dicht in zijn buurt zijn. Wie kon er vrij in zijn huis rondlopen? Alleen Joseph en Lina, maar waarom zouden zij hem verraden?

Mevlevi barstte in lachen uit om zijn eigen naïveteit. Voor geld, natuurlijk. Morele verontwaardiging was al vele jaren geleden uit dit deel van de westerse beschaving verdwenen. En als dat zo was, wie was dan de Kajafas die Judas zijn dertig zilverlingen had betaald?

Hij zou er snel achter komen. Misschien zelfs vandaag nog.

Mevlevi installeerde zich in het zachte leer van zijn auto voor het laatste deel van de rit naar Mieh-Mieh. Daar zou hij Abu Abu opzoeken en met hem op een allerzakelijkste manier de bijzonderheden van Josephs rekrutering bespreken. Het prachtige litteken van zijn adjudant had zijn glans van onomkoopbaarheid verloren.

De glanzende zwarte Bentley reed langs Tyre en Sidon en vijfenveertig minuten later langs het dorp Samurad waar de auto de snelweg verliet en een grintweg afdaalde naar een zich naar alle kanten uitspreidende nederzetting met witgeverfde bakstenen en lemen gebouwen die twee kilometer van Mieh-Mieh vandaan lag.

Toen Mevlevi de ingang van het kamp naderde, begon zich een menigte te verzamelen. Honderd meter van het hek vandaan, bracht hij de Bentley tot stilstand en de menigte drong naar voren om de auto te bekijken. Mevlevi stapte uit en zei tegen twee er ruw uitziende jongemannen dat ze op de auto moesten passen. Hij gaf hun allebei een knisperend honderddollarbiljet. Het tweetal nam de auto onmiddellijk in bescherming en dreef de menigte terug met een reeks klappen, schoppen en, waar nodig, stompen.

Mevlevi liep het kamp binnen en was binnen een paar minuten bij het huis van de hoofdman. Hij was voor deze gelegenheid gekleed in een loshangende zwarte *disdasja* en een rood geruite *kaffiyeh*. Hij trok het gerafelde gordijn opzij dat als voordeur dienstdeed, en stapte over de houten drempel. Binnen zaten twee kinderen afwezig naar een zwartwit-tv te staren.

Mevlevi knielde voor de oudste van de twee, een mollige jongen van een jaar of twaalf. 'Hallo, jonge krijger. Waar is je vader?'

De jongen besteedde geen aandacht aan de bezoeker en bleef naar het wazige beeld kijken.

Mevlevi greep de jongen bij zijn oor en tilde hem van de vloer. De jongen schreeuwde om genade.

'Jafar!' riep Mevlevi. 'Ik heb je zoon hier. Kom tevoorschijn, vervloekte lafaard. Denk je soms dat ik naar dit hellegat ben gekomen om met je kinderen te praten?'

Een gedempte stem riep uit een achterkamer. 'Al-Mevlevi, ik smeek u, doe de jongen geen kwaad. Ik kom er zó aan.'

Een houten dressoir dat tegen de andere muur stond, werd knarsend opzijgeschoven. Erachter was een opening als een ontbrekende tand in de muur uitgehouwen. Jafar Muftili verscheen in het halfdonker van zijn woonkamer. Hij was een man van een jaar of veertig met een gebogen gestalte. Hij had een telraam en een beduimeld grootboek in zijn handen.

'Ik wist niet dat onze nederige woning vandaag met zo'n hoog bezoek gezegend zou worden.'

'Breng je je dagen altijd verborgen voor je vrienden in een kelder door?' vroeg Mevlevi.

'Begrijp me alstublieft niet verkeerd, edele heer. Financiële zaken moeten altijd met de uiterste voorzichtigheid afgehandeld worden. Helaas zien mijn landgenoten er geen been in hun broeders te beroven.'

Mevlevi snoof vol afkeer en hield de jongen stevig bij zijn oor vast. 'Ik zoek Abu Abu, Jafar.'

De hoofdman streek nerveus over zijn sliertige baard. 'Ik heb hem al dagen niet gezien.'

'Van alle dagen die ik op deze ellendige planeet heb doorgebracht, wil ik juist vandaag niet opgehouden worden. Ik wil onmiddellijk weten waar Abu Abu is.'

Jafar likte over zijn lippen. 'Alstublieft, edele heer. Ik spreek de waarheid. Ik heb geen reden om tegen u te liegen.'

'Misschien niet, maar het is ook mogelijk dat Abu Abu je voor je medewerking heeft betaald.'

'Nee, edele heer...' schreeuwde Jafar.

Mevlevi gaf een scherpe benedenwaartse ruk aan het oor van de jongen waardoor het van zijn hoofd werd gescheiden. Het dikke kind schreeuwde en viel op de grond.

Jafar liet zich op zijn knieën zakken. 'Ik spreek de waarheid, Al-Mevlevi. Abu Abu is vertrokken. Ik weet niet waar hij is.'

Mevlevi haalde een instrument onder zijn mantel vandaan en hield het omhoog zodat het Jafar duidelijk moest zijn wat ermee gedaan kon worden. Een lemmet dat op een zilverkleurige halvemaan leek, stak uit een houten steel. Het was het mes van een opiumoogster, dat de Thaise generaal Mong hem lang geleden cadeau had gedaan. Mevlevi knielde naast de jammerende jongen, greep zijn lange zwarte haar vast en rukte zijn hoofd omhoog zodat hij zijn vader moest aankijken. 'Wil je dat je zoon zijn neus kwijtraakt? Of zijn tong?'

Jafar was verstijfd van angst en woede. 'Ik zal u naar zijn huis brengen. U moet me geloven. Ik weet niets.' Hij drukte zijn voorhoofd tegen de vloer en begon te huilen.

Mevlevi gooide de jongen op de grond. 'Goed dan. Laten we gaan.'

Jafar liep, op de hielen gevolgd door zijn bezoeker, naar buiten. Het kamp was een verwarrend geheel van elkaar kruisende weggetjes en eenrichtingsdoorgangen dat in totaal een gebied van vijf vierkante kilometer besloeg. Een bezoeker die eenmaal binnen de muren ervan was, zou gemakkelijk dagen kunnen ronddwalen voordat hij de weg naar buiten zou terugvinden. Aangenomen dat het hem werd toegestaan te vertrekken.

Na vijftien minuten door een doolhof van weggetjes te hebben gelopen, bleef Jafar voor een bijzonder smerige woning staan. Houten palen droegen een dak dat uit platen blik, triplex en wollen dekens bestond. Mevlevi trok de deken opzij die voor de ingang hing en stapte de enige kamer van de hut binnen. Er lagen overal kleren, een stoel lag ondersteboven op de grond en er hing een overweldigende stank die hij goed kende. Het was de smerige geur van de dood.

'Waar is Abu's kelder?' vroeg Mevlevi.

Jafar aarzelde even voordat hij naar een verroest gietijzeren fornuis wees. Mevlevi duwde hem voor zich uit. Jafar boog zich over het fornuis heen en sloeg zijn armen om de achterkant ervan. 'Ik zoek de hendel,' zei hij. Op dat moment vond hij hem; hij haalde hem over en het fornuis zwaaide van de schuimbetonnen muur vandaan.

Een korte trap leidde een donker gat in. Mevlevi betastte de oneffen muur tot hij een dikke draad vond die naar een lichtschakelaar leidde. Hij haalde hem over en een zwakke lichtpeer verlichtte een vochtige schuilplaats met een laag plafond.

Abu Abu lag in twee stukken vóór Mevlevi. Zijn afgesneden hoofd lag op een koperen bord en zijn naakte romp lag er op zijn buik vlakbij. Het leek alsof de aarden vloer met het bloed van tien mannen was bedekt. Het mes dat voor de onthoofding was gebruikt, lag naast Abu's schouder en het gekartelde lemmet was bedekt met opgedroogd bloed. Mevlevi pakte het op. Het heft was van zwart plastic dat een patroon van elkaar kruisende ribbels had om er een vastere greep op te hebben. Een omcirkelde davidster was aan de bovenkant van het lemmet gestempeld. Hij kende het wapen. Het was een werpmes dat bij de standaarduitrusting van het Israëlische leger hoorde. Hij zette zijn voet onder Abu's opgeblazen buik en draaide het lijk om. De armen vielen slap op de grond. Aan beide handen ontbrak de duim en in de handpalmen was een davidster gekerfd.

'Joden,' siste Jafar Muftili voordat hij naar een hoek rende en begon te braken.

Mevlevi had veel ergere dingen gezien. 'Waarmee heeft Abu de Israëli's zo beledigd?'

'Het is een wraakactie,' zei Jafar zwakjes. 'Hij had speciale vrienden bij de Hamas voor wie hij werkte.'

'De Quassam?' vroeg Mevlevi sceptisch. 'Rekruteerde Abu voor de Quassam?' Hij verwees naar de extremistische vleugel van de Hamas waaruit het legioen van strijders werd betrokken dat zelfmoordaanslagen met bommen pleegde.

Jafar wankelde achteruit naar het midden van de kelder. 'Is dit niet voldoende bewijs?'

'Dat is het zeker.' Als de joden Abu Abu zo'n belangrijk doelwit hadden gevonden dat ze hun beste moordenaars op hem af gestuurd hadden, dan moest hij een hooggeplaatst lid van de Hamas, of zelfs van de Quassam, zijn geweest. Zijn toewijding aan zijn Arabische broeders was boven iedere twijfel verheven, evenals zijn bekwaamheid in het beoordelen van rekruten.

Joseph was te vertrouwen.

Mevlevi staarde naar Abu Abu's hoofd. Zijn ogen waren open en zijn mond was verwrongen van pijn. Geen passende dood voor een dienaar van de islam. *Rust in vrede*, zei hij in stilte. *Je dood zal tienduizendmaal gewroken worden.*

NICK STAPTE ZIJN APPARTEMENT BINNEN EN ROOK ONMIDDELLIJK EEN geur die er die ochtend niet was geweest. Het was een vage geur die iets weg had van die van de citroenwas die hij in het Korps had gebruikt om de tafels in de mess op te wrijven. Hij leek erop, maar was toch anders. Hij trok de deur achter zich dicht, sloot zijn ogen en ademde diep in. Hij ving de geur weer op, maar herkende hem niet. Hij wist alleen dat hij hier niet hoorde.

Nick dwong zichzelf zich langzaam te bewegen terwijl hij zijn appartement van het tapijt tot het plafond onderzocht. Zijn kleren waren niet aangeraakt en zijn boeken stonden allemaal op hun plaats. Als er al iets niet klopte, dan was het dat de papieren op zijn bureau te netjes opgestapeld waren. Toch wist hij het. Hij voelde het met de zekerheid alsof ze een visitekaartje onder zijn deur door hadden geschoven.

Er was iemand in zijn appartement geweest.

Nick stak zijn neus in de lucht en snoof een paar keer. Toen herkende hij de vreemde geur plotseling. Het was een reukwater voor mannen, iets zwaars en zoets, iets wat hij nog nooit van zijn leven had gebruikt.

Nick liep naar het dressoir waarin hij zijn overhemden, T-shirts en truien bewaarde en opende de onderste lade. Hij stak zijn hand onder een trui en toen hij het comfortabele gewicht van zijn revolver voelde, ontspande hij zich een beetje. Hij had zijn Colt Commander-legerpistool uit New York meegenomen. Het was heel gemakkelijk gegaan. Hij had het wapen uit elkaar gehaald en de onderdelen in de hoeken van zijn koffer gestopt. De kogels had hij in Zürich gekocht. Hij trok de holster met het wapen uit de la, gooide hem op het bed en ging ernaast zitten. Hij haalde het pistool eruit en controleerde of er een kogel in de kamer zat. Hij schoof de slede naar achteren, keek in het achterstuk van de loop en zag de glimmende koperen huls van een 45 mm kaliber *hollow point* kogel. Hij liet de slede terugschieten, stak zijn vinger door de trekkerbeugel en liet zijn duim naar de veiligheidspal glijden. Hij was teruggeschoven. Nick stond abrupt op. Het was een ingewortelde gewoonte van hem om zijn pistool vergrendeld te bewaren. De haan naar achteren en op veilig. Hij wreef zijn vinger over de veiligheidspal op en neer om te kijken of de slagpin losgeschoten was zodat de veiligheidspal uit eigen beweging in de vuurstand was gekomen. Maar de schakeling werkte goed. Misschien was degene die hier was geweest toch niet zo'n professional.

Nick stopte het pistool terug in de holster, legde het terug in de lade en liep toen naar de deur. Hij probeerde zich de bewegingen van degene die in zijn appartement was geweest, voor te stellen. Wie had hem gestuurd? Thorne en zijn vrienden van de DEA? Of was het iemand van de bank? Maeder, Schweitzer of een van hun ondergeschikten die opdracht hadden gekregen de nieuwe man uit Amerika te controleren?

Plotseling voelde Nick een irrationele behoefte om naar de paar dierbare spullen die hij uit de States had meegebracht te kijken. Hij wist dat ze allemaal nog op hun plaats zouden zijn, maar hij wilde ze zien en aanraken.

Hij liep haastig de badkamer in, pakte zijn scheeretui, ritste het open en keek erin. Een kleine blauwe doos met de woorden Tiffany & Co in reliëf op het deksel, lag in de hoek. Hij pakte hem eruit en opende hem. Een zeemleren zakje met dezelfde blauwe kleur lag op een bedje van watten. Hij pakte het zakje eruit en hield het ondersteboven. Een zilveren Zwitsers legermes viel in zijn handpalm. De woorden 'Met mijn eeuwige liefde. Anna' waren erin gegraveerd. Het was haar afscheidsgeschenk geweest dat op kerstavond bij hem was bezorgd. Onder het bedje van watten lag, tot een stijf vierkant opgevouwen, de brief die erbij had gezeten.

Lieve Nicholas,
Door de feestdagen moet ik steeds vaker denken aan alles wat we samen hebben gehad en aan wat we samen hadden kunnen hebben. Ik kan me niet voorstellen dat je geen deel meer van mijn leven uitmaakt. Ik kan alleen maar hopen dat je niet zo'n leeg gevoel in je hart hebt als ik. Ik herinner me nog dat ik je voor het eerst over de campus van Harvard zag lopen. Je zag er zo grappig uit met dat beetje haar op je hoofd terwijl je overal naartoe liep alsof het een hardloopwedstrijd was. Ik was de eerste keer dat je tegen me sprak, vlak voor-

dat we naar het economiecollege van doctor Galbraith gingen, zelfs een beetje bang voor je. Wist je dat? Je mooie ogen keken zo ernstig en je had je armen zo stijf om je boeken geklemd dat ik dacht dat je ze zou verpletteren. Ik denk dat jij ook nerveus was.

Je moet weten dat ik me altijd zal blijven afvragen hoe het geweest zou zijn als ik met je meegegaan was naar Zwitserland, Nick. Ik weet dat je jezelf ervan hebt overtuigd dat ik alleen vanwege mijn carrière niet ben meegegaan, maar er was nog zoveel meer. Vrienden, familie, ambities die ik mijn leven lang heb gehad. Maar het meest van alles kwam het door JOU. Onze relatie eindigde toen je van de begrafenis van je moeder terugkwam. Je was niet meer dezelfde. Ik ben een jaar bezig geweest om je uit je cocon te halen, om je te dwingen los te komen en als een normaal mens met me te praten. Om je te leren me te vertrouwen! Om je ervan te overtuigen dat niet elke vrouw is zoals je moeder. Ik herinner me hoe je afgelopen juni op mijn verjaardagsfeestje naast pa zat; hoe jullie bier dronken en verhalen uitwisselden als oude vrienden. We hielden van je, Nick. Wij allemaal. Toen je na Thanksgiving terugkwam, was je veranderd. Je glimlachte niet meer en je trok je in je eigen kleine wereldje terug. Je werd weer een domme soldaat die een domme opdracht uitvoerde die niets aan het heden en de toekomst en aan wat we samen hadden kunnen hebben, zou veranderen. We zouden samen nooit een toekomst kunnen hebben zolang jij in het verleden bleef leven. Ik vind het heel erg wat er met je vader is gebeurd, maar gedane zaken nemen geen keer. Nu ben ik er alweer over bezig. Dat doe jij met me, Nick Neumann.

Hoe dan ook... Ik zag dit bij Tiffany en moest aan je denken.

Ik zal altijd van je blijven houden,

Anna.

Nick vouwde de brief op en terwijl hij met zijn vingers over de scherpe vouwen streek, leek het alsof hij weer hoorde wat ze tegen hem fluisterde als ze in zijn flat in Boston vrijden. *We zullen Manhattan veroveren, Nick.* Hij kon bijna voelen hoe ze haar benen om zijn rug sloeg en in zijn oor beet en hij zag haar onder zich. *Neuk me, marinier. We gaan naar de top. Wij samen.*

Toen veranderde het beeld.

Nick grijpt vóór zijn appartement Anna's tengere arm vast. Het is de laatste keer dat hij haar zal zien en hij probeert uit alle macht zich te rechtvaardigen. 'Begrijp je dan niet dat ik dat allemaal even graag wilde als jij en misschien nog liever? Maar ik heb geen keus. Kun je dat niet begrijpen? Dit moet nu eenmaal eerst gebeuren.'

Nick legde het mes terug, ging de badkamer uit en liep naar de boekenplanken. Hij pakte Homerus' *Ilias*, hield het ondersteboven en schudde het. Er viel een foto op de grond. Sectie 3 van de Echo Compagnie op de School voor Jungleoorlogvoering in Florida. Hij stond helemaal links; hij was twintig pond lichter en zijn gezicht was ingesmeerd met junglecamouflage. Naast hem stond Gunny Ortiga, die een kop kleiner was en wiens gezicht zó zwart geverfd was dat je alleen zijn parelwitte tanden kon zien. En verder nog Sims, Medjuck, Illsey, Leonard, Edwards en Yerkovic. Ze waren allemaal met hem in de Filippijnen geweest.

Nick zette de paperback terug en pakte een boek van de plank erboven. Het was in leer gebonden en langer en dunner dan de andere. Het was de agenda van zijn vader voor 1978. Hij legde hem voorzichtig op het bureau, liep de badkamer in en pakte een ongebruikt scheermesje. Hij liep terug naar het bureau en sloeg de omslag van de agenda open. Hij liet het scheermesje onder de linkerbovenhoek van het gele papier waarmee het omslag gevoerd was, glijden en bewoog het langzaam heen en weer. Na drie, vier bewegingen was het gele papier los. Hij vouwde het terug en trok er een verkreukeld vel papier onder vandaan.

Nick hield het politierapport over de dood van zijn vader in de ene en het scheermesje in de andere hand en zuchtte dankbaar. Zijn geheime bewonderaar had het rapport niet gevonden. Godzijdank. Hij gooide het mesje in de prullenbak en legde het rapport op zijn bureau zodat hij het goed kon bekijken.

De administratieve gegevens waren in een serie rechthoekige kaders langs de bovenrand van het vel papier getikt. Datum: 31 januari 1980. Leider van het onderzoek: Inspecteur W.J. Lee. Misdrijf: Moord. Tijdstip van overlijden: ca. 21.00 uur. Doodsoorzaak: Verscheidene schotwonden. In het kader met de aanduiding 'Verdachten' stonden de letters: GVA – Geen Verdachten Aangehouden. Een rood stempel met de letters GVO – Geen Verder Onderzoek – en de datum 31 juli 1980 stonden dwars over het rapport. Het zou de komende zomer twee jaar geleden zijn dat Nick het tussen de bezittingen van zijn moeder in Hannibal had gevonden.

Hij bestudeerde de bladzijde nog een poosje en las de naam van zijn vader en het woord *moord* dat erop volgde steeds opnieuw.

Hij dacht aan de foto die op het afscheidsfeest van zijn vader in 1967 was genomen. Hij was toen zevenentwintig jaar geweest en dolblij dat hij naar Amerika ging. Zijn eerste grote stap op de carrièreladder. Nick kon het gelach en het vrolijke gepraat bijna horen en hij voelde de vreugde van zijn vader in zijn eigen hart. Hij dacht terug aan de avonden waarop zijn vader hem met zijn huiswerk had geholpen en zijn handen in de zijne had genomen. Hij zag vóór zich hoe hij zijn vader op die bergtop in Arosa omhelsde. Hij had zich nog nooit zo verbonden met hem gevoeld.

Hij herinnerde zich weer het flitslicht van een camera en hoe hij in de regen op het dode lichaam van zijn vader had neergekeken en in de plas bloed had gestaard.

Plotseling begon hij te snikken. Het was een verstikkende uitbarsting van verdriet die diep van binnen kwam. De tranen vielen uit zijn ogen en hij huilde voor de eerste keer sinds zijn vader zeventien jaar geleden overleden was.

HET WAS ELF UUR 'S AVONDS EN VOOR DE TWEEDE KEER DIE DAG STOND Nick voor een onbekend flatgebouw te wachten tot hij het geluid van de zoemer zou horen en de deur zou opengaan. Hij had van tevoren gebeld en werd verwacht. Hij trok zijn jas strak om zijn nek tegen de kou.

De zoemer ging en hij liep naar binnen, bijna over zijn eigen benen struikelend terwijl hij de trap afdaalde. De deur zwaaide open en Sylvia Schon stapte naar achteren om hem binnen te laten. Ze droeg een roodflanellen badjas en dikke wollen sokken die om haar enkels zakten. Haar haar hing los om haar gezicht en ze had de bril met de dikke glazen op die hij sinds zijn eerste werkdag niet meer had gezien. De uitdrukking op haar gezicht vertelde hem dat zijn bezoek niet echt op prijs werd gesteld.

'Ik hoop dat u iets zeer belangrijks te bespreken hebt, meneer Neumann. Toen ik zei dat ik u graag wilde helpen, bedoelde ik ...'

'Nick,' zei hij zacht. 'Ik heet Nick. En u hebt gezegd dat ik u altijd kon bellen als ik ergens mee zat. Ik besef dat dit een vreemde tijd is voor een bezoek en nu ik hier sta, vraag ik mezelf af waarom ik hier precies ben, maar ik weet zeker dat we er wel uitkomen als we naar binnen gaan en een kop koffie of zo drinken.'

Nick zweeg. Hij had nog nooit zoveel woorden aaneengeregen zonder er zelf enig idee van te hebben wat hij had gezegd.

'Goed Nick, kom binnen. En omdat het vijf over elf is en ik mijn meest flatteuze kleding draag, moet je mij maar Sylvia noemen.'

Ze draaide zich om en liep een korte gang door die naar een gezellige huiskamer leidde. Een L-vormige bruine bank nam één muur geheel en een andere voor de helft in beslag en ervoor stond een glazen koffietafel. Er liepen boekenplanken langs de andere muren en de openingen tussen de gebonden boeken waren opgevuld met ingelijste foto's. 'Ga zitten. Maak het je gemakkelijk.'

Ze liep weg en kwam even later terug met twee koppen koffie waarvan ze hem er een aanreikte. De haard brandde en er kwam zachte muziek uit de stereo. Hij knikte naar de luidsprekers. 'Wie is dat?'

'Tsjaikovski. Het vioolconcert in d-mineur. Ken je het?'

Hij luisterde nog even. 'Nee, maar ik vind het wel mooi. Het heeft passie.'

Sylvia ging een eindje van hem vandaan met haar benen onder zich opgetrokken op de bank zitten. 'Je lijkt overstuur,' zei ze. 'Wat is er aan de hand?'

Nick staarde in zijn koffiekopje. 'De bank is een opwindende plaats, veel opwindender dan de meeste mensen denken en beslist opwindender dan ík had gedacht.' Na die inleiding vertelde hij Sylvia wat hem tot zijn besluit had gebracht de houder van rekeningnummer 549.617 RR, een anonieme cliënt die alleen als de Pasja bekendstond, tegen een onderzoek van de DEA te beschermen. Zijn beweegredenen waren, vertelde hij, dat hij wilde voorkomen dat de bank problemen kreeg en dat hij de DEA toegang tot vertrouwelijke informatie over een van hun cliënten wilde ontzeggen. Tot slot vertelde hij haar dat Maeder hem op onheilspellende toon had gezegd 'dat het vonnis maandagochtend zou worden uitgesproken'.

'Dus dat is er gebeurd,' zei Sylvia. 'Ik had het kunnen weten. Voordat Nick iets kon terugzeggen, vervolgde ze: 'Je zult overgeplaatst worden, zoveel kan ik je wel vertellen.'

Nick had het gevoel of de grond onder zijn voeten wegzakte.

'Je wordt naar het kantoor van Wolfgang Kaiser overgeplaatst. Je wordt zijn nieuwe assistent. Ik mocht het je eigenlijk pas maandag vertellen,' zei ze. 'En nu begrijp ik waarom. De directeur wilde je een poosje in je eigen sop laten gaarkoken.'

Een vreemd gevoel van volledige desoriëntatie maakte zich van Nick meester. De hele dag had hij zich voorbereid op een ernstige reprimande en zelfs op ontslag.

'Ze hebben hun redenen,' vervolgde Sylvia. 'De dreigende overname door König. Kaiser heeft iemand nodig om slag te leveren met ontevreden Amerikaanse aandeelhouders. Dat wordt jij. Je hebt in hun ogen een soort test doorstaan. Ik vermoed dat ze denken dat je te vertrouwen bent, maar er lopen daarboven een heleboel mensen met een enorm groot ego rond. Zorg ervoor dat je dicht bij de directeur in de buurt blijft en doe precies wat hij zegt.'

'Dat advies heb ik al eerder gekregen,' zei Nick sceptisch.

'En houd je mond hierover,' zei Sylvia. 'Je moet net doen alsof je verrast bent.'

'Ik ben ook verrast. Geschokt zelfs.'

'Ik dacht dat je er heel blij mee zou zijn,' zei Sylvia teleurgesteld. 'Dit is toch iets waar elke afgestudeerde van de Harvard Business School van droomt? Een zetel aan de rechterkant van God?' Ze leek vermoeid door haar onthulling. 'Is dat alles? Ik ben blij dat ik je gerust heb kunnen stellen. Je zag er niet best uit toen je hier binnenkwam.' Ze stond op en liep naar de gang. Het was tijd om te gaan.

Nick sprong overeind en volgde haar. Ze opende de deur en leunde ertegenaan. 'Welterusten, Nick. Ik durf niet te herhalen wat ik gisteren onder het eten tegen je heb gezegd.'

'Je bedoelt dat ik je kon bellen als ik iets nodig had?'

Ze trok haar wenkbrauwen op.

Nick keek Sylvia lang en indringend aan. Haar wangen waren bleek en vlak onder haar ogen hadden ze een iets donkerder kleur. Haar lippen waren vol en roze en hij wilde ze kussen. 'Ga morgen met me lunchen,' zei hij.

'Ik denk dat je je geluk wel een beetje erg op de proef stelt, vind je ook niet?'

Nick antwoordde onmiddellijk. 'Nee. Zullen we zeggen om één uur? In de Zeughauskeller.'

'Nick...'

Nick boog zich naar haar toe en kuste haar. Hij hield zijn lippen net lang genoeg op de hare gedrukt om te merken dat ze zich niet terugtrok.

'Heel erg bedankt voor vanavond.' Hij stapte over de drempel. 'Ik wacht morgen om één uur op je.'

DE TWEEHONDERD KLANTEN DIE IN DE ZEUGHAUSKELLER HUN MIDDAG-maal gebruikten, brachten een kakofonie van geluid voort. Over het hoge plafond van het restaurant liepen geverniste, eikenhouten kruisbalken en het werd ondersteund door acht grote betonnen pilaren. De stenen muren waren versierd met pieken, kruisbogen en lansen.

Nick zat alleen in het midden van de zaal en verdedigde zijn tafel tegen nieuwkomers. Hij keek op zijn horloge. *Ze komt wel*, hield hij zichzelf voor.

Vanaf zijn strategische plaats kon Nick de ingangen aan beide zijden van het restaurant goed in de gaten houden. De deur links van hem ging open en hij zag een bejaard echtpaar binnenkomen met vlak achter hen een slanke vrouw die een cameljas droeg en een kleurige sjaal om haar hoofd had. Sylvia Schon speurde het restaurant af.

Nick stond op en zwaaide naar haar. Ze zag hem en zwaaide terug.
Glimlachte ze?

'Je ziet er vandaag beter uit,' zei Sylvia toen ze bij de tafel kwam. 'Heb je vannacht goed geslapen?' Ze droeg een strakke, zwarte pantalon en een bijpassende zwarte coltrui. Haar haar was achterovergekamd en in een paardenstaart opgebonden. Een paar losse strengen omlijstten haar gezicht.

'Ik had meer slaap nodig dan ik dacht.' Hij had zeven uur achter elkaar geslapen. Bijna een record. 'Bedankt dat je me hebt binnengelaten. Ik moet er behoorlijk afgepeigerd hebben uitgezien.'

'Een nieuw land, een nieuwe baan. Ik ben blij dat ik je heb kunnen opvangen. Bovendien stond ik bij je in het krijt.'

'Hoezo?'

'Kaiser was er heel tevreden over dat ik in jouw geval de honneurs voor de bank heb waargenomen.'

Nick begreep haar niet. 'O ja?'

'Ik heb tegen je gelogen toen ik zei dat het gebruikelijk was dat ik nieuwe werknemers mee uit eten nam.' Ze sloeg haar ogen op en staarde hem aan. 'Een leugentje om bestwil. Ik mag ze wel meenemen naar de eetzaal van de bank en een cola voor ze bestellen, maar Emilio's is een beetje ongebruikelijk. In ieder geval vond de directeur het verstandig van me dat ik je daar naartoe heb meegenomen. Hij zei dat je een bijzonder geval bent en dat ik nieuw talent goed weet te begeleiden. Hij heeft Rudi Ott opdracht gegeven me naar de States te sturen om onze werving van nieuwe employés voor deze lente af te ronden. Ik vertrek over twee weken.' Ze glimlachte breed, nauwelijks in staat haar opwinding te bedwingen. 'De reis op zichzelf is niet zo bijzonder, maar wel het vertrouwen dat me geschonken is. Ik zal de eerste vrouwelijke personeelsmanager zijn die in de VS mensen voor staffuncties mag rekruteren. Het lijkt alsof het plafond van mijn kantoor is weggerukt en ik voor het eerst de hemel zie.'

Of in elk geval een rechtstreekse route naar de Derde Verdieping, dacht Nick.

Na de lunch mengden Nick en Sylvia zich tussen de drommen mannen en vrouwen die door de Bahnhofstrasse heen en weer wandelden. Terwijl Sylvia met geoefende blik de laatste aanbiedingen van Chanel en Rena Lange bestudeerde, overdacht Nick de mogelijkheden die zijn promotie naar de Derde Verdieping zou kunnen bieden. Een positie als Kaisers assistent zou hem het gezag geven dat hij nodig had om toegang tot de archieven te krijgen.

Was dat wel zo? Net zoals Cerberus nauwkeurig bijhield welke coderekeningen door een portefeuillemanager werden opgevraagd, zou hij ook constateren welke employé een bepaald dossier aanvroeg. En nog bedreigender dan het siliconenoog van Cerberus was de maar al te menselijke aandacht van Armin Schweitzer en Martin Maeder. Sylvia had hem heel duidelijk gemaakt dat hij nauwlettend in de gaten zou worden gehouden. Iedere stap die hij zette, zou worden gevolgd door bezorgde mannen die voor de Verenigde Zwitserse Bank leefden en ervoor zouden sterven; mannen die elke twijfel aan de integriteit van de bank als twijfel aan hun eigen integriteit zouden beschouwen en dienovereenkomstig zouden handelen.

Nick wachtte tot ze samen een pikant nachthemd in de Celine Boutique stonden te bekijken, voordat hij het onderwerp van de maandelijkse rapporten van zijn vader aansneed.

'Sylvia,' begon hij behoedzaam, 'al sinds ik hier werk, ben ik nieuwsgierig naar het werk dat mijn vader bij de bank deed. Toen ik vorige week met een paar van mijn collega's praatte, kwam ik erachter dat hij, als directeur van de vestiging in L.A., maandelijks een rapport naar de bank stuurde.'

'Ja, dat klopt. Ik krijg een kopie van dergelijke rapporten wanneer een van onze buitenlandse vestigingen vraagt of er personeel uit Zwitserland gestuurd kan worden.'

'Ik zou graag willen weten wat voor zaken mijn vader behandelde. Het zou zijn alsof ik hem als collega leerde kennen.'

'Dat lijkt me geen probleem. Ga maar naar DZ en vraag Karl of hij je wil helpen ze op te zoeken. Die rapporten zijn allang niet meer in gebruik. Niemand zal er bezwaar tegen hebben.'

Nick pakte Sylvia's hand vast, leidde haar naar een stille hoek van de winkel en gebaarde haar dat ze naast hem op een beige ottomane moest gaan zitten. 'De moordenaar van mijn vader is nooit gevonden. Hij logeerde in het huis van een vriend toen hij gedood werd. Hij hield zich voor iemand verborgen. De politie heeft nooit een verdachte gearresteerd.'

'Weet je wie het gedaan heeft?'

'Ik? Nee, maar ik wil er wel achter komen.'

'Wil je daarom de rapporten inzien? Denk je dat de moordenaar iets met de bank te maken had?'

'Om eerlijk te zijn heb ik er geen flauw idee van waarom mijn vader vermoord is, maar het zou iets met zijn werk te maken gehad kunnen hebben. Denk je niet dat zijn maandelijkse rapporten er een aanwijzing voor zouden kunnen bevatten dat er iets niet in de haak was?'

'Misschien. Ze zullen je in elk geval vertellen met welke zaken hij ...' Sylvia stond abrupt op en haar ogen schoten vuur terwijl ze vlak daarvoor nog een meelevende uitdrukking hadden gehad. 'Wil je soms beweren dat de bank bij de moord op je vader betrokken was?'

Nick stond ook op. 'Je begrijpt me verkeerd. Ik denk niet dat het de bank zelf was. Het is waarschijnlijker dat het iemand was die hij via zijn werk kende.'

'De kant die dit gesprek op gaat, bevalt me helemaal niet,' zei ze koeltjes.

131

Nick voelde dat ze zich van hem terugtrok, maar hij gaf het nog niet op. 'Ik had gehoopt dat die rapporten me van enig nut zouden kunnen zijn. Ze moeten informatie bevatten die enig licht kan werpen op datgene waar hij ten tijde van zijn dood mee bezig was.'

Sylvia kreeg met elk woord dat hij zei een rodere kleur. 'God, wat een goedkope manier om me te manipuleren. Je moest je schamen. Als ik het lef had, zou ik je hier in de winkel een klap in je gezicht geven. Denk je dat ik niet doorheb wat je me wilt laten doen? Je wilt dat ik mijn vingerafdrukken achterlaat op informatie die je zelf niet durft op te vragen.'

Nick legde zijn handen op Sylvia's armen. 'Rustig maar. Je draaft te veel door.'

Of was hij degene die te veel doordraafde? Hij realiseerde zich dat het dom van hem was geweest haar te vertrouwen. Waarom zou ze hem willen helpen? Waarom zou ze het risico nemen haar eigen carrière te benadelen voor iemand die ze nauwelijks kende?

Sylvia deinsde voor zijn aanraking terug. 'Stond je daarom gisteravond bij me voor de deur? In de hoop me gunstig te stemmen zodat je me zou kunnen overhalen je bij deze hopeloze onderneming te helpen?'

'Natuurlijk niet. Ik wilde met iemand praten. Ik wilde met *jou* praten.' Hij haalde diep adem. 'Vergeet dat ik je ooit iets over die dossiers heb gevraagd. Het was aanmatigend van me. Ik kan ze zelf wel krijgen.'

Sylvia keek hem woedend aan. 'Het kan me geen donder schelen wat je aan die dossiers doet, maar ik wil niets te maken hebben met datgene wat je in je schild voert. Ik zie nu in dat het een vergissing was onze relatie buiten het werk voort te zetten. Ik leer het ook nooit.'

Ze beende de winkel uit terwijl ze over haar schouder riep: 'Veel succes maandag, meneer Neumann, en onthoud goed dat u niet de enige op de Derde Verdieping bent die zijn eigen agenda heeft.'

MAANDAGOCHTEND VROEG ZAT NICK NAAST WOLFGANG KAISER OP EEN leren bank die zich langs de hele rechtermuur van het kantoor van de voorzitter uitstrekte. Twee kopjes espressokoffie stonden onaangeroerd op de tafel vóór hen. Rita Sutter had te horen gekregen dat ze geen telefoontjes mocht doorgeven. 'Ik heb met Neumann belangrijke zaken te bespreken,' had Kaiser gezegd. 'Niets meer of minder dan de toekomst van de bank.'

Kaiser was van wal gestoken met een betoog waarin hij zich beklaagde over het verdwijnen van de allround bankier. 'Het is vandaag allemaal specialisatie wat de klok slaat,' zei hij afkeurend terwijl hij de punten van zijn snor omhoogtikte. 'De Verenigde Zwitserse Bank heeft managers nodig die de finesses van al onze activiteiten begrijpen en daaruit een coherente strategische visie kunnen ontwikkelen. Mannen die niet bang zijn om moeilijke beslissingen te nemen.'

Kaiser pakte zijn koffie en nam een slokje. 'Zou je graag deel van dat management willen uitmaken, Neumann?' vroeg hij toen.

Nick zweeg lang genoeg om het moment een zekere waardigheid te geven. Hij keek de voorzitter recht aan en zei: 'Absoluut, meneer.'

'Prima,' zei Kaiser en hij klopte Nick op zijn knie. 'Als we de tijd hadden, zou ik je nu regelrecht naar Karl in DZ sturen. Daar begonnen vroeger al onze nieuwe mensen. Ik. Je vader. Daarbeneden leerde je hoe de bank gestructureerd is, wie waar werkte en wie wat deed. Je zag het daar allemaal.'

Nick knikte waarderend. DZ was precies de plaats waar hij wilde zijn.

'Na die twee jaar kreeg je je eerste opdracht,' zei Kaiser. 'Als je een functie bij particuliere bankzaken kreeg, was dat het Gulden Vlies. Je vader werd aan mij toegewezen voor zijn eerste klus. Ik geloof dat het binnenlands portefeuillebeheer was. Alex en ik konden het met elkaar vinden als broers – al was je vader niet altijd even gemakkelijk. Hij was nogal opvliegend. Fel zouden we tegenwoordig zeggen. Toen noemden we het gewoon weerspannig. Hij was het type dat nooit zonder meer deed wat je zei.' Kaiser zoog de lucht scherp tussen zijn tanden door naar binnen. 'Het lijkt erop dat hetzelfde bloed door jouw aderen stroomt.' Hij dacht even na, stond op, liep naar zijn bureau en bekeek de stapels memo's, bedrijfsrapporten en telefonische boodschappen die een papieren amfitheater om zijn werkplek vormden. 'Ah! Hier heb ik wat ik zoek.' Hij pakte een zwartleren map op en overhandigde die aan Nick. 'Het is eigenlijk niet gebruikelijk dat de directeur van een *betrekkelijk* belangrijke Zwitserse bank mensen die nog in hun inwerkperiode zitten voor zich laat werken. Niemand heeft je bedankt voor wat je donderdagmiddag hebt gedaan. De meeste mannen die ik ken, zouden zich op de vaste procedure hebben verlaten om van de verantwoordelijkheid die jij op je schouders hebt genomen, af te komen. Het besluit dat je hebt genomen, was in het belang van de bank, niet in je eigen belang. Er waren een vooruitziende blik en moed voor nodig. We hebben behoefte aan mensen met zo'n duidelijke visie, vooral in deze tijd.'

Nick opende de map. Erin lag, op prachtig geplet fluweel, een vel ivoorkleurig velijnpapier waarop in met de hand geschilderde letters in

133

een sierlijk gotisch schrift stond dat Nicholas A. Neumann met onmiddellijke ingang was benoemd tot assistent-onderdirecteur van de Verenigde Zwitserse bank en aanspraak kon maken op alle rechten en privileges die deze functie met zich bracht.

Kaiser strekte zijn hand over het bureau naar Nick uit. 'Ik ben buitengewoon trots op de wijze waarop je je in de korte tijd dat je hier werkt, hebt gedragen. Als mijn eigen zoon hier was geweest, zou hij het niet beter gedaan kunnen hebben.'

Nick kon zijn blik maar met moeite van het papier losrukken. Hij las de woorden opnieuw: 'Assistent-onderdirecteur'. In zes weken had hij een positie bereikt waartoe je normaal gesproken pas na vier jaar bevorderd werd. Zie het maar als een bevordering op het slagveld, hield hij zichzelf voor. König valt op de ene en Thorne op de andere flank aan. Door de aanval van de een af te slaan, sloeg je de aanval van de ander af.

Kaiser gebaarde naar de stoelen vóór zijn bureau en zei luid: 'Je bent nu een functionaris van de bank. Doctor Schon zal contact met je opnemen over de verhoging van je salaris. Ze zorgt toch wel goed voor je, hè?'

'We hebben afgelopen donderdag samen gegeten.'

'O ja? Mooi zo. Herinner me eraan dat ik haar zeg dat ze ervoor zorgt dat je uit het *Personalhaus* van de bank verhuist,' zei Kaiser.

Toen Kaiser het *Personalhaus* noemde, gingen Nicks gedachten abrupt een andere kant uit. Misschien was de prijs die je voor toelating tot de Derde Verdieping moest betalen wel dat je persoonlijke bezittingen doorzocht werden.

Er begon een lampje op Kaisers telefoon te knipperen. Kaiser keek Nick aan, wierp een blik op de telefoon en keek Nick toen weer aan. 'Nu begint het werk.' Hij zuchtte, drukte met een vinger op het knipperende lampje en nam de hoorn van de haak. '*Jawohl?* Stuur hem maar naar binnen.'

De deur vloog open voordat Kaiser had neergelegd.

'Klaus König heeft opdracht gegeven anderhalf miljoen van onze aandelen te kopen,' schreeuwde een onverzorgde kleine man. 'De Adler Bank heeft een open order uitstaan om vijftien procent van onze aandelen te kopen. Samen met de vijf procent die ze al hebben, komen ze dan op twintig procent. Als König eenmaal in onze raad van bestuur zit, zal niets van wat we doen of zeggen geheim blijven. Het zal net zo worden als in de States, volledige chaos!'

'Meneer Feller,' antwoordde Kaiser kalm, 'u kunt ervan verzekerd zijn dat we nooit zullen toestaan dat de Adler Bank ook maar één enkele zetel in onze raad van bestuur krijgt. We hebben de bedoelingen van meneer König onderschat, maar dat zal niet lang meer duren. Onze inspanningen zullen er gedeeltelijk op gericht zijn onze institutionele aandeelhouders, van wie er vele in Noord-Amerika gevestigd zijn, aan onze kant te krijgen. Meneer Neumann hier zal ermee belast worden contact met die aandeelhouders op te nemen en hen ervan te overtuigen dat ze over vier weken op onze algemene aandeelhoudersvergadering voor het zittende management moeten stemmen.'

Feller deed een stap naar achteren en keek op Nick neer. 'Neemt u me niet kwalijk,' mompelde hij. 'Ik heet Reto Feller. Ik ben blij u te ontmoeten.' Hij was klein en dik en niet veel ouder dan Nick. Hij droeg een bril met een hoornen montuur en dikke glazen die ervoor zorgden dat zijn ogen op vochtige, knikkers leken. Hij had een krans van rood krulhaar om zijn verder kale schedel.

Nick stond op en stelde zich voor. Vervolgens maakte hij de fout te zeggen dat hij hoopte dat ze prettig zouden kunnen samenwerken.

'Prettig?' blafte Feller. 'We zijn in oorlog. We zullen pas prettig kunnen samenwerken als König dood en de Adler Bank failliet is.' Hij wendde zich tot Kaiser. 'Wat moet ik tegen doctor Ott zeggen? Hij wacht met Sepp Zwicki op de trading floor. Zullen we met ons programma van aandelenvergaring beginnen?'

'Niet zo snel,' zei Kaiser. 'Als we eenmaal met kopen beginnen, zal de koers de pan uit rijzen. Eerst proberen we zoveel mogelijk stemmen te verzamelen en daarna zetten we het kapitaal van de bank in om König te bestrijden.'

Feller liep zonder een woord te zeggen haastig het kantoor uit.

Kaiser pakte de telefoon en belde Zwicki, het hoofd van de afdeling Aandelenhandel van de bank.

Nicks aandacht dwaalde af en hij bekeek Kaisers kantoor eens goed. In grootte en vorm leek het op het dwarsschip van een middeleeuwse kathedraal. Het plafond was hoog en gewelfd en er liepen over de hele breedte vier daksparren overheen die eerder een decoratieve dan een ondersteunende functie hadden. De ingang bestond uit twee paar dubbele deuren die van de vloer tot het plafond reikten. Als ze openstonden, konden alle leden van de raad van bestuur van de bank vrijelijk en zonder aankondiging binnenlopen. Als de binnendeuren gesloten waren, mocht Kaiser alleen door Rita Sutter gestoord worden.

Ze was niet echt meer de koningin van het feest die hij op de foto in het appartement van Marco Cerruti had gezien. Haar haar was middelblond en kwam tot net boven haar schouders. Haar figuur was slank en ze droeg een elegant mantelpak, maar haar blauwe ogen glinsterden niet meer zo onschuldig als op de foto. In plaats daarvan hadden ze nu een afstandelijke, taxerende uitdrukking. Ze straalde een kalme, onverstoorbare zelfbeheersing uit, die meer bij een topfunctionaris dan bij de secretaresse van de directeur paste. Ze weet waarschijnlijk meer van wat er in de bank omgaat dan Kaiser, dacht Nick. Hij zou met haar ook eens over zijn vader praten.

Het bureau was het middelpunt van het kantoor. Het was een onwrikbaar mahoniehouten altaar en erop stonden de voorwerpen die voor de aanbidding van de Goden van de Internationale Handel vereist waren: twee computerschermen, twee telefoons, een luidspreker en een Rolodex zo groot als de watermolen van een dorp.

De volledige wapenrusting van een samoerai die een geschenk van de Sho-Ichiban Bank van Japan was, stond in de hoek die het dichtst bij het bureau was. De beide banken hadden een aandeel van twee procent in elkaar. Aan de muur aan Nicks linkerkant, boven de bank waarop hij eerder had gezeten, hing een schilderij van Renoir: een tarweveld in de zomer.

Nick schrok toen Kaiser de hoorn met een klap op de haak sloeg.

Kaiser leunde achterover en streek met een hand door zijn haar. '*L'audace*, Neumann. *Toujours l'audace!* Weet je wie dat gezegd heeft?' Hij wachtte niet op antwoord. 'We willen toch niet eindigen zoals hij, hè? Verbannen naar een eiland in de een of andere uithoek. Wij moeten het subtieler aanpakken. Voor de Verenigde Zwitserse Bank niet de geur van kartels. Niet als we deze revolutie snel en effectief de kop willen indrukken.'

Nick was wel zo verstandig de voorzitter niet te corrigeren, maar in feite was het Frederik de Grote en niet Napoleon die deze beroemde strijdkreet had gebruikt.

'Schrijf op wat ik zeg en word niet zo'n zenuwpees als meneer Feller. Een generaal moet juist in het heetst van de strijd het kalmst blijven.'

Nick pakte een schrijfblok dat vóór hem op het bureau lag.

'Feller had gelijk,' zei de directeur. 'Het is oorlog. König wil ons overnemen. Hij heeft iets meer dan vijf procent van onze aandelen in bezit en heeft open orders uitstaan om er nog vijftien procent bij te kopen. Als hij erin slaagt drieëndertig procent van onze stemmen in handen te krijgen, heeft hij twee zetels in onze raad. Met twee zetels kan hij andere leden beïnvloeden en proberen een positie in te nemen waarmee hij besluiten over belangrijke zaken kan blokkeren.

Zijn strijdkreet is dat we in de Middeleeuwen zijn blijven steken. Het bankwezen voor particulieren zal het vergaan als de autoantenne, zegt König. Handel heeft de toekomst. Je moet het kapitaal van je bedrijf gebruiken om op ontwikkelingen van de markt en veranderingen in de valutakoers en de rentevoet te gokken en ze te beïnvloeden. Elke investering die niet goed is voor een opbrengst van twintig procent per jaar, is rijp voor de mestvaalt. Maar bij God, niet voor ons. Het bankieren voor particuliere bankzaken heeft deze bank gemaakt tot wat ze is en ik ben niet van plan ermee op te houden of onze solvabiliteit in de waagschaal te stellen door ons bij König en zijn stelletje gokkers aan te sluiten.'

Kaiser liep om zijn bureau heen en kwam naast Nicks stoel staan. 'Ik wil dat je in kaart brengt welke personen en instellingen grote hoeveelheden aandelen hebben. Zoek uit op wie we kunnen rekenen en wie König zal steunen. We zullen iets pittigs op papier moeten zetten over onze plannen om het rendement van ons kapitaal te laten stijgen en de opbrengst voor onze aandeelhouders te vergroten.'

Terwijl Kaiser tegen hem sprak, zag Nick al voor zich hoe zijn dagen eruit zouden gaan zien. Het zou een lange en moeilijke rit worden. Hij zou het onderzoek naar de dood van zijn vader even in de ijskast moeten zetten – in elk geval tot Königs aanval afgeslagen was. Toch was hij nu waar hij wilde zijn, 'aan de rechterkant van God'. Daarin had Sylvia gelijk gehad.

'Waar haalt die rotzak de financiering vandaan?' vroeg Kaiser. 'In de afgelopen zeventien maanden heeft de Adler Bank drie keer bekendgemaakt dat haar kapitaal is toegenomen zonder zelfs maar de markt op te gaan. Dat betekent dat een aantal uit particulieren bestaande groepen König heimelijk steunt. Ik wil dat je uitzoekt wie dat zijn. Je vriend Sprecher begint daar vandaag te werken. Gebruik hem. En wees niet verbaasd als hij probeert jou te gebruiken, vooral als hij ontdekt dat je nu voor mij werkt.'

Kaiser draaide zich om en Nick stond op en liep met hem mee naar de kolossale deuren. Hoe zit het met de Pasja? wilde hij vragen. Wie zou nu zijn zaken regelen? Eén ding was zeker. Als Cerruti de Pasja kende, dan kende Kaiser hem beter.

'We hebben nog vier weken tot de algemene aandeelhoudersvergadering, Neumann. Dat is niet veel tijd voor het werk dat we voor de boeg hebben. Mevrouw Sutter zal je je kantoor wijzen. En houd een oogje op Feller. Zorg ervoor dat hij niet al te nerveus wordt. Denk eraan, Neumann: vier weken.'

SYLVIA SCHON STAARDE NAAR DE BLAUWE MEMO'S OP HAAR BUREAU EN vroeg zich af wanneer hij zou ophouden met bellen. Ze had ze allebei opnieuw gelezen en gezien dat het een toestelnummer van de Derde Verdieping was.

Sylvia legde de boodschappen op haar bureau en hield zichzelf voor dat ze niet jaloers op zijn geluk moest zijn. In de negen jaar waarin ze bij de bank werkte, had ze nog nooit meegemaakt dat een employé die nog in zijn inwerkperiode zat al na een paar weken tot assistent-onderdirecteur werd bevorderd. Het had haar *zes jaar* gekost om die rang te bereiken en pas afgelopen winter was ze gepromoveerd tot onderdirecteur.

Ze pakte de blauwe memo's op en gooide ze in de prullenbak achter haar bureau, waarin ze ook alle andere boodschappen had gegooid die hij haar sinds maandag had gestuurd.

De telefoon ging en Sylvia strekte haar nek om te kijken of haar assistent achter zijn bureau zat. De telefoon ging weer over. Kennelijk was hij er niet. Toen de telefoon voor de derde keer overging, nam ze op. 'Schon.'

'Goedemorgen, Sylvia. Met Nick Neumann. Hallo.'

Sylvia sloot haar ogen. 'Hallo, meneer Neumann.'

'Ik dacht dat we afgesproken hadden dat je me Nick zou noemen.'

'Ja, Nick. Waarmee kan ik je van dienst zijn?'

'Ik bel om me te verontschuldigen omdat ik je hulp heb gevraagd bij het vinden van de dossiers. Dat had ik nooit moeten doen. Dat was egoïstisch van me. Het was fout.'

'Je verontschuldigingen zijn geaccepteerd.' Ze had sinds zaterdag nauwelijks meer over de dossiers nagedacht. Het was zijn plotselinge promotie waarvoor hij straf verdiende. 'Hoe gaat het met je werk voor de directeur?'

'Dat is heel leuk. Druk. Eigenlijk zou ik er graag met je over willen praten. Heb je morgenavond tijd om met me te gaan eten?'

Sylvia haalde diep adem. Ze had al vermoed dat hij haar belde om een afspraak te maken en ze wist dat ze geen recht had om boos op hem te zijn. Toch had ze tijd nodig om erachter te komen wat haar gevoelens voor hem waren. 'Ik denk het niet. Het lijkt me beter als we het hierbij maar laten.'

'O? Waarbij dan?'

'Bij niets,' zei ze kortaf. 'Moet je horen, ik heb het echt heel erg druk. Ik kom wel eens langs als ik tijd heb.'

Sylvia hing op voordat hij kon protesteren. Mijn verontschuldigingen, Nick, dacht ze, terwijl ze naar de telefoon staarde. Bel me nog een keer. Ik zal zeggen dat ik niet weet wat me bezielde. Ik zal je vertellen dat het zaterdag heel gezellig was en dat ik me nog steeds afvraag wat die heerlijke kus te betekenen had.

Maar de telefoon ging niet.

Sylvia draaide haar stoel om, staarde in de prullenbak, pakte er een van de verfrommelde memo's uit en keek weer naar het telefoonnummer.

Nick bracht haar uit haar evenwicht. Hij was knap en zelfverzekerd. Hij had geen familie en ze wenste dat zij dat geluk had. Haar vader was een onbehouwen man die was blijven proberen zijn huishouden te bestieren zoals hij het spoorwegstation in Sagans bestierde. Na de dood van haar moeder had Sylvia de zorg voor haar jongere broers Rolf en Erich op zich genomen, maar in plaats van dat ze haar dankbaar waren, hadden de jongens haar vader geïmiteerd en haar gecommandeerd alsof ze het dienstmeisje was en niet hun oudere zuster.

Sylvia dacht terug aan haar etentje met Nick. 'Onafhankelijk' was het woord waarmee hij zichzelf had beschreven en dat beviel haar, want zij was ook onafhankelijk. Ze leidde haar eigen leven en kon ervan maken wat ze wilde. Ze herinnerde zich de aanraking van zijn lippen toen ze elkaar goedenacht hadden gewenst, de koele druk ervan die de warmte erachter verborg. Ze sloot haar ogen en stond zichzelf toe zich voor te stellen wat erop zou volgen. Zijn hand die haar wang streelde, haar lichaam dat zich hard tegen het zijne drukte. Ze zou haar mond openen en hem proeven. Er voer een huivering van pure zinnelijke opwinding door haar heen die haar uit haar gemijmer deed ontwaken. Ze nam de hoorn van de haak. Ze had op dit moment geen relatie, dus waarom zou ze hem niet terugbellen? Ze herinnerde zichzelf eraan dat hij net als zij onafhankelijk was, dat ze met hem kon omgaan zonder veel risico dat het iets permanents zou worden. Ze had het liefst relaties met een maximum aan hartstocht en een minimum aan gebondenheid. Ze had te hard voor haar vrijheid gewerkt om die op te geven door in een relatie vast te blijven zitten – welke relatie ook. Ze verwachtte dat ze vroeg of laat wel iets vasters zou willen, maar voorlopig was ze tevreden met haar leven.

Sylvia draaide Nicks nummer. De telefoon ging één keer over en een mannenstem zei: 'Hallo.'

'Je wordt verondersteld je achternaam te noemen. Je bent te vriendelijk.'

'Wie van jullie is dit?' vroeg hij. 'Dokter Jekyll of mevrouw Hyde?'

'Het spijt me, Nick. Vergeet dat gesprekje van zo-even maar. Je overrompelde me een beetje.'

'Afgesproken.'

Ze hoorde een bekende stem op de gang. 'Fräulein Schon, ben je daar?'

'Ik bel je straks terug, Nick. Misschien kom ik wel even naar boven om je nieuwe kantoor te bekijken. Goed? Ik moet nu ophangen.'

Ze legde de hoorn op de haak.

'Goedemorgen, doctor Ott,' zei ze opgewekt. Ze liep om haar bureau heen om de vice-voorzitter van de raad van bestuur van de Verenigde Zwitserse Bank de hand te schudden. 'Wat een onverwacht genoegen.' Ze was niet blij dat ze de corpulente gestalte van Ott haar kantoor zag binnenkomen voor een onverwacht bezoek. De man was een kwal.

'Het genoegen is geheel aan mijn kant, Fräulein Schon.' Ott stond, met zijn handen op zijn uitpuilende buik ineengestrengeld, vóór haar. Hij had de gewoonte drie seconden van tevoren met zijn lippen aan te geven dat hij iets wilde gaan zeggen. Sylvia zag dat ze nu begonnen te kronkelen alsof ze door een zwakke stroom werden geprikkeld. 'We hebben enorm veel werk te doen,' zei hij. 'We moeten van alles en nog wat klaar krijgen voor de algemene aandeelhoudersvergadering.'

'Het is moeilijk te geloven dat we nog maar vier weken hebben,' zei ze vriendelijk.

'Drieënhalve week, om precies te zijn,' corrigeerde Ott haar. 'Er moeten vandaag aan het personeel van uw afdeling dat aandelen heeft, brieven geschreven worden met richtlijnen voor hoe ze dienen te stemmen. Zorg ervoor dat u heel goed duidelijk maakt dat iedereen voor de kandidaten op onze lijst moet stemmen, persoonlijk of bij volmacht. *Iedereen*... Ik wil om vijf uur een kopie hebben.'

'Dat is nogal op korte termijn,' zei Sylvia. 'Ik zit al in tijdnood omdat ik volgende week naar de Verenigde Staten vertrek. Ik heb een sollicitatieschema gestuurd naar alle belangrijke universiteiten waarmee we in het verleden hebben gewerkt. Harvard, Wharton, Northwestern en een paar andere.'

'Ik vrees dat u uw reis zult moeten uitstellen.'

Sylvia glimlachte pijnlijk getroffen. 'We moeten die universiteiten voor eind maart bezoeken, anders zullen de briljantste afgestudeerden zich aan andere bedrijven hebben gebonden. De reis duurt maar twee weken. Ik was van plan het schema morgen naar uw kantoor te laten brengen.'

Ott vertrok zijn lippen. 'Het spijt me, Fräulein Schon. U begrijpt toch wel dat de directeur u nu hier nodig heeft? Als we ons meneer König niet van het lijf kunnen houden, zullen we helemaal geen behoefte aan uw nieuwe oogst afgestudeerden hebben.'

Sylvia liep naar haar bureau en pakte het schema voor haar rekruteringsreis. 'Als u naar dit schema kijkt, zult u zien dat ik een volle week voor de algemene aandeelhoudersvergadering terug ben. Ik heb dan volop tijd om ervoor te zorgen dat iedereen voor Herr Kaiser zal stemmen.'

Ott liet zijn omvangrijke gestalte in een stoel zakken. 'Hebt u nog steeds de indruk dat Herr Kaiser in uw carrière geïnteresseerd is, omdat hij u heeft gevraagd in mijn plaats naar New York te gaan? U hebt een bewonderenswaardig vooruitziende blik getoond door met meneer Neumann uit eten te gaan. Dat was echt heel slim. Kaiser was daar erg van onder de indruk. O ja, u hebt de directeur tegen me opgezet. Ik ga niet naar New York, maar u helaas ook niet, *Liebchen*.'

'Ik weet zeker dat we een oplossing kunnen vinden die zowel voor u als Herr Kaiser acceptabel is, Herr Doktor. Ik kan mijn reis inkorten.'

Ott sloeg met zijn vlakke hand op het bureau. 'Er komt geen reis. Nu niet en nooit niet! Geloofde u nu echt dat u door uw geflirt met Kaiser hogerop zou komen?'

'U hebt met mijn persoonlijke leven niets te maken. Ik heb nooit geprobeerd voordeel te halen uit mijn relatie met de directeur, maar ik zal niet aarzelen met hem over deze kwestie te spreken.'

'Denkt u dat u Herr Kaiser weer in de armen kunt vliegen? De directeur is klaar met u. Hij is een gedisciplineerd man. Als hij behoefte aan vrouwelijk gezelschap heeft, zoeken we wel iemand die veel minder streberig is dan u. Bij voorkeur een vrouw die geen enkele band met de bank heeft.'

'U kunt zijn gevoelens niet onder controle houden. U kunt niet uitmaken van wie hij houdt, of wie hij begeert...'

'Begeerte is één ding, liefje, maar nuttigheid is iets anders. De directeur heeft mij nodig. Vandaag, morgen en voor zo lang als hij de bank zal leiden. Ik ben de olie die ervoor zorgt dat deze ingewikkelde machine soepel blijft draaien.' Ott stak een stompe vinger naar Sylvia uit.' U denkt toch niet echt dat een Zwitserse bank zich in de Verenigde Staten door een vrouw zal laten vertegenwoordigen? Door iemand die nog bijna een kind is?'

Sylvia bewoog haar mond om iets te zeggen, maar ze bracht geen geluid voort.

'U geloofde het echt,' zei Ott op een toon waaruit tegelijk ongeloof en zekerheid sprak. 'Ik zie het aan uw ogen. Heel merkwaardig!' Hij liep het kantoor uit en riep over zijn schouder: 'Zorg ervoor dat ik die brief om vijf uur op mijn bureau heb, Fräulein. We moeten die stemmen hebben.'

Sylvia wachtte een paar minuten nadat Ott was vertrokken en liep toen naar het damestoilet. Ze liep naar het verste hokje, sloot de deur en liet zich langs de tegelmuur op de grond zakken.

Rotzak! dacht ze. Toen werd ze overspoeld door een golf van zelfmedelijden en begon te huilen. Ze had er spijt van dat ze een korte affaire met Wolfgang Kaiser had gehad en dacht terug aan de dag waarop ze elkaar hadden ontmoet. Het was op een warme julimiddag geweest, tijdens de jaarlijkse picknick van de bank, nu bijna twee jaar geleden. Ze had nooit gedacht dat ze met hem zou spreken, laat staan dat ze met hem zou flirten. Niemand die op haar niveau werkte, kende de directeur. Dus toen hij haar apart nam en vroeg of ze zich amuseerde, was ze zwijgzaam geweest. Maar in plaats van dat ze allerlei saai gezever over het nieuwste personeelswervingsbeleid van de bank moest aanhoren, praatte hij enthousiast over de Giacometti-tentoonstelling in het Kunsthaus en had hij haar gevraagd of ze wel eens met een vlot op de Saanen ging varen. Daarna vertelde hij haar over de tocht die hij twee weken geleden zelf over de rivier had gemaakt. Ze had verwacht dat hij een strenge, maar beleefde topfunctionaris zou zijn, maar ze ontdekte dat hij een warme, uitbundige man was.

Twee weekeinden in zijn zomerhuis in Gstaad, meer had hun liaison niet ingehouden. Hij had haar als een prinses behandeld. Etentjes op de veranda van het Palace Hotel, lange wandelingen door de grazige heuvels, romantische en, dat moest ze toegeven, hartstochtelijke avonden waarop ze verrukkelijke wijn dronken en met elkaar vrijden. Ze was nooit zo blind geweest te denken dat het altijd zou duren, maar ze had ook nooit verwacht dat het ooit tegen haar gebruikt zou kunnen worden.

Vijftien minuten later bespatte Sylvia haar gezicht met koud water en keek lang in de spiegel. Vertrouwen. Toewijding. Inspanning. Ze had zich volledig voor de bank ingezet. Waarom zouden ze haar dan zo behandelen?

Sylvia richtte zich op en droogde haar gezicht af. Ze had er behoefte aan even aan haar kantoor te ontsnappen, maar dat was onmogelijk. Er heerste in de hele bank een koortsachtige drukte. Alle afdelingen werkten op volle toeren om de presentaties voor de algemene aandeelhoudersvergadering op tijd klaar te krijgen; de managers wachtten nerveus tot de jaarresultaten bekend zouden worden en de Adler Bank trok het net steeds nauwer aan. Ze zou minstens een maand geen dag vrij kunnen nemen. Ze liet haar hand in haar zak glijden en merkte dat ze Nicks memo er, tijdens haar gesprek met Ott, in had gestopt.

Ze keek weer in de spiegel. Ze zag er niet uit. Haar ogen waren gezwollen, haar make-up was uitgelopen en haar wangen waren roder dan die van een baby. Je bent meelijwekkend, hield ze zichzelf voor. Waarom zou je je dromen door het besluit van één man laten vernietigen; waarom zou je je door een luitenant de orders van de kapitein laten geven? Ga naar Wolfgang Kaiser. Leg hem je probleem voor. Overtuig hem ervan dat je de bank in Amerika kunt vertegenwoordigen. Vecht terug!

Ze dacht terug aan de ontmoeting met Kaiser op vrijdagochtend. Ze herinnerde zich de eeltige handdruk van de directeur die hij net iets langer had laten duren dan nodig was. In plaats van begeerte zag ze er honger in en in plaats van kracht, zwakte. Zwakte die ze zou uitbuiten om haar eigen doelen te bereiken.

Ze pakte een papieren zakdoekje uit haar tasje om het spoor van mascara weg te vegen. Ze depte het in koud water en bracht het omhoog naar haar gezicht, maar toen ze het tot vlak bij haar wang had gebracht, onderbrak ze haar beweging. Er was iets mis. Ze keek naar haar hand en zag dat ze onbedwingbaar beefde.

26

NICK ZAG STERLING THORNE TWINTIG METER VAN HET *PERSONALHAUS* van de bank onder een knipperende straatlantaarn staan. De DEA-agent droeg een bruingele trenchcoat over een donker kostuum. Eindelijk zag hij er een keer uit als een onderdeel van zijn omgeving in plaats van een smet erop. Toen hij Nick zag, hief hij zijn hand in een zwakke groet.

Nick voelde er veel voor de andere kant uit te lopen, maar het was laat en hij was uitgeput. Wolfgang Kaiser was van acht uur 's ochtends tot tien uur 's avonds in de weer en zijn adjudant, assistent-onderdirecteur Nicholas Neumann, was altijd ergens dicht bij hem in de buurt.

De dag was samen met Sepp Zwicki op de beursvloer begonnen, een bezoek aan de frontlinie voor een briefing over Königs laatste aanvallen. Halverwege de ochtend waren ze naar de Derde Verdieping gegaan waar Kaiser aan Nick uiteengezet had wat hij afvallige aandeelhouders moest vertellen en vervolgens had hij zelf een paar telefoongesprekken gevoerd om te demonstreren hoe Nick de inhalige rotzakken moest charmeren. Ze hadden in een van de privé-eetzalen van de bank geluncht met de beste, brave mensen van de Bank Vontobel en Julius Baer, die zich de kalfskoteletten en de Château Pétrus uit 1979 en de Cohibas goed hadden laten smaken. De beide banken hadden grote pakketten VZB-aandelen. In de middag hadden ze lijsten met VZB-aandeelhouders bekeken en Nick en Reto Feller hadden samen de mensen die gebeld moesten worden, verdeeld. Om zeven uur hadden ze eten laten brengen door Kropf Bierhalle. *Bratwurst mit Zwiebeln.* De drie uur daarna hadden ze besteed aan een groot aantal telefoontjes met beursanalisten in Manhattan.

En nu Thorne.

'Overgewerkt, Neumann?' vroeg Thorne, terwijl hij zijn hand naar Nick uitstrekte.

Nick hield zijn handen in zijn zakken. 'Er is op het moment veel te doen. Binnenkort is de algemene aandeelhoudersvergadering.'

Thorne liet zijn hand zakken. 'Gaan jullie bekendmaken dat er dit jaar weer een recordwinst is gemaakt?'

'Vis je soms naar *inside information* om je salaris een beetje te kunnen opkrikken? Ik herinner me hoe gierig Uncle Sam kan zijn.'

Thorne probeerde minzaam te glimlachen, maar het leek meer alsof hij in een rotte appel beet. Nick was ervan overtuigd dat er iets misgegaan was met zijn onderzoek. 'Hoe kan ik mijn land op deze mooie avond van dienst zijn?'

'Zullen we dat binnen bespreken, Nick? Het is nogal koud buiten.'

Nick dacht over het verzoek na. Of hij het nu leuk vond of niet, Thorne was een functionaris van de Amerikaanse overheid en verdiende als zodanig enig respect. Hij ging hem voor de trap naar zijn appartement op, opende de deur en gaf de agent met een knikje te kennen dat hij naar binnen kon gaan.

Thorne stapte naar binnen en keek om zich heen. 'Ik dacht dat bankiers beter woonden.'

Nick liep langs hem, trok zijn jas uit en hing hem over een stoel. 'Ik heb wel erger meegemaakt.'

'Ik ook. Heb je je ogen goed opengehouden?'

'Ik heb mijn ogen goed opengehouden om mijn werk te kunnen doen. Ik kan niet zeggen dat ik iets ben tegengekomen wat jou zou kunnen interesseren.'

Nick ging op het bed zitten en keek Thorne nors en afwachtend aan. Ten slotte knoopte de pezige agent zijn trenchcoat los en ging op een stoel aan de andere kant van de kamer zitten. 'Ik benader je vanavond rechtstreeks omdat we je hulp nodig hebben,' zei hij. 'Het gebeurt niet vaak en het zal niet lang duren.'

'Daar houd ik je aan.'

'Gaat er een belletje bij je rinkelen als ik coderekening 549.617 RR noem?'

Nick bleef onbewogen kijken.

'Ja, hè?' vervolgde Thorne. 'Het moet voor een arme stadsjongen moeilijk zijn te vergeten dat er zoveel geld is overgeheveld.'

Zeg maar gerust onmogelijk, dacht Nick. 'Ik mag niets zeggen over de identiteit van een cliënt en over wat er op zijn rekening gebeurt. Dat weet je. Het is vertrouwelijke informatie. Geheimhoudingsplicht van de bank en dat soort dingen.'

'Rekeningnummer 549.617 RR,' herhaalde Thorne. 'Ik geloof dat jullie hem de Pasja noemen.'

'Nooit van gehoord.'

'Niet zo snel, Neumann. Ik vraag je om een gunst. Ik ben er nog nooit zo dichtbij geweest om op mijn knieën te vallen.'

'Ik wil je graag de kans geven iets goeds te doen.'

Nick glimlachte onwillekeurig. Een federale agent die goeddeed, was in zijn ervaring een schoolvoorbeeld van een *contradictio in terminis*. 'Het spijt me. Ik kan je niet helpen.'

'De Pasja is een slecht mens, Nick. Zijn naam is Ali Mevlevi. Hij is

Turk van geboorte, maar woont in een reusachtig kamp buiten Beiroet. Hij is een van de grootste heroïnehandelaren ter wereld. We schatten dat hij verantwoordelijk is voor de jaarlijkse import van ongeveer twintig ton gezuiverde heroïne nummer vier – China White in ons jargon – in Europa en de voormalige Sovjet-Unie. Twintig ton, Nick. We hebben het hier niet over een dilettant. Dit is het echte werk.'

'En wat heb ik of wat heeft de bank daarmee te maken? Is het nog niet tot je doorgedrongen dat het me wettelijk verboden is om jou, of wie ook, iets over mijn werk bij de VZB te vertellen? Ik zeg niet dat deze Pasja mijn cliënt is en ik zeg niet dat hij het niet is. Al zou de duivel zelf me twee keer per dag bellen, zou ik het je nog niet kunnen vertellen.'

Thorne knikte en begon weer te praten. 'Mevlevi heeft een privéleger van ongeveer vijfhonderd man in zijn achtertuin en hij heeft bovendien een hele berg wapentuig. Russische T-72's, een paar Hindhelikopters, een heleboel raketten en mortieren, noem maar op. Een goed uitgerust bataljon infanterie dat gereed is om in actie te komen. Dat baart ons zorgen. Herinner je je nog wat er met onze jongens in de marinierskazerne in Beiroet is gebeurd? Een paar honderd goede mannen zijn omgekomen door de zelfmoordactie van één man. Stel je eens voor wat vijfhonderd mannen kunnen aanrichten.'

Nick leunde naar voren. De infanterieofficier in hem begreep wat een verwoesting zo'n strijdmacht zou kunnen aanrichten, maar hij zei nog steeds niets.

'We hebben harde bewijzen voor de overboekingen die Mevlevi de afgelopen achttien maanden naar en van jullie bank heeft gedaan. Onweerlegbaar bewijs dat jullie bank zijn geld witwast. Het probleem is dat de Pasja is ondergedoken, Nick. Drie dagen nadat we zijn naam op de interne controlelijst van jullie bank hebben gezet, is meneer Ali Mevlevi met zijn wekelijkse betalingen opgehouden. We verwachtten dat er donderdag ongeveer zevenenveertig miljoen op zijn rekening zou staan. Klopt dat?'

Nick hield zijn mond dicht. Daar had je het. Hij hoefde er niet meer omheen te draaien of de DEA de juiste man had of niet. Ze wisten zelfs hoeveel hij dagelijks liet overboeken. Ze hadden Ali Mevlevi – de Pasja – duidelijk op de korrel. Het was tijd voor eerste luitenant Nicholas Neumann om hen te helpen de trekker over te halen.

Alsof hij voelde dat Nick op het punt stond toe te geven, kreeg Thornes stem een samenzweerderige klank. 'Deze zaak heeft ook een menselijk aspect. We hebben iemand binnen zijn organisatie. Iemand die we lang geleden hebben laten infiltreren. Je kent de truc?'

Nick knikte. Hij begreep plotseling waar Thorne op aanstuurde. Hij voelde dat de agent de verantwoordelijkheid op zijn schouders wilde leggen. Een seconde geleden had hij bijna met Thorne gesympathiseerd en hem misschien zelfs willen helpen, maar nu haatte hij hem.

'Onze man – laten we hem Jester noemen – is ook verdwenen. Hij belde ons altijd twee keer per week op om ons te vertellen wat Mevlevi's wekelijkse inkomsten waren. Raad eens welke dagen? Ja, precies. Maandag en donderdag. Jester heeft niet meer gebeld, Nick. Begrijp je wat ik bedoel?'

Nick begreep hem, maar hij voelde tegelijkertijd de woede in zich oplaaien. Jester was Thornes probleem, niet het zijne.

'Ik ben van plan een staak door Mevlevi's hart te slaan en jij staat me in de weg.'

'Ik begrijp je dilemma,' zei Nick. 'Je hebt iemand in een gevaarlijke positie gebracht. Je bent bang dat hij ontmaskerd is en nu kun je hem daar niet weghalen. Kort samengevat, je hebt daar iemand aan een heel dun draadje in een storm hangen en je wilt dat ik je operatie en je mannetje red.'

'Daar komt het wel zo'n beetje op neer, ja.'

'Ik heb begrip voor de situatie' – Nick zweeg even om zijn woorden kracht bij te zetten – 'maar ik ben niet van plan de komende twee jaar in een Zwitserse gevangenis door te brengen zodat jij je volgende promotie krijgt en misschien, heel misschien, het hachje van je infiltrant kunt redden.'

'We krijgen je hier wel weg. Daarop geef ik je mijn woord.'

Daar had je hem. De leugen waarop Nick had gewacht. Het verbaasde hem dat het zo lang had geduurd. Zijn woede bereikte een hoogtepunt. 'Jouw woord betekent geen ene moer voor me. Je hebt er geen enkele invloed op wie de Zwitsers in de gevangenis zetten en wie ze vrijlaten. Je had me heel even bijna te pakken. Blaas maar op de trompet en de loyale marinier komt aanrennen. Nou, vergeet het maar. Op mij hoef je niet te rekenen. Dit is mijn pakkie-an niet.'

'Je begrijpt het helemaal verkeerd, broer,' schreeuwde Thorne. 'Je kunt mij niet als excuus gebruiken om net te doen alsof Mevlevi niet bestaat en of jij, als de man die hem helpt de opbrengst van zijn onwettige activiteiten te verbergen, niet verantwoordelijk bent. Jullie zijn verdomme twee handen op één buik. In mijn wereld zijn er "wij" en "zij". Als je niet een van ons bent, ben je een van hen. Dus waar sta je?'

Nick zweeg even voordat hij de vraag beantwoordde. 'Ik denk dat ik een van hen ben.'

Vreemd genoeg leek Thorne tevreden met dit antwoord. 'Dat is dan jammer. Ik weet van je oude vriend Jack Keely. Wat er daar op de Filippijnen verkeerd is gegaan, moet wel heel erg zijn geweest, anders zou je niet zo over de rooie zijn gegaan. Je boft dat je die man niet gedood hebt. Denk er dus nog maar eens goed over na of je me wilt helpen, anders zullen anderen ook te weten komen wat je geflikt hebt. Ik denk niet dat Kaiser blij zal zijn als hij hoort dat je oneervol uit het Korps Mariniers bent ontslagen. Ik denk niet dat hij het leuk zal vinden te moeten horen dat je een veroordeelde misdadiger bent – weliswaar ben je voor een besloten militair gerechtshof verschenen, maar je bent wél veroordeeld.

Jezus, misschien zou ik ook wel bang voor je moeten zijn, maar dat ben ik niet. Ik heb het te druk met me zorgen te maken over Mevlevi. En over Jester. Je mag dan op kerels als ik willen pissen, maar ik vermorzel kerels als jij. Dat is mijn werk niet, dat is mijn bestaansreden. Versta je me?'

'Luid en duidelijk,' zei Nick. 'Doe wat je moet doen, maar blijf verdomme uit mijn buurt. Ik heb je niets te zeggen. Nu niet en nooit.'

TOEN NICK WOENSDAGOCHTEND VROEG IN DE RATELENDE TRAM DE PARA-deplatz opreed, zag hij overal kranten die met vette koppen uitschreeuwden dat er bij een grote bank dingen waren gebeurd die het daglicht niet konden verdragen. *Blick,* het goedkoopste sensatieblad van Zürich verkondigde: *Schmiergalie bei Gotthardo Bank.* Zwart geld bij de Gotthardo Bank. De NZZ, het oudste en conservatiefste van de drie dagbladen van Zürich, liet zich even beschuldigend uit: 'De Gotthardo Bank moet zich schamen.'

De dag was al slecht begonnen en er wilde maar geen verbetering optreden. Nicks wekker was niet op tijd afgegaan; het hete water in zijn flat was uitgezet zodat hij twee minuten onder een ijskoude douche had moeten staan en de tram van 7.01 uur was om 6.59 uur vertrokken. Gisteren was trouwens niet veel beter geweest. Klaus König had om elf uur 's ochtends meer dan 1,7 miljoen aandelen van de VZB gekocht en een volgorder voor nog tweehonderdduizend aandelen tegen de marktprijs geplaatst. Tegen het eind van de dag was de koers van de VZB-aandelen met vijftien procent gestegen en had König een aandeel van eenentwintig procent in de bank. Door de abrupte koersstijging in combinatie met het groeiend aandeel van de Adler Bank was de VZB kwetsbaarder dan ooit. En niemand wist dat beter dan Wolfgang Kaiser en niemand had er krachtiger op gereageerd. Om twaalf uur 's middags was de directeur naar de beursvloer gegaan, waar hij Sepp Zwicki persoonlijk opdracht had gegeven om ten koste van alles te kopen, te kopen en nog eens te kopen. Binnen drie uur had de bank een paar honderdduizend aandelen gekocht en had de Verenigde Zwitserse Bank de Adler Bank openlijk de oorlog verklaard. Arbitrageanten in New York, Tokio, Sydney en Singapore kochten aandelen van de VZB op in de hoop dat de koers zou blijven stijgen.

Nick wierp nog een laatste blik op de krant in zijn hand voordat hij Kaisers kantoor binnenging. Terwijl hij de opruiende koppen snel doorkeek, dacht hij: Godallemachtig, nu dit weer.

Kaiser zat te bellen. '*Gottfürdeckel*, Armin,' schreeuwde hij, 'je hebt me verteld dat ze bij de Gotthardo nog minstens twee weken zouden wachten voordat ze zouden bekennen. Ze weten al jaren wat die dronkaard van een Rey uitvreet. Waarom zouden ze dat nu opeens bekendmaken? Onze positie wordt hier niet sterker door. Zorg er deze keer voor dat je je op de juiste feiten baseert. Dit is de tweede keer in één week dat je me teleurstelt. Beschouw dit maar als je laatste kans.' Hij sloeg de hoorn met een klap op de haak en keek Nick aan. 'Ga zitten en houd je mond; ik ben over een paar minuten klaar met bellen.'

Nick ging op de bank zitten en opende zijn koffertje. De wittebroodsweken zijn nu officieel voorbij, dacht hij. Hij legde zijn exemplaar van de NZZ vóór zich op de tafel en nam het artikel nog een keer door.

Gisteren had de Gotthardo Bank, een bank die ongeveer even groot was als de VZB en zijn hoofdkwartier in Lugano had, tegenover de federale officier van justitie, Franz Studer, verklaard dat er na een uitgebreid intern onderzoek bewijzen voor waren gevonden dat een van de functionarissen van de bank zijn boekje ernstig te buiten was gegaan. In de afgelopen zeven jaar had Lorenz Rey, een onderdirecteur van de bank, heimelijk voor de Uribe-familie uit Mexico geld witgewassen en geholpen bij het internationaal overboeken van gelden die uit de verkoop van drugs afkomstig waren. Rey beweerde dat alleen hij en twee lagere functionarissen van zijn afdeling gedetailleerd op de hoogte waren van wat er op de rekening gebeurde en dus precies wisten dat de handelingen die voor hun cliënt werden verricht, onwettig waren. Uit documenten die aan de federale officier van justitie waren overlegd, bleek dat er in de afgelopen zeven jaar twee miljard dollar voor de Uribe-familie was gewit. Daaronder waren kwitanties die deze familie waren gegeven voor deposito's in contanten bij het hoofdkantoor van de Gotthardo bank in Lugano die in totaal vijfentachtig miljoen dollar beliepen, een gemiddelde van een miljoen dollar per maand. Rey had verder toegegeven dat hij opzettelijk bewijzen voor de activiteiten van de cliënt voor zijn superieuren verborgen had gehouden in ruil voor luxegeschenken en buitenlandse vakanties, niet alleen in het verblijf van de Uribes in Cala di Volpe op Sardinië maar ook in Acapulco, San Francisco en Punta del Este.

Een echte Marco Polo, dacht Nick.

Franz Studer had aangekondigd dat de tegoeden van de Uribes in afwachting van een volledig onderzoek onmiddellijk bevroren zouden worden en hij prees de Gotthardo Bank als een voorhoede in de strijd van Zwitserland om de illegale activiteiten van buitenlandse criminelen te beteugelen. Er zou niet worden geprobeerd de bank strafrechtelijk te vervolgen, zei Studer.

Nick hoefde geen expert in bankzaken te zijn om te beseffen dat er meer dan drie mensen op de hoogte moesten zijn als één cliënt in een periode van zeven jaar deposito's en overboekingen voor een totaalbedrag van meer dan twee miljard dollar had gedaan.

Ten eerste werden bewegingen in de portefeuille van de belangrijkste cliënten maandelijks onderzocht. Banken wilden graag bij hun grotere cliënten in de gunst komen en waren constant op zoek naar mogelijkheden om de gelden die ze voor hen in deposito hadden, te vermeerderen, hun voorzieningen ter beschikking te stellen of transacties voor hen uit te voeren. Ten tweede zou zelfs de eenvoudigste portefeuillemanager erover opscheppen dat zijn cliënt steeds groter werd. En ten slotte zou alleen al het feit dat iemand maandelijks een miljoen dollar in contanten stortte de aandacht trekken van de alerte logistieke staf van de bank.

Nick kon maar met moeite voorkomen dat hij in lachen uitbarstte toen hij het artikel las. De Gotthardo Bank zou op zijn minst geprezen moeten worden voor de brutaliteit van haar beweringen. En als om Nicks verdenkingen te bewijzen, berichtte de krant dat er, op het moment dat het tegoed van de Uribes werd bevroren, zeven miljoen dollar op hun rekening stond. Via deze rekening, dacht Nick, zijn twee miljard dollar witgewassen, geïnvesteerd en overgeboekt en op de dag dat het tegoed bevroren wordt, staat er niet meer op dan een bedrag dat in de drughandel een habbekrats is. Toeval? Geluk? Hij kon het maar moeilijk geloven.

Nick zag het scenario maar al te duidelijk voor zich. De Gotthardo Bank kocht zich vrij van voortdurend onderzoek en de prijs die ervoor werd betaald, was zeven miljoen dollar en de carrière van een paar vervangbare onderknuppels.

Nick keek naar de voorzitter die verdiept was in een telefoongesprek met Sepp Zwicki. Dus Kaiser was van streek omdat de Gotthardo Bank de Uribes zo snel had opgegeven en hij had Schweitzer de mantel uitgeveegd omdat hij hem onjuiste informatie had doorgegeven. Schweitzer had het al twee keer verknald, had Kaiser gezegd. Wat was de *andere* misser die de woede van de voorzitter had gewekt?

Maar wat Nick het meest interesseerde, was de reden voor Kaisers woede. Hij was niet kwaad omdat de Gotthardo Bank met de Uribes – een naam die al tientallen jaren met georganiseerde misdaad was verbonden – had samengewerkt en hij was er niet bezorgd om dat de bekentenis van de Gotthardo Zwitserlands reputatie voor geheimhouding had geschaad. Zijn woede werd alleen gewekt doordat ze het *nu* hadden toegegeven. De directeur was niet dom. Hij wist verdomd goed dat de druk op de VZB om een van zijn eigen cliënten aan te geven door de bekentenis van de Gotthardo Bank alleen maar zou toenemen. In dit spel was niemand onschuldig en niemand schuldig, maar op een bepaald moment moest je de tol betalen om je plaats aan de tafel te behouden.

Wolfgang Kaiser legde de hoorn op de haak en gebaarde Nick dat hij bij hem moest komen. Nick vouwde de krant snel op en liep naar het bureau van de directeur. Er lagen drie Zwitserse dagbladen plus de *Wall Street Journal*, de *Financial Times* en de *Frankfurter Allgemeine Zeitung* op. Ze waren allemaal geopend bij het artikel over het onderzoek van de Gotthardo Bank.

'Een mooi zootje, hè?' zei Kaiser. 'De timing kon niet slechter zijn.'

Nick kreeg niet de kans om te antwoorden. Buiten de gesloten deuren kreeg Rita Sutters gewoonlijk zo kalme stem een klaaglijke jammertoon. Er werd een stoel omgegooid en er brak een glas. Nick sprong op uit zijn stoel en Kaiser liep om zijn bureau heen. Voordat ze drie stappen hadden kunnen doen, zwaaiden de dubbele deuren open en Sterling Thorne beende naar binnen. Rita Sutter liep achter hem aan terwijl ze de lange arm van de Amerikaan vastklemde en hem maande te blijven staan. Hugo Brunner, de hoofdportier, draafde achter hen aan naar binnen.

'Wilt u zo vriendelijk zijn mijn mouw los te laten, mevrouw?' zei Thorne tegen Rita.

'Het is in orde, Rita,' zei Wolfgang Kaiser sussend, al zond zijn blik een andere boodschap uit. 'We moeten niet onbeleefd tegen onze gasten zijn, ook al is hun bezoek onaangekondigd. Ga maar terug naar je bureau. Jij ook, Hugo. Dank je.'

Rita liet Thorne los en beende het kantoor uit. Hugo volgde haar.

Thorne liep regelrecht naar Wolfgang Kaiser toe en stelde zich voor alsof ze elkaar nog nooit hadden ontmoet. Nick bleef staan en maakte duidelijk dat hij wilde weggaan. Hoe minder tijd hij in Thornes gezelschap doorbracht, hoe beter.

'Nee, het is goed, Nicholas,' zei Kaiser. 'Ga zitten. Ik stel prijs op de mening van jonge functionarissen, meneer Thorne. Ze zijn de toekomst van de bank.'

'Mooie toekomst,' zei Thorne terwijl hij Nick hoofdschuddend aankeek. Hij richtte zijn aandacht weer op Kaiser. 'Ik denk dat we een wederzijdse kennis hebben, meneer Kaiser. Iemand die we allebei al heel lang kennen.'

'Dat betwijfel ik ten zeerste,' zei Kaiser met een beleefde glimlach.

'Er valt niet aan te twijfelen. Het is een vaststaand feit.' Thorne keek eerst Nick en toen Kaiser aan. 'Meneer Ali Mevlevi.'

Nick ging in de stoel naast die van de directeur zitten. Hij was geschrokken doordat Mevlevi's naam genoemd werd.

Kaiser leek niet van zijn stuk gebracht. 'Nooit van gehoord.'
'Ik zal de naam voor u herhalen.' Thorne schraapte luidruchtig zijn keel. 'Ali Mevlevi.'
'Het spijt me, meneer Thorne. Die naam zegt me niets. Ik hoop dat u hier niet zo theatraal bent binnengekomen vanwege die vriend van u.'
'Mevlevi is geen vriend van me en dat weet u. Ik geloof dat jullie hem hier de Pasja noemen. Meneer Neumann kent hem in elk geval wel.'
'Dat heb ik nooit gezegd,' zei Nick kalm. 'Ik dacht dat ik voldoende duidelijk heb gemaakt dat ik niets over de identiteit van onze cliënten mag zeggen.'
'Laat me dan uw geheugen even opfrissen. Rekeningnummer 549.617 RR. Er worden namens die rekening elke maandag en donderdag overboekingen gedaan.'

Nick, de toevallige waarnemer, de man die niets wist, hield zijn gezicht volkomen in de plooi. Hij had minder succes met het in bedwang houden van zijn maag die, evenals zijn geweten, begon op te spelen. 'Het spijt me. Zoals ik al zei, geen commentaar.'

Thorne liep rood aan. 'Dit is geen persconferentie, Neumann. Geen commentaar, zeg je? U ook, Kaiser? Dan heb ik wat commentaar voor jullie.' Hij haalde met een handige beweging een stapeltje papieren uit de zak van zijn colbert en vouwde ze open. '11 juli 1996. Een storting van zestien miljoen dollar. Het bedrag wordt dezelfde dag overgemaakt naar vierentwintig coderekeningen. 15 juli, een storting van elf miljoen, dezelfde dag overgemaakt naar vijftien banken. 1 augustus 1996. Een storting van eenendertig miljoen, dezelfde dag overgemaakt naar zevenentwintig banken. En zo gaat deze lijst maar door.'

Kaiser leunde naar voren en strekte zijn hand uit. 'Hebt u deze informatie van een officiële bron?' vroeg hij. 'En zo ja, mag ik de lijst dan even zien?'

Thorne vouwde de papieren weer op en stopte ze terug in zijn zak. 'De bron van deze informatie is geheim.'

Kaiser fronste zijn voorhoofd. 'Geheim of uit de lucht gegrepen? De naam en de cijfers waarin u kennelijk zoveel vertrouwen stelt, zeggen me niets.'

Thorne wendde zich weer tot Nick. 'Gaat er bij jou een belletje rinkelen als je die bedragen hoort, Neumann? Dit is een rekening die jij beheert, of niet soms? Ik raad je niet aan om tegen een functionaris van de Amerikaanse overheid te liegen. Het witwassen van geld is een ernstig misdrijf. Vraag dat maar aan je vriendjes bij de Gotthardo Bank.'

Kaiser legde zijn hand op Nicks been en kneep er hard in. 'Ik moet u onderbreken, meneer Thorne. Uw ijver is bewonderenswaardig. Wij zijn even enthousiast als u over de pogingen om een eind te maken aan de illegale praktijken waarvoor de banken in ons land zo vaak worden gebruikt. Maar echt, de naam komt me niet bekend voor.'

Thorne raakte geagiteerd en schoof constant op zijn stoel heen en

151

weer. 'Ali Mevlevi importeert maandelijks meer dan een ton geraffineerde heroïne in Europa. Gewoonlijk via Italië en daarna gaat het spul naar Duitsland, Frankrijk en Scandinavië. Ongeveer een kwart ervan eindigt hier in Zürich. Luister, ik probeer u een deal aan te bieden. Een kans om de boel in orde te brengen voordat we deze hele zaak in de publiciteit brengen.'

'Ik heb geen behoefte aan een deal, meneer Thorne. Deze bank is er altijd prat op gegaan dat ze de wetten van dit land strikt gehoorzaamt. Onze wetten betreffende de geheimhouding verhinderen me u informatie over onze cliënten te geven. Ik ben echter bereid om in dit ene geval een uitzondering te maken om onze goede wil te tonen. Het rekeningnummer dat u noemde, stond in feite vorige week op onze interne controlelijst. En u hebt er gelijk dat het nummer wordt beheerd door meneer Neumann. Nicholas, vertel meneer Thorne alles wat je over deze rekening weet. Ik ontsla je van elke verantwoordelijkheid die je volgens de Wet op de Geheimhoudingsplicht van Banken van 1933 jegens de bank mocht hebben. Ga je gang, vertel het hem maar.'

Nick staarde in Kaisers ogen, zich maar al te zeer bewust van de overredende greep waarmee de voorzitter zijn been omklemd hield. 'Ik herken het nummer,' zei hij. 'Ik herinner me dat ik het afgelopen donderdag op de controlelijst heb gezien. Maar ik herinner me niet dat er op die dag iets op de rekening is gebeurd en ik heb er geen idee van wie de cliënt is.'

Thorne liet een onaangename lach horen. 'Ik zal u nog één kans geven om een deal met ons te sluiten en uw bedrijf de vernedering te besparen dat de directeur ervan beschuldigd wordt dat hij betrokken is bij de zaken van een van de grootste heroïnehandelaren ter wereld. Ik had gedacht dat mensen die zo geleden hebben als u, achter de pogingen van de autoriteiten zouden staan om een parasiet als Mevlevi in zijn kraag te grijpen. We zullen niet rusten voordat we hem te pakken hebben, dood of levend. Ik heb zelfs een foto gevonden die u misschien zal inspireren ons een handje te helpen.'

Thorne gooide een kleurenfoto van twaalfenhalve bij zeventienenhalve centimeter op Kaisers bureau.

De foto kwam vlak voor Nick neer. Hij keek ernaar en vertrok zijn gezicht. De foto toonde het lijk van een naakte man die op een snijtafel in een mortuarium lag. De ogen van de man waren open en hadden een doorschijnend blauwe kleur. Het bloed liep uit zijn neus; zijn mond was open en aangekoekt met een melkachtig schuim.

'Stefan,' stootte Wolfgang Kaiser uit. 'Dit is mijn zoon.'

'Natuurlijk is het uw zoon. Gestorven aan een overdosis heroïne. Ze hebben hem hier in Zürich gevonden, hè? Dat betekent dat het gif in zijn aderen van Ali Mevlevi afkomstig was. De Pasja. De houder van rekening 549.619 RR.' Thorne sloeg met zijn vuist op de koffietafel. 'Uw cliënt.'

Kaiser griste de foto van het bureau en staarde er zwijgend naar.

'Help me Mevlevi te pakken te krijgen,' vervolgde Thorne. 'Bevries de tegoeden van de Pasja!' Hij keek Nick vragend om steun aan. 'Als we de geldstroom tegenhouden, kunnen we zijn drugs tegenhouden. Is dat geen eenvoudig voorstel? Het wordt tijd dat we de jeugd beschermen tegen het spul dat uw zoon gedood heeft. Hoe oud was hij helemaal? Negentien? Twintig?'

Wolfgang Kaiser stond als verdoofd op en overhandigde Thorne de foto. 'Gaat u alstublieft weg, meneer Thorne. We hebben vandaag geen informatie voor u. We kennen geen Mevlevi en we werken niet met heroïnesmokkelaars samen. Dat u zich zo verlaagt dat u mijn zoon hierin betrekt, gaat mijn begrip te boven.'

'Dat dacht ik niet, meneer Kaiser. Staat u me toe dat ik de laatste kaarsen op deze taart aansteek, voordat ik vertrek. Ik wil er zeker van zijn dat u de komende dagen genoeg hebt om over na te denken. Ik weet dat u vroeger een tijd in Beiroet hebt gewerkt. U bent daar vier jaar geweest, niet? Mevlevi was daar ook. Het lijkt erop dat hij zijn organisatie aan het opzetten was rond de tijd dat u daar aankwam. Hij was toen een grote jongen in de stad, als ik me niet vergis. Wat ik vreemd vind, is dat u vier jaar in dezelfde stad als hij hebt gewoond zonder de man ooit te ontmoeten. Niet één keer, hebt u gezegd. Neem me niet kwalijk, meneer Kaiser, maar was het uw taak niet om bij de lokale mensen met geld om de kliekjes te bedelen?'

Kaiser wendde zich tot Nick alsof hij geen woord had verstaan van wat Thorne had gezegd. 'Wil je meneer alsjeblieft naar buiten begeleiden?' vroeg hij vriendelijk. 'Ik vrees dat we door onze tijd heen zijn.'

Nick bewonderde Kaisers zelfbeheersing. Hij legde een hand op Thornes rug en zei: 'Laten we maar gaan.'

Thorne draaide zich om en sloeg Nicks hand weg. 'Ik heb geen escorte nodig, Neumann, maar toch bedankt.' Hij strekte zijn wijsvinger naar Kaiser uit. 'Vergeet mijn aanbod niet. Het enige wat ik wil, is een beetje informatie over Mevlevi en anders zal ik uw hele vervloekte bank met u erbij te gronde richten. Is dat duidelijk? We weten alles over jullie. Alles.'

Hij liep van de directeur vandaan en fluisterde in het voorbijgaan tegen Nick: 'Ik ben met jou nog niet klaar, jongeman. Controleer je post.'

Zodra Thorne weg was, zeilde Rita Sutter, die haar waardige houding had hervonden, het kantoor binnen.

'Alles is in orde, Rita,' zei Kaiser. Hij was bleek en leek ineengeschrompeld. 'Wil je zo vriendelijk zijn me een kop koffie en een *Basel Leckerli* te brengen?'

Toen ze vertrokken was, rechtte Kaiser zijn schouders en hij kreeg weer iets van zijn krijgshaftige houding terug. 'Je moet de leugens die Thorne verspreidt, niet geloven,' zei hij. 'De man is wanhopig. Hij zal nergens voor terugdeinzen om deze man, deze Mevlevi, te pakken te krijgen. Is het onze taak om de politieagent uit te hangen? Ik dacht van niet.'

Nick kromp ineen toen hij hoorde dat Kaiser op het standaardexcuus van de Zwitserse bankier terugviel. In zijn oren was het een schokkende bekentenis van de medeplichtigheid van de bank aan de activiteiten van de heroïnehandelaar Ali Mevlevi.

'Thorne heeft geen enkel bewijs,' zei Kaiser, wiens stem weer krachtig begon te klinken. 'De man is een bedreiging voor de beschaafde zakenwereld.'

Nick bedacht hoe vreemd symmetrisch het willekeurige evenwicht van het leven kon zijn. Hij had zijn vader en Kaiser zijn zoon verloren. Even vroeg hij zich af of Kaiser misschien liever had gewild dat hij naar Zwitserland kwam dan hij er zelf naartoe had gewild.

TOEN HIJ ALLEEN IN DE GANG WAS, SLAAKTE NICK EEN ZUCHT VAN verlichting. Het meeste van wat Thorne had gezegd, klonk volkomen logisch. Als Ali Mevlevi een grote jongen in Beiroet was geweest, zou Kaiser hem op zijn minst bij naam gekend moeten hebben, maar het was waarschijnlijker dat hij moeite gedaan had om hem als cliënt van de bank te werven. Het was de taak van de directeur van een vestiging om zich onder de beter gesitueerden van de stad te mengen, om bij de mensen uit de hogere kringen in het gevlij te komen en voor te stellen dat ze een flink deel van hun kapitaal aan hem zouden toevertrouwen. En als Ali Mevlevi de Pasja was, zou Kaiser hem ook kennen. Je kon geen directeur en bestuursvoorzitter van een grote bank worden als je je belangrijkste cliënten negeerde en Wolfgang Kaiser zou dat zeker niet doen.

Verdomme, dacht Nick, alles wat Thorne had gezegd, leek te kloppen.

Hij sloeg een hoek om en liep een smalle gang in. Hij was een paar stappen gevorderd toen hij duidelijk het knarsende en dreunende geluid hoorde van een la die met kracht werd gesloten. Het geluid kwam uit zijn eigen kantoor. De deur stond op een kiertje, zodat eronder vandaan een streep licht op de vloerbedekking van de gang viel. Toen hij dichter bij kwam, zag hij dat iemand in de kamer een stapel papieren op zijn bureau doorzocht.

'Ik dacht dat u wel tot na werktijd zou wachten voordat u iemands papieren doorzocht,' zei Nick terwijl hij de deur achter zich dichtsloeg.

Armin Schweitzer bleef dóórzoeken. 'Ik probeer alleen de lijst met cliënten die je moet bellen, te vinden. We kunnen het ons niet veroorloven dat je onze belangrijkste aandeelhouders van de bank vervreemdt.'

'Ik heb die lijst hier.' Nick haalde een opgevouwen vel papier uit de zak van zijn colbert.

Schweitzer strekte een vlezige hand uit. 'Als je zo vriendelijk wilt zijn...'

Nick hield de lijst even vast alsof hij de waarde ervan taxeerde en liet hem toen in zijn zak glijden. 'Als u een kopie wilt hebben, moet u maar naar de directeur gaan.'

'Ik zou inderdaad graag een momentje van de tijd van de directeur willen hebben, maar helaas slokken jij en je vriend Thorne al zijn tijd op.' Schweitzer liet de papieren die hij in zijn hand had achteloos op het bureau vallen. 'Het is wel toevallig dat je net binnenkomt als je vriend Thorne je nodig heeft.'

'Denkt u dat ik met de DEA samenwerk? Bent u daarom hier?' Nick lachte grimmig. 'Als ik u was, zou ik maar meer tijd aan mijn eigen zaken besteden. Ik heb begrepen dat u de man op het slappe koord bent en niet ik.'

Schweitzer kromp in elkaar alsof hij geslagen was. 'Je begrijpt er *niets* van. Ik ben even sterk met deze bank verbonden als de directeur. Ik heb er vijfendertig jaar van mijn leven aan gegeven. Heb je er ook maar enig idee van wat zo'n verbondenheid betekent? Jij, een Amerikaan, die van de ene baan naar de andere vliegt in de hoop op een dikker salaris en een vettere bonus. Herr Kaiser heeft nooit aan mijn loyaliteit aan hem en aan mijn toewijding aan de bank getwijfeld. Nooit!'

Nick staarde in Schweitzers uitpuilende ogen. 'Op dit moment begrijp ik maar één ding. Dit is mijn kantoor en u had tenminste mijn toestemming moeten vragen om hier binnen te komen en in mijn spullen te zoeken.'

'Je toestemming?' Schweitzer gooide zijn hoofd in zijn nek en lachte. 'Ik wil je eraan herinneren, Neumann, dat het mijn taak is ervoor te zorgen dat de bank en onze employés aan alle wettige eisen voldoen. Als ik geloof dat iemand reden heeft om de bank schade te berokkenen, begin ik me ernstig zorgen te maken. Elke actie die ik op grond daarvan onderneem, is gerechtvaardigd. En daaronder valt ook dat ik, wanneer ik maar wil, een kijkje in je kantoor kan nemen en je papieren kan doorzoeken.'

'De bank schade berokkenen?' zei Nick terwijl hij een stap achteruit deed. 'Wat heb ik gedaan om u die indruk te geven? Mijn daden hebben heel duidelijk voor zichzelf gesproken.'

'Misschien wel iets te duidelijk,' zei Schweitzer zachtjes in zijn oor. 'Vertel me eens, Neumann, voor wiens zonden ben je eigenlijk aan het boeten?'

'Waar hebt u het over?'

Er gleed een verbijsterde uitdrukking over Schweitzers gezicht. 'Ik heb je verteld dat ik al vijfendertig jaar bij de bank werk. Lang genoeg om me je vader te herinneren. Ik heb hem zelfs goed gekend. We kenden hem allemaal goed. En ik kan je verzekeren dat niemand op de Derde Verdieping zijn beschamende gedrag is vergeten.'

'Mijn vader was een eerzaam man,' zei Nick intuïtief.

'Natuurlijk was hij dat, maar je weet het niet echt zeker, hè?' Schweitzer glimlachte kwaadaardig. Hij liep naar de deur en terwijl hij hem opende, zei hij: 'En dan nog wat, Neumann! Als je denkt dat ik op het slappe koord loop, heb je de laatste tijd zeker niet naar beneden gekeken. Het is een diepe val van de Derde Verdieping. Ik houd je in de gaten.' Hij boog kort en liep de kamer uit.

Nick liet zich op zijn stoel ploffen. Peter Sprecher had gelijk gehad toen hij Schweitzer gevaarlijk noemde, maar hij was vergeten eraan toe te voegen dat hij ook paranoïde en psychotisch was en aan waanvoorstellingen leed. Wat had Schweitzer in vredesnaam bedoeld met het 'beschamende gedrag' van zijn vader? Alex Neumann was op zijn zestiende bij de bank begonnen en had vier jaar als loopjongen gewerkt. Zijn eerste echte banen waren assistent-portefeuillemanager en portefeuillemanager geweest. Volgens Cerruti had hij in beide banen onder Kaiser gewerkt. Maar Schweitzer had niet verwezen naar de lichtzinnige schelmenstreken van een jonge functionaris. Hij had het over iets ernstigs gehad, waarschijnlijk iets wat was gebeurd nadat Alex Neumann naar Los Angeles was overgeplaatst.

De enige aanwijzingen voor wat zijn vader in Los Angeles had gedaan, stonden in de twee agenda's die hij in Hannibal had gevonden. Ten eerste werd er melding gemaakt van een zekere Allen Soufi, een particuliere cliënt wiens bezoeken steeds aanleiding gaven tot streng commentaar. Eén keer had zijn vader hem een *Schlitzohr* – Duits slang voor schurk – genoemd en een andere keer gewoonweg 'ongewenst'. En later was onder zijn naam de huiveringwekkende tekst 'Rotzak bedreigde me' geschreven, niet in het gebruikelijke vloeiende handschrift van zijn vader, maar in vette blokletters. En er was meer. Zijn vader had een bedrijf bezocht dat Goldluxe heette, waarschijnlijk naar aanleiding van een verzoek om zakelijk krediet, en hij had er een eerlijk oordeel over gegeven. 'Smerig. Onmogelijke verkopen. Afblijven!' Toch was hij, als Nick de inschrijvingen goed interpreteerde, gedwongen geweest zaken met het bedrijf te doen.

Nick vroeg zich af hoe de bank dingen die waren gedaan om bescherming tegen betrokkenheid bij onfatsoenlijke zaken te bieden als 'beschamend gedrag' kon interpreteren, maar hij hoefde alleen maar terug te denken aan Thornes beschuldigingen over Kaisers lange relatie met Ali Mevlevi om het antwoord op zijn vraag te weten. De bank *wilde* met dergelijke mensen zakendoen.

Nick ging rechtop in zijn stoel zitten. Voorzover hij wist, was het antwoord alleen te vinden in de maandelijkse rapporten die zijn vader uit Los Angeles opstuurde. Om die in handen te krijgen moest hij Cerberus een aanvraagformulier laten opstellen waarop zijn initialen zouden staan of anders zou hij iemand moeten vinden die bereid was ze voor hem op te vragen. De eerste mogelijkheid was te riskant en de tweede was uitgesloten – althans voorlopig. Hij zou moeten wachten en hopen dat hij een andere manier zou vinden.

Geduld, zei hij tegen zichzelf met een stem die op die van zijn vader leek. *Beheers je.*

Hij had er moeite mee zijn aandacht weer op zijn werk te richten. Hij vouwde het vel papier dat Schweitzer zo graag had willen vinden, open en legde het op zijn bureau. De lijst bevatte de namen van institutionele en particuliere beleggers die grote aandelen van de VZB hadden. Hij glimlachte toen hij de naam Eberhard Senn, graaf Languenjoux, zag staan. De oude rot had een aandelenpakket dat meer dan tweehonderdvijftig miljoen francs waard was – zes procent van alle aandelen van de bank. Zijn stemmen zouden van cruciaal belang zijn.

De grote meerderheid van de aandeelhouders van de VZB had echter geen rekening bij de bank. In die gevallen zou Nick contact opnemen met de aandeelhouder zelf of, wat vaker voorkwam, met de fondsmanager die verantwoordelijk was voor het uitbrengen van de stemmen, en tegen hem de doctrine van het verhogen van de rentabiliteit van de bank preken.

Nick pakte een stapeltje aanvraagformulieren voor dossiers en begon ze in te vullen. Elk formulier moest door Kaiser ondertekend worden voordat het naar de verantwoordelijke functionaris kon worden gestuurd. Informatie over cliënten werd binnen de muren van de bank even vertrouwelijk behandeld als erbuiten. Nick vroeg zich af of het hem ooit zou lukken om de maandelijkse rapporten van zijn vader uit de *Dokumentationzentrale* te krijgen. Als hij daarvoor Kaisers handtekening nodig had, zou het niet gebeuren en evenmin als Schweitzer binnen de bank al zijn bewegingen bleef volgen.

Een uur nadat hij met zijn eentonige klus was begonnen, werd hij gestoord door de postbezorger. Yvan kwam zijn kantoor binnen en overhandigde hem verscheidene manillaenveloppen van het soort waarin bij bedrijven over de hele wereld de interne post bezorgd wordt. Nick tekende ervoor en herinnerde zich Thornes woorden: *Controleer je post, jongeman.* Hij begon de enveloppen te openen.

De eerste bevatte een aan alle portefeuillemanagers gericht memorandum van Martin Maeder waarin werd 'voorgesteld' dat ze zouden overwegen het pakket gewone aandelen van de VZB van hun cliënten uit te breiden. Nick gooide het in de prullenbak en opende de tweede envelop. Er zat een witte brief in waarop alleen zijn naam en het adres van de bank stonden. Geen postzegel en geen poststempel. Hij sneed de envelop open. Erin zat een kopie van Nicks ontslagpapieren van het Korps Mariniers van de Verenigde Staten en van de Uitspraak van de Onderzoekscommissie die een hele bladzijde besloeg en waarin de redenen van zijn oneervolle ontslag werden vermeld. Mishandeling met de bedoeling ernstig lichamelijk letsel toe te brengen. *Bedoeling?* Jezus, hij had Keely helemaal verrot geslagen. Hij had de vette klootzak geslagen tot zijn waardeloze leven aan een zijden draadje hing. Wraak, agent Keely, met de complimenten van eerste luitenant Nicholas A. Neumann van het Korps Mariniers van de Verenigde Staten.

Nick gooide de papieren op zijn bureau. Hij was woedend en kon niet geloven dat Thorne ze in handen had weten te krijgen. Ze waren volgens de wet topgeheim en werden verzegeld in het hoofdkwartier van het Korps Mariniers in Washington D.C. bewaard. Hij had niemand over zijn ontslag verteld en zeker Kaiser niet. Volgens de officiële gegevens had hij op een normale manier de dienst verlaten. Hij had zijn land goed gediend en zijn plicht gedaan. Als man had hij eerzaam gehandeld; als soldaat misschien minder eerzaam, maar het was een kwestie geweest die alleen hem en Jack Keely aanging.

Hij liet zijn hand naar de achterkant van zijn bovenbeen zakken en masseerde de onnatuurlijke holte achter zijn rechterknie, waar meer dan een pond vlees en spieren ontbrak. Thorne, Keely. Andere mannen en andere tijden, maar met dezelfde agenda en dezelfde drijfveren. Ze waren geen van beiden te vertrouwen.

Nick keek naar het briefje van Thorne en stelde zich de stoffige open plek voor waarop de dode Arturo de la Cruz Enrile lag met een Amerikaanse kogel in zijn hoofd. Hij zag hoe Gunny Ortiga met grote stappen naar hem toe rende en daarna zag hij de olijfgroene hoofddoek waarin hij Enriles duim gewikkeld had, het kostbare bewijs van de dood van de opstandeling.

Toen was hij terug in de jungle en er bestond niets anders meer. Thorne niet, Schweitzer niet en de hele klotebank niet. Hij lag weer op zijn buik in het warme rode zand te wachten tot hij zijn mannen naar de USS *Guam* kon terugleiden. En doordat hij vervloekt was met de herinnering aan wat er zou volgen, wist hij dat de hel op hem wachtte.

EEN PAAR SECONDEN BLIJFT ALLES RUSTIG EN HET ONOPHOUDELIJKE gekwetter in het bladerdak verstomt even. Ortiga ligt zwetend in de greppel. 'Het was een loepzuiver schot,' zegt hij. 'Hij was dood voordat hij de grond raakte.'

Nick pakt de weerzinwekkende trofee uit Ortiga's hand en probeert niet te denken aan de afgesneden duim die in de plakkerige hoofddoek is gewikkeld. Hij gebaart zijn mannen dat ze zich in het struikgewas moeten terugtrekken om zich op te stellen voor de terugtocht van twintig kilometer door de dampende jungle, die ze voor de boeg hebben. Een voor een glijden de mariniers op hun buik achteruit naar de beschutting van de jungle.

De gil van een vrouw verscheurt de ochtendstilte.

Nick schreeuwt tegen zijn mannen dat ze zich niet mogen verroeren en dat ze uit het zicht moeten blijven.

Weer schreeuwt de vrouw. Haar angst lost op in een schorre kreet en ze begint te snikken.

Nick brengt zijn verrekijker omhoog en speurt de open plek af, maar hij ziet alleen de contouren van Enriles lijk. Het zonlicht valt er recht op en boven de plas bloed onder zijn hoofd krioelt het al van de vliegen. Een kleine, bruine vrouw komt achter de witte boerderij vandaan. Ze rent naar het lijk toe, aarzelt dan, en rent weer verder. Ze gilt weer en haar gegil wordt met elke stap luider. Ze slaat haar armen om haar hoofd, laat ze dan zakken en slaat tegen haar zij. Een kind komt onzeker uit het huis om zijn moeder te zoeken. Samen blijven ze jammerend bij de dode staan.

Nick kijkt Ortiga aan. 'Waar komt zij in godsnaam vandaan?'

Ortiga haalt zijn schouders op. 'Ze moet in de truck gezeten hebben. Volgens de verkenningspatrouille was het huis verlaten.'

Nick voelt dat er iemand naast hem is komen liggen. Johnny Burke is weer bij zijn positieven en heeft de verrekijker gepakt. 'Ik kan niet zien of het kind een jongen of een meisje is,' zegt hij. 'Ze huilen allebei hartverscheurend.' Burke komt op één knie omhoog en blijft door de verrekijker naar de open plek kijken.

Nick trekt aan zijn overhemd. 'Ga liggen.'

Burke sputtert tegen. 'Er is hier niemand behalve die arme moeder en haar kind, luitenant. Niemand behalve die vrouw en...' Zijn gezicht is bleek en Nick realiseert zich dat hij ijlt. 'Je hebt haar echtgenoot doodgeschoten, luitenant.'

Ze horen het gekraak van hout en kleine stofwolkjes springen links en rechts van de aarden wanden van de greppel omhoog. Rookpluimpjes verschijnen in de jungle als snel bloeiende bloemen terwijl uit de dichte muur van gebladerte tegenover hun linie met handvuurwapens op hen geschoten wordt.

Burke is gaan staan en schreeuwt: 'Laat u vallen, dame! Trek uw kind naar de grond! Ga liggen, verdomme!'

Nick grijpt het zitvlak van Burkes broek vast en beveelt hem achter de wal te duiken. De jonge officier slaat Nicks arm weg en blijft de vrouw en haar kind smeken zich op de grond te laten vallen.

Nick voelt iets nats tegen zijn oor kletsen.

Burke laat zich op één knie zakken. Een bloedvlek verspreidt zich snel over zijn camouflageoverhemd. Hij hoest en een golf bloed komt in een boog uit zijn mond.

'Houd je hoofd laag! Beantwoord het vuur niet,' schreeuwt Nick. Vervolgens kijkt hij voorzichtig over de aarden wand van de greppel. De vrouw en het kind staan roerloos en met hun armen om hun hoofd geslagen naast het lijk.

'Ga liggen,' brengt Nick hijgend uit, met zijn wang tegen de warme aarde gedrukt. 'Ga verdomme liggen!'

De kogels fluiten langs; sommige ervan slaan in de aarde in en andere vliegen vlak over hun hoofd. Burke kreunt. Nick kijkt naar hem en springt dan, met zijn handen als een toeter voor zijn mond, overeind. 'Ga liggen,' schreeuwt hij. 'Ga liggen, dame!'

Een kogel doorklieft de lucht naast zijn oor en hij laat zich op de grond vallen. De vrouw en het kind weigeren nog steeds te gaan liggen. Ze blijven doodstil en in elkaar gedoken naast Enriles lijk staan.

Dan is het te laat.

Nick hoort de schoten waarmee ze gedood worden. Het zijn knallen die niet van de andere verschillen, maar plotseling staat het tweetal niet meer overeind. Ze liggen languit in het zand naast Enrile terwijl de inslag van elke kogel het lichaam van moeder en kind doet schokken.

Nick gebaart zijn mannen dat ze zich gaan terugtrekken. Hij kijkt naar Burke. Het bloed stroomt uit zijn mond en zijn overhemd is donkergekleurd en nat. Ortiga trekt het open en legt een sulfaverband aan. Hij fronst zijn wenkbrauwen en schudt zijn hoofd.

Precies twaalf uur in de Filippijnse jungle. Nick en zijn mannen hebben twaalf kilometer afgelegd, op weg naar de plek waar ze opgepikt zullen worden. Ze worden achtervolgd door een onzichtbare vijand. De aanwezigheid van hun aanvallers blijkt alleen uit het sporadische geratel van schoten die in de richting van de mariniers worden afgevuurd. Nu moeten de mannen, en Nick in het bijzonder, rusten. Hij legt Johnny Burke op de helling die naar een rivier afdaalt die volgens de kaart de Azul moet zijn. Burke is bij bewustzijn en op dit moment helder.

'Bedankt voor de lift, luitenant,' zegt hij tegen Nick. 'Ik denk niet dat ik het nog veel langer red. Je kunt me maar beter hier achterlaten.'

Nick haast zich naar zijn '0330', een korporaal die tot taak heeft de radio van het team te dragen. Hij pakt de compactzender en toetst hun operationele frequentie in om te proberen contact met de *Guam* te krijgen. Hij heeft dat nu al drie keer geprobeerd om een spoedevacuatie per helikopter te regelen. Weer reageert de *Guam* niet. Nick kiest een andere frequentie en krijgt contact met de verkeerstoren van het Zamboanga-vliegveld. Met de apparatuur is niets aan de hand. Zijn oproepen worden genegeerd. Keely.

Vier uur 's middags. Ze hebben het deel van het strand waar ze opgepikt zullen worden, met nog vierhonderd meter dicht, verward struikgewas vóór hen, bereikt. Burke leeft nog. Nick knielt naast hem. Hij is besmeurd met het bloed van zijn kameraad. Hij luistert aandachtig om boven de wind uit het vage geluid van de twee landingsvaartuigen die vanaf de *Guam* naar de kust komen, te kunnen horen. Een uur geleden is het Ortiga gelukt contact met het schip te krijgen door met een verkeersleider van het Zamboanga-vliegveld te spreken die zijn oproep over een vrije frequentie aan kolonel Sigurd Andersen heeft doorgegeven.

Ze kunnen nu niets anders doen dan afwachten en bidden dat Burke het zal redden.

Ortiga ziet de boten als ze achthonderd meter uit de kust zijn. Een gejuich klinkt uit de uitgeputte mannen op.

Johnny Burke kijkt Nick aan. *'Semper fi,'* zegt hij zwakjes.

Nick knijpt in zijn hand. 'Je bent thuis, jongen. Nog even en je bent aan boord.'

Ortiga beveelt de eerste groep zich op te stellen. De mannen moeten in het struikgewas blijven tot de boten op het zand liggen. Als ze uit hun dekking tevoorschijn komen, barst er een regen van geweervuur los uit een bosje gebogen palmbomen links van hen en vanuit een groepje rubberbomen achter hen wordt ook op hen geschoten. De mariniers zitten klem in een klassieke enfilade en zijn van het strand afgesneden.

Nick schreeuwt tegen zijn mannen dat ze zich moeten ingraven. 'Dit is de laatste kans! Vuur naar goeddunken!'

Zeven mariniers schieten hun wapens af op de verborgen vijand en de lucht lijkt in brand te staan door de exploderende hulzen. Ortiga vuurt een granaat af. Nick schiet een magazijn leeg op het bosje palmbomen en loopt naar voren, naar het strand. Hij kan het geschreeuw van de vijand boven de schoten uit horen en hij geniet ervan.

Het eerste landingsvaartuig is op het strand en de eerste groep sprint ernaartoe met hun helm op hun hoofd gedrukt. Nick en Ortiga geven hun dekking met hun geweren. Het eerste landingsvaartuig is, met op volle toeren draaiende motor vertrokken en laat een wit spoor van kielzog achter.

Het tweede landingsvaartuig glijdt het strand op. Nick hijst Burke op zijn schouders voor de laatste spurt naar het strand. Hij komt uit het struikgewas tevoorschijn en loopt moeizaam het strand op. Ortiga gebaart dat hij moet opschieten en vuurt korte, beheerste salvo's op de jungle af. Nick kreunt terwijl hij zijn laarzen in het fijne witte zand zet. Hij ziet de boot en zwaait naar de kapitein. Hij is er bijna. Dan zweeft hij door de lucht en een hete wind striemt zijn rug. Hij wordt opgeslokt door een machtig geraas en omwikkeld door een blaasoven van vuur en zandkorrels en de lucht wordt uit zijn longen gezogen. De tijd staat stil.

Nicks gezicht is in het zand begraven. Ortiga tilt zijn schouder op. 'Gaat het, luitenant?'

'Waar is Burke?' schreeuwt Nick. 'Waar is Burke?'

'Er is niets van hem over,' schreeuwt Ortiga terug. 'We moeten naar de boot, luitenant! Nu!'

Nick kijkt naar rechts. Burkes torso ligt op het zand, dat om hem heen donker van het bloed is. Zijn armen en benen ontbreken en zijn keurig bij de romp afgesneden. Zijn rug zit vol gaten van de granaatscherven en het vlees sist door het gesmolten lood. Nick moet kotsen door de geur. Hij houdt zichzelf voor dat hij overeind moet komen en naar het landingsvaartuig moet rennen, maar zijn benen weigeren dienst. Hij kijkt naar zijn rechterknie. O, god, denkt hij, ik ben getroffen. De stof van zijn uniform is daar overal gescheurd en het vlees is in gekartelde repen opengereten en zwartgeblakerd als kool. Bloed, nu dat van hemzelf, spuit in een kleine, maar vastberaden geiser omhoog en een rand vochtig kraakbeen glinstert in de middagzon. Nick grijpt Burkes geweer en ramt de loop ervan in het zand als een geïmproviseerde kruk. Hij staat op en ziet eerst alleen maar wit en daarna een wazig gordijn van grijs. Een inwendige schreeuw die luider is dan welk geluid ook dat hij ooit heeft gehoord, vult zijn oren. Ortiga heeft zijn arm om hem heen geslagen en samen strompelen ze de laatste paar meter naar het landingsvaartuig. De kapitein sleept de zwarte stomp van Burkes lichaam naar de rubberboot.

Ze zijn weg.

Het schieten is opgehouden.

De pijn begint als ze honderd meter de zee op zijn.

Nick ligt op de achtersteven van het landingsvaartuig en probeert uit alle macht bij bewustzijn te blijven voor de lange tocht naar de *Guam*.

Iedere keer dat ze op een golf omhooggaan voelt hij een hevige pijn en elke keer dat ze dalen wordt hij overweldigd door misselijkheid. Zijn rechterknie is uiteengereten en zijn onderbeen verbrijzeld. Een scherf ivoorkleurig bot dringt zich door het vlees omhoog alsof hij de warme middaglucht wil voelen. Nick kreunt niet. De pijn zorgt ervoor dat hij een paar minuten helder in het hoofd wordt en hij kan de implicaties van de gebeurtenissen van die dag overzien.

De aanslag op Enrile. De moord op diens vrouw en kind. De *Guam* die niet op Nicks dringende oproepen reageerde. Al die dingen waren gepland en voorbeschikt.

Nick ziet Keely voor zich, die zich achttien uur in de radiokamer verborgen heeft gehouden; hij hoort Keely weer doorgeven dat Enrile is gearriveerd en dat hij alleen is; hij stelt zich voor hoe Keely de radio uitzet en weigert te reageren op de dringende oproepen van de acht mariniers van wie er een zwaargewond is. Waarom? schreeuwt Nick. Waarom?

Terwijl hij op de achtersteven van het steigerende landingsvaartuig ligt, zweert hij dat hij de antwoorden zal vinden en degenen die de moord op Enrile en het verraad dat Johnny Burke het leven heeft gekost, ter verantwoording zal roepen.

Eerst hoorde Nick het lichte geklop op de deur van zijn kantoor niet. Toen er weer geklopt werd, nu luider en aanhoudender, knipperde hij met zijn ogen en riep: 'Binnen.'

Hij keek op en zag dat Sylvia Schon haar blonde hoofd om de deur had gestoken en bezorgd naar hem tuurde.

'Is alles in orde met je?'

Nick stond op om haar te begroeten. 'Ja hoor. Ik heb alleen een heleboel aan mijn hoofd, zoals je je wel kunt voorstellen. Kom binnen.' Hij wilde haar zeggen dat hij het leuk vond haar te zien en dat ze er fantastisch uitzag, maar hij was bang dat hij al te vriendelijk zou lijken. Hij wist niet wat hij van haar telefoontje van gisterochtend moest denken. Eerst gedroeg ze zich alsof ze hem haatte, maar toen ze hem terugbelde om zich te verontschuldigen, had ze oprecht geklonken. Althans voordat ze de verbinding verbrak.

Sylvia sloot de deur achter zich en leunde ertegenaan. Ze had een verkleurd geel dossier onder haar arm. 'Ik wilde je zeggen dat het me spijt dat ik me gisteren zo tegen je gedragen heb. Ik weet dat het raar klinkt en het is moeilijk voor me het toe te geven, maar eerlijk gezegd ben ik een beetje jaloers. Ik denk niet dat je weet hoe je het getroffen hebt.'

'Ik denk dat ik inderdaad nogal geboft heb,' zei Nick. 'Maar op het ogenblik hebben we het zo druk dat ik nog geen tijd heb gehad mezelf te feliciteren.'

'Beschouw dit dan maar als een cadeau ter gelegenheid van je promotie.' Ze haalde het gele dossier onder haar arm vandaan en gooide het op zijn bureau.

Nick pakte het op en draaide de rug ervan naar zich toe om de titel te lezen. *Verenigde Zwitserse Bank. Vestiging Los Angeles. Maandelijkse Rapporten 1975.* 'Ik had je nooit moeten vragen deze voor me te halen. Ik hield helemaal geen rekening met je positie bij de bank. Het was onredelijk en onbeschoft. Ik wil niet dat je voor mij je nek uitsteekt.'

'Waarom niet? Ik heb je verteld dat ik bij je in het krijt sta en bovendien wilde ik het doen.'

'Waarom?' vroeg hij, een beetje luider dan hij van plan was. Hij was bang dat ze hem de ene dag zou helpen en hem de volgende dag zou verraden.

'Ik was degene die een paar dagen geleden egoïstisch was, niet jij. Ik kan er soms niets aan doen. Ik heb zo hard gewerkt om te komen waar ik nu ben, dat zelfs de geringste verstoring van mijn leven me angst aanjaagt.' Ze hief haar hoofd en zei openhartig: 'Eerlijk gezegd schaam ik me voor mijn gedrag en daarom had ik je niet teruggebeld. Ik heb nagedacht over wat je me gevraagd hebt en ben tot de conclusie gekomen dat een zoon het recht heeft om zoveel over zijn vader aan de weet te komen als hij kan. Ik heb er genoeg van toeschouwer te zijn.'

Nick keek haar taxerend aan. 'Moet ik wantrouwig zijn?'

'Moet *ik* dat zijn?' Ze ging een stap dichter bij hem staan en legde haar hand op zijn arm. 'Ik wil dat je me belooft dat je me binnenkort zal vertellen waar dit allemaal om gaat.'

Hij legde het dossier op zijn bureau. 'Oké, dat beloof ik je. Wat zou je zeggen van vanavond?'

Sylvia leek even uit haar evenwicht gebracht. 'Vanavond?' Ze beet op haar lip en keek hem recht aan. Toen glimlachte ze. 'Om halfacht bij mij thuis?'

'Afgesproken.'

Toen ze weg was, staarde Nick nog een minuut naar de plek waar ze had gestaan alsof ze een hallucinatie was geweest. Op zijn bureau lag een verkleurd geel dossier met een keurig getypte titel, een opbergnummer en een gecodeerde referentie.

En de volgende vierentwintig uur was het helemaal van hem.

OP HETZELFDE MOMENT DAT NICK HET DOSSIER VAN SYLVIA KREEG, REED Ali Mevlevi, vierenhalfduizend kilometer naar het oosten in een warmer gebied, met een slakkengangetje in zijn Bentley door de rue Clemenceau naar Hotel St. Georges' waar hij vijftien minuten geleden al werd verwacht voor de lunch. Voor hem uit wenkte de witte luifel van het hotel hem als een oase te midden van de wolken schadelijke uitlaatgassen die op het middaguur boven het centrum van de stad hingen. Beiroet was zo beschaafd geworden dat het prat ging op een middag*bouchon*, een verkeersopstopping die vergelijkbaar was met die van modieuzere steden als Parijs en Milaan.

Mevlevi tikte verwoed met zijn voet op de vloer van de auto. Rothstein zou woedend zijn omdat hij te laat was. De eigenaar van Little Maxim's stond erom bekend dat hij vaste gewoonten had, waarvan hij geen millimeter afweek en hij lunchte elke week in het St. Georges. Mevlevi had hem nagenoeg gesmeekt of hij samen met hem mocht lunchen. Bij de herinnering eraan kreeg hij een bittere smaak in zijn mond.

Je hebt het voor Lina gedaan, hield hij zichzelf voor. Om haar naam te zuiveren, om eens en voor altijd te bewijzen dat zij niet de spion kan zijn, de adder die je aan je borst gekoesterd hebt.

Mevlevi berustte erin dat het verkeer maar niet wilde opschieten en ontspande zich even. Hij dacht aan Lina en herinnerde zich de eerste keer dat hij haar had gezien. Hij glimlachte.

Little Maxim's was helemaal aan het eind van de Al Ma'aqba Straat, een paar honderd meter van de haven. De zaak was ingericht als een goedkoop bordeel langs de Barbarijse Kust en fluwelen banken en leren ottomanes stonden door de hele ruimte. Voor elk groepje banken stond een glazen tafel die onveranderlijk bedekt was met de uitgespuwde olijvenpitten en de gemorste *mezza* van het gezelschap dat net vertrokken was. Weliswaar besteedde Max weinig aandacht aan de inrichting van zijn zaak, maar datzelfde kon niet van zijn meisjes gezegd worden. Twee dozijn van de verleidelijkste meisjes ter wereld waren door de ruimte verspreid als losse diamanten op een berg steenkool.

Die nacht was Mevlevi om twee uur binnengekomen, uitgeput door de talloze telefoongesprekken die hij had gevoerd. Hij was net aan zijn vaste tafel gaan zitten toen een Aziatisch meisje met dikke lippen en een pagekapsel dat stijf van de haarlak stond, naar hem toe kwam en vroeg of hij wilde dat ze bij hem kwam zitten. Hij weigerde beleefd en stuurde ook een roodharige uit Tblisi met een zwaar achterste en een platinablonde mannenverslindster uit Londen weg. Hij verlangde niet naar overweldigende schoonheid of geraffineerde seks, maar naar een vleselijke openbaring: rauw en primitief. Een atavistische reïncarnatie van oerbegeerte.

Hij gaf toe dat het veel gevraagd was.

Maar hij was niet op Lina voorbereid geweest.

Een dreunend ritme kondigde aan dat het optreden zou beginnen. De muziek was bijna gewelddadig en, ondanks zijn afkeer van Amerikaanse rock-'n-roll, merkte hij dat hij erdoor gestimuleerd werd en nieuwsgierig was naar de song. Toen Lina het podium opkwam terwijl haar zwarte haar om haar gebeeldhouwde schouders viel, miste zijn hart een slag. Ze danste met de furie van een gekooide panter en toen ze, in reactie op de muziek, op een bepaalde manier over het toneel paradeerde, voelde hij een hormonale bliksemflits door zijn kruis gaan. Toen ze de leren beha uitdeed die haar volle borsten ondersteunde, werd zijn mond zo droog als de Gobiwoestijn. Ze liep naar het eind van het podium en hief haar armen boven haar hoofd terwijl ze haar sensuele heupen op het woeste ritme van de muziek bewoog. Ze staarde hem langer aan dan gepast was. Haar ogen waren zwart, maar er blonk een ongetemd licht in. Toen ze haar blik op hem richtte, had hij het gevoel alsof ze tot in het diepst van zijn wezen keek en dat ze hem even sterk begeerde als hij haar.

Een luid geclaxonneer bracht hem terug naar het heden. Hij reed een paar meter naar voren en stopte toen. Zonder de motor uit te zetten, stapte hij uit en zigzagde tussen het verkeer door naar het hotel. Een in livrei geklede bediende zag hem en rende de zwakke helling naar de weg af. Mevlevi stopte hem een honderddollarbiljet in de hand en zei tegen hem dat hij de auto in de buurt van de ingang moest houden.

'Bedankt dat ik met je mag lunchen, Max. En dan nog wel terwijl ik het je zo kort van tevoren heb gevraagd. Ik ben vereerd.'

Een kwieke grijze man stond op uit zijn stoel. Hij was broodmager, had een door de zon sterk gebruinde huid en droeg een zijden overhemd dat tot halverwege zijn navel opengeknoopt was. 'Je bent een charmeur, Ali. Nu weet ik dat je diep in de problemen zit. We hebben een gezegde: "Wanneer de leeuw glimlacht, vluchten zelfs zijn welpen." Mag ik de rekening, ober!'

Ze barstten allebei in lachen uit.

'Je ziet er goed uit, Maxie. Het is al een tijdje geleden sinds ik je bij daglicht heb gezien.'

Rothstein depte zijn ogen met een gesteven wit servet. 'Het gaat wel voor een oude *kvetch*. Jij ziet er bezorgd uit. Wil je gelijk terzake komen?'

Mevlevi forceerde een glimlach en zei stilzwijgend een predikatie uit de koran op: 'Zij die geduld oefenen, zullen waarlijk het koninkrijk van Allah aanschouwen.' Dat was gemakkelijker gezegd dan gedaan. 'Ik ben hier om met een oude vriend te eten. De zaken kunnen wel wachten.'

Een oberkelner kwam met in groen leer gebonden menu's naar hen toe.

'Mijn bril,' commandeerde Rothstein met stemverheffing. Een zwaargebouwde man aan een aangrenzende tafel boog zich naar voren en overhandigde zijn baas een bril met dubbelfocusglazen.

'Het gebruikelijke?' vroeg Mevlevi, terwijl hij achteloos zijn blik over de bodyguards aan de volgende tafel liet glijden.

'Je kent me,' zei Max glimlachend. 'Ik ben een gewoontedier.'

De ober kwam terug en nam hun bestellingen op. Mevlevi nam de Dover-tong en Rothstein een goeddoorbakken hamburger van een half pond met een gepocheerd ei erbovenop. Hij at die smerige troep als lunch en diner al zo lang Mevlevi hem kende.

Maxim André Rothstein was Duitser van origine, maar in Libanon grootgebracht en de schurk was zo glad als een steur op het ijs. Zo lang Mevlevi zich kon herinneren, had hij een groot deel van de gok- en prostitutiewereld van Beiroet in handen en dat was al het geval lang voordat Mevlevi zelf in 1980 in de stad was aangekomen. Zelfs toen de burgeroorlog op zijn hoogtepunt was, had Max de deuren van zijn club opengehouden. Elke soldaat wist dat hij het risico van represailles van zijn superieuren liep als Max en zijn meisjes iets overkwam. Om zich ervan te verzekeren dat zulke liefdevolle gevoelens een lang leven beschoren waren, had Max teams van croupiers naar alle facties gestuurd om ervoor te zorgen dat er aan beide zijden van de Groene Lijn poker, roulette en baccarat gespeeld konden worden. En natuurlijk om van elke inzet zijn deel te kunnen pakken.

In een tijd waarin bijna iedereen een groot gedeelte van zijn bezittingen kwijtraakte, werd Max enorm rijk. Uit de aanwezigheid van zijn goedgeklede bodyguards bleek dat de rotzak zich tijdens de oorlog veiliger had gevoeld dan erna en dat zorgde ervoor dat Ali Mevlevi zich er steeds bezorgder over maakte dat hij alleen en onbeschermd was in een stad die nooit meer dan een autobom van anarchie verwijderd was.

De twee mannen praatten amicaal over de talrijke problemen waarmee Libanon nog steeds te kampen had, zonder uitgesproken meningen te verkondigen. Ze wisten allebei dat het voor zakenlui het beste was hun trouw te betuigen aan de factie die op dat moment aan de macht was. Gisteren Gemayel. Vandaag Hariri. En morgen... wie zou het zeggen?

Er werd een blad met nagerechten naar de tafel gebracht. Mevlevi nam een *chocolat éclair* en Rothstein de tapiocapudding.

Mevlevi nam een hapje van zijn éclair en vroeg Rothstein toen: 'Auto's of kamelen, Maxie?'

Rothstein keek naar de tafel waaraan zijn bodyguards zaten en haalde zijn schouders op. 'Auto's,' zei hij. 'Ik heb nooit veel met dieren op gehad. Ik heb niet eens een hond.'

Rothsteins gevolg lachte plichtmatig en Mevlevi lachte mee.

'Ik heb een klein probleem met mijn auto,' begon hij. 'Misschien kun jij me helpen.'

Rothstein haalde weer zijn schouders op. 'Ik ben geen automonteur, maar ga je gang. Waar rijd je in?'

'Een prachtige auto. Donkere carrosserie, gestroomlijnde sexy contouren en een fantastische motor. Ik heb 'm ongeveer negen manden geleden gekocht.'

Rothstein glimlachte slim. 'Ik weet over welk model je het hebt.'

'Laten we zeggen dat ik deze auto nieuw heb gekocht, Maxie. Maar als de auto waarvan ik dacht dat hij nieuw was nu in feite oud was? Misschien een auto die je voor een vriend verkocht?'

Er verscheen een bezorgde uitdrukking op het gerimpelde gezicht. 'Zou ik een van mijn oudste klanten een gebruikte auto verkopen?'

'Alsjeblieft, Maxie, dat is niet belangrijk. Daar gaat het nu niet om.'

'Als je problemen met dit model hebt, kun je het terugsturen. Als het de auto is die ik in gedachten heb, vind ik er zó een andere koper voor.'

'Ik stuur nooit terug wat ik eenmaal heb. Dat weet je toch, Maxie? Mijn aankopen zijn altijd definitief. Wat ik niet meer nodig heb, doe ik weg.'

Rothstein nam een hap van zijn tapiocapudding. 'Wat is dan het probleem? Werkt de motor niet goed meer?'

Mevlevi begon zijn geduld te verliezen. 'Dat gaat je niet aan. Waar heb je deze auto vandaan? Het antwoord is meer waard dan de auto zelf.'

Hij schoof een dikke met honderddollarbiljetten gevulde envelop over de tafel. Rothstein stak zijn duim erin en bekeek de bankbiljetten. 'Niet slecht,' zei hij, terwijl hij de envelop in zijn zak stopte. Hij legde zijn lepel op zijn bord en veegde zijn mond af. 'Ik heb deze auto bij wijze van gunst van een oude vriend overgenomen. De vriend heeft me verteld dat de auto een thuis nodig had. Een plaats waar hij de aandacht zou krijgen die hij verdiende. Een thuis met klasse, als je begrijpt wat ik bedoel. De auto had behoefte aan één enkele eigenaar. Het was beslist geen huurauto.'

'Een goed idee,' zei Mevlevi. 'Maar er zijn niet veel gentlemen, zelfs niet onder ons, die zich zo'n auto kunnen permitteren.'

'Een paar,' zei Rothstein behoedzaam.

'Wie was die oude vriend die zo vriendelijk was je zo'n uitstekende auto te bezorgen?'

'Hij is een goede vriend van je. Ik geloof zelfs dat hij een van je zakenpartners is.'

Mevlevi leunde naar voren terwijl Max Rothstein de naam fluisterde van de man die Lina naar Little Maxim's had gebracht. Toen hij de naam hoorde, sloot hij zijn ogen en probeerde zijn tranen te bedwingen. Hij had zijn verrader gevonden.

NICK ARRIVEERDE PRECIES OM HALFACHT BIJ DE INGANG VAN SYLVIA Schons flatgebouw. Hij had dezelfde route zes avonden geleden ook afgelegd, maar had al sinds hij op de Paradeplatz op de tram stapte het gevoel alsof het de eerste keer was.

Sylvia woonde in een modern flatgebouw boven op de Zürichberg. Vóór het gebouw was een open veld en erachter een donker bos. Hij had er tien minuten over gedaan om de steile heuvel te beklimmen nadat hij bij de halte in de Raemistrasse was uitgestapt. Als hij dat twee keer per dag zou doen, zou hij honderd worden.

Hij drukte op het knopje naast haar naam en wachtte tot de deur zou opengaan. Hij was regelrecht van kantoor gekomen en had zijn koffertje in de ene en een boeket bloemen in de andere hand.

De zoemer ging over en hij duwde de deur open. De binnenmuren waren van ongeverfd beton en er lag grijze vloerbedekking. De appartementen zelf lagen aan drie kanten van een open trappenhuis dat twee verdiepingen omhoog en één naar beneden liep. Hij daalde de trap af en klopte op de deur van Sylvia's appartement.

Ze deed onmiddellijk open. Ze droeg een vale spijkerbroek en een groene Pendleton-blouse en had haar haar in het midden gescheiden. Ze probeert zich te kleden als een Amerikaanse, dacht hij. Haar blik gleed van hem naar de bloemen en terug. 'Ze zijn prachtig. Wat een leuke verrassing. Kom binnen, kom binnen.' Ze kuste hem op de wang, pakte de bloemen uit zijn hand en ging hem voor naar de huiskamer. 'Ga zitten, dan zet ik de bloemen even in het water. Het eten is over een paar minuten klaar. Ik hoop dat je van boerenkost houdt. Ik heb *Spätzeli mit Käse überbacken* gemaakt.'

'Dat klinkt goed.' Nick slenterde naar de boekenkast om een paar foto's te bekijken. Op verscheidene ervan stond Sylvia met haar arm om een blonde, atletisch gebouwde man geslagen.

'Mijn broers,' zei ze toen ze met een vaas de kamer binnenkwam. 'Rolf en Erich. Het is een eeneiige tweeling. Rolf is skileraar in Davos en Erich is advocaat in Bern.' Ze sprak op afgemeten toon en hij vermoedde dat ze niet over hen wilde praten. Ze zette de bloemen op de tafel. 'Wil je iets drinken?'

'Een biertje zou lekker zijn.'

Sylvia liep naar het terras, opende de glazen schuifdeur, boog zich voorover en pakte een biertje uit het sixpack. 'Is Löwenbräu goed? Ons lokale merk.'

'Ja, prima.' Nick ging op de bank zitten. Ze had een heel mooi appartement met een gepolitoerde houten vloer waarop twee Perzische tapijten lagen en een kleine eethoek grensde aan de woonkamer. Er was voor twee personen gedekt en er stond een fles wijn op tafel. Hij had het gevoel dat hij haar nu zag zoals ze echt was en het beviel hem. Hij draaide zijn hoofd opzij en keek een korte gang in. Aan het eind ervan was een gesloten deur. Haar slaapkamer. Als het ooit zover mocht komen, welke Sylvia zou hij dan in bed aantreffen, vroeg hij zich af. De berekenende professional die hij van kantoor kende, of het nonchalante meisje van het land dat hem bij de deur had begroet met een kus en een glimlach.

Sylvia kwam met twee biertjes de woonkamer binnen. Ze reikte Nick er een aan en ging toen op het andere deel van de bank schuin tegenover hem zitten. 'Heb je het tot dusver naar je zin in Zwitserland?'

Nick lachte. 'Dat is precies wat Martin Maeder me vrijdag heeft gevraagd. Het land is heel anders dan in mijn herinnering. Eigenlijk beter. Ik waardeer het dat alles hier zo goed geregeld is en dat iedereen trots is op zijn werk – van de vuilnisman tot ...'

'Wolfgang Kaiser?'

'Precies. We zouden in de VS meer van dat soort mensen kunnen gebruiken.' Hij nam een slokje bier. 'Vertel me eens waarom *jij* bij de bank bent gaan werken. Je maakt de indruk dat het je er goed bevalt. Is dat echt zo?'

Sylvia leek door de vraag een beetje van haar stuk gebracht. 'Ik heb gereageerd op een advertentie die op de universiteit was opgehangen. In het begin dacht ik dat ik niets met zo'n saaie, oude bank te maken wilde hebben. Ik voelde meer voor de reclame of public relations. Je weet wel, iets met meer glamour. Toen werd ik voor een tweede gesprek uitgenodigd, ditmaal in de bank. Ik kreeg een rondleiding door het gebouw, de trading floor, de kluis. Ik wist niet dat er zoveel achter de loketten gebeurde. Kijk eens naar wat we op de financiële afdeling allemaal doen. We beheren meer dan honderd miljard dollar aan investeringen en we garanderen obligaties waarmee we bedrijven helpen om te groeien en landen om zich te ontwikkelen. Het is zo dynamisch. Ik vind het heerlijk.'

'Wauw. Je preekt voor de bekeerden.' Dat waren precies de redenen waarom hij in Wall Street was gaan werken.

Sylvia raakte in verlegenheid en sloeg haar hand voor haar mond. 'Ik draaf door. Ik denk dat een andere reden is dat er nog maar zo weinig vrouwen bij banken werken, zelfs nu. In elk geval niet op hogere posten.' Ze boog zich over de koffietafel en pakte een vel papier op. 'Ik heb mijn reisschema voor de Verenigde Staten vandaag ontvangen. Ik zal tot na de algemene aandeelhoudersvergadering moeten wachten voordat ik kan vertrekken en dat zal mijn taak moeilijker maken, maar het is toch beter dan niets.'

Ze overhandigde Nick het vel papier. Hij las het en alle zorgen die hij had gehad toen er mensen van zijn *business school* gerekruteerd werden, kwamen terug. Ze zou naar New York gaan en afgestudeerden van de NYU, Wharton en Columbia spreken. Daarna zou ze naar Harvard en MIT vertrekken en ten slotte zou ze naar Chicago vliegen om Northwestern te bezoeken. 'Je moet wel veel reizen om een paar afgestudeerden in dienst te kunnen nemen.'

Sylvia pakte het reisschema uit zijn hand. 'We nemen het selecteren van het juiste personeel heel serieus. Daarom kun je maar beter blijven.'

'Maak je geen zorgen. Ik blijf heus wel. Dacht je soms dat ik iets zou doen waardoor ze zullen denken dat je het personeel niet vast weet te houden?'

Tien minuten later stond het eten op de tafel. Het waren goudbruine, met Zwitserse kaas bedekte en met paprika bestrooide meelballetjes. Nick had sinds zijn aankomst in Zwitserland niet zoiets lekkers gegeten. Hij spoorde Sylvia aan meer over haar jeugd te vertellen. In het begin was ze een beetje gesloten, maar toen ze eenmaal op dreef was, verdween haar terughoudendheid. 'Het was één doffe ellende,' flapte ze eruit. 'Mijn vader was een moeilijke man. Hij heeft zijn hele leven voor de spoorwegen gewerkt en alles moest perfect georganiseerd zijn – net als de roosters van de treinen – anders was hij niet tevreden. Ik denk dat hij daarom nooit over de dood van mijn moeder heen gekomen is. Je kunt je wel voorstellen wie er het meest onder zijn ontevredenheid te lijden had. Het kwam grotendeels omdat hij niet wist hoe hij met een klein meisje moest omgaan, maar misschien was ik wel de enige die niet gelukkig was. Mijn broers hadden het fantastisch. Ik maakte hun kamers schoon en hielp ze met hun huiswerk.'

'Ze zullen je wel dankbaar zijn.'

Ze haalde haar schouders op. 'Ik heb Rolf en Erich al in geen drie jaar meer gezien. Dat is gemakkelijker voor me.'

'En je vader?'

'Hem zie ik nog wel.'

Nick zag aan haar gelaatsuitdrukking dat ze niet verder op het onderwerp wilde ingaan. Hij wendde zijn blik af en zag zijn koffertje in de gang staan. Erin zat het gele dossier dat ze hem eerder op de dag had

171

gegeven. Hij was zo in hun gesprek opgegaan dat hij vergeten was dat hij het bij zich had. Hij glimlachte inwendig en had een warm, tevreden gevoel.

Na het eten legde Nick de map op de eettafel en opende hem. Erin zaten, in chronologische volgorde, de maandelijkse rapporten die zijn vader in de periode van januari tot en met juni 1975 had opgestuurd. Hij betwijfelde of hij iets interessants zou vinden in rapporten die Alex Neumann vijf jaar voor zijn dood had geschreven.

Sylvia legde een hand op zijn schouder. 'Waar zoek je naar?'

Hij zuchtte en wreef over zijn ogen. 'Wil je hier echt bij betrokken raken?'

'Je hebt me beloofd dat je me zou vertellen waarnaar je op zoek bent. Ik bedoel, daarom zijn we toch hier?'

Nick glimlachte, maar tegelijkertijd voelde hij dat zijn keel dichtgesnoerd werd. De tijd om haar de waarheid te vertellen, was aangebroken. De tijd om haar te vertrouwen. Hij wist dat hij zonder Sylvia's hulp niet verder zou komen en diep in zijn hart wilde hij ook dat ze hem zou helpen. Misschien doordat hij meer van haar blonde haar en haar scheve glimlach begon te houden. Misschien omdat hij zoveel van zichzelf in haar herkende. Ook hij was als kind gedwongen geweest om te snel volwassen te worden en ook hij was een onvermoeibare streber die nooit tevreden was met zijn prestaties. Of misschien kwam het wel omdat het Anna geen donder had kunnen schelen.

'Ik zoek naar twee dingen,' zei Nick. 'Naar de vermelding van een cliënt die Allen Soufi heet – een duister type dat zaken deed met de bank in Los Angeles – en naar een verwijzing naar Goldluxe N.V.'

'Wie was de eigenaar van Goldluxe?'

'Daar weet ik helemaal niets van. Ik weet alleen dat het besluit van mijn vader om de zakelijke relatie met het bedrijf te beëindigen op het hoofdkantoor in Zürich voor veel opschudding zorgde.'

'Dus de eigenaars waren cliënten van de bank?'

'In elk geval een tijdje.'

'Waardoor hebben meneer Soufi en Goldluxe je aandacht getrokken?'

'Door een paar dingen die mijn vader over hem en het bedrijf heeft opgeschreven. Wacht even, dan laat ik het je zien.'

Nick liep de gang in en pakte het zwarte boek uit zijn koffertje. Hij legde het op de tafel en zei: 'Dit is de agenda van mijn vader voor 1978 die uit het kantoor van de VZB in Los Angeles is gekomen.'

Sylvia keek er behoedzaam naar. 'Het ruikt niet alsof het uit een kantoor is gekomen.'

'Het is nat geworden bij een overstroming,' zei Nick nuchter. 'Ik heb het in een opslagplaats gevonden. Het lag boven op een stapel oude rommel die mijn moeder jarenlang had bewaard. De opslagplaats heeft twee keer onder water gestaan in de tijd waarin ze hem huurde.'

Hij bladerde de agenda door en hield af en toe even op om haar op een paar inschrijvingen te wijzen die zijn aandacht hadden getrokken. *'12 oktober. Gegeten met Allen Soufi. Ongewenst.' '10 november – Soufi op kantoor ontvangen.'* Eronder stond *'Controle van tegoed'*, gevolgd door een ongelovig *'Niets?'* En ten slotte de beruchte aantekening van 3 september na een lunch met Soufi in het Beverly Wilshire Hotel. *'De rotzak heeft me bedreigd.'*

'Er staan meer van dit soort dingen in de andere agenda, dat zul je nog wel zien.'

'Heb je er maar twee?'

'Dit waren de enige die ik kon vinden. Gelukkig waren ze de laatste twee die hij bijgehouden heeft. Mijn vader is op 31 januari 1980 vermoord.'

Sylvia sloeg haar armen om zichzelf heen alsof ze het plotseling koud kreeg. Nick leunde achterover in de harde houten stoel. Hij moest haar het hele verhaal vertellen. Het drong zich plotseling aan hem op hoe weinig mensen hij eigenlijk over de moord op zijn vader had verteld: een paar jongens op school, Gunny Ortiga en natuurlijk Anna. Gewoonlijk voelde hij zich onbehaaglijk bij het vooruitzicht dat hij het verhaal aan iemand ging vertellen, maar vanavond, nu hij dicht bij Sylvia zat, voelde hij zich kalm en op zijn gemak. De woorden zouden gemakkelijk komen.

'Het ergste van alles was de rit ernaartoe,' begon hij met zachte stem. 'We wisten dat er iets met hem was gebeurd. De politie had gebeld. Ze zeiden dat hij een ongeluk had gehad en ze lieten ons door een patrouillewagen ophalen. Mijn vader woonde toen niet bij ons. Dat vond hij niet veilig. Hij wist dat iemand het op hem gemunt had.'

Sylvia zat roerloos, als een standbeeld, te luisteren.

'Het regende die avond,' vervolgde hij. Hij sprak langzaam terwijl de beelden in zijn herinnering terugkwamen. 'We reden Stone Canyon in en mijn moeder hield me heel stijf in haar armen. Het was laat en ze huilde. Ze moet hebben geweten dat hij dood was. Intuïtief of zo. Maar ik wist het niet. De politie wilde niet dat ik meeging, maar zij had erop gestaan. Ik keek door het raam van de patrouillewagen naar de regen en vroeg me af wat er gebeurd was. Er werd de hele tijd over de radio gesproken in dat gecomprimeerde politiejargon. Op een bepaald moment hoorde ik het woord *moord* en het adres waar mijn vader logeerde. De politiemannen zeiden geen woord tegen ons. Ik had verwacht dat ze zouden zeggen "maak je geen zorgen", of "alles komt in orde", maar ze zeiden niets.'

Nick leunde naar voren, verstrengelde zijn handen met die van Sylvia en drukte ze tegen zijn borst. 'De politie dacht dat er om negen uur die avond iemand naar het huis was gekomen. Mijn vader wist wie het was, want niets wees erop dat de deur geforceerd was en er waren geen sporen van een worsteling. Mijn vader opende de deur, liet de moordenaar een paar stappen naar binnen komen en praatte waarschijnlijk even met hem. Hij werd drie keer van dichtbij in de borst geschoten. Iemand keek mijn vader recht in de ogen en schoot hem dood.' Nicks blik dwaalde af naar het grote raam en hij keek naar buiten, maar hij zag alleen maar duisternis.

Sylvia legde haar hand op zijn wang. 'Is alles in orde met je?'

Hij glimlachte vaag en knikte. 'Mijn vader was dus dood en daarna werd het gebruikelijke onderzoek ingesteld, maar er waren geen getuigen en er werd geen moordwapen gevonden. De politie had geen enkele aanwijzing. Zes maanden later werd de zaak gesloten. De moord werd beschouwd als een willekeurige gewelddaad. Volgens de politie gebeurt dat soort dingen regelmatig in een grote stad als Los Angeles.' Plotseling sloeg hij met zijn vuist op de tafel. 'Maar het gebeurt in mijn leven niet regelmatig, verdomme!'

Nick schoof zijn stoel van de tafel vandaan, liep door de kamer, opende de glazen schuifdeur en stapte de ijskoude avondlucht in. Hij ademde diep in en uit en zag dat zijn adem een baan door het duister trok. Hij dwong zichzelf nergens aan te denken en zijn geest leeg te maken.

'Het is mooi hier.'

Nick schrok van Sylvia's stem. Hij had haar niet horen aankomen. 'Ik kan niet geloven dat we hier nog in de stad zijn,' zei hij. 'Ik heb het gevoel alsof ik midden in de bergen ben.'

'Mmmm.' Ze sloeg haar armen om hem heen en drukte zich tegen zijn rug aan. 'Ik vind het allemaal heel erg, Nick.'

Hij legde zijn handen op de hare en drukte ze dicht tegen zich aan. 'Ik ook.'

'Dus daarom ben je hiernaartoe gekomen?' fluisterde ze. Het was meer een antwoord dan een vraag.

'Ja. Toen ik de agenda's eenmaal had gevonden, had ik eigenlijk geen keus meer. Soms denk ik weleens dat ik nooit iets zal kunnen vinden.' Hij haalde zijn schouders op. 'Misschien lukt het, maar misschien ook niet. Ik weet alleen dat ik het moet proberen.'

Een poosje zwegen ze allebei. Hij wiegde zachtjes heen en weer en genoot van de warmte en de druk van haar lichaam en de mengeling van haar parfum en de frisse lucht. Toen draaide hij zich naar haar om en bracht zijn hoofd naar het hare omlaag. Ze raakte zijn wang aan en toen ze hun lippen op elkaar drukten, sloot hij zijn ogen.

Toen ze weer binnen waren, vroeg Sylvia hem wat zijn volgende stap zou zijn.

'Ik wil de rapporten van mijn vader over 1978 en 1979 zien.'

'Dat zijn acht mappen. Vier voor elk jaar.' Ze streek een sliertje haar achter haar oor. 'Ik zal mijn best doen. Ik wil je echt graag helpen, Nick, maar het is al zo lang geleden. Wie weet wat je vader allemaal in die rapporten geschreven heeft? Verwacht alsjeblieft niet te veel.'

Nick begon door de kamer te lopen en bleef af en toe staan om een foto of een snuisterij te bekijken. 'Iemand heeft me eens verteld dat elke man en elke vrouw gemakkelijk kunnen bepalen hoe gelukkig hij of zij wil zijn. Het komt allemaal neer op een simpele formule: geluk, zei hij, is gelijk aan de werkelijkheid, gedeeld door je verwachtingen. Als je niet te veel verwacht, zal de werkelijkheid bijna zeker je verwachtingen overtreffen en zul je dus gelukkig zijn. Als je te veel verwacht, zul je altijd teleurgesteld worden. De mensen die altijd gelukkig willen zijn, hebben een probleem; dat zijn de dromers voor wie de uitkomst van de deling altijd ongunstig zal zijn.'

'Wat verwacht jij, Nick?'

'Toen ik jong was, waren mijn verwachtingen hooggespannen. Dat geldt voor iedereen, denk ik. Toen mijn vader dood was en alles steeds slechter ging, bereikten mijn verwachtingen een dieptepunt. Nu ben ik optimistischer.'

'Ik bedoel, wat verwacht je echt? Wat wil je met je leven doen?'

'Ik wil de moord op mijn vader oplossen en het dan achter me laten. Wat ik daarna wil doen, weet ik nog niet. Misschien blijf ik een tijdje in Zwitserland. Misschien word ik verliefd en sticht ik een gezin. Maar het meest wil ik het gevoel hebben dat ik ergens bij hoor.' Hij zweeg even. 'Wat voor verwachtingen heb *jij*?'

'Dat is gemakkelijk. Ik wil de eerste vrouw zijn die zitting heeft in de raad van bestuur van de VZB.'

Nick liet zich op een bank ploffen. 'Je bent een droomster, hè?'

Sylvia ging naast hem zitten. 'Waarom zou ik je anders met die mappen helpen? Ze zijn verdomd zwaar.'

'Arme Sylvia.' Nick wreef over haar rug. 'Last van je rug?'

Ze knikte.

Hij tilde haar benen op zijn schoot en masseerde haar kuiten. Hij voelde een golf van begeerte door zijn lichaam stromen toen hij met zijn handen over de gladde huid van haar benen streek. Hij trok haar loafers uit.

'Houd op,' riep Sylvia. 'Dat kietelt!'

'Wat? Kietelt dit?' Hij streek met zijn vingers lichtjes over haar in nylons gestoken voeten. 'Dat geloof ik niet.'

'Houd op, alsjeblieft!' Haar woorden verdronken in haar gelach. 'Ik smeek het je.'

Nick hield even op. 'Wat krijg ik dan van je?'

Ze glimlachte koket. 'Als ik je verwachtingen nu eens met de realiteit in overeenstemming breng?'

'Ik weet het niet. Denk je dat je dat kunt?'

'Absoluut.' Sylvia beet zachtjes in zijn lip en streelde toen zijn nek.

'Ik begin je te geloven.'

Ze ging schrijlings op hem zitten en knoopte haar blouse langzaam los tot hij helemaal openhing.

'Het gaat steeds beter.'
'Nog beter?'
'Beter kan het bijna niet. Niets is volmaakt.'
Sylvia maakte haar beha los en wreef haar borsten om de beurt over zijn open mond. 'Dat neem je terug.'
Nick concludeerde dat ze gelijk had.

TOEN NICK DE VOLGENDE OCHTEND OP KANTOOR KWAM, HAD HIJ ECHT zin om aan een brief te beginnen die aan de institutionele aandeelhouders gestuurd zou worden – natuurlijk uit naam van de directeur – en waarin nauwkeurig uiteengezet werd welke stappen de bank zou nemen om de kosten te drukken en de efficiëntie en de winstmarges te vergroten. Hij ging aan de slag, maar kon zich onmogelijk concentreren omdat er steeds beelden van Sylvia voor zijn geestesoog verschenen. Hij zag de welving van haar heup, voelde haar strakke buik en streelde haar lange benen...

Om halftien stak Rita Sutter haar hoofd om de deur van zijn kantoor.
'Goedemorgen, meneer Neumann. U bent vroeg vandaag.'
Nick keek op. 'Ik heb niet veel keus als ik de directeur wil bijhouden.'
'Hij haalt in ons allemaal het beste naar boven,' zei ze. Ze droeg een marineblauwe jurk, een witte cardigan en een parelsnoer en had een stapel papieren in haar hand. Ze slaagde erin er tegelijkertijd chic en een beetje sexy uit te zien. 'Ik heb nog niet de kans gehad u met uw promotie te feliciteren. U moet er heel blij mee zijn.'
Nick leunde achterover in zijn stoel en vroeg zich af wat ze wilde. Ze was niet het type om zomaar een praatje aan te knopen.
'Het is een eer om hier te zijn,' beaamde hij. 'Al wou ik dat de omstandigheden anders waren.'
'Herr Kaiser zal de bank niet zonder strijd opgeven.'
'Dat lijkt mij ook niet.'
Rita Sutter kwam dichter bij zijn bureau staan. 'Ik hoop dat u het niet erg vindt als ik zeg dat u zoveel op uw vader lijkt.'

'Helemaal niet.' Hij was er nieuwsgierig naar geweest hoe goed ze hem had gekend, maar het juiste moment om het haar te vragen, had zich nog niet voorgedaan. 'Hebt u met hem samengewerkt?'

'Ja, natuurlijk. Ik ben een jaar na hem bij de bank begonnen. In die tijd waren we maar met een kleine groep van ongeveer honderd personen. Hij was een goede man.'

Het werd wel tijd dat er eens iemand toegaf dat hij zijn vader mocht, dacht hij. Hij stond op en gebaarde naar de stoel tegenover zijn bureau. 'Gaat u alstublieft zitten – als u een paar minuten de tijd hebt tenminste.'

Rita Sutter ging op de rand van de stoel zitten en friemelde aan haar parelsnoer. 'Wist u dat we allemaal uit dezelfde buurt komen? Herr Kaiser, uw vader en ik.'

'Woonde u ook in de Eibenstrasse?'

'In de Manessestrasse. Om de hoek. Maar Herr Kaiser woonde in dezelfde flat als uw vader. Ze waren als kind geen goede vrienden. Uw vader was veel beter in sport. Wolfgang hield zich bij zijn boeken. Hij was in die tijd nogal verlegen.'

'De directeur verlegen?' Nick stelde zich een kleine jongen voor wiens arm slap langs zijn zij bungelde. Hij had toen geen kostuums van duizend dollar gehad om dat te camoufleren.

'We praten hier niet vaak over het verleden,' zei ze. 'Maar ik vind toch dat ik u moet vertellen hoezeer ik uw vader bewonderde. Hij heeft een heel positieve invloed op mijn leven gehad. Hij was iemand die geloofde dat alles mogelijk was als je maar wilde. Soms vraag ik me wel eens af of ik nu niet voor Alex zou werken in plaats van voor Wolfgang als uw vader nog...' Ze maakte haar zin niet af en glimlachte. 'Hij was degene die me gestimuleerd heeft om aan de Hochschule St. Gallen te gaan studeren. Daarvoor zal ik hem altijd dankbaar blijven, al weet ik niet of het hem bevallen zou zijn hoe ik mijn studie gebruik.'

Nick was onder de indruk. De HSG was de meest gerespecteerde *business school* van Zwitserland. 'U leidt de bank bijna,' zei hij en hij meende het. 'Dat is toch niet mis.'

'Ach, ik weet het niet, Nicholas. Ik heb Rudolf Ott nog nooit koffie en koekjes voor de voorzitter zien halen.' Ze stond op en streek haar rok glad. Nick stond ook op en begeleidde haar naar de deur. 'Mag ik u iets over mijn vader vragen?' vroeg hij onhandig. Hij vond het vervelend dit onderwerp vanuit het niets aan te snijden. 'Hebt u ooit gehoord dat hij iets heeft gedaan wat de bank schade had kunnen berokkenen? Iets wat nadelig zou zijn geweest voor de reputatie van de VZB?'

Rita Sutter bleef abrupt staan. 'Wie heeft je dat verteld? Nee, vertel het me maar niet; ik kan me wel voorstellen wie het is geweest.' Ze draaide zich om en keek Nick recht aan. 'Je vader heeft nooit iets gedaan wat een smet op de goede naam van de bank wierp. Hij was een eerzaam man.'

177

'Bedankt, ik had alleen gehoord dat...'

'Ssst.' Ze legde een vinger op haar lippen. 'Geloof niets wat je op deze verdieping hoort. O, en wat die brief betreft die je voor de voorzitter aan het opstellen bent, hij heeft gevraagd of je de voorgestelde inkrimping van het personeel zo klein mogelijk wilt houden. Dit zijn z'n ideeën.'

Ze overhandigde hem het stapeltje papieren en liep het kantoor uit. Hij keek naar het bovenste vel papier. Het was helemaal in haar handschrift geschreven.

Een uur later had Nick de laatste versie van de brief van de directeur opgesteld, waarin hij Rita Sutters suggesties om de inkrimping van het personeel zo klein mogelijk te houden, had verwerkt. Hij was de brief aan het herlezen toen de telefoon ging.

'Met Neumann.'

'Wat, geen secretaresse, Nick? Je zou beter verwachten van de adjudant van de koning.'

Nick gooide zijn potlood neer en kantelde zijn stoel achterover. 'Ik werk voor een keizer. *Jij*, mijn vriend, werkt voor een nederige koning.'

'Touché.'

'Hallo, Peter. Hoe gaat het aan de andere kant?'

'De andere kant?' vroeg Peter grinnikend. 'Waarvan? Van de Maginotlinie? Ik heb het eigenlijk verdomd druk. Een beetje te druk voor dit vermoeide lichaam. En jij? Geen last van hoogtevrees? Tjongejonge, de Derde Verdieping. En ik dacht de hele tijd nog wel dat je een werkbij was.'

Nick miste het vrolijke gebabbel en het droge gevoel voor humor van zijn vriend. 'Ik vertel het je wel onder het genot van een glas bier. Dat zul je je nu wel kunnen permitteren.'

'Afgesproken. Om zeven uur in de Keller Stubli.'

Nick keek naar de stapel werk op zijn bureau. 'Maak er maar acht uur van. Wat kan ik nu voor je doen?'

'Bedoel je dat je dat niet kunt raden?' Sprecher klonk oprecht verbaasd. 'Ik wilde graag een pakket aandelen van je bank kopen. Je hebt er toch niet toevallig een paar duizend op je bureau rondslingeren?'

Nick speelde het grapje van zijn vriend mee. 'Het spijt me dat ik je moet teleurstellen, Peter, maar we zijn helemaal uitverkocht. In feite verkopen we nu Adler-aandelen à la baisse.'

'Geef me een paar weken, dan zal ik ze met alle plezier persoonlijk voor je dekken. Ik heb geld nodig om een nieuwe Ferrari te kopen.'

'Veel succes ermee, maar...'

'Kun je even wachten?' onderbrak Sprecher hem. 'Ik heb nog een gesprek.'

Voordat Nick kon antwoorden werd de verbinding verbroken. Na een vaag gekraak kwam Peter weer aan de lijn. 'Sorry, Nick, een spoedgeval. Dat is het altijd, hè?'

'Sinds wanneer zit je op de handelsafdeling? Ik dacht dat je was aangenomen om een afdeling voor particuliere bankzaken op te zetten.'
'Dat is ook zo, maar de zaken veranderen hier snel. Ik ben naar boven gehaald om Königs aankoopteam te versterken.'
'Jezus Christus,' zei Nick. 'Dus je maakt geen grapje. Je bent een voorhoedespeler bij de VZB-deal. Je stroopt de markt af om onze aandelen in handen te krijgen.'
'Vat het niet persoonlijk op. König dacht dat ik misschien zou weten waar ik ze vandaan kon halen. Je zou kunnen zeggen dat hij het gereedschap dat hij tot zijn beschikking heeft, zo goed mogelijk gebruikt. We hebben zelfs een paar duizend aandelen bij jullie eigen mensen geritseld.'
'Dat heb ik gehoord,' zei Nick.
Het verhaal was dat een paar portefeuillemanagers van de VZB die er meer op gespitst waren om een flinke winst op de investeringen van hun cliënten te maken dan ervoor te zorgen dat de positie van de bank sterk bleef, VZB-aandelen hadden verkocht tegen de hoogste koers in de geschiedenis van de bank. Het nieuws had de Derde Verdieping snel bereikt en Kaiser had hen op staande voet ontslagen.
Sprechers toon werd nu ernstig. 'Luister, vriend, een paar van onze mensen willen je graag spreken... *in vertrouwen.*' Hij liet het laatste woord in de lucht hangen. 'Ze willen je een soort regeling voorstellen.'
'Waarvoor?' Nick herinnerde zich de waarschuwing van de directeur dat Sprecher hun vriendschap zou willen uitbuiten.
'Moet ik zo bot zijn?' Sprecher deed alsof hij beledigd was. 'Raad maar.'
'Nee,' zei Nick, wiens ongeloof in woede omsloeg. 'Vertel jij het me maar.'
'Wat ik je al eerder gevraagd heb. Pakketten aandelen. Bij voorkeur grote pakketten. Je weet wie de meeste aandelen in bezit hebben. Als je ons hun namen doorgeeft, zullen we het de moeite waard voor je maken.'
Nick voelde dat zijn nek rood werd. Eerst zocht Schweitzer op zijn bureau naar de lijst met aandeelhouders en nu wilde Sprecher hun namen weten. 'Meen je dat serieus?'
'Bloedserieus.'
'Dan zal ik het één keer zeggen, Peter, en vat het *alsjeblieft* niet verkeerd op. Je kunt doodvallen.'
'Rustig, Nick, rustig.'
'Hoe diep denk je dat ik wil zinken?' vroeg Nick. *Zo diep als jij.*
'Er schuilt geen eer in loyaliteit,' zei Sprecher ernstig, alsof hij een kind een dom idee uit het hoofd wilde praten. 'Niet meer. In elk geval niet in loyaliteit aan grote bedrijven. Ik doe dit werk voor mijn salaris en mijn pensioen en dat zou jij ook moeten doen.'
'Je hebt twaalf jaar bij deze bank gewerkt. Waarom wil je zo graag dat hij te gronde gaat?'

'Het gaat er hier niet om dat de ene bank ten onder gaat, opdat de andere kan blijven voortbestaan. Dit wordt een fusie in de beste zin van het woord: de kracht van de VZB in particuliere bankzaken in combinatie met de bewezen handelskwaliteiten van de Adler Bank. Samen kunnen we de hele Zwitserse markt beheersen.'

'Ik vrees dat het antwoord nee is.'

'Bewijs jezelf een dienst, Nick. Als je ons helpt, kan ik je beloven dat je hier een functie krijgt als we de VZB hebben opgeslokt. Als je het niet doet, komt jouw hoofd samen met dat van alle anderen op de Derde Verdieping op het hakblok te liggen.'

'Als de Adler Bank zo in het geld zwemt,' vroeg Nick, 'waarom doen jullie dan geen bod op het hele bedrijf?'

'Je moet niet alles geloven wat je hoort. Ik vertel je vanavond meer. Ik zie je om acht uur, oké?'

'Ik denk het niet. Ik drink alleen met vrienden.'

Voordat Sprecher kon protesteren, had Nick de hoorn al op de haak gelegd.

Om 12.35 uur liep Nick naar het kantoor van de directeur met de definitieve versie van de brief in zijn hand. Plotseling voelde hij de aanwezigheid van iemand achter hem.

'Wat heb je daar?' blafte Armin Schweitzer.

'Een paar ideeën die de voorzitter had om de bank af te slanken. Het is een brief die naar de aandeelhouders gestuurd zal worden.' Hij overhandigde Schweitzer een kopie. Waarom zou hij hem geen olijftak toesteken? Hij wilde er nog steeds achter komen wat de rotzak had bedoeld met het 'beschamende gedrag' van zijn vader.

Schweitzer keek de brief snel door. 'Het zijn zware tijden, Neumann. We zullen nooit aan Königs idee van wat een bank hoort te zijn, kunnen beantwoorden. Hij geeft de voorkeur aan machines. Wij houden godzijdank nog steeds van de levende, ademende soort.'

'König heeft geen schijn van kans. Hij zal een berg contant geld nodig hebben als hij ons wil overnemen.'

'Ja, dat is waar, maar onderschat hem niet. Ik heb nog nooit iemand ontmoet die inhaliger is. Zijn gedrag is beschamend voor ons allemaal.'

'Zoals dat van mijn vader?' vroeg Nick. 'Vertel me eens wat hij precies gedaan heeft.'

Schweitzer tuitte zijn lippen alsof hij overwoog hoe hij zijn antwoord moest inkleden. Hij zuchtte en legde zijn hand op Nicks schouder. 'Iets waarvoor jij veel te intelligent bent om zelfs maar over na te denken, jongen.' Hij gaf Nick de brief terug. 'Schiet nu maar op. Ik denk dat de directeur met spanning op zijn lievelingspuppy wacht.'

33

ER WAS EEN OORLOGSRAAD BIJEENGEKOMEN IN DE DIRECTIEKAMER. VIER mannen van wie de een nog nerveuzer was dan de andere, waren in de enorme kamer aanwezig. Reto Feller, met zijn armen over zijn borst gevouwen, stond tegen de muur geleund, terwijl hij met zijn hiel een gat in het tapijt tikte. Rudolf Ott en Martin Maeder zaten aan de buitensporig grote vergadertafel, als een schoolvoorbeeld van twee samenzweerders. Armin Schweitzer ijsbeerde door de kamer, terwijl zijn dikke gezicht glansde van het zweet. Ze wachtten allemaal tot hun hoogste baas zou arriveren.

Precies om twee uur trok Wolfgang Kaiser de hoge mahoniehouten deuren open en liep met energieke tred naar zijn vaste stoel. Nick volgde hem en ging naast hem zitten. Ott en Maeder rechtten hun rug en schraapten hun keel en Feller liet zich in de dichtstbijzijnde stoel zakken. Alleen Schweitzer bleef staan.

Kaiser liet alle formaliteiten achterwege. 'Hoe staat het met de aandelenaankopen van de Adler Bank, meneer Feller?' Zijn stem klonk grimmig, alsof hij de schade na een artillerieaanval vaststelde.

Feller antwoordde met schrille stem: 'Achtentwintig procent van de uitstaande aandelen. Nog vijf procent en König zal automatisch twee zetels in de raad van bestuur krijgen.'

'Het gerucht doet de ronde dat de Adler Bank een volledig gefinancierd overnamebod zal doen,' zei Schweitzer. 'De rotzakken willen geen twee zetels, ze willen de hele handel.'

'*Quatsch*,' zei Maeder. 'Onzin. Kijk eens naar hun balans. Het is uitgesloten dat ze zoveel schuld op zich kunnen nemen. Hun activa vallen volledig weg tegen de kredieten die ze hebben moeten nemen om hun speculaties te kunnen dekken.'

'Wie heeft er schuld nodig als je cash hebt?' piepte Feller.

'Meneer Feller heeft gelijk,' zei Wolfgang Kaiser. 'De koopkracht van Klaus König is nauwelijks afgenomen. Waar haalt die rotzak in godsnaam het geld vandaan? Weet iemand dat?'

Niemand zei iets en Nick kon zich niet herinneren wanneer hij zich slechter op zijn gemak had gevoeld. Hij was zich scherp bewust van zijn onervarenheid.

'Ik heb nog meer verontrustend nieuws,' zei Ott. 'Ik heb gehoord dat König probeert Hubert Senn over te halen een zetel in de raad van bestuur van de Adler Bank te aanvaarden.'

Feller stak zijn hand op alsof hij op de lagere school zat. 'Ik wil de graaf graag bellen om hem het herstructureringsplan van de bank uit te leggen. Ik weet zeker...'

'Ik vind dat de directeur met de graaf moet spreken,' zei Nick bruusk. 'Traditie is alles voor hem. We moeten een persoonlijke bespreking met hem arrangeren.'

'De graaf zal loyaal blijven,' stamelde Schweitzer, terwijl hij zijn voorhoofd afveegde. 'We kunnen ons nu beter op het opkopen van onze eigen aandelen concentreren.'

'Waarmee dan, Armin? Met je spaargeld?' Kaiser schudde zijn hoofd alsof Schweitzer een idioot was. 'Neumann heeft gelijk. Ik moet de graaf persoonlijk spreken.' Hij wendde zich tot Nick en zei: 'Regel het maar. Vertel me alleen waar ik moet zijn.'

Nick ontspande zich een beetje. Hij had de vuurdoop doorstaan. Hij had een voorstel gedaan en het was geaccepteerd. Uit zijn ooghoek zag hij Feller rood aanlopen.

Kaiser trommelde met zijn vingers op de tafel. 'Op dit moment staan er niet veel opties voor ons open. Op de allereerste plaats moeten Neumann en Feller doorgaan met contact opnemen met onze belangrijkste aandeelhouders. Martin, ik wil dat jij met hen meedoet. Praat met iedereen die meer dan vijfhonderd aandelen heeft.'

Hij keek even in het rond en vervolgde: 'Toch vrees ik dat onze inspanningen op dat terrein tekort zullen schieten. We hebben contant geld nodig en wel onmiddellijk. Ik heb twee ideeën. Het eerste heeft betrekking op de medewerking van een particuliere investeerder, een oude vriend van me. Het tweede betreft het creatieve gebruik van de rekeningen van onze eigen cliënten. Het is een plan dat sommigen van ons in de afgelopen dagen al doorgesproken hebben. Het is misschien gewaagd, maar we hebben geen andere keus.'

Nick keek de tafel rond. Maeder en Ott leken ontspannen en nauwelijks nieuwsgierig naar wat er zou komen, maar Schweitzer was opgehouden met ijsberen en stond nu zo stil als een standbeeld en er was een aandachtige uitdrukking op zijn gezicht verschenen. Dus de grote jongens hebben jou erbuiten gelaten. Arme Armin, wat heb je gedaan dat je je plaats aan de tafel bent kwijtgeraakt?

'Onze enige uitweg,' zei Maeder. 'De portefeuilles die we beheren.'

Schweitzer boog zich naar voren, alsof hij het niet goed had gehoord en hij mompelde steeds opnieuw hetzelfde woord: *'Nein, nein, nein.'*

'We hebben meer dan drieduizend rekeningen onder discretionair beheer,' vervolgde Maeder die het nerveuze gemompel van zijn collega negeerde. 'We hebben de beschikking over meer dan zes miljard Zwitserse francs in contanten, waardepapieren en edele metalen en we kunnen namens de cliënt naar goeddunken kopen en verkopen. Simpel gezegd, we moeten de portefeuilles van onze discretionaire cliënten herschikken. We verkopen wat minder goed presterende aandelen, doen wat obligaties van de hand, gebruiken de opbrengst om al onze eigen aandelen terug te kopen en pompen die portefeuilles vol met eersteklas VZB-aandelen.'

'Zoiets kunnen we nooit doen,' protesteerde Schweitzer.

Maeder wierp Schweitzer een zijdelingse blik toe en vervolgde toen op dezelfde toon: 'De meeste van onze discretionaire cliënten willen dat al hun post bij de bank wordt bewaard. Ze bezoeken de bank hooguit één, twee keer per jaar. Tegen de tijd dat ze hun portefeuille controleren, hebben we de Adler Bank verslagen, onze eigen aandelen verkocht en de portefeuilles weer in de oude staat hersteld. Als een van hen erachter mocht komen, zeggen we gewoon dat het een vergissing is geweest. Een administratieve fout. Ze kunnen toch geen contact opnemen met andere rekeninghouders. Ze zijn anoniem ten opzichte van elkaar en de buitenwereld.'

Nick huiverde. Wat Maeder voorstelde was volkomen onwettig, fraude op gigantische schaal. Ze pakten alle fiches van hun cliënten en zetten ze allemaal op zwart.

Schweitzer trok zijn colbertje uit. Zijn overhemd was drijfnat en plakte aan zijn onderrug. 'Ik ben bij deze bank verantwoordelijk voor het naleven van de wet en ik verbied het. Zulke handelingen zijn een overtreding van de fundamenteelste bankwetten. We mogen met de fondsen op een discretionaire rekening niet doen wat we willen. Ze zijn het eigendom van de cliënt. Het is onze plicht hun geld te investeren alsof het ons eigen geld was.'

'Dat is nu precies wat ik voorstel,' zei Maeder. 'We investeren het geld ook alsof het ons eigen geld is. En op dit moment moeten *wij* aandelen van de VZB opkopen. Dank je, Armin.'

Schweitzer richtte zich rechtstreeks tot Kaiser. 'Het is waanzin om ons hun fondsen toe te eigenen om onze eigen aandelen te kopen. Ze worden tegen de hoogste koers ooit verhandeld. Hun waarde is kunstmatig opgedreven. Als we König verslaan, zal de aandelenprijs kelderen. We moeten de strategische investeringsrichtlijnen, volgen zoals we onze cliënten beloofd hebben. Dat is de wet.'

Niemand besteedde enige aandacht aan hem en Kaiser nog het minst van allemaal.

Feller had zijn hand weer opgestoken. 'Nog één vraag. Lopen we niet het risico dat we veel cliënten zullen kwijtraken als we ze, nadat we de Adler Bank hebben verslagen, niet kunnen laten zien dat de waarde van hun portefeuille is toegenomen?'

Maeder, Ott en zelfs Kaiser barstten in een hartelijk gelach uit. Feller keek Nick aan die even niet-begrijpend terugkeek.

Maeder beantwoordde de vraag. 'Het is waar dat we een bescheiden winst zullen rapporteren, maar het behoud van kapitaal is ons echte doel. Groei boven het inflatiecijfer van de basisvaluta van elke portefeuille is... laten we zeggen van ondergeschikt belang. Nadat we König verslagen hebben, zal onze aandelenkoers tijdelijk dalen, dat wil ik Armin toegeven. Als gevolg daarvan zullen we misschien een licht waardeverlies van de portefeuilles van onze cliënten moeten rapporteren. Maar daarover hoeven we ons geen zorgen te maken. We zullen hun verzekeren dat volgend jaar veel beter belooft te worden.'

'We verliezen misschien een paar cliënten,' zei Kaiser, 'maar dat is toch verdomd veel beter dan dat we ze allemaal kwijtraken.'

'Goed gesproken,' viel Ott hem bij.

'En als de Adler Bank nu eens wint?' vroeg Schweitzer, die nog niet overtuigd was. 'Wat dan?'

'Of we nu winnen of verliezen, we brengen de portefeuilles terug in de toestand waarin ze vandaag zijn,' zei Maeder luchthartig tegen iedereen behalve Schweitzer. 'Als König wint zal de koers hoog blijven. Hij kan dan met de eer gaan strijken voor de winst die zijn nieuwste cliënten hebben gemaakt. Voor hem zal dat een bonus zijn.'

Kaiser sloeg hard met zijn vlakke hand op de tafel. 'König zal niet winnen!'

Even zweeg iedereen.

Ott hief zijn geleerdenhoofd. 'Ik hoef jullie niet te wijzen op de consequenties die het zal hebben als zou uitlekken dat we dit hebben gedaan.'

'Drie maaltijden per dag, een paar uur sport en een goedverwarmde kamer, allemaal op rekening van de overheid,' grapte Maeder.

'Het kan niet erger zijn dan dat de Adler Bank ons overneemt!' riep Feller.

'Stelletje idioten,' barstte Schweitzer uit. 'Twee jaar brommen in de St. Gallen-gevangenis is niet direct de vakantie die Maeder beschrijft. We zouden geruïneerd en met schande overladen zijn.'

Kaiser schonk hem geen aandacht. 'Rudi heeft een belangrijk punt naar voren gebracht. Er mag niets van dit plan uitlekken. Alle koop- en verkooptransacties zullen via ons Medusa-systeem verlopen. Wij zullen de enigen zijn die het weten. We zijn allemaal patriotten. Ons woord is onze eed. Kan ik ervan op aan dat iedereen hier zijn mond zal houden?'

Nick zag hen allemaal knikken, zelfs Schweitzer. Plotseling voelde hij dat ze allemaal hun blik op hem gericht hielden. Hij klemde zijn kaken op elkaar om de twijfel die hij voelde, te maskeren en knikte één keer met volle overtuiging.

'Goed.' Kaisers blik bleef op Nick gericht. 'Dit is oorlog. Denk aan de straf die er op verraad staat. Neem van mij aan dat die uitgevoerd zal worden.'

Nick voelde hoe Kaisers koude blik zich in hem boorde. Hij wist dat de woorden tegen hem gericht waren.

De directeur slaakte een diepe zucht en sprak toen op luchtiger toon verder. 'Zoals ik al zei, sta ik in contact met een investeerder die misschien bereid is namens de bank wat aandelen te kopen. Hij is een oude vriend van me en ik vertrouw erop dat hij overgehaald kan worden vijf procent van alle aandelen te kopen. De kosten zullen echter hoog zijn. Ik stel voor dat we hem over een periode van negentig dagen een winst van tien procent garanderen.'

'Veertig procent per jaar!' schreeuwde Schweitzer. 'Dat is afpersing!'

'Dat zijn zaken,' zei Kaiser. Hij wendde zich tot Maeder. 'Bel Sepp Zwicki op de beursvloer. Laat hem beginnen met het vergaren van aandelen. Laat hem kopen op rescontre van twee dagen.'

'Zou het met tweehonderd miljoen francs lukken?' vroeg Maeder.

'Het is een begin.'

Maeder grijnsde tegen Nick en Feller, duidelijk opgewonden door de uitdaging waarmee ze geconfronteerd werden. 'We zullen een berg aandelen en obligaties moeten verkopen om aan dat bedrag te komen.'

'We hebben geen keus,' zei Kaiser. Hij schoot uit zijn stoel omhoog, stralend als een man die op het laatste nippertje gratie heeft gekregen. 'En geef Sepp opdracht om Adler-aandelen à la baisse te kopen, Martin. Voor honderd miljoen franc. Dat zal König iets geven om over na te denken. Als hij deze strijd verliest, zullen zijn investeerders hem aan het kruis nagelen!'

Hoe ben ik er zo diep bij betrokken geraakt?

Nick stond op de rottende planken van een verlaten steiger en staarde in het groene water van de Limmat die onder hem kolkte. Het was vijf uur en hij wist dat hij niet uit het kantoor had moeten weggaan. Martin Maeder had willen beginnen met het inwerken van zijn 'jongens', zoals hij Nick en Reto nu noemde, in het ingewikkelde nieuwe Medusa-computernetwerk.

'Medusa vertelt het allemaal,' had Maeder vol bewondering gezegd. 'Rechtstreekse toegang tot elke rekening.' Daarna was hij defensief geworden. 'En ik wil jullie herinneren aan wat jullie de directeur beloofd hebben. Jullie moeten deze geheimen met je leven beschermen.'

Maeder was Nick nu waarschijnlijk al aan het zoeken, omdat hij dolgraag wilde beginnen met het uitvaardigen van kooporders en het genereren van het contante geld dat ervoor zou zorgen dat Wolfgang Kaiser het roer van de bank stevig in handen zou houden.

Terwijl hij over de met sneeuw bedekte daken van de oude stad uitkeek, werd Nick bekropen door het besef dat hij in zijn speurtocht naar informatie die licht op de moord op zijn vader zou kunnen werpen, de grenzen van fatsoenlijk gedrag overschreden had. Toen hij Peter Sprechers plaats had ingenomen, had hij zijn daden gerechtvaardigd met de gedachte dat hij gewoon hetzelfde deed als anderen vóór hem gedaan hadden. Dat hij de Pasja had afgeschermd voor de DEA was slechts een verlengstuk van die opvatting geweest, hoewel hij stiekem had gehoopt dat hij zich daarmee het vertrouwen van zijn superieuren zou verwerven. Hij had zijn gedrag gerationaliseerd met het argument dat hij de ware identiteit van de man met coderekeningnummer 549.617 RR niet kende en dat het feit dat hij de instructies op de controlelijst niet had opgevolgd een reactie was op zijn bittere ervaring met Jack Keely.

Maar hij kon zich zoveel speling in zijn moraal niet meer veroorloven. De omvang van de fraude die tijdens de vergadering van die middag was voorgesteld, vaagde elke twijfel weg die hij nog had. Nicholas A. Neumann stond aan de verkeerde kant van de wet. Hij had bereidwillig een misdadiger geholpen die door de autoriteiten van verscheidene westerse landen werd gezocht. Hij had gelogen tegen een DEA-agent die probeerde deze man voor het gerecht te brengen. En nu stond hij op het punt een bank te helpen een financiële fraude te plegen die in de recente geschiedenis ongeëvenaard was.

Het moet afgelopen zijn, zwoer Nick bij zichzelf. Hij overwoog ontslag te nemen en naar de Zwitserse autoriteiten te gaan. Een mooi plan! Het woord van iemand die zeven weken bij de bank werkte tegenover dat van Wolfgang Kaiser. Bewijzen, jongeman! Waar zijn je bewijzen?

Nick lachte vertwijfeld en hij besefte dat hem nog maar één weg openstond. Hij zou bij de bank moeten blijven en zijn onderzoek van binnenuit instellen. Hij zou zijn ziel in tweeën splitsen en Kaiser de donkere kant ervan laten zien. Hij zou dieper binnendringen in de wereld van de boosaardige machinaties op de Derde Verdieping, intussen op zijn qui-vive blijven en zijn tijd afwachten. Hij wist niet hoe en wanneer zijn tijd zou komen. Hij wist alleen dat hij alles moest doen wat in zijn vermogen lag om genoeg bewijsmateriaal voor illegale activiteiten te verzamelen om te rechtvaardigen dat de tegoeden op de rekeningen van de Pasja werden bevroren.

Nick draaide zich op zijn hielen om en liep de gammele steiger af. Een zwarte Mercedes sedan wachtte met draaiende motor bij de stoeprand. De deur aan de passagierskant ging open en Sterling Thorne stapte uit. Hij droeg zijn trenchcoat, waarvan de kraag was opgezet tegen de kou.

'Hallo, Neumann.' Thornes handen bleven opvallend in zijn jaszakken.

'Meneer Thorne.'

'Noem me maar Sterling. Ik denk dat het tijd is dat we vrienden worden.'

Nick kon een glimlach niet onderdrukken. 'Laat maar. Ik ben tevreden met onze relatie zoals ze is.'

'Het spijt me van de brief.'

'Wil dat zeggen dat je hem terugneemt? En misschien ook nog je verontschuldigingen aanbiedt?'

Thorne glimlachte grimmig. 'Je weet wat we willen.'

Nick wendde zijn blik af en vroeg zich af wanneer deze man het ooit zou leren. 'Wat dan? Willen jullie de man voor wie ik werk, aan het kruis nagelen? Willen jullie helpen de VZB ten onder te laten gaan?' Terwijl hij de woorden uitsprak in de wetenschap dat ze precies inhielden wat hij zelf had gezworen te zullen doen, werd hij door vermoeidheid overmand. Hij was het beu de bank tegen Königs overname te verdedigen, beu van Thornes aanhoudende bemoeienis, beu van zijn eigen knagende twijfels, maar toch zei hij: 'Sorry, maar dat zal niet gebeuren.'

'Ik heb met mezelf afgesproken dat ik vandaag kalm zou blijven,' zei Thorne. 'Je hebt gehoord wat ik gisteren tegen Kaiser heb gezegd. Ik zag aan je ogen dat je me geloofde.

Voordat hij onderdook, heeft Jester gezworen dat je baas en Mevlevi goed bevriend waren. Blijkbaar kennen ze elkaar al heel lang. Het lijkt erop dat Mevlevi een van de eerste cliënten van je baas was toen hij de vestiging van de bank in het Midden-Oosten opzette. Ik herinner me dat Kaiser dat ontkende, jij ook?'

Nick legde zijn hand op de schouder van de agent. 'Houd maar op,' zei hij.

Thorne greep zijn pols vast en kwam een stap dichter bij hem staan. 'Je werkt voor een man die de reet likt van het geteisem dat zijn zoon heeft vermoord.'

Nick trok zijn hand los en deed een paar stappen naar achteren. Zijn positie was onhoudbaar. 'Misschien heb je gelijk; misschien is deze man, deze Mevlevi of de Pasja of hoe hij ook mag heten, een grote heroïnesmokkelaar en is hij cliënt bij de VZB. Dat stinkt, dat ben ik met je eens. Maar verwacht je van mij dat ik de papieren van de bank doorzoek, duplicaten van de bevestigingen van zijn transacties opvraag en de post uit zijn postbus steel?'

Toch begonnen Nicks zorgvuldig opgebouwde verdedigingsmechanismen af te brokkelen. 'Dat is niet te doen,' zei hij. 'Niet door mij en niet door iemand anders. Alleen Kaiser, Ott of iemand van die groep kan dat doen. En zelfs als ik die bewijzen voor je zou kunnen krijgen, overtreed ik de wet als ik ze aan je geef. Ik zou de gevangenis ingaan.'

'We kunnen je met het volgende vliegtuig naar Amerika sturen.'

'Dat heb je me al verteld. En wat dan? Ik heb gehoord dat mensen die uit de school klappen door het bedrijfsleven bij ons niet met open armen ontvangen worden.'

'We zouden je naam geheimhouden.'

'Gelul!'

'Dit gaat verdomme om meer dan je carrière bij de bank.'

Thorne had nooit iets gezegd wat zo waar was. 'En hoe zit het met Mevlevi en zijn trawanten?' vroeg Nick. 'Denk je dat die me zomaar zullen laten gaan? Als hij zo slecht is als je zegt, zal hij me niet ongestoord laten rondlopen. Als je die vent zo graag wilt hebben, waarom arresteer je hem dan niet gewoon?'

'Dat zal ik je vertellen. Omdat Mevlevi in Beiroet woont en de stad nooit verlaat. Omdat we niet binnen vijftien kilometer van de Libanese grens kunnen komen zonder meer dan tien verdragen te schenden. Omdat hij zich ophoudt in een kamp waarin meer vuurkracht aanwezig is dan bij de eerste divisie van het Korps Mariniers. Daarom! Het is een klotesituatie. De enige manier waarop we hem kunnen pakken is door zijn tegoeden te bevriezen en daarvoor hebben we jouw hulp nodig.'

Nick had al besloten wat er gedaan moest worden, maar hij zou Thorne niet uitnodigen mee te doen. Thorne was zijn dekmantel. Nick wilde niet als een van de goeden behandeld worden. 'Het spijt me, maar het gaat niet door. Ik ga mijn leven niet ruïneren om jou de kans te geven een van de tienduizend boeven die er rondlopen, te arresteren. Je moet het me niet kwalijk nemen, maar ik moet nu gaan.'

'Verdomme, Neumann. Ik geef je het woord van de Amerikaanse overheid. We zullen je beschermen.'

Het woord van de Amerikaanse overheid.

Nick probeerde een antwoord te vinden dat Thorne eens voor altijd uit zijn buurt zou houden, maar hij kon zich niet meer concentreren. Hij kon er niets aan doen dat Thornes belofte in zijn hoofd bleef weergalmen.

Het woord van de Amerikaanse overheid. We zullen je beschermen.

Hij staarde Sterling Thorne aan en een ogenblik zou hij erop durven zweren dat hij in het uitgezakte gezicht van Jack Keely keek.

'Ik ben blij je hier te zien, Neumann,' zegt Jack Keely. Hij is nerveus en wipt op de ballen van zijn voeten op en neer. 'Kolonel Andersen heeft mijn superieuren gebeld om te zeggen dat je wilt bijtekenen. Je wilt beroeps worden, hè? Gefeliciteerd. Hij zei dat je geïnteresseerd bent in werk bij de Inlichtingendienst. Misschien een functie als verbindingsofficier tussen Quantico en Langley?'

Eerste luitenant Nicholas Neumann zit aan een tafel in de bezoekerszaal in het hoofdkwartier van de CIA in Langley, Virginia. Het is een grote ruimte met een hoog plafond en neonverlichting. Op deze warme junidag werkt de airconditioning met veel lawaai op volle toeren om het gebouw koel te houden. Nick draagt zijn groene uitgaanstenue. Twee nieuwe lintjes sieren zijn borst – een voor trouwe plichtsvervulling in het gebied van de Grote Oceaan en een voor verdienste in de strijd. Het tweede lintje is een vervanging voor het Bronzen Kruis voor betoonde moed in de strijd en is hem toegekend voor zijn optreden tijdens een operatie die nooit heeft plaatsgevonden. Hij heeft een zwarte wandelstok in zijn rechterhand. De stok is een stap voorwaarts na de krukken die hij tijdens zijn verblijf van vier maanden in het Walter Reed-ziekenhuis heeft versleten. De waarheid is dat hij FO – fysiek ongeschikt – is verklaard om nog in militaire dienst te blijven. Hij kan geen beroepsofficier worden, zelfs al zou hij het willen. Over tien dagen zal hij uit het Korps Mariniers ontslagen worden. Kolonel Sigurd Andersen weet dat natuurlijk, zoals hij ook alles over Keely's intriges weet.

'Bedankt dat u de tijd hebt willen vrijmaken om me te spreken,' zegt Nick, terwijl hij aanstalten maakt om op te staan.

Keely gebaart hem dat hij kan blijven zitten. 'Dus je wonden zijn genezen?' vraagt hij op luchtige toon.

'Het begint er al aardig op te lijken,' zegt Nick.

Keely ontspant zich nu hij Neumann heeft getaxeerd en de conclusie heeft getrokken dat hij geen fysieke bedreiging vormt. 'Heb je nog een bepaalde functie in gedachten?'

'Ik ben geïnteresseerd in het soort functie dat u aan boord van de *Guam* bekleedde,' zegt Nick. 'Het coördineren van verrassingsaanvallen op vreemd grondgebied. Mariniers voelen zich prettiger als een van hun eigen mensen de supervisie over een operatie heeft. Ik dacht dat u er misschien met me over zou willen praten wat ervoor vereist is om dat werk te kunnen doen. Ik bedoel, u hebt het met mijn team zo goed gedaan.'

Keely vertrekt zijn gezicht in een grimas. 'Tjonge, wat een fiasco was dat. Het spijt me dat ik er aan boord van het schip niet meer met je over heb kunnen praten. Voorschrift. Natuurlijk was je nauwelijks in een conditie om met wie ook te praten toen ze je aan boord hesen.'

'Dat is waar,' zegt Nick.

'Een defecte radioverbinding,' vervolgt Keely. 'Kolonel Andersen zal het je vast verteld hebben. We hebben jullie noodsignalen pas opgevangen toen Gunny via het open kanaal van het vliegveld werd doorverbonden. Beschouw dat in de toekomst als een laatste toevlucht. Het is geen veilige verbinding.'

Nick slikt zijn haat jegens deze man in. Hij verheugt zich nog meer op wat er gaat gebeuren. 'Een van onze mannen was zwaargewond,' zegt hij op effen toon. 'We werden achtervolgd door een vijandelijke overmacht. Het commandocentrum van de operatie had al zeven uur niet op onze signalen gereageerd. Telt dat als een *laatste toevlucht?*'

Keely steekt zijn hand in zijn borstzak om een sigaret te pakken. Hij laat zich in zijn gebruikelijke arrogante houding in zijn stoel onderuitzakken. 'Luister, luitenant, niemand houdt ervan het verleden op te rakelen. De inlichtingen die we hebben verzameld, waren in principe juist. Je hebt Enrile geliquideerd. We hebben het doel van de opdracht bereikt. We hebben er nog steeds geen idee van wie de hinderlaag heeft gelegd. Jullie eigen mensen hebben de evacuatie trouwens verknald. Het was de taak van de marine om ervoor te zorgen dat de verbindingsapparatuur van het schip goed functioneerde. Wat had ik er aan moeten doen als een van jullie radio's defect was?'

Nick glimlacht en zegt dat hij het begrijpt. Achter zijn glimlach bereidt hij zijn aanval tot in detail voor. Hij weet nu al precies waar hij het liggende lichaam van deze man zal raken. Hij heeft Langley speciaal voor zijn doel uitgekozen, omdat hij wil dat Keely zich nooit meer ergens veilig zal voelen, dat hij de rest van zijn leven ineen zal duiken voordat hij een hoek omslaat en zal aarzelen voordat hij een deur opent, dat hij zich altijd zal afvragen wie hem opwacht en zal bidden dat het niet luitenant Nicholas Neumann zal zijn.

'Gedane zaken nemen geen keer,' zegt Nick amicaal. 'De reden dat ik hier ben gekomen, meneer Keely, is dat ik graag een rondleiding door de verbindingsfaciliteiten van de marine wil hebben. Kolonel Andersen zal het vast gezegd hebben. Ik dacht dat u me misschien een paar suggesties aan de hand zou kunnen doen over welke afdelingen het ontvankelijkst zullen zijn voor mijn verzoek om erbij in dienst te mogen treden.'

'Natuurlijk, Neumann. Volg me maar.' Keely gooit zijn sigarettenpeuk in eén kop koude koffie die op de tafel staat. Hij staat op en duwt zijn opkruipende buik in zijn broek. 'Gaat het wel met dat been?'

Nick volgt Keely door een kleurloze gang. Er ligt linoleum op de vloer en de muren zijn gebroken wit, allemaal strikt volgens de normen voor overheidsgebouwen. Ze komen terug in het bezoekerscentrum nadat ze de afdeling Satellietbeelden hebben bezocht, die wordt geleid door een ex-marinier die Bill Stackpole heet en een goede vriend van kolonel Andersen is.

'Ik moet naar het toilet, Jack,' zegt Nick als ze een toilet naderen. 'Misschien moet je me een handje helpen.' Het bezoek is goed gegaan en Nick en Keely zijn nu vrienden. Keely wil per se dat Nick hem bij zijn voornaam noemt.

'Een handje helpen?' vraagt Keely en wanneer Nick beschaamd glimlacht begrijpt hij het. 'Natuurlijk... *Nick*.'

Nick wacht tot Keely het toilet is binnengegaan en komt dan snel in actie. Hij laat de stok vallen, grijpt de nietsvermoedende man bij de schouders, draait hem om en slaat een arm om zijn nek om een hoofdklem aan te zetten. Keely krijst van angst. Nick zoekt de halsslagader op en blokkeert met zijn vrije hand gedurende vijf seconden de bloedtoevoer naar de hersenen. Keely zakt bewusteloos op de vloer in elkaar. Nick haalt een rubberdeurvanger uit zijn zak en schuift die onder de deur. Hij klopt twee keer op de deur en hoort dat er aan de andere kant hetzelfde signaal wordt gegeven. Er is nu een bordje op de deur gehangen, waarop staat dat het toilet defect is. Stockpole heeft zijn werk gedaan.

Nick hinkt naar Keely's lichaam. Ondanks de pijn in zijn been, buigt hij zich voorover en slaat met zijn vlakke hand twee keer in het rode gezicht. 'Wakker worden,' zegt hij. 'We hebben een dringende afspraak.'

Keely schudt zijn hoofd en ontwijkt intuïtief een derde klap.

'Wat is er in godsnaam aan de hand? We zijn hier in een overheidsgebouw.'

'Dat weet ik verdomme ook wel,' zegt Nick. 'Ben je klaar?'

Keely tilt zijn hoofd op en vraagt: 'Klaar waarvoor?'

'Voor een wraakoefening, vriend.' Nicks rechterhand flitst naar beneden en raakt Keely op zijn jukbeen waardoor zijn hoofd op de grond achteroverslaat.

'Het kwam door die kloteradio,' stoot Keely uit. 'Dat heb ik je al verteld.'

Nick trekt zijn linkervoet terug en schopt de agent in zijn gezicht. Het bloed spat over de tegelvloer. 'Geef me nu de ware reden,' zegt hij.

'Vergeet het maar, Neumann. Dit gaat boven je pet. We hebben het hier over Realpolitik, beleid dat het welzijn van miljoenen mensen beïnvloedt.'

'Val maar dood met je Realpolitik, Keely. Het gaat me om mijn team. Het gaat me om Johnny Burke.'

'Wie is Burke in jezusnaam? Die groene luitenant die in zijn pens geschoten is? Dat was zijn eigen schuld, niet de mijne.'

Nick buigt zich voorover, grijpt Keely bij zijn haar en trekt hem overeind zodat hij hem kan aankijken. 'Johnny Burke was een man die om andere mensen gaf. Daarom is hij nu dood.' Hij geeft Keely een kopstoot waarmee hij zijn neus breekt. 'Je bent een smeerlap,' zegt hij. 'Ik rook je stank al in het commandocentrum op de *Guam* voordat we aan land gingen, maar ik was te godvergeten naïef om er iets aan te doen. Je hebt ons erin geluisd. Je wist van de hinderlaag. Je hebt de radio's gesaboteerd.'

Keely drukt zijn beide handen tegen zijn neus om te proberen het bloeden te stelpen. 'Absoluut niet, Neumann. Zo was het niet. Het is groter dan je denkt.'

'Het kan me niet schelen hoe groot het was,' zegt Nick terwijl hij boven Keely's bevende lichaam uittorent. 'Je hebt mijn mannen erin geluisd en ik wil weten waarom.'

Hij trekt zijn voet terug en verstijft, plotseling misselijk van zijn eigen bloeddorst. Vijf maanden heeft hij van dit moment gedroomd. Hij heeft zich voorgesteld hoe zijn vuist Keely's jukbeen met een krakend geluid zal verbrijzelen. Hij heeft zichzelf voorgehouden dat hij alleen uit wraak zal handelen en dat Johnny Burke in elk geval deze voldoening verdient. Maar nu hij op Keely's lichaam neerkijkt en de slierten bloed uit zijn neus ziet hangen, is hij er niet meer zo zeker van.

'Oké, oké,' zegt Keely terwijl hij zijn handen in een machteloos gebaar voor zijn gezicht brengt om de schop die niet komt, af te weren. 'Ik zal je alles vertellen.' Hij sleept zich naar een hoek van het toilet en gaat met zijn rug tegen de tegelmuur zitten. Hij snuit een bloedklonter uit zijn neus en hoest. 'De aanslag op Enrile was goedgekeurd door de NCS, De Nationale Veiligheidsraad. We wilden de Filippijnse regering laten zien dat we achter haar stonden in haar pogingen een langdurige democratie in de Amerikaanse traditie op te bouwen. Ik bedoel zonder al die corruptie en die vriendjespolitiek van Marcos. Kun je me volgen?'

'Tot dusver wel.'

'Maar een paar leden van de Filippijnse regering vonden dat het plan niet voldoende was. Ze dachten dat ze hun doel er niet mee zouden bereiken.'

'Voldoende waarvoor?' vraagt Nick.

'Om ervoor te zorgen dat de VS weer veel meer in de Filippijnen zouden gaan doen. Je weet wel, zoals vroeger. Investeringen van kapitaal, nieuwe bedrijven. Ze hadden een excuus nodig om Amerika weer de Filippijnen te laten binnenstormen.'

'En dat excuus was Amerikaans bloed?'

Keely zucht. 'Een dringend verzoek van een bevriende democratie. Onze jongens worden gedood terwijl ze de vlag van de vrijheid planten. Jezus, het lukt altijd. Als jullie waren gesneuveld zoals de bedoeling was, zouden we nu al tienduizend militairen in Subic Bay hebben, waar ze horen. We hebben een eskader F-16's op Clark Airfield gereedstaan en de helft van de Fortune-500's staat te popelen om naar de Filippijnen terug te keren.'

'Maar het was *jouw werk* om ons erin te luizen, hè? De NSC wist daar geen moer van. Waar of niet, Keely? Dat was een afspraak tussen jou en je vriendjes op de Filippijnen.'

'Het was een operatie waar iedereen bij zou winnen. Sommigen van ons hier zouden wat extra geld verdienen en al die arme sloebers op de Filippijnen zouden het er ook beter door krijgen.'

'*Een operatie waar iedereen bij zou winnen?*' Je hebt acht Amerikaanse mariniers erin geluisd, zodat jij je zakken kon vullen. Door jouw toedoen is één goede man gedood en een andere is voorgoed invalide. Ik ben vijfentwintig jaar en ik zal de rest van mijn leven met dit been rondlopen, Keely.'

Keely's zelfgenoegzaamheid zorgt ervoor dat het mededogen dat

Nick begon te voelen in één klap verdwijnt. Zijn scrupules om Keely uit wraak lichamelijk letsel en pijn toe te brengen, verdwijnen. Het wordt zwart voor zijn ogen en dan knapt er iets in hem. Hij ziet Burkes smeulende romp op het Filippijnse zand liggen en herinnert zich hoe de gekartelde krater in de achterkant van zijn bovenbeen wordt geslagen. Hij voelt weer hoe hij kokhalst bij de aanblik ervan en hij herinnert zich dat hij niet kan geloven dat het *zijn been* is. Hij hoort weer de fluwelen stem van de dokter die hem vertelt dat hij nooit meer goed zal kunnen lopen en in een onderdeel van een seconde beleeft hij opnieuw de maanden van de pijnlijke revalidatie, waarin hij heeft bewezen dat de man ongelijk had. Hij draait zich om, haalt met zijn sterke been uit en trapt met al zijn kracht met de harde neus van zijn laars in Keely's onbeschermde kruis. Keely stoot zijn adem uit en valt opzij. Zijn gezicht is vuurrood en terwijl hij overgeeft, lijkt het alsof zijn ogen uit zijn hoofd zullen springen.

'Wraak, Keely. Die was voor Burke.'

Nicks herinneringen verdwijnen even snel als ze zijn gekomen. Er is maar een paar seconden voorbijgegaan. 'Het spijt me Thorne. Ik kan je gewoon niet van dienst zijn. Meer heb ik er niet over te zeggen.'

'Maak het niet moeilijk voor jezelf, Neumann. Als ik Kaiser over je oneervolle ontslag vertel, zal hij je de zak moeten geven. Hij kan geen veroordeelde als assistent hebben. Een carrière in het bankwezen zit er dan toch niet meer voor je in. Je kunt net zo goed iets goeds doen zolang je nog bij de bank werkt.'

Nick liep rakelings langs de DEA-agent. 'Leuk geprobeerd, Thorne. Doe maar wat je moet doen. Dat doe ik ook.'

'Ik had niet gedacht dat je een lafaard was, Neumann,' schreeuwde Thorne. 'Je hebt de Pasja al één keer laten ontkomen. Je zult zijn misdaden op je geweten hebben.'

OP EEN CIRKEL VAN LICHT NA DIE OP EEN STAPEL PAPIEREN OP ZIJN bureau viel, was het donker in het kantoor. Het was stil in het gebouw. Wolfgang Kaiser was alleen. De bank behoorde hem weer toe.

Kaiser staarde, met zijn wang tegen het glas gedrukt, door het boograam achter zijn bureau. Het voorwerp van zijn aandacht was een solide, grijs gebouw dat vijftig meter verderop, schuin tegenover de VZB, in de Bahnhofstrasse stond: de Adler Bank. Er brandde geen licht achter de ramen met de neergelaten jaloezieën. Het roofdier sliep, evenals zijn prooi.

Kaiser was zich er al twaalf maanden van bewust dat de Adler Bank aandelen van de VZB opkocht. Duizend aandelen hier, vijfduizend daar. Nooit genoeg om veel invloed op de dagelijkse handel in de aandelen te hebben en nooit genoeg om de koers op te drijven. Alleen kleine pakketten. Langzaam, maar gestaag. Hij had geraden wat Königs plannen waren, al wist hij niet waar hij het geld vandaan haalde. In reactie erop had hij een bescheiden plan ontwikkeld om zijn positie als directeur en voorzitter van de raad van bestuur van de Verenigde Zwitserse Bank voorgoed veilig te stellen.

Twaalf maanden geleden had de bank haar honderdvijfentwintigjarige bestaan gevierd en ter ere daarvan werd er een diner gegeven in Hotel Baur au Lac. Alle leden van de raad van bestuur en hun echtgenotes waren uitgenodigd. Er werden toosten uitgebracht, er werden waarderende woorden gesproken over wat er in het verleden was bereikt en er werd misschien een traantje weggepinkt, maar dan alleen door de gepensioneerde leden van de raad. Kaisers actieve collega's maakten zich veel te druk om wat er aan het eind van de avond bekendgemaakt zou worden om het werk van hun voorgangers te prijzen. Ze waren op geld gefixeerd.

Kaiser herinnerde zich hoe hun ratachtige gezichten die avond van begeerte oplichtten. Toen hij had aangekondigd dat elk lid van de raad een jaarbonus van honderdduizend francs zou ontvangen, was er eerst een stilte gevallen, maar toen barstte er een daverend applaus los. Hij kreeg een staande ovatie en er werd 'Leve de VZB!' en 'Op de voorzitter!' geroepen.

Hoe had hij eraan kunnen twijfelen dat hij de raad helemaal in zijn zak had? Kaiser permitteerde zich een lachje vol zelfmedelijden. Nog geen jaar later hadden vele van de functionarissen die zo tevreden waren geweest dat ze honderdduizend francs in hun zak hadden kunnen steken, zich bij Königs grauwende meute wolven aangesloten en vielen ze over elkaar heen om zijn 'ouderwetse' managementstrategie te bekritiseren. De toekomst lag bij de Adler Bank, bij de agressieve handel in opties en derivaten, bij meerderheidsbelangen in niet-verwante bedrijven en bij speculaties op de buitenlandse-valutamarkt.

De toekomst, vatte Kaiser samen, lag bij de opgeblazen waarde van de VZB-aandelen die een overname door de Adler Bank tot gevolg zou hebben.

Het Wilde Westen was naar Zürich gekomen. Verdwenen was de tijd van de negatieve rentevoet, waarin buitenlanders die hun geld graag op een Zwitserse bank wilden zetten niet alleen bereid waren van rente af te zien, maar de bank zelfs betaalden om hun geld te accepteren. Zwitserland was niet langer de enige veilige haven voor vluchtkapitaal. Liechtenstein, Luxemburg en Oostenrijk hadden ook stabiele, discrete instellingen te bieden die hun Zwitserse buren beconcurreerden, evenals de Kaaiman Eilanden, de Bahama's en de Nederlandse Antillen.

In deze vijandige omgeving had Wolfgang Kaiser zijn best gedaan om de positie van de VZB aan de top van de hiërarchie in het particuliere bankwezen te behouden en daarin was hij geslaagd. Het was waar dat de rentabiliteit naar boekhoudkundige maatstaven gemeten daalde, maar de nettowinst zou voor het negende jaar in successie toenemen: er werd over het afgelopen jaar een stijging van zeventien procent ten opzichte van het jaar daarvoor verwacht. In elke andere tijd zou een dergelijke winst bewonderenswaardig zijn, maar dit jaar werd er minachtend op neergekeken. Wat was een winststijging van zeventien procent vergeleken met de stijging van tweehonderd procent bij de Adler Bank?

Kaiser sloeg gefrustreerd op zijn dij. Zijn beleid voor de bank was gezond en juist. Het respecteerde de geschiedenis van de bank en speelde agressief in op haar sterkste punten. Waarom wilde niemand naar hem luisteren?

In de eerste honderd jaar van haar bestaan was het de bank even goed gegaan als een dozijn andere middelgrote financiële instellingen die in de behoeften van de kleinere concerns van Zürich voorzagen en voldeden aan de eis van discretie van buitenlanders, hoofdzakelijk Duitsers, Fransen en Italianen die hun geld wilden wegzetten in een sfeer van maximale veiligheid en minimale controle. In 1964 stapte de bank over op een agressief beleid dat een snelle groei tot doel had. Er werden banken met dezelfde grootte en hetzelfde werkterrein in Luzern, Basel, Bern en Genève gekocht. Er werden niet alleen vestigingen in heel Zwitserland geopend, maar ook in Beiroet, Dubai en Jeddah, wat destijds gewaagd was, maar van een zeer vooruitziende blik getuigde. In 1980 was de VZB een belangrijke internationale bank geworden.

Door zijn vooruitgeschoven posten in het Midden-Oosten te benutten, was de VZB erin geslaagd een belangrijk deel van de financiering van de oliewinning in het koninkrijk Saoedi-Arabië, het sjeikdom Koeweit en de voormalige staten Abu Dhabi, Dubai en Sharja, die tegenwoordig bekendstaan als de Arabische Emiraten, aan te trekken. Evenals zijn Arabische cliënten had de VZB in 1973 en 1979 gouden tijden gekend toen de wijze bedoeïenen van het Arabische schiereiland hadden besloten dat de kostbare grondstof die zich onder hun woestijn bevond, hogelijk ondergewaardeerd werd.

Kaiser stond daar in het midden van zijn donkere kantoor en dacht met heimwee terug aan het verleden. Hij zou Klaus König en zijn vervloekte Adler Bank niet toestaan de VZB over te nemen. Toch waren zelfs portefeuillemanagers van de VZB die graag een behoorlijke winst wilden maken op het kapitaal dat ze voor hun cliënten beheerden, ertoe overgegaan VZB-aandelen te verkopen. Intussen bleef de Adler Bank aandelen op de open markt aankopen, zij het in een trager tempo. Was het te vroeg om te hopen dat Königs ogenschijnlijk onbeperkte voorraad contant geld uitgeput was?

Hij liep terug naar zijn bureau en ging zitten. Opeens moest hij denken aan de foto die Thorne hem had laten zien. Stefan Wilhelm Kaiser. De enige zoon uit een bitter en kort huwelijk. Zijn moeder woonde nu in Genève en was met een andere bankier getrouwd. Kaiser had sinds de begrafenis niet meer met haar gesproken.

'Stefan,' fluisterde hij.

Jarenlang had Kaiser zich afgeschermd voor het verdriet om de dood van zijn zoon. Voor hem was Stefan nog steeds tien jaar. Kaiser had op de foto deze man die op de snijtafel lag, deze onverzorgde crimineel met het geklitte haar en de puisterige huid niet gekend. Deze drugverslaafde.

Nu had Kaiser een tweede kans. De gedachte dat de jonge Neumann nu op de Derde Verdieping werkte, troostte hem. De gelijkenis van de jongen met zijn vader was griezelig. Als hij hem zag, leek het alsof hij in het verleden keek.

Kaiser deed het licht uit, leunde achterover in zijn stoel en vroeg zich af hoe het allemaal zou eindigen. Het vooruitzicht dat zijn vermoeide lichaam op de afvalhoop van afgedankte directeuren zou komen te liggen, lokte hem niet aan. Hij zou zijn laatst franc geven om tot zijn dood directeur van de Verenigde Zwitserse Bank te kunnen blijven.

ALI MEVLEVI LIET HET LAATSTE STUKJE GESMOORD LAMSVLEES VAN ZIJN vork op zijn bord vallen. 'Ik ben volkomen verzadigd,' zei hij. 'En jij, schat?'

Lina blies haar wangen op. 'Ik voel me als een ballon waar te veel lucht in zit.'

Mevlevi keek naar haar bord. Het grootste deel van haar middagmaal was onaangeroerd. 'Vond je het niet lekker? Ik dacht dat je zo van lamsvlees hield.'

'Het was heel lekker. Ik heb gewoon geen honger.'

'Geen honger? Hoe kan dat? Misschien te weinig lichaamsbeweging?'

Lina glimlachte ondeugend. 'Misschien wel te veel.'

'Voor zo'n jonge vrouw als jij? Dat denk ik niet.' Mevlevi schoof zijn stoel naar achteren en liep naar het brede raam. Hij had haar die ochtend bijna verslonden. Nog een laatste keer, had hij zichzelf voorgehouden. Nog een laatste moment in haar armen.

Een leger van wolken had zich om zijn kamp verzameld. Een zwakke storm vanaf de Middellandse Zee was over de Libanese kustvlakte getrokken en had de wolken tegen de heuvels samengedreven. Valwinden raasden over het terras en deden de ramen kletteren.

Lina kwam bij hem staan, sloeg haar armen om zijn buik en wreef met haar hoofd over zijn rug. Normaal gesproken genoot hij van haar attenties, maar die tijd was nu voorbij en hij trok haar handen los. 'Ik kan het nu duidelijk zien,' verklaarde hij. 'De weg die ik moet gaan, wordt me getoond en het pad is verlicht.'

'Wat zie je dan, Al-Mevlevi?'

'De toekomst, natuurlijk.'

'En?' Lina legde haar hoofd weer tegen zijn rug.

Hij draaide zich om en duwde haar armen tegen haar zij. 'Je weet toch wel wat die brengen moet?'

Lina keek hem strak aan. Hij zag dat ze zijn gedrag vreemd vond. Haar onschuld was ontwapenend. Bijna dan.

'Wat dan?' vroeg ze. 'Weet *jij* dan wat de toekomst zal brengen?'

Maar Mevlevi luisterde niet meer naar haar. Hij luisterde naar het staccatogeluid van Josephs voetstappen in een gang van het huis. Hij keek op zijn horloge en liep de eetkamer uit naar zijn kantoor. 'Kom bij ons zitten, Lina,' riep hij over zijn schouder. 'Je gezelschap wordt zeer op prijs gesteld.'

Mevlevi liep zijn studeerkamer binnen tot hij recht tegenover het hoofd van de beveiliging stond. Joseph stond in de houding met zijn blik strak naar voren gericht. Mijn trotse woestijnhavik, dacht Mevlevi.

Lina kwam even later binnen en installeerde zich op de bank.

'Is er nog nieuws?' vroeg Mevlevi.

'Alles verloopt volgens plan. De schildwachten rapporteren dat alles rustig is.'

'Alles rustig aan het westelijk front,' zei Mevlevi. 'Heel goed.' Hij stapte om de soldaat heen en begon door de kamer heen en weer te lopen. Ten slotte bleef hij recht achter Joseph staan. 'Is je genegenheid voor mij minder geworden?' vroeg hij.

Lina begon te antwoorden, maar hij legde haar het zwijgen op door zijn hand op te heffen. Hij herhaalde de vraag op een fluistertoon in Josephs oor. 'Is je genegenheid voor mij minder geworden? Geef antwoord.'

'Nee, meneer,' antwoordde de woestijnhavik. 'Ik houd van u en respecteer u als mijn vader.'

'Leugenaar!' Mevlevi sloeg hem hard in de nieren.

Joseph viel op één knie.

Mevlevi draaide zijn oor om en trok hem overeind. 'Geen vader zou door een zoon slechter gediend en zwaarder teleurgesteld kunnen worden. Hoe heb je me zo in de steek kunnen laten? Eens zou je je leven voor me hebben gegeven.' Hij volgde met zijn vinger het kronkelige litteken dat over de wang van de woestijnhavik liep en sloeg hem toen met de vlakke hand in zijn gezicht. 'Zou je dat nog doen?'

'Ja, Al-Mevlevi. Altijd.'

Mevlevi stompte hem in de maag en keek hem woedend aan. 'Ga rechtop staan. Je bent een soldaat. Eens heb je me beschermd. Je hebt me gered tijdens een zelfmoordaanval van Mongs moordenaars. En nu? Kun je me nu niet beschermen?'

Lina pakte een kussen en drukte het tegen haar borst.

Mevlevi legde zijn handen op de schouders van zijn lijfwacht. 'Kun je me niet beschermen tegen een adder in mijn huis? Een adder die ik aan mijn borst gekoesterd heb?'

'Ik doe altijd mijn best.'

'*Jij* zult me nooit verraden.'

'Nooit,' zei de woestijnhavik.

Mevlevi omklemde Josephs kin met zijn ene hand, streelde met de andere het gemillimeterde haar van zijn adjudant en drukte een harde

seksloze kus op zijn lippen. 'Ja, in mijn hart weet ik dat. *Nu weet ik dat.*'
Hij liet hem los en liep met afgemeten stappen naar de bank waarop Lina zat. 'En jij, *chérie?* Wanneer zul jij me verraden?'
Ze staarde hem met wijd opengesperde ogen aan.
'Wanneer?' fluisterde Mevlevi.
Lina sprong overeind en rende langs hem de gang in.
'Joseph,' beval de Pasja. 'Suleimans Bassin!'

Vijftig meter van Ali Mevlevi's huis vandaan stond een laag rechthoekig gebouw dat niets opvallends had. De betonnen muren waren onlangs geverfd en het had een terracotta dak dat in het gebied algemeen voorkwam. De saaie gevel ervan was versierd door latwerken die door nog niet bloeiende bougainville's doorvlochten waren. Een snelle inspectie zou echter een paar merkwaardige details aan het licht brengen. Er liep geen pad door het goed onderhouden gazon dat het gebouw omringde en er was geen deur in de muren. De dubbelglazige, geluiddichte ruiten waren met een rij spijkers van tien centimeter vastgezet en de zwarte gordijnen erachter waren gesloten. Maar niets was vreemder en onontkoombaarder dan de geur die uit het gebouw naar buiten kwam. Het was een doordringende stank die ervoor zorgde dat je ogen gingen tranen en je keel begon te branden.

Ali Mevlevi liep met gebogen hoofd en devote tred door de ondergrondse gang. Hij droeg een witte *disjdasja*, teenslippers, een met gouddraad geborduurd, islamitisch bidpetje dat met parels was bezet en had de koran in zijn hand. Het heilige boek was geopend bij een gebed dat toepasselijk was voor de gelegenheid – de Verheffing van het Leven – en hij las het hardop. Na één vers naderde hij het eind van de betegelde gang. Zijn ogen begonnen te tranen – een natuurlijke reactie op de scherpe geur die zijn neusgaten binnendrong – en hij hield op met lezen. Hij negeerde het ongemak, omdat het nu eenmaal noodzakelijk was het werk van de Almachtige God, Allah, te bevorderen en beklom de betonnen trap die naar de zaal leidde. Vóór hem strekte zich Suleimans Bassin uit, de erfenis van de grootste van de Ottomaanse heersers, Suleiman de Verhevene. Het bassin was dertig meter lang en vijftien meter breed en gevuld met een mengsel van water, formaldehyde en natriumtrifosfaat. Eeuwenlang hadden de Turkse heersers dit mengsel gebruikt om het jeugdige lichaam van bijzonder dierbare concubines maanden en zelfs jaren te preserveren. Ergens in de loop van de geschiedenis waren verdorven oosterse heersers het bassin in plaats van voor aanbidding voor foltering en daarna voor moord gaan gebruiken. Het was maar een klein stapje van het een naar het ander.

'Al-Mevlevi,' krijste Lina toen ze hem het paviljoen zag binnenkomen. 'Ik smeek je. Je vergist je. Alsjeblieft...'
Mevlevi hield zijn devote tred aan en liep langzaam naar Lina toe, die

naakt in een rotanstoel met een hoge rugleuning zat. Haar handen en voeten waren met sisaltouw vastgebonden. Hij streelde haar fijne zwarte haar. 'Ssst, mijn kind. Je hoeft het niet uit te leggen. Je hebt naar je toekomst gevraagd. Die kun je nu aanschouwen.'

Mevlevi wendde zijn blik van Lina af en keek naar het bassin. Onder het oppervlak kon hij een dozijn hoofden onderscheiden. Het haar van de lijken waaierde als onderzeese planten op een tropisch rif uit. Hij tastte de opgeblazen lijken met zijn blik af tot aan hun voeten die aan donkere, langwerpige stenen waren vastgebonden.

Lina hapte naar adem en begon weer tegen hem te praten. 'Al-Mevlevi, ik werk niet voor de Makdisi's. Ja, ze hebben me naar de club gebracht, maar ik heb nooit voor ze gespioneerd. Ik heb ze nooit iets verteld. Ik houd van je.'

Mevlevi verbande zijn gevoelens naar een uithoek van zijn ziel. 'Houd je van me? De Makdisi's zouden teleurgesteld zijn, maar ik ben erdoor gevleid. Moet ik je geloven?'

'Ja ja, je moet me geloven.' Ze hield op met huilen. Ze vocht voor haar leven. Haar oprechtheid was haar enige wapen.

'Vertel me de waarheid, mijn lieve Lina. Alleen maar de waarheid. Ik wil alles weten.' Gewoonlijk genoot Mevlevi van deze laatste ogenblikken, van het sarren en het tergen, van het wekken van de laatste hoop, maar vandaag niet. Hij kuste haar en voelde dat haar lippen hard en droog waren. Hij haalde een zakdoek uit zijn kaftan en veegde de tranen van haar wangen.

'Vertel me de waarheid,' zei hij weer, ditmaal zachter, alsof hij haar in slaap wilde sussen.

'Ja ja, ik zweer het.' Lina knikte heftig. 'De Makdisi's hebben me in Jounieh gevonden. Ze hebben eerst met mijn moeder gesproken en haar veel geld geboden. Duizend Amerikaanse dollars. Mijn moeder heeft me apart genomen en me over hun bod verteld. "Wat willen die mannen dat ik doe?" vroeg ik haar. Een van de Makdisi's antwoordde. Hij was een kleine, dikke man met grijs haar en heel grote ogen, ogen als oesters. "We willen alleen dat je kijkt, dat je je ogen goed de kost geeft en probeert dingen aan de weet te komen." "Wat moet ik aan de weet zien te komen?" vroeg ik. "Geef je ogen goed de kost," zei hij. "We nemen wel contact met je op."'

'Wilden ze niets bepaalds weten?'

'Nee, alleen dat ik goed keek wat je deed.'

'En?'

Lina likte over haar lippen en sperde haar ogen wijd open. 'Ja, ik heb gekeken wat je deed. Ik weet dat je 's ochtends om zeven uur met je werk begint en dat je vaak in je kantoor blijft tot ik naar bed ga. Soms zeg je de gebeden van halverwege de ochtend niet. Ik denk dat je dat niet doet, omdat je ze vervelend vindt, niet omdat je het vergeet. Op de rustdag kijk je de hele dag naar de tv, naar voetbal.'

Het verbaasde Mevlevi dat ze haar misdaden zo bereidwillig opbiechtte. Het meisje dacht echt dat ze onschuldig was.

'Eén keer, ik zweer het, één keer maar heb ik in je bureau gekeken toen je niet thuis was. Daar heb ik spijt van. Maar ik heb niets gevonden. Helemaal niets. Ik begrijp al die cijfers niet. Wat ik zag, betekende niets voor me.'

Mevlevi bracht zijn handen samen alsof hij wilde gaan bidden. 'Een eerlijk meisje,' riep hij uit. 'Allah zij dank. Je had het over cijfers. Ga verder.'

'Ik begrijp zo veel cijfers niet. Wat valt eraan te zien? Je werkt en werkt maar en je bent de hele dag aan het telefoneren.'

Mevlevi glimlachte alsof haar bekentenis hem plezier deed. 'Dan moet je me nu vertellen wat je precies aan de Makdisi's hebt doorgegeven, Lina.'

'Niets. Ik zweer het.' Ze sloeg haar ogen neer. 'Een beetje maar. Als ik 's zondags mijn moeder bezocht, belde hij me.'

'Wie?'

'Meneer Makdisi. Hij wilde weten wat je de hele dag doet. Hoe laat je opstaat, wanneer je eet, of je uitgaat. Verder niets. Ik zweer het.'

'En dat heb je hem natuurlijk verteld,' zei Mevlevi alsof dat de gewoonste zaak van de wereld zou zijn.

'Ja, natuurlijk. Hij heeft mijn moeder zoveel geld betaald. Wat voor kwaad zou het kunnen?'

'Natuurlijk, schat. Vertel me eens, heeft hij ook vragen gesteld over mijn geld? Over banken? Over hoe ik mijn partners betaal?'

'Nee, nee, dat heeft hij me nooit gevraagd. Nooit.'

Mevlevi fronste zijn voorhoofd. 'Hij was er zeker van dat Albert Makdisi informatie over zijn overboekingen aan de DEA had doorgegeven. Makdisi wilde al heel lang rechtstreeks zaken met Mong doen en daarvoor moest hij de tussenpersoon uitschakelen. 'Ik zou het op prijs stellen als je me de waarheid vertelt, Lina.'

'Alsjeblieft, Al-Mevlevi, je moet me geloven. Hij heeft niets over geld gevraagd. Hij wilde alleen weten hoe je de dag doorbrengt en of je reist. Niets over geld.'

Mevlevi haalde een zilverkleurige Minox-camera uit zijn zak en bewoog hem eerst voor Lina's ogen en daarna onder haar neus heen en weer alsof het een goede sigaar was. 'En wat is dit dan, schat?'

'Dat weet ik niet. Een kleine camera? Ik geloof dat ik er zo een wel eens in winkels heb gezien.'

'Nee, *chérie*. Zo een als deze heb je nog nooit in een winkel gezien.'

'Hij is niet van mij.'

'Natuurlijk niet,' kirde hij. 'En dit leuke dingetje?' Hij hield een mat zwartmetalen box voor haar gezicht die niet groter was dan een spel kaarten. Uit het ene uiteinde trok hij een stompe rubberantenne.

Lina staarde naar het metalen voorwerp. 'Ik weet niet wat dit is,' zei ze verontwaardigd. 'Vertel jij het me maar.'

'Moet ik jou dat vertellen?' Mevlevi keek over zijn schouder naar Joseph. 'Ze wil dat wij het háár vertellen.'

Joseph keek onbewogen toe.

'Toen Max Rothstein me had verteld dat Albert Makdisi je naar Little Maxim's had gebracht, ben ik met Joseph je kamer gaan doorzoeken. Je moet begrijpen dat het woord van Max alléén niet voldoende voor me was, schat. Niet om je te veroordelen. Ik moest voor mezelf zekerheid hebben. We hebben in dat gat dat je zo slim in de vloer onder je bed hebt gemaakt, dit leuke apparaatje – het is trouwens een radio – gevonden, samen met de camera.' Mevlevi hield de kleine zender voor haar ogen.

Lina raakte geagiteerd. 'Houd op!' schreeuwde ze. 'Er is geen gat in mijn kamer. Die camera is niet van mij en die radio ook niet. Ik heb ze nog nooit gezien. Ik zweer het.'

'De waarheid, Lina.' Mevlevi's stem kreeg een fluwelen klank. 'Hier spreken we alleen de waarheid.'

'Ik ben geen spionne. Ik heb nooit naar die radio geluisterd en die camera is niet van mij.'

Mevlevi ging dichter bij Lina staan. 'Wat zei je?' Zijn stem had een dringende klank die hij tot nu toe niet had gehad en zijn houding verstijfde plotseling.

'Ik heb nooit naar die radio geluisterd,' kreunde Lina. 'Als ik muziek wil horen, ga ik naar de huiskamer. Waar zou ik een transistorradio voor nodig hebben?'

'Charmant,' zei hij tegen Joseph. 'Een ogenblik geloofde ik haar bijna.'

Mevlevi ging achter de rotanstoel staan en liet zijn handen over Lina's lichaam glijden. Hij kneep zachtjes in haar krachtige schouders en streelde haar stevige borsten. 'Het moment is gekomen waarop onze wegen zich scheiden, Lina. Je gaat nu een bovenaards pad betreden. Het spijt me dat ik niet met je kan meegaan, maar mijn werk is nog niet voltooid. Maar misschien worden we spoedig herenigd. Ik heb echt van je gehouden.'

Lina draaide haar hoofd met gesloten ogen naar hem om. Ze huilde zachtjes. 'Waarom?' vroeg ze tussen haar snikken door. 'Waarom?'

Heel even stelde Mevlevi de Almachtige dezelfde vraag. Waarom moet ik iemand verliezen die zoveel voor me betekent? Iemand die alleen licht en vreugde in mijn leven heeft gebracht. Ze is nog maar een kind. Een onschuldig kind. Ze zou toch niet zo moeten lijden voor haar misdaden. Toen voelde hij dat zijn vastberadenheid terugkwam en hij wist dat Allah door hem sprak.

'Je bent naar me toe gebracht om me op de proef te stellen. Als ik afscheid van jou kan nemen, mijn liefste, kan ik van het leven zelf afscheid nemen. Allah eist offers van ons allemaal.'

'Nee, nee, nee,' fluisterde ze.

'*Adieu, liefste.*' Hij stond op en knikte naar Joseph.

Joseph liep naar Lina toe. 'Ga vredig,' raadde hij haar aan. 'Ga met waardigheid. Zo wil Allah het. Je moet je niet verzetten.' Toen hij haar optilde, spartelde ze niet tegen.

Joseph droeg haar naar een lage bank aan het andere eind van het gebouw. Eronder lag een langwerpige steen die vijftig centimeter lang en vijfentwintig centimeter hoog was. De steen woog precies vijftien kilo. Hij maakte Lina's voeten los en zette ze in de smalle holtes die in de steen waren uitgehouwen. Aan een koperen oogschroef tussen de holtes waren twee roestvrijstalen boeien bevestigd die hij om haar voeten sloot.

'Waarom doe je dit?' vroeg Lina. Haar tranen waren opgedroogd en haar gezwollen ogen stonden helder.

'Ik moet Al-Mevlevi gehoorzamen. Hij wordt geïnspireerd door een hoger ideaal dan wij.'

Lina probeerde Joseph met haar geboeide handen in zijn gezicht te slaan. 'Ik geloof je niet. Jij bent de leugenaar. Jij hebt de radio onder mijn bed gestopt. Jij!'

'Sst!' Joseph knielde en hield haar een beker wijn voor. 'Er zit een sterk kalmerend middel in. Al-Mevlevi wilde niet dat je pijn zou voelen.'

'Dit is het eind van mijn leven. Ik wil elk moment bewust meemaken.'

Joseph trok haar haastig overeind.

Ali Mevlevi stond, met zijn hoofd naar de hemel geheven, aan de andere kant van het bassin terwijl zijn lippen in een stom gebed bewogen.

Lina rukte jammerend aan haar boeien, maar ze gaven geen duimbreed mee.

Joseph fluisterde in haar oor dat Allah eeuwig van haar zou houden en droeg haar de smalle loopplank op die het bassin overbrugde. Toen tilde hij haar zo hoog hij kon boven zijn hoofd en gooide haar in het water. Haar schreeuw vermengde zich met het geluid van het opspattende water en nog een paar seconden nadat ze onder het oppervlak was verdwenen, echode haar stem door het gewelfde paviljoen.

Buiten stond een Bell Jet Ranger-helikopter met stationair draaiende motor op het grootste gazon van het terrein. De hemel was grauw en er viel een lichte motregen.

Mevlevi liep, met zijn hand op Josephs schouder, naar de helikopter. 'Lina heeft Khamsin in gevaar gebracht. Je begrijpt toch dat er geen andere oplossing was?'

'Natuurlijk, Al-Mevlevi.'

'Ik begin een sentimentele dwaas te worden. Ik had medelijden met haar. Het is op mijn leeftijd moeilijker geen emoties te hebben.' Hij zweeg even en zei toen: 'Onze prioriteiten zijn duidelijk. Khamsin moet vaste vorm krijgen. Je moet onmiddellijk vertrekken om de verantwoordelijkheid voor onze laatste zending te nemen. Je vliegt naar een vrachtschip dat vlak bij Brindisi vóór de Italiaanse kust in de Adriatische Zee vaart.'

'Mag ik even mijn spullen pakken?'

'Nee, ik vrees dat daarvoor geen tijd is.'

Voor één keer protesteerde Joseph. 'Het duurt maar een paar minuten.'

'Je vertrekt onmiddellijk,' beval Mevlevi. 'Neem deze tas mee. Er zitten een paspoort, wat kleren en vijfduizend dollar in. Als je eenmaal veilig aan boord bent, neem ik contact met je op om je verdere instructies te geven. De winst van deze transactie is van cruciaal belang. Is dat duidelijk?'

'Ja, Al-Mevlevi.'

'Goed.' Mevlevi zou Joseph willen vertellen dat zijn mannen over twee dagen in twee groepen van elk driehonderd man sterk onder dekking van het duister tussen twee en zes uur 's nachts, wanneer zuidelijk Libanon buiten bereik van de Amerikaanse satellieten was, naar het zuiden, naar de Israëlische grens zouden trekken. Maar vooral zou hij hem willen vertellen dat Khamsin, zonder de winst van deze transactie en de veel grotere bedragen die deze winst bijna onmiddellijk beschikbaar zou maken, bijna zeker zou mislukken en dat het dan de zoveelste vergeefse en uiteindelijk suïcidale invasie zou worden. Maar helaas, hij moest de last van die wetenschap alleen dragen.

'De mannen die je in Brindisi zult ontmoeten...'

'Ja?'

'Ik weet niet meer of ze wel te vertrouwen zijn. Misschien hebben ze zich bij de Makdisi's aangesloten. Neem voorzorgsmaatregelen. Onze zending moet zo snel mogelijk Zürich bereiken. Als de handel eenmaal uitgeladen is, mag je geen vertragingen accepteren.'

Joseph strekte zijn hand naar de tas uit en pakte het hengsel vast, maar Mevlevi liet niet los. Hij keek Joseph diep in de ogen. 'Jij zult me niet verraden.'

Joseph richtte zich in zijn volle lengte op. 'Nooit, Al-Mevlevi. Daarvoor ben ik u te zeer verplicht. Ik zweer het bij alles wat me heilig is.'

37

MARCO CERRUTI ZAT RECHTOP IN ZIJN BED. HIJ ADEMDE SNEL EN OPPER-vlakkig en was drijfnat van het zweet. Hij opende zijn ogen en de contouren van de kamer werden langzaam zichtbaar.

Hij deed de lamp naast zijn bed aan. Hij moest een glas water hebben. De koude tegels van de badkamervloer gaven hem een fris gevoel, waardoor hij zich minder nerveus voelde. Hij dronk nog een tweede glas water en besloot toen te controleren of hij de ramen wel goed had gesloten en de deur van de lift op slot had gedaan. Toen hij daarmee klaar was, ging hij terug naar bed.

Hij legde zijn hoofd op het kussen en staarde naar het plafond. Hij had de droom al wekenlang niet meer gehad en zijn herstel was sneller gegaan. Hij was niet bang meer voor de nachten en het was niet meer uitgesloten dat hij weer aan het werk zou gaan. Toen waren de bezoeken van Thorne gekomen.

De Amerikaan maakte hem bang. Hij stelde zoveel vragen. Vragen over meneer Mevlevi, over de directeur en zelfs over de jonge meneer Neumann die hij maar één keer had ontmoet. Cerruti was beleefd geweest, zoals hij altijd tegen zijn gasten was, en hij had de vragen van de man respectvol beantwoord. Natuurlijk had hij gelogen, maar hij had het slim en, naar hij hoopte, zelfverzekerd gedaan. Nee, had Cerruti met klem gezegd, hij kende niemand die Ali Mevlevi heette. Nee, hij kende geen cliënt van de bank die de Pasja genoemd werd. Een man die grote partijen heroïne Europa binnensmokkelde? De bank deed geen zaken met zulke mensen.

'U hebt de morele plicht ons bij ons onderzoek te helpen,' had Thorne gezegd. 'Als u blijft weigeren te praten, bent u niet alleen een employé van een oneerlijke bank, maar ook een employé van Ali Mevlevi en daardoor bent u, net als hij, een misdadiger. Ik zal niet rusten voordat ik hem te pakken heb. En als hij eenmaal twaalf meter onder de grond in een zwart gat zit, kom ik achter u aan. Ik wil geen uitvluchten horen!' had Thorne geschreeuwd. 'U hebt geen andere keus dan ons te helpen de Pasja achter de tralies te krijgen.' Zelfs de Amerikaan gebruikte de bijnaam. Het was vreemd dat hij zich er zo druk om maakte dat Mevlevi een grote jongen in de heroïnehandel was. Wist hij dan niet van de wapens? Cerruti was majoor in het Zwitserse leger – bij de inlichtingendienst uiteraard – maar hij wist wel het een en ander van de bewapening van een bataljon lichte infanterie. Hij had zich niet kunnen voorstellen dat een particulier de kolossale voorraad wapens en munitie zou kunnen kopen, de berg materieel die hij twee maanden geleden in het kamp van de Pasja had gezien. Genoeg, had Cerruti geconcludeerd, voor een heel bloedige, kleine oorlog.

De herinnering aan zijn laatste bezoek aan Ali Mevlevi's kamp leidde er onherroepelijk toe dat hij aan de oorzaak van zijn overspannenheid moest denken: Suleimans Bassin.

Hij had nog nooit in zijn leven zoiets afschuwelijks gezien. Hij sloot zijn ogen bij de herinnering aan de bleke lichamen die in het bassin ronddreven en bedekte zijn oren om niet weer te horen hoe meneer Mevlevi brulde van het lachen toen hij flauwviel.

Cerruti ging voor de tweede keer die nacht rechtop in zijn bed zitten. Misschien had Thorne gelijk; misschien moest Mevlevi een halt toegeroepen worden.

Cerruti drukte het laken tegen zijn kin. Hij kon niet weer gaan slapen, terwijl die afschuwelijke droom op hem wachtte. Hij begon zachtjes heen en weer te wiegen en kreunde: *'Suleimans Bassin.'* Zwitserland had een wet die op dit soort gevallen van toepassing was en hij wist dat niemand meer dan meneer Mevlevi in aanmerking kwam om beschouwd te worden 'als een cliënt wiens activiteiten voor de employé aanleiding zijn om te concluderen dat er sprake is van onwettige zakelijke praktijken'.

Cerruti haalde een paar keer diep adem. Morgenochtend zou hij meneer Thorne bellen en hem de papieren laten zien die in zijn bureau lagen. Hij zou bewijzen overleggen waaruit bleek dat de Pasja rekeningen bij de Verenigde Zwitserse Bank had en twee keer per week grote bedragen liet overboeken. Hij zou de internationale autoriteiten helpen de schurk Mevlevi voor het gerecht te brengen.

Trots op zijn besluit ging Cerruti helemaal rechtop in zijn bed zitten, maar zijn glimlach vervaagde langzaam. Hij kon zo'n enorm belangrijk besluit niet alleen nemen.

Cerruti begon daarover na te denken en al snel brak het klamme zweet hem over zijn hele lichaam uit. Er was maar één man met wie hij dit kon bespreken. De man die hem bij het nemen van zoveel belangrijke beslissingen in zijn leven had geholpen.

Voor de tweede keer in een kwartier sloeg Cerruti de lakens terug en stond op. Hij liep naar de kast en pakte er een badstoffen kamerjas uit. Hij deed alle lampen in het appartement aan en ging ten slotte in zijn kleine studeerkamer achter zijn bureau zitten. Hij opende de la en haal-

de er een dun grijs boekje uit. Zijn hand beefde maar een beetje toen hij het nummer opzocht. Hij staarde naar het boekje en hoewel het eenentwintig graden in het appartement was, begon hij te rillen. Het eerste nummer op de bladzijde herkende hij, omdat hij het in zijn lange carrière wel honderd keer had gedraaid, maar het tweede nummer had hij nog nooit gebeld. *Voor noodgevallen, Marco,* hoorde hij de luide baritonstem zeggen. *Voor de beste vrienden op de moeilijkste momenten.*
Om 1.37 uur pakte hij de telefoon en belde zijn redder.

Wolfgang Kaiser nam op nadat de telefoon twee keer was overgegaan.

'Wat is er?' vroeg hij met gesloten ogen en met zijn hoofd nog op het kussen. Hij hoorde een kiestoon en vlak bij hem ging een andere telefoon weer over.

Kaiser gooide de dekens van zich af en zwaaide zijn benen uit bed. Hij knielde en trok het deurtje van zijn nachtkastje open. Een zwarte telefoon stond in een schuifla. Hij nam de hoorn van de haak toen de telefoon weer rinkelde.

'Kaiser,' zei hij op norse toon.

'Schakel alsjeblieft nu in.' Het was een bevel.

Kaiser drukte op een doorzichtige kubus onder aan de speciale telefoon waardoor de Motorola Viscom III Scrambler werd ingeschakeld. Geruis kriebelde in zijn oor, maar even later was de verbinding weer storingvrij.

'Kaiser.' Deze keer sprak hij zacht en eerbiedig.

'Ik arriveer over twee dagen,' zei Ali Mevlevi. 'Tref de gebruikelijke voorbereidingen. Ik kom om elf uur op Zürich Airport aan.'

Kaiser legde de telefoon op zijn linkerschouder en bedekte met zijn rechterhand het mondstuk. 'Weg,' siste hij tegen de vorm aan de andere kant van het bed. 'Ga naar de badkamer, sluit de deur en zet de kraan van het bad open. Nu!'

Een vrouw stapte uit het bed en liep naakt naar de badkamer. Kaiser keek haar na. Na al die tijd genoot hij nog van haar weelderige figuur.

'Dit is een verkeerd moment om naar Zürich te komen, Ali,' zei Kaiser. 'Thorne en zijn team zullen de bank vast en zeker onder surveillance houden.'

'Thorne is een lastpak van wie we gemakkelijk kunnen afkomen. Je beschouwt hem toch zeker niet als een bedreiging?'

'De man is een vertegenwoordiger van de Amerikaanse overheid. In andere tijden zouden we hem gemakkelijk van ons lijf kunnen houden, maar nu?' Kaiser zuchtte. 'Je weet maar al te goed in wat voor situatie we ons bevinden.'

'Dat maakt niet uit. Hij moet onschadelijk gemaakt worden.'

'Je bedoelt toch niet...'

'We worden toch niet teerhartig, hè?' vroeg Mevlevi. 'Je verliest de kwaliteiten toch niet die ik vroeger zo in je bewonderde? Hard. Meedogenloos. Onbarmhartig. Je was onstuitbaar.'

Kaiser wilde zeggen dat hij die kwaliteiten nog steeds bezat, maar zo'n reactie zou als afwerend en daarom als een teken van zwakte beschouwd worden, dus zei hij niets.

'Zorg ervoor dat ik geen last meer van die man heb,' zei Mevlevi. 'Het kan me niet schelen hoe je het doet.'

Kaiser zag vóór zich hoe de Pasja om vijf uur 's ochtends in zijn studeerkamer zat, terwijl hij zijn smerige Turkse sigaretten rookte. 'Begrepen. Ik zal je door Armin Schweitzer van het vliegveld laten ophalen.'

'Nee, stuur meneer Neumann maar. Ik wil die jonge onruststoker graag ontmoeten. Wist je dat hij met Thorne gesproken heeft?'

'Heeft hij met Thorne gesproken?' vroeg Kaiser die zijn verbazing niet kon verbergen.

'Drie keer, voorzover ik weet, maar hij houdt zijn poot stijf. Stuur Neumann maar. Ik wil me er persoonlijk van verzekeren dat hij een van ons is.'

'Ik heb hem nog nodig,' zei Kaiser vastberaden. 'Zorg ervoor dat hem niets overkomt.'

'Die beslissing is aan mij. Je moet voldoende andere hengsten in je stal hebben.'

'Ik zei dat ik Neumann nodig heb. Hij is belangrijk bij onze pogingen aandeelhouders die nog geen partij hebben gekozen, aan onze kant te krijgen.'

Mevlevi hoestte en zei afwezig: 'Ik herhaal, die beslissing is aan mij.'

'Soms krijg ik de indruk dat je blij bent met de poging van de Adler Bank ons over te nemen,' antwoordde Kaiser boos.

'Als ik je daarmee tevredenstel, kan ik je zeggen dat ik me er zorgen over maak. Beschouw dat als een blijk van mijn respect voor onze lange relatie.' Mevlevi schraapte zijn keel en vroeg: 'Is er verder nog nieuws?'

Kaiser wreef over zijn ogen. Hoe kon de man dat zo snel vermoed hebben? Binnen een paar minuten. 'We hebben een probleem. Cerruti wil doorslaan. Je hebt hem doodsbang gemaakt. Het lijkt erop dat Thorne hem onder druk heeft gezet.'

'Cerruti is zwak,' zei Mevlevi.

'Dat is waar, maar hij is een vertrouwde collega. Hij heeft zijn leven aan de bank gewijd.'

'En nu? Zoekt hij absolutie bij de DEA?'

'Ik ben van plan de arme stakker naar Gran Canaria te sturen. Ik heb daar een appartement. Het is ver weg en mijn personeel kan een oogje op hem houden.'

'Een kortetermijnoplossing voor een langetermijnprobleem. Dat is niets voor jou, vriend.'

Kaiser keek naar de badkamerdeur en luisterde naar het gedempte geklater van het water dat in de badkuip stroomde. 'Heb je over mijn voorstel nagedacht?'

'Tweehonderdmiljoen Zwitserse franc? Noem je dat een voorstel?'

'Een lening. We betalen het volle bedrag over negentig dagen terug. Tegen een rente van veertig procent per jaar. Dat is tien procent winst in drie maanden.'

'Ik ben de Federal Reserve niet.'

Kaiser wist met moeite een objectieve toon te bewaren. 'Het is van cruciaal belang dat we ons de Adler Bank van het lijf houden.'

'Waarom?' vroeg Mevlevi speels. 'Is dat niet de natuurlijke gang van zaken in de financiële wereld? Overmeesteren en verslinden? Het gaat er niet veel beschaafder aan toe dan in mijn wereld.'

'Dit is mijn levenswerk, verdomme,' barstte Kaiser uit.

'Beheers je,' beval Mevlevi. 'Ik begrijp dat je in een lastig parket zit, Wolfgang. Als je wilt dat ik overweeg je een tijdelijk krediet van tweehonderd miljoen franc te verstrekken, moet je er vóór mijn aankomst voor zorgen dat meneer Cerruti geen kwaad kan aanrichten. Een langetermijnoplossing. En je moet er ook voor zorgen dat Thorne me voorgoed met rust zal laten. Is dat duidelijk?'

Kaiser kneep zijn ogen stijf dicht en slikte moeizaam. 'Ja.'

'Mooi zo,' zei Mevlevi lachend. 'Als je deze klusjes voor me opknapt, zullen we het over de lening hebben wanneer ik ben aangekomen. En vergeet Neumann niet. Ik verwacht hem op het vliegveld.'

NICK HAD ZIJN UITSTAPJE OM TIEN UUR PRECIES, OP HET HOOGTEPUNT van de ochtenddrukte, gepland en hij verliet zijn kantoor één minuut eerder. Hij passeerde de deur van de antichambre van de directeur en liep vervolgens de hele gang door tot hij bij het trappenhuis kwam. Hij opende snel de deur en daalde met gebogen hoofd en dicht langs de buitenmuur de trap af. Verscheidene mensen passeerden hem van de andere kant, maar hij lette niet op hen.

Nick vertraagde zijn pas toen hij de overloop van de begane grond naderde. Hij bleef naast een deur zonder opschrift staan, haalde diep adem en verzamelde al zijn moed voor datgene wat hij ging doen. Hij trok de zware deur open en stapte de gang in die zo lang was als hij zich herinnerde. Hij liep snel naar zijn bestemming: kamer 103, *Dokumentationzentrale.*

Hij opende de deur en stapte naar binnen. Het kantoor stond vol mensen die zich keurig in twee rijen hadden opgesteld voor een formicabalie waarachter een kromme, oude man met een grote bos witgrijs haar stond. De beroemde Karl, de meester van de kerkers van DZ.

Karl werkte volgens een vaste procedure. De aanvrager overhandigde hem een door de computer gegenereerd aanvraagformulier dat Karl doorgaf aan een van de zes secretaresses die achter hem zaten en wier taak het was de aanvraag te controleren. Daarna stelde de secretaresse vast of het dossier beschikbaar was voor uitgifte. Als dit zo bleek te zijn, legde ze het aanvraagformulier op een 'uit'-bakje dat vervolgens door een snel langslopende loopjongen werd leeggehaald. Een paar minuten later legde de loopjongen het dossier in een ander bakje recht achter Karl die het eruit pakte en de naam van de aanvrager riep. Als deze naar voren was gekomen, controleerde Karl op het aanvraagformulier of het juiste dossier was opgehaald en vergeleek de naam op het identiteitspasje van de aanvrager met de naam op het aanvraagformulier. Pas daarna werd het dossier overhandigd.

Terwijl Nick op zijn beurt wachtte, dacht hij eraan dat zijn vader hier veertig jaar geleden in dit kantoor gewerkt had. Het zag er niet uit alsof er ook maar iets veranderd was. Het rook er naar verval en Nick stelde zich zijn vader voor, terwijl hij de dossiers op de hoogste planken legde, aanvraagformulieren oppakte en tussen de eindeloze stellages door liep om het een of andere document te zoeken. Hij had twee jaar voor Karl gewerkt, de eerste stap omhoog op de carrièreladder.

De vrouw vóór Nick nam haar dossiers in ontvangst en liep het kantoor uit. Nick stapte naar voren en overhandigde Karl het aanvraagformulier. Hij keek naar de oude man en begon van tien af te tellen, terwijl hij wachtte tot de bom zou ontploffen.

Karl bekeek het aanvraagformulier, snoof toen minachtend en liet het op de balie vallen. 'Jongeman,' brieste hij, 'dit formulier heeft geen persoonlijke referentie. Geen referentie, geen dossier. Het spijt me.'

Nick had een verklaring voorbereid. 'Deze formulieren zijn gegenereerd door een nieuw computersysteem dat nog geen initialen plaatst. Het wordt alleen op de Derde Verdieping gebruikt. U hebt er vast van gehoord. Het *Medusa Systeem.*

Karl staarde naar het vel papier en fronste zijn borstelige wenkbrauwen. Hij keek alsof hij niet overtuigd was.

Nick schoof het formulier nog wat verder onder Karls ogen. Het was tijd om de inzet te verhogen. 'Als u er een probleem mee hebt, kunt u nu Herr Kaiser bellen. Ik kom net uit zijn kantoor. Zijn toestelnummer is…'

'Ik weet wat zijn toestelnummer is. Geen referentie, geen dossier. Het spijt me heel…'

'Erg,' zei Nick tegelijk met hem. Hij had een dergelijke koppigheid verwacht. Hij had in het Korps Mariniers een paar sergeant-majoors meegemaakt en was erachter gekomen dat hij hen er alleen toe kon brengen hun vaste routine los te laten door een door hemzelf ontwikkelde techniek te gebruiken die hij 'wegduwen en omhelzen' noemde.

'Luister goed naar me,' begon Nick. 'We werken dag en nacht om deze bank te beschermen tegen een mannetje hier verderop in de straat die vast van plan is ons over te nemen. Als hem dat lukt, zal elk dossier hier gescand, gedigitaliseerd en op een computerschijf bewaard worden. Ze zullen al uw dierbare documenten meenemen en ze in een pakhuis in Ebmatingen opslaan. Als ik dan een document nodig heb, kan ik het gewoon achter mijn bureau op de Derde Verdieping op mijn eigen beeldscherm oproepen.'

De duw was gegeven en Nick hield Karl scherp in het oog, terwijl deze de informatie verwerkte. Al snel zakte zijn gerimpelde gezicht af. 'En hoe moet het dan met mij?'

Bingo, dacht Nick. 'Ik weet zeker dat Klaus König wel een functie voor u zal vinden, dat wil zeggen als hij evenveel waarde hecht aan ervaring en loyaliteit als Herr Kaiser. Maar dit zal allemaal verdwenen zijn.' Nu de omhelzing. 'Het spijt me dat de juiste referentie niet op het formulier staat, maar Herr Kaiser wacht op de informatie in dit dossier.'

Karl pakte een pen van de groene balie. 'Wat is uw referentie?'

'S...P...R,' zei Nick. Als er ooit een onderzoek ingesteld zou worden, zou Peter Sprechers referentie hem twee à drie uur respijt geven, misschien net genoeg tijd om het gebouw te verlaten.

Karl noteerde de drie letters op het formulier. 'Mag ik uw identificatie, alstublieft?'

'Natuurlijk.' Nick stak glimlachend zijn hand in de zak van zijn colbert. Zijn glimlach maakte eerst plaats voor een uitdrukking van verbazing en daarna voor een van ontsteltenis. 'Ik moet mijn identificatie boven hebben laten liggen. Als u dat dossier voor me laat opzoeken, ga ik het snel halen.'

'Nee, nee,' zei Karl. 'Blijft u maar hier. Dossiers van cliënten met een coderekening mogen dit kantoor niet verlaten. Gaat u daar maar zitten, dan kan ik u in het oog houden. Voor de directeur maak ik graag een uitzondering.' Hij wees naar een kleine tafel waaraan aan beide kanten twee stoelen stonden. 'Gaat u maar zitten. U wordt geroepen als we het dossier hebben gehaald.'

Nick deed wat hem gezegd was.

Het was drukker in het kantoor geworden. Er stonden acht à negen mensen in de rij, maar het was toch bijna stil in de ruimte en de enige geluiden waren het geritsel van papieren en het gekuch van een secretaresse met een kriebelige keel.

'Herr Sprecher?'

Nick sprong overeind en vreesde even dat iemand hem zou herkennen.

211

Karl hield een donkerbruine map omhoog. 'Hier is uw dossier. U mag er niets uithalen en u mag het niet onbeheerd achterlaten, zelfs niet als u naar het toilet moet. Breng het direct bij me terug als u klaar bent.'

Nick maakte aanstalten om terug te lopen naar de leestafel.

'Herr Sprecher?' vroeg Karl. 'Dat klopt toch, hè?'

Nick draaide zich om. 'Ja,' antwoordde hij zelfverzekerd.

'U doet me denken aan een jongen die ik vroeger heb gekend. Hij werkte bij me, maar hij heette geen Sprecher.'

Het was een dik dossier, zo dik als een leerboek en twee keer zo zwaar. Nick hield het dossier horizontaal om het etiket te kunnen lezen. Er was met vette zwarte letters 549.617 RR op getypt. Hij sloeg het open. Vellen papier waarop degenen die het dossier hadden aangevraagd, moesten tekenen, waren aan de binnenkant van het omslag geniet. Cerruti's naam stond op tien, twaalf regels en de rij werd slechts één keer onderbroken door Peter Sprechers naam. De naam Becker dook ook een keer of zes op, allemaal binnen een periode van zes maanden. Dan Cerruti weer en daarvóór een onleesbare naam. Kijk op de vorige bladzijde en ga terug in de tijd tot halverwege de jaren tachtig, dacht hij. Nog meer namen. Hij ging nog verder terug en ten slotte zag hij, boven aan een bladzijde, een handtekening die hij goed kende. Het jaar was 1980. Wolfgang Kaiser. Het was het onweerlegbare bewijs dat de directeur Ali Mevlevi kende.

Nick richtte zijn aandacht op de manillamap waarop 'post van cliënt' stond. Er zat een stapeltje niet-afgehaalde correspondentie in die bestond uit officiële bevestigingen van transacties die ten behoeve van de Pasja waren uitgevoerd. Zoals gebruikelijk bij coderekeningen, werd alle correspondentie door de bank bewaard tot de rekeninghouder er inzage in wilde hebben. Het stapeltje was niet dik. Marco Cerruti moest er een deel van hebben meegenomen bij zijn laatste bezoek aan de Pasja. Nick telde dertig enveloppen; achtentwintig voor de inkomende en uitgaande telegrafische overboekingen en twee die een maandoverzicht bevatten, waarvan dat van februari pas gisteren was gedateerd.

Nick sloot de manillamap en legde haar op de vellen met de handtekeningen. Een stapel bevestigingen van transacties van vier vingers dik was aan de rechterkant van het omslag van het dossier bevestigd. Toen hij ze doornam, zag hij dat de stapel kopieën bevatte van alle bevestigingen die aan de houder van rekening 549.617 RR waren gestuurd. Onderin zaten kopieën van de zeven matrices met de naam van de banken waarnaar het geld van de Pasja telegrafisch werd overgemaakt. Voor Sterling Thorne zouden die matrices waardevoller zijn dan een schatkaart en bezwarender bewijs opleveren dan een bekentenis. Hiermee zou hij de geldstroom van de VZB naar vijftig à zestig banken over de hele wereld kunnen volgen.

Nick bestudeerde de inkomende telegrafische overboekingen van de laatste drie maanden van het vorig jaar. Het was tegen de regels om de informatie in het dossier te kopiëren. De aanvrager was de enige die er kennis van mocht nemen. Hij probeerde de bedragen die elke maandag en donderdag werden gestort, zo goed mogelijk in zijn geheugen te prenten. In drie maanden was er 678 miljoen dollar door de rekening van de Pasja gegaan.

Nick keek op en toen hij zag dat Karl onbeschaamd naar hem staarde, richtte hij zijn aandacht weer op het dossier. Hij was hier om de niet-opgehaalde bevestigingen van de transacties te stelen. De enveloppen bevatten het harde bewijs dat de cliënt de regels tegen het witwassen van geld overtrad die door de DEA waren geformuleerd en er bleek ook uit dat de VZB bewust aan dergelijke overtredingen meewerkte. In de zak van zijn colbert had hij een dozijn enveloppen die identiek waren aan die in het dossier. Hij had op elke envelop het rekeningnummer van de Pasja getypt en er een opgevouwen blanco vel papier in gestopt. Terwijl hij zijn blik strak op het dossier gericht hield, haalde hij de valse bevestigingen heimelijk uit zijn zak en stopte ze onder zijn bovenbeen.

Nick keek op zijn horloge. Het was 10.35 uur. Hij hoorde nu aan zijn bureau te zitten om aandelen te verkopen. Feller zou zijn afwezigheid inmiddels wel opgemerkt hebben.

De tijd ging langzaam voorbij. De DZ was verlaten. Tien minuten geleden was het druk in het kantoor geweest, maar nu was het leeg. Karl staarde nog steeds naar hem.

Om 11.05 uur kwam een donkerharige man het kantoor binnen. Nick wachtte tot hij vlak bij de balie was, telde toen tot drie, haalde de bevestigingen uit het dossier van de Pasja en schoof ze op zijn schoot. Met zijn rechterhand pakte hij het dozijn valse bevestigingen onder zijn bovenbeen vandaan en legde ze in het dossier. Hij maakte een keurig stapeltje van de gestolen brieven en stopte ze met een zelfverzekerde beweging in de binnenzak van zijn colbert. Eén envelop bleef uit zijn jasje steken. Nick duwde hem snel naar beneden en wachtte tot het alarm zou afgaan. Karl moest het hebben gezien. Er gebeurde niets. Waarom had de oude dwaas zijn brutale diefstal niet opgemerkt?

Nick bracht het dossier van de Pasja keurig netjes op orde en stond op. Toen hij vlak bij de balie was, keek hij langs Karl en zag dat de jonge secretaresses achter hem zaten te lachen. Nick richtte zijn blik weer op de oude man. Hij leunde op de balie terwijl zijn kin comfortabel op zijn handpalmen rustte. Zijn ogen waren gesloten.

Karl snurkte.

Nick verliet de bank die avond precies om zeven uur en liep haastig door de Bahnhofstrasse naar de Paradeplatz. Er viel een lichte sneeuw die Zürich vanavond tot de mooiste stad ter wereld maakte. Een doelbewustheid die hij sinds zijn eerste dag, nu acht weken geleden, niet meer had gevoeld, maakte zijn tred licht en energiek. Hij liep langs de tramhalte waar hij dagelijks opstapte om naar zijn sombere appartement te gaan, stak het plein over en was nog net op tijd om op lijn twee te springen die de andere kant uitging.

Het was maar een korte rit en Nick ging vlak bij de deur zitten. Hij hoopte dat Sylvia het niet erg zou vinden dat hij onaangekondigd langskwam – als ze al thuis was. Hij had eerder geprobeerd haar te bellen, maar haar assistent had gezegd dat ze de hele dag weg was.

Twintig minuten later kwam Nick boven aan de Frohburgstrasse aan. Er brandde licht achter Sylvia's raam en hij moest zich inhouden om het kleine stukje naar de deur niet te rennen. Twee weken geleden had hij zich afgevraagd wat hij zo aantrekkelijk aan haar vond. Toen had hij het niet kunnen verklaren, maar vanavond wist hij het zonder erover na te hoeven denken. Ze was de eerste persoon die hij ooit had leren kennen die haar leven strakker in de hand hield dan hijzelf. Eindelijk kon hij zich eens laten gaan, omdat hij wist dat zij het heft in handen zou houden. En dan was er natuurlijk de seks.

Nick bereikte de deur van het gebouw, drukte op de bel en tikte nerveus met zijn voet op de grond. *Schiet op nou,* dacht hij, *doe die vervloekte deur open.* Hij drukte weer op de bel. Zijn goede humeur begon te verdwijnen en hij deed een stap naar achteren. Toen hoorde hij een stem over de intercom. 'Wie is daar?'

Nicks hart miste een slag. 'Nick.'

De deur ging open; hij haastte zich naar binnen en rende de trap met twee treden tegelijk af. Ze wachtte bij de deur op hem. Ze droeg een badjas en droogde haar haar met een handdoek. Haar gezicht was vochtig. Hij nam de laatste paar treden langzaam.

'Ik zat net in bad. Je hebt me ver...'

Nick liet zijn arm in de badjas glijden, trok haar naar zich toe en kuste haar hard op de mond. Ze verzette zich en probeerde een hand tussen hen in te wringen. Hij sloeg zijn andere arm om haar heen en drukte haar dichter tegen zich aan. Ze ontspande zich, liet haar hoofd achteroverzakken en opende haar mond om hem te proeven. Ze kreunde.

Nick liet haar los en ze liepen samen het appartement binnen. Hij sloot de deur, draaide zich om en keek in haar zachte, bruine ogen. Ze bewogen even snel heen en weer en hij wist dat ze zich afvroeg wat hij hier deed en waarom hij haar zo gekust had. Hij verwachtte dat ze iets zou zeggen, misschien zelfs dat hij moest weggaan, maar ze bleef zwijgend vlak bij hem staan. Hij voelde de warmte van haar lichaam en haar langzame, diepe ademhaling. Ze bracht haar vinger naar zijn lippen omhoog en streelde ze licht. Hij raakte opgewonden. Ze draaide zich om en leidde hem bij de hand door de gang naar de slaapkamer. Ze duwde hem op het bed, trok de badjas uit en liet hem op de grond vallen. Hij wilde al haar welvingen strelen. Hij nam haar borsten in de kom van zijn handen en streek met zijn duimen over haar tepels tot ze hard werden. Ze liet haar hand zakken en streelde de zwelling in zijn broek. Toen liet ze zich op haar knieën zakken en streek er met haar gezicht over. Ze trok zijn colbert over zijn schouders, gespte zijn riem los en trok zijn broek naar beneden. Ze streelde zijn penis even, proefde hem met haar tong en nam hem in haar mond.

Nick verlangde ernaar in haar te zijn, haar dicht tegen zich aan te houden en zijn adem in de hare laten opgaan.

Sylvia liet hem los, klom op het bed, ging schrijlings op hem zitten. Ze stopte zijn penis langzaam in haar vagina, trok hem eruit en bracht hem toen dieper naar binnen. Haar ogen waren gesloten en ze kreunde elke keer dat hij haar aanraakte. Nick spande zich in om langzamer te ademen, om minder te voelen. Ten slotte liet ze zich op hem zakken en sidderde. Nick ging rechtop zitten, sloeg zijn armen om haar heen en kuste haar gulzig. Haar mond was warm en nat. Zijn hele lichaam verstijfde en toen hij zich niet langer kon beheersen, liet hij zich gaan. Hij welfde zijn rug en stootte dieper in haar.

Na een poosje kwam Sylvia naast hem liggen. Haar ademhaling wed rustiger en ze lachte hees. Ze kwam op haar elleboog overeind en streek met een koele nagel over zijn borst. 'We moeten maar eens gaan slapen, tijger. We hebben het hele weekend nog vóór ons.'

STERLING THORNE KON DE GRIJNS NIET VAN ZIJN GEZICHT KRIJGEN. HIJ wist dat hij eruit moest zien als een idioot, maar hij kon er niets aan doen. Hij las voor het eerst de hele tekst van de beschuldigingen die er tegen eerste luitenant Nicholas A. Neumann van het Korps Mariniers waren ingebracht en hij genoot ervan. Eén alinea was bijzonder interessant en hij las dat gedeelte steeds opnieuw.

'... *waardoor de verdachte opzettelijk en met voorbedachten rade klager heeft mishandeld ten gevolge waarvan klager ernstige kneuzingen aan de onderrug en de heup, gescheurde tussenwervelschijven bij de veertiende en vijftiende ruggenwervel, een zware subdurale bloeduitstorting en ernstige zwelling van de testikels met bijbehorend oedeem heeft opgelopen.*'

Bij dit laatste schoof Thorne heen en weer in zijn stoel. *'Ernstige zwelling van de testikels met bijbehorend oedeem.'* Jack Keely was flink afgetuigd; zijn rug was half gebroken, hij had bijna een schedelfractuur en, wat het ergste was, hij was zo hard tegen zijn ballen getrapt dat ze waren opgezwollen als grapefruits.

Thorne sloeg de bladzijde om, las haar en sloeg haar toen weer terug. Nergens in het dossier werd de reden voor de aanval vermeld. Uit niets bleek waarom Neumann zo kwaad was op deze Keely die in het dossier werd omschreven als een 'burger die aangenomen werk voor het ministerie van Defensie verrichtte'. Lees maar 'spion', dacht Thorne.

Eerder op de dag had hij eindelijk een volledige kopie van Neumanns militaire dossier ontvangen. Thorne wenste dat hij het hele dossier had kunnen lezen voordat hij Neumann onder druk was gaan zetten. Het laatste dat hij nodig had, was wel dat hij dezelfde verwondingen als meneer Jack Keely zou oplopen. Thorne sloot grijnzend het dossier. Als Wolfgang Kaiser dit rapport eenmaal had gelezen, zou hij zich te veel zorgen maken om zijn lichamelijke veiligheid om Neumann in dienst te houden. Theoretisch had Thorne Nick bij zijn ballen. Hij hoefde hem dit rapport alleen nog maar een keer voor zijn gezicht heen en weer te zwaaien en Nick zou zwichten. Hiermee zou hij Neumann kunnen overhalen, overtuigen, dwingen – hoe je het ook wilde noemen – om hem te helpen Ali Mevlevi te arresteren. Of niet soms?

Achter hem werd een deur krachtig opengezwaaid...

'Goedenavond, Sterling,' zei Terry Strait. 'Of moet ik goedemorgen zeggen? Het is tenslotte al na middernacht.' Hij stond met zijn handen op zijn heupen en had een zelfvoldane grijns op zijn gezicht.

Thorne staarde hem aan. 'Hallo, Terry. Alweer zo snel terug?'

'Ik vrees van wel. Opdracht uitgevoerd.'

'En wat voor opdracht was dat dan wel? Moest je je neus zo diep mogelijk in de kut van de ambassadrice begraven?'

'Jij moet ook de hartelijke groeten van háár hebben.' Strait liep naar binnen en ging op Thornes bureau zitten. 'We hebben samen een gezellige avond gehad. Een glaasje sherry in het ambassadegebouw en een etentje in het Bellevue Palace. We kregen gezelschap van een van onze Zwitserse vrienden. Franz Studer.'

'Vriend? M'n reet. Die man is de onmededeelzaamste en traagste officier van justitie die ik ooit heb ontmoet.'

Strait schudde zijn hoofd. 'Dan ken je hem zeker niet goed. Vanavond *bleef* meneer Studer praten. Jij was zijn favoriete gespreksonderwerp. Hij had een paar leuke verhalen te vertellen over een onaangekondigd bezoek aan de directeur van de Verenigde Zwitsers Bank. Je bent zonder toestemming naar boven gegaan, hebt een secretaresse grof bejegend en daarna geprobeerd Wolfgang Kaiser te chanteren. Hij had sterk het gevoel dat je optreden een schending van de overeenkomst was die we met de Zwitsers hebben gesloten en de ambassadrice was het volkomen met hem eens.'

Thorne leunde achterover in zijn stoel en rolde met zijn ogen. 'Ga door.'

Strait schoof een stoel tussen hen in. 'Om het je heel goed duidelijk te maken, zal ik voor je opnoemen waarvan je precies beschuldigd wordt. Ten eerste van bedreiging van een van de meest gerespecteerde zakenlieden van dit land. Ten tweede van het overhalen van Studer om Mevlevi's rekeningnummer, zonder toestemming van onze directeur, op de controlelijst van de VZB te zetten. En ten derde, iets wat ik pas gisteren heb gehoord, van het lastigvallen van een Amerikaans staatsburger op buitenlandse bodem. Een zekere Nicholas A. Neumann.'

Toen hij die naam hoorde, verstijfde Thorne. Hij had niet gedacht dat Nick een klikspaan was.

'Ik heb uit goede bron vernomen dat je deze man twee keer hebt lastiggevallen met de bedoeling informatie over Ali Mevlevi te verzamelen.'

'En wie is die bron dan? Heeft Neumann je opgebeld om bij je uit te huilen?'

Strait keek verbaasd. 'Neumann? Natuurlijk niet. Die man is waarschijnlijk doodsbang. Je moet het een beetje dichter bij huis zoeken.' Hij grijnsde zelfvoldaan tegen Thorne. 'Je chauffeur, agent Wadkins. De volgende keer moet je je medeplichtigen zorgvuldiger uitzoeken. Is het een verrassing voor je dat je collega's je ijver om de wetten van het land waarin je gestationeerd bent, te negeren, niet delen? Dat ze niet graag bevelen in de wind slaan?'

Thorne was opgelucht dat Neumann hem niet had verlinkt. De man was zijn laatste kans om Mevlevi te pakken te krijgen. Wat Wadkins betrof, die zou hij later nog wel op zijn flikker geven. 'Gaat het dáár allemaal om? Dat ik een paar regels overtreden heb om een klus te klaren?'

'Nee, Sterling, dit gaat om Oosterse Bliksem. We zullen niet toestaan dat je de operatie nog meer in gevaar brengt dan je al hebt gedaan.'

'Meer in gevaar?' vroeg Thorne spottend. 'Het lijkt mij dat ik de enige ben die probeert deze operatie te redden. Jij bent bereid om zes maanden op je handen te gaan zitten in de hoop dat je op een goeie dag een beetje informatie over zijn zendingen zult krijgen.'

'En jij bent bereid al ons werk door het toilet te spoelen, zodat jij een paar wapens kunt inpikken en beweren dat je de volgende kolonel Khadaffi hebt tegengehouden. Dit gaat om drugs, Sterling, niet om wapens, en we zijn van mening dat je niet meer in de hand te houden bent. Dit is niet alleen jouw operatie. Je hebt niet het geduld om de zaak tot een goed einde te brengen.'

'Geduld?' riep Thorne, alsof hij er wagonladingen van had. 'Gelul! Ik ben een realist. De enige die je hier mijlenver in de omtrek kunt vinden.'

'We hebben al tien dagen niets meer van Jester gehoord. Als hij in gevaar is gekomen, als hij dood is' – Strait haalde diep adem – 'en ik bid dat dat niet zo is, dan komt dat alleen door jou.'

'Jester is mijn agent. Ik run hem al sinds hij achttien maanden geleden undercover is gegaan. Hij is op de hoogte van elk besluit dat ik neem. Hij weet zich wel te redden als hij in het nauw komt.'

'Net zoals meneer Becker?'

Thorne beet op zijn lip. 'Die heeft alleen de stem van zijn geweten gevolgd.'

Strait glimlachte. 'Geloof dat maar als je dat zo graag wilt. Vanaf dit moment is Oosterse Bliksem officieel mijn operatie. Orders van de directeur. Niet alleen zal ik alle contacten met Jester onderhouden, maar ik zal het hele onderzoek leiden.' Hij haalde een envelop uit zijn zak en gooide hem op het bureau waarnaast Thorne stond. 'Van nu af aan doen we de dingen op mijn manier. Als ik erachter kom dat je met Neumann of iemand anders van de VZB hebt gepraat, krijg je een enkele reis terug naar de States. Je mag je bestemming zelf kiezen, want dan ben je verleden tijd.'

Thorne pakte de witte envelop op en keek ernaar. Hij wist wat er in de brief zou staan. Hij liet zijn duim onder de flap glijden en scheurde hem open. Er zat een fax van de directeur in, waarin stond dat hij tot tweede man gedegradeerd was.

Thorne gooide de brief in de prullenbak. 'Gefeliciteerd, Terry. Welkom terug in het veld.' Thorne strekte zijn hand naar hem uit. 'Of heb je nog nooit iets anders gedaan dan administratief werk?'

Strait wuifde de hand weg. 'Ontruim nu *mijn* kantoor. Er staat een bureau voor je aan de overkant van de gang. Morgen bespreek ik met Franz Studer hoe we de rotzooi moeten opruimen die je gemaakt hebt.' Strait beende het kantoor uit.

Sterling Thorne vouwde zijn handen achter zijn hoofd en keek door het raam naar buiten. Het sneeuwde en de auto's die in de straat geparkeerd stonden, werden met een wit laagje bepoederd. Een ogenblik overwoog hij ermee te kappen. Toen sloeg hij met zijn vuist op het bureau. 'Nee, godverdomme!' zei hij. 'De Pasja is van mij.'

Hij was zo diep in gedachten verzonken dat hij de telefoon in de andere kamer pas hoorde toen hij twee keer was overgegaan. Hij liep Wadkins' kantoor binnen en nam de hoorn van de haak. 'Ja.'

'Sterling Thorne, graag.'

'Daar spreek je mee.' Hij hoorde dat er geld in een munttelefoon werd gestopt. 'Met Joe Habib, Thorne.'

Thorne had het gevoel alsof hij door de bliksem was getroffen. '*Jester?* Ben jij dat?'

'Ik heb niet genoeg kleingeld om lang te praten, dus luister goed. Ik ben in Brindisi, in Italië. We laden twee ton uit. Het spul zit verstopt in een partij cederhouten wandplaten. We brengen het over twee of drie dagen de grens over. Via Chiasso en vervolgens naar Zürich.'

'Noteer dit nummer, Joe.' Thorne gaf hem het nummer van zijn mobiele telefoon. 'Dat is mijn privé-nummer. Bel me nooit meer hier. De lijn is misschien niet veilig. Bel me rechtstreeks. Is dat duidelijk?'

'Waarom? Ik moest toch in noodgevallen...'
'Ik ga er niet over in discussie, Joe. Doe gewoon wat je gezegd wordt.'
'Oké, Thorne. Ik begrijp het.'
Thorne hoorde herhaaldelijk een bel aan de andere kant van de lijn rinkelen. Jesters munten waren bijna op. 'Vertel me nog eens over die zending. Wat doe je in Italië?'
'Mevlevi heeft me gestuurd. Hij vertrouwt de Makdisi's niet meer. Ik wordt verondersteld zijn waakhond te zijn. We hebben eindelijk onze doorbraak, Thorne. De zending gaat naar Zürich.'
'Waar is hij?' vroeg Thorne die de gretige klank in zijn stem niet kon onderdrukken.
'Mevlevi is...'
De verbinding werd verbroken.
Thorne legde de hoorn op de haak. Hij had het gevoel alsof God zelf net in zijn oor had gefluisterd. Er kwam een zending naar Zürich. Halleluja!
Thorne rende naar zijn kantoor en ging aan de slag. Hij verzamelde alle papieren die hij nodig had. Transcripties van Jesters boodschappen, oude dossiers over Mevlevi, 'topgeheime' taps van de DEA waarin telegrafische overboekingen van en naar Mevlevi's rekening bij de VZB bevestigd werden. Toen hij klaar was, schreef hij een briefje voor Strait. 'Adios, Teddy,' schreef hij. 'Veel geluk ermee.'
Hij schoot zijn jas aan, pakte zijn koffertje en liep het smalle pad af dat naar de Wildbachstrasse 58 leidde, terwijl er één woord in zijn hoofd bleef rondzingen, een woord vol belofte. Hij zou nog een kans krijgen Neumann over te halen hem te helpen en hij zou een laatste poging kunnen doen Mevlevi te grazen te nemen.
Redding.

NICK ZAT PRECIES DRIE MINUTEN ACHTER ZIJN BUREAU TOEN RETO Feller belde.
'De Adler Bank is net boven de dertig procent gekomen,' hoorde hij zijn nerveuze stem zeggen.

'Dat wist ik niet.'
'Dan moet je ook op een beetje fatsoenlijke tijd beginnen. Iedereen weet het.'
Nick keek op zijn horloge. Het was vijf minuten over zeven. De bank was uitgestorven. 'Slecht nieuws.'
'Het is een ramp. König heeft nog maar drie procent nodig om zijn zetels te krijgen. We moeten de schoft tegenhouden. Ben je al met verkopen begonnen?'
'Ik ga nu beginnen.'
'Schiet op dan. Ik bel je om tien uur. Laat me weten hoeveel orders je op de vloer hebt.' Feller hing op voordat Nick kon antwoorden.

Drie uur later brandden Nicks ogen van het staren naar het beeldscherm. Een stapel uitdraaien van portefeuilles die tot aan de rand van zijn bureau reikte stond op de vloer en een tweede stond recht vóór hem. De portefeuilles waren van investeerders die de bank gemachtigd hadden om op hun rekening in effecten te handelen. Die ochtend had hij meer dan zevenentwintig miljoen Zwitserse franc van zeventig coderekeningen 'bevrijd', zoals Martin Maeder het graag noemde.
Nick schoof zijn stoel achteruit en rekte zich uit. Hij had even een pauze nodig. Er was voor elf uur een telefonische vergadering met de Hambros Bank in Londen belegd en hij had om twaalf uur een lunchafspraak met Sylvia. Ze had beloofd nog meer maandrapporten die zijn vader vanuit de vestiging in Los Angeles had opgestuurd, mee te brengen. De eerste map die ze hem had gegeven, was een flop geweest. 1975 was te lang geleden. Hij had alles wat ze kon vinden over de periode van januari 1978 tot en met januari 1980 nodig.
Nick richtte zijn blik weer op het scherm, maar in plaats van het aandelenbezit op een coderekening te bestuderen, zag hij Sylvia weer en hij beleefde de heerlijke momenten van het weekend dat ze samen hadden doorgebracht, opnieuw. Hij had nu twee weken wat met haar en was nog steeds even verliefd. Elke keer dat hij haar zag, was hij één ogenblik bang dat ze tegen hem zou zeggen dat ze een eind aan hun relatie wilde maken, maar als ze dan glimlachte en hem kuste, verdween zijn angst.
De telefoon begon te rinkelen. Het was Felix Bernath van de beursvloer. 'Je kunt de aankoop van vijfduizend VZB-aandelen tegen een koers van driehonderdzeventig franc noteren,' zei hij. Nick bedankte hem en pakte weer een uitdraai van een portefeuille op. Hij sloeg het buitenste blad om en begon te zoeken naar geschikte effecten om te verkopen.
De telefoon ging weer en hij nam onmiddellijk op.
'Blijf je aan de gang, Felix?' vroeg hij sarcastisch.
'Nou, nou, wat een praats heb je weer, Nick.'
'Hallo, Peter. Wat wil je? Ik heb het druk.'
'Boete doen, vriend. Ik bel om het goed te maken. Het was volkomen fout van me om je zoiets te vragen. Ik wist het toen en ik weet het nu. Het spijt me.'

Nick was niet in een vergevensgezinde stemming. 'Dat is mooi, Peter. Misschien kunnen we eens afspreken als deze strijd voorbij is. Tot die tijd kun je het vergeten. Houd een beetje afstand, oké?'

'Wat een harde ben je toch. Ik had het wel verwacht, maar ik bel niet alleen om een praatje te maken. Ik heb iets voor je. Ik zit hier op de eerste verdieping van Sprungli's van een dubbele espresso te genieten. Waarom kom je niet even naar me toe?'

'Verwacht je dat ik hier wegloop omdat je *iets voor me hebt?*'

'Deze keer moet je me vertrouwen. Ik verzeker je dat het in je eigen belang is. En in dat van de bank trouwens ook – die van Kaiser, niet die van König. Kom zo snel mogelijk naar me toe.'

Vier minuten later beklom Nick de trap naar de eetzaal van Sprungli's. De eetzaal zat vol vaste middagklanten, hoofdzakelijk vrouwen van een bepaalde leeftijd die onberispelijk waren gekleed en zich dood verveelden.

Sprecher gebaarde naar hem vanaf een hoektafel. Een leeg kopje stond vóór hem. 'Espresso?'

Nick bleef staan. 'Wat heb je te zeggen? Ik kan niet te lang wegblijven.'

'Ten eerste dat het me spijt. Ik wil dat je vergeet dat ik ooit naar die vervloekte aandelen heb gevraagd. König zei dat je een te goed doelwit was om te laten lopen. Hij drong er bij me op aan dat ik je zou bellen. Wijs me de juiste richting en ik marcheer. Zo ben ik nu eenmaal. De trouwe soldaat.'

'Dat is een zielig excuus.'

'Kom nou, Nick. Ik werkte er net een paar dagen en ik wilde de hoge omes boven dolgraag een plezier doen. Jezus, je hebt zelf bijna hetzelfde gedaan.'

'Ik heb niet geprobeerd een vriend te verraden.'

'Goed, het was een ordinair voorstel. Zaak gesloten. Het zal niet meer gebeuren.'

Nick pakte een stoel en ging zitten. 'Laten we terzake komen. Wat heb je voor me?'

Sprecher schoof hem een wit vel papier toe. 'Lees dit maar eens. Ik heb het vanochtend op mijn bureau gevonden. Ik zou zeggen dat de rekening tussen ons hiermee vereffend is.'

Nick trok het vel papier dichter naar zich toe. Het was een lijstje waarop de namen van vijf institutionele aandeelhouders van de VZB, het aantal aandelen dat ze bij benadering in bezit hadden en de naam en het telefoonnummer van de portefeuillemanager en zijn telefoonnummer stonden. Hij keek met een ruk op. 'Dat heb ik zelf getypt.'

Sprecher glimlachte triomfantelijk. 'Bingo. Je initialen staan zelfs bovenaan. NXM.'

'Hoe kom je hieraan?'

'Zoals ik al zei, het is op mijn bureau gevallen.' Sprecher zocht een sigaret. 'Als je het per se moet weten, Georg von Graffenried heeft het erop gegooid. Hij is Königs rechterhand bij de bank. Georg mompelde iets over een investering die eindelijk haar vruchten afwierp. Het lijkt erop dat jullie een heel ondeugende mol in jullie organisatie hebben.'

'Jezus Christus,' mompelde Nick. 'Dit vel papier komt van mijn bureau. Maar een paar mensen hebben het gezien.'

'Er is er maar één voor nodig.'

Nick telde de namen af van degenen van wie hij wist dat ze een kopie hadden: Feller, Maeder, Rita Sutter en natuurlijk Wolfgang Kaiser. Wie zou het nog meer gezien kunnen hebben? Nick herinnerde zich onmiddellijk de schuldige gelaatsuitdrukking van de onbehouwen figuur die in zijn kantoor rondsnuffelde: Armin Schweitzer.

Sprecher pakte het vel papier terug, vouwde het keurig op en stopte het terug in de zak van zijn colbert. 'Ik moet contact met deze investeerders opnemen. Daar kom ik niet onderuit, maar ik heb het gevoel dat enkele van deze mensen vanochtend bezet zullen zijn. Ik kan beter wachten tot later vanmiddag of morgenochtend vroeg. Die internationale verbindingen kunnen soms verduiveld slecht zijn.'

Nick stond op en strekte zijn hand uit. 'Bedankt, Peter. Dit vereffent de rekening wel, zou ik zeggen.'

Sprecher schudde hem ongemakkelijk de hand. 'Ik ben er nog steeds niet achter of ik nu een held of een hoer ben.'

Nick haastte zich terug naar de bank en ging rechtstreeks naar de Derde Verdieping met de lift die voor cliënten was gereserveerd.

Toen hij zijn kantoor binnenkwam, liep hij regelrecht naar zijn bureau en ging voor zijn computer zitten. Hij ging uit Medusa, riep Cerberus op en selecteerde het tekstverwerkingsprogramma. De edele strijd om de VZB-aandelen te 'repatriëren' moest maar even wachten. Hij had nu een dringender taak: het opsporen van een verrader.

Eerst riep hij de lijst op met institutionele beleggers die VZB-aandelen in handen hadden. Het was dezelfde lijst die Peter Sprecher nu in zijn bezit had. Hij wiste de datum en alle informatie die op de aandeelhouders betrekking had, toetste de datum van vandaag in en voegde er de naam van een tot nog toe onbekende aandeelhouder die Martin Maeder, Reto Feller en hijzelf tijdens hun eerste onderzoek 'niet hadden gelokaliseerd' aan toe. Hij kauwde op zijn pen en probeerde zich de naam van de instelling te herinneren. O ja, *het Weduwe- en Wezenfonds van Zürich*. Hij typte de naam en schreef ernaast: '140.000 aandelen onder beheer van J.P. Morgan, Zürich. Neem contact op met Edith Emmenegger.'

Tevreden met dit staaltje fictie, printte Nick het document uit en zag toen dat hij het telefoonnummer van de brave mevrouw Emmenegger was vergeten. Wiens nummer zou hij kunnen gebruiken? Dat van hemzelf in elk geval niet. Er schoot hem maar één ander nummer te binnen. Hij draaide het en wachtte tot er werd opgenomen. Een vrouwenstem zei: 'U bent verbonden met nummer 555-3131. Ik ben op dit moment niet aanwezig. Laat alstublieft na de pieptoon uw naam, telefoonnummer en een boodschap achter. Dank u.'

'Dank je, Sylvia,' fluisterde Nick. Hij toetste haar telefoonnummer in en printte het document opnieuw uit. Alles was in orde. Om het nog echter te doen lijken, krabbelde hij een aantekening in de kantlijn. 'Gebeld tussen tien en twaalf.' Het was klaar en hij stopte het onder de telefoon. Zijn juweeltje van valse informatie.

Wolfgang Kaiser liep in zijn kantoor rond en rookte een Cubaanse sigaar, terwijl hij naar Nicholas Neumann luisterde, die hem vertelde hoe hij de Hambros Bank had weten over te halen om bij de algemene aandeelhoudersvergadering op de VZB-kandidaten voor de raad van bestuur te stemmen. 'Dat is geweldig nieuws,' zei hij toen zijn assistent uitgesproken was. 'Hoe staan we er dan nu voor?'

Neumanns stem klonk door de luidspreker van de telefoon. 'We hebben ongeveer vijfenveertig procent. Feller weet het exacte percentage wel. Adler is vanochtend de dertig procent gepasseerd, maar het lijkt erop dat hun koopkracht begint af te nemen.'

'Godzijdank,' zei Kaiser. 'En de graaf?'

'Slecht nieuw. Hij is pas de ochtend van de aandeelhoudersvergadering beschikbaar. Hebt u om tien uur een halfuur voor hem?'

'Uitgesloten. Ik ontbijt precies om acht uur met de raad van bestuur.'

'Hij is tot een paar dagen vóór de vergadering in Amerika,' zei Nick. 'De graaf wilde per se om tien uur afspreken.'

Kaiser besefte dat hij weinig keus had. 'Goed dan, tien uur. Maar blijf hem op zijn huid zitten. Probeer de afspraak een paar dagen te verzetten.'

'Ja, meneer.'

'En ik wil je even onder vier ogen spreken, Neumann. Kom over tien minuten hier.'

Kaiser brak het gesprek af. De jongen was niets meer of minder dan een genie. Vanochtend had hij Hambros overgehaald en gistermiddag Banker's Trust – de argwanendste instelling die er was. Neumann had de bollebozen in Manhattan voorgehouden dat VZB-aandelen – mits het huidige management zou blijven zitten, uiteraard – een effectieve dekking zouden vormen voor de onstabiele inkomsten van de Banker's Trust. Ze hadden zijn argumentatie volledig geslikt. Het was niets minder dan een wonder.

Hij pakte de telefoon en belde Feller voor de exacte aandelenpercentages. Hij schreef de cijfers op het vloeiblad op zijn bureau. De VZB 46 procent. Adler 30,4 procent. Jezus, het zou erom gaan spannen. Mevlevi's lening zou aan alle speculatie een eind maken.

Kaiser ging in zijn stoel zitten en dacht erover na hoe hij Neumann over zijn relatie met Mevlevi zou vertellen. Het zou moeilijk zijn Sterling Thornes beschuldigingen te weerleggen. Als Neumanns vader getuige zou zijn geweest van Kaisers schaamteloze en zelfs theatrale leugenachtigheid, zou hij op staande voet ontslag hebben genomen. In feite had hij dat ook twee keer gedaan en beide keren was Kaisers zilveren tong ervoor nodig geweest om Alex Neumanns geweten te sussen. 'Een eerlijk misverstand. We hadden er echt geen idee van dat de cliënt in gestolen wapens handelde. Het zal nooit meer gebeuren. Onjuiste informatie, Alex. Sorry.'

Kaiser fronste zijn voorhoofd bij de herinnering. Goddank was Nick pragmatischer. Het was verdomd moeilijk om toe te geven dat hij al twintig jaar een zakelijke relatie met Mevlevi had, nadat hij eerst heftig had ontkend dat hij hem kende en zelfs zover was gegaan dat hij zijn naam opzettelijk verkeerd uitsprak. Maar Kaiser hoefde alleen maar te denken aan wat Neumann had gedaan om Mevlevi tegen Thornes onderzoek te beschermen om zich beter te voelen. Als de jongeman maar half zo slim was als hij dacht, zou hij het al geraden hebben.

Zijn telefoon ging en Rita Sutters zoetgevooisde stem vertelde hem dat meneer Neumann er was. Hij zei dat ze hem naar binnen kon sturen.

Wolfgang Kaiser kwam Nick halverwege tegemoet. 'Fantastisch nieuws vanochtend, Neumann. Geweldig.' Hij sloeg zijn goede arm om Nicks schouder en leidde hem naar de bank. 'Sigaar?'

'Nee, dank u,' zei Nick. Er ging een alarmbel in zijn hoofd af.

'Koffie, thee, espresso?'

'Een mineraalwater graag.'

'Een mineraalwater,' zei Kaiser op enthousiaste toon alsof geen enkel antwoord hem meer plezier had kunnen doen. Hij liep naar de open deuren en vroeg Rita Sutter of ze een mineraalwater en een koffie wilde brengen.

'Neumann,' zei hij, 'ik wil dat je een speciaal karweitje voor me doet.' Kaiser ging op de bank zitten en blies een wolk rook uit. 'Ik heb een diplomaat nodig. Iemand met manieren en een beetje levenservaring.'

Nick ging ook zitten en knikte. Wat Kaiser ook in gedachten had, het moest belangrijk zijn. Nick had hem nog nooit zo vriendelijk meegemaakt.

'Een belangrijke cliënt van de bank komt morgen in Zürich aan,' zei Kaiser. 'Hij heeft de hele dag een begeleider nodig om hem te helpen zijn zaken af te handelen.'

'Komt hij naar de bank?'

'Op een bepaald moment zal hij dat zeker doen. Maar ik wil graag dat je hem eerst van het vliegveld afhaalt.'

'Van het vliegveld?' Nick wreef over zijn nek. Hij voelde zich niet zo goed. Hij had te lang achter de computer gezeten. 'U weet dat we nog maar net begonnen zijn met het uitvoeren van Martin Maeders verkoopplan. Ik moet nog vijfhonderd dossiers doornemen.'

'Dat begrijp ik,' zei Kaiser minzaam, 'en ik waardeer je ijver. Ga er de rest van de dag mee door. Je kunt je werk morgenavond of de dag daarna afmaken, oké?'

Het vooruitzicht lokte Nick niet aan, maar hij knikte toch instemmend.

'Goed, dan zal ik je nu wat meer vertellen over de man die je morgen zult ontmoeten.' Kaiser nam een diepe trek aan zijn sigaar en zei toen: 'Ik vrees dat ik onlangs tegen je gelogen heb, Nicholas. Of beter gezegd, ik heb tegen die rotzak van een Thorne gelogen. Ik had eigenlijk geen keus... gezien de omstandigheden. Ik had het je eerder moeten vertellen. We zijn uit hetzelfde hout gesneden, jij en ik. We doen wat nodig is om de klus te klaren. Heb ik gelijk of niet?'

Nick knikte. Kaiser had duidelijk onder de toenemende druk waaronder hij stond, te lijden. Zijn ogen die gewoonlijk helder stonden en een zelfverzekerde uitdrukking hadden, waren nu dik en eronder waren donkere kringen in de lijkwitte huid geëtst.

'Ik ken Ali Mevlevi,' zei Kaiser. De man achter wie Thorne aan zit. De man die jullie de Pasja noemen. Ik ken hem zelfs goed. Hij was een van mijn eerste cliënten in Beiroet. Ik verwacht niet van je dat je weet dat ik heel lang geleden onze vestiging in Beiroet heb opgezet.'

'Dat was toch in 1980?'

'Precies,' Kaiser glimlachte even en Nick wist dat hij gevleid was. 'In 1980 en 1981. Meneer Mevlevi was toen en is nu nog een zeer gerespecteerde zakenman in Libanon en in het hele Midden-Oosten.'

'Sterling Thorne beschuldigde hem ervan dat hij een heroïnesmokkelaar is.'

'Ik ken Ali Mevlevi al twintig jaar en ik heb nog nooit ook maar het geringste gerucht gehoord dat hij iets met drugs te maken heeft. Mevlevi handelt in grondstoffen, tapijten en textiel. Hij is echt een zeer gerespecteerd zakenman.'

'U hoeft u niet te verontschuldigen,' zei Nick. 'Het is het beste om informatie over cliënten geheim te houden en Thorne heeft er zeker niets mee te maken.'

'Thorne heeft het wat onze Mevlevi betreft bij het verkeerde eind. Ik weet zeker dat je dat morgen zelf wel zult merken als je de man ontmoet. Onthoud dat het niet onze taak is om politieagent te spelen, Neumann.'

Niet dat oude cliché, dacht Nick. Hij begon zich nu echt ziek te voelen en het werd nog erger toen hij zichzelf hoorde zeggen: 'Dat ben ik volkomen met u eens.'

Kaiser pafte aan zijn sigaar en klopte hem op de knie. 'Ik wist dat je een heldere kijk op de zaken zou hebben. Mevlevi komt morgenochtend om elf uur met zijn privé-vliegtuig aan. Je zult dan op het vliegveld zijn om hem af te halen. Voor een auto met chauffeur wordt natuurlijk gezorgd. Ik weet zeker dat hij heel wat boodschappen te doen zal hebben.'

Nick stond op. 'Is dat alles?'

'Dat is alles, Neumann. Ga nu maar verder met Maeders project. Vraag Rita of ze een lunch voor je laat brengen. Bestel maar wat je wilt. Waarom probeer je de Kronenhalle niet eens?'

'Ik heb al een afspraak om te...'

'O ja, dat was ik volkomen vergeten,' onderbrak Kaiser hem. 'Goed, ga dan maar weer aan de slag voor ons allemaal.'

Toen Nick het grote kantoor uitliep, vroeg hij zich af wanneer hij Kaiser dan had verteld dat hij een lunchafspraak had.

'HEB JE DE RAPPORTEN TE PAKKEN KUNNEN KRIJGEN?' VROEG NICK ZOdra hij de drempel van Sylvia Schons appartement overgestapt was. Het was acht uur en hij was regelrecht van de bank naar haar toe gekomen.

'Wat? Word ik niet meer begroet? Vraag je niet "hoe was je middag"? Ik ben ook blij dat ik u zie, meneer Neumann.' Sylvia kuste hem.

Nick liep de gang door en trok zijn jas uit. 'Heb je de maandrapporten te pakken kunnen krijgen?' herhaalde hij.

Sylvia pakte de glanzende aktetas op die tegen de bank stond. Ze gespte de flap los, haalde er twee dikke mappen uit en overhandigde hem er een. 'Tevreden? Het spijt me dat ik heb vergeten ze vóór de lunch te halen.'

Nick las de tekst op de rug van de map: *Januari -- Maart 1978*. Hij wierp een blik op de andere map. *April -- Juni 1978* stond erop. 'Het spijt me als ik onbeschoft was.'

Hij was moe en prikkelbaar. De enige pauze die hij die dag had gehad, was het halve uurtje dat hij met Sylvia in de Kropf Bierhalle had doorgebracht. Net tijd genoeg om *Schubli* met patat te eten en twee cokes te drinken, maar te kort om haar te vragen of ze het met iemand over hun lunchafspraak had gehad. Ze waren het erover eens dat ze hun relatie het best geheim konden houden.

Sylvia ging op haar tenen staan en streek over zijn wang. 'Wil je erover praten? Je ziet er niet al te best uit.'

Nick wist dat hij er afgepeigerd uitzag. 'Gewoon het dagelijks werk. Het is nogal een gekkenhuis op de Derde Verdieping. De algemene aandeelhoudersvergadering is al over vijf dagen en König hapt naar onze hielen.' Wat zijn gevoelens voor haar ook waren, hij kon zich er niet toe brengen haar te vertellen over de fraude die op de Derde Verdieping werd gepleegd. 'Stemmen binnenhalen, telefoontjes van onze investeringsanalisten aannemen. We voelen allemaal de druk. Het komt er nu op aan.'

'*Iedereen* voelt de hete adem van König,' zei ze. 'Niet alleen jullie hoge pieten op de Derde Verdieping. Niemand wil dat König zijn zetels krijgt. Verandering is beangstigend, vooral voor de mindere goden die niet op de Derde Verdieping werken.'

'Jammer dat we niet alle employés van de bank opdracht kunnen geven honderd van onze aandelen te kopen,' zei Nick. 'Als ze het geld niet hebben, is dat geen probleem. We kunnen het van hun salaris aftrekken. Dat zou ons aardig op weg helpen om de strijd tegen de Adler Bank te winnen. In ieder geval zou ik dan niet hoeven...' Hij zweeg abrupt.

'Wat zou je dan niet hoeven te doen?' vroeg Sylvia.

'Dan zouden *wij* niet zo hard tegen König hoeven te vechten,' antwoordde hij snel.

'Hoe staan de zaken er nu voor?'

'Zesenveertig procent voor de goeden en dertig procent voor de slechten. Duim er maar voor dat König niet een bod op de hele bank doet voor een vijandige overname.'

'Wat weerhoudt hem daarvan?'

'Contanten, althans het gebrek eraan. Hij zou een aanzienlijke toeslag op de marktprijs moeten betalen, maar er zijn genoeg aandelen in handen van arbitrageanten, dus als hij dat zou doen, zou hij zonder problemen zesenzestig procent van de stemmen kunnen krijgen. Zelfs de mensen die ons nu steunen, zouden naar König overlopen. Hij zou dan de raad van bestuur volledig beheersen. Een enkele reis naar het walhalla voor Wolfgang Kaiser.'

'En voor de rest van ons?' vroeg Sylvia. 'Je weet heel goed dat er na een fusie eerst het mes wordt gezet in de overlappende staffuncties bij de boekhouding, de financiële afdeling en de logistiek. Ik kan me niet voorstellen dat de Adler Bank behoefte heeft aan twee personeelschefs bij de financiële afdeling.'

'Maak je geen zorgen, Sylvia. Onze strijd gaat erom König uit de raad van bestuur te houden. Niemand heeft het over een regelrechte overname.'

'Nog niet. Je zult nooit begrijpen wat deze bank voor me betekent. De tijd die ik erin geïnvesteerd heb en de hoop die ik aan deze stomme baan heb verspild.'

'Verspild?' vroeg hij.

'Je zou het niet begrijpen,' zei ze vol afkeer. 'Je kúnt het niet begrijpen. Je weet niet wat het is om twee keer zoveel uren te moeten maken en consequent beter werk af te moeten leveren dan je mannelijke collega's en dan te zien dat iedereen om je heen sneller promotie maakt dan jij omdat ze haar op hun borst en een zwaardere stem hebben.' Sylvia keek Nick aan en glimlachte met waardige berusting. 'Ik heb die onzin niet negen jaar lang verdragen om me nu door de een of andere rotzak door mijn eigen voordeur naar buiten te laten trappen. Als König de VZB overneemt, is mijn leven naar de knoppen.'

Ze zwegen allebei een paar seconden. Toen zei ze: 'Het spijt me. Ik was niet van plan om zo uit te pakken.'

'Je hoeft er geen spijt van te hebben. Het angstige is dat alles wat je hebt gezegd, waar is.'

Nick liep naar de bank en ging zitten. 'Jezus,' zei hij abrupt. 'Dat zou ik bijna vergeten.'

Sylvia kwam naar hem toe. 'Maak me niet bang. Wat is het?'

'Als je morgen een rare boodschap op je antwoordapparaat krijgt, moet je die niet wissen.' Nick vertelde haar over zijn gesprek met Peter Sprecher waarin hij te horen had gekregen dat er een mol bij de VZB zat die de Adler Bank voorzag van informatie die cruciaal was voor een succesvolle verdediging van de Verenigde Zwitserse Bank.

'Als het Schweitzer is,' zei Sylvia boos, 'dan trap ik hem persoonlijk voor zijn je weet wel.'

'Als hij het is, heb je mijn zegen, maar voorlopig moet je elke boodschap die je vreemd vindt op de band laten staan. Je zult het weten wanneer je haar hoort.'

Nick stak zijn handen omhoog alsof hij zich overgaf en blies zijn wangen op. 'Ik kan geen hap meer door mijn keel krijgen.'

Sylvia pakte een slanke, met een doorzichtige vloeistof gevulde fles. 'Neem nog een glaasje kirsch. Dat bevordert de spijsvertering.'

Nick barstte in lachen uit. 'En roken bevordert zeker de ademhaling.'

Zodra de tafel afgeruimd was, pakte hij de mappen en wachtte tot Sylvia bij hem kwam zitten. Hij haalde zijn vaders agenda voor 1978 uit zijn koffertje en legde haar vóór hen op de tafel. Ze keken hem samen snel door. Zijn vader noteerde altijd precies de tijd waarop hij ergens aankwam en vertrok en aan de rechterkant van elke bladzijde beschreef hij altijd met een paar woorden het weer. Typerend was 'drieëntwintig graden en helder'. Goed weer was een obsessie voor Alex Neumann en nu hij acht weken in Zwitserland was, begon Nick te begrijpen waarom.

'De eerste keer dat ik de agenda's van mijn vader doorlas, deed ik dat alleen uit nostalgie, weet je,' zei hij, 'om te kijken of hij nog persoonlijke dingen had opgeschreven die me konden helpen hem beter te begrijpen. Dat heeft hij niet gedaan. Het was allemaal puur zakelijk. Pas nadat ik de agenda's een paar keer doorgenomen had, ontdekte ik de ondertoon van angst in de laatste bladzijden van 1979. Alleen als hij verwees naar een zekere Allen Soufi en diens bedrijf Goldluxe, gaf mijn vader blijk van een emotionele reactie op zijn werk, verder nooit.'

'Laten we dan naar Soufi zoeken,' stelde Sylvia voor.

'Zijn naam wordt voor het eerst op 15 april 1978 vermeld.' Nick sloeg de agenda bij die datum op. Zijn vader had opgeschreven: *'Eten met A. Soufi in de Bistro, Dr. Canon Road 215.'*

Sylvia keek naar de bladzijde. 'Is dat alles?'

'Voorlopig wel, ja.' Nick dacht aan de verontwaardigde commentaren die zijn vader genoteerd had. *'Soufi is onwenselijk. De rotzak heeft me bedreigd'*, en opende toen de map die de maandrapporten voor de periode januari tot en met maart 1978 bevatte. 'We moeten hoe dan ook bij het begin van het jaar starten. Misschien heeft hij al eerder iets over hem opgeschreven. Mijn vader moest het hoofdkantoor kopieën sturen van documenten met informatie over de rekening van elke nieuwe cliënt die hij binnenbracht. Als hij Soufi binnengebracht heeft, moeten er kopieën zijn van de registratie van de rekening met de naam, de handtekeningenkaarten en het adres – alles.'

'En Goldluxe?'

'Dat duikt pas later op.'

Nick las het rapport van januari van begin tot eind door en constateerde dat de resultaten van de vestiging in L.A. voor 1977 drieëndertig procent boven de voorspellingen lagen. Het rapport voor februari bevatte een herzien pro forma budget en een voorstel om in San Francisco een kantoor met een bezetting van twee man te openen.

Het rapport voor maart was ongebruikelijk kort en er stond nog steeds niets over Soufi in.

Ze keerden terug naar de sectie waarin de nieuwe zakelijke contacten vermeld waren. Sylvia liep met haar vinger langs de lijst met namen van nieuwe cliënten: *'dhr. Alphons Knups, dhr. Max Keller, mevr. Ethel Ward.'* Plotseling schreeuwde ze: 'Kijk, daar heb je hem!' Ze wees naar de laatste naam op de lijst. *'Dhr. A. Soufi.'* Naast zijn naam stond een sterretje. Nick keek naar het corresponderende sterretje onder aan de bladzijde en las dat Soufi naar zijn vader was doorverwezen door de heer C. Burki van de VZB-vestiging in Londen.

'Bingo,' zei Nick. 'We hebben hem gevonden.' Hij bladerde door naar het eind van het rapport waar de aanvullende informatie over elke nieuwe rekening te vinden was. Een vel papier met bovenaan Allen Soufi's naam was aan het omslag bevestigd, maar noch zijn beroep, bedrijf, noch zijn adres was vermeld. In elk geval stond er wel een handtekening op. Soufi had het vel papier ondertekend in een groot handschrift met veel lussen. Onder 'commentaar' stond geschreven: *'Deposito $250.000.'*

Nick controleerde de papieren met informatie over de andere cliënten. Ze hadden allemaal hun volledige gegevens verstrekt: naam, adres, geboortedatum en paspoortnummer. Alleen Soufi's vel was blanco. Hij stootte Sylvia aan. 'Mijn vraag is, wie is C. Burki in Londen?'

Sylvia zette haar bril af en veegde de glazen met de zoom van haar blouse schoon. 'Als hij in Londen werkte, is de kans groot dat hij op de financiële afdeling zat. Zo uit mijn hoofd kan ik de naam niet thuisbrengen, maar ik zal onze personeelsgegevens checken. Misschien komt er iets uit.'

'Misschien.' Nick gaf geen uiting aan zijn twijfels. Hij had eerst geprobeerd Soufi in Cerberus en later in Medusa op te zoeken en niets gevonden.

De volgende twee uur lazen Nick en Sylvia de resterende rapporten door en vergeleken ze met de aantekeningen in de agenda. Een gestage stroom van bedrijven meldde zich elke maand als cliënt aan en natuurlijk werd er ook melding gemaakt van nieuwe particuliere cliënten die altijd bij naam werden genoemd en voor wie altijd een nauwkeurig ingevuld informatieformulier bijgevoegd was.

Toen Nick klaar was met het lezen van het rapport voor mei keek hij naar Sylvia. Hij was even moe als zij eruitzag.

'Sylvia,' fluisterde hij, 'het is tijd om ermee te kappen.' Hij sloot de mappen, pakte de agenda van zijn vader en schuifelde de gang in om hem in zijn koffertje te stoppen.

'Ga niet weg,' zei een zwak stemmetje. 'Je kunt hier blijven.'

'Dat zou ik heel graag willen, maar ik heb morgen een zware dag. Ik kan niet blijven.' Hij dacht eraan wat een prettig gevoel het zou zijn om met haar rug tegen zijn borst in slaap te vallen, maar morgenochtend om elf uur zou hij Ali Mevlevi, de Pasja, de hand schudden en een internationale drugsmokkelaar namens de bank zijn diensten aanbieden. Hij was van plan eens een flinke nachtrust te pakken. 'Ik moet me haasten, anders mis ik de laatste tram.'

'Nick...' protesteerde ze slaperig.

'Ik bel je morgenochtend. Kun je de mappen terugbrengen en de volgende zes maandrapporten te pakken zien te krijgen?'

'Ik zal het proberen. Moet ik morgenavond met eten op je rekenen?'

'Dat zou ik maar niet doen. Kaiser heeft een drukke dag en een drukke avond voor me in petto.'

'Bel me als je van gedachten mocht veranderen. Onthoud dat ik zaterdag naar mijn vader ga.'

Nick knielde naast haar en streek een streng haar achter haar oor. 'En bedankt, Sylvia.'

'Waarvoor?'

Hij keek haar nog een paar seconden aan en kuste haar licht. 'Gewoon bedankt.'

WOLFGANG KAISER LIET DE TWAALFCILINDERMOTOR VAN ZIJN BMW 850I razen terwijl hij over de lange General Guisan Quai reed. Rechts van hem brandden de lichten achter de ramen van het eeuwenoude concertgebouw van Zürich, de Tonhalle, en links van hem strekte een rand ijs zich vanaf de oever van het meer dertig meter in het water uit.

Kaiser huiverde, blij dat hij warm en droog in zijn auto zat. De zaken begonnen er beter uit te zien. Dankzij de snelle uitvoering van Maeders plan om aandelen te vergaren, had de bank vandaag drie procent van de stemmen binnen weten te halen. Neumann had nog een procent aan de pot toegevoegd door Hambros over te halen met het huidige management van de VZB mee te stemmen. Misschien nog bemoedigender was het dat de Adler Bank zich de hele dag rustig had gehouden. Hun handelaren hadden er passief bij gestaan terwijl de VZB alle beschikbare eigen aandelen opkocht: een pakket dat bij het sluiten van de beurs op een waarde van meer dan honderd miljoen Zwitserse franc getaxeerd werd. Misschien was König eindelijk blut.

Kaiser permitteerde zichzelf een moment van stille vreugde. Hij sloeg af bij de Seestrasse en gaf gas op de tweebaansweg die in een rechte lijn naar Thalwil leidde, dat vijftien kilometer verderop langs de oever van het meer lag. Hij keek op de digitale klok van de auto. Het was 9.09 uur. Hij was laat.

En nu nog één vervelende klus. Een opdracht. Het laatste dat een eigenzinnige baron moest doen om zijn leengoed veilig te stellen.

Als hij dit gedaan had, was er geen reden meer waarom Ali Mevlevi hem de tweehonderd miljoen francs die hij nodig had, niet zou geven.

Maar eerst nog één klus.

Kaiser keek naar het in wasdock verpakte voorwerp dat op de passagiersplaats naast hem lag. Het gewicht ervan had hem verbaasd toen hij het uit zijn privé-kluis haalde. Het leek veel zwaarder dan de laatste keer dat hij het gebruikt had, maar hij was toen ook jonger geweest.

Kaiser keek in de achteruitkijkspiegel of er verkeer naderde en zag

231

een andere man die naar hem terugstaarde. Een man met dode ogen. Waarom ga ik naar het huis van een man die dertig jaar met me heeft samengewerkt met als enige bedoeling hem een kogel door het hoofd te jagen?

Kaiser richtte zijn blik weer op de weg. Het antwoord is simpel, dacht hij. Mijn leven behoort Ali Mevlevi, de vooraanstaande zakenman uit Beiroet, toe. Ik heb het hem jaren geleden in handen gegeven.

Ik heb de diensten van een Zwitserse bank nodig.

Kaiser hoort de woorden zó duidelijk dat het lijkt of ze door een onzichtbare passagier werden uitgesproken. Het zijn woorden uit een andere tijd, een ander leven. Een langvervlogen tijd waarin hij nog een vrij man was. Hij herinnert zich de elegante verschijning van Ali Mevlevi, ongeveer achttien jaar geleden. En in plaats van zich op het laatste stuk van de gladde weg die naar moord leidt, te bevinden, is hij aan het begin ervan. De weg is droog en het is warm weer, want hij is niet langer in Zwitserland, maar in Beiroet en het jaar is 1980.

'Ik heb de diensten van een Zwitserse bank nodig,' zegt de elegante cliënt die, als een Britse gentleman, een blauwe blazer, een crèmekleurige pantalon en een roodgestreepte das draagt. Hij is een vrij jonge man van hooguit veertig met dik, zwart haar en een scherpe neus. Alleen zijn huid verraadt dat hij een oosterling is.

'We staan tot uw beschikking,' zegt de pas gearriveerde manager van de vestiging die de man graag van dienst wil zijn.

'Ik wil graag een rekening openen.'

'Natuurlijk.' De manager glimlacht nu. Hij wil de cliënt laten zien dat het verstandig van hem is om op zijn intuïtie af te gaan en de Verenigde Zwitserse Bank als financiële partner te kiezen en de jonge en nog niet geheel gepolijste Wolfgang Kaiser zijn geld toe te vertrouwen. 'Wilt u het geld telegrafisch naar de rekening overmaken of het door middel van een cheque storten?'

'Geen van beide, vrees ik.'

Hij fronst zijn wenkbrauwen, maar dat duurt maar heel even. Tenslotte zijn er vele manieren om aan een zakelijke relatie te beginnen en de nieuwe manager is een toonbeeld van ambitie. 'Wilt u het geld contant storten?'

'Precies.'

Dat is een probleem. Het is in Libanon niet toegestaan contant geld op een rekening van een buitenlandse bank te storten. 'Bij ons kantoor in Zwitserland misschien?'

'Bij uw kantoor in de Al Muteeba Straat 17 in Beiroet.'

'Ik begrijp het.' De manager legt zijn tot in de puntjes verzorgde cliënt uit dat hij een storting in contanten niet kan accepteren. Door dat te doen zou hij de bankvergunning van het bedrijf in gevaar brengen.

'Ik wil iets meer dan twintig miljoen dollar storten.'

'Dat is een groot bedrag.' Kaiser glimlacht en schraapt zijn keel, maar houdt voet bij stuk. 'Helaas, mijn handen zijn gebonden.'

De cliënt praat door alsof hij hem niet heeft verstaan. 'Het bedrag is volledig in Amerikaanse bankbiljetten, hoofdzakelijk van honderd dollar. Het spijt me dat er ook wat briefjes van vijftig en twintig bij zullen zitten, maar niets kleiners, dat beloof ik u.'

Wat een redelijke man, deze cliënt, deze meneer... – Kaiser raadpleegt de *carte de visite* op het zilveren blad – deze *meneer Ali Mevlevi*. Geen tientjes, geen vijfjes. De man is een heilige. 'Als u dit bedrag in Zwitserland zou willen storten, weet ik zeker dat we dat kunnen regelen. Helaas...'

Meneer Mevlevi is niet uit het veld geslagen. 'Heb ik al gezegd welke commissie ik bereid ben te betalen als u de storting accepteert? Is vier procent voldoende?'

Kaiser kan zijn verbazing niet verbergen. Vier procent? Achthonderdduizend dollar. Dat zou zijn geraamde winst over het hele lopende jaar verdubbelen. Wat moet hij doen? Moet hij het in zijn koffer stoppen en het zelf naar Zwitserland brengen? De gedachte komt bij hem op en blijft iets langer hangen dan verstandig is. Zijn keel is droog en hij pakt een glas water. Hij vergeet deze fabelachtig rijke cliënt ook een glas aan te bieden.

Mevlevi schenkt geen aandacht aan de faux pas. 'Misschien wilt u met uw superieuren bespreken hoe u de storting wenst af te handelen. Wilt u vanavond met me souperen? Een goede vriend van me, Rothstein, heeft een leuke zaak die Little Maxim's heet. Kent u die gelegenheid?'

Kaiser glimlacht beminnelijk. Of hij die zaak kent? Niet alleen de rijken, maar ook iedereen in Beiroet die de toegangsprijs van honderd dollar niet kan betalen en niet de invloed heeft om er toegelaten te worden, kent Little Maxim's. De manager aarzelt niet. De bank zou erop staan dat hij de uitnodiging accepteert. 'Het zou me een genoegen zijn.'

'Ik hoop dat u dan een gunstige reactie voor me hebt.' Mevlevi geeft hem een hand en vertrekt. Zijn hand is zo zacht als een dode vis.

Little Maxim's op het hoogtepunt van de burgeroorlog. Een zwoele vrijdagavond. Wolfgang Kaiser draagt zijn lievelingskleding, een op maat gemaakte zijden smoking waarvan de ivoorkleur gekozen is om zijn door de Libanese zon gebruinde huid goed te laten uitkomen. Een bordeauxrode zakdoek waaiert uit zijn borstzak, zijn haar glanst van de brillantine en zijn snor is onberispelijk verzorgd. Hij wacht bij de zijingang. Hij heeft om tien uur afgesproken en is twaalf minuten te vroeg.

Op het afgesproken tijdstip beklimt hij de trap. De club is vaag verlicht en sommige hoeken zijn donker. Er valt hem van alles tegelijk op. Op het toneel draait een weelderige blondine om een tot aan het plafond reikende zilverkleurige paal rond en de gastvrouw die op hem af komt om hem te verwelkomen, draagt een tuniek die maar één borst bedekt. Hij staart ernaar tot hij een ruwe hand op zijn schouder voelt en hij naar een rokerige hoek van de club wordt geleid. Ali Mevlevi blijft zitten en gebaart naar de lege stoel aan de andere kant van de tafel.

'Hebt u al met uw collega's in Zürich gesproken?'

De jonge manager glimlacht nerveus en knoopt zijn jasje los. 'Ja, laat in de middag. Het spijt me dat ik u moet zeggen dat we u niet kunnen helpen. Het risico dat we onze bankvergunning kwijtraken is te groot. Het is pijnlijk voor ons dat we de gelegenheid om een zakelijke relatie met zo'n vooraanstaand zakenman als u voorbij moeten laten gaan, gelooft u me. Maar mocht u echter uw geld in Zwitserland willen storten, dan zullen we u met alle genoegen van dienst zijn.'

Kaiser vreest de reactie van zijn gastheer. Hij heeft informatie over Mevlevi ingewonnen. Het lijkt erop dat hij bij allerlei activiteiten betrokken is waarvan sommige zelfs legaal zijn, zoals geld-, onroerendgoed- en textielhandel, maar de geruchten suggereren dat zijn belangrijkste bron van inkomsten de internationale handel in heroïne is.

'Het geld is hier!' Mevlevi slaat met zijn hand op de tafel, waardoor een glas whisky omvalt. 'Niet in Zwitserland. Hoe moet ik mijn geld op uw bank krijgen? Denkt u dat uw douanebeambten een Turk uit Libanon met open armen zullen ontvangen?' Hij snuift honend. 'Jullie denken dat we allemaal lid van de Zwarte September zijn. Ik ben een eerlijk zakenman. Waarom wilt u me niet helpen?'

Kaiser weet niet wat hij moet zeggen. Mevlevi's starre blik lijkt dwars door hem heen te gaan en wanneer Kaiser begint te praten, neemt zijn tong het onhandige accent van zijn vaderland aan. 'We moeten de regels gehoorzamen. Er zijn maar zo weinig alternatieven.'

'U bedoelt *geen alternatieven*. Verwacht u soms van me dat ik mijn geld bij dit stelletje dieven achterlaat?'

Kaiser schudt in verwarring zijn hoofd. Het is zijn eerste les in de op zijn kop gezette wijze van zakendoen in het Midden-Oosten.

Mevlevi buigt zich over de tafel naar voren en grijpt Kaisers verschrompelde arm vast. 'Ik zie dat u me wilt helpen.'

Kaiser is gechoqueerd doordat Mevlevi zijn misvormde arm zomaar vastgrijpt, maar het zijn z'n ogen en niet zijn arm die Mevlevi's kracht voelen en als gehypnotiseerd knikt hij.

Mevlevi roept de ober en bestelt een fles Johnnie Walker Black Label. Als de fles is gebracht, brengt hij een toost uit. 'Op de ondernemingsgeest. De wereld behoort toe aan degenen die er een eigen vorm aan geven!'

Een uur of twee, drie later geniet Kaiser de attenties van een slanke jonge vrouw. Een stuk zou hij haar willen noemen. Haar lange zwarte haar omlijst een sensueel gezicht en haar donkere ogen lichtten op onder dikke wimpers. Na nog een drankje glijdt het bandje van haar met lovertjes bezaaide cocktailjurk van haar zachte, maar gespierde schouder. Haar Engels is vlekkeloos en ze vraagt met een hese stem of hij dichterbij komt zitten. Hij kan zich niet losmaken van haar onderzoekende vingers en zoete adem. Ze blijft maar de obsceenste dingen zeggen. Mevlevi rookt weer een van zijn smerige Turkse sigaretten. Zijn glas is vol.

Het stuk met het ravenzwarte haar wil per se dat Kaiser met haar meegaat naar haar appartement. Wie is hij om te weigeren? Tenslotte is het maar drie straten van de club vandaan en de grote Mevlevi heeft hem zijn zegen gegeven met een vaderlijk schouderklopje en een sluwe knipoog die zei dat bij Little Maxim's alles geregeld was. Als ze in haar appartement zijn, vraagt het meisje om een drankje en wijst naar de bar. Kaiser schenkt twee glazen flink vol met whisky. Hij weet dat hij te veel gedronken heeft, maar weet niet zeker of hem dat kan schelen. Ze zet het glas aan haar lippen, neemt eerst een klein slokje en slaat de rest dan in één slok achterover. Ze staat wankel op en zoekt in haar handtasje. Even glijdt er een geërgerde uitdrukking over haar gezicht, maar dan glimlacht ze plotseling weer. Het probleem is opgelost. Een smetteloos wit bergje poeder ligt op de onderkant van een perfect gemanicuurde nagel. Ze snuift het op en biedt haar metgezel van die avond hetzelfde aan. Hij schudt zijn hoofd, maar ze blijft aandringen.

De bankier uit Zürich begint gedesoriënteerd te raken. Hij heeft nog nooit het bloed zo door zijn aderen voelen jagen. De druk in zijn hoofd neemt toe, maar verdwijnt even later en maakt plaats voor een licht gevoel. Zijn borst begint te tintelen. Hij wil alleen maar slapen, maar een gretige hand houdt hem wakker en de stevige knedende greep ervan trekt de warmte van zijn borst naar zijn kruis. Met glazige blik ziet hij hoe de prachtige jonge vrouw uit Little Maxim's zijn broek uittrekt en zijn geslacht in haar mond neemt. Zijn penis is nog nooit zo hard geweest. Zijn blik vertroebelt en hij realiseert zich dat hij haar naam vergeten is. Ze zit voor hem en haar jurk is tot haar middel naar beneden geschoven. Haar borst is plat en haar tepels zijn te klein, licht van kleur en omringd door plukjes zwart haar. Kaiser gaat rechtop zitten en schreeuwt dat deze vrouw... *deze man* moet ophouden, maar een ander paar handen drukt hem neer. Zijn dronken verzet is vergeefs en hij ziet noch voelt de naald die de gezwollen blauwe ader op de rug van zijn verschrompelde rechterhand binnendringt.

'Als u hier onderaan tekent, kunnen we deze onverkwikkelijke situatie achter ons laten.'

Ali Mevlevi overhandigt Wolfgang Kaiser een kwitantie van de vestiging in Beiroet van de Verenigde Zwitserse Bank voor het bedrag van twintig miljoen Amerikaanse dollar. Het is Kaiser een raadsel hoe Mevlevi aan dit officiële papier komt en veel andere dingen zijn dat ook.

Kaiser legt de kwitantie boven op een stapel kleurenfoto's van twintig bij vijfentwintig centimeter. Foto's waarop hij, Wolfgang Andreas Kaiser, prominent aanwezig is. Je zou zelfs kunnen zeggen dat hij de ster is, samen met een gruwelijk verminkte travestiet die, zoals hij heeft gehoord, Rio heette.

Kaiser ondertekent de kwitantie en bij elke lus van zijn pen, raakt hij er dieper van doordrongen dat hij deze 'onverkwikkelijke situatie' nooit achter zich zal laten. Mevlevi kijkt met afstandelijke belangstelling toe en wijst dan naar drie versleten, barstensvolle plunjezakken die bij de deur staan. 'Als u niet binnen drie dagen een manier vindt om het geld op een rekening te zetten, zal ik aangifte van diefstal doen. In uw land wordt bankfraude als een ernstig misdrijf beschouwd, nietwaar? In Libanon is het niet anders, alleen vrees ik dat de gevangenissen hier niet zo comfortabel zijn als bij u.'

Kaiser recht zijn rug. Zijn ogen zijn gezwollen en zijn neus is verstopt. Hij scheurt de bovenste kopie van de kwitantie, legt hem in een leeg plastic bakje en geeft de gele kopie aan Mevlevi. De toevlucht van de Zwitserse bankier is orde en het volgen van vaste procedures is zijn veilige haven. De roze kopie, zegt hij, blijft in zijn kantoor en de witte kopie gaat naar Zwitserland. 'Samen met het geld,' voegt hij er met een geforceerde glimlach aan toe.

'U bent een bijzondere man,' zegt Mevlevi. 'Ik zie dat ik de juiste partner heb gekozen.'

Kaiser knikt plichtmatig. Nu zijn ze al partners. Wat voor martelingen zal deze relatie nog voor hem in petto hebben?

'U kunt uw superieuren vertellen,' zegt Mevlevi, 'dat ik een speciaal tarief van twee procent van het gestorte bedrag zal betalen om de administratieve kosten van het openen van mijn rekening te dekken. Niet slecht, vierhonderdduizend dollar voor een dag werk. Of moet ik zeggen een nacht werk?'

Kaiser reageert niet en hij moet moeite doen om zijn rug tegen zijn stoel gedrukt te houden. Hij is bang dat hij gek zal worden, als hij het contact met de harde rugleuning verliest.

De volgende ochtend stapt Kaiser op een vliegtuig dat hem via Wenen naar Zürich zal brengen. In zijn vier koffers heeft hij twintig miljoen honderddrieënveertigduizend dollar gepakt. Mevlevi had gelogen. Er zaten drie briefjes van één dollar bij.

Bij de paspoortcontrole gebaren ze hem dat hij kan doorlopen en de douane keurt hem geen tweede blik waardig, hoewel hij een karretje met een berg uitpuilende koffers voortduwt. De passagier die na hem komt en maar een klein valies bij zich heeft, wordt wel voor controle tegengehouden.

Gerhard Gautschi, de directeur van de Verenigde Zwitserse Bank is sprakeloos van verbazing. Kaiser vertelt hem dat hij de kans om zo'n aanzienlijke winst voor de bank te maken, niet kon laten lopen. Ja, er was een risico. Nee, hij kan zich niet voorstellen dat hij nog een keer zoiets stoms zal doen. Toch wordt het geld door de bank veilig in deposito genomen. Er is een flinke commissie verdiend en, wat nog beter is, de cliënt wil in waardepapieren investeren. Zijn eerste aankoop? Aandelen van de Verenigde Zwitserse Bank.

'Wie is hij?' vraagt Gautschi.

'Een zeer gerespecteerde zakenman,' antwoordt Kaiser.

'Natuurlijk,' zegt Gautschi lachend. 'Dat zijn ze toch allemaal?'

Als Kaiser het kantoor van de directeur wil verlaten, zegt Gautschi op de valreep: 'De volgende keer zullen we een vliegtuig sturen om je te halen, Wolfgang.'

Er sloeg een beetje sneeuw tegen de voorruit, waardoor Wolfgang Kaiser in het heden terugkeerde. Een bord vóór hem uit gaf aan dat hij Thalwil had bereikt.

Je hebt genoeg van hem, hè? vroeg Kaiser zichzelf. Hij bedoelde natuurlijk Ali Mevlevi, de man die zijn leven verwoest had. *Natuurlijk heb ik genoeg van hem. Ik heb genoeg van de nachtelijke telefoontjes, de afgetapte telefoons en de bevelen. Ik heb er genoeg van om door hem geknecht te worden.*

Hij zuchtte. Met een beetje geluk zou dat misschien spoedig veranderen. Als Nicholas Neumann zo koppig is als hij dacht, en als hij zo gemeen was als zijn militaire gegevens suggereerden, zou Mevlevi spoedig alleen maar een herinnering zijn. Morgen zou de jonge Neumann kennismaken met de verraderlijke streken van Ali Mevlevi. Mevlevi had zelf gezegd dat hij van plan was om zich ervan te vergewissen of Neumann 'een van ons' is. Kaiser kon zich heel goed voorstellen wat die woorden betekenden.

De afgelopen maand had hij zichzelf toegestaan erover te fantaseren dat hij Nicholas Neumann zou gebruiken om van Mevlevi af te komen. Hij wist dat Neumann bij het Korps Mariniers had gediend, maar zijn staat van dienst was een mysterie. Sommige van de betere cliënten van de bank waren hoge pieten bij het Amerikaanse ministerie van Defensie – inkoopanalisten als hij zich niet vergiste. Rijke rotzakken. Een beetje spitwerk had een paar verbazingwekkende antwoorden opgeleverd. Neumanns militaire gegevens waren officieel verzegeld en als 'topgeheim' bestempeld en, wat nog interessanter was, hij was oneervol ontslagen. Drie weken voordat hij op medische gronden uit de dienst ontslagen zou worden, had hij een zekere John J. Kecly, een burger die aangenomen werk voor het ministerie deed, aangevallen en de man kennelijk helemaal de vernieling in geslagen. Volgens de geruchten was het een wraakoefening geweest voor een mislukte operatie die in het diepste geheim had plaatsgevonden.

237

Er was geen andere informatie meer gekomen, maar voor Kaiser was datgene wat hij had gehoord, meer dan genoeg. Een militair met een opvliegende aard. Een getrainde killer die zich niet kon beheersen. Natuurlijk zou hij ervoor kunnen zorgen dat iemand die al geneigd was tot gewelddadigheid, zelf met het idee op de proppen zou komen.

Daarna was het gemakkelijk geweest. Plaats Neumann bij FKB4. Laat hem een tijdje met rekening 549.617 RR werken. Het toeval had hem natuurlijk een handje geholpen doordat Cerruti ziek was geworden en Sprecher was vertrokken en dat Sterling Thorne op het toneel was verschenen, was helemaal een meevaller geweest. Wie zou Neumann beter tegen Mevlevi in het geweer kunnen brengen dan de DEA? En nu kwam Mevlevi zelfs naar Zürich, zijn eerste bezoek in vier jaar. Als Kaiser religieus was geweest, zou hij het een wonder noemen, maar omdat hij een cynicus was, noemde hij het maar het lot.

Om 9.15 uur parkeerde Kaiser op een privé-terrein dat aan het meer grensde. Hij legde het zware, in wasdoek gewikkelde pakketje op zijn schoot en bleef het omdraaien tot hij het zilverkleurige metaal van het wapen in het donker zag glinsteren. Hij trok de slede terug, schoof een kogel in de kamer en klikte de veiligheidspal in de vuurstand. Hij keek in de spiegel en was opgelucht toen hij de man met de doffe, levenloze ogen naar hem zag terugstaren.

Eerst nog één klus.

Toen hij honderd meter van het flatgebouw verwijderd was, vertraagde Kaiser zijn pas en zoog de frisse lucht in zijn longen. Er brandde licht in elke hoek van het penthouse. Zag hij een schaduw achter het raam? Hij liet zijn hoofd zakken en liep door. Zijn hand streelde het gladde metalen voorwerp in zijn zak. Hij was te snel bij de deur. De stem die door de microfoon schalde, klonk nerveus en gespannen. Kaiser zag de knipperende ogen al voor zich.

'Godzijdank dat je er bent,' zei Marco Cerruti.

ALI MEVLEVI ZAT ALLEEN IN DE RUIME CABINE EN LUISTERDE NAAR DE piloot die aankondigde dat ze gingen dalen voor hun landing in Zürich. Hij legde de stapel papieren waarin hij de afgelopen drie uur verdiept was geweest, neer en trok zijn veiligheidsriem strakker aan. Zijn ogen brandden en hij had hoofdpijn. Hij vroeg zich af of het wel een goed idee was geweest om naar Zwitserland te gaan, maar hij zette de vraag onmiddellijk uit zijn hoofd. Hij had geen keus gehad. Niet als hij wilde dat Khamsin een succes zou worden.

Hij richtte zijn aandacht weer op het bovenste vel papier op zijn schoot en liet zijn blik erover dwalen. De kop was over de hele breedte van het vel in groot cyrillisch schrift met kastanjebruine inkt gedrukt. Hij wist dat er stond 'Opslagplaats Overtollige Wapens'. Een beleefde inleidende alinea in het Engels stond eronder. 'We verkopen alleen de beste nieuwe en gebruikte wapens die perfect functioneren.' De Russen deden hun best om zich een plaats in de internationale handel te verwerven. Hij sloeg de bladzijde om, bekeek de lijst met het materieel dat hij had gekocht en bestudeerde toen de laatste bladzijde van het document. De hoofdschotel, als het ware. De woorden sprongen hem in het oog alsof hij ze voor de eerste en niet voor de honderdste keer las. Zijn scrotum verstrakte en hij kreeg kippenvel.

Paragraaf v. Nucleair wapen. *1 Kopinskaja IV-bom van twee kiloton.* Mevlevi's mond werd droog. Een kernwapen dat niet groter was dan een mortiergranaat, één tiende van de vernietigende kracht van de bom op Hirosjima had en maar één vijftigste van de radioactiviteit. De kracht van tweeduizend ton TNT en nauwelijks fall-out.

Het was het enige wapen dat hij niet had kunnen kopen. Het zou hem ongeveer achthonderd miljoen Zwitserse francs kosten. Hij zou dat geld over drie en de bom over drieënhalve dag hebben.

Mevlevi had het doelwit met grote zorg uitgekozen. Ariel, een geïsoleerde nederzetting op de bezette West Bank waar vijftienduizend joden woonden en die nog was gebouwd terwijl de Israëli's hun vertrouwen in de onderhandelingen over hun terugtrekking uit juist dat gebied uitspraken. Dachten ze soms dat de Arabieren achterlijk waren? Niemand bouwt een stad waaruit hij over een jaar zal vertrekken. Zelfs de naam was perfect. *Ariel*, ongetwijfeld vernoemd naar Ariel Sharon, de strijdlustigste Arabierenhater van Israël, het beest dat persoonlijk de leiding had gehad over de slachtingen in Sjatila en Sabra in 1982.

Mevlevi moest ineens gapen. Hij was om vier uur vannacht opgestaan om zijn mannen op het trainingsveld te inspecteren. Ze hadden er schitterend uitgezien in hun woestijnuniform. Rij na rij van bezielde krijgers die gereed waren het woord van de profeet te bevorderen en hun leven voor Allah te geven. Hij was tussen hun gelederen door gelopen en had bemoedigende woorden tegen hen gesproken. *Ga met God. Insjallah. God is groot.*

Daarna was hij naar twee enorme hangars gegaan, die hij vijf jaar geleden in de heuvels aan de zuidkant van zijn kamp had laten uithakken. Hij was de eerste hangar binnengegaan, waar hij werd begroet door het oorverdovende geraas van twintig tanks die een laatste controle van hun versnellingsbak en aandrijving ondergingen. Hij bleef staan om de smetteloze verflaag te bewonderen. Elke tank was volgens de exacte specificaties van het Israëlische leger geverfd en ze hadden allemaal een Israëlische vlag die op het moment van de aanval gehesen zou worden. Verwarring was de grootste bondgenoot van een overvaller.

Mevlevi liep naar de tweede hangar waarin de helikopters stonden. Hij keek naar de Hind-toestellen waarvan de solide vleugels gebogen waren onder het gewicht van hun wapens, en naar de meer gestroomlijnde Sukhoi-gevechtshelikopters. De heli's waren ook in de vuile kakikleur van de Israëlische strijdkrachten geschilderd. Drie ervan hadden Israëlische antwoordzenders die op neergeschoten helikopters buitgemaakt waren. Als ze de Israëlische grens overstaken, zouden ze de zenders activeren. Voor de hele wereld, of in ieder geval voor elke radarinstallatie in Galilea, zou het lijken alsof ze ongevaarlijk waren.

Voordat Mevlevi aan boord van het vliegtuig naar Zürich zou stappen, bracht hij ten slotte nog een bezoek aan het commandocentrum, een versterkte ondergrondse bunker niet ver van de hangars. Hij wilde met luitenant Ivlov en sergeant Rodenko nog een laatste keer de tactiek doornemen. Ivlov gaf een kort overzicht van het strijdplan. Ali's troepen en wapens zouden maandag bij zonsopgang hun positie hebben ingenomen en op Mevlevi's commando aanvallen.

Mevlevi verzekerde Ivlov en Rodenko dat alles volgens plan zou doorgaan. Hij durfde de twee Russen niet te vertellen dat hun verrassingsaanval op de nieuwste Israëlische nederzettingen Ebarach en Nieuw Zion slechts een afleidingsmanoeuvre was om de aandacht van de Israëli's af te leiden van een kleine luchtweg boven de uiterste noordoosthoek van hun vaderland.

Mevlevi stuurde de Russische huurlingen weg en daalde de wenteltrap naar de communicatiekamer af. Hij vroeg de man die dienst had of hij wilde weggaan en toen hij alleen was, deed hij de deur op slot en liep naar een van de drie veilige telefoons.

Hij nam de hoorn van de haak en draaide een nummer van negen cijfers.

Er werd in de Opslagplaats voor Overtollige Wapens in het centrum van Alma Ata in Kazachstan opgenomen en een versufte stem zei: *'Da?'*

'Ik wil generaal Dimitri Martsjenko spreken. Zeg tegen hem dat zijn vriend uit Beiroet aan de lijn is.'

Twee minuten later werd Mevlevi doorverbonden.

'Goedemorgen, kameraad,' bulderde Dimitri Martsjenko. 'U staat vroeg op. Er is een Russisch spreekwoord dat luidt: De visser die...'

Mevlevi onderbrak hem. 'Generaal Martsjenko, er wacht een vliegtuig op me. Alles is gereed voor onze laatste deal.'

'Dat is geweldig nieuws.'

Mevlevi gebruikte de afgesproken code toen hij verdersprak. 'Brengt u alstublieft uw jongste zoon mee als u ons bezoekt. Hij mag niet later dan zondag aankomen.'

Martsjenko zweeg een paar seconden en Mevlevi hoorde dat hij een sigaret aanstak. Als de generaal deze deal voor elkaar kreeg, zou hij voor zijn volk nog generatieslang een held zijn. Kazachstan was niet gezegend met overvloedige natuurlijke rijkdommen. Het land was bergachtig en de bodem onvruchtbaar. Het had een beetje olie en wat goud, maar veel meer ook niet. Voor de eerste levensbehoeften zoals tarwe, aardappelen en vlees was het afhankelijk van zijn voormalige sovjetbroeders, maar de goederen werden niet langer gedistribueerd volgens een centraal opgelegd vijfjarenplan. Er was harde valuta nodig. En hoe kon het land daar beter aan komen dan door de verkoop van zijn nationale wapenvoorraad? Achthonderd miljoen Zwitserse franc zou de slechte betalingsbalans van het land van de ene op de andere dag verbeteren. Niet precies het omsmeden van zwaarden in ploegscharen, maar het kwam er dicht bij in de buurt.

'Dat kan,' zei Martsjenko. 'Maar er is nog de kwestie van de betaling.'

'De betaling zal uiterlijk maandag om twaalf uur plaatsvinden, dat garandeer ik.'

'Denk eraan dat hij pas kan reizen als ik hem zijn laatste instructies heb gegeven.'

Mevlevi zei dat hij het begreep. De bom zou onbruikbaar zijn tot een geprogrammeerde code in haar centrale verwerkingseenheid was ingevoerd. Hij wist dat Martsjenko deze code alleen zou invoeren als zijn bank de ontvangst van de volle achthonderd miljoen francs had bevestigd.

'Da,' zei Martsjenko. 'We zullen onze zoon zondag meenemen naar uw huis. We noemen hem trouwens Kleine Joseph. Hij lijkt op Stalin. Klein, maar een gemene klootzak!'

Terwijl hij aan het gesprek terugdacht, corrigeerde Mevlevi de generaal in stilte. *Nee, zijn naam is niet Kleine Joseph, maar Khamsin. En zijn duivelse wind zal de wedergeboorte van mijn volk bespoedigen.*

NICK KEEK VANAF DE ACHTERBANK VAN DE MERCEDES LIMOUSINE VAN DE bank toe terwijl de Cessna Citation door de vallende sneeuw taxiede. De motoren gierden en ronkten afwisselend terwijl de jet van de landingsbaan afreed en koers zette naar een leeg deel van het tarmac. De jet remde abrupt en stuiterde op zijn voorwiel terwijl hij volledig tot stilstand kwam. De motoren werden afgezet en hun gezoem ebde weg. De deur klapte naar binnen open en er werd een trap uit de romp neergelaten.

Een eenzame beambte van de douane- en immigratiedienst beklom de trap en verdween in het vliegtuig. Nick opende het portier, stapte uit en hield zijn beste verwelkomende glimlach gereed, terwijl hij zijn begroeting van de Pasja repeteerde. Hij voelde zich merkwaardig van zichzelf onthecht. Hij zou de dag niet doorbrengen met het geven van een rondleiding aan een internationale heroïnesmokkelaar. Dat was iemand anders.

Hij liep in de richting van het vliegtuig tot hij er tien meter vandaan was en wachtte. De man van de douane verscheen een paar seconden later. 'U mag het vliegveld rechtstreeks verlaten,' zei hij tegen Nick.

Toen Nick zijn hoofd weer naar het vliegtuig terugwendde, stond de Pasja in de deuropening. Nick rechtte zijn schouders en overbrugde de korte afstand naar het vliegtuig met vier snelle stappen. 'Goedemorgen, meneer. Ik moet u de hartelijke groeten van Herr Kaiser overbrengen, zowel namens hem persoonlijk als namens de bank.'

Mevlevi daalde de trap af, pakte Nicks uitgestrekte hand en schudde hem. 'Meneer Neumann, eindelijk ontmoeten we elkaar. Ik heb begrepen dat ik u dank verschuldigd ben.'

'Helemaal niet.'

'Ik meen het. Dank u. Ik complimenteer u met uw gezonde oordeel.

Hopelijk kan ik tijdens mijn verblijf een betere manier vinden om u mijn dankbaarheid te tonen. Ik probeer altijd degenen die me een dienst bewezen hebben, niet te vergeten.'

'Dat is echt niet nodig,' zei Nick. 'Wilt u alstublieft meekomen? We staan hier in de kou.'

De Pasja was niet bepaald de geharde crimineel die Nick verwachtte. Hij was slank en niet erg lang – nog geen een meter vijfenzeventig – en woog niet meer dan tweeënzeventig kilo. Hij droeg een marineblauw kostuum, een bloedrode Hermès-stropdas, glimmend gepoetste loafers en had een regenjas los om zijn schouders hangen.

Als je me in een menigte naast deze man zet, dacht Nick, zou ik hem voor een hoge functionaris of de minister van Buitenlandse Zaken van een Zuid-Amerikaans land aanzien.

Mevlevi trok de jas om zich heen en huiverde theatraal. 'Ik voelde de kou al op een hoogte van tienduizend meter. Ik heb maar twee koffers. De captain haalt ze uit het bagageruim.'

Nick leidde Mevlevi naar de auto en liep toen terug naar het vliegtuig om de koffers op te halen. Ze waren vol en zwaar. Toen hij ze naar de limousine sjouwde, herinnerde hij zich de orders van de directeur dat hij precies moest doen wat Mevlevi hem opdroeg. In feite stond er maar één afspraak vast tijdens het bezoek van de Pasja: over drie dagen, maandagochtend om halfelf, zou hij in Lugano een bespreking met iemand van de immigratiedienst hebben met als onderwerp het verkrijgen van een Zwitsers paspoort.

Nick had de afspraak op verzoek van de directeur gemaakt, maar hij wilde er zelf niet bij zijn. Diezelfde dag was hij uren bezig geweest om Eberhard Senn, graaf Languenjoux, over te halen om zijn bespreking met de voorzitter minstens één dag naar voren te schuiven en de graaf was eindelijk gezwicht. Maandagochtend om elf uur zou prima zijn, maar alleen als het gesprek zou kunnen plaatsvinden in het kleine hotel aan het Meer van Lugano, waarvan hij eigenaar was en waar hij de winter doorbracht. Kaiser ging akkoord en zei dat Senns zes procent van de aandelen van de bank de rit van drie uur naar Tessin meer dan waard was. Nick had graag bij het gesprek aanwezig willen zijn, maar de directeur was onvermurwbaar geweest. 'Reto Feller zal in jouw plaats meegaan. Jij moet meneer Mevlevi begeleiden. Je hebt zijn vertrouwen gewonnen.'

Nick stapte in. Je hoefde geen genie te zijn om te weten waarom Kaiser Mevlevi nooit zou kunnen begeleiden. Thornes beschuldigingen waren waar.

'Eerst gaan we naar Zug,' kondigde Mevlevi aan. 'Naar de Internationale Fiduciaire Trust, Grutstrasse 76.'

'Grutstrasse 76, Zug,' herhaalde Nick tegen de chauffeur.

Ze reden weg. Mevlevi bleef zwijgen en de meeste tijd keek hij door het raam. Af en toe betrapte Nick de Pasja erop dat hij naar hem staarde en hij wist dat hij werd getaxeerd.

243

De limousine reed snel door de Sihl-vallei en de weg kronkelde zich gestaag de heuvel op door een dicht pijnbomenbos. Mevlevi klopte Nick op de knie. 'Hebt u meneer Thorne de laatste tijd nog gezien?'

Nick keek hem recht aan. Hij had niets te verbergen. 'Maandag.'

'Ah,' zei Mevlevi. Hij knikte tevreden alsof ze het over een oude vriend hadden. 'Maandag.'

Nick keek hem even aan en overdacht de simpele vraag. Een man als Mevlevi zou er niet tevreden mee zijn alleen Thorne in de gaten te houden. Hij zou ook willen weten wat Nick in zijn schild voerde. Nick was tenslotte een Amerikaan in Zwitserland, een voormalige marinier, en wat Nick ook voor hem had gedaan, hij had zijn vertrouwen nog niet echt verdiend. Toen wist Nick waarom Mevlevi de vraag echt had gesteld. Thorne was niet de enige die gevolgd werd. Mevlevi had de elegante man met de Tiroler hoed achter hem aan gestuurd. Mevlevi had zijn appartement laten doorzoeken. Mevlevi had hem de hele tijd in de gaten laten houden.

De Internationale Fiduciaire Trust was gevestigd op de tweede en derde verdieping van een bescheiden gebouw in het centrum van Zug. Nick drukte op de bel en de deur zwaaide onmiddellijk open. Ze werden verwacht.

Een vrouw leidde hen naar een vergaderkamer die uitkeek op de Zugersee. Er stonden twee flessen Passugger op de tafel en vóór elke stoel waren een glas op een onderzetter en een asbak neergezet en een schrijfblok en twee pennen klaargelegd. De vrouw bood hun koffie aan en ze accepteerden allebei. Nick had er geen idee van wat het onderwerp van de bespreking zou zijn. Hij zou erbij zitten en luisteren. Kaisers jaknikker.

Er werd beleefd geklopt, de deur ging open en twee mannen kwamen binnen. De ene was lang en had een rode gelaatskleur en een onderkin en de andere was klein, mager en kaal op een streng zwart haar na die boven op zijn hoofd in een slag was gekamd.

'Affentranger,' zei de gezette man. Hij kwam eerst naar Nick en vervolgens naar Mevlevi toe, schudde hen allebei de hand en overhandigde hun een kaartje.

'Fuchs,' zei de kleinere man die het voorbeeld van zijn collega volgde.

Mevlevi begon te spreken zodra ze allemaal om de tafel zaten. 'Het is me een genoegen om weer met u samen te werken, heren. Een paar jaar geleden heb ik met uw collega, meneer Schmied, samengewerkt. Hij is me zeer behulpzaam geweest bij het openen van een aantal bedrijven op de Nederlandse Antillen. Ik neem aan dat hij hier nog werkt. Kan ik hem misschien even begroeten?'

Affentranger en Fuchs wisselden een bezorgde blik.

'Meneer Schmied is drie jaar geleden overleden,' zei Affentranger.
'Hij is tijdens zijn vakantie verdronken,' voegde Fuchs eraan toe.
'Nee...' Mevlevi drukte de rug van zijn hand tegen zijn mond. 'Wat verschrikkelijk.'
'Ik heb altijd gedacht dat de Middellandse Zee een kalme zee is,' zei Fuchs, 'maar kennelijk kan hij voor de kust van Libanon behoorlijk ruw worden.'
'Een tragedie,' zei Mevlevi terwijl zijn ogen tegen Nick glimlachten.
Fuchs wuifde de onbeduidende kwestie van het overlijden van zijn collega weg. 'We hopen dat onze firma u nog steeds van dienst kan zijn, meneer....'
'*Malvinas. Allen Malvinas.*'
Nick schonk Ali Mevlevi, of beter gezegd, Allen Malvinas, zijn volledige aandacht.
'Ik heb een paar coderekeningen nodig,' zei Mevlevi.
Fuchs schraapte zijn keel voordat hij antwoordde. 'Ik neem aan dat u weet dat u een dergelijke rekening bij elke bank hier in de straat kunt openen.'
'Natuurlijk,' antwoordde Mevlevi beleefd, 'maar ik hoopte enkele van de overbodige formaliteiten te vermijden.'
Affentranger begreep hem volkomen. 'De overheid is de laatste tijd veel bemoeizuchtiger geworden.'
'En zelfs onze traditioneelste banken zijn niet meer zo discreet als vroeger,' viel Fuchs hem bij.
Mevlevi zuchtte. 'Ik zie dat we het eens zijn.'
'Helaas,' zei Fuchs, 'moeten we ons aan de voorschriften van de overheid houden. Alle cliënten die in dit land een *nieuwe* rekening van welke aard ook willen openen, zijn verplicht een wettig bewijs van hun identiteit te overleggen. Een paspoort is voldoende.'
Nick vond het vreemd dat Fuchs de nadruk op het woord *nieuw* legde.
Maar Mevlevi reageerde op het woord alsof het de aanwijzing was waarop hij had gewacht. '*Nieuwe* rekeningen, zei u. Natuurlijk, ik begrijp de noodzaak om de voorschriften na te leven als iemand een *nieuwe* rekening wil openen, maar ik geef de voorkeur aan een oude rekening, misschien een die op naam van uw bedrijf geregistreerd staat en niet dagelijks gebruikt wordt.'
Fuchs keek Affentranger aan en vervolgens keken ze allebei Nick aan, die een bezorgde uitdrukking op zijn gezicht had. Wat ze ook van zijn gezicht probeerden af te lezen, had hij hun kennelijk geboden, want Affentranger begon onmiddellijk te spreken.
'Zulke rekeningen bestaan inderdaad,' zei hij behoedzaam, 'maar ze zijn erg duur. Het is een schaars artikel, om het zo maar eens te zeggen. Onze bank eist dat er aan bepaalde minimumvoorwaarden moet worden voldaan voordat we een coderekening die oorspronkelijk door ons geopend is, aan een cliënt overdragen.'

245

'Natuurlijk,' zei Mevlevi.

Nick had zin om tegen Affentranger en Fuchs te zeggen: noem jullie prijs en schiet op.

'Hoeveel van dergelijke rekeningen zou u willen openen?' vroeg Fuchs.

'Verscheidene,' zei Mevlevi. 'Vijf om precies te zijn. Uiteraard heb ik de juiste identificatie.' Hij haalde een Argentijns paspoort uit zijn zak en legde het op de tafel. 'Maar ik geef er de voorkeur aan dat de rekeningen anoniem blijven.'

Nick keek naar het marineblauwe paspoort en onderdrukte een glimlach. De heer Malvinas uit Argentinië. *Malvinas* was de Argentijnse naam voor de Falkland Eilanden. Mevlevi vond zichzelf een behoorlijk slimme jongen, maar hij moest ook wanhopig zijn. Waarom zou hij anders zijn veilige haven in Beiroet verlaten en het risico nemen gearresteerd te worden om een financieel probleem op te lossen dat evengoed door iemand hier afgehandeld had kunnen worden?

'Bent u geïnteresseerd in rekeningen bij de Verenigde Zwitserse Bank?' vroeg Fuchs.

'Geen betere bank in het land,' antwoordde Mevlevi en Nick knikte.

Fuchs pakte de telefoon en gaf zijn secretaresse opdracht hem een stapeltje formulieren voor de overdracht van rekeningen te brengen.

'Ik stel voor om op elke rekening vier miljoen dollar te storten,' zei Mevlevi op een toon alsof hij de redelijkheid zelf was.

Nick stelde zich voor dat Affentranger en Fuchs nu hun commissie berekenden die ergens tussen de een en twee procent moest liggen. Op deze ene transactie zou de verheven Internationale Fiduciaire Trust een bedrag van meer dan tweehonderdduizend dollar verdienen.

'Dat is uitstekend,' antwoordden Affentranger en Fuchs in koor.

Fuchs werkte snel het papierwerk af. Mevlevi zat naast hem en samen vulden ze de vereiste informatie in. Er werden geen naam en geen adres op de rekeningen vermeld en alle post met betrekking tot de rekeningen moest in het hoofdkantoor van de Verenigde Zwitserse Bank in Zürich vastgehouden worden. Van meneer Malvinas werd alleen gevraagd dat hij twee stel codewoorden opgaf en dat deed hij. Het eerste codewoord was Paleis Ciragan en het tweede zijn geboortedatum, 12 november 1936. Er was een handtekening vereist om eventuele schriftelijke verzoeken die hij zou hebben, te kunnen verifiëren en meneer Malvinas was zo vriendelijk hun die te geven. Toen was de bespreking afgelopen.

Nick en zijn cliënt zwegen terwijl ze met de lift naar de begane grond gingen. Mevlevi grijnsde. En waarom ook niet? dacht Nick. De man had vijf reçu's van overgedragen rekeningen in zijn zak en was in het bezit van vijf schone coderekeningen die hij naar goeddunken kon gebruiken. De Pasja had het voor elkaar.

Pas toen ze onderweg naar Zürich waren, zei Mevlevi eindelijk iets.

'Ik wil van de faciliteiten van de bank gebruikmaken, meneer Neumann. Ik heb een kleine hoeveelheid contanten bij me die geteld moet worden.'

'Natuurlijk,' antwoordde Nick. 'Hoeveel is het ongeveer?'

'Twintig miljoen dollar,' zei Mevlevi kalmpjes terwijl hij naar het sombere landschap staarde. 'Waarom denkt u dat die koffers zo verdomd zwaar waren?'

OM HALFTWAALF DIEZELFDE OCHTEND STELDE STERLING THORNE ZICH vijftig meter van de ingang van de Verenigde Zwitserse Bank verdekt op. Hij ging in de door pilaren ondersteunde toegangspoort van een verlaten kerk staan. Het was een somber, betonnen gebouw dat grotendeels uit rechte hoeken leek te bestaan. Hij wachtte op Nick Neumann.

Zijn ideeën over Neumann waren in de afgelopen vierentwintig uur drastisch veranderd. Hoe langer hij erover nadacht, hoe meer hij ervan overtuigd raakte dat Neumann aan zijn kant stond. Bij het meer had hij een sprankje bereidheid om hem te helpen in zijn ogen gezien. Neumann was er heel dicht bij om Mevlevi erbij te lappen. Hij zou hem over Becker vertellen wanneer hij zover was. Niet dat er veel te vertellen was.

Thorne had Martin Becker half december om geen andere reden benaderd dan dat de man werkte op de afdeling die Mevlevi's rekening onder zich had en eruitzag als een weinig wilskrachtige pennenlikker die wel eens een geweten zou kunnen hebben. Becker had niet veel aansporing nodig gehad om mee te werken. Hij zei dat hij er lang over had nagedacht en dat hij zijn best zou doen de papieren die het onweerlegbare bewijs vormden dat Mevlevi zijn geld via de Verenigde Zwitserse Bank witwaste, mee te nemen. Een week later was hij dood. Zijn keel was van oor tot oor doorgesneden en er was geen spoor te bekennen van de papieren die de DEA hadden kunnen helpen.

Employés, hoofdzakelijk secretaresses, begonnen alleen of in paren uit de bank naar buiten te komen. Thorne hield zijn blik strak op de trap gericht en wachtte tot Neumann zou verschijnen. Het was fantastisch dat Jester met een grote zending voor de Zwitserse markt bestemde, gezuiverde heroïne onderweg was, maar Neumanns hulp zou van cruciaal belang zijn als hij wilde aantonen dat de Verenigde Zwitserse Bank medeplichtig was aan Mevlevi's duistere zaken. Hij dacht aan Wolfgang Kaiser die zo luchtig tegen hem had gelogen op zijn vraag of hij Mevlevi kende en hij realiseerde zich dat hij Kaiser even graag te grazen wilde nemen als Mevlevi. Het gaf hem een goed gevoel.

Na twintig verspilde minuten ging de mobiele telefoon aan Thornes riem over en hij frunnikte aan de knopen van zijn leren jas. Ik hoop dat jij het bent, Jester, dacht hij. Hij drukte op de antwoordknop. 'Thorne,' zei hij kalm.

'Thorne,' schreeuwde Terry Strait, 'ik wil dat je onmiddellijk naar het kantoor terugkomt. Je hebt eigendom van de overheid van de Verenigde Staten meegenomen. Dossiers over lopende operaties mogen nooit, ik herhaal *nooit*, uit een veilig pand verwijderd worden. Oosterse Bliksem is...'

Thorne luisterde nog vijf à tien seconden en verbrak toen de verbinding. De man was erger dan een teek in je navel.

De telefoon ging weer over. Thorne woog hem in zijn hand alsof hij wilde beoordelen wie er belde. Wat kan het me ook verdommen? dacht hij. Als het Strait was, zou hij gewoon weer ophangen. 'Thorne.'

'Met Jester. Ik ben in Milaan, in een huis dat het eigendom van de Makdisi-familie is.'

Thorne sloeg bijna een kruis en voelde de neiging op zijn knieën te vallen. 'Ik ben blij dat ik wat van je hoor. Heb je een reisschema voor me?'

'We steken maandagochtend tussen halftien en halfelf bij Chiasso de grens over. We rijden op de rechterrijbaan in een trekker met twee opleggers en Britse kentekens. Een internationale *routier*. De truck heeft een blauw schild op de voorbumper, waarop TIR staat. De lading is bedekt met grijze overkappingen. De douane-inspecteur kijkt naar ons uit. We krijgen vrije doorgang.'

'Ga verder.'

'Ik denk dat we daarna naar Zürich gaan. De jongens van Makdisi rijden. We brengen de lading naar hun vaste bergplaats, ergens in de buurt van een plaats die Hardturm heet. Ik denk dat het een voetbalstadion is. Ik zit hier niet echt lekker. Iedereen kijkt me een beetje raar aan en ze glimlachen steeds een beetje geforceerd tegen me. Ik heb ze verteld dat ik alleen ben meegegaan omdat Mevlevi de Makdisi's ervan verdenkt dat ze de kluit willen belazeren. De zending is te groot om door te sturen zonder een vriend in de buurt te hebben. Het gaat hier om minstens duizend kilo. Hij wil wanhopig graag dat dit doorgaat.'

Thorne onderbrak hem. 'Het is verdomd goed als we zoveel van het spul in handen kunnen krijgen, maar we moeten het met Mevlevi in verband kunnen brengen, anders stuurt hij over twee weken gewoon een grotere zending. De Makdisi's betekenen geen moer voor me.'

'Dat weet ik, dat weet ik...' De verbinding werd zwakker en geruis vulde Thornes oor.

Jesters stem klonk vervormd. '... zoals ik al zei, een betere kans krijgen we niet. We mogen deze gelegenheid niet voorbij laten gaan.'

'Praat wat harder. Ik kon je even niet verstaan.'

'Jezus,' zei Jester, die klonk alsof hij buiten adem was, met raspende stem. 'Ik zei dat hij in Zwitserland is. Bij jou.'

'Wie?'

'Mevlevi.'

Thorne had het gevoel alsof hij een stomp in zijn maag had gekregen.

'Hij is vanochtend aangekomen. Hij heeft het huis waar ik verblijf gebeld om zich ervan te vergewissen dat alles in orde was. Hij is iets groots van plan op dinsdag. Bij de algemene aandeelhoudersvergadering van de bank. Hij is tot over zijn oren bij die bank betrokken, dat heb ik je al zo vaak gezegd.'

'Je moet me meer vertellen dat dit,' zei Thorne smekend. 'Hoe zit het met zijn leger?'

'Khamsin, Mevlevi's operatie. Hij laat zijn mannen morgen om vier uur 's nachts optrekken. Hij heeft zijn doelwit geheimgehouden, maar ik weet dat ze naar het zuiden, naar de grens, trekken. Hij heeft zeshonderd fanatici paraat voor iets groots.'

'Zaterdag om 4.00 uur,' zei Thorne. 'Het doelwit weet je niet, zei je?'

'Hij heeft het aan niemand verteld. Alleen dat het in het zuiden is. Gebruik je fantasie.'

'Verdomme,' fluisterde Thorne. Niet nu! Wat zou hij met die informatie moeten doen? Hij was verdomme een DEA-agent die eruit gestapt was. Hij had een vriend in Langley van zijn verdenkingen op de hoogte gehouden. Hij zou hem bellen, of hem misschien het laatste nieuws faxen. Hij zou het probleem op zijn bordje leggen en bidden dat het allemaal goed zou aflopen.

Thorne concentreerde zich weer op het acute probleem. 'Geweldig werk, Joe, maar ik heb iets nodig om hem hier te kunnen arresteren.'

'Houd de bank in de gaten. Hij gaat er waarschijnlijk op een bepaald moment op bezoek. Ik heb je toch verteld dat Kaiser en hij heel dik met elkaar zijn? Ze kennen elkaar al heel lang.'

Thorne zag een Mercedes-limousine naar het hek rijden en stoppen.

'Dat doet hij nooit. Mevlevi weet dat we achter hem aan zitten. Denk je dat hij het lef heeft om zomaar langs me te rijden?'

'Dat moet je zelf maar uitmaken, maar je moet me laten weten hoe je dit gaat aanpakken. Ik wil niet bij die gasten zijn als de politie ze probeert te arresteren. Het kan heel snel lelijk uit de hand lopen.'

'Houd je gedeisd en geef me wat tijd om iets te organiseren. We moeten hier een ontvangstcomité samenstellen.'

'Zet er dan vaart achter. Ik kan je niet elk uur bellen. Ik krijg nog één kans voor we hier vertrekken.'

Het hek maakte een metalig geluid en kwam tot stilstand toen het helemaal open was. De limousine reed de binnenhof van de bank op.

'Blijf kalm, Joe. We zorgen voor een goede ontvangst en halen je uit het vuur zonder dat je verbrandt. Bel me zondag.'

'Ja, oké. Zo moet het dan maar.' Jester hing op.

'Houd je taai,' zei Thorne in de dode telefoon. Hij ademde diep uit en liet de telefoon zakken. 'Je bent bijna thuis, jongen.'

Op de binnenhof van de Verenigde Zwitserse Bank knipperden de rode achterlichten van de Mercedes toen de auto tot stilstand kwam. Thorne keek toe terwijl het achterste portier openzwaaide en een hoofd gedeeltelijk naar buiten werd gestoken. Het hek begon zich te sluiten en een lang gordijn van zwart metaal rolde over een stalen spoor. Hij herinnerde zich Jesters woorden: *Hij en Kaiser zijn dik met elkaar. Houd de bank in de gaten.*

De eerste man die uitstapte, was de chauffeur. Hij trok zijn jasje recht en zette een pet op. Het portier linksachter ging automatisch open en een hoofd met zwart haar werd naar buiten gestoken.

Thorne liet zijn hoofd zakken en probeerde langs het bewegende scherm te kijken. Een paar glimmende loafers werden op het plaveisel gezet en hij hoorde hakken over het beton schuren. Weer werd het hoofd naar buiten gestoken en de man draaide zich naar hem toe.

Nog één seconde, smeekte hij. *Alsjeblieft!*

Het hek sloeg met een klap dicht.

Thorne holde naar de bank. Hij hoorde een lach achter de muur en een stem zei in het Engels: 'Ik ben hier al een eeuwigheid niet meer geweest. Laten we maar eens binnen gaan kijken.' Een vreemd accent. Italiaans misschien. Hij staarde nog een minuut naar het hek en dacht: *Als hij het nu eens...* Hij glimlachte en wendde zich af. Dat kon niet. De wereld was weliswaar klein, maar niet zó klein.

'TOEN IK DIT WERK KOCHT, MOEST IK AAN JOU DENKEN, WOLFGANG,' ZEI Ali Mevlevi terwijl hij Kaisers kantoor binnenstapte. Hij wees op het schitterende mozaïek waarop een Saraceen op een paard zijn zwaard boven het hoofd van een eenarmige woekeraar zwaaide. 'Ik krijg het niet vaak genoeg te zien.'

Kaisers brede glimlach had niet hartelijker kunnen zijn. 'Je moet er een gewoonte van maken vaker langs te komen. Je laatste bezoek is al weer een tijdje geleden. Drie jaar?'

'Bijna vier.' Mevlevi pakte Kaisers uitgestoken hand vast en trok hem naar zich toe om hem te omhelzen. 'Het is tegenwoordig moeilijker om te reizen.'

'Dat zal niet lang meer duren. Tot mijn genoegen kan ik je zeggen dat ik voor maandagochtend een afspraak heb laten maken met iemand die een hoge positie bij de naturalisatiedienst heeft.'

'Een ambtenaar?'

'Nog iemand die er niet aan kan wennen van zijn salaris te leven. We ontmoeten hem in de Tessin, in Lugano. Neumann heeft om halfelf een afspraak met hem gemaakt. Dat betekent dat je vroeg op moet.'

'Gaat u met me mee, meneer Neumann?'

Nick zei ja en voegde eraan toe dat ze maandagochtend om zeven uur zouden vertrekken.

Hij had net toezicht gehouden op het tellen van de twintig miljoen dollar. Hij had tweeënhalf uur in de kleine kamer twee verdiepingen onder de grond gestaan en geholpen de banderollen van dunne pakjes honderddollarbiljetten open te scheuren, die daarna door een gezette kantoorbediende werden geteld. In het begin was hij duizelig geworden door de aanblik van zoveel geld, maar naarmate de tijd vorderde en zijn vingers met inkt bevlekt raakten, had zijn duizeligheid eerst voor verveling en daarna voor woede plaatsgemaakt.

Mevlevi had de hele tijd toegekeken zonder ongedurig te worden. Het was vreemd, dacht Nick, dat de enigen die de Verenigde Zwitserse Bank niet vertrouwden de schurken onder de cliënten waren.

Kaiser ging op zijn lievelingsplaats onder de Renoir zitten. 'Als een Zwitsers paspoort sterk genoeg is om Marc Rich tegen de Amerikaanse overheid te beschermen, zal dat bij jou ook vast wel lukken.'

Voordat hij voor de justitie op de vlucht ging, was Marc Rich directeur geweest van Phillip Bros, de grootste handelmaatschappij in grondstoffen ter wereld. In 1980 bleek hij de verleiding niet te kunnen weerstaan om, tegen prijzen onder de normale marktprijs, olie van het nieuwe fundamentalistische regime in Iran te kopen en, ondanks het strenge embargo van de Amerikaanse regering op handel met ayatollah Khomeini, had hij er zoveel van ingeslagen als hij kon. Hij verkocht de hele voorraad aan de traditionele klanten van de grote oliemaatschappijen voor een prijs die een dollar beneden de minimumprijs van de OPEC-landen lag en maakte een klapper.

Kort daarna ontdekte het Amerikaanse ministerie van Financiën dat het spoor van de fraude naar Marc Rich leidde. Zijn advocaten wisten de overheid twee jaar af te houden, maar het werd snel duidelijk dat het bewijs tegen Rich waterdicht was en dat hij een lange vakantie achter de tralies zou doorbrengen als hij voor de rechtbank zou komen. Rich smeerde 'm naar Zwitserland, dat voor misdrijven van fiscale aard geen uitleveringsverdrag met de Verenigde Staten had. Hij vestigde het hoofdkwartier van zijn nieuwe bedrijf in het kanton Zug, waar hij een stuk of tien handelaars in dienst nam, een paar lokale hoge pieten in de raad van bestuur zette en een paar genereuze schenkingen aan de gemeenschap deed. Kort daarna kreeg Rich een Zwitsers paspoort toegekend.

Kaiser legde uit dat Mevlevi hetzelfde probleem had. Sterling Thorne probeerde zijn tegoeden te bevriezen met als argument dat hij wetten die het witwassen van geld verboden, had overtreden, iets dat in Zwitserland pas recentelijk strafbaar was geworden. In het algemeen gesproken zou geen enkele Zwitserse officier van justitie de tegoeden van een rijke burger bevriezen als dergelijke beschuldigingen alleen door buitenlandse autoriteiten tegen hem werden ingebracht, ook al werden ze door nog zulke harde bewijzen gestaafd. Eerst zou de verdachte door een rechtbank veroordeeld moeten worden en, als er niet snel maatregelen werden getroffen, zou hij daarna nog de kans krijgen om in hoger beroep te gaan. Als Mevlevi een Zwitsers paspoort had, zou worden voorkomen dat de DEA een bevelschrift zou krijgen om zijn tegoeden te bevriezen. Over een week zou Sterling Thorne alleen nog maar een slechte herinnering zijn.

'En ons andere probleem?' vroeg Mevlevi. 'Dat zeurende probleem dat ons zoveel schade dreigde te berokkenen?'

Kaiser wierp een blik op Nick. 'Dat is doeltreffend opgelost.'

Mevlevi ontspande zich. 'Des te beter. Deze reis heeft me al van een groot aantal zorgen bevrijd. Zullen we verdergaan? Is er tijd om mijn rekening door te nemen?'

'Natuurlijk.' Wolfgang Kaiser wendde zich tot zijn assistent. 'Wil jij even naar DZ gaan om meneer Mevlevi's post op te halen, Nicholas? Ik denk dat hij die graag wil meenemen.' Hij pakte de telefoon op de koffietafel en draaide een intern nummer van vier cijfers. 'Karl? Ik stuur meneer Neumann naar beneden om het dossier van coderekening 549.617 RR op te halen. Ja, ik weet dat niemand het uit de DZ mag meenemen. Maak dan één keer een uitzondering voor me, Karl. Wat zeg je? Is dat deze week al de tweede keer? Echt waar?' Kaiser zweeg en keek Nick recht aan. Nick kon aan hem zien dat hij zich afvroeg wat die eerste gunst in vredesnaam geweest kon zijn. Maar er was geen tijd om erop in te gaan en Kaiser praatte direct verder. 'Dank je, Karl, dat is heel vriendelijk van je. Hij heet Neumann, Karl. Misschien dat hij je bekend voorkomt. Bel me als je hem herkent.'

Nick maakte zich zorgen. Ja, hij had verwacht dat Mevlevi zijn dossier zou willen zien. Ja, hij had eraan gedacht de bevestigingen van de transacties die hij drie dagen geleden uit Mevlevi's dossier had gestolen, mee te brengen, maar hij was zo dom geweest ze in zijn kantoor te laten liggen. Om de brieven op te halen, zou hij met Mevlevi's omvangrijke dossier in zijn hand langs de deur van Rita Sutters kantoor moeten lopen. Iedereen zou hem kunnen zien. Natuurlijk was dat niet het enige probleem. Tijdens zijn telefoongesprek met Karl had Kaiser Nick twee keer bij zijn naam genoemd. De directeur had Karl zelfs gevraagd te raden wie Nick was. *Bel me als je hem herkent,* had hij gezegd. Nog maar drie dagen geleden had Nick zichzelf tegenover Karl voor Peter Sprecher uitgegeven.

Nick liep op de begane grond snel door de gang tot hij de ingang van de DZ bereikte. Hij drukte zijn rug tegen de stalen deur, ademde drie keer diep in, opende hem en liep snel naar Karls balie.

'Ik kom voor Herr Kaiser het dossier van rekening 549.617 RR ophalen.'

Karl reageerde op de bevelende toon van Nicks stem. In één vloeiende beweging draaide hij zich om, pakte het dikke dossier en overhandigde het Nick. Nick stopte het onder zijn arm en draaide zich om teneinde te vertrekken.

'Wacht!' riep Karl. 'De directeur heeft gevraagd of ik wilde kijken of ik u herkende. Wacht heel even!'

Nick draaide zijn schouders naar links en liet Karl zijn profiel zien. 'Het spijt me. We hebben het heel druk. De directeur verwacht dat ik hem dit dossier direct breng.' Na die woorden liep hij het kantoor even snel uit als hij was binnengekomen. Zijn hele bezoek had vijftien seconden geduurd.

Hij holde naar de trap en rende met twee treden tegelijk naar boven met het dossier in zijn linkerhand en zijn rechterhand aan de leuning. Na vijf stappen begaf zijn knie het. Hij kon zijn been nog wel optillen, maar alleen als hij bereid was een intense pijnscheut te verdragen. Snel naar boven lopen, kon hij nu wel vergeten. Hij moest er nu voor zorgen dat hij niet mank liep.

Toen hij bij de ingang van de Derde Verdieping kwam, parelde het zweet op zijn voorhoofd en zijn overhemd plakte aan zijn rug. Hij opende de deur en liep de gang in, terwijl hij erop lette dat zijn loop zo normaal mogelijk was. Hij had veel pijn. Nog drie stappen en hij zou in Rita's gezichtsveld zijn. Nog twee. De dubbele deuren stonden wijdopen, net zoals toen hij een paar minuten geleden naar buiten was gekomen. Uit zijn ooghoek zag hij dat de deuren van Kaisers kantoor gesloten waren en dat het rode lampje erboven brandde. Niet storen.

Nick liep met gebogen hoofd snel langs de deuren. Hij dacht dat hij iemand met Rita Sutter zag spreken, maar hij was er niet zeker van. Het maakte nu trouwens ook niet meer uit. Nog twee stappen en hij zou, uit haar zicht, de hoek om zijn. Hij vertraagde zijn pas en rechtte zijn rug.

'Neumann,' bulderde een zware stem.

Nick bleef doorlopen. Nog één stap en hij zou de hoek om zijn. Indien nodig zou hij de deur van zijn kantoor op slot kunnen doen.

'Verdomme, Neumann, ik roep je,' bulderde Armin Schweitzer. 'Blijf onmiddellijk staan.'

Nick aarzelde en ging langzamer lopen.

Schweitzer sjokte door de gang achter hem aan. 'Mijn god, man, ben je soms doof? Ik heb je twee keer geroepen.'

Nick draaide zich op één hiel om. 'De voorzitter verwacht me. Ik moet even een paar papieren uit mijn kantoor halen.'

'Gelul,' zei Schweitzer. 'Rita heeft me verteld waar je bent geweest. Je hebt datgene wat je moest ophalen. Ga het nú brengen.'

Nick keek door de gang naar zijn kantoor en keek toen Schweitzer aan die zijn hand al naar hem uitstak om hem desnoods naar het kantoor van de voorzitter mee te trekken. De keus tussen Ali Mevlevi en Armin Schweitzer was gemakkelijk. 'Ik zei dat ik iets uit mijn kantoor moest halen. Ik ben zó bij Herr Kaiser.'

Schweitzer was van zijn stuk gebracht. Hij deed een stap in Nicks richting en bleef toen staan. Hij zag er verslagen uit. 'Ga je gang dan maar. Ik zal de voorzitter hiervan later op de hoogte brengen.'

Nick draaide hem zijn rug toe en liep verder naar zijn kantoor. Toen hij binnen was, deed hij de deur achter zich op slot, liep naar zijn bureau, opende de bovenste la en voelde eronder om de correspondentie van de Pasja te pakken. Er was niets.

Toen hij Kaisers antichambre binnenkwam, zag hij dat Rita Sutter aan het telefoneren was.

'Het spijt me, Karl, maar de directeur mag niet gestoord worden.' Ze verbrak de verbinding en gebaarde Nick dat hij bij haar bureau moest komen. 'Karl heeft me net gevraagd of er een zekere meneer Sprecher in jouw plaats naar de DZ is gekomen.'

'Echt waar?' Nick was er zeker van geweest dat hij niet door de mand was gevallen.

'Ik begrijp niet hoe hij jou met meneer Sprecher kan verwarren. Jullie lijken helemaal niet op elkaar. Arme Karl. Ik vind het niet leuk om te moeten zien dat hij oud wordt.' Ze draaide een nummer van twee cijfers en zei een seconde later: 'Meneer Neumann is terug van de DZ.'

'Stuur hem naar binnen,' riep Kaiser zo luid dat Nick hem kon verstaan.

Nick liep het kantoor van de directeur binnen en het trof hem opnieuw hoe overweldigend groot het was. Het kolossale mahoniehouten bureau wenkte hem als een middeleeuws altaar. Kaiser en Mevlevi zaten nog steeds aan de lange koffietafel en letten er niet op dat hij zo langzaam naar hen toe kwam.

'Hoe is het de laatste tijd met mijn investeringen gegaan?' vroeg de Pasja.

254

'Redelijk goed,' zei Kaiser. 'In de laatste tien maanden heb je zevenentwintig procent rendement op je investeringen gehad.'
Nick vroeg zich af waarin Kaiser het geld van de Pasja had geïnvesteerd.
'En als die Adler Bank zetels in jullie raad van bestuur krijgt?' vroeg Mevlevi aan Kaiser.
'Dat zullen we niet toestaan.'
'Ze zitten er dichtbij, hè?'
Kaiser keek op en zag nu pas dat Nick zijn kantoor was binnengekomen. 'Wat is de officiële telling, Neumann? Geef dat dossier maar hier.'
Schoorvoetend overhandigde Nick hem Mevlevi's dossier. 'De Adler Bank is bij eenendertig procent van de stemmen blijven steken. Wij hebben eenenvijftig procent. De rest heeft nog geen keus gemaakt.'
Mevlevi wees naar het dossier op Kaisers schoot. 'En welk percentage van de stemmen beheers ik?'
'Je hebt precies twee procent van onze aandelen in bezit,' zei Kaiser.
'Maar een *belangrijke* twee procent. Nu begrijp ik waarom je mijn lening zo hard nodig hebt.'
'Zie het maar als een gegarandeerde privé-investering.'
'Lening, investering, noem het maar wat je wilt. Is je aanbod nog steeds van kracht? Tien procent netto na negentig dagen?'
'Voor de volle tweehonderd miljoen,' bevestigde Kaiser.
'Zal deze lening gebruikt worden om aandelen te kopen?' vroeg Mevlevi.
'Natuurlijk,' zei Kaiser. 'Ons aandelenbezit zal er tot zestig procent door verhoogd worden. Königs poging ons over te nemen, zal daardoor verijdeld worden.'
Mevlevi fronste zijn voorhoofd alsof hij verkeerd was ingelicht. 'Maar als de poging van de Adler Bank mislukt, zal jullie aandelenkoers kelderen. Ik verdien dan wel de tien procent op de tweehonderd miljoen, maar de waarde van mijn aandelen zal dalen. We zullen allebei een heleboel geld verliezen.'
'Dat is slechts tijdelijk. We hebben stappen ondernomen om onze bedrijfskosten drastisch te laten dalen en onze nettowinst aan het eind van het jaar te laten stijgen. Zodra deze maatregelen volledig geëffectueerd zijn, zal onze aandelenkoers ver boven het huidige niveau uit stijgen.'
'Dat hoop je,' merkte Mevlevi op.
'De markt is onvoorspelbaar,' zei Kaiser, 'maar zelden onlogisch.'
'Misschien moet ik mijn aandelen verkopen nu de koers nog hoog is,' De Pasja gebaarde naar zijn dossier. 'Mag ik?'
Kaiser reikte het zijn cliënt halverwege aan en trok het toen terug. 'Als de lening vanmiddag nog geregeld kan worden, zou ik je heel dankbaar zijn.'
'Dat is onmogelijk,' zei de Pasja. 'Ik heb dringende zaken af te han-

delen, waarbij ik de hulp van meneer Neumann nodig heb. Ik vrees dat ik je pas maandag uitsluitsel kan geven. Ik zou nu graag een ogenblik mijn papieren willen inzien. Ik wil eens kijken wat voor post ik heb ontvangen.'

Kaiser overhandigde Mevlevi het dossier.

Nick bestudeerde het tapijt en luisterde naar zijn regelmatige hartslag. Zijn lot was bezegeld.

Mevlevi opende het dossier en pakte er een envelop uit. Hij draaide hem om, zette zijn duim onder de flap en drukte zijn gladde nagel onder de plakrand.

Nick hoorde dat de envelop werd opengescheurd. Hij werd zich pas van Rita Sutters aanwezigheid bewust toen ze al halverwege het kantoor was.

Kaiser stond abrupt op. 'Wat is er?' vroeg hij.

Rita Sutter leek geschokt en terwijl ze dichterbij kwam, strekte ze haar hand uit alsof ze steun bij een muur wilde zoeken.

'*Wat is er, mens?*'

'Cerruti,' fluisterde ze. 'Hij heeft zelfmoord gepleegd. De politie staat op de gang.'

Kaiser en Mevlevi staarden elkaar één eindeloze seconde aan en plotseling ontstond er beweging in het kantoor. Mevlevi gooide de halfgeopende envelop terug in het dossier en sloot het. 'Dit moet maar wachten tot een andere keer.'

Kaiser gebaarde naar de privé-lift. 'We kunnen elkaar vanavond spreken.'

Mevlevi liep met afgemeten stappen naar de lift. 'Misschien, maar het is mogelijk dat ik het druk heb met andere zaken. Kom mee, Neumann.'

Nick aarzelde. Iets zei hem dat hij de bank niet moest verlaten. Cerruti was dood en Becker was dood. Maar wat voor keus had hij? Hij liep naar de lift en stapte naast Mevlevi naar binnen. Voordat de deur zich helemaal had gesloten, ving hij nog een laatste glimp van Kaiser op. De directeur had een arm om Rita Sutter heen geslagen en praatte zachtjes tegen haar.

'Mijn dierbare vriend Marco,' zei hij. 'Waarom zou hij zoiets doen? Heeft hij een briefje achtergelaten? Wat een verschrikkelijke tragedie.'

Toen sloeg de liftdeur met een klap dicht.

47

WAT ER HET VOLGENDE KWARTIER GEBEURDE, LEEK NICK ALS DOOR EEN floers waar te nemen. Hij zag een reeks wazige beelden, alsof hij door de beslagen ruit van een snel rijdende trein naar zichzelf keek: Nick gaat met de Pasja in de kleine lift naar beneden, Nick stapt in de wachtende limousine, Nick maakt toepasselijke geluidjes terwijl Mevlevi de eerste van een reeks holle jammerklachten over Marco Cerruti's dood uit. En wanneer de Pasja de chauffeur opdracht geeft naar de Platzspitz te rijden, zwijgt Nick in plaats van hem te waarschuwen. Hij heeft het te druk met zich steeds opnieuw voor de geest te halen wat er tussen Wolfgang Kaiser en Ali Mevlevi gebeurde op het moment dat Rita Sutter hen op de hoogte bracht van de dood van de ongelukkige bankier.

De limousine reed snel door de Talackerstrasse. Nick zat achterin en zag de stad aan zich voorbijschieten. Terwijl ze langs het *Hauptbahnhof* reden, herinnerde Nick zich de opdracht die de Pasja de chauffeur had gegeven.

'De Platzspitz is niet meer geopend voor het publiek,' zei hij. 'De hekken zijn gesloten.'

De chauffeur stopte langs de stoep en draaide zich in zijn stoel om. 'Dat klopt. Het park is al acht jaar gesloten.'

De Platzspitz was het beruchte 'naaldenpark' van Zürich. Tien jaar geleden was het een paradijs voor junks geweest. Een privé-goudmijn voor de Pasja.

'Er is mij verzekerd dat we er zonder problemen naar binnen kunnen,' zei Mevlevi. 'Geef ons veertig minuten. We willen alleen een wandeling door het park maken.' Hij stapte uit en liep naar een hek in de zware smeedijzeren omheining die het park omringde. Hij drukte de hendel omlaag en het hek zwaaide open. Hij wierp Nick een blik toe. 'Kom dan.'

Nick stapte uit en volgde de Pasja over een grintpad dat tussen driehoekige, met sneeuw bedekte grasveldjes door liep. Reusachtige pijnbomen torenden boven hen uit en achter hen verrees het Zwitserse Nationale Museum met zijn gotische toren en gebarsten kantelen. De sombere gevel van het gebouw wekte bij Nick het angstige voorgevoel dat er iets ergs zou gaan gebeuren.

Mevlevi bleef staan zodat Nick hem kon inhalen. 'U hebt toch besloten met me mee te gaan?'

'De directeur heeft me gevraagd u overal naartoe te vergezellen,' zei Nick kalm.

'Bevolen zal wel dichter in de buurt komen,' zei Mevlevi. 'Toch heeft hij een hoge dunk van u. Hij heeft me verteld dat uw vader ook bij de bank heeft gewerkt. U respecteert uw erfgoed door als een goede zoon in de voetsporen van uw vader te treden. Mijn vader wilde ook altijd dat ik dat zou doen, maar ik heb er nooit veel voor gevoeld een derwisj te worden. Al dat ronddraaien en zingen. Ik was alleen in deze wereld geïnteresseerd.'

Nick ging naast hem lopen.

'Je familie is belangrijk,' zei Mevlevi. 'Ik ben Wolfgang als een broer gaan beschouwen. Ik betwijfel of de bank zonder mijn hulp zo'n snelle groei doorgemaakt zou hebben. Niet vanwege mijn geld, maar ik heb hem de inspiratie gegeven om te slagen. Het is verbazingwekkend wat een intelligent man met de juiste aanmoediging kan doen. We zijn allemaal tot grote daden in staat, maar het ontbreekt ons vaak aan de motivatie, vindt u ook niet?'

Nick slaagde erin ja te zeggen. Wat voor inspiratie had Mevlevi Kaiser gegeven?

'Spoedig zal het tijd zijn voor de volgende generatie om de bank te leiden. Het is me een genoegen te weten dat u een deel van die verantwoordelijkheid op uw schouders zult nemen, meneer Neumann. Of mag ik u Nicholas noemen?'

'Meneer Neumann is goed.'

'Ik begrijp het.' De Pasja strekte een vinger naar Nick uit alsof hij hem berispte. 'Nog Zwitserser dan de Zwitsers zelf. Een goede strategie die ik goed ken. Dat moest wel. Ik heb mijn hele volwassen leven in andere landen gewoond. Thailand, Argentinië, de Verenigde Staten en nu in Libanon.'

Nick vroeg hem waar hij in de Verenigde Staten had gewoond.

'Hier en daar,' zei Mevlevi. 'In New York, in Californië.' Plotseling begon hij sneller te lopen. 'Ah, mijn collega's zijn gearriveerd.'

Voor hen uit zaten twee dik geklede mannen op een bank die op de Limmat uitkeek. Hun gezicht was verborgen in de schaduw van de overhangende takken van een pijnboom. De een was klein en stevig gebouwd en de ander groter en zwaarlijvig.

'Dit duurt niet lang,' zei Mevlevi. 'Als u wilt, kunt u erbij komen. Ik dring er zelfs op aan. Kaiser verwacht van me dat ik u een beetje lesgeef in zakendoen. Beschouw dit maar als de eerste les: Hoe onderhoudt de leverancier een goede relatie met de distributeur.'

Nick bereidde zich in stilte voor. Houd je erbuiten, hield hij zichzelf voor, maar wees waakzaam en probeer bovenal elk woord dat er gezegd wordt te onthouden.

'Albert, Gino, ik ben blij jullie weer te zien. *Salaam aleikum.*' Ali Mevlevi kuste beide mannen drie keer terwijl hij hen met pompende bewegingen de hand schudde.

'*Salaam aleikum,* Al-Mevlevi,' zeiden ze om de beurt.

Albert was de kleinste van de twee. Hij had weerbarstig grijs haar, een vlekkerige, gelige huid en leek op een vermoeide accountant. 'U moet ons het laatste nieuws over ons vaderland vertellen. We hebben bemoedigende berichten gehoord.'

'Die zijn grotendeels waar,' zei Mevlevi. 'Overal verrijzen wolkenkrabbers en een nieuwe snelweg is bijna klaar. Het verkeer is nog steeds verschrikkelijk.'

'Altijd.' Albert lachte te hard. 'Altijd.'

Mevlevi deed een stap achteruit en duwde Nick naar voren. 'Dit is een nieuw lid van mijn staf, meneer Nicholas Neumann. Hij is belast met de financiering van onze activiteiten. Neumann, mag ik u voorstellen aan de gebroeders Albert en Gino Makdisi, die al heel lang uit Libanon weg zijn.'

Nick stapte naar voren en schudde hen de hand. Hij wist wie ze waren. Een hoek van de lokale kranten was nagenoeg geheel voor hun foto gereserveerd en het was niet in de societyrubriek.

Albert Makdisi leidde het groepje naar de rivier. 'We hebben vanochtend met onze collega's in Milaan gesproken. Alles gaat goed. Maandag om deze tijd is de zending in Zürich.'

'Joseph heeft me verteld dat je mannen een nerveuze indruk maakten. "Schichtig", zei hij. Hoe komt dat?'

'Wie is die Joseph?' vroeg Albert. 'Waarom stuurt u iemand om de zending te begeleiden? Kijk naar me, Al-Mevlevi. We zijn blij u weer te zien. Het is te lang geleden. Nerveus? Nee. Verrast? Ja. Blij verrast zelfs!'

De Pasja liet zijn ontspannen, plagerige toon varen. 'Niet zo verrast als ik toen ik hoorde dat je de mooie Lina naar Max Rothstein hebt gestuurd. Je wist dat ik op dat type val, hè? Je bent altijd slim geweest, Albert.'

Nick voelde dat de spanning tussen de beide mannen abrupt opliep.

Albert Makdisi depte zijn ooghoeken met een witte zakdoek. Zijn onderste oogleden zakten afschuwelijk af zodat de glasachtige halvemaantjes zichtbaar waren. 'Waar hebt u het over? Lina? Ik ken geen vrouw die Lina heet. Vertel me eens over haar.'

'Met genoegen,' zei Mevlevi. 'Een vurig christenmeisje uit Jounieh. Ze heeft de laatste negen maanden bij me gewoond. Helaas is ze onlangs overleden. Ik heb begrepen dat jullie elkaar elke zondag spraken.'

Albert Makdisi's gezicht werd rood. 'Volslagen onzin. Ik heb nooit van die Lina gehoord. Ik kan me hier echt helemaal niets bij voorstellen. Laten we redelijk met elkaar praten. We verwachten een zending. We hebben zaken te bespreken.'

Gino snoof instemmend en hield zijn blik strak op zijn broer gericht.

Mevlevi sloeg een verzoenende toon aan. 'Je hebt gelijk, Albert. Heel belangrijke zaken zelfs en daaraan moeten we ons wijden. Ik ben bereid je de kans te geven je verontschuldigingen aan te bieden. Ik wil dat we onze zakelijke relatie opnieuw aangaan op de solide basis die ze eerst had.'

Albert sprak tegen Gino alsof er niemand anders aanwezig was. 'Hij is een echte gentleman. Hij wil ons iets teruggeven wat we nog niet kwijt zijn.' Hij bromde chagrijnig. 'Ga door, Al-Mevlevi. We wachten op uw voorstel.'

'Ik vraag je de veertig miljoen dollar voor de zending die maandag zal arriveren, vooruit te betalen. Het volledige bedrag moet voor het eind van de werkdag op mijn rekening bij de Verenigde Zwitserse bank overgemaakt zijn.'

Albert Makdisi deed een stap naar voren. 'We betalen nooit vooruit voor een zending. We hebben het hier over veertig miljoen dollar. Als er nu eens iets met de lading gebeurt? Zodra de partij in ons pakhuis is en we het spul gewogen en de kwaliteit ervan vastgesteld hebben, zal de betaling plaatsvinden. Eerder niet, het spijt me.'

Mevlevi schudde langzaam zijn hoofd. 'Maar niet zo erg als het mij spijt. Ik dacht dat ik erop kon rekenen dat je me deze kleine dienst wel zou willen bewijzen na al die jaren waarin we zaken met elkaar hebben gedaan. Ik was van plan je misstap met Lina, je giftige bloem, door de vingers te zien.' Hij haalde zijn schouders op. 'Wat moet ik doen? Er is niemand anders in dit gebied met wie ik kan samenwerken.'

Albert Makdisi staarde Mevlevi doordringend aan.

De Pasja staarde terug. 'Gebruikmaken van het recht om te weigeren is vaak iemands laatste overwinning.'

'Ik weiger.'

Mevlevi sloeg zijn ogen neer en keek eerst over zijn ene toen over de andere schouder. 'Het is koud, hè?' zei hij tegen niemand in het bijzonder. Hij haalde een paar autohandschoenen uit zijn zak en trok ze zorgvuldig aan.

'Het is een ellendige winter. We hebben nog nooit zulk weer gehad. De ene storm na de andere. Vindt u ook niet, meneer Neumann?'

Nick knikte afwezig, er niet zeker van wat hij moest doen. Wat had Mevlevi in godsnaam bedoeld toen hij zei dat gebruikmaken van het recht te weigeren vaak iemands laatste overwinning is? Had Albert Makdisi het verholen dreigement niet begrepen?

Albert keek naar Mevlevi's handschoenen en zei: 'U zult betere handschoenen nodig hebben om uw handen warm te houden.'

'O, ja?' Mevlevi strekte zijn handen uit alsof hij wilde kijken of de handschoenen goed pasten en trok ze om de beurt glad. 'Je hebt ongetwijfeld gelijk, maar ik heb ze niet voor de warmte aangetrokken.' Hij stak zijn hand in zijn zak en haalde er een zilverkleurig 9 mm pistool uit. Daarna sloeg hij met verrassende snelheid zijn linkerarm om Alberts schouder, trok hem naar zich toe, drukte het wapen diep in de plooien van zijn jas en haalde de trekker drie keer snel achter elkaar over. De knallen van het pistool waren gedempt en leken meer op een scherp gekuch dan op schoten uit een vuurwapen.

Albert Makdisi zakte, met zijn waterige grijze ogen wijd opengesperd, op de grond in elkaar. Het bloed stroomde uit zijn linkermondhoek en hij knipperde één keer met zijn ogen. Gino Makdisi knielde naast zijn broer. Hij stak een hand onder Alberts jas en toen hij hem terugtrok, was hij besmeurd met bloed. Zijn varkensachtige gezicht was verstrakt van schrik.

Nick bleef roerloos staan. Hij was als verdoofd en het leek of zijn zintuigen overbelast waren door alles wat hij die dag had gezien en gehoord.

Mevlevi ging een stap dichter bij Albert Makdisi's lijk staan en draaide zijn hiel krachtig op het gezicht van de dode rond tot zijn neus brak en het bloed eruit stroomde. 'Hier, Neumann,' riep hij. 'Vangen.' Hij gooide het pistool naar zijn metgezel toe.

De mannen waren door ruim een meter gescheiden. Voordat Nick zijn reflexen kon beheersen, had hij het wapen al in zijn blote handen opgevangen. Intuïtief stak hij zijn vinger door de trekkerbeugel en bracht het pistool omhoog tot het op Mevlevi's arrogante gezicht was gericht.

De Pasja spreidde zijn armen. 'Dit is je kans, Nicholas. Voel je je niet prettig? Weet je niet zeker of bankier wel het juiste beroep voor je is? Ik wed dat je niet had gedacht dat het zo opwindend kon zijn. Je hebt nu de kans. Schiet me dood of sluit je voor altijd bij me aan.'

'U bent te ver gegaan,' zei Nick. 'U had me niet in uw smerige wereld moeten meenemen. Wat voor keus hebt u me gelaten? Zijn er anderen die evenveel hebben gezien en hun mond hebben gehouden?'

'Er zijn er die ergere dingen hebben gezien, heel veel erger. Jij zult ook zwijgen. Het zal onze band zijn.'

Nick liet het pistool zakken zodat het op de borst van de Pasja was gericht. Was dit de inspiratie die Mevlevi Wolfgang Kaiser had gegeven? 'U vergist u. Er is geen band tussen ons. U bent te ver met me gegaan.'

'Dat geloof ik niet. Ik heb mijn hele leven in de donkerste hoeken van de ziel van mannen gepist. Dat weet ik, neem dat maar van me aan. Geef me nu het pistool. Tenslotte staan we allemaal aan dezelfde kant.'

'Welke kant is dat?'

'De kant van het zakendoen. Van de vrije handel. Onbelemmerde commercie. Gezonde winsten en nog gezondere bonussen. Geef me nu het pistool.'

'Nooit.' Nicks vinger streelde de gepolijste metalen trekker. De greep was warm en de geur van verbrand kruit drong prikkelend zijn neusgaten binnen. Hij verstevigde zijn greep en glimlachte. Jezus, dit zou gemakkelijk worden.

Mevlevi hield op met zijn speelse manier van doen. 'Alsjeblieft, Nicholas. De tijd om spelletjes te spelen is voorbij. Er ligt hier een lijk en je vingerafdrukken staan op het moordwapen. Je hebt je nu genoeg verzet. Zoals ik al zei, ik ben zeer van je onder de indruk. Ik zie dat het ook in jouw bloed zit om je niet zomaar gewonnen te geven.'

Had Kaiser zich ook tegen de Pasja verzet? vroeg Nick zich af. 'Ik ga weg en neem dit pistool mee. Verwacht niet dat u me maandagochtend zult zien en wat dit betreft' – hij maakte een hoofdbeweging naar het levenloze lichaam van Albert Makdisi – 'kan ik maar één ding doen. Ik zal alles zo goed mogelijk moeten uitleggen.'

'Wat wil je uitleggen?' vroeg Gino Makdisi die overeind was gekomen en naast Mevlevi was gaan staan. 'Dat je mijn broer hebt vermoord?'

'Het spijt me heel, heel erg,' zei Mevlevi tegen Gino. 'Ik heb gedaan wat je me hebt gevraagd. Ik heb hem een laatste kans gegeven om zich te verontschuldigen.'

'Albert?' zei Gino honend. 'Die heeft nog nooit iemand zijn verontschuldigingen aangeboden.'

Mevlevi richtte zijn aandacht weer op Nick. 'Ik vrees dat het erop lijkt dat jij Albert Makdisi hebt vermoord, mijn vriend.'

'Ja,' beaamde Gino Makdisi. 'Twee getuigen. We hebben allebei gezien dat jij het gedaan hebt.'

Nick lachte grimmig om de benarde positie waarin hij was gemanoeuvreerd. Mevlevi had Gino Makdisi omgekocht. Er kwam een wilde gedachte bij hem op. Wat kon het hem allemaal verdommen? Hij had al de dood van één man op zijn geweten. Waarom geen twee? Waarom geen drie? Hij stapte op de Pasja af en verstevigde zijn greep om de stalen kolf van het pistool. Hij bracht zijn arm omhoog en richtte op het gezicht van Ali Mevlevi wiens zelfvoldane glimlach plotseling was verdwenen.

Nicks wereld vernauwde zich tot een smalle tunnel waarbuiten alles donker was. Onbewust verhoogde hij de druk op de trekker.

Doe iets goeds.

'Denk aan je vader,' zei Mevlevi alsof hij Nicks gedachten had gelezen.

'Dat doe ik ook.' Nick strekte zijn arm en haalde de trekker over. Het wapen maakte een klikkend geluid. Hij haalde de trekker nog een keer over en weer sloeg metaal op metaal.

Ali Mevlevi blies luidruchtig zijn adem uit. 'Dat was een huzarenstukje. Ik moet zeggen dat er moed voor nodig is om in de loop van een pistool te staren, ook al weet je dat het leeg is. Ik was heel even vergeten hoeveel schoten ik op Albert heb afgevuurd.'

Gino Makdisi haalde een revolver met korte loop uit zijn zak, richtte het wapen op Nick en keek Mevlevi vragend om instructies aan. Mevlevi hief zijn hand en zei: 'Ik denk er nog over na.' Toen zei hij tegen Nick: 'Geef me nu alsjeblieft het pistool. Langzaam. Dank je.'

Nick wendde zijn blik van de beide mannen af en keek naar de rivier die beneden hen stroomde. Hij was zich plotseling bewust van de stilte. Het schieten met het lege pistool had de woede die in zijn hoofd bonkte, vernietigd. Hij had verwacht dat het wapen in zijn hand zou schokken en dat hij de knal van het schot zou voelen en de verbruikte lege huls met een tinkelend geluid op de grond zou horen vallen. Hij had verwacht dat hij iemand zou doden.

Mevlevi stopte het zilverkleurige pistool terug in zijn zak, knielde en raapte de lege hulzen op. Hij stond op en fluisterde in Nicks oor: 'Ik heb je vanochtend gezegd dat ik je wilde bedanken. Hoe zou ik mijn dankbaarheid beter kunnen tonen dan door je lid van mijn familie te maken? Het komt goed uit dat er door Cerruti's dood een plaats vrij is.'

Nick staarde dwars door hem heen. 'Ik zal nooit lid van uw familie worden.'

'Je hebt geen keus. Ik laat je leven, dus zul je doen wat ik je vraag. Het zal niets ernstigs zijn. Nog niet, in elk geval. Voorlopig wil ik alleen dat je gewoon je werk doet.'

'Denk aan het pistool, meneer Neumann,' zei Gino Makdisi. 'Uw vingerafdrukken staan erop. Ik mag dan een crimineel zijn, maar voor de rechtbank is mijn woord even goed als dat van ieder ander.' Hij draaide zijn dikke lichaam naar de Pasja om. 'Kunt u me bij de Schiller Bank afzetten? We zullen ons moeten haasten als we het geld vanmiddag nog willen laten overmaken.'

De Pasja glimlachte. 'Maak je geen zorgen. Meneer Neumann is een expert in het verwerken van overboekingen die laat binnenkomen. Iedere maandag en donderdag om drie uur, hè, Nicholas?'

48

PETER SPRECHER TROMMELDE MET ZIJN VINGERS OP ZIJN BUREAU EN hield zichzelf voor dat hij tot tien moest tellen om niet uit elkaar te ploffen. Hij hoorde Tony Gerber, een optiespecialist met een rattengezicht, brallen over de 'wurggreep' waarin hij de VZB-aandelen had. Als de aandelenkoers binnen vijf punten van zijn huidige niveau bleef, zou hij in dertig dagen een winst van tweehonderdduizend francs hebben gemaakt. 'Reken maar eens uit hoeveel dat per jaar is,' hoorde hij Gerber snoeven. 'Driehonderdtachtig procent. Probeer dat maar eens te overtreffen.'

Sprecher was bij zeven gekomen toen hij besloot dat hij er niet meer tegen kon. Hij schoof zijn stoel naar achteren en tikte Hassan Faris, de chef van de aandelenhandel van de bank, op de schouder. 'Ik weet dat het een rustige vrijdagmiddag is, maar als jullie willen doorgaan met die rotherrie, moet je je stelletje dieven maar meenemen naar een andere hoek van de grot. Ik moet nog een heleboel telefoontjes plegen en ik kan mezelf niet eens horen denken.'

'Meneer Sprecher,' antwoordde Faris, 'u zit midden op de *trading floor* van een bank die haar hele inkomen verkrijgt uit het kopen en verkopen van financiële producten. Als u moeite hebt met horen, zal ik graag een koptelefoon voor u laten halen, maar bemoeit u zich verder met uw eigen zaken. Oké?'

Sprecher schoof zijn stoel weer naar zijn bureau. Faris had natuurlijk gelijk. Het hoorde hier te bruisen van activiteit. Hoe jachtiger het eraan toe ging, hoe beter. Een beweeglijke markt betekende dat iemand ergens geld verdiende. Hij concentreerde zich weer op datgene waarmee hij bezig was. Officieel was het zijn taak om de stemmen van institutionele beleggers die grote pakketten aandelen van de VZB in bezit hadden, voor de Adler Bank te winnen. Het was een moeilijk karwei, al had hij dan de vertrouwelijke aandeelhouderslijsten die van de VZB waren gestolen. De bezitters van aandelen van Zwitserse banken hadden de neiging behoudend te zijn. De Adler Bank had weinig succes met het binnenhalen van stemmen op basis van zijn winsten in het verleden. Te riskant en veel te agressief, stamelden de zwaar op de hand zijnde investeerders. Nu ze nog maar vijf dagen hadden vóór de algemene aandeelhoudersvergadering van de VZB, was hij ervan overtuigd dat ze alleen nog twee zetels in de raad van bestuur van de VZB konden krijgen door rechtstreeks op de open markt, met contant geld, aandelen op te kopen.

Er was maar één probleem. De voorraad contant geld van de Adler Bank was uitgeput.

Sprecher zag dat een lange man aan de andere kant van de ruimte naar hem wuifde. Het was Georg von Graffenried, Königs rechterhand en hoofd van de obligatieafdeling. Even later stond hij voorovergebogen naast Sprechers bureau.

'Ik heb net een nieuwe verrassing van onze vrienden bij de VZB ontvangen,' zei Von Graffenried zacht, terwijl hij hem een vel papier overhandigde. 'Begin er direct aan. Het gaat om een pakket van honderdveertigduizend aandelen. Precies dat ene procent dat we nodig hebben. Zoek uit wie de leiding heeft bij dat Weduwe- en Wezenfonds van Zürich en ga er zo snel mogelijk naartoe. We moeten die stemmen in handen krijgen!'

Sprecher pakte de fotokopie van het postpapier van de VZB op en bracht het dichter bij zijn ogen. *'Het Weduwe- en Wezenfonds van Zürich. Fondsmanager mevr. E. Emmenegger.'* Hij grijnsde vergenoegd. Het plan van zijn Amerikaanse vriend had kennelijk gewerkt.

'Ik verwacht morgen een antwoord. We zijn hier de hele dag.'

Sprecher legde het papier op zijn bureau en haalde een balpen uit zijn zak. Moet je die met de hand geschreven aantekeningen zien, dacht hij. *'Gebeld om 11.00 en om 2.39 uur. Er werd niet opgenomen. Dit mag niet mislukken!'* Die Nick, serieus tot het laatst.

Sprecher pakte plichtmatig de telefoon en draaide het nummer dat op het papier stond. Nadat de telefoon vier keer was overgegaan, kreeg hij een antwoordapparaat. De stem kwam hem bekend voor, maar hij kon hem zo snel niet thuisbrengen. Hij sprak een korte boodschap in. 'Dit is Peter Sprecher van de Adler Bank. Met het oog op de stemming op de algemene aandeelhoudersvergadering van aanstaande dinsdag zouden we u graag zo snel mogelijk willen spreken over uw pakket VZB-aandelen. Belt u alstublieft het volgende nummer terug.'

'Goed gedaan,' complimenteerde Hassan Faris hem. 'U spreekt met Peter Sprecher. Stuur ons uw vrouwen en dochters. Vertrouw ons; we willen ze alleen maar verkrachten en tot slavin maken. Maakt u zich geen zorgen.'

Een knopje op de telefoon van de handelaar lichtte op. Faris drukte erop en bracht de hoorn naar zijn oor.

'Een ogenblikje, meneer. Ik moet dit allemaal even opschrijven,' zei Faris. 'Ik wil bij zo'n grote order geen fouten maken... Ja, meneer, daarom hebt u me in dienst genomen... Veertig miljoen... In Amerikaanse dollars of Zwitserse francs?... Dollars, ja meneer... Tegen de markt... Een ogenblikje... We hebben maar twee miljoen dollar in kas... Ja, natuurlijk kan ik ervoor zorgen dat de afrekening op dinsdag plaatsvindt... Nee, we zijn niet verplicht iets te zeggen... Ja, technisch gesproken wel, maar we betalen gewoon vierentwintig uur te laat, dat is alles... Dinsdagochtend om tien uur... Zal het geld dan gearriveerd zijn?... Ja, meneer... Ik herhaal: een order om tegen de marktprijs voor veertig miljoen dollar VZB-aandelen te kopen die dinsdag afgerekend zullen worden. De hele aankoop moet geboekt worden op de Ciragan Handelsrekening.'

Sprecher schoof zijn stoel nog een klein stukje naar achteren en schreef letterlijk op wat Faris gezegd had.

'Ja, meneer, ik bel u voordat de dag om is... We zullen misschien op de nabeurs moeten kopen... Ik houd u op de hoogte.' Faris sloeg de hoorn met een klap op de haak.

'Wat is de Ciragan Handelsrekening?' vroeg Sprecher.

Hassan krabbelde Klaus Königs instructies op een orderblok. '*Ciragan?* Dat is Königs privé-rekening.'

'Van König?'

'Het is de rekening van zijn grootste investeerder. Het grootste deel van de VZB-aandelen die we hebben gekocht, zit in die rekening. We zijn gemachtigd om voor alle aandelen in die rekening te stemmen. Ze zijn praktisch van ons.'

'Ciragan,' fluisterde Sprecher. Hij had dat woord maar één keer eerder gehoord. *Paleis Ciragan.* Het wachtwoord voor coderekening 549.617 RR van de Pasja.

NICK PLOETERDE DE STEILE HEUVEL OP. HET TROTTOIR WAS ZO GLAD ALS een nat stuk zeep en de spleten tussen de stenen waren met ijs gevuld. Gewoonlijk raakte hij door een dergelijke wandeling in een slecht humeur, maar vanavond schepte hij er een grimmig genoegen in. Alles was goed om hem af te leiden van de gebeurtenissen waarbij hij die middag betrokken was geweest. Drie uur geleden had hij geprobeerd iemand te vermoorden en zelfs nu vond een deel van hem het jammer dat het niet gelukt was.

Nick ging langzamer lopen en rustte even uit tegen een kale boom. Hij was blij dat hij zijn hart voelde kloppen en de damp van zijn adem in de lucht zag. Toen hoorde hij weer de gedempte knallen van Mevlevi's pistool terwijl er drie kogels in Albert Makdisi's borst geschoten werden en hij zag weer de minachtende grijns op het gezicht van de Pasja toen Rita Sutter vertelde dat Cerruti dood was. Plotseling werd hij misselijk. Hij liet zich op één knie zakken en braakte. Hij was Mevlevi's marionet geworden.

Nadat ze uit de Platzspitz waren vertrokken, had Mevlevi hem teruggebracht naar de bank. Kaiser was er niet. Er lagen drie boodschappen van Peter Sprecher op zijn bureau, maar hij negeerde ze. Reto Feller belde hem één keer en vertelde hem dat hij verdergegaan was met de resterende portefeuilles die Nick nog niet 'bevrijd' had en dat de VZB nu achtenvijftig procent van de stemmen achter zich had. De Adler Bank was op tweeëndertig procent blijven steken.

Pietro van betalingsverkeer belde om 4.15 uur om hem te zeggen dat de Schiller Bank op een pas geactiveerde coderekening een bedrag van veertig miljoen dollar had overgemaakt. Nick volgde de instructies van de Pasja op en maakte het volledige bedrag onmiddellijk over naar de banken die op matrix één waren vermeld. Direct daarna had hij de bank verlaten. Toen hij de top van de heuvel bereikte, bleef hij stilstaan, draaide zich om en bestudeerde de helling achter hem. Hij liet zijn blik over heggen en schuttingen, bomen en portieken glijden. Hij zocht naar een fantoom waarvan hij wist dat het ergens achter hem moest zijn – iemand die hem in opdracht van Mevlevi schaduwde en orders had om er een stokje voor te steken als Nick plotseling zo onverstandig zou zijn om naar de politie te gaan.

Nick was uitgeput toen hij de ingang van Sylvia's flatgebouw bereikte. Hij keek op zijn horloge en zag dat het pas halfzes was. Hij betwijfelde of ze al thuis zou zijn, maar hij belde toch aan. Er werd niet gereageerd. Hij sloot zuchtend zijn ogen en drukte zijn rug tegen de muur.

Over een tijdje zou ze wel thuiskomen.

Er werd met een stomp voorwerp in zijn ribben gepord en iemand schudde aan zijn schouders. 'Nick, sta op,' riep een stem. 'Je bent helemaal blauw.'

Nick opende zijn ogen. Sylvia Schon stond over hem heen gebogen en legde haar warme handen op zijn koude wangen. 'Hoe lang ben je hier al? Mijn god, je bent helemaal versteend.'

Nick maakte een schuddende beweging met zijn bovenlichaam en stond op. Hij keek op zijn horloge en kreunde. 'Het is bijna zeven uur. Ik was hier om halfzes.'

267

Sylvia maakte een klokkend geluid als een hen. 'Kom direct mee naar binnen en neem een warm bad. Je boft als je geen longontsteking hebt opgelopen.'

Nick volgde haar het appartement in en zag de vaalgele dossiers die ze onder haar arm had. 'Heb je nog meer rapporten te pakken kunnen krijgen?'

'Natuurlijk,' zei Sylvia trots. 'Ik heb de rest van 1978 en heel 1979. We hebben het hele weekend toch?'

De man die hem schaduwde stond, verborgen tussen een bosje hoge pijnbomen, vijftig meter van het appartement vandaan. Hij toetste een nummer op zijn mobiele telefoon in, terwijl hij zijn blik op de ingang van het flatgebouw gericht hield.

Er werd pas opgenomen nadat de telefoon een dozijn keer was overgegaan. 'Waar is hij?'

'Bij de vrouw. Ze is net thuisgekomen. Hij is nu bij haar binnen.'

'Precies wat we dachten.' Een zelfgenoegzame lach. 'Hij is in elk geval voorspelbaar. Ik wist dat hij niet naar de politie zou gaan. Hoe ziet hij er trouwens uit?'

'Uitgeput,' zei de man. 'Hij heeft een uur voor het flatgebouw liggen slapen.'

'Ga maar naar huis,' zei Ali Mevlevi. 'Hij is nu een van ons.'

Nick stond ineengedoken onder de harde straal van de douche en genoot van de naalden van heet water die in zijn huid prikten. Als hij er nog een uur onder bleef staan, zou hij zich weer een beetje mens voelen. Hij dacht na over die middag. Hij moest er analytisch naar kijken en afstand nemen van datgene waarvan hij getuige was geweest. Hij wilde er dolgraag met iemand over praten, al was het alleen maar om te kunnen zeggen dat hij onschuldig was. Hij overwoog Sylvia in vertrouwen te nemen, maar besloot het, zowel in haar belang als het zijne, niet te doen.

Nick hief zijn gezicht omhoog om zijn oogleden door het water te laten masseren en plotseling merkte hij dat een herinnering probeerde naar boven te komen. Hij sloot zijn ogen en concentreerde zich. Een paar woorden lichtten even op en hij wist dat ze iets met de rapporten van zijn vader te maken hadden. Hij probeerde de herinnering uit zijn geheugen op te diepen, maar ze bleef net onder de oppervlakte rondzwemmen en hij gaf het op. Toch wist hij dat er iets was en die wetenschap wekte in hem een hevig verlangen om het te vinden.

Een berg gele dossiermappen bedekte de tafel in de eetkamer. Ze bevatten elk drie maandrapporten die Alex Neumann had opgestuurd. Nick pakte de map voor juni tot en met augustus 1978 en legde hem voor zich neer. Sylvia schoof een stoel bij en ging zitten. Ze had de agenda

voor 1978 tegen haar borst gedrukt. 'Ik heb meneer Burki, de man van de VZB in Londen die Soufi naar je vader heeft verwezen, in ons personeelsarchief opgezocht. Zijn volledige naam is Caspar Burki. Hij is in 1988 met pensioen gegaan.'
'Leeft hij nog?'
'Ik heb een adres in Zürich, dat is alles. Ik kan je niet vertellen of hij daar nog woont.'
Nick pakte de agenda van zijn vader uit haar handen en opende hem bij de maand april. Hij bladerde door tot de vijftiende, de datum waarop de naam Allen Soufi voor de eerste keer was vermeld. Plotseling kwam de verborgen herinnering aan het oppervlak. *Ik heb er nooit veel voor gevoeld om derwisj te worden. Het ronddraaien, het zingen. Ik was alleen in deze wereld geïnteresseerd.*
'Weet jij iets over derwisjen, Sylvia? Je weet wel, die dansende derwisjen.'
Ze zette haar hand onder haar kin. 'Helemaal niets.'
'Heb je een encyclopedie?'
'Alleen op cd-rom. Hij zit op mijn pc in de slaapkamer.'
'Ik wil er graag even naar kijken. Nu.'
Vijf minuten later zat Nick achter een bureau in Sylvia's slaapkamer. Hij toetste het woord 'derwisj' in en er verscheen een korte omschrijving. 'Een kloostersekte die is gesticht door de discipelen van Jalál ad-Dín ar-Rúmi, die als de grootste van de islamitische mystieke dichters wordt beschouwd. Ze noemden zich de dansende derwisjen. Het doel van het islamitische mysticisme, in het Westen soefisme genaamd, is om door middel van meditatie de aard van...'
Nick zette alles wat hij over Ali Mevlevi wist op een rijtje. De man was een Turk en had het codewoord Paleis Ciragan voor zijn coderekening gekozen. Het Ciragan Paleis in Istanbul was tegen het eind van de negentiende eeuw het verblijf van de laatste ottomaanse sultans. Hij had een Argentijns paspoort op de naam Malvinas en had nog vanmiddag gezegd dat hij in Argentinië had gewoond. Hij gebruikte de voornaam Allen als alias. Allen was de verengelsing van de Arabische naam Ali. En ten slotte was Mevlevi's vader een dansende derwisj en de derwisjen behoorden tot de soefisekte van de islam, *vandaar Soufi.*
Nick slikte moeizaam. Blijf kalm, hield hij zichzelf voor. Je bent er nog niet. Toch zag hij al een patroon tevoorschijn komen. Allen Soufi. Allen Malvinas. Ali Mevlevi. Had de Pasja ook niet gezegd dat hij in Californië had gewoond? Kon hij de conclusie trekken dat Allen Soufi, beter bekend als Ali Mevlevi, achttien jaar geleden bij de vestiging van de VZB in Los Angeles cliënt van Alex Neumann was geweest?
'Sylvia,' riep hij opgewonden, 'we moeten naar die Allen Soufi blijven zoeken.'
'Wat is er? Wat heb je gevonden?'
'Bevestiging dat hij onze man is.' Nick zweeg even om zijn gevoel van

zekerheid te temperen. Een zekere mate van twijfel bleef geboden. 'Dat denk ik tenminste. Laten we verdergaan met de maandrapporten. De antwoorden die we zoeken, moeten daarin te vinden zijn.'

Nick en Sylvia liepen terug naar de tafel in de eetkamer. Hij trok haar stoel dicht bij de zijne en samen namen ze de resterende rapporten door. Ze begonnen allemaal met de vermelding van de deposito's van nieuwe en bestaande cliënten en daarop volgde een beschrijving van aan bedrijven verstrekte leningen en van aanvragen voor leningen die nog beoordeeld werden. Hierna werden logistieke kwesties behandeld: salarissen, verslagen van het personeel en uitgaven voor het kantoor. Als laatste was er een deel dat aan diverse informatie was gewijd. In dit laatste deel was Nick in het rapport van maart 1978 voor het eerst de naam Allen Soufi tegengekomen. Hij ploegde de rapporten van zijn vader door in de hoop dat hij nog iets over de geheimzinnige cliënt zou vinden. Er moest een goede reden zijn geweest waarom Soufi met de VZB in Los Angeles wilde samenwerken.

Nick las het rapport voor juni door. Niets. Juli. Niets. Augustus. Niets. Hij pakte de tweede dossiermap. September. Niets. Oktober. Hij sloeg met zijn hand op de tafel. 'Ja, hier hebben we hem,' riep hij. '12 oktober 1978. Wat staat er in de agenda, Sylvia?'

Sylvia bladerde erin tot ze de juiste datum had gevonden en schoof de agenda toen dichter naar hem toe.

De inschrijving voor 12 oktober luidde: *'Bij Matteo's gegeten met Allen Soufi. Onwenselijk.'* Het woord 'onwenselijk' was drie keer onderstreept en er was een kader omheen getekend. Nick keek ernaar en herhaalde het woord. 'Onwenselijk.' Hij hoorde de stem van zijn vader zó duidelijk dat het leek of hij naast hem stond. Het was een van zijn lievelingswoorden geweest en hij had het genadeloos misbruikt. Een dessert was onwenselijk. Televisie op doordeweekse dagen was onwenselijk. *Allen Soufi was onwenselijk.*

'Wat staat er in het rapport?' vroeg Sylvia.

Nick overhandigde haar het aantekenboek en wees naar de bladzijde met Deel IV: Diversen, Punt 5.

Sylvia las hardop: *'Derde bespreking met meneer Allen Soufi op 12 oktober. Aan Goldluxe N.V. $100.000 krediet gegeven. Gevraagde aanvullende bedrijfsfinanciering overeenkomstig de instructies van de VZB in Zürich goedgekeurd. AXN legt hierbij voor de goede orde vast dat hij tegen de verstrekking van het krediet gekant is. Bezwaar door WAK, de afdelingsmanager, terzijde geschoven?'*

Nick hield zijn adem in. Allen Soufi stond in verband met Goldluxe. Alex Neumann had vermeld dat hij de winkels van Goldluxe in de eerste maanden van 1979 had bezocht. Hij pakte de agenda voor 1979, bladerde hem door en vond de eerste verwijzing naar Goldluxe op 13 maart 1979. Het was alleen een adres: *Lankershim Boulevard 22550.* Hij pakte de gele map die die maand bevatte en zocht het overeenkomstige

maandrapport op. Een verwant item trok onmiddellijk zijn aandacht. Onder 'Bedrijfsfinanciering' stond dat Goldluxe een krediet van meer dan een miljoen dollar had gekregen in de vorm van kredietbrieven ten gunste van El Oro des Andes, gevestigd in Buenos Aires in Argentinië. *Allen Malvinas uit Argentinië.*
Nick slikte moeizaam en las verder. Een aantekening onder de naam Goldluxe luidde: *'Zie aangehechte brief van Franz Frey, onderdirecteur internationale financiën.'* Het onderwerp stond genoteerd als een bedrijfsbezoek aan Goldluxe N.V. Nick zocht het hele rapport door, maar kon de brief niet vinden. Die moest gestolen of zoekgeraakt zijn.

Hij bladerde snel in Alex Neumanns agenda door naar 20 april 1979. *'Gegeten met Allen Soufi in Ma Maison.'* Erachter stond het woord *Schlitzohr.* Bedrieger. De vertrouwde woorden werden verduidelijkt door een overeenkomende inschrijving in het rapport van april. Alex Neumann verzocht om opschorting van het krediet aan Goldluxe. Een antwoordbrief van Franz Frey volgde erop. Frey is het ermee eens dat de VZB de relatie met Goldluxe moet verbreken, maar stelt voor dat AXN (Alex Neumann) goedkeuring vraagt van WAK (Wolfgang Andreas Kaiser). De brief bevat een met de hand geschreven aantekening van Frey. 'Interpol-onderzoek naar A. Soufi heeft niets opgeleverd.'

Nick hield op met lezen toen Interpol werd genoemd. Wat had zijn vader over Goldluxe ontdekt dat het gerechtvaardigd werd geacht om contact met Interpol op te nemen?

Hij ging snel verder met het rapport voor juni. Wolfgang Kaiser antwoordt in een brief: 'Blijf zakendoen met Goldluxe. Geen reden tot bezorgdheid.'

Sylvia zocht in de agenda en vond iets op 17 juni. Ze hield Nick de agenda voor. 'Franz Frey dood. Zelfmoord.'

Jezus, nee! dacht Nick. Hoe hadden ze hem vermoord? Met een revolverschot door het hoofd? Hadden ze zijn keel doorgesneden?

Snel verder naar augustus. In het rapport werden kredietbrieven vermeld waarin ten behoeve van Goldluxe voor een totaalbedrag van drie miljoen dollar krediet werd verstrekt. De begunstigde was weer El Oro des Andes. Het kassaldo van Goldluxe werd voldoende geacht om het volledige bedrag te dekken. Er waren geen uitstaande schulden. Waarom was zijn vader er dan zo tegen gekant om met het bedrijf samen te werken? Trouwens, wat voor zaken deed Goldluxe?

Door naar september. De eerste van verscheidene inschrijvingen in de agenda die Nick angstaanjagend had gevonden. 'Lunch in Beverly Wilshire met A. Soufi' en direct eronder: 'De schoft heeft me bedreigd!'

12 november. *'Soufi op kantoor. 14.00 uur.'* Op dezelfde bladzijde stond een nummer van het bureau van de FBI in Los Angeles en de naam van agent Raymond Gillette.

19 november. *'Hoofdkantoor heeft gebeld. Houd relatie met Goldluxe ten koste van alles in stand.'*

20 november. *'Evans Beveiligingsbedrijf, 213-555-3367.'*
Nick knipte met zijn vingers. 'Je antwoordapparaat, Sylvia.' Hij stond op en liep er naartoe. Een rood lampje knipperde. 'Je hebt een paar boodschappen. Kom ze even afdraaien.'
'Misschien zijn ze wel privé,' zei ze.
Nick fronste zijn voorhoofd. 'Ik zal je geheimen niet verraden en ik moet weten of de val die ik gisteren heb gezet, gewerkt heeft. Laten we eens kijken wie er heeft gebeld.'
De eerste boodschap was van Vreni, een vriendin met een schrille stem. Het apparaat piepte. Volgende boodschap. Stilte. Een diepe zucht. Een snuivend geluid. Er werd opgehangen. Weer een pieptoon. 'Dit is Peter Sprecher namens de Adler Bank. Met het oog op de stemming op de algemene aandeelhoudersvergadering van aanstaande dinsdag zouden we u heel graag zo spoedig mogelijk willen spreken over uw pakket VZB-aandelen. Belt u me alstublieft op het volgende nummer terug.'
Nick en Sylvia luisterden de hele boodschap af. Na de pieptoon hoorden ze een barse stem zeggen: 'Sylvia, ben je daar?' Sylvia zette haastig het apparaat uit. 'Mijn vader,' zei ze. 'Ik wil zijn boodschap liever alleen afluisteren.'
'Prima. Ik begrijp dat het persoonlijk is.' De stem echode in Nicks hoofd. De stem van Sylvia's vader leek sterk op die van Wolfgang Kaiser. 'Heb je Peter Sprecher gehoord? Ik had gelijk. Iemand bij de bank heeft het vel papier gestolen dat ik op mijn bureau heb achtergelaten en het aan de Adler Bank gegeven.'
Sylvia morrelde aan het antwoordapparaat. 'Denk je echt dat het Armin Schweitzer was?'
'Mijn intuïtie zegt dat hij het is, maar ik weet het niet zeker. Er zijn vier of vijf mensen die zo mijn kantoor kunnen binnenlopen wanneer ik er niet ben. Ik had zijn stem op dat apparaat willen horen. Verdomme. Ik moet eerst Peter Sprecher spreken om te kijken of hij weet wie de lijst aan de Adler Bank heeft gegeven.'
'Bel hem dan,' zei ze.
Nick deed het, maar er werd niet opgenomen en hij stelde Sylvia voor om weer verder te gaan.
Nick las de rapporten voor oktober, november en december 1979 door. Allen Soufi en Goldluxe werden niet meer genoemd. Hij sloot het dossier en las opnieuw de inschrijvingen van de laatste dagen van 1979 in de agenda van zijn vader door.
20 december: *'Afspraak met A. Soufi op kantoor. 15.00 uur.'*
21 december: *'Kerstfeest Trader Vic's, Beverley Hilton.'*
27 december: *Verhuizen naar Stone Canyon Road 602.'*
31 december: *'Oudejaar. Volgend jaar zal beter worden. Dat moet wel.'*
Toen Sylvia zich excuseerde om naar het toilet te gaan, sloot Nick de agenda en streek met zijn nagel over de gouden letters op het omslag.

'Burki,' fluisterde hij voor zich uit. Dat was de functionaris van de VZB die Allen Soufi naar zijn vader had doorverwezen. 'De sleutel tot dit alles is Burki.'

Nick legde zijn hoofd op het koele houten tafelblad. Hij was volkomen uitgeput. 'Burki,' zei hij. 'Caspar Burki.' Hij bleef de naam herhalen, alsof hij bang was dat hij hem in de loop van de nacht zou vergeten. Hij dacht aan zijn vader en zijn moeder en herinnerde zich Johnny Burke en Gunny Ortiga. Hij herinnerde zich het ontzag dat hij had gevoeld toen hij acht weken geleden voor de eerste keer de trap van de Verenigde Zwitserse bank op was gelopen. Hij haalde zich zijn eerste gesprek met Peter Sprecher voor de geest en lachte. Toen vervloeiden zijn gedachten met elkaar en het werd donker om hem heen. Hij zocht gemoedsrust en spoedig had hij die gevonden.

DRIEHONDERDVIJFTIG KILOMETER PAL TEN OOSTEN VAN BEIROET LANDDE een Topolev-154 op een afgelegen militaire luchtmachtbasis diep in de Syrische woestijn. Het vliegtuig taxiede tot aan het eind van de landingsbaan voordat het moeizaam tot stilstand kwam. De vlucht had maar drie uur geduurd, maar toch waren alle acht motoren oververhit. Ergens boven het Kaukasusgebergte was er zelfs een uitgevallen. De piloot had erop aangedrongen naar Alma Ata terug te keren, maar generaal Dimitri Sergejevitsj Martsjenko had hem vastberaden bevel gegeven naar de Syrische luchtmachtbasis door te vliegen. De aflevering van de lading duldde geen uitstel.

De piloot zette de motoren uit en liet het achterste vrachtluik zakken. Vier voertuigen reden erover naar buiten, het warme tarmac op. Generaal Dimitri Martsjenko volgde ze en begroette de Syrische commandant die beneden wachtte.

'Kolonel Hamid, neem ik aan.'

'Generaal Martsjenko. Het is me een eer en een genoegen. Zoals me bevolen is, zal ik u een groep van onze beste infanteristen ter beschikking stellen voor uw reis naar Libanon. Ik heb begrepen dat de zending zeer kwetsbaar is.'

'Elektronica voor het regionale hoofdkwartier van de Hamas. Surveillanceapparatuur.' Martsjenko had nooit een hoge dunk van zijn Arabische bondgenoten gehad. Als soldaten waren het schertsfiguren. Ze hadden elke oorlog verloren die ze ooit hadden gevoerd, maar als escorte van zijn kleine konvooi naar Libanon zouden ze er wel mee door kunnen. Ze waren onbevreesde medestanders in de strijd van anderen.

Martsjenko liep naar de zestonstruck die zijn kostbare vracht vervoerde. Hij tilde het dekzeil op en klom naar binnen. De Kopinskaja IV lag in een laadkist van dik staal die aan de bodem van de truck vastgelast was. Een geavanceerd ontstekingsmechanisme dat aan de kist was bevestigd, diende om te verhinderen dat de vracht werd gestolen. Als iemand zou proberen de laadkist uit de truck te halen of hem met geweld te openen, zou een klein pakketje semtex tot ontploffing worden gebracht en de bom zou vernietigd worden. Niemand zou Kleine Joseph kunnen stelen.

Nadat hij had gecontroleerd of alles in orde was, liet Martsjenko zich op zijn billen op de laadklep zakken, sprong op de grond en liep naar de commandojeep. Het idee om een klein deel van de conventionele wapens van het land te verkopen, was niet van hem geweest. De regering van Kazachstan had het idee al in een vroeg stadium omarmd en ze geloofde dat ze daarmee niet anders handelde dan de voormalige sovjetregering. Daarna kwam natuurlijk een ander goed verkoopbaar bezit van de republiek ter sprake: haar nucleaire arsenaal. Niemand had ooit overwogen een van de grote raketten te verkopen: de SS-19's of de SS-20's, die waren voorzien van een kernkop van twintig megaton en een vluchtbereik van negenduizend kilometer hadden. In elk geval niet serieus. De Kazakken waren een volk met morele principes. Bovendien zou de logistiek onoverkomelijke problemen opleveren.

De aandacht was erop geconcentreerd hoe ze zich op een winstgevende manier zouden kunnen ontdoen van de voorraad verrijkt plutonium die in de kelders van het Lenin Laboratorium voor Atoomonderzoek, een van de meest geheime onderzoekscentra van de voormalige Sovjet-Unie, dat veertig kilometer van Alma Ata vandaan lag, werd bewaard.

Tot 1992 was het instituut bewaakt door een divisie gemechaniseerde infanterie. Meer dan vijfhonderd man patrouilleerden vierentwintig uur per dag over het terrein en door het omringende bos en iemand die de doolhof van gebouwen die het eigenlijke laboratorium vormden, wilde bezoeken, moest zes verschillende controleposten passeren. Sindsdien was de beveiliging echter aanzienlijk lakser geworden. Een glimlach en het omhoog houden van een militaire identificatie was tegenwoordig voldoende om te worden toegelaten.

Er verscheen een woedende uitdrukking op Martsjenko's gezicht toen hij zich de gebeurtenissen uit het recente verleden herinnerde. De Amerikanen hadden ook geweten van het Lenin Laboratorium en zijn luchtdichte kamers die waren gevuld met loden vaten die splijtbaar materiaal bevatten. Hun geheim agenten hadden gemakkelijk langs de lekke beveiliging kunnen komen en ze hadden gerapporteerd dat het zelfs voor een krantenjongen een koud kunstje zou zijn om naar binnen te glippen, zijn zakken met uranium te vullen en weer naar buiten te fietsen. In de zomer van 1993 was een gezamenlijk inspectieteam van de CIA en de KGB in Alma Ata geland en vervolgens regelrecht naar het Lenin Laboratorium voor Atoomonderzoek gegaan. De operatie, die de codenaam Saffier had, was een compleet succes geweest. Bijna dan. De indringers hadden meer dan tweehonderd ton verrijkt en voor wapens geschikt uranium-235 en plutonium uit het laboratorium gehaald en naar het Westen afgevoerd. Maar ze hadden een paar dingen over het hoofd gezien.

Martsjenko was geen domme man. Hij had verwacht dat zoiets zou gebeuren en was haastig in actie gekomen toen hij van de plannen van de Amerikanen hoorde. Hij en zijn collega's hadden hun hoop gevestigd op een kleine wapenfabriek op het terrein van het Lenin Laboratorium, die was belast met de constructie van prototypes van geavanceerde wapens. Onder de wapens die werden ontwikkeld om bij de strijdkrachten te worden geïntroduceerd, was een zeer mobiel, gemakkelijk te lanceren kernwapen met een relatief geringe kracht. Een kernwapen voor het slagveld.

Enkele uren voordat de Amerikanen zouden arriveren, was hij het laboratorium binnengeglipt en had de bestaande functionele prototypes weggehaald. Twee Kopinskaja IV-bommen met een lading van twee kiloton. Het echte erfgoed van zijn land.

Martsjenko stapte in de jeep. De deal is bijna rond, zei hij bij zichzelf en hoewel zijn gezicht het vernisje van onverstoorbare ontevredenheid behield, voelde hij zich vanbinnen zo opgewonden als een vijftienjarige. Hij tikte de chauffeur op de schouder en beval hem te vertrekken. Het was een rit van acht uur naar hun bestemming. Hij sloot een ogenblik zijn ogen en genoot van de warme woestijnwind die zijn gezicht streelde. In de zekerheid dat niemand hem kon zien, glimlachte hij.

Het was tijd dat anderen ook eens zouden lijden.

51

TRAM 10 KWAM SLINGEREND ALS EEN SLANG MET REUMATIEK UIT DE ochtendmist tevoorschijn. De deuren gingen met een ruk open en Nick schuifelde over het middenpad, op zoek naar een lege plaats, die hij achterin vond. Een bejaarde man vóór hem zat *Blick,* de sensatiekrant van het land, te lezen. Hij had de krant op de tweede pagina geopend en in de linkerbovenhoek stond een foto van Marco Cerruti. De kop luidde: DEPRESSIEVE BANKIER BEROOFT ZICH VAN HET LEVEN.

Nick wachtte tot de oude man de krant uit had en vroeg toen of hij hem even mocht inkijken. De man nam hem lang en onderzoekend op en overhandigde hem toen de krant. Nick staarde een poosje naar de foto en richtte toen zijn aandacht op het korte artikel.

'Marco Cerruti (55), onderdirecteur van de Verenigde Zwitserse Bank, werd vrijdagochtend vroeg dood aangetroffen in zijn huis in Thalwil. Hoofdinspecteur Dieter Erdin van de politie van Zürich verklaarde dat de bankier zelfmoord had gepleegd door zich met een pistool door het hoofd te schieten. Functionarissen van de Verenigde Zwitserse Bank deelden mee dat Cerruti al enige tijd overspannen was en sinds het begin van het jaar niet meer had gewerkt. Ter herinnering aan Cerruti zal de bank aan de universiteit van Zürich een studiebeurs instellen die zijn naam draagt.'

Nick bestudeerde de foto nauwkeurig. Eén detail trok in het bijzonder zijn aandacht: de omgekeerde whiskyfles op Cerruti's schoot. Cerruti dronk niet. Hij had zelfs voor zijn gasten geen drank in huis. En er lag een kussen tegen zijn buik.

Nick sloeg de krant dicht en de vette kop op de voorpagina viel hem onmiddellijk op. TOPCRIMINEEL DOODGESCHOTEN IN PLATZSPITZ. Een kleurenfoto van de plaats van de misdaad toonde Albert Makdisi's lijk, dat naast een stenen muur op de grond lag. Hij vouwde de krant op en gaf hem terug aan de man vóór hem. Hij hoefde het artikel niet te lezen. Tenslotte was hij zelf de moordenaar.

Nick opende de deur van zijn appartement en stapte naar binnen. Iedere keer dat hij thuiskwam, vroeg hij zich af of er misschien iemand in zijn afwezigheid rondgesnuffeld had. Hij dacht niet dat er iemand bij hem had ingebroken sinds de dag, nu drie weken geleden, waarop hij de weezoete geur van eau de cologne had geroken en had ontdekt dat iemand aan zijn pistool had gezeten, maar hij was er niet zeker van.

Hij liep naar het dressoir, opende de onderste lade en bewoog zijn hand heen en weer onder zijn truien tot hij het gladde leer van de holster van zijn pistool voelde. Hij pakte hem eruit, legde hem op zijn schoot en haalde de Colt Commander eruit. Hij hield hem stevig in zijn rechterhand en putte enige troost uit het geruststellende gewicht van het krachtige wapen.

Hij stond op, liep naar zijn bureau, pakte een zeemleren lap uit een lade, spreidde hem uit, legde het pistool erop en begon het uit elkaar te halen en schoon te maken. Hij had al maanden geen schot meer afgevuurd, maar nu had hij er behoefte aan om op de strenge discipline van het verleden terug te vallen. Hij wilde in een ververwijderde wereld zijn, waar nog regels voor het dagelijkse gedrag bestonden.

Nick liet het magazijn eruit springen en wipte de kogels eruit. Hij schoof de slede naar achteren, legde het wapen op zijn kant en liet de kogel in de kamer op de zeemleren lap vallen. Zijn handen kregen een eigen ritme en voerden de handelingen uit die langgeleden in zijn geheugen gegrift waren, maar hij was maar half met zijn gedachten bij het schoonmaken van het pistool. Hij vervloekte zichzelf om zijn egoïstische gedrag.

Zijn moedwillige bedrog had ertoe geleid dat hij bij fraude betrokken was geraakt en getuige van een moord was geweest. Als hij Thorne eerder geholpen had, zou dit allemaal niet zijn gebeurd. Als hij de overboeking van de Pasja niet vertraagd had, zouden Mevlevi's tegoeden nu bevroren zijn. De bank zou aan een diepgaand onderzoek zijn onderworpen en niet aan dit krankzinnige plan om met de rekeningen van de cliënten te knoeien, zijn begonnen. De Pasja had dan niet naar Zwitserland durven komen en, wat het belangrijkste was, Cerruti zou nog in leven zijn.

Misschien...

Nick voelde zijn nek en schouders plotseling warm worden. Hij probeerde zich meer op zijn wapen te concentreren en zijn emoties te bedwingen, maar het wilde niet lukken. Zoals altijd won zijn schuldgevoel het. Hij voelde zich schuldig omdat hij de Pasja had beschermd en hij voelde zich schuldig omdat Cerruti dood was. Hij voelde zich verdomme schuldig aan alles wat er was gebeurd sinds hij in Zwitserland was.

Hij schroefde de loop van het pistool los, keek erdoorheen om te controleren of er olieresten waren achtergebleven en hield toen met het werk op. De gebeurtenissen van gisteren drongen zich plotseling met kracht aan hem op en het leek of hij alles opnieuw beleefde. Hij keek machteloos toe terwijl Albert Makdisi's lichaam in elkaar zakte als gevolg van drie van dichtbij afgevuurde schoten. Hij zag met verbijstering dat de Pasja het pistool naar hem toe gooide en ving het op. Zijn spieren verkrampten bij de herinnering aan het moment waarop hij het pistool omhoogbracht en het op Mevlevi's sluw grijnzende gezicht richtte.

Nick hield het frame van het pistool in zijn hand. Op het laatste moment voordat hij de trekker had overgehaald, had hij aan zijn vader gedacht. Toen hij met uitgestrekte arm het pistool op Mevlevi richtte en er geen moment aan twijfelde dat hij bewust het leven van een slecht mens ging beëindigen, had hij zijn vader om goedkeuring gevraagd.

Nick sloeg het pistool met een klap op de tafel. Hij hoorde een stem die hem vertelde dat hij zijn hele leven had gedaan wat anderen wilden, dat zijn vaders wil hem nog lang na diens dood regeerde. Dat hij bij het Korps Mariniers was gegaan om een excuus te hebben om zijn eigen beslissingen niet te hoeven nemen. Dat hij aan Harvard Business School was afgestudeerd en een goedbetaalde baan had aangenomen met het idee dat hij iets deed waarop zijn vader trots geweest zou zijn. En dat hij zijn carrière had laten schieten en naar Zwitserland was gekomen om een onderzoek naar de moord op zijn vader in te stellen, omdat dat precies was wat Alex Neumann zou hebben gewild.

Nick staarde uit het raam naar het bleke ochtendzonnetje. Hij had het gevoel alsof hij zichzelf op een afstand zag. Hij wilde de man die in het halfdonkere appartement zat, zeggen dat hij moest ophouden met voor het verleden te leven. Dat het vinden van de moordenaar van zijn vader het voor hem weliswaar gemakkelijker zou maken om met het verleden in het reine te komen, maar dat het geen magisch pad naar de toekomst zou bieden.

Hij pakte het pistool op, maakte de laatste onderdelen schoon en zette het weer in elkaar. Hij bracht het omhoog en richtte het op de spookachtige gedaante die alleen hij kon zien. Hij zou zijn eigen pad naar de toekomst effenen en Ali Mevlevi stond hem daarbij in de weg.

De telefoon ging. Nick stopte het pistool in de holster en legde het weg voordat hij opnam. 'U spreekt met Neumann.'

'Het is zaterdag, vriend. Je bent nu niet op je werk.'

'Goedemorgen, Peter.'

'Ik veronderstel dat je het nieuws al hebt gehoord. Ik heb zelf net de kranten gelezen. Ik had niet gedacht dat de zenuwpees het in zich had.'

'Ik ook niet,' zei Nick. 'Wat is er?'

'Sinds wanneer bel je niet meer terug? Ik heb je gisteren drie keer gebeld. Waar was je in vredesnaam?'

'Houd het kort en zakelijk, Peter.' Nick vermoedde dat, als zijn huis was doorzocht, ook zijn telefoon was afgetapt. 'Laten we ons gesprek privé houden, begrijp je wat ik bedoel?'

'Ja,' antwoordde Sprecher aarzelend. 'Misschien zat je er niet helemaal naast met datgene wat je over onze beste cliënt zei.'

'Misschien niet,' antwoordde Nick vrijblijvend. 'Als je erover wilt praten, ga dan over twee uur naar onze favoriete kroeg. Ik zal daar instructies achterlaten waar je me kunt vinden. En nog wat, Peter...'
'Ja.'
'Kleed je warm aan.'

Twee uur en vijftig minuten later wankelde Peter Sprecher het hoogste dek van de stalen observatietoren, vijfenzeventig meter boven de top van de Uetliberg, op. Hij boog zich over de leuning heen. De toren verdween vijftien meter onder hem in de mist. Hij pakte zijn pakje Marlboro uit zijn jaszak. 'Wil je er ook een? Een sigaret zal je warm houden.'

Nick weigerde. 'Wat ben je over meneer Ali Mevlevi aan de weet gekomen dat je zo geschrokken bent?'

'Ik heb gistermiddag iets zeer verontrustends gehoord. Eigenlijk direct nadat ik je over het Weduwe- en Wezenfonds belde.'

'Wie heeft mijn aantekeningen aan jouw team gegeven?'

'Geen idee. Von Graffenried had ze. Hij liet doorschemeren dat hij ze voor een koopje in handen heeft gekregen.'

Er stond een harde wind en de toren zwaaide heen en weer als een dronken zeeman. Nick greep de leuning vast. 'Is er een aanwijzing voor dat Armin Schweitzer ze jullie heeft gegeven?'

'Schweitzer?' Sprecher haalde zijn schouders op. 'Ik zou het niet weten. Het maakt trouwens geen moer uit. Niet meer. We hebben jullie. Ik heb gistermiddag, direct nadat ik jullie zogenaamde fondsmangementbedrijf had opgebeld, een gesprek afgeluisterd dat mijn buurman van de trading floor, Hassan Faris, met Klaus König voerde. Er is een grote kooporder naar de beurs gestuurd. Een order voor ruim honderdduizend VZB-aandelen. Je bent goed met cijfers, reken het maar uit.'

Nick berekende hoeveel honderdduizend VZB-aandelen tegen een koers van vierhonderdtwintig Zwitserse franc kostten. Tweeënveertig miljoen francs. Iets aan het bedrag gaf hem het gevoel dat er een dolk in zijn buik werd gestoken. 'Als jullie die aandelen eenmaal hebben, zullen jullie boven de drieëndertig procent uitkomen.'

'Drieëndertigenhalf procent om precies te zijn. En dan nog zonder het Weduwe- en Wezenfonds mee te rekenen.'

Nick kon het bedrag maar niet uit zijn hoofd zetten. Tweeënveertig miljoen francs. Ongeveer veertig miljoen dollar tegen de huidige wisselkoers. 'Jullie krijgen je zetels. Kaiser zal verleden tijd zijn.'

'Ik maak me meer zorgen over zijn opvolger,' zei Sprecher. 'Luister goed naar me, Nick. Tachtig procent van de VZB-aandelen die we in ons bezit hebben, zijn ondergebracht op een speciale rekening die van de grootste cliënt van de Adler Bank is. König is gemachtigd om voor de aandelen te stemmen, maar hij heeft ze niet in bezit. De naam van die rekening in de Ciragan Handelmaatschappij.'

'De Ciragan Handelmaatschappij?' vroeg Nick. 'Zoals in Paleis Ciragan? Van de Pasja?'

Sprecher knikte. 'Je vindt het toch niet raar dat ik aanneem dat het dezelfde man is? Ik vind het geen aanlokkelijk idee dat de Adler Bank of de VZB in het bezit komt van – hoe noemde je hem ook alweer? Een grote heroïnehandelaar? Als je vriend Thorne gelijk heeft tenminste.'

O, hij heeft heus wel gelijk, wilde Nick zeggen. Dat is het hele probleem.

'Je zegt dat de kooporder voor honderdduizend aandelen is? Ongeveer veertig miljoen dollar? Geloof je me als ik je vertel dat ik precies dat bedrag gistermiddag om vier uur van Mevlevi's rekening heb overgemaakt?'

'Niet graag.'

'Naar de banken die op matrix één staan. De Adler Bank komt op die lijst nergens voor. Hoe kunnen jullie het geld dan al ontvangen hebben?'

'Ik heb niet gezegd dat we het geld al binnen hebben. König heeft Faris gevraagd ervoor te zorgen dat de afrekening pas dinsdag plaatsvindt. We zullen zeggen dat er een administratieve fout is gemaakt. Het kan niemand wat schelen als de betaling vierentwintig uur te laat is.'

Nick streek met zijn handen over de leuning en tuurde in de mist. Hij vroeg zich af waarom Mevlevi de overname van de VZB door de Adler Bank zou steunen, maar het aantal mogelijkheden was te groot. Er kwam een ander idee in zijn hoofd op. 'We kunnen op een gemakkelijke manier controleren of de Pasja achter alle aankopen van de Adler Bank zit. We vergelijken gewoon zijn overboekingen via de VZB met de aankopen van VZB-aandelen door de Adler Bank. Als König elke week aandelen heeft gekocht ter waarde van het bedrag dat Mevlevi via de VZB heeft overgemaakt, hebben we hem. Er natuurlijk van uitgaande dat Mevlevi hetzelfde patroon gevolgd heeft als gisteren.'

'De Pasja is een echt gewoontedier,' zei Sprecher. 'Hij heeft in de achttien maanden waarin ik voor Cerruti – God hebbe zijn ziel – heb gewerkt nog nooit een overboeking gemist.'

Nick zuchtte diep. 'Hier zit meer achter dan je je kunt voorstellen, Peter.'

'Vertel het maar, makker.'

'Dat wil je niet weten.'

Sprecher stampte met zijn voeten op het metalen platform terwijl hij krachtig over zijn armen wreef. 'Gisteren, en zelfs eergisteren, had je gelijk gehad, maar vandaag wil ik het weten.'

Nick keek Sprecher recht aan. 'Er wordt maandagochtend een zending gezuiverde heroïne verwacht. Mevlevi heeft geregeld dat Gino Makdisi hem van tevoren voor het spul betaalde.'

Sprecher keek sceptisch. 'Mag ik vragen uit welke bron je die informatie hebt?'

'Ik ben zelf de bron,' zei Nick. 'Mijn ogen, mijn oren. Ik heb gezien dat Mevlevi Albert Makdisi vermoordde. Als beloning voor het feit dat hij dankzij Mevlevi de plaats van zijn broer kan innemen, heeft Gino het geld van tevoren overgemaakt. Veertig miljoen dollar. Nieuwe handelsvoorwaarden, zegt de Pasja. Bevallen ze je niet? Beng, beng, je bent dood.'

'Rustig maar. Je klinkt verdomme alsof je lid van de Cosa Nostra bent.'

'Dat ben ik nog niet, maar hij doet verdomd goed zijn best om me binnen te halen.'

'Niet zo snel, Nick. Wie probeert je binnen te halen?'

'Wie denk je? De Pasja, natuurlijk. Hij heeft Kaiser in zijn zak. Ik weet niet hoe en ik weet niet waarom en hoe lang, maar hij heeft hem in zijn zak. En wat denk je van Cerruti? Hij dronk niet, dat weet je. Heb je die foto in de krant gezien? Degene die hem heeft vermoord, heeft de fles op zijn schoot neergezet. En wat dacht je van dat kussen? Ik wed dat er precies in het midden een kogelgat in zit. Zie je het voor je? Cerruti is stomdronken en staat op het punt zich door het hoofd te schieten, maar hij maakt zich er druk om dat hij de buren zal storen. Attent tot het bittere eind.'

Nick staarde Peter aan en Peter staarde terug.

'Maar waarom zouden ze hem vermoorden?' vroeg Sprecher ten slotte. 'Wat wist hij nu dat hij de afgelopen vijf jaar niet heeft geweten?'

'Zoals ik het zie, was Cerruti van plan met Sterling Thorne of Franz Studer te gaan praten. Mevlevi heeft daar lucht van gekregen en hem laten vermoorden.' Nick vertelde Sprecher alles wat er in de laatste twee weken was gebeurd. Hij vertelde hem over Maeders plan om de aandelen van de discretionaire cliënten van de bank te 'bevrijden', over de diefstal van de correspondentie van de Pasja uit de DZ, en hoe zijn vingerafdrukken waren gekomen op het pistool waarmee Albert Makdisi was doodgeschoten. En hij vertelde Sprecher ook wat zijn ware redenen waren om bij de bank te gaan werken.

Sprecher floot lang en laag. 'Geloof je echt dat de Pasja de hand in de dood van je vader heeft gehad?'

'Als Mevlevi Allen Soufi is, ben ik er zeker van. Wat ik wil weten, is waarom mijn vader er zo sterk tegen was om met hem samen te werken. De enige die ons dat kan vertellen, is Caspar Burki.'

'Wie?'

'Allen Soufi is bij mijn vader aanbevolen door een portefeuillemanager bij de VZB in Londen. Hij heet Caspar Burki. Hij moet hebben geweten wat Soufi en Goldluxe van plan waren. Je hebt twaalf jaar bij de bank gewerkt. Zegt die naam je iets?'

'Ik ken maar één man die in die periode bij de bank werkte en dat is Yogi Bauer. We kennen Yogi trouwens allebei.'

Nick trok een wenkbrauw op.

'Je hebt hem een drankje aangeboden in de Keller Stubli. Een dikke kerel met vettig zwart haar en een lijkwit gezicht. We hebben een toost uitgebracht op Schweitzers getalenteerde vrouw. Yogi Bauer heeft in de Londense vestiging van de VZB gewerkt. Hij was Schweitzers assistent. Als Burki daar in diezelfde tijd werkte, kent Bauer hem waarschijnlijk.'

Nick begon te lachen. 'Heb je ook niet het gevoel dat we in een behoorlijk ingewikkeld web verstrikt geraakt zijn?'

Sprecher stak de sigaret aan die tussen zijn lippen bungelde. 'Ik weet zeker dat de autoriteiten het heel goed zullen ontrafelen.'

'O, ja?' Nick stond verbaasd over Sprechers naïviteit. 'We zullen onszelf belasten met elk document dat we de politie laten zien. De bank zal zeggen dat we ze gestolen hebben. Overtreding van de geheimhoudingswetten voor de banken. Ik zie niet in hoe we de Pasja vanuit een gevangeniscel te pakken kunnen krijgen.'

Sprecher was niet overtuigd. 'Ik denk niet dat de federale overheid graag zal willen weten dat twee van de belangrijkste banken van het land door een drugbaron uit het Midden-Oosten beheerst worden.'

'Maar waar zijn de drugs, Peter? Mevlevi is voor geen enkele misdaad veroordeeld. We hebben coderekeningen, geld dat wordt witgewassen en misschien een connectie met de Adler Bank, maar geen drugs. En ik kan eraan toevoegen, geen naam. We zullen dit zelf moeten doen. Moet ik je eraan herinneren wat er met Marco Cerruti is gebeurd? En met Martin Becker?'

Sprecher verbleekte. 'Doe dat maar liever niet.'

Nick zag dat het eindelijk tot Sprecher begon door te dringen. 'Ben je het met me eens dat we Königs aandelenaankopen kunnen vergelijken met de overboekingen van de Pasja via de VZB?'

'Theoretisch is dat mogelijk, dat geef ik toe. Ik durf bijna niet te vragen wat je wilt dat ik doe.'

'Bezorg me hard bewijsmateriaal dat de Ciragan Handelsmaatschappij tachtig procent van de VZB-aandelen waarover de Adler Bank kan beschikken, in bezit heeft. Het moet duidelijk worden dat de aandelen niet van de Adler Bank zijn, maar dat ze alleen gemachtigd is ervoor te stemmen. We hebben een historisch overzicht nodig waaruit blijkt dat de Adler Bank via die rekening VZB-aandelen heeft verzameld: data, aantallen en aankoopprijzen.'

Heel even had Nick het gevoel dat het best eens zou kunnen lukken. 'Ik zal proberen een kopie te krijgen van alle overboekingen die sinds juli voor rekening 549.617 RR zijn gedaan, sinds König begon de aandelen op te kopen. Plus een kopie van de instructies van de Pasja. Uit onze administratie blijkt waar het geld in het begin heenging en uit die van jullie waar het uiteindelijk vandaan kwam. Samen kunnen we het dan aardig in kaart brengen.'

'Dat is allemaal goed en wel, maar aan wie laten we die kaart dan zien?'

'We hebben niet veel keus. Er is maar één man die het lef heeft om in actie te komen, terwijl Mevlevi in Zwitserland is. Sterling Thorne zal alles doen om de Pasja in handen te krijgen. Hij is de enige die het bewijsmateriaal dat we weten te stelen, kan gebruiken. Als hij weet dat Mevlevi in het land is, zal hij zich met alle middelen die de DEA tot haar beschikking heeft, achter ons plan opstellen. Hij zal hem kidnappen en meenemen naar de Verenigde Staten.'

'Als hij hem kan vinden...'

'Dat kan hij heus wel. Maandagochtend om tien uur begeleid ik de Pasja naar een bespreking in Lugano met een beambte van de Federale Paspoortdienst.'

Peter lachte zacht. 'En hoe vinden we onze meneer Thorne dan?'

Nick klopte op zijn zak. 'Ik heb zijn kaartje.'

Sprecher huiverde plotseling. 'Oké, vriend, laten we het plan opstellen. Het is hier te koud om verder te praten.'

Nick dacht aan wat hij die middag nog moest doen. 'Laten we vanavond om acht uur in de Keller Stubli afspreken,' stelde hij voor. 'Ik zie ernaar uit om Yogi te ontmoeten.'

'Ik hoop maar dat hij niet te veel bier achter zijn kiezen heeft,' zei Sprecher.

Nick drukte zijn handpalmen tegen elkaar en bracht ze voor zijn borst omhoog. 'Ik bid ervoor.'

NICK KWAM OM VIJF OVER TWEE OP DE PARADEPLATZ AAN EN WILDE GRAAG weer aan het werk. Het had hem meer dan een uur gekost om over het spekgladde pad van de Uetliberg af te dalen en met de tram in het centrum te komen. Een uur dat hij niet had. Het spel had nu een tijdslimiet. Maandag zou Gino Makdisi de heroïne van de Pasja in bezit krijgen en dinsdag zou König na de stemming officieel zijn zetels in de raad van bestuur van de VZB kunnen opeisen. Nick wilde beide dingen voorkomen.

Hij liep naar de achterkant van het gebouw en beklom de kleine trap naar de personeelsingang. Hij ging naar binnen en toonde de bewaker zijn identificatie terwijl hij door de tourniquet liep. De bewaker wuifde zijn kaart weg toen hij zijn donkere pak zag. Iedereen die zo gek was om in het weekend te gaan werken, verdiende het om gemakkelijk binnen te komen.

Op de Derde Verdieping werd Nick begroet door de geluiden van een kantoor dat in grote beroering was. Telefoons rinkelden, er werd met deuren geslagen en met luide stem gesproken, al was geen enkele stem zo luid als die van Wolfgang Kaiser.

'Verdomme, Martin,' hoorde Nick hem schreeuwen. 'Je hebt me tweehonderd miljoen aan koopkracht beloofd. Waar zijn ze? Ik wacht al vijf dagen en tot dusver ben je maar met negentig miljoen over de brug gekomen.'

Er werd een antwoord gemompeld en Nick hoorde tot zijn verbazing zijn naam noemen.

'Toen bleek dat ik Neumann voor een paar dagen nodig had, had je zijn plaats moeten innemen en de aandelen zelf moeten "bevrijden". Dat is leiderschap, maar ik zie dat het te laat is om je dat nog te leren.'

Rita Sutter holde het kantoor uit en liep gehaast de gang door. Toen ze Nick zag, gleed er een bezorgde uitdrukking over haar gezicht. 'Meneer Neumann, ik verwachtte u hier vandaag niet.'

Nick vroeg zich af waarom niet. Het leek erop dat verder iedereen er was. 'Ik wil Herr Kaiser graag spreken.'

Rita Sutter knabbelde op een slanke vinger. 'Het is een slechte dag. Verschrikkelijk nieuws van de beurs. Klaus König heeft nog één procent van onze aandelen gekocht. Hij krijgt zijn zetels nu.'

'Dus het is eindelijk gebeurd,' zei Nick die zijn best deed zijn stem zo teleurgesteld mogelijk te laten klinken.

'Let maar niet op de directeur,' adviseerde Rita Sutter. 'Hij heeft een scherpe tong. Onthoud dat hij heel erg op je gesteld is.'

'Waar is hij?' vroeg Kaiser toen Nick binnenkwam. 'Waar is Mevlevi?'

Rudolf Ott, Martin Maeder en Sepp Zwicki stonden in een halve cirkel om hem heen. Alleen Schweitzer ontbrak.

'Pardon?' zei Nick.

'Ik probeer hem al sinds gisteravond in zijn hotel te bereiken,' zei Kaiser. 'Hij is verdwenen.'

'Ik heb hem sinds gistermiddag niet meer gezien. Hij was een beetje gepreoccupeerd met het functioneren van het distributienetwerk van zijn bedrijf. Hij had ruzie met een van zijn zakenpartners.'

Kaiser keek even naar zijn collega's. 'Vertel me meer wanneer ik met deze twee klaar ben. Blijf maar hier,' commandeerde hij, terwijl hij met zijn vingers naar de bank knipte. 'Ga daar maar zitten tot ik klaar ben.'

Nick luisterde terwijl Kaiser zijn woede op zijn ondergeschikten koelde. Ten slotte stuurde hij Maeder en Zwicki weg en ging naast Nick op de bank zitten. Ott volgde zijn voorbeeld. 'Geen idee waar hij is?' vroeg Kaiser weer. 'Ik laat je alleen met een man die me tweehonderd miljoen franc schuldig is en jij laat hem ervandoor gaan.'

Nick herinnerde zich niet dat de Pasja Kaiser iets schuldig was. Mevlevi had hem gezegd dat hij over de lening zou nadenken. Kennelijk hield hij zijn verblijfplaats juist geheim om dit soort confrontaties te voorkomen. 'Misschien is hij bij Gino Makdisi, die nu waarschijnlijk de positie van zijn oudere broer aan het overnemen is en de nieuwe relatie met Mevlevi zal willen verstevigen.'

Kaiser keek hem vreemd aan en Nick vroeg zich af of hij wist wat er gisteren in de Platzspitz gebeurd was.

'Het was jouw verantwoordelijkheid meneer Mevlevi door Zürich te begeleiden,' zei Kaiser. '*Te allen tijde.* Een gemakkelijke taak had ik zo gedacht. In plaats daarvan verschijn je om halfvier in de bank – als een zombie volgens Rita Sutter – en ga je in je kantoor zitten om opdrachten van die rotzak uit te voeren. Hij heeft veertig miljoen ontvangen en je hebt veertig miljoen overgeboekt. Je bent één keer zo verstandig geweest om zijn overboeking uit te stellen. Waarom heb je dat nu niet gedaan? Dat had me de tijd gegeven om de man over te halen.'

Nick beantwoordde Kaisers intense blik. Hij had schoon genoeg van het constante gekoeioneer. In het begin had hij het als een teken van besluitvaardigheid beschouwd, maar nu zag hij het als zuiver gebral, als een manier om de gevolgen van zijn eigen fouten op zijn ondergeschikten af te schuiven. Nick wist dat het te laat was, zelfs al zou Kaiser de lening van tweehonderd miljoen krijgen. König had zijn drieëndertig procent binnen en het geld voor zijn aankopen was door Ali Mevlevi gefourneerd.

'Waarom ben je hier vandaag trouwens gekomen?' vroeg Kaiser.

'Ik ben gekomen om Reto Feller met de portefeuilles te helpen. Ik had nog niet gehoord dat König de grens van drieëndertig procent gepasseerd was.'

In feite was hij gekomen om het dossier van de Pasja uit de DZ te stelen.

'Hij mag dan zijn drieëndertig procent hebben,' zei Kaiser, 'maar ik zal niet toestaan dat hij zijn zetels in de raad krijgt. Niet zolang ik de leiding over deze bank heb. En dan te bedenken dat hij vroeger bij ons gewerkt heeft. De verrader!'

'En hij is niet de enige verrader onder ons,' siste Ott.

Nick wendde zijn blik van de directeur af. Hij wist dat Kaiser het niet zou opgeven vóór de laatste stemming bij de algemene aandeelhoudersvergadering achter de rug was. Maar het was nu eenmaal een voldongen feit dat de strijd voorbij zou zijn, zodra König eenmaal zijn laatste pakket aandelen gekocht zou hebben. Kaiser zou zich verzetten tegen de veranderingen in het management die Königs aanwezigheid met zich zou brengen, maar uiteindelijk zou hij verliezen. De directeur was de laatste van de oude school, de laatste die geloofde dat groei op lange termijn belangrijker was dan resultaten op korte termijn. Uiteindelijk was hij zelfs voor de Zwitsers te Zwitsers.

Kaiser richtte zijn aandacht weer op Nick. 'Ga naar Fellers kantoor en zoek uit hoe we er precies voor staan. Ik wil een lijst hebben met alle stemmen van onze institutionele aandeelhouders, waarop we kunnen rekenen en...' Hij zweeg abrupt.

Armin Schweitzer kwam langzaam de kamer binnen. Zijn gezicht was wasbleek en vochtig van het zweet. 'Ik ben zo snel mogelijk gekomen,' zei hij tegen Kaiser en Ott. Hij negeerde Nick.

De voorzitter stond op van de bank en liep naar hem toe. 'Het spijt me dat ik je uit je bed heb gesleept, Armin. Rudi heeft me verteld dat je griep hebt. Onthoud dat rust de enige remedie is.'

Schweitzer knikte zwakjes.

'Ik neem aan dat je het nieuws hebt gehoord?'

'Mevrouw Sutter heeft me op de hoogte gebracht. Onze volgende strijd moet erop gericht zijn König uit de raad te zetten. We moeten dit slechts als een tijdelijke tegenslag beschouwen. Ik twijfel er niet aan dat we er, onder uw leiding, in zullen slagen hem te lozen.'

'Ik dacht dat je er blij om zou zijn,' zei Kaiser.

'Waarom zou ik er blij om zijn?' Schweitzer lachte ongemakkelijk.

'De Adler Bank,' zei Kaiser. 'Je was toch vroeger nogal dik met Klaus König? Allebei van de handelskant van de bank. Allebei handige ritselaars.'

'Ik zat zelf in de obligaties. Klaus concentreerde zich op aandelen en opties.'

'Jullie hadden dezelfde hobby's, hè?' vroeg Kaiser op een toon alsof hij iets obsceens suggereerde. 'New York? Londen? Dat was een wilde tijd voor je.'

Schweitzer wuifde de suggestie weg. 'Dat was in een ander leven.'

'Kom nou, Armin. Bedoel je dat je geen zin zou hebben om weer aan de handelskant van het bedrijf te werken? Het werk dat je nu doet, moet een saaie bedoening zijn voor een man met jouw bewezen kwaliteiten.'

'Als we het over een mogelijke overplaatsing hebben, zouden we dat misschien beter onder vier ogen kunnen doen.' Schweitzer keek om zich heen. Er was een select gezelschap in Kaisers kantoor verzameld. Nick zat op het randje van de bank. Ott stond naast zijn baas. Rita Sutter was teruggekomen en verhinderde nu dat Reto Feller midden in deze escalerende situatie naar binnen stormde.

'Armin Schweitzer,' bulderde Kaiser als iemand die zich zijn eigen promotie voorstelt, 'onderdirecteur voor de obligatiehandel.' Hij zweeg even en vroeg toen op opgewekte toon: 'Is dat wat König je heeft beloofd? Een nieuwe functie bij de Adler bank?'

'Waar heb je het over, Wolfgang? Ik heb helemaal geen aanbod gehad. Ik zou niet eens met König willen praten, laat staan dat ik voor hem zou gaan werken. Dat weet je toch.'

'O, ja?' Kaiser liep naar Schweitzer toe, trok zijn hand terug en sloeg hem in het gezicht. 'Ik heb je gered van de gevangenis in een ander land. Ik heb een plaats aan de top van de bank voor je ingeruimd. Ik heb je een nieuw leven gegeven. En nu dit. Waarom, Armin? Vertel me waarom.'

'Houd op,' schreeuwde Armin Schweitzer. 'Waar heb je het in godsnaam over? Ik zou je nooit verraden.'

'Leugenaar!' schreeuwde Kaiser. 'Wat heeft König je in ruil voor je medewerking beloofd?'

'Niets! Ik zweer het. Dit is waanzin. Ik heb niets te verbergen.' Schweitzer zweeg en wees met een vinger naar Nick. 'Wie heeft me belasterd? Was hij het?'

'Nee,' zei Kaiser op scherpe toon. 'Hij was het niet, maar mijn bron is volkomen betrouwbaar. Je denkt alleen dat het Neumann was omdat je de lijsten van hem hebt gestolen, hè?'

'Welke lijsten? Waar heb je het over? Ik heb König nooit iets gegeven.'

Rudolf Ott schuifelde naar voren tot hij weer naast zijn baas stond. 'Hoe heb je het kunnen doen, Armin?'

'Wat je ook gehoord hebt, het zijn leugens,' zei Schweitzer. 'De bank is mijn thuis. Ik heb je dertig jaar van mijn leven gegeven. Denk je dat ik ooit iets zou doen waarmee ik dat in gevaar zou brengen? Dat kun je toch niet serieus menen, Wolfgang?'

'O, maar dat doe ik wel, Armin. Bloedserieus.' Kaiser liep in een cirkel om de beschuldigde heen. 'Ik heb je één keer gered. Als dit de manier is waarop je me daarvoor wilt bedanken, dan is dat mij best, maar de volgende keer dat we in hetzelfde restaurant zitten, vertrek je onmiddellijk, anders sta ik op en beschuldig je publiekelijk van deze wandaden. Is dat begrepen?'

Schweitzer rechtte zijn schouders. Zijn ogen waren wijd opengesperd en hij knipperde wild zijn tranen weg. 'Dit kun je niet menen. Dit is een vergissing. Ik heb nooit...'

'Er is geen vergissing gemaakt. Ik wens je verder geluk, Armin. Verdwijn nu uit mijn bank.'

Schweitzer weigerde nog steeds te vertrekken. Hij deed een paar wankele stappen alsof hij op het deinende dek van een zeeschip liep. 'Dit is waanzin. Geef me dan ten minste de kans om mijn naam te zuiveren. Alsjeblieft, Wolfgang – Herr Kaiser. U hebt niet het recht...'

'Ik zei *nu*, verdomme!' schreeuwde Kaiser.

53

DE GETUIGEN VAN SCHWEITZERS ONTSLAG VERZAMELDEN ZICH IN DE antichambre van Kaisers kantoor en wisselden ongelovige blikken. Ott en Feller leken nieuwe energie te hebben gekregen door wat ze hadden gezien, maar Rita Sutter zat als verdoofd stilletjes achter haar bureau. Nick wachtte tot Feller was weggegaan en liep toen naar Ott toe.

'De cliënt die ik gistermiddag begeleidde, rekeningnummer...'

'Meneer Mevlevi,' onderbrak Ott hem. 'Ik ken zijn naam, Neumann...'

'...heeft me gevraagd hem alle correspondentie met betrekking tot zijn rekening te bezorgen.' Nick had de kwestie met Kaiser willen bespreken, maar Schweitzers komst – en vertrek – had dat verhinderd.

'Is dat zo?' Ott kwam dichter bij Nick staan, haakte zijn arm door de zijne en liep met hem de gang in. 'Ik had begrepen dat hij zijn dossier gisteren al heeft ingezien.'

'Hij werd gestoord doordat we door Rita Sutter van Cerruti's dood op de hoogte werden gesteld.' Nick probeerde vergeefs zijn arm uit Otts omklemming te bevrijden.

'Ah.' Ott knikte. 'Wanneer wil hij de spullen hebben?'

'Vanavond vóór zeven uur. Ik was van plan het aan de directeur te vragen, maar...' Hij liet zijn stem wegsterven.

'Een verstandig besluit,' zei Ott. 'Dit is niet echt het moment om hem met administratieve zaken lastig te vallen. Maar kan Mevlevi niet wachten tot hij zijn correspondentie hier op de bank kan doornemen?'

'Dat heb ik hem ook voorgesteld, maar hij zei dat hij zijn post wil doornemen voordat we maandagochtend naar Lugano gaan.'

'Hij wil het vóór zeven uur vanavond hebben, hè?' Ott maakte een snuivend geluid. 'En hij verwacht dat je de spullen naar zijn hotel brengt?'

'Dat klopt. Naar de Dolder. Ik moet ze bij de portier achterlaten.'

Ott keek naar Nick, die een kop groter was, op. 'Ik zal de beveiliging even bellen. Zorg ervoor dat je over tien minuten bij de DZ bent. Dat is precies om vier uur.'

Nick maakte zich uit de greep van de man los. Hij had nog maar een paar stappen gedaan toen Ott hem nariep: 'En neem Feller mee, Neumann. Hij heeft een jaar bij Karl gewerkt. Als hij je helpt met zoeken, zal het veel vlugger gaan.'

Nick liep terug naar zijn kantoor en vervloekte de pech dat hij met Feller opgescheept was. Hij deed de deur op slot, opende de tweede la van zijn archiefkast en haalde er een veelgebruikte, donkerbruine map uit. Hij ging aan zijn bureau zitten en begon de map met willekeurige memo's en papieren te vullen om hem ongeveer de dikte van het dossier van de Pasja te laten krijgen. Toen hij halverwege was, hield hij op, opende de bovenste la en voelde aan de onderkant ervan in de hoop dat de bevestigingen van de transacties van de Pasja op magische wijze waren teruggekomen. Zijn vingers voelden ongeschuurd hout. Hij had er geen idee van wie ze weggenomen had en waarom. Gisteren had de diefstal ervan een ramp geleken, maar vandaag kon het hem niet veel meer schelen. Het was het dossier dat hij wilde hebben. De handtekeningenkaarten, de originelen van alle zeven de matrices, de naam van de portefeuillemanagers en vooral die van Wolfgang Kaiser, die de supervisie over de rekening had gehad.

Nick sloot de la en ging verder met het opvullen van de map. Hij deed zijn jasje uit, stopte het namaakdossier op zijn rug achter zijn broeksband en trok zijn riem aan zodat de map goed zou blijven zitten. Daarna trok hij zijn jasje aan en verliet zijn kantoor.

'Zag je zijn gezicht, Neumann?' vroeg Feller opgewonden. 'Ik heb nog nooit een volwassen man zien huilen. Hij snotterde als een klein kind.'

Of als een onschuldige, dacht Nick.

De lift arriveerde en ze stapten in. Nick drukte op het knopje voor de begane grond en bleef naar zijn voeten staren. Hij vond Fellers leedvermaak irritant.

'Wat bedoelde Kaiser toen hij het over die aandeelhouderslijst had?' vroeg Feller. 'Dat begreep ik niet helemaal.'

'Ik ook niet,' loog Nick om van hem af te zijn.

Hij wist hoe het verraad was gepleegd, maar niet wat het motief ervan was. Waarom zou Schweitzer de bank verraden die dertig jaar lang zijn thuis was geweest? Was de belofte dat hij zijn vroegere werk als hoofd van een handelsafdeling zou terugkrijgen, zo verleidelijk geweest? Nick dacht het niet. Bij de VZB behoorde Schweitzer tot de vertrouwelingen van de directeur en was aanwezig bij de besluitvorming op het hoogste niveau. Hij kon niet verwachten dat hij bij de Adler Bank eenzelfde positie zou krijgen.

Bovendien had Peter Sprecher gezegd dat ze de lijst met aandeelhouders bijna voor niets in handen hadden gekregen. Dat stemde niet overeen met het op carrière beluste verraad, waarvan Schweitzer nu beschuldigd werd. Dat riekte naar wraak.

289

Feller tikte met zijn knokkels tegen de wand. 'Wat moet je voor iemand zijn om midden in een veldslag de vijand informatie te leveren, Neumann? Dat zou ik wel eens willen weten. Wat denk jij?'

Nick antwoordde niet. Door Fellers vragen kwam een onwelkome verdenking die aan hem had geknaagd, weer in zijn hoofd op. Wie had de directeur verteld dat Schweitzer de lijst aan König had gegeven? Nick had de val gezet en er maar twee mensen over verteld.

Feller zette zijn tirade tegen Schweitzer voort. 'God, zag je hem huilen? En dan te bedenken dat hij bijna zestig is. Het was alsof je je eigen vader zag instorten. *Unglaublich.*'

Nick keek Feller aan. 'Schweitzers leven is geruïneerd, begrijp je dat niet? Wat voor genoegen beleef je eraan om in zijn ondergang te zwelgen?'

'Ik beleef er helemaal geen genoegen aan,' zei Feller, in verlegenheid gebracht. 'Maar als de rotzak vertrouwelijke informatie gestolen en aan de Adler Bank gegeven heeft, hoop ik dat hij in de hel zal branden. Neem jezelf nou, Neumann. Jij zou toch nooit op de gedachte komen om iets te doen wat de bank of de directeur schade zou toebrengen? Het is ondenkbaar!'

Nick voelde het valse dossier tegen zijn rug drukken. 'Absoluut,' zei hij.

Een bewaker wachtte bij de deur van de *Dokumentationzentrale*. Nick en Feller lieten hun pasje zien en de bewaker liet hen binnen. De ruimte was verlaten en het was er pikdonker. Feller liep naar binnen en deed een rij neonlampen aan. De bewaker ging aan de leestafel zitten.

Feller liep naar Karls plaats achter de versleten groene balie. 'Net als vroeger,' zei hij. Hij leunde tegen de balie en vroeg met een krachteloos stemmetje: 'Wat kan ik voor je doen, jongeman? Je wilt een dossier hebben? Vul dan het aanvraagformulier in, idioot. Geen referentie, geen dossiers. Imbeciel.'

Nick lachte. De imitatie was lang niet slecht. 'Ik heb het dossier van coderekening 549.617 RR nodig,' zei hij.

Feller herhaalde het nummer en liep snel weg door de smalle gang tussen de lange rijen planken. Nick liep achter hem aan. Toen hij bij een hoek kwam, sloeg Feller rechtsaf een gangetje in dat zo smal was dat er amper twee personen naast elkaar konden staan. Plotseling bleef hij staan. 'Hier hebben we hem, 549.617 RR. Wat heb je uit dit dossier nodig?'

'Alleen de niet-afgehaalde correspondentie.'

'Op de bovenste plank.' Feller wees boven Nicks hoofd. 'Ik kan er niet bij.'

'Heb je hier geen ladder voor?'

'Er moet er hier ergens een zijn, maar het gaat sneller als je gewoon via de planken naar boven klimt. We deden vroeger wedstrijden wie het eerst het plafond kon aanraken.'

'O, ja?' zei Nick. Hij had precies zoiets nodig om Feller af te leiden. Hij ging op zijn tenen staan en merkte dat hij met zijn vingers net het dossier van de Pasja kon aanraken. 'Denk je dat je het nog steeds kunt?' Feller klopte op zijn buik. 'Nee, ik ben te veel gewend aan het leven op de Derde Verdieping,' zei hij.

Nick zag zijn kans schoon. 'Dat geloof ik geen moment, Reto. Probeer het eens. Ik zal je een paar keer laten oefenen en dan zal ik je persoonlijk verslaan.'

'Jij? Met jouw been? Zo wreed ben ik niet.' Maar hij trok zijn colbertje al uit. 'Tenminste onder normale omstandigheden niet, maar als je zo graag een pak op je donder wilt hebben, moet je het zelf maar weten.' Hij keerde Nick zijn rug toe en richtte zijn blik op de smalle ruimtes tussen de planken die als steun voor zijn voeten moesten dienen.

Nick trok het dossier vanachter zijn broeksband vandaan, legde het op een lege plek op een plank en strekte zich uit om bij het dossier van de Pasja te kunnen.

Een verschrikkelijk lawaai echode door de gangen terwijl Feller tegen de planken omhoogklom en het plafond aanraakte. 'Zie je wel, Neumann?' riep hij, glimmend van trots, vanaf zijn plek tussen de planken. 'Dat duurde ongeveer drie seconden.'

'Dat is verdomd snel,' zei Nick met gepaste bewondering.

'Meen je dat nou?' vroeg Feller, die in zijn oude herinneringen opging. 'Op een goede dag ging ik vroeger in drie seconden *op en neer*. Daar ga ik weer.' Hij klauterde langs de planken naar beneden en voordat Nick zich er zorgen over kon maken dat hij het dossier zou zien, had hij zich alweer omgedraaid en klom een tweede keer naar boven. Hij was halverwege toen de bewaker vanaf de andere kant van de ruimte riep: 'Wat is daar aan de hand? Wat doen jullie daar? Kom onmiddellijk terug.'

Feller verstijfde met zijn rug naar Nick toegekeerd.

Nick greep de rand van het dossier van de Pasja vast en trok het uit zijn vakje. Hij opende het en haalde de stapel valse correspondentie eruit die hij er een paar dagen geleden in had gestopt. Toen drukte hij het dossier dat veel dikker was dan hij zich herinnerde, achter zijn broeksband en trok zijn jasje over de bobbel heen.

De bewaker riep weer. 'Schiet op en kom hier terug. Wat doen jullie?'

Feller antwoordde met een humor die Nick niet van hem kende: 'We klimmen tegen de muren op, wat dacht u anders?'

'Haast je dan, anders doe ik hetzelfde,' antwoordde de bewaker. 'Zürich Grasshopper speelt tegen Neuchâtel Xamax. Straks mis ik verdomme door jullie schuld de aftrap nog.'

Nick tikte Feller op zijn been en overhandigde hem het namaakdossier. 'Zet dat even voor me terug, alsjeblieft. Je kunt daar gemakkelijk bij het vakje.'

De bewaker stak zijn hoofd om de hoek, terwijl Feller het dossier terugzette en op de grond sprong. 'Het lijkt erop dat we onze wedstrijd een andere keer zullen moeten houden. Heb je alles wat je nodig hebt?'

Nick hield de stapel met de valse correspondentie van de Pasja omhoog. 'Alles.'

NICK LIEP DIE AVOND OM EEN PAAR MINUTEN OVER ACHT DE KELLER Stubli binnen. Zijn nek en schouders waren verstijfd van de spanning, maar het was een spanning die uit ongeduld en niet uit vertwijfeling voortkwam. Voor één keer deed hij wat hij zelf wilde in plaats van opdrachten van anderen uit te voeren. Hij was erin geslaagd om, samen met het dossier, iets voor zichzelf uit de bank mee te nemen. Een plan om zowel Mevlevi als Kaiser te ontmaskeren. Als Sprecher nu ook nog goed nieuws had, zou zijn dag niet meer stuk kunnen.

Nick liet zijn blik door het café dwalen. Hij geloofde niet dat hij die dag gevolgd was, maar hij wist het niet zeker. Het werd snel druk aan de bar en de twintig houten tafels die langs de muren stonden, waren al bijna allemaal bezet. Een jazzachtig drumritme dreunde uit de luidsprekers. Sprecher zat, met een brandende sigaret in zijn hand, op zijn vaste plaats aan het eind van de bar.

'Is het gelukt?' vroeg Nick. 'Heb je nog gegevens over de rekening van de Ciragan Handelsmaatschappij te pakken kunnen krijgen?'

'Het was vandaag een gekkenhuis,' zei Sprecher. 'König heeft de handelaren een kist Dom Perignon gegeven om onze overwinning te vieren. Manna uit de hemel.'

'Een beetje voorbarig, vind je ook niet?'

'König heeft alle registers opengetrokken. Hij heeft de hele tijd een geheim wapen gehad. Het lijkt erop dat een paar grote Amerikaanse banken bereid waren om hem, als hij eenmaal de drieëndertig procent gepasseerd zou zijn, een overbruggingskrediet te verstrekken om een bod in contanten te doen op alle aandelen van de VZB die hij nog niet heeft. Maandagochtend om acht uur zal hij bekendmaken dat hij vijfhonderd franc biedt voor elk aandeel dat hij niet in zijn bezit heeft. Dat is een toeslag van vijfentwintig procent op de koers die het aandeel gisteren bij het sluiten van de beurs had.'

'Dat is drie miljard franc.' Nick sloot even zijn ogen. Over overkill gesproken! Zelfs na Maeders 'bevrijdingsplan' had de VZB maar veertig procent rechtstreeks in bezit. De andere aandelen waren het eigendom van institutionele beleggers die ze hadden overgehaald Kaiser trouw te blijven. 'Kaiser zal wel een redder in nood vinden,' zei hij.

'Daarvoor zal hij de tijd niet hebben.'

Nick realiseerde zich dat Sprecher gelijk had. De algemene aandeelhoudersvergadering had zoveel aandacht getrokken, dat portefeuillemanagers uit New York, Parijs en Londen overkwamen om erbij aanwezig te zijn. Zodra ze lucht zouden krijgen van de prijs die König bood, zouden ze het zinkende schip verlaten. Hambros, de Bankers Trust – alle groepen die Nick met zoveel moeite had overgehaald, zouden nu met hun aandelen voor de Adler Bank stemmen. En waarom ook niet? Nog geen twee maanden geleden deden de VZB-aandelen nog maar driehonderd franc. Niemand zou aan een dergelijke winst weerstand kunnen bieden.

'Je kunt je de opwinding voorstellen,' vervolgde Sprecher. 'Iedereen bij de Adler Bank heeft lang naar dit moment toe gewerkt. Het was bijna een chaos en morgen krijgen we het hetzelfde. König heeft al zijn mensen opdracht gegeven om morgen om tien uur op de bank te zijn – een laatste ruk vóór de vergadering van dinsdag.'

Nick sloeg zijn ogen mismoedig op. 'Je wilt dus zeggen dat je geen informatie over de Ciragan Handelsmaatschappij hebt kunnen krijgen?'

Sprecher grijnsde plotseling. 'Dat heb ik niet gezegd.' Hij haalde een envelop uit zijn zak en bewoog hem onder Nicks neus heen en weer. 'Alles wat je hartje begeert. Oom Peter zou zijn...'

'Ach, houd toch je kop en geef hier die envelop.'

Nick rukte de envelop uit Sprechers hand en ze barstten allebei in lachen uit.

'Toe dan. Maak 'm maar open. Tenzij je het gevoel hebt dat de krachten der duisternis ons in hun vizier hebben.'

Nick keek intuïtief over zijn schouder. Het was de laatste tien minuten niet voller geworden en hij zag niemand die overdreven aandacht aan hen besteedde. Intussen brandde de envelop in zijn hand. Hij keek Sprecher even aan en scheurde deze toen open. Op het gegraveerde papier van de Adler Bank was een wekelijkse staat afgedrukt van de VZB-aandelen die ten behoeve van rekening E1931.DC van de Ciragan Handelsmaatschappij waren gekocht. De aankoopdatum, de afrekeningsdatum, de prijs, de commissie, het aantal aandelen – het stond er allemaal.

'Het ging verdomd gemakkelijk,' zei Sprecher met een knipoog. 'Zoals ik al zei, het was een gekkenhuis. Het bureau van Faris, onze aandelengoeroe, staat vóór het mijne en hij zit met zijn rug naar me toe achter zijn computer. Ik wist waar ik moest kijken, ik moest alleen de kans krijgen. Ik heb het glas van de brave borst met bubbelwater gevuld en *voilà* hij moest even een sanitaire stop maken en ik liep naar zijn bureau. Hij logt niet telkens uit als hij even weggaat. Ik heb het rekeningnummer ingetoetst, een historisch overzicht van alles wat er in de laatste achttien maanden op de rekening is gebeurd, opgevraagd en op "printen" gedrukt. En maak je geen zorgen, Nick, ik heb ervoor gezorgd dat er hetzelfde op zijn scherm stond toen hij terugkwam – valutakoersen of zoiets. Hij heeft er niets van gemerkt. En jij, Nick, hoe ben jij gevaren?'

'Ik heb het volledige dossier van de Pasja.' Hij tikte op het koffertje dat naast hem stond. 'Met datgene wat hierin zit en met de lijst die jij me hebt gegeven, kunnen we controleren of Mevlevi's overboekingen overeenstemmen met Königs aankopen. Voorlopig draag ik het aan jou over. Het is te gevaarlijk om het bij mij thuis te bewaren.'

Nick had twee keer geprobeerd Sylvia te bereiken, voordat hij uit de bank wegging. Pas later was hem te binnen geschoten dat ze had gezegd dat ze bij haar vader in Sargans op bezoek zou gaan. Hij had een waslijst met vragen voor haar en terwijl hij ze in gedachten doornam, kookte hij van woede. Wie had Kaiser verteld dat de lijsten met aandeelhouders gestolen en aan Klaus König gegeven waren? Wie had hem verteld dat Armin Schweitzer erachter zat? Hoe had Kaiser geweten dat ze een lunchafspraak hadden? Wie had gisteravond die boodschap op haar antwoordapparaat achtergelaten? Had hij toen de stem van de directeur gehoord?

Hij wilde er wanhopig graag zekerheid over hebben dat Sylvia daar niet voor verantwoordelijk was geweest.

Nick richtte zijn aandacht weer op zijn vriend. 'Heb je onze man al gesignaleerd?'

Sprecher stond op en speurde het hele café af. 'Ik zie hem niet.'

'Ik loop wel even rond. Misschien zie ik hem ergens. Houd jij mijn koffertje in de gaten.' Nick stond op van zijn kruk en liep een paar stappen de drukke zaak in. Hij herinnerde zich Yogi Bauer als een gebogen man met grijs haar die een zwart pak droeg, maar hij zag niemand die aan dat signalement beantwoordde. Na een paar minuten liep hij terug naar de bar waar Sprecher een biertje zat te drinken.

'Heb je hem gezien?' vroeg Sprecher terwijl hij weer een sigaret opstak.

Nick zei nee en bestelde ook een biertje.

Sprecher leunde achterover op zijn kruk en grijnsde sardonisch. 'Wat deed je ook alweer bij de mariniers?'

'Verkenning.'

'Dat dacht ik wel. Het moet een meelijwekkende eenheid zijn geweest.' Hij legde zijn sigaret in de asbak en draaide zich op zijn kruk om. 'Naast de palm, in de verste hoek. Misschien kun je eens over de aanschaf van een goede bril nadenken.'

Nick volgde Sprechers vinger met zijn blik. Alsof het afgesproken was, ging een groepje aantrekkelijke vrouwen uiteen, zodat hij de kleine man die een verkreukeld, driedelig antracietgrijs kostuum droeg en een stenen bierkroes in zijn hand had, duidelijk kon zien. Het was Yogi Bauer. Er was maar één probleem. De tafel vóór hem stond vol lege bierkroezen.

Sprecher wenkte de barkeeper. 'Hebt u voor ons nog een rondje en voor meneer Bauer daar wat hij drinkt.'

De barkeeper keek over Sprechers schouder. '*Meneer Bauer?* U bedoelt Yogi. Bier of jenever?'

'Allebei,' zei Sprecher. De barkeeper liep weg om hun bier te tappen en toen hij terugkwam zei hij: 'Geeft u hem maar niet te veel. Hij zit hier al sinds vanmiddag twaalf uur.'

Nick pakte zijn koffertje en de twee biertjes op en volgde Sprecher door de drukte. Hij betwijfelde of ze iets uit deze man zouden kunnen krijgen. Toen ze bij Bauers tafel kwamen, pakte Sprecher een stoel en ging zitten. 'Mogen we bij u komen zitten? Ik heet Peter Sprecher en dit is mijn vriend, Nick.'

Yogi Bauer trok zijn gerafelde manchetten recht. 'Prettig om te merken dat de jonge mensen van tegenwoordig nog manieren hebben,' zei hij. Zijn zwartgeverfde haar was geklit en moest nodig geknipt worden en op zijn kastanjebruine stropdas zat een grote vlek in de vorm van een klein Afrikaans land. Zijn ogen waren vochtig. Bauer was het prototype van een ouder wordende alcoholist.

Hij dronk zijn bier voor de helft op en zei toen: 'Ik ken jou, Sprecher. Als ik me niet vergis, heb je een tijdje in Engeland gewoond.'

'Dat klopt. Ik heb in Carne in Sussex op school gezeten. We wilden u eigenlijk een paar vragen stellen over de tijd waarin u voor de VZB in Engeland hebt gewerkt.'

'Ik heb je Schweitzers verhaal al verteld. Wat wil je nog meer weten?'

Nick leunde naar voren, maar Sprecher legde een hand op zijn schouder. 'Hoe lang hebt u voor de VZB in Londen gewerkt? Twee jaar?'

'*Twee jaar?*' vroeg Bauer op een toon alsof hij zich tekortgedaan voelde. 'Zeven jaar komt meer in de buurt.'

'Er werkte daar in diezelfde tijd een man die Caspar Burki heet,' zei Sprecher. 'Hij was onderdirecteur. U hebt hem vast gekend.'

Yogi Bauers blik schoot van de lege bierkroes naar het volle glas schnaps.

'Caspar Burki?' herhaalde Sprecher.

'Natuurlijk herinner ik me Cappy,' flapte Yogi Bauer eruit, meer omdat hij ertoe gedwongen werd dan omdat hij zin had om herinneringen op te halen. 'Het is moeilijk om iemand niet te kennen als je vijf jaar zijn collega bent geweest.'

'Burki was portefeuillemanager, nietwaar?' vroeg Nick. 'En u was handelaar?'

Bauer verplaatste zijn aandacht naar Nick. 'Cappy werkte aan de cliëntenkant van de bank. Wat is daarmee?'

295

Sprecher raakte Bauers arm aan en maakte een hoofdbeweging naar Nick. 'De vader van mijn vriend heeft Burki ook gekend. We proberen hem te vinden om over de oude tijd te praten, begrijpt u?' Hij schoof het glas schnaps over de tafel naar Bauer toe.

Yogi Bauer pakte het op en sloeg het in één knoeierige slok achterover.

'Hij leeft toch nog?' vroeg Nick.

'Zeker wel,' zei Bauer naar lucht happend en met tranende ogen door de scherpe drank.

'En wat doet hij tegenwoordig? Geniet hij, net als u, van zijn pensioen?'

Bauer wierp Nick een vuile blik toe. 'Ja, hij amuseert zich uitstekend. Net als ik.' Hij hief een lege bierkroes. 'Proost. Hoe was je naam ook al weer?'

'Neumann. Mijn vader was Alex Neumann. Hij werkte in de vestiging in L.A.'

'Ik heb hem gekend,' zei Bauer. 'Een heel nare affaire. Nog gecondoleerd.'

'Het is lang geleden,' zei Nick.

Bauer keek hem behoedzaam aan en zei toen met meelevende stem: 'Dus jullie zoeken Caspar Burki? Geen goed idee. Luister naar Yogi. Vergeet hem. Ik heb hem al maanden niet meer gezien.'

'Maar hij woont nog wel in Zürich?' vroeg Nick.

Bauer lachte als een hinnikend paard. 'Waar zou hij anders naartoe moeten? Hij moet dicht bij de bron blijven, hè?'

'Weet u waar we hem kunnen vinden?' vroeg Nick. 'Hij woont niet meer op het adres dat hij de bank heeft opgegeven.'

'Hij is een tijdje terug verhuisd. Ik weet niet waar ik hem kan bereiken, dus vraag het me niet. Het is trouwens geen goed idee. Het gaat niet zo best met hem. Een pensioen is niet meer wat het geweest is.'

Nick keek naar Bauers versleten pak en de vuile rand van zijn boord. Hij legde een hand op de arm van de man. 'Het zou veel voor me betekenen als u me kon vertellen waar ik hem kan vinden. Bent u er zeker van dat u niet weet waar hij is?'

Bauer schudde Nicks arm af. 'Caspar Burki is weg. Hij bestaat niet meer. In elk geval niet als de man die uw vader heeft gekend. Laat hem met rust. En mij ook als je toch bezig bent.'

Nick liep om de tafel heen, zakte door zijn knieën en zei in Bauers oor: 'We gaan nu weg. Als u Burki ziet, zegt u hem maar dat ik hem zoek en dat ik niet zal ophouden vóór ik hem gevonden heb. Vertel hem dat het om Allen Soufi gaat. Hij weet wel wie ik bedoel.'

Nick en Peter liepen terug naar de bar en wisten tussen de drom mensen een gaatje te vinden om te bestellen. Naast hen kwamen een paar krukken vrij en Sprecher wipte met een opgewektheid die Nick niet kon peilen op een ervan.

'Hij loog,' zei Sprecher toen Nick ook was gaan zitten. 'Hij weet waar Burki is. Hij wil het ons alleen niet vertellen.'
'Waarom niet?' vroeg Nick.
'Alleen iemand die schuldig is, heeft iets te verbergen. Het lijkt erop dat we hem bang gemaakt hebben. Ik zou het een succes willen noemen.'
Nick was er niet zo zeker van. Wat hadden ze eraan als ze wisten dat Burki nog leefde en dat Bauer een vriend van hem was? Ze hadden de tijd noch de middelen om Bauer in de gaten te houden in de hoop dat hij hen op een dag naar Burki zou leiden.
Sprecher porde hem in de ribben. 'Kijk over je schouder, vriend. Zoals ik al zei, we hebben hem bang gemaakt. Laten we nu eens kijken waar hij naartoe gaat.'
Ongeveer drie krukken van hen vandaan vroeg Yogi Bauer de barkeeper op luide toon of deze een briefje van tien franc wilde wisselen waarmee hij stond te zwaaien. De barkeeper griste het briefje uit zijn hand en liet er een paar munten in glijden. Bauer keek eerst naar rechts en toen naar links en liep toen van de bar vandaan.
Nick zei tegen Sprecher dat hij aan de bar moest wachten en op het koffertje moest passen en volgde Bauer toen naar het toilet. De oudere man zigzagde tussen de mensen door. Ten slotte bereikte hij het achtergedeelte van de Keller Stubli en daalde een trap af die naar de toiletten leidde. Nick gluurde om de hoek. Bauer was halverwege de trap. Toen hij beneden was, bleef hij staan, zocht in zijn zak naar het wisselgeld, liep naar links en verdween uit het gezicht. Nick rende de trap af. Bauer stond te telefoneren. Zijn hoofd was voorovergebogen en hij hield de hoorn stijf tegen zijn oor gedrukt.
Plotseling hief Bauer zijn hoofd op. *'Hoi. So bisch du dahei.'* Hallo, dus je bent thuis? Ik ben over een kwartier bij je. Jammer, dan moet je maar met je luie reet uit bed komen. Ze zijn eindelijk achter je aan gekomen.'

Nick en Peter stonden, verscholen in een donkere hoek tegenover de Keller Stubli, te wachten tot Yogi Bauer naar buiten zou komen. Er gingen tien minuten voorbij en toen nog tien.
Sprecher dook in elkaar in zijn trenchcoat met het koffertje onder zijn arm. 'Als je wilt wachten tot Yogi Bauer naar buiten zal komen en je naar Caspar Burki zal leiden, is dat mij best,' zei hij. 'Hij mag dan gezegd hebben dat hij direct zou vertrekken, maar ik wed dat hij tot sluitingstijd blijft hangen en dan naar huis gaat en daar buiten westen raakt. Het is over elven en ik ben afgepeigerd.'
'Ga maar naar huis' zei Nick. 'Het heeft geen zin dat we allebei blijven wachten. Ik zie je morgenochtend, laten we zeggen om negen uur in Sprungli. Is dat goed? Als je vroeg op bent, kun je die bedragen vergelijken. En breng het koffertje mee. Ik heb een paar ideeën.'
'Ik ben er om negen uur,' zei Sprecher. 'Maar die ideeën kun je wat mij betreft beter thuislaten, Nick.'

Yogi Bauer kwam een paar minuten nadat Peter Sprecher was vertrokken, naar buiten. Hij liep behoorlijk goed voor iemand die vanaf twaalf uur 's middags had gedronken. Nick volgde hem op een redelijke afstand.

Bauer liep snel de Niederdorfstrasse door, sloeg bij de Brungasse linksaf en verdween uit het gezicht. Nick haastte zich om hem in te halen. De Brungasse was een steile, met gladde kinderhoofdjes geplaveide steeg die zelfs voor de nuchterste voetganger moeilijk begaanbaar zou zijn. Bauer hield één hand tegen het gebouw links van hem gedrukt, terwijl hij met de andere wild heen en weer zwaaide. Zo slaagde hij er moeizaam in de heuvel voetje voor voetje te beklimmen. Nick wachtte tot hij over de heuveltop verdwenen was, ging toen de steeg binnen en liep snel naar boven. Hij bleef op de top staan en stak zijn hoofd om de hoek. Hij werd beloond met een perfect uitzicht op Yogi Bauer die met zijn vinger op de deurbel drukte van een pand dat een stukje naar beneden aan de linkerkant van de straat stond.

Nick bleef waar hij was en keek toe. Bauer drukte weer krachtig op de bel, terwijl hij een stroom van obsceniteiten mompelde. Toen er niet werd gereageerd, legde hij zijn hoofd in zijn nek en smeekte Caspar Burki naar buiten te komen. Het was belangrijk, zei hij. Ze zitten achter je aan, Cappy. Ze zijn eindelijk gekomen.

Plotseling werd er een raam omhooggeschoven en een grijs hoofd werd naar buiten gestoken. 'Verdomme, Bauer. Het is middernacht. Je zou hier een uur geleden al zijn.' De man die uit het raam hing, schreeuwde: 'Kom dan maar binnen.' De deur zoemde.

Bauer schuifelde de trap op en verdween in het pand.

Nick wachtte een minuut, liep toen naar de deur en bestudeerde de namen van de huurders die allemaal duidelijk naast een zwarte bel waren aangegeven. De naam *C. Burki* stond naast de bel voor appartement 3B. Nick trilde van vreugde. Hij zou morgen terugkomen. Hij zou Caspar Burki ontmoeten en erachter komen wie Allen Soufi in werkelijkheid was.

HET BED BEGON IN EEN GESTAAG RITME TE SCHUDDEN TERWIJL HET TEMpo van hun bewegingen steeds hoger werd. Een man kreunde. Een vrouw schreeuwde het uit. Het tempo werd nog hoger en minder ritmisch. De man welfde zijn rug terwijl het haar van de vrouw over zijn borst uitwaaierde en bleef toen stil liggen.
 Een klok in een ander deel van het huis sloeg twaalf uur.
 Sylvia Schon tilde haar hoofd van Wolfgang Kaisers hijgende borst op. 'Hoe kun je slapen met dat geluid van die klok de hele nacht?'
 'Ik ben erop gesteld geraakt. Het herinnert me eraan dat ik niet alleen ben.'
 Ze streelde met een ivoorkleurige hand zijn borst. 'Vanavond ben je beslist niet alleen.'
 'Vanavond in elk geval niet.' Kaiser legde zijn hand achter haar hoofd en trok het naar beneden om zich door haar te laten kussen. 'Ik heb je nog niet bedankt voor het nieuws over Armin Schweitzer.'
 'Heeft hij bekend?'
 '*Armin?* Nee. Hij ontkende alles. Hij heeft tot het laatst voet bij stuk gehouden.'
 'Geloofde je hem?'
 'Hoe zou dat kunnen? Alles wat je me verteld hebt, was volkomen logisch. Ik heb hem op staande voet ontslagen.'
 'Hij mag zich gelukkig prijzen dat hij er met zo'n lichte straf van afgekomen is. Je had hem ook in de gevangenis kunnen laten gooien.'
 Kaiser bromde. Dat valt te betwijfelen, dacht hij, maar laat haar maar tevreden zijn met haar overwinning. 'We hebben dertig jaar samengewerkt.'
 'Hij heeft het over zichzelf afgeroepen,' zei Sylvia. 'Niemand heeft hem gedwongen om geheimen aan Klaus König door te geven. Niets is minderwaardiger dan bij je eigen mensen te spioneren.'
 Kaiser lachte. 'Denk je dat Neumann er net zo over denkt?'
 Ze keek hem scherp aan en wendde haar blik toen af. 'Hij is twee

maanden geleden aangekomen. Daarom kan hij niet echt als een van ons beschouwd worden. Bovendien spioneer ik voor *jou*.'

'Je spioneert voor de bank.' Kaiser streelde haar billen terwijl hij haar in stilte vertelde dat ze, als ze Nicholas' vader had gekend, als ze had kunnen zien hoe sterk ze in uiterlijk en gedrag op elkaar leken, zou weten dat Nicholas wel degelijk een van hen was. 'Je hebt me nog niet helemaal verteld wat je ontdekt hebt.'

Sylvia richtte zich op een elleboog op en streek het haar uit haar gezicht. 'Nick wil een zekere Caspar Burki vinden. Burki was portefeuillemanager bij onze vestiging in Londen en hij heeft een man die Allen Soufi heet als cliënt aanbevolen bij Nicks vader. Heb je hem gekend?'

'Wie, Burki? Ik heb hem zelf aangenomen. Hij is een tijdje geleden met pensioen gegaan. Hij is uit het gezicht verdwenen.'

'Ik bedoelde Allen Soufi.'

'Nooit van gehoord.' Toen Sylvia drie weken geleden bij hem was gekomen met het nieuws dat Nick de archieven van de bank wilde inzien om aanwijzingen te zoeken voor wie zijn vader had vermoord, had hij gedacht dat het geen kwaad kon de jongen de rapporten van zijn vader te laten lezen. Als Nick een belangrijke positie op de Derde Verdieping zou gaan bekleden, moest er aan al zijn vragen over de rol van de bank bij de dood van zijn vader een eind komen.

'Alex Neumann was bang dat iemand het op hem gemunt had,' zei Sylvia. 'Hij wilde een bodyguard nemen. Hij heeft de FBI zelfs gebeld.'

Kaiser ging rechtop zitten. 'Hoe weet je dit allemaal?'

Sylvia duwde zich van hem vandaan. 'Nick heeft het me verteld.'

'Maar wie heeft het hem verteld? Zijn vader is vermoord toen hij tien jaar was.'

'Dat weet ik niet. Ik kan me niet precies herinneren wat Nick heeft gezegd.'

Kaiser greep haar bij haar schouder en schudde eraan. 'Kijk me aan, Sylvia. Vertel me de waarheid. Het is duidelijk dat je iets verbergt. Als je me wilt helpen de bank uit handen van König te houden, moet je het me vertellen.'

'Je hoeft je geen zorgen te maken. Je bent hier niet bij betrokken.'

'Laat mij dat zelf maar beoordelen. Vertel me hoe Neumann achter al die onzin over Allen Soufi en de FBI is gekomen.'

Sylvia liet haar hoofd zakken. 'Dat kan ik niet doen.'

'Dat kun je wel en je zult het doen ook. Of misschien wil je liever dat ik Rudi Otts advies opvolg en je reis naar de Verenigde Staten annuleer.'

Sylvia staarde hem aan. Kaiser streek een lok haar uit haar gezicht en stopte hem achter haar oor. Hij glimlachte en schudde zijn hoofd. 'Je bent verliefd op hem geworden, hè?'

Ze haalde diep adem en zei toen: 'Natuurlijk niet.' Ze maakte een snuivend geluid. 'Alex Neumann hield dagelijks een agenda bij. Nick heeft er twee van gevonden toen hij, na de dood van zijn moeder, haar spullen opruimde. Die voor 1978 en 1979. Zo wist hij van Soufi en de FBI.'

Kaiser masseerde zijn nek in een vergeefse poging zijn groeiende nervositeit te verdrijven. Waarom hoorde hij nu pas over de agenda's? Wat had deze vrouw nog meer achtergehouden? Hij moest moeite doen om op een kalme toon te blijven praten. Tenslotte was hij niet bij de moord op Alex Neumann betrokken geweest, niet direct althans. Zijn misdaad was geweest dat hij iets niet had gedaan. Hij had nagelaten Alex te waarschuwen.

'Het lijkt erop dat de man echt in de problemen zat,' zei hij. 'Wat heeft hij precies in die agenda van hem opgeschreven?'

'Alleen de naam en het telefoonnummer van een FBI-agent. Het heeft Nick geen verdere informatie opgeleverd.'

'Godzijdank. Mijn naam werd toch nergens vermeld, hè?'

'Alleen in de maandrapporten.'

'Natuurlijk. Ik was hoofd van de internationale afdeling. Ik kreeg een kopie van elk rapport dat door onze vestigingen werd opgestuurd. Ik ben in de agenda's geïnteresseerd. Weet je zeker dat mijn naam er niet in voorkomt?'

'Misschien een paar keer,' zei ze. '"Wolfgang Kaiser bellen." "Eten met Wolfgang Kaiser." Dat is alles. Niets om je zorgen over te maken. Als je niets met die Allen Soufi te maken had, maakt het niet uit wat Nick ontdekt.'

Kaiser knarsetandde. 'Ik maak me alleen zorgen om de bank.' Hij zei het met zijn meest professionele stem, maar in zijn hoofd voer een andere stem tegen de jonge Neumann uit. Verdomme, Nicholas! Ik wilde je aan mijn zijde hebben. Toen ik je die dag mijn kantoor zag binnenkomen, was het of ik je vader weer zag. Als ik je ervan had kunnen overtuigen dat je aan mijn zij de bank moest dienen, had ik geweten dat ik de juiste koers voor de bank heb uitgezet en dat alles wat ik heb gedaan, hoe extreem ook, om me ervan te verzekeren dat we ons doel zouden bereiken, ook juist was. Je vader had het bij het verkeerde eind, niet ik. Hij wilde altijd alles volgens het boekje doen. Jij zou hem ook niet gewaarschuwd hebben. De bank is belangrijker dan het leven van één man. Belangrijker dan vriendschap. Ik was ervan overtuigd dat jij dat zou hebben ingezien. Wat moet ik nu met je aan?

'Nicholas weet nog niet de helft over de dood van zijn vader,' zei hij, in het wilde weg improviserend. 'Alex Neumann is door zijn eigen toedoen vermoord. Hij was aan de drugs geraakt en gebruikte dagelijks cocaïne. We stonden op het punt hem te ontslaan omdat hij gelden uit onze vestiging in Los Angeles had verduisterd.'

Sylvia ging helemaal rechtop zitten. 'Daar heb je nog nooit iets over gezegd. Waarom heb je hem dat niet verteld?'

'We hebben het voor de familie geheimgehouden. Gerhard Gautschi heeft dat destijds besloten. We hadden het gevoel dat dat het minste was dat we konden doen om hen te troosten. Ik wil niet dat Nicholas erachter komt. Het zou te veel oude wonden openrijten.'

'Ik vind dat Nick het moet weten. Het zou hem een reden geven om met dit dwaze onderzoek op te houden. Hij zal niet rusten voor hij iets gevonden heeft. Ik ken hem. Zelfs als het slecht nieuws is, zal hij het willen weten. Het is niet meer dan eerlijk. Het was tenslotte zijn vader.'

Jezus, nu had ze ook al een geweten. 'Je mag niets van wat ik je heb verteld aan Neumann doorvertellen.'

'Maar het zou zoveel voor Nick betekenen om het te weten. We kunnen dit niet voor hem verborgen...'

'Geen woord,' schreeuwde Kaiser. 'Als ik erachter kom dat je ook maar één woord hebt doorverteld, hoef je je er geen zorgen meer over te maken dat König je baan zal schrappen. Ik zal je zelf ontslaan. Is dat duidelijk?'

Sylvia vertrok haar gezicht. 'Ja,' zei ze zacht. 'Het is heel duidelijk.'

Kaiser streelde haar wang. Hij was te ver gegaan. 'Het spijt me dat ik tegen je geschreeuwd heb, schat. Je kunt je niet voorstellen onder welke spanning we staan. We kunnen niet toestaan dat de bank in de komende dagen schade berokkend zal worden. Er mag zelfs niet op gezinspeeld worden dat we iets verkeerds hebben gedaan. Ik maak me alleen zorgen om de bank, niet om mezelf.'

Sylvia knikte.

Kaiser zag dat ze met zichzelf in tweestrijd was. Ze moest eraan herinnerd worden wat de bank voor haar kon doen. 'Wat die promotie betreft.'

Sylvia sloeg haar ogen op en keek hem aan. 'Ja?'

'Ik zie niet in waarom we nog veel langer moeten wachten. We kunnen het direct na de algemene aandeelhoudersvergadering in orde maken. Daardoor zul je wat meer gezag hebben bij de grote jongens in New York.'

'Weet je het zeker?'

'Natuurlijk weet ik het zeker.' Hij tilde met een uitgestrekte vinger haar kin op. 'Maar alleen als je me vergeeft.'

Sylvia dacht even over de voorwaarde na. Toen legde ze haar hoofd op zijn borst en zuchtte diep. Ze stopte haar hand onder de dekens en al snel masseerde ze zijn penis.

Kaiser sloot zijn ogen en gaf zich over aan haar aanraking. Was Nicholas Neumann ook maar zo gemakkelijk af te kopen, dacht hij.

GENERAAL DIMITRI MARTSJENKO KWAM ZONDAGMORGEN OM TIEN UUR bij het hek van Ali Mevlevi's terrein aan. De hemel had een schitterende koningsblauwe kleur en er hing een vage cedergeur in de lucht. Het was bijna lente. Hij ging in zijn jeep staan en gebaarde dat de rij trucks achter hem moest stoppen. Een geüniformeerde schildwacht vuurde een afgemeten saluut af en opende het hek. Een andere schildwacht sprong op de treeplank van de commandojeep en wees met uitgestrekte arm de weg.

Het konvooi denderde het terrein op, beklom een lichte helling die naast een sportveld liep en stopte voor twee grote deuren in de wand van een dertig meter hoge rots. Ze reden naar binnen en Martsjenko, geïmponeerd door dit staaltje van technisch vermogen, keek rond in de twee enorme hangars die in de rots waren uitgehouwen. In de hangar aan zijn rechterkant stonden twee helikopters: een Sukhoi Attack Model II en een Hind-gevechtshelikopter. Hij had ze drie maanden geleden aan Mevlevi verkocht. De schildwacht stuurde hen met uitgestrekte arm naar de helikopters en liet zijn arm toen zakken om aan te geven dat ze moesten stoppen.

Kolonel Hamid holde naar Martsjenko's jeep en wees de hangar in. 'Geef de truck met de communicatieapparatuur bevel daar te gaan staan. Daarna moet u ons vertellen welke helikopter beter geschikt is om zulke gevoelige "afluisterapparatuur" te vervoeren.'

Martsjenko kreunde. Kennelijk kende Hamid de ware aard van de vracht. Niemand kon in dit deel van de wereld een geheim bewaren. 'De Sukhoi. Hij is sneller en manoeuvreerbaarder.'

De Syrische commandant glimlachte zalvend. 'U kent Ali Mevlevi's manschappen niet. De piloot zal niet terugkeren. Hij zal de bom vlak boven de grond tot ontploffing brengen. Op die manier kan er niets fout gaan.'

Martsjenko knikte alleen maar en stapte uit de jeep. Hij liep naar de chauffeur van de truck die de Kopinskaja IV vervoerde toe en zei een

303

paar woorden in het Kazaks tegen hem. De chauffeur knikte bruusk en toen Martsjenko opzij was gestapt, reed hij de hangar binnen en stopte naast de gestroomlijnde Sukhoi-helikopter. Martsjenko liep naar de volgende truck in de rij en beval zijn soldaten de hangar binnen te gaan.

Martsjenko hield toezicht op het uitladen van de Kopinskaja IV. De bom zelf was niets bijzonders om te zien. Martsjenko vond dat hij op een grote traangasgranaat met aan de ene kant een koepelvormig en aan de andere een plaat uiteinde leek. Hij was zeventig centimeter hoog, had een doorsnee van tweeëntwintigenhalve centimeter en woog vijf kilo. De huls was van dof hoogwaardig staal. Het was al met al een weinig indrukwekkend voorwerp.

Maar de bom kon doden. Als hij tot ontploffing werd gebracht, zou alles binnen een straal van vijf kilometer ogenblikkelijk totaal verwoest worden. Binnen een straal van duizend meter zou de bom direct na detonatie vijfennegentig procent van alle leven vernietigen en de andere vijf procent zou binnen twee uur aan zijn eind komen door een dodelijke dosis gammastraling.

De roestvrijstalen laadkist was met drie grendels afgesloten. Hij opende ze een voor een en haalde toen voorzichtig het deksel eraf. Hij overhandigde het aan een soldaat en richtte zijn aandacht op de bom. De plutoniumkern zat in een omhulsel van titanium. De kettingreactie die nodig was om het splijtbare materiaal tot ontploffing te brengen, kon alleen maar in werking gezet worden wanneer de detonatiestaaf in de plutoniumkern was ingebracht en dat was alleen maar mogelijk wanneer de juiste code in de centrale verwerkingseenheid van de bom was ingevoerd. Martsjenko zou de code pas intoetsen als hij te horen had gekregen dat meneer Ali Mevlevi achthonderd miljoen Zwitserse francs op zijn rekening bij de eerste Kazachstaanse Bank in Alma Ata had overgemaakt.

Tot dat moment was de bom waardeloos.

Hij nam de bom in zijn handen en draaide hem ondersteboven. De soldaat die hem hielp, draaide zes schroeven aan de onderkant van het wapen los. Martsjenko stopte de schroeven in zijn zak en tilde het deksel van de bom. Tot zijn genoegen zag hij een kleine stip in de rechterbenedenhoek van een rood vloeibaar kristalscherm aan en uit knipperen. Onder de LCD was een toetsenbord met negen cijfers. Hij toetste 1111 in en wachtte tot de eenheid zichzelf gecontroleerd had. Vijf seconden later lichtte er een groen lampje in het midden van het toetsenbord op. De bom functioneerde perfect. Hij hoefde nu alleen nog maar de detonatiehoogte te programmeren en de zevencijferige code die de bom zou activeren, in te toetsen.

Martsjenko deed het deksel weer op de bom, schroefde de zes titaniumschroeven zorgvuldig vast en zette de bom terug in zijn schuimrubberverpakking. Hij stelde zich voor dat zijn portret in elk regeringsgebouw in Kazachstan hing. Binnen vierentwintig uur zou hij zijn land een vorstelijke som geld in harde valuta bezorgd hebben en zichzelf een kleine commissie – acht miljoen Zwitserse franc. Misschien bedoelden de Amerikanen dit als ze zeiden dat je van krantenjongen miljonair kon worden.

DE TELEFOON GING EEN TWEEDE KEER OVER.
Nick schoot in zijn bed omhoog. Het was donker en koud in de kamer. Hij keek op zijn horloge. Het was net zes uur. Hij zocht op de tast naar de telefoon. 'Hallo.'
'Hallo, jij. Met mij.'
'Hallo, jij,' antwoordde hij versuft. 'Wat ben je aan het doen?' Het was hun vaste begroeting en het verbaasde hem dat hij er na al die maanden nog automatisch op reageerde.
'Ik bel alleen even om te horen hoe het met je gaat,' zei Anna Fontaine. 'Het is al een poosje geleden.'
Hij was nu helemaal wakker. 'Eh, even kijken,' zei hij. 'Ik weet het eigenlijk nog niet. Het is hier pas zes uur.'
'Dat weet ik. Ik probeer je al een week te bereiken. Ik dacht dat de kans om je thuis te treffen om deze tijd het grootst zou zijn.'
'Heb je niet geprobeerd mijn kantoor te bellen? Je weet toch nog wel waar ik werk?'
'Natuurlijk weet ik dat. En ik herinner me ook een heel serieuze ex-marinier die het niet op prijs zou stellen als hij onder zijn werk gestoord werd voor een privé-gesprek.'
Nick glimlachte voor zich uit. Hij stelde zich haar voor zoals ze nu in kleermakerszit met de telefoon op haar schoot op bed zou zitten. Het was zondag dus ze zou een versleten spijkerbroek, een zwart T-shirt en een wit buttondown overhemd – misschien zelfs een van de zijne – dat over haar broek hing, dragen. 'Kom nou,' protesteerde hij. 'Zo serieus ben ik nu ook weer niet. Je kunt me altijd op mijn werk bellen. Afgesproken?'
'Afgesproken,' antwoordde ze. 'Hoe gaat het? Met je werk bedoel ik?'

'Prima. Druk. Je weet wel hoe het gaat als je ergens begint.' Hij moest zich inhouden om niet in de lach te schieten. Jezus, Anna, als je eens wist tot hoever ik in de stront...

'Hoe staat het met dat onderzoek naar de dood van je vader?' vroeg ze. 'Komt er wat uit?'

'Dat zou kunnen,' zei hij. Hij wilde er liever niet op ingaan. 'Heel binnenkort weet ik misschien wat. We zien wel. En hoe gaat het op de universiteit?'

'Uitstekend,' zei ze. 'Over twee weken tentamens en dan het laatste rukje nog. Ik kan bijna niet wachten.'

'Je zult een paar maanden vrij hebben voor je in New York begint. Neem je die baan daar nog?'

'Ja, Nick. Sommigen van ons vinden het nog steeds een leuke stad om in te werken.'

Hij hoorde de aarzeling in haar stem, alsof ze iets ter sprake wilde brengen, maar niet precies wist hoe. Misschien kon hij haar een beetje op weg helpen. 'Je werkt toch niet te hard, hè? Ik wil niet dat je hele nachten doorwerkt. Ga je nog wel eens uit?' Dat was het, precies in de roos.

Anna zweeg even voordat ze zei: 'Eigenlijk bel ik daarover. Ik heb iemand ontmoet.'

Nick was plotseling alert. 'O ja? Dat is mooi. Ik bedoel, als je hem leuk vindt.'

'Ja, Nick, ik vind hem leuk.'

Nick hoorde haar antwoord niet. Hij zat stil op zijn bed en keek in zijn kamer rond. Hij hoorde het getik van de klok naast zijn bed en het gekreun van de radiator. Hij hoorde het geruis in de leidingen in het plafond terwijl iemand die vroeg opstond, het bad liet vollopen. Ja, de wereld was er nog, maar op de een of andere manier was zijn plaats erop veranderd.

'Hoe serieus is het?' vroeg hij abrupt.

'Hij heeft me gevraagd om van de zomer met hem mee te gaan naar Griekenland. Hij werkt voor een verzekeringsmaatschappij in Athene terwijl hij voor zijn doctoraal in internationale betrekkingen studeert. Misschien ken je hem wel. Hij heet Paul MacMillan. Hij is Lucy's oudere broer.'

'Ja. Lucy. Natuurlijk. Wauw.' Het leek alsof er een robot sprak in plaats van hijzelf. Hij herinnerde zich helemaal geen Paul MacMillan en dat wist ze. Waarom belde ze hem? Verwachtte ze dat hij meneer Paul MacMillan zijn zegen zou geven, de een of andere lul die dacht dat hij een vrouw als Anna kon onderhouden door in Griekenland te werken? Kom nou.

'Anna,' begon hij. 'Ik wil...'

'Wat wil je?' vroeg ze te snel en een ogenblik had hij het idee dat hij hoop in haar stem had gehoord. Nick wist niet wat hij wilde zeggen. Hij was geschokt doordat ze nog zo'n greep op zijn hart had.

'Ik wil dat je hard studeert voor je tentamens,' zei hij. 'Je resultaten moeten goed zijn, wil je bij een goede *business school* terecht kunnen.'

'O, Nick...' Anna zweeg. Het was haar beurt om hem te laten bungelen.

'Ik ben blij dat je iemand hebt ontmoet,' zei hij zonder gevoel. *Ik heb je opgegeven en dat was het moeilijkste dat ik ooit heb gedaan. Je kunt nu niet terugkomen. Je kunt niet weer verschijnen op het moment waarop ik op mijn sterkst moet zijn.* Maar in zijn hart was hij alleen kwaad op zichzelf, want hij wist dat ze eigenlijk nooit weg was geweest.

Nick zag Peter Sprecher uit de kiosk op de Paradeplatz komen en naar Sprungli lopen. Hij had een krant in de ene en Nicks koffertje in de andere hand. Hij droeg een donker kostuum, een marineblauwe jas en een witte sjaal. 'Kijk niet zo verbaasd,' zei hij bij wijze van groet. 'Het is toch geen vrije dag? Ik bedoel, we gaan toch werken.'

Nick klopte hem op de rug en keek naar zijn eigen kleding. Een spijkerbroek, een sweatshirt en een donkergroene parka. 'Het hangt ervan af wat voor werk je in gedachten hebt.' Hij opende de deur van Sprungli voor zijn vriend en volgde hem de trap op naar de grote eetzaal. Ze gingen aan een tafel in de hoek links achterin zitten, niet ver van het overdadige ontbijtbuffet, en wachtten tot een serveerster hun bestelling had opgenomen voordat ze terzake kwamen.

Nick wierp een blik op het koffertje. 'Heb je vanochtend nog de overboekingen via de VZB van onze man met de aankopen voor de rekening van de Ciragan Handelsmaatschappij kunnen vergelijken?'

'Ik heb zelfs meer gedaan.' Hij opende het koffertje en haalde er een vel papier uit. 'We zitten er dichtbij, maar het is geen honderd procent. Mevlevi heeft sinds juni vorig jaar via zijn rekening bij de VZB meer dan achthonderd miljoen overgeboekt.'

'En Königs aankopen van VZB-aandelen?'

'Hij is in juli klein begonnen en heeft in november vol gas gegeven. Het verbaast me dat Kaiser niet heeft gemerkt dat iemand zulke grote pakketten aandelen opkocht.'

'Het had iedereen kunnen zijn. Portefeuillemanagers, beleggingsmaatschappijen, individuele investeerders. Hoe had hij dat kunnen weten?'

Sprecher trok een wenkbrauw op, niet bereid Kaisers blunder te vergoelijken. 'In ieder geval komen we in totaal honderd miljoen tekort.'

Nick bestudeerde het vel papier. 'Ja, maar moet je kijken. Vijfentwintig weken lang komen de bedragen van de aangekochte aandelen exact overeen met Mevlevi's overboekingen. Misschien klopt de vergelijking niet voor honderd procent, maar het scheelt maar verdomd weinig.'

Nick bleef het vel papier bestuderen. Hij was blij dat hij nu iets in handen had waarvan hij geloofde dat het zou kunnen doorgaan voor bewijsmateriaal dat Mevlevi achter de overname van de VZB door de

Adler Bank zat. Toch besefte hij tegelijkertijd dat ze tot dusver nog niet echt iets hadden bereikt. Ja, hij had de ammunitie die hij nodig had, maar de echte strijd zou morgen plaatsvinden... *als* de juiste generaals tenminste op de juiste tijd op de juiste slagvelden arriveerden. Drie gevechten zouden aan twee fronten die veertig kilometer van elkaar gescheiden waren, gevoerd moeten worden en de ene vijand zou niet aangepakt kunnen worden voor de andere verslagen was. De tijd om de overwinning te vieren, was nog ver weg.

'Ik zou niet graag in Klaus' schoenen willen staan,' zei Sprecher, 'niet wanneer het kleed onder zijn voeten wordt weggetrokken. Zou hij wel precies weten wie de Pasja is?'

'Natuurlijk weet hij dat,' zei Nick. 'Iedereen weet het. Het geheim is om net te doen of je het niet weet en je gezicht in de plooi te houden wanneer je het ontkent.'

'Ik denk wel dat je gelijk hebt.'

'Natuurlijk heb ik gelijk. Mevlevi's vingerafdrukken staan over de hele Adler Bank. Mijn enige angst is dat ik niet precies weet wat hij probeert uit te halen. Waarom wil Ali Mevlevi de Verenigde Zwitserse Bank beheersen?'

'Bij banken zit het geld. Dat zei Willie Sutton al in de jaren twintig en hij was een behoorlijk goeie bankrover.'

Nick herinnerde zich Thornes getier over de wapens en het materieel die Mevlevi vlak bij Beiroet verzameld had. Als Mevlevi nu al zo'n arsenaal had, wat zou hij dan wel niet kunnen kopen met aan de Adler Bank en de VZB onttrokken geld? 'Het maakt niet uit waarom hij dat wil,' zei Nick. 'Met wat we nu in ons bezit hebben, kunnen we hem te grazen nemen.' Hij telde op de vingers van zijn rechterhand de bewijzen af. 'Zijn overboekingen naar en van de VZB. De handtekeningenkaarten van toen de rekening geopend werd en de codewoorden in zijn eigen handschrift. Kopieën van de matrices die laten zien naar welke banken hij het geld overmaakte. En nu het bewijs dat hij betrokken is bij de poging tot overname van de VZB door König en de Adler bank.'

'En hoe zit het met je nieuwe vriend Thorne? Zonder hem hebben we alleen een heleboel papier en een krankzinnige theorie. Hij zal precies moeten doen wat we van hem verwachten.'

'Hij is te vertrouwen,' zei Nick. 'Hij heeft me al gebeld. Zijn mannetje komt volgens plan over de grens. Thorne zal hem met de politie opwachten. Ik moet op jou ook kunnen rekenen. We moeten het geluk afdwingen. We moeten op alles voorbereid zijn.'

'Breng me dan maar op de hoogte,' zei Sprecher. 'Je zei dat je een plan uitgewerkt had. Vertel me maar wat het is.'

In de volgende vijftig minuten zette Nick zijn plan in grote lijnen uiteen. Hij wist niet wat hij ervan moest denken dat zijn vriend het zo vaak uitschaterde en dan weer begon te jammeren, maar toen hij uitgesproken was, strekte Sprecher zijn hand naar hem uit en zei: 'Ik doe mee. We hebben misschien een kans van vijftig procent dat het lukt, maar je kunt op me rekenen. Ik heb voor het eerst in mijn leven het gevoel dat ik iets doe wat de moeite waard is. Het is een nieuwe ervaring. Ik kan nog niet zeggen of het me bevalt of niet.'

Nick betaalde de rekening en ze liepen naar buiten. 'Heb je genoeg tijd om je trein te halen?'

Sprecher keek op zijn horloge. 'Volop tijd. Het is nu halftwaalf. Ik moet de trein van zeven over twaalf via Luzern hebben.'

'En je hebt je vriend meegebracht?'

Sprecher knipoogde en klopte op een lichte bult onder zijn arm. 'Standaarduitrusting van elke officier van het Zwitserse leger. Vergeet niet dat ik kapitein ben.'

Caspar Burki woonde in een somber huizenblok. Geen van de panden was hoger dan drie verdiepingen en ze waren allemaal langs een onzichtbare grens in een andere kleur geschilderd. Het eerste was geel – of was dat althans twintig jaar geleden geweest – het volgende was mistroostig bruin en het pand waarin Burki woonde, had een vlekkerige vuilgrijze kleur.

Nick ging tegenover Burki's huis in het portiek van een winkel, die dure antieke meubelen verkocht, staan. Hij bereidde zich erop voor dat hij lang zou moeten wachten. Hij had Peter Sprecher na de lunch naar het station gebracht en daar twee telefoontjes gepleegd: een naar Sylvia Schon en een naar Sterling Thorne. Sylvia bevestigde dat hun eetafspraak volgens plan doorging. Hij moest niet later dan halfzeven komen – ze had een braadstuk in de oven en ze kon er niet voor instaan dat het nog zou smaken als hij te laat kwam. Zijn gesprek met Thorne was korter. Volgens zijn instructies maakte hij zich bekend als Terry. Thorne zei maar twee woorden: 'Groen licht' – wat betekende dat Jester zich had gemeld en dat alles doorging.

Een beweging in de hal van Burki's gebouw trok zijn aandacht. Hij zag twee mannen die elkaar achter de glazen deur vastpakten. Hij kon onmogelijk zien wat er aan de hand was, dus deed hij een stap de steeg in om hen beter te kunnen zien. Precies op dat moment kwamen de beide mannen wankelend het gebouw uit. De langste van de twee, een magere man met holle wangen en diepliggende ogen, ondersteunde de kleinere man, die een bleek gezicht had en een donker kostuum droeg. Yogi Bauer. Nick hoorde hem tieren en vloeken terwijl hij de steeg in strompelde.

Du kommst mit? Je gaat toch mee?' vroeg Yogi steeds opnieuw.

Nick trok zich terug in het portiek van de antiekzaak en keek toe terwijl de langere, grijsharige man die Burki moest zijn, Bauer door de straat leidde. Ze liepen regelrecht naar de Keller Stubli. Nick volgde op veilige afstand, maar toen de twee mannen bij het café aankwamen, weigerde Burki naar binnen te gaan. Hij bleef een paar minuten staan terwijl hij Bauers gescheld over zich heen liet gaan. Ten slotte gaf Bauer het op en ging alleen naar binnen.

Caspar Burki trok zijn jas strak om zich heen en liep toen snel de Niederdorfstrasse door. Nick had er geen idee van waar hij naartoe ging.

CASPAR BURKI HAD EEN AFSPRAAK, DAARVAN WAS NICK ZEKER. DE OUDE man liep met gebogen hoofd en zijn schouders naar voren gedrukt. Zijn voeten bewogen zich in een vloeiend ritme en Nick nam dat over en liep volledig met hem in de pas. Hij volgde hem door de Niederdorfstrasse naar het Centraal Station en vandaar over de brug naar de Bahnhofplatz. Daar sloeg Burki rechtsaf naar het Zwitsers Nationaal Museum.

Nick passeerde een verlaten fabriek met kapotte ramen en met planken dichtgespijkerde deuren en een leeg, met kleurige graffiti beklad flatgebouw. Hij wist niet dat Zürich zulke vervallen buurten had. Groepjes kinderen, hoofdzakelijk tieners, doken op het trottoir op. Sommige kwamen van de andere kant en keken Nick met zijn korte haar en schone kleren met onverholen minachting aan.

Hij moet dicht bij de bron blijven, had Yogi Bauer gezegd.

Nick vertraagde zijn pas toen hij zag dat Burki een houten voetgangersbrug over de Limmat overstak. Een bonte verzameling haveloze zwervers dromde samen langs de leuning. Slechtgeschoren mannen in kapotte leren jassen en groezelige vrouwen die zich in gerafelde truien hadden ingepakt. Burki boog zijn schouders alsof hij probeerde minder opvallend te lijken dan hij was en liep tussen hen door. Nick kreeg een nerveus gevoel in zijn lege maag. Hij wist waar de brug naartoe leidde. Naar Letten. Het openbare spuitersparadijs van de stad. *Caspar Burki's bron.*

Nick stak de brug over en vroeg zich af wat hij hier deed. Wat zou hij van een junkie aan de weet kunnen komen? Hij schuifelde langs een tienermeisje dat boven aan de trap aan de andere kant van de brug stond. Ze had een injectiespuit in haar hand en had net een ader gevonden om

de naald in te steken. Hij daalde de trap af en keek naar het verlaten station.
Een rusteloze stroom sjofele mannen en vrouwen liep heen en weer over een breed betonnen perron. Er waren er ongeveer honderd en ze waren opgedeeld in groepjes van vijf of zes personen. Hier en daar brandde een vuur in een roestige olieton.
Boven zijn hoofd waren met zwarte verf de woorden *Welkom in Babylon* gespoten.
Het was een smerige plaats van dood en verval.
Nick zag dat Burki zijn bestemming had bereikt – een kringetje versufte verslaafden van zijn eigen leeftijd dat aan het eind van het station stond. Een broodmagere vrouw maakte een dosis heroïne klaar voor een man die er ongeveer net zo uitzag als Burki. Hij was misschien kleiner, maar even mager en had dezelfde hunkerende blik in zijn ogen. De 'verpleegster' rolde de mouw van de man op, legde zijn benige arm dwars over een geïmproviseerde houten tafel en bond er een stuk rubber fietsband omheen om zijn aderen te laten opzwellen. Toen ze tevredengesteld was, stak ze de naald in zijn arm. De verslaafde liep slingerend van de krakkemikkige tafel vandaan en Caspar Burki stapte naar voren om zijn plaats in te nemen.
Nick aarzelde één lange seconde. Hij realiseerde zich dat het geen zin had om met Burki te praten, nadat hij zijn shot gekregen had. Zijn enige hoop was dat hij de oude man daarvóór te spreken kon krijgen.
Nick liep naar de andere kant van het perron en bereikte de wankele tafel op het moment waarop Burki zijn mouw oprolde. Hij haalde een biljet van honderd francs uit zijn zak en overhandigde dat aan de gerimpelde vrouw die de shots toediende. 'Dit is voor mijn vriend, Caspar. Dat moet goed zijn voor twee shots, zou ik zeggen.'
Burki keek hem aan en vroeg: 'Wie ben je, verdomme?'
De vrouw griste het bankbiljet uit Nicks hand en zei: 'Ben je gek geworden, Cappy? Die jongen wil een cadeautje voor je kopen. Pak het aan.'
'Ik wil graag een paar minuten met u praten, meneer Burki,' zei Nick. Over een paar wederzijdse vrienden. Het duurt niet lang, maar ik zou liever met u praten, voordat' – hij gebaarde met zijn handen in de lucht terwijl hij het juiste woord zocht – 'voordat u dit doet.'
Burki aarzelde. 'Wederzijdse vrienden? Wie dan?'
'Yogi Bauer, bijvoorbeeld. Ik heb gisteravond een paar drankjes met hem gedronken.'
Burke kneep zijn ogen halfdicht. 'Je bent Neumanns zoon. Yogi heeft me voor je gewaarschuwd.'
'Inderdaad,' zei Nick. 'Ik ben Nicholas Neumann en ik werk bij de Verenigde Zwitserse Bank. Ik heb een paar vragen over Allen Soufi.'
'Die ken ik niet. Maak nu maar dat je wegkomt.'
Nick greep Burki bij zijn arm en trok hem een paar stappen naar ach-

teren. 'Luister goed. Of u praat nu met me en maakt gebruik van mijn goedgeefsheid of ik vertel tegen de eerste de beste politieman dat u me beroofd hebt.'
'Je bent net zo'n rotzak als je vader,' barstte Burki uit.
'Geloof me maar,' zei Nick.
Plotseling ontspande Burki zich en hij haalde zijn schouders op. 'Laat me nu even een klein beetje nemen en dan praat ik met je. Ik vrees dat ik niet veel langer kan wachten. Je hebt nu toch niets aan me.'
'U hebt uw honderdje. U kunt heus wel wachten. Misschien geef ik u nog een extraatje omdat ik het waardeer dat u zo'n goed geheugen hebt. Afgesproken?'
Burki vloekte binnensmonds, greep toen zijn jas van de houten schragentafel en ging Nick voor naar de achtermuur van het station.
'Allen Soufi,' herhaalde Nick. 'Vertel me eens wat over hem.'
'Waarom wil je wat over Soufi weten?' vroeg Burki. 'En hoe ben je in vredesnaam bij mij terechtgekomen?'
'Ik heb wat rapporten doorgenomen die mijn vader heeft geschreven, vlak voordat hij vermoord werd. Soufi neemt daarin een belangrijke plaats in. Ik heb gezien dat u hem als cliënt bij de VZB-vestiging in L.A. hebt aanbevolen.'
'Meneer Allen Soufi. Dat is een hele tijd geleden.' Hij stak zijn hand in zijn zak en haalde een pakje sigaretten tevoorschijn. Zijn hand beefde toen hij er een opstak. 'Roken?'
'Nee, dank u.'
Burki inhaleerde wel vijf seconden lang. 'Je bent toch een man van je woord, hè? Je houdt je aan de afspraak?'
Nick haalde nog een briefje van honderd uit zijn zak, vouwde het op en stopte het in zijn borstzak. 'Uw beloning.'
Burki aarzelde even, met zijn blik op het bankbiljet gericht, en stak toen van wal.
'Soufi was een van mijn cliënten. Hij had een flink deel van zijn vermogen bij ons op de bank staan. Ongeveer dertig miljoen franc als ik me niet vergis. Ik was zijn portefeuillemanager. Natuurlijk had hij een coderekening, maar ik kende zijn naam. Op een dag komt mijn oude baas bij me binnen en vraagt me of ik Soufi bij je vader wilde aanbevelen. Hij vertelde me dat Soufi zaken wilde doen met de vestiging in Los Angeles.'
'Wie was uw oude baas?'
'Hij werkt nog steeds bij de bank. Hij heet Armin Schweitzer. Ik wist direct dat ik beter niet kon vragen waarom. Ik bedoel, er kon maar één reden zijn waarom Armin, die op een zijspoor was gezet in Zürich, bij me langs zou komen.' Hij spreidde zijn armen in een grote boog. 'Om afstand te creëren. Om ruimte te scheppen tussen de grote man en zijn cliënt.'
'De grote man?'

'Kaiser. Ik bedoel, wie anders heeft Schweitzer destijds in Londen uit de stront gehaald? Hij was Kaisers loopjongen. Hij kreeg alle vervelende klusjes op zijn bord.'

'Wilt u beweren dat Schweitzer u alleen maar heeft gevraagd Allen Soufi bij mijn vader aan te bevelen om Kaiser de kans te geven zich van de hele zaak te distantiëren?'

'Dat is alleen maar wijsheid achteraf. Destijds wist ik niet wat er aan de hand was. Ik vond het alleen een beetje vreemd dat Soufi mij niet zelf had gevraagd hem bij je vader te introduceren. Hij heeft tegen mij nooit een woord over Los Angeles gezegd.'

Natuurlijk niet, dacht Nick. De grote plannen liepen via Kaiser.

'Maar goed, ik deed wat me was gezegd en vergat het verder. Ik heb een brief geschreven. "Beste Alex, de volgende persoon is een cliënt van me. Hij heeft in het verleden al met de bank samengewerkt. Verleen hem alsjeblieft alle diensten die de bank kan leveren. Als je nog vragen hebt of referenties wilt hebben, neem dan contact met me op. Vriendelijke groeten, Cappy." Einde brief. Ik was blij dat ik Kaiser en Schweitzer van dienst kon zijn. Ik ben echt een trouwe soldaat.'

'En was het daarmee afgelopen?' vroeg Nick, al wist hij heel goed dat het niet zo was.

Burki antwoordde niet. Hij sloot zijn ogen en zijn ademhaling werd langzamer. Plotseling maakte hij een rukkerige beweging, opende zijn ogen, bracht de sigaret naar zijn mond en inhaleerde diep. Toen snoof hij honend en zei: 'Was het maar waar. Er gingen zes of zeven maanden voorbij. Op een dag belde je vader me rechtstreeks op. Hij wilde graag weten of ik meer over Allen Soufi wist dan ik in mijn introductiebrief had geschreven. "Wat is het probleem?" vroeg ik. "Hij doet te veel zaken," zei je vader. Ik vroeg me af hoe iemand *te veel* zaken kon doen.'

Nick kon het heel even niet volgen. 'Verwees mijn vader naar Goldluxe?'

Burki glimlachte op een vreemde manier, alsof hij het vervelend vond dat Nick zoveel wist. 'Ja, het ging om Goldluxe.'

'Ga door.' De schemering viel en er stroomden meer mensen het verlaten station binnen.

'Allen Soufi had een aantal juweliersaken in Los Angeles, Goldluxe N.V. Hij wilde dat de VZB zijn vaste bank zou worden, waarop hij stortingen kon doen, die zijn rekeningen zou betalen en hem leningen zou geven om zijn import te financieren. Normale handelszaken. Alex vroeg me wat ik precies over Allen Soufi wist en ik heb hem alles verteld – nou ja, bijna alles. Soufi was een cliënt uit het Midden-Oosten die ongeveer dertig miljoen franc bij de bank in deposito had. Geen man om mee te spotten. Ik zei tegen je vader dat hij moest doen wat Soufi wilde. Maar dacht je dat Alex naar me luisterde? Van zijn leven niet. Het duurde niet lang voordat Schweitzer me belde en probeerde allerlei informatie over je vader uit me los te krijgen. "Wat zei Alex Neumann over Soufi? Ver-

313

telde hij dat er problemen waren?" Ik zei tegen Schweitzer dat hij me met rust moest laten. Ik zei dat je vader één keer had gebeld, meer niet.'
'Wat voerde Goldluxe in zijn schild?'
Burki negeerde de vraag. Hij pakte zijn sigaretten uit zijn zak en probeerde er een uit het pakje te halen, maar zijn hand beefde te heftig. Hij liet het pakje vallen en keek Nick aan. 'Je kunt me niet langer laten wachten, jongen. Het moet nu gebeuren. Begrijp je dat?'
Nick raapte de sigaretten op, stak er een aan en stopte hem in Burki's mond. 'U moet nog even bij me blijven. Tot u me het hele verhaal hebt verteld.'
Burki sloot zijn ogen en inhaleerde diep voordat hij vervolgde: 'De volgende keer dat ik in Zürich was, gingen Schweitzer en ik een avondje op stap. Het was 24 november 1979, mijn verjaardag. Ik werd achtendertig jaar.'
Nick bekeek Burki wat beter. De man was pas vijfenvijftig jaar en hij zag eruit als zeventig. Ondank de kou glansde zijn gezicht van het zweet. Hij begon het nu echt te kwaad te krijgen.
'We hadden al een paar drankjes op toen ik over Soufi begon. "Wat is er eigenlijk tussen hem en Alex Neumann gebeurd?" vroeg ik. Ik was er niet echt nieuwsgierig naar. Ik vroeg het gewoon om wat te zeggen te hebben. Schweitzer wilde altijd alleen maar over zaken praten, dus dit onderwerp was precies in zijn straatje. Maar hij werd eerst rood en toen groen. Hij ontplofte verdomme bijna. Alex Neumann dit en Alex Neumann dat. Zo ging hij wel een uur door. Ten slotte wist ik hem tot bedaren te brengen en kreeg ik het hele verhaal van hem te horen.
Het lijkt erop dat je vader, nadat hij Soufi één keer had ontmoet, dacht dat de man oké was en hij regelde een coderekening voor hem. Een poosje later gaf hij Goldluxe een normale zakenrekening. Goldluxe verkocht hoofdzakelijk klein spul – kettingen, trouwringen, oorhangers, goedkope troep. Al snel viel het Alex op dat die vier winkeltjes een omzet van meer dan tweehonderdduizend dollar per week hadden. Dat is achthonderdduizend dollar per maand, bijna tien miljoen per jaar als ze zo doorgingen. Ik denk dat je vader naar de winkels is gegaan, zich heeft voorgesteld en een beetje heeft rondgekeken. Daarna was het spel verdomd snel uit.'
'Dus Goldluxe was een dekmantel?' drong Nick aan.
Burki rookte zijn sigaret tot aan de filter op. 'Via Goldluxe werden op een geraffineerde manier grote hoeveelheden geld witgewassen. Laat me nu verdomme mijn shot halen. Ik ben aan het eind van mijn Latijn.'
Nick haalde het briefje van honderd uit zijn borstzak en overhandigde het aan de heroïneverslaafde. 'Houd nog even vol, Cappy. Vertel me wat ik wil weten. We zijn er bijna. Vertel me hoe de methode werkte.'
Burki betastte het kraaknieuwe biljet en er verscheen een sprankje leven in zijn dode ogen. 'Je moet eerst beseffen dat Goldluxe op een berg geld zat en dat Soufi niet wist wat hij ermee moest doen. Hij had

een langetermijnregeling nodig die hem in staat zou stellen al het geld dat binnenkwam direct in deposito te geven. Het werkte als volgt: de VZB stuurde namens Goldluxe een kredietbrief, waarmee voor een leverancier van goud in Buenos Aires een krediet van, laten we zeggen, vijfhonderdduizend dollar, geopend wordt. Dat wil zeggen dat de bank belooft het Zuid-Amerikaanse bedrijf dat het goud naar Goldluxe in Los Angeles stuurt, voor de zending te betalen. Het bedrijf in Argentinië exporteert het goud weliswaar, maar niet voor een waarde van vijfhonderdduizend dollar. O, nee. Het stuurt maar voor *vijftigduizend dollar* aan goud op.'

'Maar een hoeveelheid goud ter waarde van vijftigduizend dollar weegt toch veel minder dan goud ter waarde van vijfhonderdduizend dollar,' protesteerde Nick.

'Heel goed,' zei Burki. 'Om het verschil in gewicht goed te maken, voegt het bedrijf in Buenos Aires er lood aan toe. Zendingen edelmetalen worden meestal niet door de douane gecontroleerd. Als de papieren kloppen en de ontvanger verklaart dat de zending in orde is, kan de bank het krediet dat door middel van de kredietbrief geopend is, uitbetalen.'

'Maar waarom zou Goldluxe een bedrijf in Buenos Aires willen betalen voor goud ter waarde van vijfhonderdduizend dollar dat ze niet eens ontvangen hebben?'

'Omdat Goldluxe te veel contant geld heeft. Het zijn ondeugende jongens. Ze moeten het kwijt.'

'Ik kan je niet helemaal volgen.'

'Het is eigenlijk heel gemakkelijk. Onthoud dat ik je heb verteld dat Goldluxe op een miljoen dollar in contanten zit. Ze beginnen met het importeren van goud ter waarde van vijftigduizend dollar. Dat is hun voorraad.'

Nick begon het te snappen. 'Maar in hun boeken noteren ze dat de inkoopwaarde van de voorraad vijfhonderdduizend dollar is. Precies zoals op de importdocumenten staat.'

Burki knikte. 'Goldluxe moet de indruk wekken dat de winkels van het bedrijf voor een miljoen dollar aan gouden sieraden per jaar verkopen, dus verhogen ze de waarde van de voorraad met de winstmarge tot een miljoen dollar en verkopen de spullen. Met verkopen bedoel ik dat ze een stapel nepkassabonnen van een kilometer hoog genereren. Denk eraan dat ze maar goud met een kostprijs van vijftigduizend dollar in huis hebben. De waarde ervan wordt ongeveer honderdduizend dollar als je de winstmarge voor de detailhandel erbij optelt. Vervolgens schrijven ze de nepkassabonnen in het grootboek in. Uit hun administratie blijkt nu dat ze voor een miljoen dollar hebben verkocht en ze kunnen hun contante geld legaal op de bank zetten.'

Nick huiverde. 'Waar kwam het geld vandaan?'

'Voorzover ik weet, kun je zoveel geld alleen met casino's of in de drughandel verdienen en ik heb nog nooit van een zekere Allen Soufi in Las Vegas gehoord. Jij wel?'

Nick glimlachte grimmig. 'En hij liet het witwassen meerijden op de rug van de legale handel?'

'Bravo,' zei Burki. 'En Soufi maakte twee keer per week zoveel hij wilde over naar zijn rekeningen in Londen en Zwitserland.'

'Twee keer per week?' vroeg Nick.

'Hij was een punctuele rotzak, dat moet ik hem nageven, die Allen Soufi van je.'

'En mijn vader?'

'Alex trok aan de bel. Hij stelde te veel vragen en toen hij uitgepuzzeld had wat Goldluxe deed, dreigde hij de rekening te sluiten. Twee maanden nadat ik met Schweitzer uit eten ben gegaan, was je vader dood.' Burki wees met zijn vinger naar Nick. 'Zeg nooit tegen een man als Soufi, iemand die over de hele wereld uiterst lucratieve zaken doet, dat hij moet oprotten.'

Nee, beaamde Nick in stilte, zeg nooit tegen de Pasja dat hij met oprotten. Je kon hem beter doden. Hij staarde naar Burki's verwoeste gezicht. Hij vroeg zich af of de man de woede van de Pasja had gewekt en als beloning was uitgenodigd om naar Letten te komen of dat zijn verslaving daar geen verband mee hield. Het maakte niet echt uit. In beide gevallen was hij door de Pasja verslagen.

'Hij heette eigenlijk geen Allen Soufi, hè?' vroeg Nick. Hij kende het antwoord al, maar hij wilde uit de mond van iemand anders horen dat hij niet gek was.

'Wat kan jou dat schelen?' vroeg Burke, terwijl hij zich bevend van de bank omhoogduwde. 'Dat was het, jongen. Donder nu op en laat me mijn gang gaan.'

Nick legde een hand op zijn schouder. 'Wat was zijn echte naam?'

'Dat kost je nog honderd franc. Ik moet tenslotte ook leven.'

Of sterven. 'Zeg me hoe hij heette.' Nick haalde zijn portefeuille tevoorschijn en gaf Burki zijn geld.

Burki verfrommelde het in zijn linkerhand. 'Het is iemand van wie je nooit hebt gehoord. Een Turkse boef. Mevlevi heette hij. Ali Mevlevi.'

NICK WAS NAAR ZWITSERLAND GEKOMEN OM DE OMSTANDIGHEDEN rondom de dood van zijn vader op te helderen en hij had al zijn morele opvattingen laten varen om erachter te komen wat zijn vader had gedaan om het doelwit van een moordenaar te worden. Maar nu hij een netwerk van samenzwering en bedrog had blootgelegd, voelde hij niet de emoties die zo'n moeilijke speurtocht hoorden te bekronen. Zijn nekharen gingen niet overeind staan van woede om de misdaden waaraan Wolfgang Kaiser schuldig was. Zijn rug werd niet rechter omdat hij had ontdekt dat Mevlevi en Allen Soufi een en dezelfde persoon waren. En wat het ergste was, in zijn hart was geen geheim reservoir van trots aangeboord toen het nobele – of moest hij zeggen 'koppige'? – verzet van zijn vader aan het licht was gekomen. Hij had geen gevoel van triomf of opluchting, maar voelde slechts een koude vastberadenheid om hieraan eens en voor altijd een eind te maken.

Niets zou in zijn leven ook maar iets betekenen als hij Ali Mevlevi niet tegen wist te houden.

Nick stond midden op de Quaibrücke en zag dat een ononderbroken ijslaag zich over het Meer van Zürich uitstrekte. In de krant stond dat het sinds 1962 de eerste keer was dat het meer helemaal dichtgevroren was. Een kil briesje streek langs zijn wangen en voerde zijn melancholie met zich. Hij hield op met over zichzelf na te denken en concentreerde zich op de Pasja. Na morgen zou het met de macht van Ali Mevlevi gedaan zijn. Nick begon over zijn hele lichaam te gloeien bij het vooruitzicht dat hij aan Mevlevi's schrikbewind een eind zou maken.

Op dat moment wist hij dat zijn leven veranderd was. Hij vocht niet langer voor zijn vader. Alex Neumann was dood en niets zou hem kunnen terugbrengen. Nick vocht voor zichzelf. Voor zijn leven.

Vroeg op die avond beklom Nick het inmiddels vertrouwde pad naar Sylvia Schons huis. Hij kon er niets aan doen dat de stem die hij vrijdagavond op haar antwoordapparaat had gehoord, steeds opnieuw in zijn hoofd afgedraaid werd. Hij wist zeker dat die norse, veeleisende stem van Wolfgang Kaiser was geweest. Hij zou Sylvia recht op de man af moeten vragen of ze Kaiser over Schweitzer had verteld. Toch wist hij al dat haar woorden alleen hem niet zouden overtuigen. Hij moest het bandje horen.

Nick werd bij de deur van het appartement met een kus en een glimlach begroet. Voor het eerst vroeg hij zich af in hoeverre haar verwelkoming gemeend was.

'Hoe ging het met je vader?' vroeg hij, terwijl hij de warme gang in stapte.

'Prima,' antwoordde ze. 'Hij was er nieuwsgierig naar met wie ik mijn tijd doorbracht. Hij wilde graag weten wie mijn nieuwe vrijer is.'

'Heb je een nieuwe vrijer? Hoe heet hij?'

Ze sloeg haar armen om hem heen. 'Dat kan ik me niet direct herinneren. Het is een brutale Amerikaan. Sommige mensen zouden misschien zeggen te brutaal voor zijn eigen bestwil.'

Nick maakte zich los uit haar omarming en liet zijn jas van zijn schouders glijden. Hij probeerde haar niet aan te kijken om een zekere afstand tussen hen te bewaren, maar het leek alsof ze er nooit mooier had uitgezien. Ze droeg een zwarte kasjmieren coltrui, haar tarwekleurige haar was strak naar achteren gekamd en in een paardenstaart opgebonden en ze had een blos op haar wangen.

Sylvia pakte zijn jas aan en legde een hand op zijn wang. 'Wat is er aan de hand? Is er iets mis?'

Nick liet zijn hoofd zakken en keek haar in de ogen. Hij had wel honderd keer gerepeteerd wat hij wilde zeggen, maar het bleek moeilijker dan hij had verwacht. 'Gistermiddag was ik bij de directeur. Ott, Maeder en Rita Sutter waren er ook. Armin Schweitzer was van huis gehaald en werd ondervraagd over de informatie over de aandeelhouders die de Adler Bank in handen had gekregen. Kaiser beschuldigde hem ervan dat hij Klaus König die informatie had toegespeeld. Hij heeft hem ontslagen.'

Sylvia leek stomverbaasd. 'De engerd verdient het, dat heb je me zelf gezegd. Je was ervan overtuigd dat hij papieren uit je kantoor stal.'

'Maar alleen jij, Peter Sprecher en ik wisten dat de Adler Bank een spion in de VZB had, Sylvia. We verdáchten Schweitzer er alleen maar van dat hij het was.'

'En wat zou dat? Kaiser heeft hem ontslagen, dus we hadden het kennelijk bij het rechte eind.'

Nick schudde gefrustreerd zijn hoofd. Ze maakte dit niet gemakkelijker voor hem. 'Heb jij Kaiser verteld dat Schweitzer informatie over de aandeelhouders aan Klaus König doorgaf?'

Sylvia lachte alsof ze de suggestie belachelijk vond. 'Ik zou Herr Kaiser nooit rechtstreeks kunnen bellen. Ik ken hem nauwelijks.'

'Kom nou, Sylvia. Hoe zou hij er anders achter gekomen moeten zijn?'

'Wat denk je? Schweitzer is schuldig. Misschien heeft Kaiser hem op heterdaad betrapt. Ik weet het niet.' Sylvia liep rakelings langs hem.
Nick volgde haar de huiskamer in. Hij was er zeker van dat ze loog.
'En hoe zit het met je antwoordapparaat?' vroeg hij.
'Wat is daarmee?'
'Toen we op vrijdagavond je boodschappen afluisterden, hoorde ik Wolfgang Kaisers stem. Je weet dat ik zijn stem heb gehoord. Vertel me de waarheid.'
Sylvia rende naar het antwoordapparaat, draaide het bandje af en zette het om de paar seconden stil om naar de stem die sprak, te luisteren. Ze vond het deel dat ze zocht en drukte op 'Play'.
Peter Sprechers stem klonk uit het apparaat. 'Belt u me zo snel mogelijk bij de Adler Bank. We willen u heel graag spreken. Dank u.' Stilte en toen een pieptoon. Toen de volgende boodschap. Een ruwe stem klonk uit de recorder. 'Sylvia, ben je daar? Neem op, alsjeblieft. Goed, luister dan alleen maar.'
De stem werd onvast. Nick vermoedde dat de man dronken was.
'Ik wil dat je dit weekeinde naar huis komt. Je weet wat we zondags graag eten. Het was altijd het lievelingsgerecht van de jongens. Ik wil graag dat het om zeven uur op tafel staat. Je bent een goeie meid, Sylvia, maar ik ben bang dat je moeder teleurgesteld zou zijn omdat je zo ver weg bent en je vader eenzaam oud laat worden. Maar goed, ik red me wel. Geef het aan je broers door. Zorg dat ze hier op tijd zijn. Als ze er om zeven uur niet zijn, beginnen we zonder hen.'
Nick liep naar het apparaat en zette het uit.
Sylvia liet zich met haar hoofd op haar borst op een stoel ploffen. Nick ging naast haar zitten. Zijn zorgvuldig opgebouwde zaak tegen haar viel in duigen. Het was een kaartenhuis dat met één ademtocht omvergeblazen was.
'Het spijt me,' zei hij.
Sylvia omarmde zichzelf als een schoolmeisje dat van streek is. 'Waarom geloofde je me niet toen ik het je de eerste keer vertelde? Ik zou nooit tegen je liegen.'
Nick legde zijn handen op haar schouders. 'Het spijt me...'
'Raak me niet aan,' riep ze. 'Ik heb Wolfgang Kaiser niet over Armin Schweitzer verteld.'
Nick probeerde weer haar schouders vast te pakken en deze keer liet ze toe dat hij haar naar zich toe trok. 'Ik geloof je,' zei hij zacht. 'Maar ik moest het vragen. Ik moest het weten.'
Sylvia drukte haar hoofd tegen zijn borst en hij hield haar nog even dicht tegen zich aangedrukt. Hij rook haar schone haar en genoot van de zachtheid van haar kasjmieren trui. 'De laatste paar weken zijn zwaar geweest. Als ik het morgen ook nog red, loopt alles misschien goed af.'
'Gaat dit om je vader? Je hebt me niet verteld of je Caspar Burki gevonden hebt.'

'Die heb ik gevonden, ja.
'En?'
Nick hield haar op armslengte en overwoog wat hij haar kon vertellen.
'Vertel het me, schat,' zei ze. 'Wat ben je te weten gekomen?'
'Er gebeurt op het ogenblik een heleboel. Dingen die je niet zou kunnen geloven...'
'Waar heb je het over? De overname?'
'König heeft zijn drieëndertig procent. Hij heeft financiers gevonden die het geld fourneren om een volledig bod op de aandelen die hij nog niet heeft, te doen. Hij wil de hele bank hebben. En dat is het goede nieuws.' Nick keek in haar ogen en zag er compassie en liefde in. Hij was het beu om alleen te zijn en iedereen te wantrouwen. Waarom zou hij haar de rest ook niet vertellen?
'Kaiser werkt voor Ali Mevlevi,' zei hij. 'De man die wij de Pasja noemen. Kaiser helpt hem al jaren met het witwassen van geld. Heel veel geld. Mevlevi is een drugbaron die vanuit Libanon werkt en Kaiser is zijn man in Zwitserland.'
Sylvia hief haar hand om hem te onderbreken. 'Hoe weet je dat?'
'Je moet me maar op mijn woord geloven. Ik kan je alleen maar zeggen dat ik alles wat ik je vertel met mijn eigen ogen heb gezien.'
'Ik kan het niet geloven. Misschien chanteert die Mevlevi Herr Kaiser.'
'Kaisers misdaden zijn niet beperkt tot wat hij voor Mevlevi doet. Hij wil König zo wanhopig graag tegenhouden dat hij een paar mensen op de Derde Verdieping opdracht heeft gegeven om een groot deel van de aandelen en obligaties uit de portefeuilles van onze discretionaire cliënten te verkopen en hun geld in VZB-aandelen te investeren. Hij heeft het vertrouwen beschaamd van honderden cliënten die hun geld bij de bank op coderekeningen hebben gezet. Hij heeft een heleboel wetten overtreden. Niemand heeft hem daartoe gedwongen!'
'Maar hij probeert alleen maar de bank uit handen van König te houden. De bank is tenslotte van hem.'
Nick pakte haar handen vast. 'De bank is niet van Wolfgang Kaiser, Sylvia. Hij is een employé, net als jij en ik. De bank is het eigendom van de aandeelhouders, niet Kaisers privé-koninkrijkje. Iemand moet hem tegenhouden.'
Sylvia sprong op en liep naar het grote raam dat op haar terras uitkwam. 'Ik geloof je niet,' zei ze koppig.
'Wie denk je dat mijn vader heeft vermoord?' zei hij verbitterd. 'Dat was Ali Mevlevi, alleen noemde hij zich toen Allen Soufi, zoals hij zich nu ook Allen Malvinas noemt. Kaiser mag dan niet zelf de trekker hebben overgehaald, maar hij wist wat er gaande was. Hij heeft zijn best gedaan om mijn vader te dwingen voor Allen Soufi te werken en toen mijn vader weigerde, heeft hij geen moer gedaan om te verhinderen dat

Mevlevi hem vermoordde. Je hebt zelf de maandrapporten gelezen. "Blijf zakendoen met Soufi. Verbreek de relatie met hem niet." Waarom heeft Kaiser mijn vader niet gewaarschuwd? Ze zijn godbetert in dezelfde straat opgegroeid. Ze kenden elkaar al hun hele leven! Waarom heeft Kaiser niets gedaan?'

Nick zweeg toen het verschrikkelijke besef tot hem doordrong. Hij had al die tijd geweten waarom Kaiser niets had gedaan. Hij had het geweten sinds Marco Cerruti hem over de rivaliteit tussen de beide mannen had verteld; sinds Rita Sutter tegen hem had gezegd dat ze, als zijn vader nog in leven zou zijn geweest, nu misschien voor hem zou werken in plaats van voor Wolfgang Kaiser; sinds hij had gemerkt hoe intens jaloers Armin Schweitzer op zijn promotie naar de Derde Verdieping was. Alexander Neumann was de enige geweest die Wolfgang Kaiser ervan had kunnen houden directeur en voorzitter van de raad van bestuur van de Verenigde Zwitserse bank te worden. Kaiser had niets gedaan om de liquidatie van zijn grootste rivaal te voorkomen. Het was gewoon een zakelijke kwestie geweest.

'Dat zijn vreselijke beschuldigingen,' zei Sylvia. Ze keek alsof ze zelf van de misdaden was beschuldigd.

'Het is de waarheid.' Nick putte er moed uit dat hij de laatste schakel in een verwrongen keten van weerzinwekkende gebeurtenissen had gevonden. 'En ik zal ze er allebei voor laten boeten.'

Sylvia sloeg haar armen om hem heen en drukte zich dicht tegen hem aan.

'Doe geen rare dingen. Zorg ervoor dat je niet in de problemen raakt.'

In de problemen raakt? Hij had nog nooit in zijn leven dieper in de problemen gezeten. Nu moest hij eruit zien te komen.

'Morgenochtend ga ik met Mevlevi naar Tessin. Ik ga...' Hij aarzelde. Hij voelde de aandrang Sylvia zijn hele plan te vertellen, maar hij zei alleen: 'Ik ga een eind aan deze hele onverkwikkelijke zaak maken. Als Mevlevi morgen ontsnapt, kun je de tijd die ik nog te leven heb, met een stopwatch meten.' Later wandelden Nick en Sylvia door het bos achter haar huis. De nieuwe maan stond hoog aan de noordelijke hemel en een tapijt van sneeuw glansde in het flauwe licht.

Hij bleef die nacht bij haar. Hij hield haar in zijn armen en ze vrijden. Ze bewogen zich in het ritme van elkaars lichaam op en neer, allebei volledig aan de ander toegewijd. Toen ze later dicht tegen elkaar aan lagen en de magie van hun intimiteit de kamer vulde, wist Nick dat zijn gevoelens voor haar door zijn aanhoudende verdenkingen niet waren aangetast.

Hij realiseerde zich dat het geen zin had nog langer over het verleden of de toekomst na te denken. Hij hoefde er alleen maar voor te zorgen dat hij morgen aan het eind van de dag nog leefde. Wat er daarna zou gebeuren, wist hij niet.

'BRENG ONS EEN ANDERE FLES,' BEVAL WOLFGANG KAISER. HIJ VERTROK zijn gezicht door de ijzerachtige nasmaak. 'Deze wijn is bedorven. Hij smaakt naar pis en azijn.' Hij was dronken en hij wist het. Whisky bekwam hem nooit goed en hij had twee glazen gedronken, terwijl hij wachtte tot Mevlevi zijn gezicht zou laten zien. De brutaliteit! Hij was het hele weekend niet in zijn hotel geweest, belde hem op zondagmiddag op met het voorstel om samen uit eten te gaan en kwam dan een uur te laat.

De sommelier wendde zijn blik af en keek vragend om goedkeuring naar Herr Petermann, de eigenaar en kok van het restaurant, die bij de keukendeur stond. Toen deze knikte, zei hij: 'Komt eraan, meneer.'

Kaiser keek de sommelier na en zei: 'Slecht nieuws, Ali. Vrijdagmiddag heeft Klaus König een groot pakket van onze aandelen in handen gekregen. Hij staat met zijn mensen voor de poort van de bank. Ik kan nu al horen hoe ze hun zwaard trekken.' Hij probeerde luchthartig te grinniken, maar het werd een nerveus gegiechel.

De Pasja depte zijn mondhoeken met zijn servet. 'Je hebt toch zeker wel de middelen om zijn aanval af te slaan?'

'Je zou denken dat het feit dat ik zestig procent van de aandelen achter me heb, me een comfortabele positie zou verschaffen, maar in het democratische Zwitserland is dat niet zo. We hadden nooit verwacht dat we door een van onze eigen landgenoten verslagen zouden worden. Onze wetten zijn gemaakt om de barbaren buiten te houden, maar nu moeten we ons tegen de vijand binnen onze eigen gelederen verdedigen.'

'Wat heb je precies nodig, Wolfgang? Gaat dit om je lening?'

Waarover dacht hij verdomme dat het anders zou gaan?

'De condities gelden nog steeds,' zei Kaiser met zijn beminnelijkste stem. 'We hebben het geld maar negentig dagen nodig. Kom op, Ali, de rente is verdomd genereus.'

'Dat kun je rustig zeggen.' Mevlevi strekte zijn arm over de tafel uit en klopte Kaiser op de arm. 'En je bent altijd genereus geweest, mijn vriend.'

Kaiser trok zijn schouders naar achteren en glimlachte bescheiden. Wat een poppenkast moest hij hier opvoeren. De huichelachtigheid ervan maakte hem misselijk. Dat hij hier net moest doen alsof hij al die jaren uit vrije wil het geld van de Pasja had afgeschermd.

'Je moet weten', vervolgde Mevlevi, 'dat het geld voor jou zou zijn als ik op dit moment de beschikking over zo'n overvloedige hoeveelheid contanten had. Helaas is mijn *cash flow* in deze tijd van het jaar altijd bedroevend. Het spijt me, Wolfgang.'

Kaiser glimlachte treurig. Dus het speet hem, hè? Waarom leek hij dan zo verdomd opgetogen over de aanstaande ondergang van de VZB? Kaiser strekte zijn hand naar zijn glas wijn uit, maar onderbrak zijn beweging. Hij had nog een laatste troef. Waarom zou hij die nu niet gelijk uitspelen? Hij keek zijn tafelgenoot aan en zei: 'Ik geef je Neumann erbij.'

Mevlevi trok zijn kin in. 'O ja? Ik wist niet dat je hem te vergeven had.'

'Ik ben op interessante informatie gestuit. Onze jonge vriend is een echte speurneus. Het lijkt erop dat hij een paar vragen heeft over het verleden van zijn vader.'

'Daarover zou jij je meer zorgen moeten maken dan ik,' zei Mevlevi.

'Dat denk ik niet. Neumann gelooft dat een zekere Allen Soufi bij de dood van zijn vader betrokken was. Zo heet ik niet.'

'En ik ook niet.' Mevlevi nam een slokje wijn. 'Niet meer.'

'Neumann heeft ook ontdekt hoe het met Goldluxe zat.'

'Ik denk niet dat de autoriteiten veel interesse zullen hebben in witwasactiviteiten van vijftien jaar geleden. Jij wel?'

'Je hebt natuurlijk gelijk, Ali, maar persoonlijk zou ik me toch niet gerust voelen als zo'n intelligente jongeman die zoveel goed te maken heeft, mijn verleden onder de loep nam. Wie weet wat hij nog meer ontdekt heeft?'

Mevlevi strekte een vinger naar Kaiser uit. 'Waarom vertel je me dit nu pas?'

'Ik ben er zelf gisteravond pas achter gekomen.'

'Verwacht je dat ik bang word door deze onthullingen? Moet ik, met mijn portemonnee wijdopen, angstig ineenduiken? Ik heb Neumann in mijn broekzak, net als jou. Het wapen waarmee Albert Makdisi is vermoord zit vol met Neumanns vingerafdrukken. Als hij tegen de politie ook maar één woord over me zegt, wordt hij gearresteerd en in verzekerde bewaring gesteld terwijl ik intussen een paar betrouwbare getuigen optrommel die zullen verklaren dat ze hem op de plaats van het misdrijf hebben gezien. Neumann is van mij, net als jij. Geloof je echt dat hij de moed heeft me tegen te werken? Hij heeft van dichtbij gezien wat er gebeurt met mensen die me verraden. Je vertelt me dat Nicholas

Neumann in mijn verleden aan het spitten is. Prima. Laat hem zijn gang maar gaan.' Mevlevi schoot in de lach. 'Of probeer je me alleen maar bang te maken, Wolfgang?'

Er verscheen een in smoking geklede gerant met aan zijn zijde een ober in een wit jasje. Onder supervisie van de gerant werd een gegrilde Chileense zeebaars in een zwarte-bonensaus geserveerd. Ze onderbraken hun gesprek tot de borden waren neergezet en de beide mannen buiten gehoorsafstand waren.

'Het is altijd mijn taak geweest je belangen te behartigen,' zei Kaiser. 'Eerlijk gezegd dacht ik dat deze informatie minstens veertig miljoen franc waard zou zijn. Genoeg om één procent van de aandelen te kopen.'

'Eén procent?' herhaalde Mevlevi. 'Je geeft me Neumann voor één procent? Vertel me dan eens wat hij verder nog zou kunnen weten. Om je voorstel te kunnen beoordelen, moet je het me allemaal vertellen.'

Kaiser kreeg een kleur. 'Vraag het hem zelf maar. Het gaat er niet om wat Neumann weet, maar wat zijn vader wist en opgeschreven heeft. Ik geloof dat hij de FBI ergens heeft genoemd. De jongen heeft het dagboek van zijn vader.'

'Waarom kijk je zo zelfvoldaan?'

Kaiser loog gladjes. 'Ik heb de bewuste bladzijden gezien. Mijn naam wordt niet genoemd.'

'Als Neumann de waarheid over Goldluxe boven water haalt, is dat schadelijker voor jou dan voor mij.'

'Als ik de bank aan Klaus König kwijtraak, kan me dat geen donder schelen. Twintig jaar geleden heb je me beroofd van de mogelijkheid om een ander leven te leiden. Als de bank ten onder gaat, vind ik het niet erg om ook ten onder te gaan.'

'Je hebt nooit een ander leven willen hebben. Als je graag mijn daden wilt aangrijpen om je geweten te sussen, ga je je gang maar. In je hart weet je dat je niet anders bent dan ik.' Mevlevi schoof zijn bord naar het midden van de tafel. 'Het spijt me, Wolfgang. Bankieren is jouw vak. Als je je niet kunt verdedigen tegen concurrenten die misschien competenter zijn dan jij, kun je dat mij niet kwalijk nemen.'

Kaisers wanhoop werd groter. 'Verdomme, Ali. Ik weet dat je het geld hebt. Je moet het me geven. Je bent het aan me verplicht.'

Mevlevi sloeg met zijn hand op de tafel. 'Ik ben je niets verplicht!'

Kaiser had het gevoel of de grond onder zijn voeten wegzakte. Hoe kon dit gebeuren?

Mevlevi leunde achterover in zijn stoel, plotseling weer een toonbeeld van zelfbeheersing. 'Toch wil ik, uit dank voor wat je me over Neumann hebt verteld, proberen iets voor je te regelen. Ik zal morgen Gino Makdisi bellen. Hij kan je misschien uit de brand helpen.'

'Gino Makdisi? De man is een gangster.'

'Zijn geld is even groen als het jouwe. Hij zal met genoegen je genereuze condities accepteren.'

'Die condities gelden alleen voor jou. We zullen nooit met een Makdisi zaken kunnen doen.'

Mevlevi zuchtte geërgerd. 'Goed dan, ik zal over de lening nadenken. Ik zal eens gaan bellen. Ik kan je morgenmiddag om twee uur uitsluitsel geven.'

'Ik heb de hele ochtend een belangrijke bespreking met een van onze oudste aandeelhouders. Ik ben pas om drie uur terug in mijn kantoor.'

Kaiser wist dat hij geen hoge verwachtingen mocht hebben, maar hij kon er niets aan doen dat hij blij was met het aanbod. Hoop deed leven.

Mevlevi glimlachte welwillend. 'Ik beloof je dat ik je tegen die tijd uitsluitsel zal geven.'

Ali Mevlevi bracht de halfdronken Wolfgang Kaiser naar diens auto, ging de bar van het restaurant weer binnen en bestelde een drankje. Een paar seconden had hij zelfs medelijden met de arme dwaas. *Eén procent*, had Kaiser bijna gesmeekt in de hoop de jonge Neumann als een slaaf aan hem te verkopen. Neumann was niet meer waard dan de prijs van een kogel en meer zou hij niet aan hem uitgeven.

Geef me mijn één procent.

Mevlevi kwam in de verleiding hem die te geven, al was het alleen maar om zijn eigen geweten te sussen. Grinnikend bij de gedachte nam hij een slok van zijn likeur. Kaiser en zijn één procent. Neumann de speurneus. Er waren heel wat belangrijker dingen op de wereld.

Hij dronk zijn glas leeg, betaalde en liep de koude avondlucht in. Hij stak zijn hand omhoog; er startte onmiddellijk een motor en een zilverkleurige Mercedes reed naar hem toe. Hij stapte in en schudde Moammar al-Khan, zijn Libische factotum, de hand. 'Weet je waar we moeten zijn?'

'Het is niet ver. Een paar kilometer langs het meer en dan de heuvels in. We zijn er over een kwartier.' Khan bracht het gouden medaillon dat hij om zijn nek droeg, naar zijn lippen en kuste het. 'Als de profeet het wil.'

'Ik heb er alle vertrouwen in,' zei Mevlevi glimlachend.

Veertien minuten later naderde de Mercedes een eenzaam houten huis dat aan het eind van een weggetje vol bandensporen diep in een donker met sneeuw bedekt bos stond. Ervóór waren drie auto's geparkeerd en er brandde licht achter het raam.

'Een van hen is nog niet gearriveerd,' zei Khan. 'Ik zie zijn auto niet.'

Mevlevi dacht dat hij wel wist wie de late gast was, maar hij nam hem zijn theatrale gedrag niet kwalijk. Hij oefende zich een paar dagen van tevoren vast op zijn nieuwe rol. Tenslotte hoorde een directeur altijd als laatste te arriveren.

Mevlevi stapte uit en liep door de sneeuw naar het huis. Hij klopte één keer en ging toen naar binnen. Hassan Faris stond bij de deur. Mevlevi kuste hem op beide wangen, terwijl hij hem de hand schudde.

'Vertel me het goede nieuws, Faris,' zei hij.

'De Chase Manhattan en de Lehmann Brothers hebben een bereidheidsverklaring getekend om ons het hele bedrag te lenen,' zei de slanke Arabier. 'Ze hebben de lening al onderling verdeeld.'

Een langere man die bij de knapperende haard stond, kwam naar hen toe. 'Het is waar,' zei Georg von Graffenried, de onderdirecteur van de Adler Bank. 'Onze vrienden in New York zijn met het geld afgekomen. We hebben een overbruggingsfinanciering van drie miljard dollar. Meer dan genoeg om direct alle VZB-aandelen die we nog niet hebben, te kopen. Je hebt ons tot het laatste moment laten wachten, Ali. We kwamen bijna een paar dollar te kort.'

'Ik houd me altijd aan mijn woord, Georg.'

Mevlevi wuifde naar een magere man die bij de haard stond. 'Meneer Zwicki, ik ben blij dat ik u eindelijk ontmoet. Ik waardeer uw medewerking aan ons kleine project. Vooral uw hulp in de laatste paar dagen.' Op Mevlevi's bevel had Zwicki, het hoofd van de aandelenafdeling van de VZB, de aankopen van de eigen aandelen van de bank tot een minimum beperkt, waardoor hij Maeders 'bevrijdingsplan' effectief had gesaboteerd.

De deur van het huis ging plotseling open en Rudolf Ott kwam haastig binnen. 'Goedenavond, meneer Mevlevi. Sepp, Hassan Georg, hallo.' Hij trok von Graffenried naar zich toe en fluisterde: 'Je hebt mijn laatste memo ontvangen. Heb je nog contact met het Weduwe- en Wezenfonds opgenomen?'

'We hopen het morgen te weten, Herr Ott. Ik ben er zeker van dat u niet teleurgesteld zult worden.'

'Goedenavond, Rudolf.' Mevlevi verafschuwde de man, maar hij was het belangrijkste lid van hun team. 'Is alles in orde voor morgen?'

Ott zette zijn bril af en veegde de beslagen glazen met een schone zakdoek droog. 'Natuurlijk. De documenten voor de lening zijn gereed. U hebt uw geld om twaalf uur. Achthonderd miljoen franc is een aardig bedrag. Ik weet niet of we ooit iemand zoveel hebben geleend.'

Mevlevi betwijfelde het ook. Hij had natuurlijk een onderpand; drie miljoen VZB-aandelen die de Adler Bank in bewaring had, plus de paar honderdduizend aandelen die hij bij de VZB zelf in deposito had. Maar in de toekomst zou van hem geen onderpand meer geëist worden. Daarom nam hij nu juist de teugels van de bank in handen. Dat was het doel van deze hele onderneming. Het werd tijd om legaal zaken te gaan doen.

Morgenochtend zou Klaus König zijn bod op de VZB bekendmaken: 2,8 miljard dollar voor de zesenzestig procent van de VZB-aandelen die hij nog niet in bezit had. Dinsdag, bij de algemene aandeelhoudersvergadering van de VZB, zou Ott zijn steun voor het bod van de Adler Bank uitspreken en om het onmiddellijke ontslag van Wolfgang Kaiser vragen. De raad van bestuur zou hem steunen. Elk lid ervan had een flink pakket VZB-aandelen in bezit. Niemand kon zich permitteren de enorme bonus die de Adler Bank bood, te weigeren. Als beloning voor zijn loyaliteit (of voor zijn verraad, dat lag er maar hoe je het bekeek), zou Ott het roer van de gefuseerde bank, de VZB-Adler, mogen overnemen. De dagelijkse operaties zouden door Von Graffenried worden geleid en Zwicki en Faris zouden samen de aandelenafdeling voor hun rekening nemen. Klaus König zou in naam directeur blijven, maar zijn werkelijke taak zou zich beperken tot het ontwikkelen van de investeringsstrategie van de gefuseerde banken. De man was veel te impulsief om aan het hoofd van een internationale Zwitserse bank te staan. Als het hem niet beviel, zou Khan wel een hartig woordje met hem spreken.

In de loop van de tijd zouden nieuwe employés aangetrokken worden om sleutelposities te gaan bekleden. Mannen van Faris' slag. Mensen die door Mevlevi waren uitgekozen. Er zouden nieuwe mensen in de raad van bestuur worden benoemd. De gecombineerde activa van de Verenigde Zwitserse Bank en de Adler Bank zouden van hem zijn en hij zou meer dan zeventig miljard dollar tot zijn beschikking hebben.

Dit vooruitzicht bracht een brede glimlach op Ali Mevlevi's gezicht en iedereen om hem heen begon ook te glimlachen. Ott, Zwicki, Faris, Von Graffenried en zelfs Khan.

Mevlevi zou zijn macht niet misbruiken, althans voorlopig niet. Maar hij zou de bank zo goed voor allerlei dingen kunnen gebruiken. Hij zou leningen verstrekken aan goede bedrijven in Libanon, de *firyal* in Jordanië steunen en zijn vriend Saddam Hoessein in Irak een paar honderd miljoen toestoppen. Khamsin was slechts het begin, maar in zijn hart vond hij die het belangrijkst.

Mevlevi excuseerde zich en stapte naar buiten om met zijn hoofdkwartier in zijn kamp vlak bij Beiroet te bellen. Hij wachtte terwijl hij met generaal Martsjenko werd doorverbonden.

'*Da?* Meneer Mevlevi?'
'Ik bel om u te zeggen dat alles hier volgens plan verloopt, generaal Martsjenko. U zult uw geld niet later dan morgenmiddag twaalf uur hebben. Uw zoon moet tegen die tijd gereed zijn om te reizen. Luitenant Ivlovs aanval begint op diezelfde tijd.'
'Begrepen. Als ik eenmaal bevestiging van de overboeking heb ontvangen, is het maar een kwestie van seconden voor mijn zoon op het vliegtuig kan stappen. Ik zie ernaar uit van u te horen.'
'Twaalf uur, Martsjenko. Geen minuut later.'

Mevlevi klapte de mobiele telefoon dicht en stopte hem in zijn zak. Hij ademde de koele avondlucht in en genoot van de prikkelende frisheid ervan. Hij had meer dan ooit het gevoel dat hij echt leefde.

Morgen zou de Khamsin waaien.

61

NICK VERLIET SYLVIA'S APPARTEMENT OM HALFZES 'S OCHTENDS. ZE LIEP met hem mee naar de deur en liet hem beloven dat hij voorzichtig zou zijn. Hij kuste haar, knoopte zijn jas dicht, liep naar buiten en begon de steile heuvel naar de Universitätsstrasse af te dalen. De temperatuur lag ruim onder het vriespunt en de hemel was inktzwart. Hij had de eerste tram van de dag en kwam om vijf over zes bij het *Personalhaus* aan. Hij rende de trap naar zijn appartement op de eerste verdieping op. Toen hij de sleutel wilde omdraaien, merkte hij dat de deur niet op slot was en hij duwde hem langzaam open.

Het appartement was een puinhoop.

Het bureau was omgegooid en jaarverslagen en allerlei andere papieren lagen over de grond verspreid. De kast stond open en al zijn pakken waren op het tapijt gegooid. De laden van het dressoir waren leeggehaald en lagen op de grond. Overal lagen overhemden, truien en sokken. Zijn bed stond op zijn kant en de versleten matras lag er schuin tegenaan. De badkamer was er niet beter aan toe. De spiegel van het medicijnkastje was verbrijzeld en de tegelvloer was bezaaid met gebroken glas.

Toen zag hij zijn holster in de andere hoek naast de boekenkast liggen. Een glimmende zwarte driehoek. Leeg. Zijn pistool was weg.

Nick stapte zijn appartement binnen en sloot de deur achter zich. Hij begon kalm tussen zijn kleren te zoeken in de hoop de harde vlakken van de rechthoekige loop of het gekruiste reliëf van de greep van zijn pistool te voelen. Niets. Klote!

Plotseling viel hem iets vreemds op. Naast zijn bureau lag een stapel boeken op een slordige hoop als een onaangestoken vreugdevuur. In het midden ervan lag een studieboek van de *business school* – een groot boek dat *Principles of Finance* heette en was geschreven door Brealy en Myers. Het was opengeslagen en de bladzijden waren van de rug losgetrokken. Nick pakte een ander studieboek op. Het had dezelfde behandeling ondergaan. Hij pakte een paperback, de *Ilias*, het lievelingsboek van zijn vader. Het slappe omslag was naar achteren gevouwen en de bladzijden waaierden uit. Hij liet het op de grond vallen.

Nick hield op met zoeken. Mevlevi was hier geweest – of een van zijn mannen – en hij had iets bepaalds gezocht. Maar wat?

Nick keek op zijn horloge en zag tot zijn schrik dat er een halfuur voorbijgegaan was. Hij had nog tien minuten om te douchen, zich te scheren en schone kleren aan te trekken. De limousine zou hem om kwart voor zeven komen ophalen en hij werd om zeven uur bij de Dolder verwacht. Hij kleedde zich uit en stapte voorzichtig over de tegelvloer. Hij nam een douche en schoor zich in recordtijd met tien halen van het scheermes. Als hij nog wat stoppels had laten zitten, was er niets aan te doen.

Buiten toeterde een auto twee keer en hij schoof het gordijn opzij. De limousine was gearriveerd.

Nick liep naar zijn omgegooide bureau en streek met zijn hand over alle poten, op zoek naar de kleine deuk die hij er een paar weken geleden in had geslagen. Toen hij hem had gevonden, schroefde hij de ronde metalen voet aan de onderkant ervan los. Hij stopte zijn rechterduim en wijsvinger voorzichtig in de poot en haalde opgelucht adem toen hij de punt van iets scherps voelde. Zijn mariniersmes. *Jack the Ripper.* Het lemmet was aan de ene kant gekarteld en vlijmscherp aan de andere. Jaren geleden had hij plakband om de greep gewikkeld om hem stroef te maken, zodat hij vaster in de hand zou liggen.

Hij zocht tussen de troep op de badkamervloer tot hij een rol van hetzelfde plakband vond dat hij gebruikte om de beugel op zijn plaats te houden die hij droeg als hij zijn rechterknie oefende. Hij knipte er snel vier stukken af en legde die op de rand van de tafel. Toen pakte hij het mes op en drukte het, met de greep naar beneden, plat tegen de vochtige huid onder zijn linkerarm. Hij pakte de stukken plakband een voor een op en plakte het mes vast, maar niet te stijf. Eén krachtige benedenwaartse ruk was voldoende om het los te trekken. De daaropvolgende beweging zou iemands buik kunnen openrijten.

Hij zocht snel tussen zijn over de vloer verspreide spullen om te kijken of er schone kleren tussen zaten. Hij vond een overhemd en een pak dat net terug was van de stomerij. Ondanks de ruwe behandeling die ze hadden ondergaan, waren ze niet erg gekreukeld en hij trok ze aan. Er was één stropdas in zijn kast blijven hangen. Hij griste hem eruit en haastte zich het appartement uit.

Nick dwong zichzelf te wachten tot de limousine volledig tot stilstand was gekomen, voordat hij het portier opende. Hij was woedend op zichzelf, omdat hij te laat was. Het was maar tien minuten, maar vandaag kwam alles op timing aan. Hij rende de met een kastanjebruin tapijt bedekte trap met twee treden tegelijk op en liep snel door de draaideur naar binnen.

'Goedemorgen, Nicholas,' zei de Pasja kalm. 'Je bent laat. Laten we maar snel vertrekken. Meneer Pine, de nachtmanager, heeft me verteld dat het kan gaan sneeuwen. We willen niet op de Sint Gotthard in een sneeuwstorm blijven steken.'

Nick deed een stap naar voren en schudde Mevlevi de hand. 'Ik denk niet dat we problemen zullen krijgen. De Sint-Gotthardtunnel is altijd open, zelfs in de slechtste weersomstandigheden. De chauffeur heeft me verzekerd dat we gemakkelijk op tijd in Lugano zullen zijn. De auto heeft vierwielaandrijving en sneeuwkettingen.'

'Maar jij zult moeten helpen de sneeuwkettingen om te leggen, niet ik.' Ze verlieten het hotel en Mevlevi stapte achter in de limousine. Nick volgde zijn voorbeeld. Hij was vastbesloten de perfecte employé te spelen. Beleefd, vriendelijk en nooit opdringerig. 'Hebt u uw paspoort en drie pasfoto's bij u?' vroeg hij de Pasja.

'Natuurlijk.' Mevlevi overhandigde ze Nick. 'Kijk maar even. Vrienden van me bij de Britse Inlichtingendienst hebben het me gegeven. Ze hebben me verteld dat het echt is. De Britten gebruiken het liefst Argentijnse paspoorten om zout in de wonden te wrijven. Ik heb de naam zelf gekozen. Slim, vind je niet?'

Nick opende het Argentijnse paspoort. Het was hetzelfde paspoort dat Mevlevi de vrijdag bij de Fiduciaire Trust in Zug had gebruikt. Het stond op naam van Allen Malvinas, inwoner van Buenos Aires, de stad waar El Oro des Andes gevestigd was. 'Zei u niet dat u in Argentinië hebt gewoond?'

'In Buenos Aires, ja, maar niet lang.'

Nick gaf hem het paspoort zonder commentaar terug. *Soufi, Malvinas, Mevlevi. Ik weet wie je bent.*

Mevlevi liet het paspoort in de zak van zijn colbert glijden. 'Natuurlijk is dat niet de *enige* naam die ik ooit heb gebruikt.'

Nick knoopte zijn colbert los en zijn arm streek langs het stalen lemmet. Hij glimlachte voor zich uit. *En je weet dat ik het weet.*

Het spel kon beginnen.

De vroege ochtendstilte omhulde de auto, terwijl hij met hoge snelheid door de Talvallei reed. De Pasja leek te slapen. Nick hield één oog op zijn horloge en het andere op het voorbijschietende landschap gericht. De hemel die eerst lichtblauw was geweest, had nu een nog lichtere, waterig grijze kleur gekregen. Toch sneeuwde het nog niet en daarvoor was hij dankbaar.

De Mercedes reed met een aangenaam snorrend geluid door en de krachtige motor stuurde een geruststellende trilling door het chassis. De gestroomlijnde auto reed door het pittoreske Küssnacht, een dorpje aan het meer, en beklom daarna een smallere weg die de steile noordrand van het Vierwaldstätter Meer naar de Sint-Gotthardpas volgde.

Een paar laaghangende wolken lagen als een deken over het meer. Even later reed de auto de eerste van een reeks plaatselijke sneeuwbuien in en het meer werd aan het gezicht onttrokken.

Op hetzelfde moment waarop Nick door Küssnacht reed, stopte Sylvia

Schon de telefoon onder haar kin en draaide het privé-nummer van de directeur voor de vierde keer. De telefoon bleef maar rinkelen. Ze liet hem zevenentwintig keer overgaan voordat ze de hoorn met een klap op de haak sloeg. De tranen van teleurstelling rolden over haar wangen.

Ze liep de keuken in en rommelde door haar laden om sigaretten te zoeken. Ze vond een verfrommeld pakje Gauloises en haalde er een uit. Terwijl ze hem opstak, dacht ze aan Kaiser. De arme man. Hij had zijn hele leven hard gewerkt om de bank op te bouwen en het was ondenkbaar dat hij hem nu zou kwijtraken. Toch gebeurde dat soort dingen elke dag in de zakenwereld. Hij had op die mogelijkheid verdacht moeten zijn. Eigenlijk, hield ze zichzelf voor, zou ze boos op hem moeten zijn in plaats van medelijden met hem te hebben. Omdat *hij* niet alert genoeg was geweest, werd zij in haar bestaan bedreigd.

Sylvia trok hard aan de scherpe sigaret om Nicks geur die nog in het appartement hing, te verdrijven. *Ik verraad je niet,* legde ze hem in gedachten uit. Ik red mezelf. Ik had van je kunnen houden. Kun je dat niet begrijpen? Of ga je te veel op in je persoonlijke kruistocht om te zien dat ik er zelf ook een heb? Weet je niet wat er zal gebeuren als Kaiser gearresteerd wordt? Dan zal Rudolf Ott de leiding van de bank overnemen. Ott die zo zijn best gedaan heeft om me de kans te ontnemen om hogerop te komen. Het is zijn schuld, Nick. Hij is er verantwoordelijk voor.

Sylvia voelde zich even schuldig, maar ze wist niet ten opzichte van wie. Ten opzichte van Nick? Ten opzichte van zichzelf? Het maakte trouwens niet uit. Ze had lang geleden haar weg gekozen.

Ze drukte haar sigaret uit en keek op haar horloge. Over tien minuten zou Rita Sutter op kantoor komen. Je kon de klok op haar gelijkzetten, had Kaiser gezegd. Ze kwam de afgelopen twintig jaar al precies om halfacht op haar werk. Niemand diende hem zo trouw en gehoorzaam als zij. Rita Sutter zou weten waar ze de directeur kon vinden. Hij deed niets zonder het haar te vertellen.

Sylvia kneep haar neus dicht. Ze werd plotseling misselijk van de ongefilterde nicotine van de sigaret. Ze keek weer op haar horloge. Het was nog acht minuten te vroeg, maar toch pakte ze de telefoon en draaide het nummer van Kaisers kantoor.

De helling van de weg was minder steil geworden. Hij steeg langs de bevroren oevers van de Reuss en kronkelde zich omhoog door een prachtige vallei die diep in het onherbergzame hart van de Zwitserse Alpen doordrong. Nick keek door het raampje, ongevoelig voor de schoonheid om hem heen. Hij duimde ervoor dat het niet zou gaan sneeuwen en bad ervoor dat Kaiser op tijd uit Zürich was vertrokken om zijn bespreking om elf uur met de graaf te halen.

Toen ze het dorpje Göschenen naderden, vroeg Ali Mevlevi de chauffeur om de snelweg even te verlaten, zodat hij zijn benen even zou kunnen strekken. De chauffeur reed het centrum van het pittoreske dorpje in en stopte. Alle drie de mannen stapten uit.

'Kijk eens hoe laat het is,' zei de Pasja terwijl hij demonstratief op zijn horloge keek. 'In dit tempo komen we een uur te vroeg aan. Vertel me nog eens hoe laat onze afspraak is.'

'Halfelf,' antwoordde Nick, die onmiddellijk nerveus werd. Hij had er geen rekening mee gehouden dat ze onderweg zouden stoppen. Dit werd verondersteld een sneltrein te zijn. Een intercity zonder tussenstops.

'Halfelf,' herhaalde Mevlevi. 'We hebben nog twee uur. Ik voel er weinig voor om in een te warme kamer te gaan zitten duimendraaien terwijl we op die pluimstrijker wachten.'

'We kunnen meneer Wenker, de man van de paspoortdienst, bellen en vragen of we hem eerder kunnen spreken.' Nick was er zo bang voor geweest te laat te komen dat hij er niet over had nagedacht wat er zou gebeuren als ze te vroeg waren.

'Nee, nee, het lijkt me het beste om hem niet te storen.' Mevlevi keek naar de grijze hemel. 'Ik heb een ander idee. Laten we de oude route over de top nemen. Ik ben nog nooit door de pas zelf gereden.'

Over de top?

Nick probeerde zijn stem zo kalm mogelijk te laten klinken. 'De weg is buitengewoon gevaarlijk,' zei hij. 'Steil en kronkelig en hij zal waarschijnlijk flink glad zijn. Het is geen goed idee.'

Er gleed een schaduw over het voorhoofd van de Pasja. 'Ik vind het een geweldig idee. Vraag de chauffeur eens hoe lang het zal duren.'

De chauffeur die nonchalant een sigaret stond te roken, antwoordde uit zichzelf. 'Als het niet gaat sneeuwen, kunnen we er in een uur overheen zijn.'

'Zie je wel, Neumann,' zei de Pasja enthousiast. 'Een uur. Perfect! Dan kunnen we tijdens deze tocht nog een beetje van het landschap genieten.'

Landschap? Er ging een schril alarm in Nicks hoofd af.

'Ik moet erop aandringen dat we op de snelweg blijven,' zei hij. 'Het weer kan in de bergen plotseling omslaan. Tegen de tijd dat we de pas hebben bereikt, kunnen we in een sneeuwstorm vastzitten. Ik kan niet toestaan dat we dat risico nemen.'

'Als je wist hoe zelden ik mijn dorre landje verlaat, zou je me dit plezier graag gunnen. Als meneer Wenker even moet wachten, het zij zo. Hij zal het niet erg vinden – niet voor het bedrag dat Kaiser hem ongetwijfeld betaalt.' Mevlevi liep naar de chauffeur toe en klopte hem op de rug. 'Kunnen we om halfelf in Lugano zijn, beste man?'

'Geen probleem,' antwoordde de chauffeur. Hij trapte de sigaret uit en zette zijn pet recht.

Nick glimlachte nerveus tegen de Pasja. Te laat komen op de afspraak met meneer Wenker van de Zwitserse Paspoortdienst was een luxe die ze zich gewoon niet konden permitteren. Het hele plan stond en viel met een precieze timing. Nick en de Pasja werden om halfelf verwacht en ze moesten er om halfelf zijn.

Hij opende het portier en bleef staan om nog even frisse lucht in zijn longen te zuigen. Mevlevi had deze omweg gepland. De chauffeur was een van zijn mensen. Dat moest wel. Niemand met gezond verstand zou met dit weer over de oude weg naar de Sint-Gotthardpas rijden. De weg zou spekglad en niet onderhouden zijn en, wat erger was, er dreigde slecht weer.

Mevlevi liep naar de auto toe. Voordat hij instapte, keek hij Nick recht aan en tikte twee keer op het dak van de auto. 'Zullen we dan maar?'

Sylvia Schon schreeuwde tegen de telefoniste die de centrale van de bank bemande. 'Het kan me niet schelen dat de lijn bezet is. Verbind me dan op een ander toestel door. Dit is een noodgeval. Begrijp je dat?'

'Mevrouw Sutter in op het ogenblik in gesprek,' zei de telefoniste geduldig. 'U kunt later nog een keer bellen. *Auf Wiederhören.*'

De verbinding werd verbroken.

Geërgerd, maar niet verslagen probeerde Sylvia de secretaresse van de directeur voor de derde keer te bellen.

'*Sekretariat Herr Kaiser,* Sutter.'

'Waar is de voorzitter, mevrouw Sutter?' vroeg Sylvia. 'Ik moet hem onmiddellijk spreken.'

'Ik neem aan dat u Fräulein Schon bent,' antwoordde een koude stem.

'Ja,' zei Sylvia. 'Waar is hij?'

'De directeur is hier niet. Hij is pas vanmiddag bereikbaar.'

'Ik moet weten waar hij is,' flapte Sylvia eruit. 'Het is een noodgeval. Vertelt u me alstublieft waar ik hem kan vinden.'

'Natuurlijk,' antwoordde Sutter, nog steeds op formele toon. 'U kunt hem vanmiddag om drie uur in zijn kantoor vinden. Eerder niet. Kan ik u misschien van dienst zijn?'

'Nee, verdomme. Luister naar me. De directeur is in gevaar. Zijn veiligheid en zijn vrijheid staan op het spel. Ik moet hem waarschuwen.'

'Beheers je,' commandeerde Rita Sutter. 'Wat bedoel je met "in gevaar"? Als je Herr Kaiser wilt helpen, moet je het mij vertellen. Of wil je liever met Herr Ott spreken?'

'Nee!' Sylvia kneep in haar arm om kalm te blijven. 'Alstublieft, mevrouw Sutter. U moet me geloven. U moet me vertellen waar ik hem kan vinden. Het is in ons aller belang dat ik hem vind.'

Het spijt me, Nick, zei ze in stilte tegen de schaduw die over haar heen bleef vallen. *Dit is mijn thuis. Mijn leven.*

Rita Sutter schraapte haar keel. 'Hij is vanmiddag om drie uur terug in zijn kantoor. Tot ziens.'

'Wacht!' schreeuwde Sylvia, maar de verbinding was al verbroken.

333

Nick hield de armleuning lichtjes vast terwijl hij door het raampje keek. De grauwe lucht was nu schemerachtig donker geworden en tot zijn ontzetting zag hij dat grijze wolken met een franjeachtige rand zich samentrokken. Het zou snel gaan sneeuwen. Hij keek naar beneden over de berg en zag één enkele auto die ver onder hen de kronkelige weg beklom. Hij reed met verrassende snelheid en gaf gas op de korte, rechte stukken voordat hij remde om de haarspeldbochten te ronden. Dus ze waren niet de enigen die zo gek waren om de pas te nemen. Hij draaide zijn hoofd opzij naar Mevlevi en zag dat diens gezicht door de vele scherpe bochten en de voortdurende snelheidswisselingen een gelige kleur had gekregen. Hij hield zijn blik strak op het landschap gericht.

De limousine minderde snelheid om een scherpe bocht naar links te nemen. Nick drukte zijn gezicht tegen de ruit om naar de lucht te kijken. Een paar natte sneeuwvlokken sloegen tegen het glas. Hij leunde achterover en bad dat het weer niet zou omslaan voordat ze de top hadden bereikt.

Mevlevi leunde voorover in zijn stoel en vroeg de chauffeur: 'Hoe lang duurt het nog vóór we op de top zijn?'

'Vijf minuten,' antwoordde de chauffeur. 'Maakt u zich geen zorgen. De sneeuwstorm blijft nog wel een tijdje weg.'

Toch reden ze een dichte wolkenbank binnen zodra de chauffeur de woorden had uitgesproken en het zicht nam in een mum van tijd van dertig naar zes meter af. De auto remde scherp.

'*Scheisse*,' fluisterde de chauffeur luid genoeg om Nick te alarmeren, maar de Pasja leek op een vreemde manier tevreden. De gelige tint van zijn gezicht was verdwenen en hij keek Nick met schuin geheven hoofd aan.

'Moedwillige ongehoorzaamheid,' zei hij. 'Dat zit bij jou in de familie, hè? Ik heb uit betrouwbare bron vernomen dat je een grote belangstelling voor de dossiers van de bank hebt ontwikkeld. In dat van mij bijvoorbeeld, maar ook in andere. Oudere dossiers die informatie bevatten over het werk van je vader voor de bank. Had je die nodig om bevestiging te zoeken van wat er in die agenda's van hem stond?'

De tijd leek stil te staan. De auto bewoog zich niet meer.

Heel even vroeg Nick zich af of hij ooit nog zou ademhalen. Wie had Mevlevi verteld dat hij de dossiers van zijn vader had ingekeken? Wie had hem verteld dat hij geïnteresseerd was in het dossier van rekening 549.617 RR? Hoe wist Mevlevi van de agenda's? En waarom ging hij nu de confrontatie met hem aan?

Nick hield zichzelf voor dat hij niet op de vragen moest letten, dat zijn enige taak was de Pasja bij Hotel Olivella au Lac af te leveren waar meneer Yves-André Wenker hem een uur zou ondervragen over zijn motieven om het Zwitserse staatsburgerschap aan te vragen. Maar de vragen bleven als een bot scheermes door zijn geest snijden.

'Alexander Neumann,' zei Mevlevi peinzend, 'Ik heb de man

gekend, maar ik heb begrepen dat je dat allemaal weet. Heeft je onderzoek al uitgewezen wie hem heeft vermoord?'

Nick verstijfde in zijn stoel. Hij voelde het mes langs zijn zij schuren. *Sylvia kan het hem niet verteld hebben.*

'Hij is toch doodgeschoten? Stond er in het politierapport of hij met één, of met verscheidene schoten is gedood? Drie schoten misschien? Ik vind dat altijd het effectiefst. Ik heb nog nooit gezien dat iemand drie schoten in de borst overleefde. Dumdumkogels zijn de beste. Ze rijten het hart uiteen.'

Nick trok zijn rechterarm terug om Mevlevi hard op de kin te stoten, maar hij onderbrak zijn beweging. Mevlevi had een zilverkleurig .9 mm pistool in zijn hand dat hij op Nicks hart richtte. Hij glimlachte.

Sylvia Schon liep de antichambre van de directeur binnen en ging tegenover Rita Sutter staan.

'Waar is hij?' vroeg ze. 'Ik moet hem onmiddellijk spreken.'

Rita Sutter keek met een ruk van haar typewerk op. 'Heb je helemaal niet geluisterd naar wat ik je over de telefoon heb gezegd? Ik heb je duidelijk gezegd dat de directeur pas halverwege de middag terug is. Vóór die tijd mag hij niet gestoord worden.'

Sylvia sloeg met haar vuist op het bureau. Ze was ten einde raad. 'Geef me nu zijn telefoonnummer. Als u ook maar iets om hem en de bank geeft, vertelt u me waar hij is.'

Rita Sutter schoot omhoog uit haar stoel, liep om haar bureau heen, greep Sylvia stevig bij haar onderarm en trok haar naar een paar banken en stoelen die tegen de muur stonden. 'Hoe haal je het in je hoofd om op zo'n toon tegen me te spreken? Vertel me nu eens precies wat er aan de hand is.'

Sylvia trok haar arm los en ging op de bank zitten. 'Herr Kaiser wordt deze ochtend gearresteerd. Vertel me nu waar hij is.'

'Wie heeft dit gedaan? Is het meneer Mevlevi? Ik heb altijd geweten dat hij een slecht mens is. Heeft hij Wolfgang ergens van beschuldigd?'

Sylvia staarde haar aan alsof de oudere vrouw gek geworden was. 'Mevlevi? Natuurlijk niet. Hij zal samen met de directeur gearresteerd worden. Het is Neumann. Nicholas Neumann. Hij heeft dit allemaal geregeld. Ik denk dat hij met de DEA samenwerkt.'

Rita's gezicht zakte af. 'Dus hij weet het? Wat heeft hij gezegd?'

'Dat Kaiser Mevlevi heeft geholpen zijn vader te vermoorden. Dat hij ze allebei zal tegenhouden. *Vertel me waar ik hem kan bereiken.*'

Rita Sutter had haar volle aandacht er weer bij. 'Ik vrees dat we zullen moeten wachten,' zei ze. 'Ze zitten in de auto van meneer Feller en ik heb het nummer niet. Ze moeten over een uur in Lugano zijn. De voorzitter heeft een afspraak met Eberhard Senn, graaf Languenjoux, in Hotel Olivella au Lac. De graaf woont daar in de winter.'

'Geef me het nummer,' snauwde Sylvia. 'Snel.'

'Het ligt op mijn bureau. Wat wil je gaan zeggen?'
'Ik ga tegen de receptionist zeggen dat Herr Kaiser ons moet bellen zodra hij is aangekomen. Hoe laat zou hij arriveren, zei u?'
'Hij is om kwart over zeven bij mij weggegaan,' zei Rita Sutter. 'Als het niet sneeuwt, moeten ze daar om kwart over tien, halfelf zijn.'
Sylvia was er niet zeker van dat ze het goed had verstaan. 'Was Herr Kaiser vannacht bij u?'
'Waarom verbaast je dat zo?' vroeg Rita Sutter. 'Ik heb mijn hele leven van Wolfgang gehouden. Je vroeg me of ik om de bank gaf. Natuurlijk doe ik dat. De bank is van Wolfgang.' Ze pakte het velletje papier met het nummer van Hotel Olivella au Lac van het bureau en reikte het Sylvia aan.

Nick hield zijn blik op de loop van Mevlevi's pistool gericht, terwijl hij zich op één knie liet zakken. Sneeuw bedekte het asfalt van het parkeerterrein op het hoogste punt van de Sint-Gotthardpas. De limousine stond ergens achter hem en de chauffeur leunde ertegenaan. Het zicht was bijna tot nul gereduceerd. Ze waren een minuut geleden boven aangekomen en hij was op Mevlevi's bevel gehoorzaam uit de auto gestapt en een paar meter de mist in gelopen. Hij wist dat hij bang zou moeten zijn, maar hij voelde zich eerder dom en beschaamd. Hij had talrijke aanwijzingen gehad en ze allemaal genegeerd. Hij had zich door zijn gevoelens laten verblinden. Geen wonder dat Sylvia zo gemakkelijk aan de maandrapporten van zijn vader had kunnen komen. Geen wonder dat Kaiser Schweitzer beschuldigd had. Geen wonder dat Mevlevi van de agenda's van zijn vader wist. Het was hem nu duidelijk wie de bron van hun informatie was. Doctor Sylvia Schon.
Mevlevi torende grijnzend boven hem uit. 'Bedankt dat je me een goede reden hebt gegeven om je hier op deze ongastvrije bergtop achter te laten. Ik vertrouw erop dat je wel op eigen houtje thuiskomt.'
Nick staarde naar het wapen. Het was hetzelfde pistool waarmee Albert Makdisi was vermoord.
'Ik kan het niet hebben dat er iemand voor me werkt die zo weinig om zichzelf geeft, begrijp je? Kaiser was perfect. We hadden altijd dezelfde doeleinden en er was maar zo weinig voor nodig om hem op het juiste spoor te zetten. Ik denk dat ik door hem verwend ben.'
Nick sloot zich af voor de onsamenhangende monoloog van de Pasja. Hij probeerde te bedenken hoe hij Mevlevi zou kunnen afleiden zodat hij het mes kon gebruiken en hij vroeg zich af wat hij daarna met de chauffeur zou moeten doen.
'Ik dacht dat je een prima handlanger zou zijn. Of eigenlijk moet ik zeggen, dat dacht Kaiser. Hij was zo blij dat hij de kans kreeg de zoon van de man die had gedreigd dat hij hem zou verraden, te verleiden. De rest weet je. En dat kunnen we nu eenmaal niet hebben, hè? Het is een teleurstelling. Wat Kaiser betreft, ik stel me zo voor dat hij er snel over-

heen zal zijn dat hij je verloren heeft. Waarschijnlijk dinsdag al, wanneer de Adler Bank de VZB overneemt en hij geen baan meer heeft.'

De Pasja bracht het pistool in de aanslag. 'Het spijt me, Nicholas. Je had gelijk over vanochtend. Ik mag niet te laat komen. Ik heb mijn Zwitserse paspoort nodig. Het is mijn definitieve bescherming tegen je landgenoot, meneer Thorne.'

Hij stapte naar voren en zette zijn glimmende schoen recht onder de kin van zijn beoogde slachtoffer. Nick keek niet op. Hij hoorde de metaalachtige klik van de veiligheidspal die in de vuurstand werd gezet en kwam toen in actie. Zijn rechterhand schoot onder zijn kleren, greep het heft van het mes en trok het met een benedenwaartse ruk onder zijn overhemd vandaan. Zijn arm beschreef een woeste boog door de lucht en het mes sneed door de broek van de Pasja en haalde zijn scheenbeen tot op het bot open. Er werd een kogel afgevuurd die rakelings langs hem vloog en ricochetteerde. De Pasja zakte vloekend op één knie en bracht het pistool omhoog voor een tweede schot. Nick sprong overeind en rende weg. De chauffeur probeerde hem de weg te versperren. Hij had een hand achter zijn zwarte jasje gestoken. De hand kwam tevoorschijn. Een pistool.

Nick rende recht op hem af terwijl hij het mes in zijn hand omdraaide zodat de gekartelde kant naar beneden wees. Hij stootte het mes schuin omhoog en trok het lemmet over de schouder van de man waardoor de arm bijna van het lichaam werd gescheiden. Het mes bleef in het bot steken en Nick liet het los. De chauffeur zakte schreeuwend in elkaar.

Nick rende zo snel hij kon weg. Door de harde wind liepen de tranen uit zijn ogen en ze bevroren op zijn wangen. Hij hoorde de knal van een pistoolschot en toen nog een en nog een. Vier. Vijf. Hij raakte de tel kwijt. Hij dwong zichzelf zijn benen hoger te heffen en sneller te lopen. Zijn longen brandden door de koude lucht.

Toen begaf zijn rechterbeen het als een gebroken rietstengel. Hij viel naar opzij en zijn schouder stuiterde op het asfalt.

Plotseling was alles stil en er bewoog zich niets achter het gordijn van sneeuw. Nick hoorde alleen het gebonk van zijn hart en het geruis van de wind die over het verlaten parkeerterrein blies. Hij staarde naar zijn trekkende been en herkende de pijn al voordat hij het bloed zag.

Hij was getroffen.

62

NICK STAARDE IN DE WITTE LEEGTE.

Hij wachtte op het geschuifel van voetstappen die door de mist zouden naderen en op de sarcastische lach die erop zou volgen. Ieder ogenblik verwachtte hij het gierende staccatogeluid van een 9 mm kogel te zullen horen die zijn borst zou binnendringen en zijn naïeve, goedgelovige hart zou wegbranden.

Maar er gebeurde niets en hij hoorde boven het geloei van de krachtiger wordende storm uit geen enkel geluid. Nick keek naar zijn been en zag dat het minder hevig bloedde. Hij vond de inslagwond en liet zijn hand onder zijn dij glijden. Toen hij hem terugtrok was hij glibberig van het bloed. De kogel was dwars door zijn been gegaan, maar er waren geen slagaderen geraakt. Hij zou blijven leven. De gedachte bracht een flauw glimlachje om zijn lippen en tegelijkertijd besefte hij dat hij niet kon wachten tot de Pasja naar hem toe zou komen. Als hij wachtte, zou hij sterven als hij niet probeerde zijn eigen executie te voorkomen. Hij moest in beweging komen.

Hij deed zijn stropdas af en bond hem om zijn bovenbeen als een geïmproviseerd tourniquet. Daarna pakte hij een zakdoek uit zijn zak, vouwde hem twee keer op en stopte hem in zijn mond. Hij sloot zijn ogen en ademde drie keer diep in.

Hij beet op de zakdoek en duwde zichzelf tot een zittende houding omhoog. Zijn been deed hevige pijn, ook al had hij het maar een heel klein stukje bewogen. Het werd donker voor zijn ogen en heel even zag hij alleen een golvende, intense duisternis. Hij spuwde de zakdoek uit en zoog de frisse berglucht in zijn longen.

Nog één keer, hield hij zichzelf voor. Nog één keer, dan sta je overeind.

Hij ademde een paar keer diep in en maakte zich gereed voor zijn volgende beweging toen hij hoorde dat het portier van de limousine dichtgeslagen werd en dat de motor ervan aansloeg. Hij bleef roerloos zitten en draaide zijn oor naar de wind. De motor van de Mercedes draaide een paar seconden stationair, ging toen sneller lopen en toen hoorde hij dat de auto optrok.

Nick bleef waar hij was. Hij kon bijna niet geloven dat de Mercedes zomaar vertrokken was.

Het gesputter van een andere motor onderbrak zijn gedachten. De auto kwam dichterbij en was nu vlak onder de top van de berg. De motor maakte een gierend geluid, terwijl de auto in de tweede versnelling het laatste stuk van de helling beklom.

Nick herinnerde zich dat hij ver beneden zich een andere auto had gezien. Was dit dezelfde auto? Was de Pasja zo snel vertrokken omdat hij hem zag aankomen?

Nick wist het niet, maar hij wilde dat iemand hem snel zou vinden. Hij had geen handschoenen of overjas en hij had medische hulp nodig. De wond moest schoongemaakt en verbonden worden. Maar het meest van alles had hij een auto nodig om achter de Pasja aan te gaan. Hij zou de rotschoft niet de kans geven te ontkomen.

Nick hoorde gepiep van banden, terwijl de auto de laatste bocht nam. De motor draaide zelfverzekerder nu de helling minder steil werd. Hij rolde zich op zijn rechterzij zodat hij zijn linkerbeen onder zich zou kunnen krijgen. Duizenden gescheurde zenuwuiteinden leken vlam te vatten en de tranen schoten in zijn ogen. Toen verstijfde hij. Hij vroeg zich af wie er nog meer zo dom zou zijn om midden in de winter deze weg te nemen en een zware sneeuwstorm te trotseren. De kans was groot dat het een volgauto was die door Gino Makdisi was gestuurd om de rotzooi achter zijn zakenpartner op te ruimen.

Nick overdacht snel de situatie waarin hij zich bevond. Hij moest zich door de chauffeur laten vinden. Hij streek met zijn hand over het asfalt om een steen te zoeken die hij als wapen zou kunnen gebruiken als het nodig was. Toen hij een steen van een redelijke grootte zag, schoof hij een halve meter naar links, pakte hem op en schoof snel terug naar de plaats waar hij was gevallen. Hij streek met zijn hand door de plas bloed en smeerde het over zijn witte overhemd uit.

Nick lag op de grond toen de auto over de top van de berg kwam. Hij liet zijn wang op het asfalt rusten en concentreerde zijn blik op de paal van een ijzeren veiligheidshekje dat af en toe door de rondwervelende sneeuw heen zichtbaar was. Hij verstijfde toen het licht van de koplampen over zijn ogen gleed. Het geluid van de motor stierf weg en hij zag uit zijn ooghoek dat de auto tot stilstand kwam.

Er werd een portier geopend en hij hoorde voetstappen naderen. Nick hield zijn blik, met de starende uitdrukking van een dode, op het ijzeren hekje gericht. Hij haalde oppervlakkig adem en wachtte tot er een tweede portier zou opengaan, maar hij hoorde niets. Degene die nu drie meter van hem vandaan stond, was alleen.

Hij hoorde weer voetstappen en zag vanuit zijn ooghoek een gestalte opdoemen. De man was van middelmatige lengte en droeg donkere kleding. Nick verstevigde zijn greep om de steen. De man deed nog een stap in zijn richting, boog zich over hem heen en porde met zijn voet in Nicks onderrug.

Beslist niet iemand uit de buurt.

Nick hield zijn blik op het hekje gericht. Hij wilde met zijn ogen knipperen, maar wist dat hij zich daarmee zou verraden. De man boog zich dieper voorover. Nick voelde dat hij naar zijn bebloede overhemd staarde en zijn levenloze blik taxeerde. Hij kon nu elk moment zijn hand voor Nicks mond houden. Als hij dan de warme lucht voelde, zou hij het weten. Het gezicht was nu recht boven hem en Nick rook een dure eau de cologne. Hij kon de gelaatstrekken van de man bijna onderscheiden. Een grijze, kortgeknipte baard en zware wenkbrauwen.

Toen zag Nick de hoed. De man hield hem in zijn rechterhand die recht voor Nicks ogen hing. Het was een donkergroene hoed van een ruwe, harige stof en er stak een veer uit de band ervan.

Een Tiroler hoed.

Nick draaide zijn hoofd met een ruk opzij en staarde in het verbaasde gezicht van zijn gentleman-achtervolger. De man slaakte een kreet, maar voordat hij zich kon oprichten, beschreef Nicks arm een boog door de lucht en trof hem met de steen op zijn wang. De man hapte naar lucht en viel toen bewusteloos op zijn zij. Hij had een revolver met korte loop in zijn hand.

Nick ging rechtop zitten en staarde naar het beschadigde gezicht. Hij pakte de revolver, stak hem in zijn zak en doorzocht de zakken van de man. Geen portefeuille. Geen mobiele telefoon. Geen autosleutels. Alleen een paar honderd franc in kleingeld.

Nick boog zich naar links en trok zijn linkerbeen onder zich op. Op de een of andere manier had zijn woede de pijn doen afnemen. Hij stond met een vertrokken gezicht op en hinkte naar de auto. Een Ford Cortina. De sleutels zaten in het contact. Gelukkig was het een automaat. Hij opende het portier aan de chauffeurskant, boog zich voorover en keek in de auto rond om een eerstehulpdoos of telefoon te zoeken. Hij opende het handschoenenkastje en keek erin. Niets. Een verhoging op de hoedenplank gaf hem hoop. Hij hobbelde naar achteren, opende het portier en liet zich op de achterbank zakken. Hij opende het kastje en zag dat er een ongebruikte eerstehulpdoos in stond. Er zaten plakband, gaasverband, jodiumtinctuur en aspirine in. Niet slecht om mee te beginnen.

Vijftien minuten later had Nick zijn wond schoongemaakt en verbonden. De man met de Tiroler hoed lag roerloos op zijn zij. Nick pakte een deken uit de eerstehulpdoos en gooide die over de man heen. De deken zou hem warm genoeg houden tot hij een manier had gevonden om beneden te komen.

Nick liep naar het voorste portier van de Ford en liet zich op de chauffeursplaats zakken. Hij zou zijn linkerbeen bij het rijden moeten gebruiken. Hij startte de motor. De benzinetank was nog voor drie kwart vol. Hij keek op zijn horloge. Halfelf. De Pasja had een voorsprong van dertig minuten op hem.

Hij moest zich haasten.

ALI MEVLEVI KWAM OM 10.40 UUR BIJ HOTEL OLIVELLA AU LAC AAN. HET was helder, koel weer en een nevelig zonnetje brak door het dunne wolkendek heen. De mediterrane wind die tegen de zuidwand van de Alpen woei, bracht Tessin zachte, aangename winters die niet veel verschilden van die in Libanon. In Zürich, zei men, zat je de hele winter achter de dubbele ramen van te warme kantoren terwijl je in Lugano je wollen vest dichtknoopte en op het terras van de Piazza San Marco espresso dronk. Vandaag leende het weer zich er beslist voor, maar er zou geen tijd zijn om een espresso te drinken.

Mevlevi sloeg het voorste portier van de limousine dicht en liep met doelbewuste tred het hotel binnen, waarbij hij zijn best deed te verbergen dat hij mank liep. Hij had zijn been verbonden met een verband uit de eerstehulpdoos van de limousine. Het zou wel blijven zitten tot hij naar een dokter zou kunnen gaan om de lelijke jaap te laten hechten. Hij liep naar de receptie en vroeg de receptionist naar het kamernummer van meneer Yves-André Wenker. De receptionist keek in het gastenboek. 'Kamer 407,' zei hij. Mevlevi bedankte hem en liep naar de liften. Hij klemde zijn kaken op elkaar en verbeet de pijn. Eén gedachte schonk hem troost. Neumann zou inmiddels diep in de bergsneeuw begraven zijn en zijn verdwijning zou pas laat in de lente, als het begon te dooien, opgehelderd worden.

Mevlevi kwam bij kamer 407 en klopte twee keer op de deur. Er werden twee sloten geopend, de deur zwaaide open en Mevlevi zag een lange man in een grijs krijtstreeppak voor zich staan. Hij droeg een pince-nez en had de kromme rug en de misprijzende blik van iemand die altijd achter een bureau zit.

'*Veuillez-vous entrer.* Kom binnen, alstublieft,' zei de slanke man met een uitnodigend gebaar. 'Monsieur...'

'Malvinas. Allen Malvinas. *Bonjour.*' De Pasja strekte zijn hand uit. Hij haatte het om Frans te spreken.

'Yves-André Wenker van de Zwitserse Paspoortdienst.' Wenker wees naar een ruim zitgedeelte. 'Bent u alleen? Ik heb te horen gekregen dat u in gezelschap zou zijn van een zekere meneer Neumann, een assistent van Herr Kaiser.'

'Helaas was meneer Neumann verhinderd. Hij is plotseling ziek geworden.'

Wenker fronste zijn voorhoofd. 'Is dat zo? Ik begon er al aan te twijfelen of u zou komen. Ik verwacht van mijn cliënten dat ze op tijd op hun afspraken komen, hoe de weersomstandigheden ook zijn. Zelfs als ze naar me doorverwezen zijn door zo'n vooraanstaand zakenman als Herr Kaiser.'

'Regen, natte sneeuw, slecht zicht. Het was een lange rit vanuit Zürich.'

Wenker nam hem sceptisch op. 'Herr Kaiser heeft me verteld dat u uit Argentinië komt.'

'Uit Buenos Aires.' Mevlevi voelde zich niet op zijn gemak. Deze man had iets vaag bekends. 'Spreekt u toevallig Engels?'

'Het spijt me. Helaas niet,' antwoordde Wenker terwijl hij zijn hoofd eerbiedig boog. 'Ik spreek alleen de Romaanse talen van het Europese continent. Frans, Italiaans en een beetje Spaans. Engels is zo'n vulgaire taal.'

Mevlevi zei niets. Hij wist zeker dat hij de stem kende, maar hij kon hem niet thuisbrengen.

'*Eh bien.* Zullen we dan maar terzake komen?' Wenker keek op zijn horloge en ging op de bank zitten. Op de koffietafel vóór hem lagen enkele manillamappen. Op de etiketten ervan stond respectievelijk 'Werkverleden', 'Woonplaats' en 'Financiële Informatie'. 'Bij de gebruikelijke aanvraagprocedure dient aangetoond te worden dat de aanvrager zeven jaar in Zwitserland woont. Omdat dit een versnelde procedure is, zullen er heel wat documenten ingevuld moeten worden. Probeert u alstublieft geduld te oefenen.'

Mevlevi knikte, al luisterde hij nauwelijks. Hij dacht terug aan een uur geleden toen hij op de mistige bergtop was blijven stilstaan. Hij had Neumann met minstens een van zijn schoten geraakt. Hij had gehoord dat hij schreeuwde en viel. Waarom was hij dan niet achter hem aan gegaan?

'Hebt u drie foto's meegebracht?' vroeg Wenker opnieuw.

'Natuurlijk.' Mevlevi pakte zijn paspoort en een envelop van vetvrij papier met drie pasfoto's uit zijn koffertje.

Wenker bekeek ze even. 'U moet ze allemaal aan de achterkant tekenen.'

Mevlevi aarzelde en gehoorzaamde toen. Die vervloekte Zwitsers – overdreven precies, zelfs bij hun corrupte transacties.

Wenker pakte de getekende foto's aan en legde ze in een geopende map. 'Kunnen we met de vragen beginnen?'
'Natuurlijk,' antwoordde Mevlevi hoffelijk. Hij draaide zijn hoofd opzij en keek uit over het meer. De aanblik van de in het ochtendbriesje wuivende palmbomen kon zijn gevoel van onbehagen niet verdrijven. Hij zou zich niet kunnen ontspannen voordat hij bericht over Neumann had.

Dertig kilometer ten zuiden van Lugano vertraagde een verward lint van voertuigen zijn snelheid tot een slakkengangetje terwijl het de Zwitserse grens bij Chiasso naderde. Trucks van elke grootte, vorm en type reden over dit vlakke deel van de supersnelweg. Deze ochtend was er in hun midden een Magirus-truck met twee opleggers. De cabine ervan was koningsblauw geschilderd en op de grille zat een schildje met de letters TIR. *Transport Internationale Routier.*

Joseph Habib zat in de cabine, ongemakkelijk ingeklemd tussen twee maffiosi, onderknuppels die aan de Italiaanse kant van de grens de zaken van de Makdisi-familie regelden. Hij was nu achttien maanden undercover. Hij had achttien maanden zijn familie niet gezien en al achttien maanden de pittige *mezza* van zijn moeder niet meer geproefd. Hij hoefde deze heethoofden nog maar een paar minuten rustig te houden tot de truck bij de controlepost zou stoppen en dan zou alles van een leien dakje gaan. Hij wenste alleen dat hij Ali Mevlevi's gezicht kon zien als hij te horen kreeg dat hij zijn zending kwijt was.

De zuilengang was nu een paar honderd meter voor hen uit en het verkeer reed stapvoets.

'Ik zei toch dat je de rechterrijbaan moest nemen,' zei Joseph tegen Remo, de chauffeur. 'Doe wat ik je zeg.'

'Er staat een file tot halverwege Milaan. Als ik die rijbaan neem, komen we nooit in Zürich.' Remo was een harde jongen. Hij droeg zijn haar in een paardenstaart en had zijn mouwen hoog opgerold om zijn gebeeldhouwde spierballen te laten zien.

Joseph draaide zich naar hem opzij. 'Ik zal het je nog één keer zeggen. De rechterrijbaan of we keren hier en gaan naar huis. Waarom gehoorzaam je de bevelen van meneer Makdisi niet?'

Het verkeer stond stil en Remo stak een sigaret op. 'Wat weet hij er nu van hoe je de grens moet oversteken?' vroeg hij, terwijl hij de rook in de kleine cabine uitblies. 'Ik heb het wel duizend keer gedaan. Niemand heeft ons ooit een tweede blik waardig gekeurd.'

Joseph keek de slonzig geklede man op de passagiersplaats aan. 'Vertel het je vriend, Franco. We nemen de rechterrijbaan of we gaan naar huis.' Hij wist dat Franco bang voor hem was. De voddenbaal staarde hem altijd aan en kon dan zijn ogen niet van het litteken op zijn wang afhouden. Je kon hem bijna zien huiveren, terwijl hij zich afvroeg hoe Joseph eraan gekomen was.

Franco boog zich over Joseph heen en tikte de chauffeur op de arm. 'Rechterrijbaan, Remo. *Pronto.*'

'Hoe lang hebben we nog?' vroeg Remo.

'Twintig minuten,' zei Joseph. 'Maar dat is geen probleem. Onze man komt pas om halfelf uit zijn kantoortje.'

'Waarom duurt het vanochtend zo lang?' vroeg Remo, terwijl hij ongeduldig met zijn vingers op het stuur trommelde. 'Kijk eens even.'

Franco boog zich voorover om het leren foedraal met de verrekijker die op de grond stond te pakken, maar door zijn dikke buik kon hij er niet bij. Hij glimlachte tegen Joseph. *'Per favore.'*

Joseph opende het foedraal en overhandigde Franco de verrekijker. Nu kwam het er op aan. Als jij kalm blijft, blijven de anderen ook kalm, dacht hij.

Franco draaide het raampje naar beneden en wrong moeizaam zijn hoofd en schouders naar buiten. 'Er zijn maar twee rijbanen open.'

'Welke is er afgesloten?' vroeg Joseph op koele toon. Zeg dat het de linker- is. Laat alles volgens plan verlopen.

'De linker-,' zei Franco. 'Iedereen wordt de middelste en de rechterrijbaan op geleid.'

Remo claxonneerde en reed de grote truck de rechterrijbaan op.

Dertig meter achter het grote bakbeest zette een onopvallende witte Volvo zijn knipperlicht aan en reed ook de rechterrijbaan op. De chauffeur speelde met een klein gouden medaillon dat om zijn nek hing. 'We zijn er bijna,' zei Moammar Al-Khan. Hij bracht het medaillon naar zijn lippen en kuste het licht. '*Insjallah,* God is groot.'

'Uw naam?' vroeg Yves-André Wenker. Hij zat stijfjes op de bank met de formulieren op zijn schoot.

'Allen Malvinas. Moet ik mezelf twee keer voorstellen? De gegevens staan allemaal in mijn paspoort. Het ligt op de tafel.'

Wenker keek naar het reisdocument dat op de koffietafel lag. 'Dank u, meneer Malvinas, maar ik heb liever dat u me persoonlijk antwoordt. Geboortedatum?'

'12 november 1936.'

'Huidig adres?'

'Dat staat in het paspoort. Op de derde bladzijde.'

Wenker maakte geen aanstalten het paspoort op te pakken. 'Adres?'

Mevlevi griste het paspoort van de tafel en las het adres voor. 'Tevreden?'

Wenker hield zijn hoofd gebogen en vulde zijn dierbare formulier met grote nauwkeurigheid in. 'Hoeveel jaar hebt u op dat adres gewoond?'

'Zeven jaar.'

'Zeven?' Wenkers scherpe blauwe ogen staarden hem vanachter zijn brilletje aan en een lok blond haar viel over zijn voorhoofd.

'Ja, zeven,' bevestigde Mevlevi. Zijn been deed hevig pijn. Hij slikte moeizaam en zei met schorre stem: 'Waarom geen zeven?'

Wenker glimlachte. 'Zeven is uitstekend.' Hij richtte zijn aandacht weer op de papieren op zijn schoot. 'Beroep?'

'Import en export.'

'Wat importeert en exporteert u precies?'

'Ik concentreer me op edelmetalen en grondstoffen,' zei Mevlevi. 'Goud en zilver en dergelijke.' Had Kaiser die man dan helemaal niets verteld? Deze kleurloze ambtenaar begon hem op zijn zenuwen te werken. Niet zozeer zijn vragen zelf als wel de beslist nare ondertoon in zijn stem.

'Inkomen?'

'Dat gaat u niets aan.'

Wenker zette zijn pince-nez af. 'We moedigen het niet aan dat mensen in Zwitserland immigreren die ten laste van de staat komen.'

'Ik ben beslist niet iemand die ten laste van de staat zal komen,' wierp Mevlevi op luide toon tegen.

'Natuurlijk niet. Desondanks moeten we...'

'En wie heeft er iets over immigreren gezegd?'

Wenker sloeg de stapel formulieren met een klap op de koffietafel en stak zijn kin vooruit om zijn cliënt streng te berispen. 'Meneer Neumann heeft me duidelijk verteld dat u in Gstaad onroerend goed wilde kopen om u metterwoon in Zwitserland te vestigen. Hoewel we bij het verstrekken van een Zwitsers paspoort op bepaalde regels een uitzondering kunnen maken, is permanente vestiging een absoluut vereiste. Bent u al dan niet van plan u permanent in Zwitserland te vestigen?'

Ali Mevlevi kuchte en schonk uit een fles die op de tafel stond een glas mineraalwater voor zichzelf in. Hij gaf de voorkeur aan landen waar een corrupte ambtenaar in elk geval een beetje respect toonde. 'Ik heb u verkeerd begrepen. Meneer Neumann had volkomen gelijk. Gstaad zal mijn eerste woonplaats worden.'

Wenker liet zich een beetje op de bank onderuit zakken, glimlachte stijfjes tegen Mevlevi en krabbelde driftig op zijn formulier. 'Inkomen?'

'Vijfhonderdduizend dollar per jaar.'

Wenker trok zijn wenkbrauwen op. 'Is dat alles?'

De Pasja stond met een rood gezicht en trillende lippen op. 'Is dat niet genoeg?'

Wenker bleef onverstoorbaar en zijn pen gleed over het papier. 'Dat is genoeg,' zei hij tegen zijn vragenlijst.

Mevlevi vertrok zijn gezicht in een grimas en ging weer zitten. Hij voelde dat zijn wond werd opengetrokken en een warm straaltje bloed liep langzaam over zijn been naar beneden. Nog heel even, hield hij zichzelf voor. Dan kun je Gino Makdisi bellen en te horen krijgen wat je al weet – dat je kostbare zending veilig de grens over is en dat Nicholas Neumann dood is.

Wenker keek achteloos op zijn horloge, richtte zijn aandacht toen weer op het op zijn schoot uitgespreide formulier en schraapte luid zijn keel. '*Besmettelijke ziekten?*'

Remo trok zijn hoofd met een ruk in de cabine van de truck terug en zijn ogen schoten tussen Joseph en Franco heen en weer. 'Ze controleren elke truck,' zei hij. 'Niemand wordt zomaar doorgelaten.'

'Rustig,' beval Joseph. 'En luister allebei. Alles zal volgens plan verlopen. Wat kan het ons verdommen of ze alle ladingsbrieven controleren? Misschien doen ze dat elke maandagochtend. We hebben onze man in het laatste kantoortje aan de rechterkant. Hij kijkt naar ons uit. Als jullie je ontspannen, komt het allemaal in orde.'

Remo keek uit het raampje. 'Ik ga niet meer de gevangenis in,' zei hij. 'Drie jaar was genoeg.'

Ze werden nog maar door twee trucks van de douanebeambten gescheiden. Alle binnenkomende voertuigen werden gedwongen onder een brede zuilengang door te rijden, die hoofdzakelijk was gebouwd om de hoogte van de vrachtwagens die Zwitserland binnenkwamen, te meten. Rechts van elke rijbaan stond een stevig blauwstalen kantoortje. Naast de beide kantoortjes stond een douanier met een walkietalkie in zijn hand die de volgende truck gebaarde dat hij naar voren kon komen.

Joseph speurde de kantoortjes en het gebied erachter af. Zijn schouders verstrakten. Ongeveer tweehonderd meter verderop stonden tien politiewagens in de berm van de snelweg. Waarom zoveel vuurkracht voor een simpele arrestatie? vroeg hij zich af. Drie mannen en een rottige truck. Wat verwachtten ze eigenlijk? Een leger?

Franco bonkte met zijn knokkels tegen het portier en blies zijn adem sissend tussen zijn scheve tanden door uit. Hij probeerde Remo aan te kijken, maar deze staarde recht voor zich uit terwijl hij heen en weer wiegde. Joseph wist wat hij dacht. Hoe kan ik ingeval van nood wegkomen?

De tankwagen vóór hen reed ronkend naar voren terwijl hij zwarte uitlaatgassen uitspuwde.

Remo keek naar de open ruimte vóór zijn truck.

Joseph porde hem in de ribben. 'Schiet op nou. We mogen niet opvallen.'

Remo drukte zachtjes het gaspedaal in en de truck reed langzaam naar voren.

De douanier sprong op de treeplank van de tankwagen vlak vóór hen, stak zijn hand door het raampje naar binnen en pakte de ladinglijst van de chauffeur aan. Hij was lang en mager, droeg een groen jasje en had weerbarstig bruin haar en pokdalige wangen. Hij wierp een achteloze blik op hun truck en Joseph zag dat hij donkere wallen onder zijn ogen had. Sterling Thorne zag er even slecht uit als altijd.

Thorne gaf de ladinglijst aan de chauffeur van de tankwagen terug en richtte zijn aandacht op de blauwe Magirus-truck met het Britse kenteken en het witte TIR-schildje op de grille. Hij bracht zijn walkietalkie naar zijn mond en leek een serie opgewonden bevelen te geven.

Franco schoot naar voren in zijn stoel en wees naar Thorne. 'Hij keek naar ons. Hij heeft ons er al uitgepikt.'

'Blijf kalm,' zei Joseph.

'Ik zag het ook,' zei Remo. 'Die klootzak bij het kantoortje heeft ons aangewezen. Jezus, we zijn erin geluisd. Ze weten precies wat ze zoeken. Ons.'

'Houd je kop!' schreeuwde Joseph. 'We kunnen alleen maar naar voren. Een andere mogelijkheid is er niet. We hebben een legitieme ladinglijst en we vervoeren een legitieme lading. Er is een genie voor nodig om de handel te vinden.'

Remo staarde Joseph aan. 'Of een tip.'

Franco bleef naar Sterling Thorne wijzen. 'Die vent bij het kantoortje keek even naar onze truck en heeft zijn team opgeroepen. En kijk eens! Kijk daar eens! Ze hebben tien politiewagens voor ons klaarstaan.'

'Je vergist je,' zei Joseph. 'Hij heeft niemand opgeroepen.' Hij moest deze verliezers rustig zien te houden tot ze geen andere keus meer hadden dan zich zonder verzet over te geven. Nog maar een paar minuten. 'Blijf kalm en houd je kop.'

Op dat moment werden in de beide achteruitkijkspiegels ronddraaiende rood-met-blauwe lampen zichtbaar. Een rij politiewagens stopte achter hen. De tankwagen vóór hen kreeg het teken dat hij kon doorrijden. Toen hij de zuilengang uit was, stormden twaalf politiemannen naar voren en gingen in gevechtsformatie achter Sterling Thorne staan. Ze droegen een donkerblauw kogelwerend vest en waren bewapend met een Heckler & Koch machinepistool.

'We zijn de lul,' zei Remo met een hysterisch overslaande stem. 'Ik zei het je toch. Voor mij geen gratis vakanties meer. Ik ga niet weer zitten.'

'Luister naar me,' zei Joseph smekend. 'We moeten ons erdoorheen bluffen. Dat is onze enige kans om hier weg te komen.'

'Er is geen enkele kans dat we hier wegkomen,' barstte Remo uit. 'Iemand heeft een val gezet en wij zijn erin gelopen.'

Joseph prikte met een vinger in Remo's borst. 'We hebben duizend kilo handel van mijn baas achterin liggen. Ik wil niet dat we die kwijtraken omdat jouw zenuwen niet tegen een beetje spanning bestand zijn. We zijn pas gearresteerd als ze ons de handboeien omdoen.'

Remo veegde zijn neus af en staarde naar de lege plaats vóór hem en naar de lange douanier die hen gebaarde dat ze naar voren moesten komen. 'We zijn erbij,' schreeuwde hij. 'Ik weet het en Franco weet het. Waarom weet jij het dan verdomme niet?' Hij boog zijn arm, haalde uit en gaf Joseph een elleboogstoot tegen zijn slaap. 'Jij weet het niet omdat je ons erin geluisd hebt, vuile kamelenneuker. De Makdisi's hebben me gezegd dat je niet te vertrouwen was. Ze hadden gelijk. Jij hebt dit gedaan, hè?' Hij gaf Joseph nog een elleboogstoot waarmee hij diens neus brak. 'De rechterrijbaan, zei je. Nou, daar staan we op en het is verdomme de *verkeerde* rijbaan.'

Remo beukte met zijn voet op het gaspedaal en de enorme truck schoot met een ruk naar voren.

Franco liet een joelende strijdkreet horen.

Sterling Thorne stond, met gestrekte arm en opgeheven handpalm, vóór het bakbeest. Terwijl de truck op Thorne afkwam, zag Joseph de verbazing op Thornes gezicht overgaan in verwarring en ten slotte in doodsangst. Thorne verstijfde, niet in staat te beslissen welke kant hij op moest duiken. De vierentwintigcilindermotor brulde en Remo claxonneerde luid. Thorne dook onder het chassis van het stalen monster.

Joseph greep naar het stuur en trapte met zijn rechterbeen naar de versnellingshendel, terwijl hij probeerde met de vingers van zijn linkerhand naar achteren in Franco's ogen te steken. Franco brulde als een waanzinnige en schreeuwde tegen zijn vriend dat hij die maffe Arabier van zijn lijf moest houden. 'Maak 'm af,' schreeuwde Remo terug terwijl hij de versnellingshendel weer terugtrok.

Het vuur werd op de achterkant van de truck geopend en de banden klapten terwijl de kogels het rubber doorboorden en gaten in de binnenbanden sloegen. De reusachtige truck helde naar links over. Remo trok nog steeds op. De achterkant van de truck werd doorzeefd met kogels die het geluid maakten van regen op een zinken dak. De politiemannen troffen nu doel en de goedaardige regen veranderde in een moordzuchtige hagel. Het portier aan de chauffeurskant werd door kogels doorboord en de voorruit spatte in duizenden stukjes uiteen.

Joseph begroef zijn vingers in Franco's ogen. Hij scheurde een oogbal los van de optische zenuw en gooide hem op de vloer. Franco schreeuwde nog harder en drukte zijn handen tegen zijn verwoeste gezicht. Joseph reikte over de hijgende buik van de man heen, duwde het portier open, liet zijn schouders zakken en duwde hem de cabine uit.

Remo was gewond. Er bungelden slierten roze slijm uit zijn mond en uit een kogelgat in zijn buik spoot bloed. Zijn gezicht was gespikkeld door de glassplinters die zijn huid hadden opengescheurd. Toch concentreerde hij zich nog met de blinde razernij van een gewonde stier op de weg vóór hem.

Joseph drukte zijn ene hand tegen het dashboard en de andere op zijn stoel, zwaaide toen zijn benen omhoog en trapte naar Remo's hoofd. Hij raakte de gewonde chauffeur met de hakken van zijn werkschoenen recht op zijn kaak waardoor de man tegen het stalen frame van het portier sloeg.

Remo deed nog een laatste poging om zich te verdedigen en sloeg zwakjes met zijn rechtervuist naar zijn aanvaller. Joseph ontdook de klap, boog iets naar achteren, bracht zijn benen weer omhoog en trapte weer naar de gewonde maffioso. Weer raakte hij hard het hoofd van de chauffeur. Remo wankelde in zijn stoel en spuwde bloed voordat hij, dood of bewusteloos, op het stuur vooroverviel.

De truck kreeg meer snelheid en zwenkte gevaarlijk naar rechts, naar de colonne politiewagens die op de berm geparkeerd stond. Joseph trok Remo's bewegingloze lichaam van de stuurkolom en probeerde uit alle macht zijn loodzware voet van het gaspedaal te duwen, maar door het constante gehots van de truck was al zijn moeite vergeefs en met elke duw leek hij Remo's voet steviger op het gaspedaal vast te pinnen.

De rij politiewagens kwam dichterbij en was nog maar door twintig meter van de stuurloze truck gescheiden. Nog tien meter, nog vijf...

Joseph realiseerde zich dat hij niets meer kon doen om te verhinderen dat de truck tegen de politieauto's aan zou knallen. Hij gooide de passagiersdeur open en wierp zich naar buiten.

Het grote bakbeest ramde de eerste politieauto. Zijn banden pletten de motorkap en de truck kwam omhoog. Hij denderde voort over een tweede en daarna een derde auto. Ruiten werden verbrijzeld, metaal scheurde en sirenes explodeerden. Door de kracht waarmee een benzinetank werd platgedrukt, ontstond een vonk waardoor de benzine vlam vatte. Door de explosie werd de auto van de grond getild, waardoor de achterste aanhangwagen van de truck kantelde. Er volgde een kettingreactie van explosies toen de ene benzinetank na de andere ten prooi viel aan de vuurbal. De truck kieperde om en werd door de vlammen verzwolgen.

Joseph werd omringd door politiemannen. Thorne drong zich door de kring van agenten heen en knielde naast hem. 'Welkom terug in de beschaafde wereld,' zei hij.

Joseph knikte. Hij waardeerde het niet dat er twaalf machinepistolen op hem gericht waren.

'Heb je wat voor me?' vroeg Thorne.

Joseph keek naar Thorne op en herinnerde zich weer wat een klootzak hij was. De man vroeg niet eens of alles met hem in orde was. Hij viste een velletje papier uit zijn zak. Er stond op: 'Ali Mevlevi. Hotel Olivella au Lac. Kamer 407. VZB-rekeningnummer 549.617 RR.' Precies de tekst die Thorne hem had gedicteerd.

Thorne pakte het velletje papier van Joseph aan en bracht de walkietalkie naar zijn mond terwijl hij het las. 'We hebben de verdachte gefouilleerd en belastend bewijsmateriaal gevonden. We hebben goede reden om aan te nemen dat een verdachte die betrokken is bij de invoer van een grote partij heroïne zich op dit moment in kamer 407 van Hotel Olivella au Lac bevindt. Benader hem voorzichtig.'

Een laatste benzinetank ontplofte op de weg achter hen en een vuurbal rees omhoog in de ochtendlucht.

Thorne bedekte zijn hoofd met zijn armen en trok Joseph vervolgens overeind. 'Je had mijn werk niet zoveel moeilijker hoeven te maken,' zei hij. 'Er gaat daar een heleboel zeer overtuigend bewijsmateriaal in rook op.'

Moammar Al-Khan staarde als verlamd naar de zwarte en oranje rookwolk en tastte met zijn rechterhand blindelings over de passagiersstoel naar zijn mobiele telefoon. Moge Allah genadig zijn. Een douanier bonkte op de motorkap en gebaarde hem dat hij door de zuilengang moest rijden. Khan wilde hem zijn Italiaanse paspoort aanreiken, maar het werd weggewuifd.

'Doorrijden. Kijkt u maar niet,' zei de douanier voordat hij langs de rij wachtende voertuigen verderliep.

Khan negeerde zijn advies en vertraagde zijn snelheid tot een slakkengangetje toen hij de brandende puinhoop naderde. Een groep politiemannen stond om een man heen, die languit op de grond lag. De man was gewond. Het bloed stroomde uit zijn neus, zijn kleren waren gescheurd en zijn gezicht was zwart door de rook. Het was Joseph. Hij leefde nog. *Insjallah! God is groot!* Een slungelachtige, in het groene jasje van de douane geklede man drong zich door de kring politiemannen heen, liet zich op één knie zakken en sprak tegen Joseph.

Khan boog zich over de passagiersstoel heen om beter te kunnen zien wat er gebeurde.

Thorne. De DEA-agent. Een vergissing was uitgesloten. Het haar. Het magere gezicht. De DEA had Al-Mevlevi's zending onderschept.

Toen gebeurde er iets vreemds. Thorne reikte Joseph zijn hand en trok hem overeind. Vervolgens klopte hij Joseph op de schouder, boog zijn hoofd achterover en lachte. Alle politiemannen die om hen heen stonden, glimlachten ook. Ze hadden hun wapen laten zakken. Zelfs Joseph grijnsde.

Khan trok het gouden medaillon achter zijn overhemd vandaan en kuste het.

Joseph is een politie-informant.

Khan gaf plankgas en reed twee minuten door voordat hij langs de berm van de snelweg stopte. Hij pakte zijn mobiele telefoon en draaide het nummer dat Mevlevi hem voor noodgevallen had opgegeven. De telefoon ging drie keer over voordat er werd opgenomen.

64

ALI MEVLEVI WAS BOOS. HIJ HAD HIER NU LANG GENOEG DE WEZENLOZE vragen van deze klootzak van een ambtenaar beantwoord. Wilde hij zijn bedrijf in Zwitserland vestigen? En zo ja, hoeveel werknemers zou hij dan in dienst nemen? Wilde hij gebruikmaken van het belastingvoordeel dat nieuwe bedrijven geboden werd? Zouden zijn familieleden bij hem komen wonen? Nu had hij er schoon genoeg van. Voor het bedrag dat Kaiser hem betaalde, kon Wenker zelf de formulieren wel invullen. Wat hem betrof mocht hij de vervloekte antwoorden *verzinnen*.

Mevlevi stond van de bank op en knoopte zijn colbert dicht. 'Ik dank u voor uw hulp in deze kwestie, maar ik vrees dat ik een nogal drukke agenda af te werken heb. Ik had begrepen dat deze bijeenkomst slechts een formaliteit zou zijn.'

'Dan bent u verkeerd ingelicht,' snauwde Wenker. Hij worstelde zich door een stapel papieren op de tafel en richtte toen zijn aandacht op een leren tas die naast hem op de bank lag. Met een zucht van opluchting haalde hij er een dikke manillaenvelop uit en overhandigde die aan Mevlevi. 'Een korte geschiedenis van ons land. Als Zwitsers staatsburger wordt er van u verwacht dat u onze lange democratische traditie respecteert. Het land is in 1291 gesticht met drie boskantons, Uri, Schwyz en Unter...'

'Vriendelijk bedankt,' zei Mevlevi bruusk. Hij pakte de verzegelde envelop aan en liet hem in zijn koffertje glijden. 'Als we nu klaar zijn, wil ik graag vertrekken. Misschien kunt u me een andere keer over de fascinerende geschiedenis van uw land vertellen.'

'*Encore un instant*. Niet zo snel, meneer Malvinas. U moet nog één document tekenen – een vrijstelling van militaire dienst. Ik vrees dat het verplicht is.'

Mevlevi gooide zijn hoofd in zijn nek en zuchtte. 'Snel dan, alstublieft.'

Op dat moment klonk er een zacht getjirp uit het koffertje. Hij pakte zijn mobiele telefoon eruit en liep ermee naar de andere kant van de kamer voordat hij antwoordde. 'Ja.'

'Joseph is een van hen. Ik heb alles gezien. De truck werd omringd door de politie. Alleen Joseph heeft het overleefd. Alles is in vlammen opgegaan.'

Mevlevi stopte een vinger in zijn oor alsof de verbinding slecht was en hij de stem aan de andere kant van de lijn niet goed kon verstaan. Maar hij hoorde alles duidelijk.

'Beheers je, Khan,' zei Mevlevi in het Arabisch terwijl hij omkeek om te controleren of Wenker meeluisterde, maar de ambtenaar leek niet geïnteresseerd. 'Herhaal dat eens.'

'De zending is bij de grens bij Chiasso onderschept. Zodra de truck de inspectieruimte binnenreed, werd hij door de politie omsingeld. Ze verwachtten de truck.'

Mevlevi voelde dat zijn nekharen overeind gingen staan. Zijn hele leven hing af van wat er aan de andere kant van de lijn werd gezegd. 'Je zei dat de zending vernietigd was, niet in beslag genomen. Vertel me precies hoe het zit.'

'Remo, de chauffeur, probeerde te vluchten, maar hij kwam niet ver. Hij verloor de macht over het stuur en de truck explodeerde. De handel is vernietigd. Meer weet ik niet. Het spijt me.'

'En wat is er met Joseph gebeurd?'

'Hij heeft het overleefd. Ik zag hem op de grond liggen. Ik zag dat hij door een politieman overeind geholpen en omhelsd werd. Hij was de informant.'

Niet Joseph, schreeuwde Mevlevi geluidloos. Het was Lina. Zij was de contactpersoon van de Makdisi's. Zij had de Makdisi's geholpen hem er bij de DEA in te luizen. Joseph, mijn woestijnhavik, is altijd loyaal. Hij is de enige die ik kan vertrouwen.

'U moet onmiddellijk het land uit,' zei Khan. 'Als de DEA van de zending weet, weten ze ook dat u in Zwitserland bent. Als Joseph het ene heeft verteld, heeft hij ze ook het andere verteld. Wie weet wanneer ze zullen toeslaan.'

Mevlevi kon geen woord uitbrengen. Joseph was een informant van de DEA.

'Hebt u me gehoord, Al-Mevlevi? We moeten ervoor zorgen dat u veilig het land uit komt. Ga naar Brissago bij de Italiaanse grens vlak bij Locarno. Zorg ervoor dat u daar over een uur bent. Op het stadsplein.'

'Goed. Over een uur op het stadsplein van Brissago.' Hij verbrak de verbinding.

Wenker staarde ongegeneerd naar hem, met een uitdrukking van diepe afkeer op zijn gezicht. Mevlevi volgde zijn blik naar de vloer voor zijn voeten.

Een plasje bloed werd gestaag groter op het ivoorkleurige berbertapijt.

Beneden reed een donkergroene Range Rover de ronde voorhof van het hotel op. De banden van de auto piepten luid, terwijl hij vóór de hoofdingang tot stilstand kwam. Het portier aan de passagierskant zwaaide open en een indrukwekkende man in een driedelig antracietgrijs kostuum stapte uit. Wolfgang Kaiser trok zijn colbert recht en streek zijn borstelige zwarte snor glad. Hij inspecteerde zijn spiegelbeeld in het raampje van de auto en liep vervolgens tevredengesteld de hal van het hotel binnen.

'Hoe laat is het?' riep hij over zijn schouder.

'Kwart over elf,' antwoordde Reto Feller die zich haastte om zijn baas in te halen.

'Vijftien minuten te laat,' klaagde Kaiser. 'De graaf zal ongetwijfeld onder de indruk zijn en dat komt door jou en je nieuwe auto, Feller.' De kloteauto had midden in de Sint Gotthardtunnel een lekke band gekregen.

Feller holde vooruit naar de receptiebalie en drukte twee keer op de aankomstbel. 'We komen voor graaf Languenjoux,' zei hij buiten adem. 'Wat is zijn kamernummer?'

Een in jacquet geklede receptionist kwam naar de glanzende notenhouten balie toe. 'Wie kan ik aankondigen?'

Kaiser liet zijn kaartje zien. 'We worden verwacht.'

De receptionist las het kaartje discreet. 'Dank u, Herr Kaiser. De graaf is in kamer 407.' Hij leunde naar voren en zei zacht: 'Er is vanochtend een aantal keren voor u gebeld. Het was buitengewoon dringend. Degene die belde, wilde per se aan de lijn blijven tot u zou arriveren.'

Kaiser trok een wenkbrauw op en keek over zijn schouder. Feller stond drie passen achter hem en had elk woord verstaan.

'Het was een vrouw in uw kantoor in Zürich,' zei de receptionist.

'Heeft ze haar naam genoemd?' vroeg Kaiser.

'Fräulein Schon.'

'Kunt u even kijken of ze nog aan de lijn is.'

'De graaf wacht, meneer,' zei Feller.

'Ga hem dan maar vast gezelschap houden,' beval hij. 'Ik ben over twee minuten boven.'

De receptionist kwam terug naar de balie. 'De dame is nog steeds aan de lijn. Ik heb het gesprek laten overzetten naar een toestel in een van onze privé-telefooncellen. Recht achter u, Herr Kaiser. Cel nummer één.'

Kaiser bedankte de receptionist en liep snel naar de telefooncel. Hij ging naar binnen, sloot de glazen deur achter zich en ging op de kruk tegenover de telefoon zitten. De telefoon begon bijna ogenblikkelijk te rinkelen. 'Kaiser.'

'Ben jij dat, Wolfgang?' vroeg Sylvia Schon.

'Wat is er aan de hand?'

'Luister naar me,' zei Sylvia dringend. 'Je moet onmiddellijk het hotel verlaten. Nicholas Neumann heeft de een of andere val gezet. Ik heb de hele nacht geprobeerd je te bereiken.'

Wat was dit voor onzin? vroeg Kaiser zich af. 'Nicholas is bij een belangrijke cliënt van me,' zei hij streng.

Aan Sylvia's stem was te horen dat ze over haar toeren begon te raken. 'Nick denkt dat je vriend, meneer Mevlevi, zijn vader heeft vermoord. Hij zei dat jij er alles van wist. Hij zei dat hij bewijzen had, maar verder wilde hij niets zeggen. Zorg ervoor dat je direct uit dat hotel vertrekt. Kom terug naar Zürich.'

'Wie heeft er bewijzen?' vroeg Kaiser. Het meisje ratelde maar als een bezetene door en wat ze zei, beviel hem helemaal niet.

'Ga gewoon weg uit het hotel,' smeekte ze. 'Ze gaan jou en meneer Mevlevi arresteren. Kom terug naar Zürich.'

Kaiser ademde diep in. 'Ik heb een afspraak met een van de grootste aandeelhouders van de bank. Zijn stemmen zouden van cruciaal belang kunnen zijn als we op de lange termijn willen verhinderen dat König zijn plannen uitvoert. Ik kan niet zomaar weggaan.'

'Heb je het dan niet gehoord?' vroeg ze.

Kaiser voelde zich plotseling erg eenzaam. De bezorgdheid was uit haar stem verdwenen en had plaatsgemaakt voor medelijden. 'Wat?'

'De Adler Bank heeft vijfhonderd franc per aandeel van de VZB geboden. König heeft het vanochtend om negen uur voor de radio bekendgemaakt. Het is een bod in contanten voor alle aandelen die hij nog niet in bezit heeft.'

Na een paar seconden slaagde Kaiser erin te fluisteren: 'Nee, dat heb ik niet gehoord.' Feller had per se op de nieuwe hifi van zijn auto naar het Brandenburgs Concert willen luisteren. Hij kon hem wel vermoorden.

'König zal morgen bij de algemene aandeelhoudersvergadering om een motie van vertrouwen van de raad van bestuur vragen,' zei Sylvia.

'O,' zei Kaiser halfhartig. Hij luisterde niet meer. Er ontstond commotie vóór het hotel. Hij hoorde dat er autoportieren werden dichtgeslagen en dat er op vlakke, militaire toon bevelen werden gegeven. Verscheidene personeelsleden van het hotel haastten zich naar de ingang. Hij drukte de hoorn dichter tegen zijn oor. 'Houd even je mond, Sylvia. Blijf aan de lijn.'

Hij duwde de glazen deur van de cel een stukje open en hoorde buiten het geluid van een zware motor dichterbij komen. Er werden in opgewonden Italiaans commando's gegeven en gelaarsde voeten raakten de grond. Op dat moment verscheen de directeur van het hotel. Hij holde bijna naar de draaideur en ging naar buiten. Even later kwam hij terug in het gezelschap van twee mannen. De ene was Thorne en de andere, die Kaiser van talloze krantenfoto's herkende, was Luca Merolli, de gedreven officier van justitie van Tessin.

Thorne bleef midden in de hal van het hotel staan. Hij boog zich naar de hoteldirecteur toe en zei: 'We gaan een dozijn mannen naar de derde verdieping sturen. Hun wapens zijn geladen en ze hebben toestemming van hun commandant om te vuren. Ik wil niet dat iemand ze in de weg loopt. Is dat duidelijk?'

Luca Merolli herhaalde Thornes woorden en gaf ze zijn eigen gezag mee.

De directeur wipte opgewonden op zijn tenen op en neer. '*Si*. We hebben de lift en het trappenhuis. Komt u maar mee, dan laat ik het u zien.'

Thorne wendde zich tot Merolli. 'Laat uw mannen direct naar binnen komen. Kaiser is op dit moment met Mevlevi op de derde verdieping. De twee ratten zitten in een vergulde kooi. Haast u, verdomme. Ik wil ze allebei hebben.'

'Wolfgang?' klonk een verre stem. 'Ben je daar nog? Hallo?'

Kaiser staarde als verdoofd naar de hoorn in zijn hand. Ze vertelde me de waarheid. Ik zal samen met Ali Mevlevi gearresteerd worden. Wat zal er nu van de VZB terechtkomen? Wie zal de bank tegen die schoft van een König beschermen?

'Wolfgang, ben je daar nog?' vroeg Rita Sutter. 'Doe wat Fräulein Schon zegt. Je moet onmiddellijk terugkomen. Ga daar in het belang van de bank nú weg.'

Rita's kalme stem bracht hem tot rede en wekte zijn drang tot zelfbehoud. Hij realiseerde zich dat hij niet alleen een onbelemmerd zicht op de verfoeilijke Amerikaan had, maar dat het omgekeerde ook gold. Eén blik in zijn richting en Thorne zou hem zien. Kaiser haalde zijn voet van de drempel, liet de deur dichtvallen en draaide zich op de met fluweel beklede kruk om tot hij met zijn rug naar de deur zat.

'Het lijkt erop dat je gelijk hebt, Rita. Ik zal proberen zo snel mogelijk terug te komen. Als er door de pers of de televisie voor me wordt gebeld, zeg je maar gewoon dat ik niet op kantoor ben en dat je me niet kunt bereiken. Is dat duidelijk?'

'Ja, maar waar ga je naartoe? Wanneer kunnen we je terug...'

Kaiser legde de hoorn op de haak, schermde zijn gezicht met zijn arm af en concentreerde zijn blik op een plekje vlak bij zijn linkervoet waar de nog nagloeiende sigarettenas van een andere gast een keurig rond gaatje in de vloerbedekking had gebrand. Hij stelde zich voor dat de grijnzende tronie van Sterling Thorne door het raam naar hem staarde en hem met een gekromde vinger wenkte. Kaisers leven zou op dat moment eindigen.

Maar er werd niet luid op het raam van de telefooncel geklopt en hij hoorde geen Amerikaanse stem die hem beval naar buiten te komen. Hij hoorde alleen dat een groot aantal mannen in een ordelijke stoet de marmeren vloer overstak. Tiktak, tiktak, tiktak. Thorne schreeuwde nog meer bevelen en toen werd het gelukkig stil.

Ali Mevlevi keek op van zijn bloedende been en zei: 'Ik vrees dat ik onmiddellijk weg moet.'

Yves-André Wenker wees op het plasje bloed. 'Als u zo bloedt, kunt u niet weggaan. Gaat u zitten. U hebt een dokter nodig.'

Mevlevi hinkte door de kamer. De pijn was verschrikkelijk. 'Vandaag niet, meneer Wenker. Ik heb geen tijd.' Het been was wel zijn minste zorg. Als Joseph een informant van de DEA was, zou hij Thorne van alles verteld kunnen hebben.

Khamsin was in gevaar.

'Ik vraag het u niet,' zei een zichtbaar opgewonden Wenker. 'Ik zeg het u. Gaat u zitten. Ik zal de receptie bellen. Het hotel is heel discreet.'

Mevlevi negeerde hem. Hij bleef bij de koffietafel staan en gooide zijn mobiele telefoon in het koffertje. Hij keek om naar het spoor van bloedige voetafdrukken dat hij op het tapijt had achtergelaten. Hij verloor heel veel bloed. Die klootzak van een Neumann.

'Neemt u dan in elk geval de tijd om dit laatste document te tekenen.' Wenker zwaaide met een formulier. Hij zag er nerveus uit en er verschenen zweetdruppels op zijn voorhoofd. 'Militaire dienst is verplicht. U moet het vrijstellingsformulier ondertekenen.'

'Ik denk niet dat ik, zo snel als ik had verwacht, een Zwitsers paspoort nodig heb. Opzij, ik ga weg.' Mevlevi pakte zijn koffertje op, beende langs Wenker en liep door de korte gang naar de deur. Het bloed sopte in zijn Italiaanse loafer.

'Verdomme, Mevlevi,' schreeuwde Wenker in het Engels. 'Je blijft hier, zei ik.' De slungelachtige ambtenaar stormde, zwaaiend met een pistool, de gang in. 'Wat heb je verdomme met Nicholas Neumann gedaan?'

Mevlevi staarde naar het pistool en toen naar de man. Zijn vermoeden dat hij de stem kende, klopte. De man was Peter Sprecher, Neumanns voormalige chef bij de VZB. Hij dacht niet dat een bankier een ongewapende man zou neerschieten, maar voordat hij zijn eigen pistool kon trekken, had Sprecher hem tegen de muur gekwakt.

Mevlevi was een ogenblik verbijsterd. 'Dat heb ik u al verteld, meneer Sprecher. Neumann is ziek geworden. Een verkoudheid. Laat me nu los. Er is geen reden om zo onbeleefd te zijn.'

'Je blijft hier tot je me hebt verteld wat je met Nick hebt gedaan.'

Mevlevi stootte zijn rechterknie in Sprechers kruis en gaf hem een kopstoot op zijn neus. Het was een goede truc die hij als jonge verstekeling op een stoomboot naar Bangkok had geleerd.

Sprecher wankelde naar achteren en viel tegen de muur. Het pistool kletterde op de grond. Mevlevi schopte het met een handige beweging weg, terwijl hij zijn hand achter zijn jasje stak en zijn Beretta 9 mm trok. Hij pakte het koffertje op en wilde het pistool op Sprecher richten, maar deze had het zien aankomen. De hand die hij tegen zijn gebroken neus had gehouden, schoot omhoog en greep het pistool vast zodat de benedenwaartse beweging ervan werd gestopt, terwijl hij met zijn andere hand het koffertje vastpakte.

Mevlevi kreunde en drukte het pistool omlaag tot de loop ervan Sprechers schouder raakte. Hij haalde de trekker over en Sprecher werd door de impact van de kogel door de gang geslingerd. Hij sloeg, met een uitdrukking van opperste verbazing op zijn gezicht, met zijn rug tegen de muur. Toch bleef hij het koffertje omklemmen waardoor Mevlevi werd gedwongen een stap naar voren te doen. Mevlevi ramde het pistool tegen Sprechers borst en voelde dat de loop ervan tegen het borstbeen stootte.

Er is nog nooit iemand geweest die drie schoten in de borst heeft overleefd, had hij tegen Neumann gezegd.

Hij haalde de trekker nog twee keer snel achter elkaar over, maar beide keren hoorde hij de klik van de lege kamer. Geen kogels meer. Mevlevi draaide het pistool in zijn hand om, omklemde de warme loop en hief het wapen hoog boven zijn hoofd. Met een paar klappen op de schedel zou het ook wel lukken.

Hij verstijfde toen er luid op de deur werd geklopt.

Sprecher die nog volledig bij zijn positieven was, schreeuwde: 'Ik heb hulp nodig. Kom binnen. Nu.'

De deur vloog open en Reto Feller stormde naar binnen. Hij nam het tafereel in ogenschouw en mompelde in verwarring: 'Sprecher? Waar is de graaf? Weet de directeur dat je hier bent?'

Mevlevi's blik schoot tussen de twee mannen heen en weer en toen ramde hij met de snelheid van een zweepslag de stalen kolf van het pistool in het gezicht van de indringer. Feller viel op de grond en sloeg tegen Mevlevi's gewonde been aan.

Mevlevi slaakte een kreet van pijn en probeerde naar achteren te springen, maar Sprecher hield het handvat van het koffertje nog steeds met een ijzeren greep omklemd.

'Rotzak,' mompelde Sprecher. Hij was nu op de grond ineengezakt, maar zijn arm leek aan het koffertje vastgeplakt te zitten. 'Je blijft hier.'

Wegwezen, hoorde Mevlevi een stem zeggen. Maak dat je hier wegkomt. Er was een schot afgevuurd; er was om hulp geroepen en de deur naar het gangetje stond nog steeds open.

Wegwezen.

Mevlevi gaf nog een ruk aan het koffertje, maar liet het toen los. Hij stopte het pistool terug in de holster. Terwijl hij de gang in stapte, keek hij nog een laatste keer om naar 407. De ene man was bewusteloos en de andere werd met de minuut zwakker. Hij stak zijn hoofd om de hoek van de deur. De lift was ver links van hem; de binnentrap was een meter rechts van hem en de buitentrap was aan het eind van de gang, ook aan zijn rechterkant.

Mevlevi liep haastig naar de buitentrap. Hij zou de ingang van het hotel kunnen omzeilen en naar de grote weg lopen, naar de restaurants die hij daar had gezien toen hij arriveerde. In een ervan zou hij een taxi kunnen bellen. Als het zou meezitten, zou hij binnen een uur in Brissago en kort daarna de grens over kunnen zijn.

Khamsin zal doorgaan.

GENERAAL DIMITRI MARTSJENKO KEEK OP ZIJN HORLOGE EN LIEP NAAR de andere kant van de hangar. Het was 13.40 uur, bijna twaalf uur in Zürich, waar Mevlevi de overboeking van achthonderd miljoen franc naar een rekening van de regering in Alma Ata in Kazachstan aan het regelen was. Hij voelde een kriebeling achter in zijn keel en wist dat zijn zenuwen opspeelden. Hij hield zichzelf voor dat hij geduldig moest zijn. Mevlevi was de punctualiteit zelf. Hij zou waarschijnlijk precies om twaalf uur bellen. Het had geen zin dat hij zich daarvóór al zorgen maakte.

Martsjenko liep naar een kring soldaten die om de Kopinskaja IV op wacht stond. Het wapen was op een kleine houten tafel neergezet, ongeveer twaalf passen van de Sukhoi-gevechtshelikopter. Het lag op zijn zij en het binnendeksel was verwijderd. Het werd tijd om de hoogte waarop de bom zou ontploffen, te programmeren.

De piloot van de helikopter stond naast de tafel. Hij was een knappe Palestijn die breed glimlachte, terwijl hij zijn Kazachstaanse kameraden de hand schudde. Martsjenko had gehoord dat de piloten elkaar fel hadden beconcurreerd om de eer om 'Kleine Joseph' te mogen droppen en op het moment van de detonatie vernietigd te worden.

De piloot beschreef zijn vluchtplan voor Martsjenko.

Als hij eenmaal in het Israëlische luchtruim zou zijn, zou hij een zuidoostelijke koers aanhouden en in minder dan dertig minuten de afstand van ongeveer honderd kilometer naar de nederzetting Ariel op de bezette West Bank afleggen. Als hij bij Ariel in de buurt kwam, zou hij tot zestig meter dalen. Zodra hij de centrale synagoge van het stadje zou zien, zou hij de helikopter tot een hoogte van vijftien meter laten dalen en de bom tot ontploffing brengen.

De ontploffing zou een krater van dertig meter diep en honderd meter breed slaan. Alle mannen, vrouwen en kinderen binnen een straal van vijfhonderd meter zouden onmiddellijk verdampen in de hitte van een vuurbal die heter was dan het oppervlak van de zon. Verder weg zouden de schokgolven de meeste houten gebouwen doen instorten en degene die bleven staan, zouden in brand vliegen. Na iets meer dan vier seconden zou de hele nederzetting Ariel en iedereen die er woonde, weggevaagd zijn.

Martsjenko tilde het kernwapen op en aarzelde een ogenblik toen hij zich realiseerde dat hij rechtstreeks verantwoordelijk zou zijn voor de dood van 15.000 onschuldige mensen. Toen lachte hij om zijn gekrenkte geweten. Wie was er op deze wereld nu onschuldig? Hij programmeerde de bom om op een hoogte van zevenenhalve meter te ontploffen en keek op zijn horloge. Het was nu tien voor twaalf in Zürich. Waar bleef Mevlevi?

Martsjenko wilde geen vertraging als zijn geld eenmaal was overgemaakt. Hij beval zijn hoofdwerktuigkundige het wapen naar de Sukhoi te brengen en het aan de rechterhouder te bevestigen. Het hele karwei duurde één minuut. Vervolgens beval hij de piloot de motoren warm te laten draaien en daarna liep hij naar de betonnen bunker waarin Mevlevi's communicatiecentrum was gehuisvest. Hij daalde twee trappen af en ging door een tien centimeter dikke stalen deur naar binnen voordat hij de 'radiohut' binnenliep.

Hij beval de dienstdoende soldaat hem door te verbinden met Ivlov, die nu twee kilometer ten noorden van de Israëlische grens zijn positie had ingenomen. Hij kreeg een schorre stem aan de lijn.

'Ivlov.'

'Hoe staan de zaken ervoor?'

Ivlov lachte. 'Ik heb hier driehonderd soldaten op een steenworp afstand van de Israëlische grens. De helft van hen draagt een groter gewicht aan semtex dan aan kleren. Als u niet gauw het bevel geeft om aan te vallen, steken ze op eigen houtje de grens over. In hun geest zijn ze al dood. We hebben een batterij Katjoesja-raketten op het centrum van Ebarach gericht staan en Rodenko heeft er twee keer zoveel waarvan de neus naar Nieuw Zion wijst. Het is perfect weer om te vechten. We wachten op het groene licht. Wat is er in vredesnaam aan de hand?'

'Wacht nog een paar minuten. De toestemming om aan te vallen kan elk moment komen. Begrepen?'

Martsjenko verbrak de verbinding en liep terug naar de hangar. De vastberaden jonge piloot had zijn helm opgezet en klom nu in de cockpit van de gevechtshelikopter. Een minuut later kwam de turbinemotor gierend tot leven en de lange rotorbladen begonnen te draaien.

Martsjenko keek weer op zijn horloge. Het was vijf voor twaalf in Zürich.

Waar bleef Mevlevi verdomme? Waar bleef zijn geld?

NICK REED MET HOGE SNELHEID DE SINT-GOTTHARDPAS AF, DANKBAAR voor het mildere klimaat aan de zuidkant van de Alpen. Tien minuten geleden was hij door wervelende sneeuw omgeven geweest, maar nu, terwijl hij het berghotel van Airolo passeerde, was de lucht helder en de weg was ook beter. Na een serie haarspeldbochten in het begin, had de weg zich verbreed tot vier rijbanen en liep in een rechte lijn bergafwaarts. Met zijn linkervoet onhandig op het gaspedaal en zijn rechterbeen op de middenconsole geleund, hield hij een snelheid van honderdvijftig kilometer per uur aan.

Houd hem op, Peter. Laat hem niet uit die kamer weggaan. Ik kom zo snel mogelijk.

Een uur later was hij het stadscentrum van Lugano door. Hij reed met razende snelheid over een tweebaansweg die de glooiende rand van het meer volgde. Een bord gaf aan dat hij Morcote binnenreed en daken met rode dakpannen schoten in een flits voorbij. Een benzinestation. Een café. Een taxi passeerde hem met hoge snelheid vanuit de tegenovergestelde richting en de chauffeur claxonneerde luid toen hij de middenstreep overschreed. Toen zag hij Hotel Olivella au Lac en zijn hart miste een slag.

Een stuk of zes politieauto's stonden dicht op elkaar op de binnenhof van het hotel en ernaast was een staalgrijs busje geparkeerd, waarvan de schuifdeur openstond. Zes politiemannen in een marineblauw parachutistenpak zaten erin en van hun sombere gezicht was af te lezen hoe de operatie afgelopen was.

Nick zette de Ford Cortina aan de zijkant van de weg neer en hinkte de straat door naar het hotel aan de overkant. Een geüniformeerde bewaker hield hem tegen toen hij de hal wilde binnengaan.

'DEA,' zei hij.

De bewaker knikte. *'Prego, signore.* Derde verdieping. *Camera quattro zero sette.'*

Het was stil in de gang. Een politieman hield de wacht bij de lift en een andere stond bij een open deur aan het andere eind van de gang. Nick kon het cordiet zelfs op deze afstand ruiken. *Wie was er dood? Wie was er gewond? Wie had onder het mislukken van zijn slecht opgezette plan geleden?*

Nick noemde zijn naam en wachtte tot de politieman over zijn walkietalkie had gevraagd of hij hem mocht toelaten. Een antwoord van twee lettergrepen klonk uit de walkietalkie en Nick mocht doorlopen.

Hij was halverwege de gang toen Sterling Thorne de kamer uitkwam. 'Wie hebben we hier? De verloren zoon zelf. Het werd wel tijd.'

'Sorry,' zei Nick met een stalen gezicht. 'Het verkeer.' Thorne begon te glimlachen en vertrok toen zijn gezicht alsof hij hem nu pas goed zag. 'Jezus, Neumann, wat is er met je gebeurd?' Hij wees naar het bebloede overhemd. 'Ik zal tegen de jongens moeten zeggen dat ze nog een ambulance laten komen. Hoe erg is het?'

Nick hinkte verder naar de kamer. Het had geen zin Thorne nu de bijzonderheden te vertellen. 'Ik zal er niet aan doodgaan. Wat is hier gebeurd?'

'Je vriend is in de schouder geschoten. Alles is verder in orde met hem, maar hij zal voorlopig niet kunnen tennissen. Hij heeft veel bloed verloren.'

'Mevlevi?'

'Weg.' Thorne wees naar de nooduitgang aan het eind van de gang. 'We hebben wat bloed van hem op de trap en in de kamer gevonden. De politie heeft de grens afgesloten en zoekt in het hotel, in de stad en in de omringende steden naar hem.'

Nick was woedend. Hoe had Thorne een gewonde man kunnen laten ontsnappen? Hij hoorde in gedachten zijn excuus al. *De Zwitsers komen pas in actie als ze het bewijs hebben dat er op hun eigen bodem een misdrijf is gepleegd. We moesten op Jester wachten.*

'Heb jij hem gestoken?' vroeg Thorne.

'We hadden een verschil van mening,' zei Nick, terwijl hij zijn woede bedwong. 'Hij wilde me vermoorden en ik vond dat niet zo'n goed idee. Hij had een pistool en ik had een mes. Het was bijna een eerlijk gevecht.'

'Om je de waarheid te zeggen, dachten we allemaal dat je dood was. We hebben de limousine waarmee je hiernaartoe zou komen, beneden gevonden. De chauffeur lag in de kofferbak. Zijn arm was bijna van zijn lichaam gescheurd en er was een kogel door zijn nek geschoten. Ik ben blij dat je nog leeft.' Thorne legde een hand op Nicks schouder. 'Je hebt een schat aan bewijsmateriaal voor financiële malversaties verzameld. Mevlevi's dossier van de VZB, bewijs van zijn rekeningen bij de Adler Bank en Sprecher heeft zelfs foto's met zijn handtekening op de achterkant. Om nog maar te zwijgen van zijn valse paspoort. Niet slecht, Neumann. De tegoeden op zijn rekeningen zullen binnen achtenveertig uur bevroren worden.'

Nick wierp hem een vernietigende blik toe. Mevlevi zou elke cent die hij bezat binnen achtenveertig uur telegrafisch naar banken in andere landen hebben overgemaakt. Binnen achtenveertig uur zou hij veilig en wel terug zijn in zijn schuilplaats in de Libanese bergen. *Binnen achtenveertig uur zal ik waarschijnlijk dood zijn.*

Thorne ving zijn blik op. 'Ik weet dat we hem te pakken hadden moeten krijgen.' Hij hief een vinger. 'En iets wat dichter bij een verontschuldiging in de buurt komt, zul je van mij niet te horen krijgen.'

'Jester?'

'Hij leeft. De contrabande is tijdens de aanhouding verloren gegaan. Verbrand.' Thorne haalde zijn duim over zijn beroete wang en hield hem voor Nick omhoog. 'Maar we hebben toch de connectie met Mevlevi gelegd. Dankzij jou hebben we eindelijk de medewerking van de Zwitsers weten te krijgen. Kaiser gaat voor de bijl. Je collega Feller zegt dat hij hier was, maar achterbleef om een telefoontje van een zekere juffrouw Schon aan te nemen. Ze moet hem gewaarschuwd hebben, want hij is niet naar boven gekomen. We kunnen hem nergens vinden. De Zwitsers willen geen opsporingsbevel uitvaardigen, voordat er een officiële aanklacht tegen hem is ingediend.'

Nick liet het langs zich heen gaan dat Sylvia's naam werd genoemd. Hij zou later nog tijd genoeg hebben om zichzelf te vertellen hoe stom hij was geweest. 'Ik dacht dat je zei dat ze zouden meewerken.'

Thorne haalde zijn schouders op. 'Bij vlagen. Mevlevi is één zaak en Wolfgang Kaiser een andere. Op dit moment pak ik wat ik pakken kan.'

Nick staarde naar de open deur. Hij voelde zich ongelooflijk terneergeslagen. Het hele plan was de mist ingegaan. De politie had Mevlevi noch Kaiser te pakken gekregen. 'Ik wil mijn vriend spreken.'

'Ga je gang. De ziekenwagen is onderweg, dus haast je.'

Peter Sprecher lag op de vloer van de grote kamer. Zijn ogen waren open en schoten heen en weer door de kamer. Er waren badhanddoeken onder zijn schouder gelegd en naast hem zat een politieman die druk op de wond hield om het bloeden te stelpen. Nick liet zich voorzichtig op de vloer zakken, waarbij hij erop lette dat hij zijn rechterbeen gestrekt hield en nam het werk van de politieman over.

Sprecher tilde zijn hoofd op en glimlachte flauwtjes. 'Heeft hij jou ook niet te pakken gekregen?'

'Nee.' Nick hield zijn hand stevig op Sprechers schouder gedrukt. 'Hoe is het met je, vriend?'

'Ik zal misschien een kleinere maat colbert moeten gaan dragen, maar ik overleef het wel.'

'Je hebt het goed gedaan, Peter. Echt heel goed.'

Sprecher glimlachte sluw. 'Ik heb het nog beter gedaan, dan je denkt, vriend.' Met een van pijn vertrokken gezicht drukte hij zich van de grond omhoog en fluisterde: 'Ik weet waar hij naartoe is. Ik wilde het niet aan Thorne vertellen. Eerlijk gezegd heb ik hem nooit vertrouwd.

Als hij vijf minuten eerder was geweest, had hij de Pasja te pakken gehad.'

Nick boog zich dichter naar Sprecher toe en bracht zijn oor vlak bij zijn mond.

'Ik heb Mevlevi over de telefoon horen praten. Hij wist niet dat ik Arabisch sprak. Brissago. Over een uur op het stadsplein.'

'Het is nu halftwaalf. Wanneer is hij vertrokken?'

'Vijftien minuten geleden. Je hebt hem maar net gemist.'

'En Kaiser?'

'Dat moet je maar aan Feller vragen. Mevlevi heeft de stakker met zijn pistool buiten westen geslagen. Hij bloedde nog erger dan ik. Zeg het niet tegen hem, maar ik denk dat hij mijn leven gered heeft. Ga nu maar. Vind Mevlevi en doe hem de hartelijke groeten van me.'

Nick drukte de hand van zijn vriend. 'Ik zal hem vinden, Peter. En maak je geen zorgen, ik zal Mevlevi precies laten weten hoe je over hem denkt. Daar kun je van op aan.'

Sterling Thorne wachtte in de deuropening op Nick.

'Voordat we je met je vriend naar het ziekenhuis brengen, wil ik je iets laten zien wat we in Mevlevi's koffertje hebben gevonden.'

'Wat is het?' Nick was niet van plan naar het ziekenhuis te gaan, in ieder geval nog niet. En hij was niet in de stemming om hier een beetje te blijven kletsen. Elke seconde werd de voorsprong van de Pasja groter.

Thorne overhandigde hem een stapeltje papieren dat in de linkerbovenhoek door een gouden paperclip bijeen werd gehouden. Boven aan de eerste bladzijde stonden drie woorden in vetgedrukt cyrillisch schrift. De documenten waren gericht aan dhr. Ali Mevlevi en het adres was een postbus in Beiroet. Onder Mevlevi's naam stond, in het Engels, een lijst van moderne wapens. Vliegtuigen, helikopters, tanks, raketten. Hoeveelheden, prijzen en leveringsdata.

Ondanks zijn ongeduld kon Nick het niet laten aandacht aan de documenten te schenken. 'Op deze lijst staat een kernwapen. Wie verkoopt dit spul in vredesnaam?'

Thorne fronste zijn wenkbrauwen. 'Onze nieuwe Russische bondgenoten, wie anders? Heb je er enig idee van wat Mevlevi hiermee kan doen?'

'Zei je niet dat hij een privé-leger heeft?'

'Ik zei "privé-leger", maar ik bedoelde halfwas militie. Daarvan is er al een dozijn in Libanon. Maar dit hier is voldoende vuurkracht voor de Eerste Divisie Mariniers. Ik durf er niet eens aan te denken wat Mevlevi met een kernwapen zou willen doen. Ik heb Langley al gebeld. Ik denk dat ze wel contact met de Mossad zullen opnemen.'

Nick bestudeerde de papieren. Eindelijk vielen de laatste stukjes van de legpuzzel op hun plaats. Waarom wilde de Pasja de overname van de Verenigde Zwitserse bank financieren? Waarom had hij de Adler Bank met employés uit het Midden-Oosten bemand? Waarom wilde hij zo nodig een vooruitbetaling van veertig miljoen dollar van Gino Makdisi hebben? Waarom was hij helemaal naar Zürich gekomen?

Nick zuchtte. Omdat de Adler Bank niet goed genoeg voor hem was. Omdat de Pasja de VZB ook nodig had. Omdat hij de gecombineerde financiële middelen en waardepapieren van beide banken nodig had om dit paasmandje vol levensgevaarlijke, geavanceerde wapens te kunnen kopen. God mocht weten waarvoor hij ze wilde gebruiken.

Nick gaf Thorne de papieren terug. 'Sprecher heeft me iets verteld wat je misschien zal interesseren. Hij denkt dat hij weet waar Mevlevi naartoe is.'

Thorne hield zijn hoofd schuin. 'Dat heeft hij tegen mij niet gezegd.'

Nick overwoog Thorne de waarheid te vertellen, maar bedacht zich toen. Als hij achter Mevlevi aan wilde, moest hij ervoor zorgen dat hij geen last van Thorne zou hebben. Thorne zou willen dat hij regelrecht naar het ziekenhuis ging of hij zou zeggen dat Nick een burger was en dat hij niet kon toestaan dat zijn leven gevaar zou lopen. Waar het op neerkwam, was dat Thorne alles zou doen om Mevlevi zelf in handen te kunnen krijgen.

En dat gold voor Nick ook.

'Peter dacht dat jij er verantwoordelijk voor was dat de boel in de soep gelopen is. Ik heb hem uit de droom geholpen. Ik heb hem verteld dat jij niet wist dat Mevlevi me doorhad.' Nick zweeg en liet Thorne nog even in het ongewisse.

'Jezus, Neumann. Waar zei hij dat Mevlevi naartoe ging, verdomme?'

'Porto Ceresio. Het ligt ten oosten van hier, aan de Italiaanse grens. Maar ga er nu niet direct vandoor; ik ga met je mee.'

Thorne schudde zijn hoofd en pakte zijn walkietalkie al. 'Ik waardeer je enthousiasme, maar jij gaat met dat been nergens heen. Je blijft hier tot de ziekenwagen er is.'

'Je laat me toch niet hier achter? Ik heb je deze informatie gegeven. Mevlevi heeft geprobeerd me te vermoorden. Het is nu persoonlijk. Ik wil een kans om me te wreken.'

'Dat is nu precies waarom je hier blijft. Ik wil Mevlevi levend hebben. Dood hebben we niets aan hem.'

Nick liet zijn hoofd hangen en mompelde voor zich uit alsof hij door uitputting overmand was. Hij hief een arm alsof hij wilde protesteren, maar liet hem toen zakken.

Thorne bracht de walkietalkie naar zijn mond. 'We hebben informatie over waar Mevlevi naartoe is. Ik ben over een minuutje beneden. Zorg ervoor dat we een paar patrouillewagens als escorte krijgen. Het een of andere gat dat Porto Ceresio heet. Bel de plaatselijke autoriteiten. Zeg dat ze vast naar hem moeten uitkijken. Begrepen?'

ALI MEVLEVI ZAT ACHTER IN EEN SNEL RIJDENDE TAXI. HIJ WAS WOEDEND omdat hij zijn koffertje kwijt was. Alles zat erin: zijn agenda met alle informatie die hij voor zijn contacten met de bank nodig had – rekeningnummers, codewoorden en telefoonnummers – een kopie van de lijst met wapens die hij van Martsjenko had gekocht en, wat het belangrijkste was, zijn mobiele telefoon. Hij had zichzelf altijd graag gezien als een man die in een gevaarlijke situatie zijn kalmte wist te bewaren, maar hij wist nu dat dat niet waar was. Hij was een lafaard. Waarom had hij zich anders zijn halve leven in een versterkt kamp in een wetteloos land verborgen gehouden? Waarom was hij anders niet achter Neumann aan gegaan om zich ervan te vergewissen dat hij dood was? Waarom was hij anders het hotel uit gevlucht zonder eerst zijn koffertje aan de greep van die maniak van een Sprecher te ontworstelen? Omdat hij bang was. Dat was de reden.

Je bent een lafaard, Ali. Voor één keer probeerde hij het niet te ontkennen.

Mevlevi schoof heen en weer op zijn stoel en vroeg de taxichauffeur hoe ver het nog was naar Brissago. 'We zijn er bijna,' zei de man. Hij zei nu al een halfuur hetzelfde. Mevlevi keek door het raampje. De heuvels aan de voet van Tessin verrezen aan weerskanten. Het landschap had een doodse groene kleur, die leek op die van het Shouf-gebergte in de buurt van zijn huis in Libanon. Af en toe ving hij een glimp van het meer aan zijn linkerkant op. Het blauwe water schonk hem troost. Italië lag aan de andere kant.

Mevlevi rechtte zijn rug en vertrok zijn gezicht van pijn. Zijn linkerbeen voelde aan alsof het in brand stond. Hij trok zijn broekspijp omhoog en keek naar de wond. De snee was maar acht centimeter lang, maar hij was diep, bijna tot op het bot. Nu was de wond ook nog gaan etteren. Het bloed was zwart geworden en sijpelde langs zijn been.

Dat vervloekte been! Concentreer je erop hoe je uit deze rotzooi kunt komen!

Hij dacht erover na wat hij moest doen als hij in Brissago was aangekomen. Hij wist dat hij niet veel tijd had. Dat er vóór het hotel zo'n zwerm politiemannen aanwezig was geweest, had hem duidelijk gemaakt dat de Zwitserse autoriteiten erbij betrokken waren. Zijn tegoeden zouden binnen een paar dagen bevroren worden en er kon elk moment een internationaal opsporingsbevel voor hem uitgevaardigd worden. Kaiser zat waarschijnlijk al in de gevangenis. Wie weet wat hij de autoriteiten zou vertellen?

Een vreemd gevoel van afstandelijkheid daalde over hem neer. Hoe langer hij over zijn situatie nadacht, hoe vrijer hij zich voelde. Hij zou zowel zijn investering in de Adler Bank kwijtraken als zijn aandelen bij de VZB en de twintig miljoen in contanten die hij daar vrijdag in deposito had gegeven. Hij was financieel geruïneerd, dat was zonneklaar. Hij hoorde de stem van zijn vader die hem vertelde dat een man die geloof had, nooit failliet zou kunnen gaan, dat Allah's liefde iedereen rijk maakte en voor het eerst in zijn leven geloofde hij het echt.

Mevlevi had nog maar één ding over. De succesvolle uitvoering van Khamsin.

Hij ademde diep in en kalmeerde zichzelf. Ott had hem beloofd dat hij vanochtend vóór twaalf uur achthonderd miljoen franc op zijn rekening bij de VZB zou storten. Als hij het geld telegrafisch aan Martsjenko zou kunnen overmaken, voordat het nieuws van zijn ontsnapping en de arrestatie van Kaiser bekend werd, zou hij ervoor kunnen zorgen dat hij de wereld één blijvende erfenis naliet. De vernietiging van de nederzetting Ariel waarbij vijftienduizend arrogante joden uitgeroeid zouden worden.

Mevlevi keek op zijn horloge. Het was tien over halftwaalf. Hij bereidde zich in gedachten voor op de telefoontjes die hij zou moeten plegen. Hij kende Otts nummer bij de VZB en het nummer van zijn eigen communicatiecentrum in Libanon uit zijn hoofd. Hij had alleen de tijd nodig om twee telefoongesprekken te voeren.

Mevlevi keek door het raampje en ondanks de verschrikkelijke pijn in zijn been glimlachte hij.

Khamsin zal doorgaan!

Nick scheurde met de Ford over de kronkelige weg. Hij kneep in het stuur en vroeg zich af waar Brissago in vredesnaam was. Volgens de kaart die hij in het handschoenenkastje had gevonden, was de afstand veertig kilometer en hij was nu al meer dan een halfuur onderweg. Hij zou er nu toch moeten zijn. Hij bleef dicht langs de rand van de weg rijden toen hij een scherpe bocht nam en de banden protesteerden en de motor begon sneller te lopen. Hij miste bijna het bord dat rechts langs hem heen flitste: 'Brissago' stond erop, met een pijl die naar links wees.

Nick nam de volgende afslag. De weg werd smaller en liep over een steile heuvel naar beneden tot het Lago Maggiore. Hij draaide het raampje naar beneden om het briesje vanaf het meer binnen te laten. De lucht was bijna warm en het was kalm weer. Toepasselijk, dacht hij. Het paste bij de zelfbeheersing die zich van hem meester had gemaakt nadat hij het hotel in Lugano had verlaten. Hij concentreerde zich erop Mevlevi te vinden en stond zichzelf niet toe over Sylvia en zichzelf na te denken en hij dacht niet aan zijn vader. Hij werd door maar één enkele emotie gedreven. Zijn pure haat jegens Mevlevi.

De weg zwenkte van het meer vandaan en voerde door een tunnel van olmen. Brissago begon aan de andere kant ervan. Nick minderde snelheid en reed de hoofdstraat in. Aan weerskanten stonden kleine gebouwen met rode dakpannen en witgeverfde gevels. De straat was uitgestorven. Hij passeerde een bakker, een kiosk en een bank die allemaal gesloten waren. Hij herinnerde zich dat in veel kleine stadjes de winkels 's maandags tot één uur gesloten bleven. Godzijdank. In zijn perfect gesneden blauwe kostuum zou Mevlevi sterk opvallen.

Brissago, had Sprecher gezegd. *Twaalf uur. Stadsplein.*

Nick keek op zijn horloge. Nog vijf minuten. Hij reed naar het eind van de hoofdstraat waar de weg scherp naar rechts afboog. Het stadsplein werd aan zijn linkerkant zichtbaar. Het was een grote piazza met een bescheiden fontein in het midden. Een minder bescheiden kerk stond aan de overkant ervan, ernaast was een café en helemaal aan de andere kant van de kerk was het meer. Dichter bij hem speelden een paar oude mannen *boccie* op een kleine zandbaan. Hij ging langzamer rijden en speurde het plein af. Hij zag een oude vrouw die haar hond uitliet en twee jongens die bij de fontein zaten te roken. Van Mevlevi was geen spoor te bekennen.

Nick stopte vijftig meter verder op een begrint parkeerterrein. Hij stapte behoedzaam uit en liep terug naar het plein. Hij kon zich nergens verbergen en er waren geen gebouwen waarin hij zich zou kunnen schuilhouden. Hij was volkomen onbeschut en als Mevlevi hem in het oog kreeg, zou hij een gemakkelijk doelwit zijn. Het was vreemd, maar op dit moment kon hem dat eigenlijk niet schelen. Hij bewoog zich als in trance, met zijn blik strak op de brede, open piazza vóór hem gericht. Misschien was Mevlevi er nog niet eens. Hij had het hotel tien minuten voordat Nick arriveerde te voet verlaten en er wachtte geen auto op hem. Dat betekende dat hij een auto had moeten stelen of op zoek had moeten gaan naar een taxi.

Nick liep naar de fontein en keek om zich heen. Het was er zo stil als het graf en uit geen van beide richtingen kwamen auto's. De oude mannen die *boccie* speelden, keken niet in zijn richting. Hij hoorde het briesje ruisen en ergens ver weg hoorde hij een hond blaffen.

Hij stak het plein over naar de kerk en duwde de enorme houten deur open. Hij stapte naar binnen en leunde met zijn rug tegen de muur. Na een paar seconden waren zijn ogen aan het donker gewend en hij controleerde of Mevlevi in een van de banken langs het middenschip zat. Een paar in het zwart geklede vrouwen zaten op de voorste rijen. Een priester kwam uit de sacristie en trok zijn gewaad recht.

Nick liep naar buiten. Hij hield zijn hand boven zijn ogen tegen de zon en liep naar rechts, in de richting van het meer, maar bij de hoek van de kerk bleef hij staan en keek even naar de mannen die *boccie* speelden. Een andere wereld, dacht hij. Hij keek naar het meer dat maar een meter van hem vandaan was. Een gestaag briesje uit het zuiden deed het water rimpelen en er zwommen een paar zwanen voorbij.

Hij besloot het plein hiervandaan in de gaten te houden. Hij drukte zijn schouder tegen de muur en hield zichzelf voor dat hij geduldig moest zijn. Hij keek achter zich. Ongeveer tien passen van hem vandaan was een telefooncel in de schaduw van de muur tegenover de absis. Hij richtte zijn aandacht weer op het plein. Er reed een witte Volvo langs en daarna gebeurde er niets meer. Zijn blik werd weer naar de telefooncel getrokken en hij keek over zijn schouder. Er stond een man in met zijn rug naar hem toegekeerd. Middelmatige lengte, zwart haar en een marineblauwe jas.

Nick deed een stap in de richting van de telefooncel. De man draaide zich om en keek hem met wijd opengesperde ogen aan.

De Pasja.

Ali Mevlevi was om tien minuten voor twaalf op het stadsplein van Brissago aangekomen. Hij liep naar de fontein en keek naar de vier hoeken in de verwachting dat hij Khan zou zien, maar toen realiseerde hij zich dat zijn assistent een veel grotere afstand moest afleggen. Het stemde Mevlevi tevreden dat hij wat extra tijd had. Hij moest een telefooncel zien te vinden om Ott in Zürich te bellen. Hij liep het plein rond en wilde het zoeken net opgeven toen hij naast de kerk een zilverkleurige telefooncel zag. Hij liep er haastig naartoe en belde de VZB. Het duurde verscheidene minuten voordat de onderdirecteur van de bank gelokaliseerd was.

Mevlevi hield de hoorn tegen zijn oor gedrukt en bad dat het nieuws van de actie van de politie in Lugano nog niet naar Zürich was doorgesijpeld. Hij zou het weten zodra hij Otts stem hoorde.

'Met Ott, *guten Morgen.*' De stem had zijn normale, overgedienstige klank. Allah zij dank.

'Goedemorgen, Rudolf. Hoe gaat het me je?' vroeg Mevlevi op zijn nonchalantste toon. De Zwitsers roken wanhoop op kilometers afstand, zelfs over de telefoon. Het zat hen in het bloed.

'Meneer Mevlevi, wat een genoegen. Ik neem aan dat u over uw lening belt. Alles is in orde. We hebben het hele bedrag op uw nieuwe rekening overgemaakt.'

'Dat is geweldig nieuws,' zei Mevlevi. Hij realiseerde zich dat hij verplicht was nog een praatje te maken. 'En hoe heeft je personeel op Königs bekendmaking van vanochtend gereageerd?'

Ott lachte. 'Ze vonden het verschrikkelijk, natuurlijk. Wat verwachtte u anders? Ik ben vanaf acht uur op de beursvloer geweest. Jan en Alleman verdringen elkaar om VZB-aandelen in handen te krijgen. De professionals schijnen te denken dat het een uitgemaakte zaak is.'

'Het is ook een uitgemaakte zaak, Rudolf,' zei Mevlevi vol vertrouwen terwijl hij zich erover verbaasde dat dit soort slap gelul hem zo gemakkelijk afging. 'Ik heb een klein probleem, Rudi. Mijn koffertje is vanochtend gestolen. Je kunt je wel voorstellen wat erin zat. Al mijn rekeningnummers en telefoonnummers en zelfs mijn mobiele telefoon. Ik heb die vervloekte ambtenaar, die Wenker, even alleen moeten laten om te bellen.'

'Ze kunnen verschrikkelijk zijn,' beaamde Ott zalvend.

'Wil je me een dienst bewijzen, Rudi? Ik had het hele bedrag direct naar een collega willen overmaken, maar ik heb nu zijn rekeningnummer niet meer. Als ik hem nu mijn rekeningnummer en mijn codewoord, je weet wel "Paleis Ciragan" zoals altijd, opgeef, zou hij jou dan de informatie over zijn rekening kunnen geven?'

'Hoe heet hij?'

'Martsjenko. Dimitri Martsjenko. Een Russische collega.'

'Naar welke bank wil hij dat het geld overgemaakt wordt?'

'Naar de Eerste Kazachstaanse Bank in Alma Ata. Ik geloof dat jullie een relatie met die bank hebben. Hij zal je de bijzonderheden wel geven.'

'Hoe weten we dat hij het is?'

'Ik bel hem nu direct en zal hem mijn codewoord geven. Vraag hem naar de naam van zijn zoontje. Hij heet Kleine Joseph.'

'Kleine Joseph?'

'Ja. En maak het geld met spoed over, Rudi.' Mevlevi durfde niet meer te zeggen. Hij hoorde Ott de gegevens herhalen, terwijl hij ze opschreef. Ott was erop gespitst dat hij directeur van de nieuwe VZB-Adler Bank zou worden en hij zou de ontluikende relatie met zijn nieuwe baas niet door een onbeduidende kwestie als een lichtelijk ongebruikelijke overboeking laten bederven.

'Dat lijkt me geen probleem... *Ali*. Vraag of meneer Martsjenko me in de komende vijf minuten belt, dan regel ik het persoonlijk.'

Mevlevi bedankte hem en hing op. Hij gooide drie vijffrancstukken in de gleuf en draaide een nummer van negen cijfers. Zijn hart begon sneller te kloppen. Hij hoefde nu de generaal alleen nog maar zijn rekeningnummer en zijn codewoord te geven.

Mevlevi hoorde dat de verbinding tot stand kwam en daarna ging de telefoon twee keer over voordat er werd opgenomen. Hij beval de dienstdoende telefonist dat hij onmiddellijk Martsjenko moest gaan halen en tikte met zijn voet op de grond terwijl hij wachtte tot hij de doorrookte stem van de Rus zou horen.

Martsjenko kwam aan de lijn. *'Da?* Mevlevi? Bent u het?'

Mevlevi lachte ongedwongen. 'Het spijt me dat ik u heb laten wachten, generaal Martsjenko, maar er is helaas een kleine wijziging in het plan.'

'Wat?'

'Ik verzeker u dat het niets ernstigs is. Het volledige bedrag staat op mijn rekening, maar het probleem is dat ik *uw* rekeningnummer bij de Eerste Kazachstaanse bank ben kwijtgeraakt. Ik heb het probleem net met iemand van mijn bank in Zürich besproken. Hij wil dat u hem belt en hem de informatie over uw rekening geeft. U moet naar Rudolf Ott, de onderdirecteur van de bank, vragen en hem mijn rekeningnummer en codewoord doorgeven die ik u zal noemen. Uw naam en de naam van uw zoontje Kleine Joseph zijn voldoende. Hij zal het geld direct daarna overmaken.'

Martsjenko zweeg even voordat hij vroeg: 'Weet u zeker dat dit juist is?'

'U moet me vertrouwen.'

'Goed, ik zal doen wat u vraagt, maar ik zal de kleine jongen pas laten gaan als het geld op onze rekening staat. Begrepen?'

Mevlevi haalde opgelucht adem. Het was hem gelukt. Khamsin zou doorgaan. Zijn borst begon te gloeien van triomf. 'Begrepen. Hebt u een pen bij de hand?'

'Da.'

Mevlevi keek naar het meer. Wat een prachtige dag! Hij glimlachte, draaide zich om en keek naar het plein.

Nicholas Neumann stond tien meter van hem vandaan en staarde hem recht aan.

Mevlevi staarde terug. Zijn keel werd één moment dichtgesnoerd en het nummer van de rekening die hij vrijdag van de Fiduciaire Trust had gekregen, ontschoot hem. Toen zag hij het opeens weer duidelijk voor zich en op dat moment wist hij dat Allah met hem was.

'Mijn rekeningnummer is vier vier zeven...'

Nick rukte de deur van de telefooncel open, greep Ali Mevlevi bij zijn schouders en kwakte hem tegen de wand van staal en glas. Toen stapte hij de telefooncel binnen en gaf Mevlevi een keiharde stoot in de maag. De Pasja sloeg dubbel en de telefoon viel uit zijn hand.

'Neumann,' zei Mevlevi kreunend. 'Geef me de telefoon, dan ga ik daarna met je mee. Alsjeblieft.'

Nick stompte Mevlevi op de kaak en voelde een knokkel breken. De Pasja gleed langs de wand op de grond terwijl zijn handen naar de hoorn tastten. 'Ik geef het op, Nicholas, maar ik moet met die man spreken. Alsjeblieft. Hang niet op.'

Nick greep de hoorn en bracht hem naar zijn oor. Een geïrriteerde stem vroeg: 'Wat is het rekeningnummer? U hebt me maar...'

Mevlevi dook ineen in de hoek.

Nick keek naar hem en zag een angstige oude man. Zijn haat was grotendeels weggeëbd. Hij zou hem niet kunnen doden. Hij zou de politie bellen en Sterling Thorne waarschuwen.

'Alsjeblieft, Nicholas. Ik wil graag die man aan de telefoon spreken. Heel even maar.'

Voordat Nick kon antwoorden, was Mevlevi overeind gekomen en op hem af gesprongen. Van zijn kwetsbaarheid was niets meer over. Hij had een halvemaanvormig mes in zijn hand waarmee hij woest naar Nicks buik uithaalde. Nick sprong naar achteren, pareerde de steek met zijn linkerhand en pinde Mevlevi's arm tegen de wand. Met zijn rechterhand sloeg hij de metalen telefoonkabel om Mevlevi's nek en gebruikte die als wurgtouw. Mevlevi's ogen puilden uit, terwijl de kabel strak getrokken werd, maar hij liet het mes nog niet los en stootte zijn knie in Nicks kruis. Nick verbeet de pijn en gaf een felle ruk aan de kabel waardoor Mevlevi van de grond getrokken werd. Hij hoorde duidelijk een brekend geluid.

Mevlevi verslapte. Zijn strottenhoofd was verbrijzeld en zijn slokdarm was geblokkeerd. Hij zakte, met wild knipperende ogen, op zijn knieën en hapte naar adem. Het opiumoogstersmes kletterde op de grond. Hij bracht beide handen naar zijn nek en probeerde de kabel los te trekken, maar Nick hield stevig vast. Er gingen tien seconden voorbij en toen twintig. Nick staarde naar de stervende man en voelde alleen een grimmige vastberadenheid om dat leven te beëindigen.

Plotseling begon Mevlevi te steigeren. Zijn rug welfde zich en in een laatste wilde stuiptrekking sloeg hij drie keer met zijn hoofd tegen de wand waardoor het glas barstte. Toen bewoog hij zich niet meer.

Nick wikkelde het koord van zijn nek en bracht de hoorn naar zijn oor.

Dezelfde geïrriteerde stem vroeg: 'Wat is het rekeningnummer? U hebt me maar drie cijfers gegeven. Wat zijn de andere? Alstublieft, meneer Mev...'

Nick hing op.

Boven hem sloeg de kerkklok twaalf uur.

Moammar al-Khan reed in zijn gehuurde witte Volvo langzaam langs het plein, terwijl hij vertwijfeld naar zijn baas zocht. Het plein was leeg en hij zag alleen een groepje oude mannen vlak bij het meer. Hij keek op zijn horloge. Het was precies twaalf uur. Hij bad dat al-Mevlevi Brissago had weten te bereiken. Het deed hem pijn om te zien dat zijn baas zo in de problemen zat. Hij was verraden door iemand die hem heel na stond en werd als een ordinaire misdadiger het land uit gejaagd. De westerse ongelovigen kenden geen rechtvaardigheid!

Insjallah. God is groot. Gezegend zij al-Mevlevi.

Khan keerde de auto, reed terug langs het plein en vervolgens de hoofdstraat door, in de hoop zijn baas daar te zien. Misschien had hij zijn aanwijzingen verkeerd begrepen. Toen Khan bij de toegang tot Brissago kwam, besloot hij terug te rijden naar het plein en zijn auto daar ergens te parkeren. Hij zou in de buurt van de fontein gaan staan, zodat al-Mevlevi hem niet kon missen als hij arriveerde.

Khan keek in de achteruitkijkspiegel om te controleren of er verkeer achter hem zat. De weg was vrij. Hij draaide aan het stuur en reed terug door het stadje. Hij minderde weer snelheid toen hij langs het plein reed en draaide zelfs zijn raampje naar beneden om zijn hoofd naar buiten te kunnen steken. Hij zag niemand. Hij gaf gas en reed naar een begrint parkeerterrein dat ongeveer honderd meter verder lag. Aan de andere kant van de weg zag hij een man die er langzaam naartoe strompelde. Het was Nicholas Neumann.

Khan keek snel vóór zich en realiseerde zich toen dat Neumann hem nog nooit had gezien. Neumann hoorde dood te zijn. Dat hij hier was, kon alleen maar betekenen dat hij van Al-Mevlevi's plan om over de grens te vluchten, op de hoogte was. Maar waarom was hij alleen gekomen? De nekspieren van de Arabier spanden zich. Om Al-Mevlevi te vermoorden natuurlijk.

Khan reed de parkeerplaats op. De enige andere auto die er stond, was een rode Ford Cortina en hij vermoedde dat die van de Amerikaan was. Hij parkeerde de auto aan de andere kant van het parkeerterrein en zag Neumann in de achteruitkijkspiegel naderbij komen. Hij wachtte tot de Amerikaan het portier van de rode auto zou hebben geopend en ingestapt zou zijn.

Khan had geen orders nodig voor wat er gedaan moest worden. Hij opende het portier, stapte uit en liep langzaam de parkeerplaats over om Neumann niet op zijn aanwezigheid attent te maken. Achter hem reed een zwarte Mercedes het parkeerterrein op en werd geparkeerd naast zijn auto. Hij hield zijn aandacht op de Ford gericht. Als er getuigen waren, hadden ze pech gehad. Hij zou hen ook doden. Hij knoopte zijn leren jasje los en stak zijn hand naar binnen om zijn pistool te pakken. Hij voelde koud staal en streelde glimlachend de greep. Hij verlengde zijn pas en de wereld om hem heen verschrompelde tot een nauwe tunnel. Hij zag alleen Neumann aan het eind ervan; verder was alles vaag.

Neumann startte de motor. De auto trilde en er kwam een rookwolkje uit de uitlaat.

Khan trok zijn pistool en drukte de loop tegen het raampje aan de chauffeurskant.

Neumann staarde in de loop van het wapen. Hij sperde zijn ogen wijd open en bewoog zich eerst niet. Toen haalde hij alleen zijn handen van het stuur.

Khan stond hem nog een laatste moment van doodsangst toe en verhoogde toen de druk op de trekker. Hij voelde de kogel niet die een gat in zijn hoofd boorde en de hele rechterkant van zijn schedel wegschoot.

Hij zag een heldere lichtflits en toen werd alles donker. Het pistool viel uit zijn hand en kletterde op de grond. Daarna zakte hij tegen de auto in elkaar en gleed op het grint.

Nick verroerde zich niet. Hij hoorde de knal van een pistool van een zwaar kaliber en keek als verdoofd toe terwijl het lichaam van de man die het wapen op hem had gericht tegen het raampje bonkte en op de grond gleed. Drie meter achter hem stond Sterling Thorne met het pistool in zijn uitgestrekte hand.

Thorne kwam naar de auto toe, terwijl hij zijn wapen in de holster terugstopte.

Nick bleef nog een ogenblik roerloos zitten en staarde recht voor zich uit. Hij vond het meer heel erg mooi. Hij leefde nog.

Thorne klopte op het raampje en opende het portier. Hij grijnsde.

'Je bent een verdomd slechte leugenaar, Neumann.'

NICK ARRIVEERDE OM KWART VOOR ELF BIJ HET *KONGRESSHAUS*, EEN kwartier voordat de algemene aandeelhoudersvergadering zou beginnen. Het auditorium dat aan een paar duizend personen plaats bood, liep snel vol. Verslaggevers van de belangrijkste financiële bladen ter wereld liepen door de gangpaden heen en weer en praatten met makelaars, speculanten en aandeelhouders. Als gevolg van de beschuldigingen dat Wolfgang Kaiser nauwe banden had onderhouden met een beruchte drugbaron uit het Midden-Oosten, was iedereen erop gespitst te horen wie de leiding van de VZB op zich zou nemen, maar Nick maakte zich geen illusies. Na een stortvloed van verontschuldigingen en beloften dat de controle verscherpt zou worden, zouden de zaken op dezelfde voet doorgaan. Het feit dat Ali Mevlevi dood was en dat de invoer van heroïne in Europa was vertraagd, in elk geval tijdelijk, schonk hem weinig troost. Thorne had zijn overwinning, maar die van Nick was bezoedeld. Bijna vierentwintig uur na zijn ontsnapping uit Hotel Olivella au Lac was Wolfgang Kaiser nog niet gearresteerd.

Nick liep naar het voorste deel van het auditorium, draaide zich om en keek naar de zee van gezichten die binnenstroomde. Niemand besteedde speciale aandacht aan hem. Zijn rol in de affaire was onbekend – in elk geval voorlopig. Boos en gefrustreerd vroeg hij zich af of Ott, Maeder en alle anderen de vergadering zouden leiden alsof er gisteren niets bijzonders was gebeurd. Hij stelde zich voor wat Peter Sprecher zou zeggen: '... *maar er is ook niets bijzonders gebeurd, Nick.*' Zijn woede en frustratie werden groter.

Toch geloofde hij nog half en half dat het mogelijk was dat Kaiser zou komen opdagen. Zijn drang tot zelfbehoud zou eisen dat hij ver bij de vergadering uit de buurt bleef, maar Nick dacht niet dat het idee dat hij gearresteerd kon worden, ooit serieus tot Kaiser doorgedrongen was. De directeur van de Verenigde Zwitserse Bank gedwongen om Zwitserland te verlaten? Nooit! Zelfs nu geloofde hij waarschijnlijk nog dat hij niets verkeerds had gedaan. Nick zag Sterling Thorne nonchalant naast de nooduitgang, links van het podium staan. Thorne ving zijn blik op en knikte. Eerder had hij Nick een exemplaar van de *Herald Tribune* van die ochtend gegeven. Een klein artikel aan de binnenkant van de voorpagina was omcirkeld. ISRAËLISCHE STRAALVLIEGTUIGEN VERNIETIGEN BOLWERKEN VAN GUERRILLA'S. De krant schreef dat leden van een afgescheiden factie van de Libanese Hezbollah die zich in de buurt van de Israëlische grens verzamelden, gevangengenomen waren. Een onbekend aantal van hen was daarbij gedood. In de laatste alinea stond dat hun basis in de heuvels boven Beiroet gebombardeerd en vernietigd was. 'Dat was dan Mevlevi's privé-leger,' had Thorne grijnzend gezegd. Maar toen Nick hem naar het kernwapen vroeg, verdween zijn grijns en haalde hij zijn schouders op alsof hij wilde zeggen: dat zullen we nooit weten.

Recht vóór Nick was een oranje touw vóór tien stoelen van de eerste rij gespannen en op elke stoel lag een wit kaartje met de naam van degene die er zou komen te zitten. Sepp Zwicki, Rita Sutter en anderen die hij kende als mensen die op de Derde Verdieping werkten. Toen hij naar rechts keek, zag hij dat Sylvia Schon langzaam over het gangpad naar voren liep. Ze telde koppen om te controleren hoeveel van haar dierbare pupillen de vergadering bijwoonden. Zelfs nu voerde ze nog de orders van de directeur uit.

Hij liep naar haar toe terwijl zijn woede met elke stap groeide. Een deel ervan was tegen zichzelf gericht, omdat hij haar geloofd en vertrouwd had en misschien zelfs van haar had gehouden, terwijl hij beter had moeten weten.

'Het verbaast me dat ik je hier zie,' zei hij. 'Moet je de directeur niet helpen met het boeken van de volgende vlucht naar de Bahama's? Nu ik erover nadenk, vraag ik me af waarom je daar zelf nog niet bent?'

Sylvia ging dichter bij hem staan. 'Het spijt me, Nick. Ik had er geen idee van dat...'

'Wat is er gebeurd?' onderbrak hij haar, niet langer in staat haar onoprechtheid te verdragen. 'Heb je ontdekt dat het heel wat gemakkelijker is om iemand een hotel dan het land uit te krijgen? Vooral nu de hele wereld achter hem aan zit. Of ben je van plan je bij hem te voegen als deze hele rotzooi een beetje overgewaaid is?'

Sylvia kneep haar ogen halfdicht en haar gezicht verstrakte. Op dat moment verdwenen alle gevoelens die ze ooit voor elkaar hadden gehad, volledig. 'Val toch dood,' siste ze. 'Dat ik de directeur heb geholpen, betekent niet dat ik samen met hem zou vluchten. Je hebt de verkeerde vrouw voor je.'

Nick vond drie rijen van het podium vandaan een onbezette stoel en legde zijn kruk op de vloer. Hij ging onhandig zitten en zette zijn been zo gemakkelijk mogelijk neer. De artsen hadden de wond aan de achterkant van zijn bovenbeen schoongemaakt en gehecht. Hij zou voorlopig de samba niet dansen, maar hij kon in elk geval lopen.

De lichten werden gedimd en Rudolf Ott stond vanachter de tafel op en liep naar het podium. Iemand achter in de zaal schreeuwde: 'Waar is de directeur?' Zijn kreet werd al snel door anderen overgenomen. Nick strekte zijn nek uit om de joelers te kunnen zien en richtte zijn blik toen weer op het podium. Twee rijen vóór hem waren alle stoelen op één na bezet. Alleen Rita Sutter was nog niet gearriveerd.

Ott legde een stapeltje papieren op de lessenaar, zette zijn bril af en maakte hem uitgebreid schoon, terwijl hij wachtte tot het gejoel zou wegsterven. Hij stelde de microfoon bij en schraapte zeer duidelijk hoorbaar zijn keel. Het gehoor kwam tot rust en spoedig vulde een ongemakkelijke stilte de zaal.

Terwijl hij wachtte tot Ott zou beginnen, hoorde Nick maar steeds Sylvia's woorden in zijn hoofd echoën. *Je hebt de verkeerde vrouw voor je.*

'Dames en heren,' zei Ott eindelijk. 'Normaal gesproken zou ik de vergadering openen met een kort welkomstwoord, gevolgd door een kort overzicht van onze activiteiten in het afgelopen jaar. De recente gebeurtenissen nopen me echter van deze traditionele gang van zaken af te wijken. Ik heb heel bijzonder nieuws voor u dat ik, eerlijk gezegd, niet langer voor me kan houden.'

Nick ging helemaal rechtop zitten.

'In opdracht van Klaus König deel ik u mee dat de Adler Bank niet langer zijn eigen lijst met kandidaten voor de raad van bestuur van de Verenigde Zwitserse Bank wenst in te dienen. Derhalve benoem ik hierbij alle zittende leden voor een termijn van een jaar.'

Er steeg gejuich uit de verzamelde employés op dat zich door de zaal voortplantte en zelfs in de foyer en op straat te horen was. Een rij verslaggevers rende het auditorium uit en overal flitsten camera's.

Met één zin was het monster onschadelijk gemaakt.

Er werd geen verklaring gegeven, hoewel Nick dacht dat hij wel wist hoe de vork in de steel zat. Alle aandelen in de rekening van de Ciragan

Handelsmaatschappij zouden voor onbepaalde tijd door de Zwitserse federale officier van justitie bevroren worden en de Adler Bank zou geen gebruik mogen maken van zijn volmacht om voor de aandelen te stemmen tot vastgesteld kon worden wie er de rechtmatige eigenaar van was. Dat betekende dat de aandelen de komende paar jaar geen stemkracht zouden hebben. Als bewezen kon worden dat de aandelen toebehoorden aan Ali Mevlevi, een heroïnesmokkelaar en moordenaar, zou de Adler Bank bij een federale rechtbank de activa van zijn ongelukkige cliënt kunnen opeisen, evenals de DEA en elke andere opsporingsinstantie die ook maar iets met de vervolging van Mevlevi te maken had gehad. Er zou de komende tien jaar geen beslissing worden genomen over wie de aandelen uiteindelijk in bezit zou krijgen. De Verenigde Zwitserse Bank kon tot die tijd gerust zijn.

Nick bleef zitten terwijl iedereen om hem heen ging staan om te applaudisseren. Hij hield zichzelf voor dat hij ook blij zou moeten zijn. De VZB was Kaiser kwijt en bevrijd van Mevlevi. De bank zou zelfstandig blijven, zoals hij de afgelopen honderdvijfentwintig jaar was geweest. Nicks enige overwinning.

Vóór hem schudde Maeder Sepp Zwicki de hand. Ott paradeerde op het podium heen en weer en sloeg zijn collega's van de raad van bestuur op de rug. *De koning is dood,* dacht Nick terwijl hij naar de mollige gestalte staarde. *Lang leve de koning.*

Hij liet zijn blik zakken en staarde naar Rita Sutters lege stoel.

Je hebt de verkeerde vrouw voor je.

Toen wist hij het.

Nick stond abrupt op en liep naar het middenpad. Hij moest naar de bank. Het was dom van hem geweest om te denken dat Kaiser naar de vergadering zou komen, maar hij was er zeker van dat de directeur niet zou vluchten voordat hij er zekerheid over had dat König de strijd om de zetels in de raad van bestuur van de VZB had verloren. En voordat hij vertrok, zou hij wat spullen bij de bank moeten ophalen, zoals geld, zijn paspoort en wat al niet meer. En dit was de enige tijd waarin hij dat kon doen. Er zouden maar heel weinig personeel en één zeer efficiënte secretaresse in de bank aan het werk zijn.

Nick bereikte het eind van de rij en liep het middenpad op. Zijn been eiste dat hij langzamer zou lopen, maar hij negeerde het en verhoogde zijn tempo zelfs toen hij door de klapdeuren de foyer binnenliep. De lange, lage ruimte was barstensvol mensen die binnen geen plaats hadden kunnen vinden en in elke hoek stonden verslaggevers die via hun mobiele telefoon dringende berichten doorgaven. Nick zigzagde tussen de mensen door en na een minuut was hij buiten. Een rij taxi's had zich langs de stoep verzameld. Nick stapte in de voorste en blafte: 'Breng me naar de Verenigde Zwitserse bank.'

Drie minuten later kwam de taxi met een ruk voor het hooghartige grijze gebouw tot stilstand. Nick betaalde de chauffeur en stapte uit. Hij haastte zich de trap op en merkte de geüniformeerde politieman op, die vlakbij op het trottoir rondhing.

Hugo Brunner stond in de hal achter zijn lessenaar en toen hij Nick zag, kwam hij hoofdschuddend naar voren. 'Het spijt me, meneer Neumann. Ik heb strikte orders om u niet tot de bank toe te laten.'

Nick leunde een beetje buiten adem op zijn stok. 'Van wie, Hugo? Van de directeur? Is hij hier?'

'Dat gaat u niets aan, meneer. Wilt u nu alstublieft...'

Nick stompte Brunner in de maag en terwijl de man dubbelklapte gaf hij hem een directe op de kaak. Brunner zakte op de marmeren vloer in elkaar en bleef roerloos liggen.

De Derde Verdieping was verlaten. Er brandde licht in de kantoren aan weerskanten van de gang, maar er was niemand binnen. Nick strompelde naar de antichambre van de directeur. De dubbele deuren van Kaisers kantoor waren gesloten. Nick haalde diep adem, legde zijn oor tegen het gladde paneelwerk en luisterde. Hij hoorde geritsel en toen het geluid van iets zwaars dat op de grond viel. Hij pakte de deurkruk vast en draaide hem langzaam om. De deur was op slot. Hij deed een stap naar achteren, liet zijn schouder zakken en wierp zich tegen de deur. De deur bezweek en hij wankelde het kantoor binnen, niet in staat te verhinderen dat hij op één knie viel.

Wolfgang Kaiser stond, met een verbaasde blik op zijn gezicht, een meter van hem vandaan. Met de donkere wallen onder zijn ogen en zijn vale huid zag hij er afgetobd uit. Hij had het olieverfschilderij van Renoir uit de lijst van bladgoud gehaald en rolde het nu stijf op. Een kartonnen koker lag naast hem op de bank.

'Het is het beste dat ik kan doen,' zei hij op een luchthartige toon die niet bij de situatie paste. 'Ik heb geen contant geld opzij gelegd en ik denk dat mijn tegoeden al bevroren zijn.' Hij gebaarde naar het opgerolde doek. 'Voor het geval je het je afvraagt, het is van mij, niet van de bank.'

Nick pakte zijn stok op en duwde zich overeind. 'Natuurlijk. Ik weet dat het niet bij u zou opkomen om van de bank te stelen.'

Kaiser stopte het doek in de kartonnen koker en drukte de plastic dop erop. 'Ik veronderstel dat ik je moet bedanken omdat je Mevlevi gedood hebt.'

'Graag gedaan,' zei Nick. Hij was uit zijn evenwicht gebracht door Kaisers collegiale toon en hij herinnerde zichzelf eraan dat deze man hem gisteren dood had willen hebben. 'Waar is Rita Sutter? Ik heb haar niet bij de aandeelhoudersvergadering gezien.'

Kaiser opende zijn ogen iets wijder en lachte. 'Dus zo wist je dat ik hier was. Slim van je. Ze wacht beneden op me. We zijn door de poort aan de achterkant binnengekomen. Ze heeft me in de achterbak van haar auto gestopt. Ze hield vol dat dat veiliger was.'

Kaiser legde de kartonnen koker op de bank achter hem en deed een

377

stap van Nick vandaan, terwijl hij afwezig over zijn snor streek. 'Je hebt er geen idee van hoe blij ik was toen je bij de bank kwam werken. Ik weet dat het dom van me was om te denken dat je echt carrière bij ons wilde maken. Wijt het maar aan het ego van een oude man.'

'Ik ben hier niet gekomen om carrière te maken, maar om erachter te komen wie mijn vader heeft vermoord. Hij verdiende het niet om te sterven om u de kans te geven uw stempel op de bank te drukken.'

'Maar dat zie je helemaal verkeerd, Nicholas. Ik had de bank nodig om mijn leven zin te geven. Ik heb de bank altijd gezien als iets wat groter was dan mijn eigen ambitie, of op zijn minst als iets wat mijn ambitie waardig was. Je vader was een heel ander verhaal. Hij wilde de bank naar zijn eigen beeld scheppen.'

'Naar het beeld van een eerlijk man?'

Kaiser lachte weemoedig. 'We waren allebei eerlijke mannen. We leefden alleen in een oneerlijke tijd. Je ziet toch zeker wel wat ik allemaal voor de bank heb gedaan? We hebben nu drieduizend employés. Denk aan hun gezinnen, aan de gemeenschap en zelfs aan het land. God mag weten wat er gebeurd zou zijn als Alex de leiding erover had gekregen.'

'In elk geval zou hij dan nog in leven zijn geweest, samen met Cerruti en Becker. Waarom hebt u mijn vader niet verteld dat Mevlevi hem wilde vermoorden?'

'Dat heb ik wel gedaan. Ik heb hem keer op keer gewaarschuwd. Ik had er geen idee van dat de boel zo snel uit de hand zou lopen.'

'Dat wist u wel degelijk. U hebt uw ogen gesloten, omdat u wist dat er niemand meer was die u in de weg zou staan om directeur van de bank te worden als mijn vader er niet meer zou zijn.'

Nick staarde hem aan en liet zich door zijn woede overspoelen. Deze man was verantwoordelijk voor zoveel van wat er in zijn leven was gebeurd. Voor de dood van zijn vader, zijn zwervende jeugd, zijn strijd om zichzelf op de been te helpen en toen dat was gelukt voor zijn besluit om het allemaal te laten schieten en naar Zwitserland te gaan. Als hij wilde, zou hij hem waarschijnlijk voor elke stap die hij had gezet, verantwoordelijk kunnen stellen.

'Waarom?' schreeuwde hij. 'Ik wil een betere reden horen dan uw carrière.'

Kaiser schudde zijn hoofd. 'Begrijp je het dan niet, Nicholas? Het was de enige weg die me openstond. Als we eenmaal ons pad gekozen hebben, is er geen terugkeer mogelijk. Niet voor jou, niet voor mij en niet voor je vader. We zijn allemaal hetzelfde. We zijn onszelf trouw; we zijn het slachtoffer van ons eigen karakter.'

'Nee,' zei Nick. 'We zijn niet hetzelfde. We verschillen heel erg van elkaar. U hebt uzelf ervan overtuigd dat uw carrière het waard was om uw moraal ervoor op te offeren. Als u me tien miljoen dollar en het directeurschap van de bank zou aanbieden, zou ik u nog niet uit dit gebouw laten vertrekken.'

Kaiser kwam naar voren, terwijl een intense woede zijn trekken verduisterde. Hij hief zijn arm in protest omhoog en opende zijn mond alsof hij wilde schreeuwen, maar hij bracht geen geluid voort. Hij deed een paar stappen en toen zakten zijn schouders af. Hij liep naar zijn bureau en ging zitten.

'Ik dacht al dat je daarom hier was,' zei hij op verslagen toon.

Nick keek hem recht aan. 'Dat klopt.'

Kaiser forceerde een flauw glimlachje, trok toen een la open en haalde er een donker pistool uit. Hij bracht het omhoog, keek er bewonderend naar, liet het toen op het bureau zakken en spande met zijn duim de haan. 'Maak je geen zorgen, Nicholas. Ik zal je geen kwaad doen, hoewel ik daar alle reden toe heb. Jij bent immers verantwoordelijk voor deze hele rotzooi. Het is vreemd dat ik niet erger van streek ben. Je bent een goede man – een man die we eens allemaal wilden worden.'

Nick liep langzaam naar het bureau. Hij draaide de kruk in zijn hand rond en verstevigde zijn greep op het rubberhandvat. 'Ik sta niet toe dat u dit doet,' zei hij zacht, al was het in strijd met de woede die hij voelde. 'Legt u dat pistool alstublieft neer. Dat is de uitweg van een lafaard en dat weet u.'

'O ja? Ik dacht dat het de uitweg van de krijger was.'

'Nee,' zei Nick. 'Als een krijger verslagen is, laat hij de vijand beslissen welke straf hij krijgt.'

Kaiser keek hem op een vreemde manier aan en bracht toen de revolver naar zijn hoofd omhoog. 'Maar je weet toch zelf dat ik de vijand ben, Nick?'

Op dat moment klonk er een kreet in de deuropening. Later realiseerde Nick zich dat het Hugo Brunner was die tegen Kaiser riep dat hij niet moest schieten. Maar op het moment zelf was het voor hem een ver geluid dat hem nauwelijks afleidde. Hij dook op het bureau af en maaide met zijn kruk over het grote blad ervan, in de hoop Kaisers arm van richting te doen veranderen. Zijn kruk verbrijzelde een lamp en stuiterde terug van het beeldscherm van de computer. De knal van een schot klonk in het kantoor en Kaiser kieperde uit zijn stoel naar opzij op de grond. Nick botste tegen het bureau en viel op de vloer.

Wolfgang Kaiser lag roerloos een meter van hem vandaan. Het bloed stroomde overvloedig uit de wond in zijn schedel en binnen een paar seconden was zijn gezicht donkerrood gekleurd.

Toen hoestte Kaiser. Hij tilde zijn hoofd een klein stukje van de grond en liet het een ogenblik later met een klap terugvallen. Hij knipperde wild met zijn ogen en hapte naar lucht. Hij bracht een hand naar zijn hoofd omhoog en toen hij hem terugtrok, zag Nick dat de kogel een groef over zijn slaap had getrokken die onder zijn haar verder liep. Het was maar een schaafwond.

Nick kroop snel over het tapijt naar Kaiser toe en trok het pistool uit zijn hand. Hij was niet van plan de directeur een tweede kans te geven.

'Stop,' schreeuwde Hugo Brunner terwijl hij zijn voet op Nicks pols zette. Hij liet zich op één knie zakken, pakte het pistool uit Nicks hand en zei met een vriendelijker stem: 'Dank u, meneer Neumann.'

Nick keek in de grijze ogen van de oudere man en de moed zonk hem in de schoenen. Hij was er zeker van geweest dat Brunner de voorzitter zou helpen te ontsnappen, maar hij bleek zich te vergissen. De portier hielp Nick overeind en belde de politie. Nick ging op de bank zitten. Het gierende geluid van een sirene klonk in de verte en kwam dichterbij. Het was het mooiste geluid dat hij ooit had gehoord.

De lucht was donzig grijs en er stond een scherpe zuidenwind die de eerste suggestie van de lente met zich voerde. Nick bleef op de trap van de bank staan en ademde diep in. Hij had verwacht dat hij zich gelukkiger zou voelen en misschien vrijer, maar diep in zijn hart was er twijfel. Hij had het gevoel dat hij snel ergens heen moest, dat hij iemand moest opzoeken, maar hij wist niet goed wie. Voor het eerst sinds hij twee maanden geleden in het land van zijn vader was aangekomen, hoefde hij nergens heen en had hij geen drukke agenda af te werken. Hij was helemaal op zichzelf aangewezen.

Een zwarte Mercedes sedan stond langs het trottoir geparkeerd en Sterling Thorne draaide het raampje naar beneden. Hij grijnsde. 'Stap maar in, Neumann. Ik geef je een lift.'

Nick stapte in. Hij verwachtte een laatste commentaar van Thorne, zoiets als iedereen heeft gekregen wat hij verdiende, maar voor één keer zweeg Thorne. De auto reed van het trottoir vandaan en een paar minuten zeiden ze geen van beiden iets. Nick staarde door het raampje naar de hemel. Hij zag een stukje blauw, maar het werd al snel door een dreigende grijze wolk bedekt. Thorne schoof op zijn stoel heen en weer en keek Nick over zijn schouder aan. De DEA-agent glimlachte nog steeds. 'Weet jij misschien waar we in deze stad een fatsoenlijke hamburger kunnen krijgen, Neumann?'

Woensdagochtend stond Nick in de vertrekhal van Zürich Flughafen en staarde omhoog naar het enorme bord waarop alle vluchten stonden die vóór twaalf uur zouden vertrekken. Hij had een overjas over zijn arm en zijn enige koffer stond naast hem op de grond. Hij leunde op de stevige kruk om de druk van zijn gewonde been te verlichten en liet zijn blik over de bestemmingen dwalen: Frankfurt, Stockholm, Milaan. Kosmopolitische steden die de kans op een nieuw leven boden. Toen liet hij zijn blik zakken naar vluchten naar bekendere plaatsen: Chicago, New York, Los Angeles.

Het bord in de vertrekhal trilde en het geratel van honderden aluminiumletters klonk alsof er een reusachtig spel kaarten werd geschud. Nieuwe letters klikten in de plaats van de oude, terwijl elke vlucht een plaats naar boven opschoof en een paar minuten dichter bij het vertrek kwam.

Een stem riep om: 'Reizigers voor Swissair-vlucht één-zeven-vier naar New York kunnen nu door ingang tweeënzestig aan boord gaan' en vervolgens werd de mededeling in het Duits en het Italiaans herhaald.

Nick opende zijn portefeuille en haalde er een opgevouwen velletje wit papier uit. Hij vouwde het open en bestudeerde het adres: *Park Avenue 750. Apartment 16B*. Hij glimlachte. Als Anna van de zomer naar Griekenland zou gaan, was het met hem en met niemand anders. Een huwelijksplechtigheid boven op de Acropolis zou heel leuk zijn, dacht hij. Hij keek op en zocht de vlucht naar New York op het bord. Hij had nog dertig minuten.